Giselher W. Hoffmann

Schattenjäger

Zu diesem Buch
Am Ufer des Kunene, dem Grenzfluss zwischen Namibia und Angola, verliebt sich der Häuptlingssohn Kondjoura in das Himbamädchen Tjizire. Um sie zu seiner Frau zu machen, braucht er die Zustimmung ihres Vaters. Dieser hat den alten Traditionen längst abgeschworen und will keine Rinder als Preis für seine Tochter, sondern Geld. So verlässt Kondjoura die vertraute Welt der Himba, gerät in die Fänge von Betrügern und begegnet dem jungen Weißen Patrick Hillmann, der ebenso wie er für die Liebe kämpfen muss.

Der Autor
Giselher W. Hoffmann, geboren 1958 in Windhoek, ist Enkel deutscher Einwanderer. Mehrere Jahre arbeitete er als Berufsjäger in der Kalahari; sein Gefährte war lange Zeit ein Gwi, ein »Erstgeborener«, durch den er mit diesem Volk und seiner hohen Kunst der Anpassung an die Natur vertraut wurde. Er lebt als freier Schriftsteller in Swakopmund an der Atlantikküste Namibias.

Im Unionsverlag ist außerdem lieferbar: *Die Erstgeborenen*.

Mehr über Buch und Autor auf *www.unionsverlag.com*

Giselher W. Hoffmann

Schattenjäger

Roman

Unionsverlag

Die Erstausgabe erschien 1998
im Verlag Hoffmann Twins, Swakopmund.

Im Internet
Aktuelle Informationen, Dokumente, Materialien
zu Giselher W. Hoffmann und diesem Buch
www.unionsverlag.com

Unionsverlag Taschenbuch 646
© by Giselher W. Hoffmann 1994
© by Unionsverlag 2014
Vermittelt durch die Michael Meller Literary Agency GmbH, München
Rieterstrasse 18, CH-8027 Zürich
Telefon +41 44 283 20 00, Fax +41 44 283 20 01
mail@unionsverlag.ch
Alle Rechte vorbehalten
Reihengestaltung: Heinz Unternährer
Umschlaggestaltung: Martina Heuer, Zürich
Umschlagbild: 2630ben
Druck und Bindung: CPI – Clausen & Bosse, Leck
ISBN 978-3-293-20646-5

Für alle, die an meinem Feuer saßen.

PERSONENREGISTER

DIE HIMBA:

Kondjoura: Hauptperson und stolzer Rinderhirte.
Ngaturipure: Kondjouras Vater. Oberhaupt des Clans.
Ondjandje: Kondjouras Mutter.
Rijamekee: Kondjouras Schwester.
Uasuta: Kondjouras geschäftstüchtiger Schwiegervater.
Tjizire: Kondjouras Gefährtin.
Vejaruka: Ziegenhirte und stiller Bewunderer von Kondjouras Schwester Rijamekee.

DIE OVAMBO:

Paulus Natangwe: Gärtner im Dienst der Engelbrechts. Stammesmitglied der Mbalantu.
Esme: Paulus' Frau. Hausmädchen der Engelbrechts. Stammesmitglied der Kwanyama.
Sinna: Paulus' Schwiegermutter. Hausmädchen der Hillmanns.
Josef: Paulus' Schwiegervater. Bauaufseher.
Philemon: Paulus' Bruder. Widerstandskämpfer in Angola.
Ismael: Paulus' Bruder. Widerstandskämpfer in Angola.
Johannes: Paulus' Bruder. Widerstandskämpfer in Angola.
Usumane: Der »Blinde«. Ladenbesitzer in Ombalantu.
Timon: Usumanes Bruder. Taxifahrer.

DIE WEISSEN:

Patrick Hillmann: Hauptperson. Soldat und Naturschutzbeamter im Kaokoland.
Arthur: Patricks Vater. Bauunternehmer.
Martha: Patricks Mutter.
Erich: Patricks Bruder. Elitesoldat.
Louis Engelbrecht: Offizier der südafrikanischen Armee und Arthur Hillmanns Verbündeter.
Elsie: Louis' Frau.
Sarah: Louis' Tochter und Patrick Hillmanns Geliebte.
Jessica: Sarah Engelbrechts und Patrick Hillmanns Tochter.
Frederick Souter: Arthur Hillmanns größter Widersacher.
Denise: Fredericks Frau.
Melissa: Fredericks Tochter.
Hartmut Demmler: Patrick Hillmanns Leidensgenosse in der Armee.
Sergeantmajor Webster: Patricks Vorgesetzter im Kaokoland.
Leutnant Webster: Sergeantmajor Websters Frau.
Lombard: Weltfremder Sergeant. Stationiert in Swartbooisdrift.
Leon Ellison: Naturschutzbeamter im Kaoko- und Damaraland.
Jasmin: Krankenschwester im Kaokoland.
Frikkie Steyn: Tankstellenbesitzer in Kamanjab.
Dannie und Ella Steyn: Ladenbesitzer in Kamanjab.

Erster Teil

1. KAPITEL

I

Als es Abend wurde, bog Kondjoura vom Elefantenpfad in den angrenzenden Mopanewald ab. Er schlängelte sich an den knorrigen, im Schatten ruhenden Stämmen vorüber und stieß hinter dem schmalen Laubgürtel auf den Kunene. Frische Rinderfährten und die Spuren von Hirten führten zum Ufer hinunter, und in der Mitte des Grenzflusses zwischen Namibia und Angola strömte das Wasser gurgelnd über eine Felsenbank. Der Kunene war an dieser Stelle nicht mehr als siebzig Schritte breit.

Kondjoura legte den Hirtenstab fort, löste den Knoten in seinem Leibriemen, ließ ihn samt den beiden schwarzen, kalbsledernen Lendenschurzen und dem Tragebeutel auf den Boden fallen und schleuderte die Sandalen aus Giraffenleder von seinen Füßen. Dann näherte er sich dem Fluss.

Das Ufer war mit rundgeschliffenen Steinen übersät, so dass er sich an dem mannshohen Schilf festhalten musste. Kaum hatte er einen Schritt in das milchiggrüne Wasser getan, begann der Strom an seinen Beinen zu zerren. Er hockte sich zwischen zwei Felsen und schloss die Augen.

Der Fluss belebte ihn, so wie er auch seine Urahnen belebt hatte, als die Herero zu Beginn des 16. Jahrhunderts aus der angolanischen Provinz Mocamedes gen Süden gezogen, den Kunene überquert und ihn auf ihrer Wanderung in das nordwestliche Grenzgebiet des heutigen Namibias zu ihrer Rechten – *okunene* – gelassen hatten. Ein großer Teil der Herero war weiter ins Landesinnere vorgedrungen, während eine kleine Volksgruppe im Kaokoland, dem Platz der Stille, zurückgeblieben war. Das Volk nannte sich Himba – Die Singenden.

Kondjoura öffnete die Augen und neigte sich vor, um aus der hohlen Hand zu trinken. In dem Moment gewahrte er eine Bewegung. Er sprang auf, im Glauben, ein Krokodil sei am gegenüberliegenden Ufer ins Wasser geglitten, doch als er mit rudernden Armen das Gleichgewicht wiedergefunden hatte, sah er ein Himbamädchen im Schilf knien.

Kondjoura atmete auf. »Ist es für dich Abend geworden?«, rief er über den Fluss.

»Ja«, erwiderte das Mädchen, ohne den Blick von ihm abzuwenden. »Ist es für dich Abend geworden?«

»Ja, es ist für mich ein guter Abend geworden«, beendete er die Begrüßung. Das Mädchen starrte ihn noch immer unverwandt an. Er war ein hochgewachsener, junger Mann mit breiten Schultern, schmalen Hüften und langen, sehnigen Beinen. Als er die Hände vor seinem nackten Schoß faltete, senkte sie den Kopf, und das schulterlange, zu fingerdicken Schnüren geflochtene Haar fiel wie ein Perlenvorhang über ihr Gesicht.

Grinsend nahm Kondjoura wieder zwischen den Felsen Platz und betrachtete die junge Frau: Sie trug eine wulstige Halskette aus Straußeneierplättchen, an den Handgelenken Kupferringe; und eine mit einer Muschel verzierte Eisenperlenkette baumelte zwischen ihren Brüsten herab. Sie hatte große Brüste; sie berührten die Ellbogen, jetzt, da sie sich nach vorn neigte und einen ausgehöhlten Flaschenkürbis in das Wasser tauchte.

Obwohl sie so tat, als sähe sie ihn nicht, ahnte er, dass sie ihn verstohlen beobachtete. Er drehte den Kopf zur Seite, damit sie seine beiden Zöpfe sah und wusste, dass er beschnitten und durchaus berechtigt war, eine Frau an sein Feuer zu holen.

»Ich bin Kondjoura, der in der Sturmnacht Geborene!«, rief er. »Ich habe sechs Monde im Kral meines Onkels zugebracht, um mir die Rinder anzusehen, die ich eines Tages erben werde. Die Rinder sind fett und so zahlreich wie die Sterne.«

Er hatte bewusst angegeben, doch die Aufmerksamkeit des Mädchens galt allein den Luftblasen, die blubbernd aus dem Flaschenhals der Kalebasse aufstiegen.

»Wer bist du?«

»Tjizire!«

Kondjoura nickte. »Die Welt verändert sich ständig«, pflichtete er ihr bei. »Eben noch hat dein Anblick mich erschreckt, jetzt erfreut er meine Augen.« Er lächelte. »Welchem Matriclan gehörst du an?«

»Dem Clan der Schwiegertochter des Regens.« Tjizire hatte eine helle, klare Stimme, die mühelos den gurgelnden Fluss übertönte. Nun hob sie die Kalebasse aus dem Wasser und stand auf. Ein mit Münzen verzierter Riemen umspannte ihre Taille, und an ihrem vorderen Lendenschurz waren Kupferstangen befestigt. Die

Schmuckstücke funkelten im Abendlicht, und ihre mit Ocker und Butter beschmierte Haut glänzte wie das seidige Fell eines roten Rindes.

»Dein Vater muss ein wohlhabender Mann sein!«

»Mein Vater ist ein Häuptling!«, rief Tjizire. »Er heißt Uasuta.«

»Und wie heißt dein Verehrer?«

Sie winkte mit einer wegwerfenden Handbewegung ab, einer Bewegung, die in Kondjoura jäh den Wunsch weckte, Tjizire zu besitzen. Sie war allein, also konnte Uasutas Kral nicht weit vom Fluss entfernt sein.

»Mein Vater ist auch ein Häuptling«, rief Kondjoura. »Ngaturipure herrscht über ein großes Weidegebiet in der Nähe der Epupa-Wasserfälle. Ich werde ihm ausrichten, dass ich jenseits des Kunene ein Mädchen gesehen habe, das mein Herz zum Singen gebracht hat.«

Tjizire hob den Flaschenkürbis auf ihren Kopf, wandte sich um und ging davon, während Kondjoura reglos im Wasser verharrte. Er hoffte, dass Tjizire sich noch einmal nach ihm umschauen würde, doch sie stieg mit schwingenden Hüften den sanft ansteigenden Hang empor und war nur einen Augenblick als Silhouette gegen den Abendhimmel zu sehen, ehe sie hinter dem Bergrücken verschwand.

Als sie fort war, wirkte der Berg trostlos und karg, und das Gemurmel des Wassers klang, als führte der Fluss Selbstgespräche. Kondjoura jedoch lächelte, denn er brauchte nur die Augen zu schließen, um sich Tjizire in die Erinnerung zurückzurufen.

* * *

Kaum hatte Tjizire die Kalebasse vor der Hütte ihrer Mutter abgestellt, da winkte ihr Vater sie auch schon mit einem gekrümmten Zeigefinger zu sich heran. Tjizires Mutter saß neben Uasuta auf einem umgestürzten Baumstamm, der ihm als Thron diente. »Meine Späher haben mir gemeldet, dass sich unten am Fluss ein fremder Mann vor deinen Augen entblößt hat«, sagte er.

Tjizire senkte den Kopf. »Er hat mich nicht kommen sehen.«

»Aah ...«, sagte Uasuta, »ein Blinder!«

»Er hat eine lange Reise hinter sich«, entgegnete Tjizire mit trotzig klingender Stimme. »Er hat sechs Monde im Kral seines

Onkels zugebracht, um sich die Rinder anzusehen, die er eines Tages erben wird. Die Rinder sind fett und so zahlreich wie die Sterne.«

»Aah ...« Uasuta lächelte. »Ein Lügner!«

»Kondjoura ist der Sohn des allmächtigen Ngaturipure!«, stieß Tjizire hervor und sah, wie das Lächeln auf den Lippen ihres Vaters gefror.

»Was ist?«, fragte sie. »Kennst du ihn?«

Uasuta nickte. »Nomaden haben seinen Namen über den Fluss getragen und gesagt, dass Ngaturipure jenseits des Kunene über ein großes Weidegebiet herrscht.«

Er schüttelte seufzend den Kopf. »Du hättest Kondjoura zu mir bringen sollen.«

»Zwischen uns lag ein Fluss voller Krokodile!«

»Trotzdem«, beharrte Uasuta.

»Was hat Kondjoura zu dir gesagt?«, mischte sich Tjizires Mutter ein.

»Mein Anblick hat sein Herz zum Singen gebracht«, sagte Tjizire.

»Hohoho!«, rief Uasuta und schlug sich vergnügt auf die Schenkel.

»Hat er dir ins Herz geblickt?«

»Ja, Mutter.«

»Und was hat er gesehen?«, wollte Uasuta wissen.

»Dass er ein begehrenswerter Mann ist.«

»Hohoho!«

»Leg die Hände in den Schoß, wie es sich für ein geduldiges Himbamädchen gehört«, sagte ihre Mutter. »Wenn Kondjoura wirklich der Sohn des allmächtigen Ngaturipure ist und dein Anblick sein Herz zum Singen gebracht hat, wird er bald den Fluss überqueren und deinem Vater ein großzügiges Angebot machen.«

»Ja, Mutter.«

* * *

Das Dämmerlicht war zu schwach, als dass Kondjoura den Fußspuren der Hirten zu einem Kral hätte folgen können. Und so ging er in den Mopanewald zurück, kramte eine Zunderbüchse aus dem Tragebeutel und entfachte ein Feuer. Anschließend hob er im Flammenschein eine Mulde aus, streute Laub hinein und kuschelte sich in die welken Blätter. Aber er fand keinen Schlaf. Tjizire hatte sich in seinem Kopf eingenistet, und er wusste, dass sie dabei war, sich in sein Herz zu schleichen.

Kondjoura wandte den Kopf ab und blickte zu den Sternen empor. Es ist gefährlich, des Nachts in ein Feuer zu starren: Die Augen brauchen zu lange, ehe sie sich an die Dunkelheit gewöhnen und eine herannahende Gefahr erkennen. Es ist nicht minder gefährlich, sich des Nachts irgendwelchen Wunschträumen hinzugeben, doch Kondjoura konnte Tjizire nicht aus seinen Gedanken verbannen. Er lauschte den Stimmen des Waldes und des Flusses und fragte sich, ob es an ihrem Vater oder an Tjizire selbst lag, dass sie keinen Verehrer hatte. Um die Antwort herauszufinden, würde er den Kunene überqueren müssen …

Als der Morgen graute, stand Kondjoura auf und urinierte in die sterbende Glut. Dann ging er zum Fluss hinunter. Dunstschwaden stiegen träge aus dem Wasser – es war über Nacht braun geworden und schmeckte nach Lehm, ein Zeichen, dass im Osten der erste Regen des Sommers gefallen war.

Kondjoura wischte seinen Mund am Unterarm ab und spähte zum gegenüberliegenden Ufer hinüber. Das Schilf hatte sich wieder aufgerichtet, dort, wo Tjizire es mit ihren Knien niedergedrückt hatte. Lächelnd kehrte Kondjoura dem Ufer seinen Rücken zu und machte sich auf den Heimweg.

Der Elefantenpfad führte ihn in westlicher Richtung am Kunene entlang durch Mopanewälder und über auslaufende Berghänge hinweg. Er schritt leichtfüßig aus, mit schlenkernden Armen, den Hirtenstab wie einen Speer in der rechten Faust haltend, derweil sich hinter ihm die Sonne an den Bäumen emporhangelte und über den Wipfeln in den Himmel stieg. Er spürte ihre Strahlen warm auf seinem nackten Rücken, und mit der Hitze kamen die Fliegen. Kondjoura hatte es schon als Kind aufgegeben, sie zu verscheuchen. Nur wenn sie sich in seinen Augenwinkeln niederlassen wollten, kniff er ruckartig die Lider zusammen.

Unterwegs brach er einen Mopanezweig ab, schob ihn zwischen die Lippen und kaute darauf herum, um seinen Hunger zu stillen. Er musste sich eine ganze Weile mit dem bitteren Holz begnügen, denn erst als sein Schatten wie ein schwarzer Zwerg vor ihm hertanzte, traf er auf einen Hirtenjungen, der eine Ziegenherde zum Fluss hinunter führte. Kondjoura hob grüßend seine freie

Hand. Daraufhin blieb der Hirte wie angewurzelt auf dem Elefantenpfad stehen.

»Hast du den Tag verbracht?«, rief Kondjoura.

»Ja«, sagte der Hirte. »Hast du auch den Tag verbracht?«

»Ja, ich verbrachte den Tag.« Kondjoura rammte den Hirtenstab in den Boden, stützte sich auf den Knauf und musterte den Jungen. Er war ebenso mager wie die Ziegen, die durch das Unterholz brachen, und anstelle eines kalbsledernen Lendenschurzes verbarg ein zerschlissenes, schwarzes Tuch sein Geschlecht. Kondjoura hatte den schmutzigen Kerl, der sich nervös am Hintern kratzte, noch nie gesehen. »Wer bist du?«

»Vejaruka.«

»Woher stammst du?«

»Okongwati.« Der Kral lag im Süden, drei Tagesreisen vom Kunene entfernt. »Wir sind nach Norden gezogen, weil die Himba in dem ausgetrockneten Omuhongafluss zu viele Brunnen gegraben und das Wasser zum Versiegen gebracht haben.«

»Und wer gab euch das Recht, euer Vieh in der Nähe der Epupa-Wasserfälle weiden zu lassen?«

»Ngaturipure«, antwortete der Junge mit ehrfürchtig klingender Stimme.

Kondjoura lächelte. »Ich bin der Sohn des Ngaturipure.«

Vejaruka pfiff durch die Zähne. Einen Herzschlag später war er im Gebüsch verschwunden, und als er wieder auftauchte, hatte er eine Ziege im Schlepp. Er zerrte sie an den Hörnern in den Schatten und forderte Kondjoura auf, sich unter das pralle Euter zu legen. Während der Hirte einen schäumenden Milchstrahl in Kondjouras Mund lenkte, pries er überschwänglich Ngaturipures Großzügigkeit – Vejaruka nannte ihn einen Vater der Himba und verherrlichte die Schönheit seiner Rinder.

»Deine Worte werden Ngaturipures Ohren schmeicheln«, versicherte Kondjoura dem Jungen und kroch unter der Ziege hervor – er hätte gern noch mehr von der süßen Milch getrunken, doch er wollte nicht, dass Vejaruka und das Lamm seinetwegen Hunger leiden mussten.

»Ich will dich zu meinem Vater führen«, schlug der Hirte vor. »Meine Mutter wird dir zu Ehren eine Ziege schlachten.«

»Die Milch deiner Ziege hat mich bereits gestärkt«, wehrte er sanft ab und sah sich nach seinem Hirtenstab um.

Unterdessen überlegte der Junge, wie er Kondjoura am Fortgehen hindern konnte. Plötzlich hellte sein Gesicht sich auf: »Ich habe vier Schwestern«, sagte er augenzwinkernd. »Zwei davon sehnen sich nach einem Mann.«

Kondjoura strich Vejaruka lachend über den schmalen Haarstreifen, der am Hinterkopf des Jungen in einen geflochtenen Zopf mündete. »Ich habe noch einen weiten Weg vor mir«, sagte er, »aber ich werde bald mit Ngaturipure zurückkehren, um eine Frau an mein Feuer zu holen. Dann werde ich deinem Vater sagen, dass er einen tapferen Sohn hat.«

Vejaruka hob eine Hand. »Leb wohl, Sohn des Ngaturipure.«

Kondjoura spürte die Augen des Jungen auf seinem Rücken, warm wie die Sonne, und sie folgten ihm, bis er hinter einer Biegung vom weißgesprenkelten Schatten des Waldes verschluckt wurde.

Je näher Kondjoura den Epupa-Wasserfällen kam, desto vertrauter wurde ihm die Umgebung. Bald erkannte er einzelne Bäume wieder. Er begrüßte sie, indem er ihnen im Vorübergehen die Hand auf die rissige, graue Rinde legte. Und als er neben dem Elefantenpfad rastete, um die heißeste Zeit des Tages verstreichen zu lassen, begann der Westwind im Laub zu rascheln, und Kondjoura konnte mit einemmal die Wasserfälle hören. Er rappelte sich auf und stieg querfeldein über die glühenden Hügel, denn das ferne Rauschen klang in seinen Ohren wie eine Stimme, die nach ihm rief.

* * *

Trampelpfade führten aus den umliegenden Hügeln in das Tal hinunter. Solange Kondjoura zurückdenken konnte, waren die Rinder seines Vaters auf diesen Wegen zu den fernen Weidegründen gezogen. Im Tal selbst ragten die Zweige der entlaubten Sträucher wie schwarze, verkrüppelte Finger aus der Schuttebene, und die Ziegen hatten das Gras bis auf die Wurzeln heruntergefressen.

Inmitten dieser Einöde zählte Kondjoura acht Lehmhütten, die kreisförmig um ein Rindergehege herum verteilt waren und von einer zweiten, mannshohen Dornenhecke umschlossen wurden. Die Rundhütte seiner Mutter Ondjandje lag im Südosten des Krals. Die Hütte war größer als die anderen, und der Eingang blickte schräg über das Ahnenfeuer hinweg auf den Durchgang im Gehege, der nachts vorsorglich mit Dornenzweigen versperrt wurde, damit die Raubtiere nicht an die von den Ahnen heiliggesprochenen Rinder herankamen.

Die Hütten sahen baufällig aus. In den sechs Monaten, die Kondjoura bei seinem Onkel verbracht hatte, waren die Lehmwände aufgeplatzt, und die Dornenhecke war in sich zusammengesackt. Sein Vater Ngaturipure hatte lediglich die Schutzwand des Rindergeheges erneuert. Kondjoura grinste. Das Wohlergehen der heiligen Rinder war seinem Vater wichtiger als alles andere.

Kondjoura sah seinen Vater in der Nähe des Durchgangs unter einem Weißstammbaum stehen. Er stützte sich auf seinen Hirtenstab und blickte in die Ferne, so als hielte er Ausschau nach seinem Sohn. Vielleicht tat er das wirklich, denn bei Ngaturipure wusste man nie, was ihm die Ahnen am heiligen Feuer anvertraut hatten. Wie er so hoch aufgerichtet im Schatten stand, erinnerte er Kondjoura an einen Storch. Er rührte sich nicht, während Ondjandje zu seinen Füßen im Staub hockte und mit Hilfe von Kondjouras Schwester Rijamekee Eisenperlen auf eine Lederschnur reihte.

Kondjoura hatte die Hälfte des Hügels bewältigt, als die Hunde anschlugen: magere, schwefelgelbe Kläffer, die zu alt waren, um die Hirten zu begleiten, dafür aber jede Abwechslung mit einem freudigen Geheul begrüßten. Ngaturipure hob eine Hand und beschattete seine Augen. Dann sagte er etwas zu Ondjandje. Kondjouras Mutter und seine Schwester ließen die Eisenperlen fallen und sprangen auf.

Als Kondjoura vor einem halben Jahr fortgegangen war, hatte seine Schwester zwei Zöpfe getragen, die wie die Hörner eines Gnus zu beiden Seiten ihres Gesichts gehangen hatten. Nun versperrten ihr ungezählte Fransen die Sicht und hinderten Rijamekee daran, ihm entgegenzueilen.

Kondjoura näherte sich dem Kral mit gemächlichen Schritten, obgleich auch er am liebsten durch die Lücke in der Dornenhecke gestürmt wäre. Er ging an einer auf Stelzen ruhenden Vorratskammer vorüber und trat in den Schatten des Weißstammbaums. »Meine Augen freuen sich, euch zu sehen«, sagte er.

Rijamekee begann in die Hände zu klatschen und auf der Stelle zu tanzen, und Ondjandje wandte sich ab, um den für Kondjoura bestimmten Flaschenkürbis aus ihrer Hütte zu holen, während Ngaturipure seinen Sohn musterte. »Ich sah dich im Traum über die Hügel kommen«, murmelte er. »Jetzt bist du da.« Sein Haar verbarg sich unter einem kalbsledernen Turban, der wie ein gepolstertes Kissen auf seinem Kopf ruhte. Unter dem Rand, direkt über seinem rechten Ohr, steckte ein Miniaturspeer. Ngaturipure zog ihn hervor, schob die Spitze an der linken Schläfe unter den Turban und kratzte sich. In dem Moment wurde Rijamekee von ihrer Mutter zur Seite gedrängt. Sie reichte Kondjoura den Flaschenkürbis, aus dem er sein Leben lang getrunken hatte. Die Kalebasse war bis zum Hals mit Dickmilch gefüllt.

Ondjandje legte ihm eine Hand auf die Brust, als wollte sie sich durch seinen Herzschlag davon überzeugen, dass er kein Geist war. Ihre Hand hinterließ auf seiner dunklen Haut einen ockerroten Abdruck. »Schaut ihn euch an«, sagte sie und schnalzte anerkennend mit der Zunge. »Aus dem Kind ist ein Mann geworden.«

Rijamekee grinste ihren Bruder an. Sie konnte durch die herabbaumelnden Zöpfe kaum etwas sehen. Kondjoura hätte seine Schwester gern im Kreis herumgewirbelt, doch auch sie war kein Kind mehr, sondern ein Mädchen, das bald zum ersten Mal Blut und damit die Kindheit verlieren würde.

Kondjoura setzte die Kalebasse an die Lippen, und die Dickmilch rann kühl durch seine Kehle.

Er war heimgekehrt.

* * *

Kondjoura hatte den ganzen Abend Fragen beantwortet. Nun beobachtete er, wie die gut zwei Dutzend Angehörigen seines Clans in ihren Rundhütten verschwanden. Nur sein Vater schien zu spüren, dass er noch etwas auf dem Herzen hatte, denn der Alte blieb auf den Fersen hocken, die Arme locker über die Knie gelegt, und blickte in die Flammen, die meterhoch aus den aufgeschichteten Mopaneästen schlugen und die Augen der heiligen Rinder hinter der Dornenhecke erglühen ließen.

Kondjoura räusperte sich: »Als ich vor wenigen Tagen den Kral meines Onkels verließ, um zu euch zurückzukehren, entdeckte ich nördlich des Kunene ein Mädchen.«

»Wirklich?« Der Alte war zu Scherzen aufgelegt. Er hatte aus Kondjouras Antworten erfahren, dass sein Schwager wohlauf und das Vieh in guter Kondition war. Hinzu kam, dass es im Osten des Kaokolandes geregnet hatte.

»Das Mädchen heißt Tjizire.«

»Welchem Matriclan gehört sie an?«

»Dem Clan der Schwiegertochter des Regens.«

Ngaturipure nickte beifällig, denn wäre Tjizire wie Kondjoura in den Matriclan der Schwiegertochter des Schlammes hineingeboren, hätte er sie nicht an sein Feuer holen dürfen.

»Sie sagte, sie sei die Tochter eines Häuptlings.«

»Das behaupten viele Mädchen, wenn ein Fluss voller Krokodile zwischen ihnen und einem Verehrer liegt«, frotzelte Ngaturipure. Doch als Kondjoura ihm den Namen des Patriarchen nannte, schlug Ngaturipure eine Hand vor den Mund und starrte seinen Sohn erschrocken an. »Uasuta?«

»Kennst du ihn, Vater?«

Ngaturipures Hand fiel herab. »Vor ein paar Monden haben Nomaden aus Angola diesen Namen über den Kunene getragen«, murmelte er. »Aber was sie mir erzählten, klang so unglaublich, dass ich Uasuta für ein Fabelwesen gehalten habe.«

»Was haben die Nomaden gesagt?«

»Sie sagten, dass Uasutas Bruder von einem Elefanten niedergetrampelt worden sei. Die Eltern kamen über seinen Tod nicht hinweg. Sie rissen sich im Schmerz die Haare aus und verstümmelten ihre Gesichter mit einem Messer. Als Ndjambi Karunga, der allmächtige Gott, das sah, schenkte er ihnen einen neuen Sohn.« Eine Weile war nur das Knistern des Feuers und das Knirschen eines Lederdeckels zu hören. Ngaturipure pickte mit spitzen Fingern eine Prise Schnupftabak aus dem abgesägten Horn eines Stieres, dann vernahm Kondjoura, wie sein Vater zweimal ruckartig durch die Nase hochzog. »Einen sehr seltsamen Sohn«, fügte Ngaturipure hinzu, »denn Uasuta lässt alle Rinder, die nicht zur heiligen Herde gehören, in seiner Hütte schlafen.«

»In seiner Hütte?«

»Ja, und diese Rinder sind nicht aus Fleisch und Blut, sondern aus *Ombapira*.«

»Aus Papier?«

»Ich wollte es damals auch nicht glauben, aber die Nomaden beteuerten, dass ein Händler aus der Grenzstation Swartbooisdrift tatsächlich Rinder in Papier verwandeln kann. Sie sollen nicht größer als meine Handfläche sein.«

»Dann lass uns über den Kunene gehen und Uasuta fragen, wie viele Papierrinder seine Tochter wert ist.«

Ngaturipure wandte ihm seinen schmalen, scharf geschnittenen Kopf zu. Schatten nisteten in den Falten und ließen ihn älter erscheinen, als er war. »Wenn wir Uasuta um Rat fragen, wird er einen hohen Brautpreis verlangen.«

»Ich wäre bereit, fünfzehn Kühe für Tjizire zu opfern.«

Ngaturipure schnalzte mit der Zunge: »Wer ein Mädchen begehrt, neigt dazu, ihren Wert zu überschätzen«, sagte er. »Wir werden zehn Ochsen nach Swartbooisdrift treiben und sie dort bei dem Händler gegen Papierrinder eintauschen. Dann tragen wir das Papier über den Kunene und legen es Uasuta in den Schoß.« Ngaturipure grinste. »Der Anblick wird Uasuta über den Verlust seiner Tochter hinweghelfen.«

2. KAPITEL

2

Die Eingeborenen nennen es das Land, das Gott im Zorn erschuf, denn Namibia ist ein karges, wildes Land. Und als Kommandant Louis Engelbrecht in das von Südafrika verwaltete Mandatsgebiet versetzt wurde, blickte das ehemalige Deutschsüdwestafrika auf ein Jahrhundert ungezählter Kriege zurück.

Selbst dann, wenn Engelbrecht sich nicht an der Grenze zu Angola, sondern in der Hauptstadt Windhoek aufhielt, schob er des Nachts seine Dienstpistole unter das Kopfkissen. »Dumme Angewohnheit«, behauptete er und wollte damit sagen: Ein Offizier der südafrikanischen Armee ist immer auf der Hut, verstehst du? Immer!

Das entsprach jedoch nicht ganz der Wahrheit, denn als Elsie im Hauptquartier anrief und ihm mitteilte, dass Patrick Hillmann seine Tochter geschwängert hatte, fiel Engelbrecht aus allen Wolken.

Sarah war erst achtzehn Jahre alt. Mit achtzehn tragen gottesfürchtige Afrikandermädchen Zöpfe und kichern hinter vorgehaltener Hand. Aber seine Frau schluchzte: »Wir kommen gerade vom Arzt, Louis. Sie ist im zweiten Monat schwanger.«

Engelbrecht konnte es nicht fassen. Und so raste er quer durch die Stadt in das Suiderhofviertel und verpasste Sarah, kaum dass sie die Eingangstür geöffnet hatte, eine Ohrfeige. Dann setzte er sich – mit einer Brandyflasche und Coladose bewaffnet – auf die Veranda und überlegte, was er tun sollte. Ihm fiel jedoch keine Lösung ein, denn derartige Probleme ließen sich weder bombardieren noch in die Luft sprengen; derartige Probleme wollten mit Samthandschuhen angefasst werden ...

Nach dem zweiten *Brandy & Coke* wandte er sich ratlos zu seiner Frau um. Elsie lehnte am Rahmen der Eingangstür, dürr wie ein in Seide gewickelter Besenstiel, und tastete ihren Hals nach einer geschwollenen Schilddrüse ab. Elsie hatte geweint. Die Schminke auf ihrem Gesicht war zu einem Brei zerlaufen. Der Anblick brachte Louis erneut in Rage.

Gerade neulich waren Patrick und Sarah aus dem Kino gekommen, und er hatte bemerkt, dass sie sich an den Händen gehalten hatten. Anstatt dem Jungen auf die Finger zu klopfen, hatte er seine Frau angestoßen und gesagt: »Hei, guck mal, die beiden Turteltauben«, und Elsie hatte geantwortet: »Sind die nicht süß?« Da war Sarah schon längst schwanger gewesen!

»Es ist eine verdammte Schande«, sagte Engelbrecht auf Englisch, damit ihn das *volk*, wie er die Schwarzen nannte, nicht verstehen konnte – Paulus Natangwe kniete auf dem Rasen vor einem Rosenbeet und jätete Unkraut, doch sein zur Seite geneigter Kopf verriet Louis, dass der Ovambo lauschte. Das Dienstmädchen lauschte auch. Eben hatte Esme noch mit Geschirr geklappert, jetzt war es so still, dass Louis die Bienen in der Goldregenhecke summen hörte. Das Geräusch erinnerte ihn an etwas.

»Hast du je mit Sarah darüber gesprochen?«

Elsie riss den Kopf herum und starrte ihn aus ihren hervorquellenden, blauen Augen wie ein erschrockenes Kaninchen an.

»Es tut mir Leid, Engel«, sagte er hastig und trank einen Schluck. »Es ist nicht deine Schuld. Arthur hätte seinen Sohn aufklären sollen. Aber das hat er offenbar nicht getan.«

»Dann soll er wenigstens dafür sorgen, dass Patrick unsere Tochter heiratet.«

Louis setzte das Glas hart auf der Tischplatte ab. An eine Heirat hatte er noch gar nicht gedacht. »Sind die beiden nicht ein bisschen jung dafür?«

»Sie sind alt genug, um ...« Elsie brach in Tränen aus. Das stimmte: Sie waren alt genug, um zu bumsen. »Aber die Leute werden reden, Engel«, gab er zu bedenken, denn im Vergleich zu Johannesburg oder Kapstadt ist Windhoek ein Dorf.

»Was meinst du, wie die Leute reden werden, wenn die beiden nicht heiraten?«, konterte Elsie schluchzend.

Da hatte sie auch wieder Recht. Engelbrecht zündete sich eine Zigarette an und blickte grübelnd auf den Vorgarten hinaus.

* * *

Es hatte seit sechs Monaten nicht geregnet. Die Sonne brannte auf das verdorrte Land herunter und ließ das Wasser in den Staudämmen verdunsten wie flüchtiges Benzin.

Paulus hatte einen Backstein im Spülbecken der Toilette versenkt, hatte an die Bäume gepinkelt und war zu Esme in die Badewanne gestiegen, alles, um Wasser zu sparen, doch als im September eine Horde Paviane aus den schwarzversengten Bergen gekommen und über eine Baumschule in Windhoek hergefallen war, hatte Paulus geahnt, dass es vor seinem Weihnachtsurlaub nicht regnen würde. Am selben Tag hatte Missus Engelbrecht den Gartenschlauch in die Garage geschafft. Das bedeutete, dass Paulus die Pflanzen fortan mit einem Eimer bewässern musste, nicht tagsüber, sondern abends, wenn der Ostwind die brodelnde Hitze aus der Stadt gefegt hatte. Dann setzte Missus Engelbrecht sich auf die Veranda, nippte an ihrem eisgekühlten Drink und gab Paulus Ratschläge:

»Nimm in jede Hand einen Eimer, sonst kriegst du einen schiefen Rücken, *hoor jy*?«

»Ja, Missus, ich höre.«

»Und gieß die Blumen nicht von oben, sondern von unten.«

»*Eijee*, Missus, der Regen kommt doch auch von oben.«

»Das ist etwas anderes, Paulus.«

»Ja, Missus.«

Immer nur JA.

Als seine Brüder das Ovamboland verlassen und nach Angola geflohen waren, um von dort aus gegen die *Makakunya*, die weißen, südafrikanischen Soldaten, zu kämpfen, wäre Paulus ihnen am liebsten Hals über Kopf gefolgt.

»Langsam, Paulus«, hatte sein Vater gesagt. »Ich habe dich nicht auf die Missionsschule geschickt, damit du dir deinen klugen Kopf von einem *Ekakunya* abschießen lässt.«

»In Namibia sind im Moment keine klugen, schwarzen Köpfe gefragt, Vater. Aber wenn ich fortgehe, habe ich vielleicht Glück und die SWAPO schickt mich ins Ausland.«

»Und wenn du Pech hast, schickt dich die Befreiungsbewegung in den Guerillakrieg! Warte also lieber ab, bis deine Brüder die Buren ins Meer getrieben haben.«

»*Eijee*, das kann noch Jahre dauern, Vater! Was soll ich bis dahin machen?«

»Du kannst gut mit Zahlen umgehen, Paulus. Werde ein Hirte.«

Paulus hatte daraufhin ein Jahr lang im Nordosten des Landes auf einer Farm Schafe gehütet. Es war ein schreckliches Jahr gewesen. Weil er keine Zäune gekannt und daher nicht gewusst hatte, wie man ein Gatter öffnete, war er ständig von dem weißen

Farmer und den dort ansässigen Herero als dummer Ovambo bezeichnet worden.

Nachdem sein Kontrakt abgelaufen war, hatte er seinen Eltern eine mit Geld, Tabak, Mehl, Zucker und Kaffee vollgestopfte Schatzkiste überreicht und gesagt, dass er sich der PLAN, dem militärischen Flügel der SWAPO, anschließen und Namibia von den Buren und Herero befreien wolle.

»Langsam, Paulus. Deine Brüder sind vor einem Jahr fortgegangen. Wir haben seither nichts mehr von ihnen gehört. Wir wissen nicht einmal, ob sie noch leben. Wer soll für uns sorgen, wenn du jetzt auch noch spurlos verschwindest?«

Paulus hatte sich am Kopf gekratzt.

»Ruh dich aus, Paulus, und iss tüchtig, damit du zu Kräften kommst. Wir überlegen uns unterdessen, wie es weitergehen soll.«

Zu Weihnachten waren die Kontraktarbeiter aus den fernen Städten in das Ovamboland zurückgekehrt, und seine Mutter hatte voller Neid gesagt: »Schau sie dir an, wie sie auf ihren neuen Fahrrädern sitzen und Transistorradios an ihre Ohren halten, damit jeder ihre goldenen Armbanduhren sehen kann.«

»Wir Ovambo sind in der Überzahl, Paulus«, hatte sein Vater ihr zugestimmt. »Anstatt gegen die *Makakunya* zu kämpfen, sollten wir alle für die Weißen arbeiten. Dann würde ihnen bald das Geld ausgehen und sie müssten dorthin zurückkehren, wo sie hergekommen sind.«

O Vater!

»Dann käme eine neue Regierung an die Macht. Denk nur, Paulus, du könntest Minister werden.«

O Mutter!

»Geh nach Windhoek, Paulus.«

»Ja, Vater.«

»Und zieh den Weißen das Geld aus der Tasche.«

»Ja, Mutter.«

Auf der Busreise nach Windhoek hatte er Esme kennengelernt und offenen Mundes ihrem Geplapper gelauscht: »Meine Mutter arbeitet für einen Mann, der Flugplätze, Straßen, Schulen und Krankenhäuser baut, und mein Vater ist sein Vorarbeiter, jaa-a. Ich habe ihn gerade auf einer Baustelle in Ondangwa besucht. Er hat mir dieses hübsche Kleid gekauft. Es war sehr teuer, aber mein Vater verdient viel Geld, jaa-a, und ich arbeite in Windhoek auch für einen sehr wichtigen Mann.«

»Könntest du mir eine Arbeitsstelle besorgen?«

»Jaa-a«, hatte Esme gesagt und ihn im überladenen, dahinschleichenden Bus aus feuchten Kulleraugen angesehen.

Am nächsten Tag war er mit Esme durch die Hauptstadt gebummelt. Sie hatte ihm die Kaiserstraße gezeigt, die sich aneinanderreihenden Läden, die Hochhäuser, die Christuskirche, jaa-a, das Reiterdenkmal, den Tintenpalast, die Bänke im Zoopark, die für Weiße reserviert waren, jaa-a, die Eingänge in den Amtsgebäuden, die nur Schwarze benutzen durften, die ungezählten Häuser an den Hügelhängen, und im Suiderhofviertel, wo die *Makakunya* lebten, die weißen Soldaten, jaa-a, da hatte sie ihm in ihrer Wohnung im Gartenhaus gezeigt, was unter ihrem teuren Kleid verborgen war.

Kurz darauf hatte Paulus in einer baufälligen Kirche ebenfalls jaa-a gesagt. Jetzt hatte er vier Frauen am Hals: seine Mutter, seine Schwiegermutter Sinna, seine Frau Esme und Missus Engelbrecht, die ihren Garten vergötterte, obwohl in den Beeten nicht eine Pflanze wuchs, die man hätte fressen können. Weder Mais noch Hirse, nur Ziersträucher und Blumen, die, sobald sie verwelkt waren, durch neue ersetzt wurden. Und einige der Pflanzen waren sogar giftig.

Als Paulus den Oleanderstrauch zum ersten Mal gestutzt hatte, war eine klebrige, milchigweiße Flüssigkeit auf seine Hände getropft. Er hatte sie nicht beachtet, bis der Saft beim Pinkeln mit seinem Schwanz in Berührung gekommen war.

Eijee, hatte er einen Tanz aufgeführt!

Jede Giftschlange wäre erschlagen worden, den Oleander durfte Paulus jedoch nicht fällen. Und so begnügte er sich damit, dem Strauch hin und wieder, mit hinter dem Rücken verschränkten Händen, einen Fußtritt zu versetzen.

Die Pflanzen hatten merkwürdige Namen. Wochen waren vergangen, ehe Paulus sie richtig aussprechen und von Unkraut hatte unterscheiden können. Die Rosen brachte er immer noch durcheinander, weil jede einzelne anders hieß: Schwarze Madonna, Las Vegas, Herero und ... die anderen Namen hatte er bereits wieder vergessen.

Missus Engelbrecht redete manchmal mit den Pflanzen: »Was habt ihr denn, meine Kleinen«, fragte sie dann, »gibt Paulus euch nicht genug Dünger? Nun kommt schon, lasst den Kopf nicht hängen, Paulus bringt euch gleich einen Eimer Wasser, hört ihr?«

Anfangs hatte Paulus die Missus für verrückt gehalten, doch es stimmte: Auf eine ihm unerklärliche Art zeigten einige der Pflanzen tatsächlich *Gefühle*. Wenn er zum Beispiel dem Oleander einen Tritt versetzte, dann glaubte er zu spüren, dass der Strauch ihn hasste. Oder wenn er sich grinsend der farbenprächtigen Herero näherte, war ihm, als zitterte die Rose vor Angst, und wenn er die Gartenschere ansetzte und sagte: »So, Herero, jetzt bist du dran«, dann meinte er – zwar nicht mit den Ohren, wohl aber mit dem Herzen – einen hohen, spitzen Schmerzensschrei zu vernehmen.

Köstlich!

Die einzige Pflanze, die Paulus duldete, war der Hibiskus im Garten. Wann immer er daran vorüberging, lud ihn der Strauch zu einem Nickerchen in seinen kühlen, modrigen Schatten ein. Paulus konnte der freundlichen Aufforderung nur selten Folge leisten, denn Missus Engelbrecht beobachtete ihn vom Küchenfenster aus, hinter der Schlafzimmergardine hervor, durch den Spalt des offenstehenden Badezimmerfensters, ständig in Sorge, dass er etwas falsch machte.

Sie beobachtete ihn auch jetzt, aber als er verstohlen zur Veranda hinüberschielte, bemerkte er an ihrem Blick, dass ihr Herz nicht um die Rosen, sondern um Kleinmissus Sarah bangte.

Paulus schwitzte. Der olivgrüne Overall klebte an seinem Rücken, aus den Schäften der Gummistiefel drang ein muffiger Geruch, und er spürte die Sonne wie eine glühende Faust im Nacken. Paulus rührte sich dennoch nicht von der Stelle. Sein Lehrer auf der Missionsschule war ein Gegner der Apartheid gewesen und hatte Afrikaans als die Sprache des Teufels bezeichnet. Und so beherrschte Paulus genügend Englisch, um zu ahnen, dass Baas Engelbrecht überlegte, ob er Kleinmissus Sarah mit Kleinbaas Patrick verkuppeln sollte. Während Paulus schwitzend in der Sonne kauerte, fragte er sich, was es da zu überlegen gab.

Baas Hillmann sparte nicht mit Wasser. Paulus brauchte nur einen Hahn aufzudrehen, und schon verschwand der Garten unter einem zischenden Sprühnebel. Baas Hillmann besaß auch ein Schwimmbad, das so groß war, dass eintausend Ochsen daraus hätten saufen können, und jeden Samstag musste Paulus den Mercedes mit einem Gartenschlauch abspritzen. Ja, Baas Hillmann war noch reicher als die Häuptlinge im Ovamboland, und sein Sohn, Kleinbaas Patrick, würde gewiss einen hohen Brautpreis zahlen, jetzt, da feststand, dass Kleinmissus Sarah eine fruchtbare Frau war.

Paulus harkte das gejätete Unkraut mit den Fingern zusammen. Aus den Augenwinkeln sah er, wie Baas Engelbrecht sich einen neuen Drink mixte. Der bullige *Ekakunya* wirkte nervös, und Paulus glaubte, den Grund dafür zu kennen.

Wenn Paulus samstags zu Hillmanns ging, setzte er stets eine Sonnenbrille auf, denn Baas Hillmann hatte Augen, die Paulus an Eis erinnerten.

Er hatte Baas Hillmann bisher nur einmal lächeln sehen. Das war, als er den Gartenschlauch in die Gummistiefel gesteckt hatte, um seine Schweißfüße abzukühlen, und ihm dann bei jedem blubbernden Schritt eine Wasserfontäne aus den Stiefelschäften hervorgeschossen war.

An dem Tag hatte Paulus allen Mut zusammengenommen und Baas Hillmann gefragt, ob er für ihn auf der Baustelle arbeiten dürfe, bitte, Baas, *asseblief tog.*

»Hat Baas Engelbrecht dich rausgeschmissen?«

»Nein, Baas.«

»Warum willst du dann nicht mehr für Baas Engelbrecht arbeiten?«

»Ich habe noch nie für Baas Engelbrecht gearbeitet. Ich arbeite seit sechs Jahren für Missus Engelbrecht, aber die Missus ist eine Frau, und ich bin ein Mann.«

Baas Hillmann hatte ihn mit seinen wasserhellen Augen eine Weile angestarrt, dann eine Hand ausgestreckt und sie Paulus auf die Schulter gelegt, ihm, dem schwarzen Ovambo. »Ich verstehe«, hatte Baas Hillmann gesagt. »Aber du bist verheiratet, Paulus. Wenn du fortgehst, wird Missus Engelbrecht einen neuen *Boy* einstellen; einen fremden Mann, der sich an deine Frau heranmachen könnte.«

»Ich werde Esme zu ihrer Mutter schicken, Baas.«

»Nichts zu machen!« Baas Hillmanns Hand war wie eine Schlange von seiner Schulter gerutscht. »Ein Hausdrachen reicht mir.«

»Dann soll Esme sich den anderen *Boy* nehmen. Sie taugt sowieso nichts, Baas. Ich bin seit sechs Jahre mit ihr verheiratet, aber sie ist immer noch nicht schwanger geworden.«

»Hör mal, Paulus: Du wohnst bei Baas Engelbrecht in einer schönen Wohnung im Gartenhaus. Meine Männer dagegen verbringen zehn Monate im Jahr auf einer Baustelle draußen im Busch, und wenn sie mal nach Windhoek kommen, müssen sie in Katutura wohnen.«

Paulus hatte sich auf die Unterlippe gebissen. Als er nach Windhoek gekommen war, hatte er eine Weile in dem schwarzen Wohnviertel außerhalb der Stadt gelebt. Er war sich nicht sicher, was schlimmer gewesen war: das Jahr auf der Farm oder die Zeit, die er in Katutura verbracht hatte. Freiwillig war er nicht wieder dorthin zurückgekehrt, doch gelegentlich führte ihn ein Alptraum durch die düsteren Straßen und an den heruntergekommenen Häusern vorbei in das überfüllte Junggesellenheim. Dann wachte er jedes Mal schweißgebadet auf, denn im Heim warteten Jugendliche mit Pangas, Macheten, auf ihn, weil er für einen *Ekakunya* arbeitete.

»Kannst du lesen und schreiben, Paulus?«

»Ja, Baas. Ich kann auch gut rechnen.«

»Dann halte die Augen und Ohren auf.«

»Baas?«

»Ich will, dass du dir alle Autonummern von den Leuten aufschreibst, die Baas Engelbrecht besuchen, und wenn du mir außerdem noch berichten kannst, über was sie mit ihm gesprochen haben, wirst du bald mehr Geld verdienen als dein Schwiegervater. Und Josef ist immerhin mein Vormann.«

»O danke, Baas!«

»Aber kein Wort zu Baas oder Missus Engelbrecht, verstanden?«

»Ja, Baas.«

Paulus fragte sich gerade, wie er auf dem schnellsten Wege zu Baas Hillmann gelangen könnte, als Baas Engelbrecht sich von dem Verandastuhl erhob und die Missus etwas fragte.

* * *

»Ruf ihn an«, sagte Elsie. »Aber lass dich von Arthur nicht einschüchtern, hörst du? Setz ihm die Pistole auf die Brust.«

»Ja, Engel.«

Louis zwängte sich an Elsie vorbei, stieg über eine gleichgültig dreinblickende Siamkatze hinweg und nahm im Wohnzimmer auf einem Bambusrohrsessel Platz. Louis Engelbrecht liebte Bambusrohrmöbel. Sie waren hübsch anzusehen und ließen sich problemlos verfrachten, falls er eines Tages vor dem *volk* fliehen musste. Die klobigen Stücke, die er von seinen Eltern geerbt hatte, verstaubten in einem Antiquitätenladen. Aus dem Erlös hatte sich Elsie fingerlange Ohrringe schmieden lassen. Die Schmuckstücke ließen sich noch leichter mitnehmen und eventuell sogar im Ausland verkaufen ...

Im Hintergrund hörte Louis, wie Esme verträumt in einer Tasse rührte. »Bring mir einen Kaffee!«, rief er.

Das eintönige Klirren erstarb. »Jaa-a, Baas.«

Louis wartete, den Telefonhörer in der Hand, bis Esme ins Wohnzimmer trat. Sie bewegte sich katzengleich und trug ein gewagtes, zitronengelbes Kleid, das Elsie nur einmal angehabt hatte. Als sie sich vorneigte, um den dampfenden Becher auf dem Couchtisch abzustellen, konnte er ihre braunen Brüste sehen. Verdammte Maid! Er schlug die Beine übereinander und wählte Arthur Hillmanns Geheimnummer.

»Ja?«

»Wir müssen ein bisschen zusammenrücken, Art«, sagte Louis, was bedeutete, dass eine Rakete im Anflug war.

»Okay«, erwiderte Hillmann.

Ohne ein weiteres Wort zu verlieren, legten beide Männer auf und trafen sich im nördlichen Industrieviertel auf dem Hinterhof einer Tankstelle.

Hillmann hatte den Hof gemietet, um dort seine reparaturbedürftigen Baumaschinen abstellen zu können. Hohe Mauern schirmten die Bulldozer von den Lagerhallen und flachen Fabrikgebäuden dahinter ab. Durch eine Gasse war die Straße zu sehen, die in einem Bogen über Bahngleise hinweg in das Zentrum der Stadt hinunter führte.

Die Männer schlenderten eine Weile ziellos auf dem Hof umher. Hillmann hielt den Kopf gesenkt, suchte den mit Glimmerschiefer gesprenkelten Boden nach einer Erklärung ab. Schließlich konnte er seine Neugierde nicht mehr länger zügeln: »Was gibt's, Louis?«

Kommandant Engelbrecht blieb stehen. Er war braungebrannt. Auch seine Zähne, das schüttere Haar und die Augen waren braun, so als hätte sich seine Uniform im Laufe der Dienstjahre auf ihn abgefärbt. Er verschränkte die Hände hinter dem Rücken, straffte die Schultern und sagte: »Patrick hat Sarah verführt.«

»Wie bitte?«

»Er hat sie vernascht, Art.«

Hillmann blickte ihn an, blinzelte, dann verzogen sich seine Lippen zu einem breiten Lächeln. »Himmel«, sagte er, »und ich dachte schon, ein Bauprojekt sei ins Wasser gefallen.«

»Du hast mich falsch verstanden.«

»Nein«, behauptete Hillmann. »Ich weiß, dass du es gern gesehen hättest, wenn Sarah damit bis zur Hochzeitsnacht gewartet hätte, aber die Zeiten haben sich geändert, Louis.« Er stieß Engelbrecht mit dem Ellbogen an. »Nimm's nicht so ernst, alter Junge: Die beiden haben schon als Kinder im Sandkasten zusammen gespielt.«

Kommandant Engelbrecht legte eine Hand auf das blaue Barett der Pioniere und kratzte sich durch den Filz hindurch am Kopf. »Es ist mehr als das passiert«, sagte Louis, und er konnte nicht verhindern, dass seine Augen sich mit Tränen füllten. »Sarah ist schwanger.«

Hillmann erstarrte. »Das darf nicht wahr sein.«

»Doch, Art. Sie ist im zweiten Monat.«

»Scheiße!« Hillmann packte Engelbrecht am Arm und führte ihn zu den in der Sonne parkenden Wagen zurück. »Wer weiß Bescheid?«

»Nur Elsie, du und ich. Und Sarah natürlich.«

»Bei welchem Arzt ist sie gewesen?«

»Doktor Potgieter.«

Hillmann stieg in seinen Mercedes. »Fahr nach Hause, Louis, und warte dort, bis ich mich bei dir melde.«

»Okay, Art.« Engelbrechts Stimme ging im aufheulenden Motorenlärm unter. Er lehnte sich an den roten Datsun – ein Geschenk Arthurs an Elsie – und beobachtete, wie der goldfarbene Mercedes durch die Gasse schoss und Richtung Innenstadt verschwand.

Louis wischte sich mit dem Daumen und Zeigefinger imaginäre Krümel aus den Mundwinkeln, und als er die Hand sinken ließ, um die Wagentür zu öffnen, merkte er, dass sie zitterte.

3

Patrick saß auf seinem Bett, den Rücken an die Wand gelehnt, und betrachtete gedankenverloren das Passbild eines Mädchens. Es lächelte ihn aus seiner gewölbten Hand hervor an, doch er wusste, dass Sarah nicht in Ordnung war: Er hatte sie in der Mathestunde mit geblähten Wangen aus der Klasse stürzen sehen; kalkweiß im Gesicht, so dass ihre Sommersprossen wie Rostflecken auf ihrem Nasenrücken geklebt hatten …

»Patrick.«

Er riss den Kopf hoch, gleichzeitig schloss sich seine Faust um das Foto, dann beobachtete er, wie seine Mutter in das Zimmer trat und vor einem am Boden aufgetürmten Bücherstapel stehenblieb. Martha Hillmann hatte ein breites Gesicht mit ausgeprägten Wangenknochen, großen, dunklen Augen und trug einen grauen Hosenanzug. Sie sah wie eine Karrierefrau aus: kühl, elegant und selbstsicher. Doch Patrick bemerkte an ihren vor der Brust ringenden Händen, dass sie nervös war.

»Was ist, Mum?«

»Dein Vater will dich sprechen.«

»Warum?«

Martha zuckte die Achseln, und ihre dunklen Augen tasteten sein Gesicht ab, keineswegs vorwurfsvoll, sondern forschend, als fahndete sie nach der Ursache, die ihn immer wieder in Schwierigkeiten brachte. Patrick wich ihrem Blick aus, indem er sich erhob und seine Mutter über den Bücherstapel hinweg umarmte – das erste Mal seit Jahren. »Bitte«, flüsterte sie dicht an seinem Ohr. »Mach bitte, bitte keinen Ärger, Patrick. Er ist auf hundertachtzig.«

»Ich habe nichts ausgefressen.«

»Trotzdem.«

»Okay, Mum.« Er löste sich von seiner Mutter und steckte das Foto in die Brusttasche, mit dem Gesicht des Mädchens voran, so dass Sarah sich ihm zu- und von allen anderen abwandte.

»Komm«, sagte Martha, und er folgte ihr aus dem Zimmer.

Seine Schritte hallten im Korridor wider, während Martha vor Patrick herzuschweben schien – wie eine blondgelockte Fee, die auf den Parkettfußböden und schweren Möbeln der zweistöckigen Villa keine Spuren hinterließ, sondern einen allgegenwärtigen Glanz.

Als sie durch den Korridor in das geräumige Wohnzimmer traten, sah Patrick seinen Bruder auf dem Ledersofa hocken. Erich hatte den Kopf in den Nacken geworfen und ließ, ohne den Blick vom Fernsehschirm zu wenden, eine Handvoll Erdnüsse aus seiner Faust in den Mund rinnen.

Ein Schuss krachte.

John Wayne musste es böse erwischt haben, denn Erich presste beide Hände auf den Bauch und kippte vornüber, wobei ihm ein sahnefarbener Brei auf die schmerzverzerrten Lippen trat.

»Erich!«

Der Junge setzte sich ruckartig auf. Es war ihm peinlich, dass sie ihn ertappt hatten, und so wandte er ihnen verlegen grinsend sein feistes Gesicht zu, spreizte den Zeigefinger ab und zielte damit auf Patrick: »Peng!«

Erdnusskrümel spritzten durch das Zimmer.

Patrick verpasste seinem Bruder eine Kopfnuss, und Erich, der John Wayne vergötterte, begann zu wimmern wie ein fünfzehnjähriger, pickeliger Junge, der er war. Doch ehe Patrick in den Flur abbog, der auf eine schwarze Tür mündete, traf ihn eine Erdnuss an der Schläfe. Patrick zuckte weder zusammen, noch warf er Erich einen finsteren Blick zu; seine Augen waren starr auf die Ebenholztür gerichtet: Dahinter lag Arthur Hillmanns Arbeitszimmer ...

* * *

Arthur saß auf einem Drehstuhl, einen Telefonhörer zwischen Schulter und Wange geklemmt, und begutachtete seine manikürten Fingernägel. Damals, als er noch eigenhändig Backsteine aufeinandergetürmt hatte, waren seine Hände voller Schwielen gewesen. Jetzt brauchte er nur eine Nummer zu wählen, um eine ganze Kolonne Baumaschinen in die entlegensten Gebiete Südwestafrikas zu entsenden. »Mach dir keine Sorgen, Louis«, sagte er in die Sprechmuschel. Seine Stimme klang ruhig, fast gelangweilt.

Patrick blieb vor dem Schreibtisch stehen, blickte auf seinen Vater herunter und sah sich selbst dort sitzen: einen sehnigen, hochgewachsenen Mann in einem blauen Hemd, das zu seinen Augen passte, und Hosen, die so schwarz waren wie Arthurs säuberlich zur Seite gekämmtes Haar. Patrick hörte, wie hinter ihm die Tür ins Schloss fiel. Er war mit seinem Vater allein.

»Okay, Louis, bis später.« Hillmann legte den Hörer auf die Gabel. Dann hob er den Kopf und musterte Patrick, während er sich mit einem vergoldeten Kugelschreiber nachdenklich an die Zähne klopfte.

»Paps?«

Hillmann neigte sich vor, stützte die Ellbogen auf den Schreibtisch und verschränkte die Finger unter dem Kinn. »Wenn es nach Elsie ginge, bekäme ich von Louis keinen Auftrag mehr«, sagte er. »Und weißt du, warum?«

»Keine Ahnung.« Patrick senkte den Kopf. Was gingen ihn die Probleme des Alten an?

»Weil Sarah schwanger ist!«

Patrick spürte, wie ihm das Blut aus dem Gesicht wich. »Schwanger?«, würgte er hervor.

»Ja! Oder willst du etwa behaupten, dass du nicht mit ihr gebumst hast?«

Patrick hätte sich gern gesetzt, doch in Arthur Hillmanns Arbeitszimmer gab es keinen zweiten Sessel. Er klammerte sich an die Schreibtischkante.

»Warum bist du nicht zu mir gekommen, ehe du dich mit dem Flittchen eingelassen hast?«

Dort, wo Arthurs Kaffeebecher zu stehen pflegte, rechts neben der grünen Filzunterlage, hatte sich ein heller Fleck auf der Schreibtischplatte ausgebreitet. Patrick starrte ihn an. »Ich weiß es nicht, Paps.«

»Und warum musste es ausgerechnet Sarah Engelbrecht sein?«

»Ich liebe sie.«

Arthur verdrehte die Augen. »Wann?«

»Wann was?«

»Ich will wissen, wann du zum ersten Mal mit ihr geschlafen hast!«

»Ach so ... äh ... vor zwei Monaten. Auf unserem Klassenausflug zum Waterberg.«

»War ein Lehrer dabei?«

»Ja – Mister Wright.«

Arthur notierte sich den Namen, und Patrick wusste, dass sein Klassenlehrer so gut wie entlassen war. »Das heißt aber nicht, dass du ungeschoren davonkommst«, hörte er Arthur murmeln.

Patrick richtete sich auf. »Das habe ich auch nicht erwartet, Paps.«

»Nein?«

»Ich werde Sarah heiraten.«

Arthur ließ den Kugelschreiber sinken. »Heiraten?«, flüsterte er und schlug sich mit der flachen Hand an die Stirn. »Du tickst wohl nicht richtig?«

»Wieso?«

»Heiland!« Arthur schüttelte den Kopf. »Er ist nicht mündig, ja, er weiß nicht mal, wie ein Kondom aussieht, aber er will eine Familie gründen, der Herr, und das mit einem Burenmädchen, das einen versoffenen Vater hat.«

»Aber Oom Louis ist doch dein Freund, Paps!«

»Engelbrecht ist mein Geschäftspartner. Und wenn er glaubt, dass er seine Tochter in ein gemachtes Nest setzen kann, hat er sich getäuscht.«

»Was ist das?«, ertönte eine polternde Stimme im Wohnzimmer: Sinna, das schwarze Dienstmädchen, war auf die Erdnuss getreten, die Patrick an der Schläfe getroffen hatte. »Wer hat die Nuss da hingeschmissen?«

Patrick vernahm undeutlich seinen Namen. »Und jetzt, Paps?«

»Du wirst dich für die nächsten drei Monate auf den Hosenboden setzen. Und wenn du deinen Schulabschluss mit Auszeichnung bestanden hast, sehen wir weiter.«

Drei Monate Hausarrest! Bei dem Gedanken brach ihm der Schweiß aus. »Ich kann Sarah doch nicht einfach sitzenlassen, Paps!«

»Und ich kann mir nicht länger mit ansehen, wie dein Füllfederhalter ausläuft.«

Patrick griff sich verdutzt ans Hemd. Es war schweißnass und Sarahs Handschrift auf der Rückseite des Fotos zu einem blauen Klecks zerlaufen. »Ich ...«

»Lass nur.« Arthur winkte seufzend ab. »Ich hab's aufgegeben, mich über dich zu wundern.«

»Hör mir bitte zu, Paps: Sarah ...«

»Sarah ist ein Flittchen, ich weiß.«

Im nächsten Moment flog Arthur Hillmanns Kopf nach hinten. Patrick konnte sich nicht daran erinnern, zum Schlag ausgeholt zu haben. Aber die Knöchel seiner rechten Hand schmerzten, und aus dem vor Staunen geöffneten Mund seines Vaters sickerte Blut.

»O mein Gott!« Patrick hob die Hände. »Das habe ich nicht gewollt ... Ehrlich nicht, Paps!«

Jegliche Farbe war aus Arthurs Augen gewichen; wie Eisblumen funkelten sie Patrick aus seinem braunen, glatten Gesicht an, derweil er in der Hosentasche nach einem Taschentuch kramte. »Das wirst du mir büßen«, sagte er. Seine Stimme klang ebenso gelassen wie vorhin, als er mit Louis Engelbrecht telefoniert hatte.

»Verzeih, Paps. Bitte! Ich wollte nicht ...«

Ein kühler Luftzug strich Patrick über den Rücken, dann stürzte seine Mutter in das Arbeitszimmer, den Blick voller Entsetzen auf Arthur gerichtet.

»Geht mir aus den Augen«, murmelte Arthur in das Taschentuch, »alle beide.«

* * *

Es war immer dasselbe Theater und das Stück inzwischen so oft erprobt worden, dass es die ganze Familie Akt um Akt herunterbeten konnte: Arthur besteigt sein Schlachtross; daraufhin eilt Martha ins Wohnzimmer und mixt einen Drink, Chivas Regal on the Rocks. Den trägt sie ins Arbeitszimmer. Sie hofft, dass Arthur seinen Zorn an ihr auslässt. Doch das tut er nicht, niemals. Er sitzt am Schreibtisch und lutscht rachesinnend am Kugelschreiber. Martha streckt die Arme aus und setzt das Glas mit beiden Händen behutsam auf dem hellen Fleck des Opferaltars ab. Er beachtet sie nicht, sondern wartet, bis sie das Arbeitszimmer verlassen hat. Dann trinkt er den Whisky in einem Zug aus und füllt das Glas aus einer im Bücherschrank versteckten Flasche wieder auf, ehe er auf seinem Weg in den Garten alle Türen hinter sich zuknallt und mit quietschenden Reifen davonbraust. Kaum ist er weg, schlüpft Martha ins Arbeitszimmer. Nein, Arthur hat ihre Opfergabe nicht angenommen. Nun beginnt Martha rastlos umherzuwuseln, als wollte sie einen Staudamm errichten, der verhindern sollte, dass Arthurs Zorn wie eine Flutwelle über die Familie hereinbricht. Das Haus wird aufgeräumt, der Garten in Ordnung gebracht; Martha sorgt dafür, dass immer frische Waffeln auf dem Tisch stehen, die Kinder essen in der Küche, das Radio schweigt, John Wayne verzichtet des Friedens willen darauf, über den Bildschirm zu reiten, und selbst Sinna senkt ihre Stimme zu einem Flüsterton herab. Der Einzige, der mit dem Schwanz wedelt, ist

Cracker, der Schäferhund. Ihm setzt Sinna die verschmähten Waffeln vor. Manchmal verstreichen Tage, manchmal auch Wochen, ehe Arthur Hillmann ans Telefon geht und, so als sei nichts gewesen, eine Party organisiert. Dann lachen die Kinder wieder, plärrt das Radio, knurrt John Wayne, schimpft Sinna und fragt Martha sich, ob Arthur einen neuen Auftrag oder eine neue Freundin an Land gezogen hat ...

* * *

Patrick stieß die Tür zu seinem Zimmer auf. Erich saß mit gekreuzten Beinen vor dem Bücherstapel. Er hatte in einem Bildband geblättert, in einem, in dem nackte Nubamädchen abgebildet waren. Jetzt klappte er das Buch hastig zu, legte es auf den Stapel zurück und wischte die Hände an seinen Shorts ab. »Sei gegrüßt, großer Bruder.«
»Was hast du in meinem Zimmer verloren?«
»Der schwarze Hausdrachen ist hinter mir her.«
»Du hast Sinna doch gesagt, dass ich die Erdnuss auf den Boden geworfen hätte.«
»Hab ich nicht.«
»Ach? Wirklich nicht?«
»Was hat der Alte gesagt?«, wich Erich seiner Frage aus.
Patrick schloss die Tür. Er wollte es nicht sagen und tat es doch: »Ich habe ihm eine gewischt.«
»Was?« Erich erhob sich. Dabei verrutschte das T-Shirt und entblößte seinen weißen Bauch. »Du lügst!«
Patrick hielt seinem Bruder die angeschwollene Hand hin. Sie bebte; er stand noch immer unter Strom, und das Triumphgefühl, das ihn durchrieselte, beunruhigte ihn.
»Scheiße«, entfuhr es Erich, »jetzt darf ich mir für weiß Gott wie lange keine Videofilme mehr ansehen.«
»Du stehst nicht unter Hausarrest. Geh doch zu deinen Freunden.«
»Das sind alle arme Schlucker«, lamentierte Erich. »Von denen hat keiner einen Fernseher.« Er kratzte sich ratlos am Bauch. »Warum hast du dich überhaupt mit dem Alten angelegt?«
Patrick zwängte sich an seinem Bruder vorbei, streifte die Schuhe ab und legte sich auf das Bett. »Ich will jetzt nicht darüber reden.«

In dem Moment knallte eine Tür. Erich pfiff leise durch die Zähne. Der Knall hatte sich wie ein Schuss angehört. »Ich werde dem Alten heute Abend das Garagentor öffnen.«
»Ja, kriech ihm in den Hintern.«
»Was soll ich denn sonst machen? Mit dir und Mum um die Wette heulen?«
»Werde nicht frech, du.«
Erich ahmte John Wayne nach, indem er seinen Mund zu einem schiefen Grinsen verzog. »Pass bloß auf, dass *mir* nicht bald die Faust ausrutscht.«
Ehe Patrick etwas erwidern konnte, war sein Bruder auf dem Korridor verschwunden. Er verschränkte die Arme hinter dem Kopf. Draußen vor seinem Fenster heulte der Mercedes auf, Reifen quietschten, dann hörte Patrick, wie sein Vater den Wagen im ersten Gang die Heinitzburgstraße hinunterjagte, damit alle, die den Luxushügel bevölkerten, auch ja mitbekamen, dass Arthur Hillmann wieder einmal die Nase voll hatte.
Patrick zog das Passbild aus der Brusttasche. Es fühlte sich klamm an. Sarahs braunes Haar schien an ihren Wangen zu kleben. Es hatte auch in der Nacht auf dem Waterberg an ihren Wangen geklebt, und er erinnerte sich daran, wie weiß ihre Haut im Mondlicht geschimmert hatte. Er drehte das Foto um. Nur mit Mühe konnte er die zierliche, von Schweiß aufgeweichte Schrift entziffern: *In Liebe, Sarah.*
»Patrick!«
Er wandte den Kopf, das Foto flach auf die Brust gepresst. Seine Mutter stand in der Tür.
»Was zum Teufel ist in dich gefahren?«
Das wusste er nicht. Er erinnerte sich nur daran, dass sie ihm vor Jahren dieselbe Frage schon einmal gestellt hatte. Er war sechs oder sieben Jahre alt gewesen und hatte ein Haus aus Legosteinen gebaut. Alles war gutgegangen, bis er versucht hatte, die Grundmauern abzudecken. Richtig: Das Dach war eingestürzt, immer und immer wieder, und dann hatte plötzlich ein schwarzer Blitz eingeschlagen, und als Patrick wieder klar denken konnte, hatte er nur das Geräusch in den Ohren gehabt, mit dem die Legosteine an die Fensterscheibe geprasselt waren.
»Es tut mir Leid, Mum.«
Sie hielt sich mit einer Hand an der Türklinke fest. So abgekämpft wie Martha Hillmann aussah, würde sie erst am nächs-

ten Tag mit dem Hausputz beginnen. »Ich hätte dich nicht mit ihm allein lassen sollen.«
»Das hätte ihn auch nicht daran gehindert, Sarah durch den Dreck zu ziehen.«
»Du hast ihn enttäuscht, Patrick.«
»Ich habe mein Leben lang nichts anderes getan. Und das nur, weil ich lieber Vögel beobachte, als mit Backsteinen und Golfbällen zu spielen. Was ist daran so schlimm?«
»Erich interessiert sich auch nicht für Backsteine und Golfbälle, aber er tut zumindest so, als ob. Und er hat sich dabei kein Bein gebrochen.« Im Gegenteil: Seine Heuchelei räumte ihm die Freiheit ein, mit ungekämmten Haaren, zerkratzten Schuhen und heraushängendem Hemd herumlaufen zu können.
»Was geschieht jetzt mit Sarah, Mum?«
»Vergiss das Mädchen.«
»Das kann ich nicht.«
»Doch«, beharrte sie, und der Anflug eines Lächelns, der ihm Mut machen sollte, umspielte ihre schmalen Lippen. Sie sprach aus Erfahrung, aber er konnte sich nicht vorstellen, dass er Sarah nie wiedersehen, niemals mehr ihre Stimme hören, sie nie mehr berühren würde. »Ich liebe sie, Mum. Und sie erwartet ein Kind von mir.«
Martha richtete sich auf. »Du wirst dich trotzdem von ihr trennen, verstanden?« Ohne seine Widerrede abzuwarten, wandte sie sich um und huschte davon.

4

»Scotch?«
»Ja, bitte.«
Arthur setzte sich neben Elsie auf das Sofa, um ihr nicht in die Augen sehen zu müssen, und beobachtete, wie Louis sich einer hüfthohen Buschtrommel näherte. Sie stand in einer mit Holzmasken, Speeren, Bogen und Pfeilen verzierten Ecke. Louis bückte sich, öffnete die an der Rückwand eingelassene Tür und holte eine Flasche Chivas Regal hervor. Bisher hatte das *volk* sein Ge-

heimfach noch nicht entdeckt, und er hoffte, dass Esme und Paulus noch eine Weile vergebens nach dem Schatz suchen würden. Denn sobald sie das Geheimnis der Trommel gelüftet hatten, würde Louis sie entlassen müssen und sich nach einem neuen Paar umsehen, das die Schuhe und die Autos putzte, Elsie den Kaffee ans Bett brachte, die Katzenkiste säuberte, sich um den Haushalt und den Garten kümmerte.

Als Louis die Geheimtür sorgfältig verschlossen hatte und mit dem Glas in der Hand auf ihn zusteuerte, bemerkte Arthur, dass Engelbrecht bereits einen Vorsprung hatte: Er atmete heftig, sein Gesicht war gerötet und die Nase purpurrot angelaufen. »Eis?«

Arthur lehnte dankend ab, denn Louis benutzte nie die Zange, die Martha ihm zu Weihnachten geschenkt hatte, und Gott allein wusste, wie oft er sich an diesem Nachmittag schon am Hintern gekratzt oder an seinen Mundwinkeln herumgefingert hatte.

»Gesundheit.«

»Cheers.«

Arthur nippte an seinem Drink, während Elsie reglos neben ihm hockte und Louis seinen lauwarmen *Brandy & Coke* mit dem Zeigefinger umrührte. Sie warteten, und mit ihnen die ungezählten Nippesfiguren, die das gegenüberliegende Wandregal bevölkerten und aus ihren großen, glänzenden Porzellanaugen auf Arthur herabblickten.

»Hört zu«, begann Arthur. »Die Sache ist mir ebenso unangenehm wie euch, aber ich weiß, wie wir die Angelegenheit diskret aus der Welt schaffen können.«

»Wie denn?«, fragte Louis und leckte den Zeigefinger ab.

»Indem Elsie und Sarah auf meine Kosten nach Holland fliegen.«

»Nach Holland?« Elsie rückte von ihm ab. »Was sollen wir in Holland?«

»In Holland kennt euch niemand, Engel«, erklärte Louis.

»Ach so ...« Es dauerte so lange, wie Louis brauchte, um seine Zigarette anzuzünden, dann fiel bei Elsie der Groschen: »Aber wenn wir zurückkommen, werden die Leute das Kind doch sehen und sich fragen, wo wir es herhaben.«

»Stimmt«, sagte Louis. »Das macht irgendwie keinen Sinn.«

»O doch«, konterte Arthur. »In Holland ist eine Abtreibung möglich, in Südafrika dagegen verboten.«

Elsie sprang auf. Louis ließ sich in seinen Sessel fallen. Beide

starrten Hillmann entgeistert an.»Das können wir nicht machen, Art«, flüsterte Louis.»Das ist Sünde!«
Arthur warf Engelbrecht einen belustigten Blick zu.»Es wäre nicht das erste Mal, dass wir sündigten, nicht wahr, Louis?« Engelbrecht rutschte auf seinem Sessel hin und her.»Außerdem ist Sarah erst achtzehn Jahre alt – ein unmündiges Kind.«
»Trotzdem«, beharrte Elsie. Hektische rote Flecken hatten sich auf ihren Wangen gebildet.»So billig kommst du mir diesmal nicht davon.«
»Diesmal? Ich kann mich nicht daran erinnern, je billig davongekommen zu sein.«
»Es war nicht so gemeint, Art«, sagte Louis.
Doch Elsie stampfte mit dem Fuß auf:»Ich bestehe darauf, dass Patrick und Sarah heiraten!«
Arthur lachte.»Mit Glockengeläut und einem dicken Mercedes in den siebten Himmel, was? Und dann ein hübsches Häuschen, schön eingerichtet, und während die Kinder weiter bedenkenlos Kinder zeugen, schaffen wir die Kohle für die süßen, kleinen Erben heran.« Hillmann schüttelte den Kopf.»Nee, Freunde, so funktioniert das nicht. Wenn die beiden heiraten, sind sie spätestens nach einem Jahr geschiedene Leute. Das garantiere ich euch. Dann sitzt eure Tochter mit dem Kind auf der Straße, und Patrick Hillmann kann keine Alimente zahlen, weil Patrick Hillmann noch nie in seinem Leben gearbeitet hat.« Louis und Elsie wollten ihm widersprechen, doch Arthur hob abwehrend die Hände.»Wisst ihr, was Patrick getan hat, als ich ihn zur Rede gestellt habe? Er hat mir eine in die Fresse gehauen!«
»Was?«, riefen Louis und Elsie wie aus einem Mund.
»Seht euch das an.« Arthur schob seine Unterlippe vor und zeigte ihnen die Platzwunde.»Schön, nicht?«
»Allmächtiger Gott«, stammelte Louis, und Elsie wisperte:»Das ist ja unglaublich.«
»Es ist meine Schuld«, gestand Arthur ihnen seufzend ein. »Ich habe zugelassen, dass Martha ihm alle Steine aus dem Weg geräumt hat. Jetzt glaubt er, dass er nur zu warten braucht, bis ich abkratze, um sich dann in meinen Sessel fläzen und den Tauben beim Turteln zusehen zu können.«
Elsie nahm wieder neben Arthur auf dem Sofa Platz und tupfte ihre Nase mit einem Kleenex ab, während Louis leise fluchend die Buschtrommel ansteuerte. Das hat gesessen, dachte Arthur und

holte zum nächsten Schlag aus: »Ich will, dass Patrick im nächsten Jahr einberufen wird.«

Louis verharrte wie eine Statue an der Trommel, Zigarette im Mundwinkel, Brandyflasche in der erhobenen Hand. »Du wolltest ihn doch ins Ausland schicken?«

»Wollte ich, ja, aber ich habe nicht mein Leben lang geschuftet, damit er in Deutschland Ornithologie studiert.«

»Was für 'n Zeug?«, wollte Louis wissen.

»Vogelkunde«, erklärte Arthur. »Mein Sohn will den Schwalben nachschauen, während sechzigtausend Kubaner an unserer Grenze stehen.«

»Siebzigtausend«, korrigierte ihn Engelbrecht.

»Na also: Unser Land braucht Soldaten. Und wer weiß: Vielleicht bringt ihn die Armee zur Vernunft und macht aus ihm einen halbwegs anständigen Mann.«

Engelbrecht, der gerade dabei war, sich einen neuen Drink zu mixen, goss noch einen Schuss Brandy hinzu und kam grinsend an den Wohnzimmertisch zurück. »Das ist ja ein Ding«, sagte er. Seine Tochter schien er völlig vergessen zu haben.

»Könntest du dafür sorgen, dass Patrick zu den Pionieren kommt?«

»Kein Problem, Art«, sagte Louis und zündete sich am Zigarettenstummel eine neue Lexington an. »Ich werde auch zusehen, dass ihn während der Grundausbildung in Pretoria ein besonders liebenswürdiger Korporal an die Kandare nimmt.«

»Gut.« Arthur erhob sich. »Entschuldigt mich bitte einen Moment.«

Er ging einen schmalen Gang entlang zum Badezimmer. Türen zweigten zu beiden Seiten in die himmelblauen Schlafzimmer ab; die Flurwände waren hellgrün gestrichen. Der Maler hatte auf Elsies Wunsch hin das ganze Haus in Pastellfarben getaucht. Als Arthur im zartrosa gekachelten Bad verschwinden wollte, vernahm er Musik. Er legte das Ohr an die geschlossene Tür zu seiner Linken und glaubte eine murmelnde Stimme zu hören. Er schloss lauschend die Augen.

»… haben noch nicht mit mir gesprochen … Ja, er ist gerade hier, Liebling …«

Arthur grinste. Sarah telefonierte mit Patrick! Sie hatten sich einiges zu erzählen, die beiden Turteltauben. Aber das würde sich bald legen. Dafür wollte er sorgen.

Er schlich in das Bad und verriegelte die Tür. Vor den Milchglasscheiben hingen Spitzengardinen, Topfpflanzen standen auf dem Fensterbrett und unzählige Flaschen, Dosen und Tuben auf der Ablage über den beiden Waschbecken.

Arthur setzte sich auf die Klosettbrille. Elsie hasste es, wenn Männer sich an das Becken stellten und alles vollpinkelten. Er wusste eine Menge über Elsie.

»Das *volk* darf unser Bad nicht betreten«, hatte Louis ihm einmal im betrunkenen Zustand anvertraut. »Elsie hat nämlich Angst, dass die Maid das Klo benutzt und überall ihre Viren hinterlässt. Na ja, eines Tages stand ich am Waschbecken und rasierte mich, als Elsie reinkam und anfing, die Badewanne zu schrubben. Dabei wedelte sie ständig mit dem Hintern vor meiner Nase herum. Da hab ich kurzerhand ihren Bademantel beiseite geschoben und *sie* geschrubbt, hahaha!«

Louis' wabbeliger Bauch hatte Arthur den wahren Grund verraten, weshalb Elsie diese Stellung bevorzugte. Sie brauchte ihn dabei nicht anzusehen und konnte an einen anderen Mann denken – an Arthur Hillmann, zum Beispiel.

Als sie im vergangenen Sommer gemeinsam nach Swakopmund in den Urlaub gefahren waren, hatte Elsie ihn auf dem Campingplatz hinter den Wohnwagen gelockt und mit schlingerndem Gesäß an einer angeblich defekten Gasflasche herumgedreht. Er hatte damals ihren Wink nicht verstanden und dankte nun Gott dafür, denn er war inzwischen davon überzeugt, dass Elsie ihn erpresst hätte. So billig kommst du mir diesmal nicht davon, hatte sie gesagt und ihn mit ihren Worten ebenso erstaunt wie Louis mit seinen Tränen, die ihm auf dem Hinterhof der Tankstelle in die Augen getreten waren.

Während Arthur sich die Hände wusch, betrachtete er sein Spiegelbild: Es hatte eine gewisse Ähnlichkeit mit Paul Newman. Seine Haut war glatt, sonnengebräunt. Von einer Krise keine Spur. Nur als er lächelte, verriet seine schmale Unterlippe, dass er einen Schlag hatte einstecken müssen, allerdings einen, der sich als nützlich erwiesen hatte.

Er spülte, öffnete die Tür und trat in den Flur hinaus. Die Musik in Sarahs Zimmer war verstummt. Stimmen schwebten ihm aus dem Wohnzimmer entgegen. Louis betonte gerade, dass Patrick verdorben sei, ein Zivilist eben, der nicht unter die Haube, sondern unter einen Stiefel gehörte.

»Und Sarah?«
»Du hast gehört, was Art gesagt hat.«
»Ich nehme von Hillmann keine Befehle entgegen!«
»Patrick hat ihm eine heruntergehauen, Engel. Der Junge ist imstande und geht irgendwann auf Sarah los. Und wenn er nach ein paar Jahren das Weite sucht, sitzt Sarah mit dem Kind auf der Straße, ohne studiert oder einen ordentlichen Beruf erlernt zu haben. Es ist das Beste für sie, glaub mir.«
»Ach, du hast doch überhaupt keine Ahnung, was eine Abtreibung für ein junges Mädchen bedeutet!«
»Du vielleicht?«
»Ich bin eine Frau. Außerdem habe ich einen Artikel darüber in der *Huisgenoot* gelesen. Wenn Sarah an einen Pfuscher gerät, kann sie keine Kinder mehr bekommen.«
»Da bin ich wieder«, sagte Arthur.
Elsie steckte ihre Nase in das Kleenex, und Louis umklammerte die Lehnen des Bambusrohrsessels. Arthur sah, dass Elsies Schultern zuckten. Er blieb hinter dem Sofa stehen. »Mach dir keine Sorgen, Elsie«, sagte er. »Doktor Langehaans versteht sein Handwerk.«
»Mörder!«
»Bitte, Engel.«
Arthur fasste Elsie an den Schultern. »Du musst dir über eins im Klaren sein, Mädchen: Mein Sohn wird deine Tochter nicht heiraten. Und wenn du mir mit Alimenten kommst, werden wir vor Gericht dreckige Wäsche waschen. Dabei könnte mehr herauskommen, als dir lieb ist.«
»Du hundsgemeines Schwein!«, stieß Elsie hervor.
»Na endlich«, sagte Arthur. »Jetzt hat sie's kapiert.«

* * *

Das nachlaufende Wasser verschluckte die Stimmen der Erwachsenen, denn Arthur hatte versäumt, den defekten Spülhebel anzuheben. Sarah wollte gerade ins Badezimmer gehen und das Geräusch abstellen, als jemand mit klappernden Absätzen durch den Flur eilte. Kurz darauf krachte die Badezimmertür ins Schloss, dann hörte Sarah, wie ihre Mutter zu weinen anfing.
Sarah trat an den Nachttisch und schaltete ihren Radiorecorder ein. Doch selbst Paul Young vermochte Elsies Schluchzen

nicht zu übertönen. Es hörte sich an, als würde ihre Mutter lachen. Sarah legte sich auf das Bett, zog die Beine an den Leib und barg ihr Gesicht in dem flauschigen Fell eines Teddybären, den Patrick auf dem Schulbasar gewonnen und ihr geschenkt hatte. Ricky ...
Wortfetzen wehten aus dem Garten zu ihr ins Zimmer herein: »... sorg dafür, dass sie sich an unsere Abmachung hält, Louis – kein Problem, Art.« Ein Mercedes entfernte sich mit leisem Brummen, dann war es eine Weile so ruhig, dass Elsies Gewimmer ihr in den Ohren wehtat, und als Louis endlich an die Tür pochte, klangen seine Knöchel wie Schmiedehämmer.
»Sarah!«, rief er mit gedämpfter Stimme. »Sarah?«
Sie drehte sich zur Wand um. Im selben Moment schwang die Tür auf, und ihr Vater kam in das Zimmer. Louis war betrunken, mutig, dennoch wusste er nicht, wie er sich im Reich der Stofftiere verhalten sollte. Als sie ein Kind gewesen war, hatte er oft an ihrem Bett gesessen und den Tieren seine Stimme geliehen. Irgendwann hatte er jedoch ihre Sprachen verlernt, und nun näherte er sich befangen in seinen klobigen Stiefeln und der braunen Uniform. Er hielt dabei seinen Kopf vorgestreckt und fingerte nervös an den Mundwinkeln herum.
Sarah wischte mit der flachen Hand die Tränen aus ihren Augen, während Louis neben dem Bett verharrte und mit einem gequälten Gesichtsausdruck auf seine Tochter herunterlächelte.
»Hei, Kind«, sagte er.
»Pa?«
»Ich muss mit dir reden.« Louis blickte sich nach einer Sitzgelegenheit um, konnte jedoch keinen Stuhl entdecken und setzte sich auf die Bettkante. Sie knarrte bedrohlich unter seinem Gewicht. »*Jong*«, sagte er, »wenn ich jetzt einen ziehen lasse, gehören wir der Vergangenheit an.«
Sarah lachte. Es brach ungehemmt aus ihr hervor. Sie fing das Gelächter mit den Lippen auf und schluckte es hinunter, ehe es in ein Schluchzen übergehen konnte.
»Es tut mir Leid, dass ich dir eine geknallt habe«, sagte er. »Ich war völlig durcheinander.«
Sie nickte.
Louis fummelte eine Lexington aus der Brusttasche, schob sie zwischen die Lippen, erinnerte sich, wo er war, und steckte die Zigarette wieder in die Schachtel zurück.

Sarah wälzte sich herum. »In der Nachttischschublade steht ein Aschenbecher, Pa.«

»Hei«, sagte er. Aber er wusste, dass sie heimlich rauchte, und sie grinsten einander an wie verschwiegene Freunde. Wenn nur das Problem nicht wäre! Aber wenn das Problem nicht wäre, säße er nicht an ihrem Bett ... Sarah stemmte sich hoch und lehnte sich mit dem Rücken an die Wand. Louis hielt ihr die zerknitterte Packung hin: »Friedenspfeife?«

Sarah schüttelte den Kopf. »Lieber nicht.«

Louis blickte sie stirnrunzelnd an, dann sah er, wie sie die Arme über dem Trainingsanzug kreuzte, und wandte sich hüstelnd ab.

»Pa kann ruhig rauchen. Ich mag den Geruch einer Lexington.«

Louis nickte. »Eine Million Minenarbeiter können sich nicht irren«, behauptete er und riss ein Zündholz an. Eine Weile sahen sie dem kräuselnden Rauch nach und lauschten der Musik aus dem Radiorecorder. »Wer singt da?«, fragte Louis.

»Paul Young.«

»Und wie heißt das Lied?«

»*Yesterday's Hero.*«

»Es gefällt mir.«

»Ehrlich, Pa?«

»Nun, es hört sich auf jeden Fall besser an als Mas Geheule.«

Sarah biss sich auf die Unterlippe.

»Fang du jetzt bitte nicht auch noch damit an.« Er hob die Hände, als wollte er sich die Ohren zuhalten. »Ich kann das nicht ertragen.«

Sarah zog die Nase hoch. Der Rauch brannte in ihren Augen. Sie reichte Louis den Aschenbecher. »Was jetzt, Pa?«

»Wir haben ein Problem, Kind.« Louis räusperte sich. »Wir gewinnen jede Schlacht, und trotzdem sind wir dabei, den Krieg zu verlieren ... Verstehst du, was ich meine?«

Sie schüttelte den Kopf.

»Hei, wie soll ich dir das erklären?« Er stützte die Ellbogen auf die Knie und starrte den blauen Teppichboden an. »Pass auf«, sagte er. »Als die Franzosen, Belgier, Portugiesen und die Engländer merkten, dass ihre Kolonien in Afrika mehr kosteten als sie einbrachten, entließen sie ein Land nach dem anderen in die Unabhängigkeit und stürzten den Kontinent ins Chaos. Egal, ob im Sudan, im Kongo, in Kenia, Rhodesien, Nyasaland, Nigeria, Ghana, Algerien oder in Angola, überall brachen Machtkämpfe aus, aber der Westen, der ungerührt zugesehen hat, wie Afrika verblutete, zeigt jetzt mit dem Finger auf uns, weil wir die Apartheid nicht von heute auf morgen abschaffen und allen, auch den Analphabeten, das Stimmrecht zusichern. Dabei weiß doch jedes Kind, dass die SWAPO sich vorwiegend aus Ovambo zusammensetzt und die Ovambo mehr als die Hälfte der Bevölkerung ausmachen. Wenn die UNO in Südwest eine Ein-Mann-eine-Stimme-Wahl ausruft, kommt die SWAPO ans Ruder. Dann stehen die Kommunisten nicht an unserer Nordgrenze, sondern vor dem Oranje.«

Sarah beobachtete ihren Vater, wie er leicht schwankend auf der Kante saß, den runden Kopf zwischen die Schultern gezogen, den Blick in die Ferne gerichtet. Er verweilte in Gedanken an einem Ort, an dem es nichts ausmachte, wenn man seine Zigarettenasche auf den Boden schnippte.

»Als Angola im November fünfundsiebzig unabhängig wurde, ging das Land in Flammen auf«, fuhr er wie in einem Selbstgespräch fort. »Die Portugiesen flohen Hals über Kopf und kamen hier zu Tausenden mit leeren Händen an. Ich sehe uns eines Tages selbst mit leeren Händen dastehen, denn wieder einmal schaut der Westen tatenlos zu, wie sich der Osten ein afrikanisches Land einverleibt.« Louis rauchte, Tränen in den Augen. »Ein junger Afrikander, der sich einen Platz an der Sonne sichern will, muss deshalb für eine gute Ausbildung sorgen. Und die kann dir nur eine Uni in Südafrika geben.«

Sarahs Magen verkrampfte sich. »Ich will nicht weg, Pa.«

»Wir haben keine Zeit zu verlieren, Sarah! Bei all den kleinen Zugeständnissen, die wir gemacht haben, wird es nicht mehr lange dauern, bis uns die Zügel aus der Hand gerissen werden. Dann musst du dem *volk* um mindestens drei Schritte voraus sein. Ich sag dir was, Sarah: Studiere Medizin. Ärzte werden auf der ganzen Welt gebraucht.«

»Ich will hierbleiben, Pa. Ricky und ich ...«

»Patrick wird im Januar einberufen.«

Sarah stieß sich von der Wand ab. »Was?«

»Oom Arthur besteht darauf. Du wirst Patrick zwei Jahre nicht sehen. Anschließend geht er ins Ausland. Es hat also keinen Sinn, dass du auf ihn wartest.«

»Er will mich heiraten, Pa!«

Louis warf den Kopf herum. »Sagt wer?«

»Ricky.«

»Ach, ihr habt telefoniert?« Louis zermalmte die Zigarette im Aschenbecher. »Dann hat er dir sicher auch gesagt, dass er seinem Vater eine heruntergehauen hat?«

Das Blut wich aus Sarahs Gesicht. »Das ist nicht wahr«, flüsterte sie.

»Frag deine Mutter! Sie hat die Platzwunde auf Oom Arthurs Unterlippe gesehen. Er ist auf ihn losgegangen. Auf seinen eigenen Vater!«

»Warum, Pa?«

»Weil ... weil er genauso rücksichtslos ist wie sein gottverdammter Vater.«

»Wie bitte?« Sarah blinzelte. »Pa und Oom Arthur sind doch Freunde!«

»Nein!« Louis erhob sich schnaufend. »Ich habe keine Freunde.«

»Jetzt begreife ich gar nichts mehr.«

»Ich weiß, aber wenn du älter bist, wirst du verstehen, dass ich immer nur das Beste für dich gewollt habe.«

»Und was soll aus dem Kind werden?«

Louis stellte den Aschenbecher auf dem Nachttisch ab und legte Sarah eine Hand auf den Unterarm. »Hör zu«, sagte er, »du wirst in zwei Wochen mit Ma nach Holland fliegen.«

Sarah wusste, was das bedeutete. Sie blickte ihn an, wie ihn einst ein gefangener Guerilla angesehen hatte, als ihm klargeworden war, dass sie ihn aus dem Hubschrauber werfen würden. Der Blick drang ihm wie ein Messer ins Herz. Er wandte sich ab und eilte aus dem Zimmer.

3. KAPITEL

5

Als Kondjouras Mutter erwachte, galt ihre erste Sorge dem Ahnenfeuer. Sie wandte den Kopf, und als sie im hinteren Teil der Rundhütte eine Rauchsäule aus der erhöhten Feuerstelle steigen sah, schloss sie dankbar die Augen. Wäre das heilige Feuer erloschen, hätte Ngaturipures Sippe über Nacht aufgehört zu existieren; dann wären sie lebende Tote gewesen, bis Ngaturipure mit einem heiligen Quirlstab ein neues Ahnenfeuer entfacht hätte ... Einmal hatten sich die Ahnen von ihrer Großmutter abgewendet, und Ondjandje erinnerte sich mit Schaudern an die Geschichte, die ihr die Alte immer und immer wieder erzählt hatte:

»Dein Urgroßvater starb in einer eisigen Winternacht. Zuerst dachten wir, der Alte könne sich vor Kälte nicht rühren. Wir schleppten ihn raus in die Sonne. Doch am Mittag waren seine Glieder immer noch steif, und als die Hunde anfingen, an ihm herumzuschnüffeln und ihm die Fliegen in die Nase krabbelten, schlachtete dein Großvater einen heiligen Ochsen, wickelte den Alten in das Fell und begrub ihn in der Nähe der Epupa-Wasserfälle.

Nachdem alle Verwandten das Grab besucht und sich an dem Opferochsen satt gegessen hatten, verließ dein Großvater mit dem Rest der heiligen Herde den Kral, schnitzte sich aus dem Zweig eines wilden Selleriebaums einen Quirl, entfachte sein eigenes Ahnenfeuer und ernannte mich zur Hüterin der heiligen Flamme.

Ich trug das Feuer fortan jeden Abend in meine Hütte und am Morgen wieder hinaus zum Opferaltar. Ich war damals eine glückliche Frau, denn unser Land kannte keinen Krieg. Wohin man blickte, weideten die Rinder der Himba und der Herero friedlich nebeneinander. Doch dann kamen die Nama, die roten Menschen, aus dem Süden herauf und fielen wie die Hyänen über unser Vieh her. Wir wehrten uns so gut wir konnten, aber wir kamen mit unseren Wurfkeulen nicht gegen ihre Gewehre an. Und kaum hatten die Nama unsere Rinder fortgetrieben, kamen die Deutschen und wollten uns das Land streitig machen. Daraufhin machten die Herero einen Aufstand, und wir mussten abermals fliehen.

Ich trug das Ahnenfeuer quer durch das Kaokoland und über den Kunene hinweg nach Angola. Dort sah ich den ersten Weißen, einen Elefantenjäger. Der hat eine Zigarette nach der anderen geraucht. War die eine heruntergebrannt, hat er sich die nächste an dem Stummel angezündet. So habe ich das auch mit dem Ahnenfeuer gemacht, und es ist nie ausgegangen, all die Regenzeiten nicht, die die Herero gegen die Deutschen gekämpft haben.

In Angola lernten wir von den Buren, wie man Mais anpflanzt. Später hörten wir dann, dass die Deutschen von diesen Buren besiegt wurden. Wir kehrten mit jubelnden Herzen zurück. Doch die Buren nahmen ein Stück Papier, machten Striche darauf und sagten: So, das Land zwischen dem Kunene und dem Hoanibfluss, das ist das Kaokoland, und im Osten, das ist das Ovamboland, und im Süden, das ist das Damaraland, und im Westen, da ist die Küste, und die gehört den Robben. Das beschlossen sie, ohne die Himba, die Ovambo oder die Damara zu fragen, ob sie mit diesen Grenzen einverstanden seien.

Kurz darauf begann es zu regnen; nicht nur ein bisschen, sondern heftig: Rututumo-Rututumo-Rututumo! So ging das den ganzen Tag und die ganze Nacht. Dein Großvater verbrannte in seiner Verzweiflung die Stängel von einem Schlangeneierbusch, damit der Regen endlich aufhörte, aber der Zauber wirkte nicht – Ndjambi Karunga, der allmächtige Gott, weinte!

Ich ließ das Ahnenfeuer in der Hütte brennen und ging raus, um trocknes Holz zu sammeln. Aber, ha-ah, es gab keines. Die Rinder standen bis zu den Fesseln im Wasser. Schließlich habe ich ein paar Äste über die Glut gehalten und gewartet, bis sie halbwegs trocken waren. Dein Großvater wurde immer nervöser, weil er sich nicht an den Opferaltar setzen und die Ahnen am heiligen Feuer um Beistand anflehen konnte. Und es regnete und regnete, und in der dritten Nacht ist das Wasser durch eine undichte Stelle im Dach direkt ins heilige Feuer getropft.

Als ich aufwachte, bemerkte ich sofort, dass etwas nicht stimmte: Die Luft roch nach Regen. Sie war sauber, reingewaschen vom Qualm, der aus der Feuerstelle gestiegen und das Atmen zur Qual gemacht hatte. Ich kroch zur Feuerstelle, um in der Asche zu wühlen, doch meine Finger versanken im Schlamm, und mein Herz wurde zu einem Stein, der so laut an meine Brust poch-

te, dass er das Geräusch des Regens übertönte. Das heilige Feuer war erloschen: Die Ahnen hatten sich von uns abgewendet ...
Dein Großvater setzte sich an den überschwemmten Opferaltar und versuchte vergeblich, ein neues Feuer zu entfachen. Er rieb sich die Hände an dem Quirl wund, und er gab erst auf, als seine aufgescheuerten Handflächen den Stab rot färbten. Dann verkroch er sich unter einem Ochsenfell und blieb zwei Tage im Regen hocken, während wir in unseren Hütten lagen und uns fragten, was wir falsch gemacht hatten.
Wir waren ratlos, denn kein Fremder hatte die heilige Schneise zwischen meiner Hütte und dem Opferaltar überschritten, ohne dass er vorher am heiligen Feuer den Ahnen vorgestellt worden wäre; niemand hatte heimlich die Milch einer heiligen Kuh getrunken, und keiner hatte sich mit der Glut des Ahnenfeuers die Pfeife angezündet ...
Als die Sonne endlich rauskam, nahm dein Großvater eine mit Wasser gefüllte Holzschüssel, tat Mopaneblätter hinein und reinigte uns, indem er die Schwanzquaste eines Stieres in das Weihwasser tauchte und den ganzen Kral damit besprengte: uns, die Hütten, das Vieh, ja selbst die Köter. Dann erdrosselte er seine Lieblingsfärse und entfachte ein neues Ahnenfeuer.
Seit jenem Tag hat mich mein Partner – dein Großvater – nicht mehr angerührt. Er war davon überzeugt, dass ich die Ahnen erzürnt hatte. Wie du weißt, sind die Frauen für den Bau der Hütten zuständig, und er glaubte, ich hätte das Dach nicht ordentlich mit Kuhdung und Lehm abgedichtet. Das stimmt aber nicht. In Wirklichkeit war er schuld am Zorn der Ahnen, weil er sich weder gegen die Schwarzen noch gegen die Weißen aufgelehnt hatte. Und ich sage dir: Eines Tages werden entweder die Weißen oder die Schwarzen in unser Land kommen und die Ahnenfeuer der Himba löschen ...«
Ondjandje fröstelte. Sie setzte ihren Kopfschmuck – eine kunstvoll gefaltete Rosette aus Lammfell – auf, dann schaufelte sie mit einem Zweig ein paar Glutwürfel auf eine Tonscherbe und kroch durch den hüfthohen, tunnelartigen Eingang in den heraufdämmernden Tag hinaus.
Im Tal war es noch dunkel, aber in der Krone des Weißstammbaums zwitscherten bereits Vögel, und die Bergspitzen hatten eine gräuliche Färbung angenommen. Während Ondjandje zum Opferaltar ging, die Tonscherbe zwischen Daumen und Zeigefinger

geklemmt, strich ihr die Wärme der Glut sanft über die Hand. Es war ein beruhigendes Gefühl für sie, so als würden die Ahnen ihr auf diese Weise mitteilen, dass Kondjoura und Ngaturipure wohlauf waren, dass ihre Großmutter sich getäuscht hatte, dass die Zukunft der Himba gesichert war und die Ahnenfeuer ewig brennen würden.

Sie schüttete die Glut auf den mit Steinen ausgelegten Opferaltar und entfachte das Ahnenfeuer. Die aus den Mopanezweigen emporzüngelnden Flammen weckten die heiligen Rinder. Ondjandje hörte, wie die Gepriesenen sich nacheinander stöhnend erhoben, und sie sah die Augen der Tiere hinter der schützenden Dornenhecke aufleuchten. Es waren prächtige Rinder, rostrot, hochbeinig, mit armlangen Hörnern. Da Ngaturipure sie von seinem Vater geerbt hatte, waren sie unverkäuflich. Sie durften nie länger als einen Tag vom heiligen Feuer getrennt und nur zu Opferzwecken erdrosselt oder geschlachtet werden; selbst ihre Milch galt als unantastbar, bis Ngaturipure am Ahnenfeuer einen Schluck aus dem Melkeimer getrunken und sie somit zum Gebrauch freigegeben hatte.

Ehe Ondjandje in ihren Bau zurückkehrte, blieb sie vor Rijamekees Jungfrauenhütte stehen. »*Oiri yokukanda!*«, rief sie. »Es ist Zeit zum Melken!«

Kondjouras Schwester murmelte etwas Unverständliches.

»Denk daran, dass dein Vater fort ist«, sagte Ondjandje.

»Ja, Mutter«, erwiderte Rijamekee schlaftrunken und ein wenig mürrisch zugleich, denn sie wusste sehr wohl, dass nur Ngaturipure und sonst niemand die Milch der Gepriesenen entweihen durfte. »Ich werde die Kühe melken, die nicht zu den heiligen Rindern gehören.«

»Dein Kopf ist ebenfalls erwacht«, stellte Ondjandje lächelnd fest und verschwand in ihrer Hütte, um ihren Schmuck anzulegen und ihre Haut mit Ocker und Balsam vermischtem Butterfett einzureiben. Sie hatte gerade ihre Körperpflege beendet, als Rijamekee einen hölzernen Melkeimer im Eingang abstellte und sich links neben der Hütte an das erloschene Herdfeuer setzte.

»Die heilige Kuh mit dem weißen Fleck auf der Stirn hat gekalbt«, sagte Rijamekee.

»Hat sie diesmal eine Färse bekommen?«, fragte Ondjandje und zwängte ihre linke Hand durch einen schneckenförmig gedrehten Armreifen, der bis zu ihrem Ellenbogen hinaufreichte.

»Nein, wieder einen Jungstier.« Rijamekees Kopf tauchte im Eingang auf. Sie hatte ein ovales, offenes Gesicht mit vollen Lippen und schwarz glänzenden Augen, die von den herunterbaumelnden Zöpfen halb verdeckt wurden. »Wann kommt mein Vater endlich aus Angola zurück, um dem neugeborenen Kalb einen Namen zu geben und uns Kondjouras Braut Tjizire vorzustellen?«

Ondjandje, die einen Schluck Milch getrunken hatte, ließ den Eimer sinken und wischte ihre Lippen am Oberarm ab. »Ich weiß es nicht«, sagte sie. »Dein Vater und dein Bruder haben einen weiten Weg vor sich.«

»Sollen wir trotzdem heute schon die Dornenhecke ausbessern?«

»Nein«, sagte Ondjandje und begann die Milch durch einen hölzernen Trichter in Flaschenkürbisse umzufüllen. »Geh mit den anderen Mädchen spielen. Aber vergiss nicht, dass du kein Kind mehr bist: Beweg dich mit Würde.«

Rijamekee fegte grinsend die Zöpfe aus ihrem Gesicht. »Du hast ein großes Herz, Mutter.«

»Ja«, pflichtete Ondjandje ihrer Tochter bei, »aber seit dein Vater fort ist, schlägt es sehr träge.«

Das war nicht nur Rijamekee, sondern auch den anderen Frauen recht: Als die Hirten das Vieh auf die Weide getrieben hatten, setzten sie sich unter den Weißstammbaum, plauderten und genossen die Gewissheit, dass Ngaturipure zu weit entfernt war, um ihnen Befehle erteilen zu können.

Bei Sonnenuntergang trug Ondjandje das Ahnenfeuer in ihre Hütte und machte es sich auf dem Ochsenfell bequem. Es bereitete ihr ein großes Vergnügen, die Arme und Beine ausstrecken zu können, ohne irgendwo anzustoßen, und sie vermisste Ngaturipures schlürfendes Schnarchen nicht im Geringsten.

6

Rechts neben dem schmiedeeisernen Tor war ein Messingknopf in dem Stützpfeiler der Grundstücksmauer eingelassen. Paulus presste den Daumen auf die Klingel. Fast gleichzeitig begann oben in der doppelstöckigen Villa ein Schäferhund zu bellen. Paulus ließ die Hand fallen und trat an das Tor, damit Baas Hillmann ihn sehen konnte und den Köter einsperrte – einmal, als Paulus an einem Samstag den Rasen gemäht hatte, war der Hund aus der Küche entwischt und auf ihn losgegangen ...

Paulus blickte an dem schmiedeeisernen Tor empor. Er konnte sich nicht erklären, wie er damals mit einem Satz über die zwei Meter hohen Spitzen hinweggehechtet war. Weltrekord, hatte Baas Hillmann gesagt und ihm einen Zehner durch das Gitter gereicht.

Paulus rüttelte an den Stäben. Er hatte Baas Hillmann etwas Wichtiges mitzuteilen, etwas, das ihm mehr als einen Zehner einbringen würde. Nun komm schon, dachte er und krümmte die Zehen, um in den Gummistiefeln einen besseren Halt zu finden. Seine Füße schmerzten. Er hatte den weiten Weg vom Suiderhofviertel bis zur Heinitzburgstraße im Eilschritt zurückgelegt, immer bergauf. Und jetzt trödelte Baas Hillmann herum, anstatt aus der Villa zu stürzen, sich die Neuigkeiten anzuhören und Paulus mit einem Batzen Geld nach Hause zu schicken. Er war in Eile: Baas Engelbrecht konnte jeden Augenblick vom Flughafen zurückkehren.

Eine Tür krachte ins Schloss. Endlich! Paulus spähte die Auffahrt hinauf. Er sah den goldfarbenen Mercedes vor der Garage stehen. Rechts davon bewegte sich eine Gardine im unteren Stockwerk der Villa. Dann erschien Kleinbaas Patricks Gesicht am Fenster, weiß wie die Sonne, die über Paulus am wolkenlosen Himmel stand. Der Junge starrte ihn an, und Paulus dachte an den Brief, den Kleinmissus Sarah kurz vor der Abfahrt Esme zugesteckt hatte ... Eine schwarze Gestalt schob sich plötzlich zwischen ihn und den Jungen.

Seine Schwiegermutter!

Er hatte wahrhaftig einen schlechten Tag erwischt, denn sie walzte wie ein schwarzer Bulldozer die Auffahrt hinunter, die Arme abgewinkelt, das runde Gesicht verkniffen. Er hob lächelnd eine Hand: »Hallo, Sinna.«

Sie blieb stehen und stemmte die Fäuste in die Hüften. Sinna trug ein rotes Kopftuch und ein weißes Kleid, das wie ein aufgebauschtes Zelt aussah. »Was willst du?«, keifte sie auf Afrikaans, als sei er irgendein dahergelaufener Lump. »Heute ist Mittwoch. Du sollst erst am Samstag kommen.«

»Ich muss Baas Hillmann sprechen.«

»Nee, Mann!« Sinna schnalzte missbilligend mit der Zunge.
»Mister Hillmann hat keine Zeit.« Sie betonte das Mister.
»Es ist dringend, Sinna.«
»Mister Hillmann hat Schreibarbeit zu erledigen.« Sie schob ihr Doppelkinn vor. »Und wenn Mister Hillmann Schreibarbeit zu erledigen hat, will er nicht gestört werden.«
Paulus fragte sich, wie sein Schwiegervater es fertiggebracht hatte, mit dieser Frau ein Kind zu zeugen. Wie war der Alte bloß an sie herangekommen? »Bitte, Sinna«, flehte er sie an. »*Asseblief tog!*« Und siehe da: Die Falten auf ihrer Stirn glätteten sich!
»Hat Mister Engelbrecht dich geschickt?«
»Nein«, sagte er, dann wie aus der Pistole geschossen: »Doch!«
»Was nun?«
»Missus Engelbrecht hat mich geschickt.«
Sinna kniff argwöhnisch die Augen zusammen. »Um was geht es?«
Er zögerte.
»Mir kannst du das ruhig sagen, Paulus«, säuselte sie. »Ich bin doch deine Schwiegermama.«
»Bei Missus Engelbrecht sitzt ein Baas, der mit Baas Hillmann Geschäfte machen will.«
»Warum hat sie nicht angerufen?«
»Dein Baas geht nicht ans Telefon.«
»Na schön, dann komm!«
Paulus hatte schon die Hand nach dem Riegel ausgestreckt, als ihm etwas einfiel: »Wo ist der Hund?«
Sinna lachte. Es klang wie das Lachen eines unbeschwerten Mädchens. Und es steckte an. Grinsend folgte er ihr. Er bewegte sich in ihrem Windschatten, versteckte sich hinter ihrem breiten Rücken, doch als sie an Kleinbaas Patricks Fenster vorübergingen, sah er zu seiner Erleichterung, dass der Junge die Gardine wieder zugezogen hatte.
»Warte hier«, befahl Sinna außer Atem.
Er blieb auf dem mit Steinplatten gepflasterten Pfad stehen und beobachtete, wie Sinna in der Villa verschwand. Sie passte kaum durch die Tür.
Während er wartend in der Sonne stand, bildeten sich Schweißperlen auf seiner Oberlippe. Er sah sie auf seinem schütteren Schnurrbart funkeln, als er die Lippen schmollend vorschob. Was brauchte der Baas so lange? Er musste wieder vor dem Rosen-

beet knien, ehe Baas Engelbrecht zurückkam. Ja, was, wenn Baas Engelbrecht nicht direkt nach Hause fuhr, sondern erst hier vorbeikam, um seinen Kummer zu ersäufen? Verdammt! Und was, wenn Kleinbaas Patrick ihn anquatschte, sich erkundigte, wie es Kleinmissus Sarah ging, oder ihm einen Brief zuschmuggelte und – *eijee*! – Baas Hillmann ihn dabei erwischte?

Paulus verschränkte die Hände hinter dem Rücken und wollte gerade den Rückzug antreten, da erschien Baas Hillmann in der Tür. Der Weiße ging auf ihn zu, als hätte er Sprungfedern unter den Sohlen. »Mach es kurz«, sagte er, »ich bin dabei, einen Kostenvoranschlag auszuarbeiten.«

Paulus wusste nicht, was ein Kostenvoranschlag war, aber fest stand, dass es sich dabei um eine langwierige Sache handeln musste, denn Baas Hillmann war unrasiert und sah irgendwie zerknittert aus, so als sei er seit Tagen nicht aus seinem taubengrauen Anzug herausgekommen. Und er war gereizt: »Wer will Geschäfte mit mir machen?«

Paulus griff an seine Brusttasche und merkte, dass er die Sonnenbrille vergessen hatte. Er zog das Kinn an die Brust. »Sie sind weg«, sagte er zu Baas Hillmanns Schuhspitzen.

»Wer?«

»Kleinmissus Sarah und Missus Engelbrecht. Sie haben heute Morgen ihre Sachen gepackt und sich vom Baas zum Flugplatz bringen lassen.«

»Weißt du, wo sie hingeflogen sind?«

Paulus zuckte die Achseln. »Nein, keine Ahnung, Baas. Aber sie haben geheult. Alle drei haben sie geheult, auch Baas Engelbrecht. Und die Koffer waren schwer. Ich konnte sie kaum zum Auto tragen.«

»Gut.« Baas Hillmann schnippte mit den Fingern. »Weiter.«

»Nichts weiter, Baas«, murmelte Paulus. Dann streckte er die Hand aus, bettelnd.

»Mann, ich hab jetzt keine Zeit, den Weihnachtsmann zu spielen«, sagte Baas Hillmann. »Du kriegst dein Geld am Samstag.«

Paulus hob den Kopf. Er wollte dem Baas sagen, in welche Gefahr er sich begeben hatte, wie weit er für diese Nachricht in seinen viel zu großen Gummistiefeln gelatscht war, doch Hillmanns eisiger Blick ließ ihn augenblicklich verstummen. Er wandte sich um und stiefelte, Kostenvoranschläge verfluchend, in das Suiderhofviertel zurück.

7

Ungewohnt die Menschenmassen, Kanäle und die dichtgedrängten, in den Himmel wachsenden Gebäude; fremdartig die aus den Gassen und Straßen brodelnden Gerüche; unvergleichbar der tosende Verkehr und die flackernden Lichtreklamen. Nur das Krankenhaus unterschied sich kaum von dem in Windhoek: Auch hier spiegelnde Gänge, rastlose Schwestern und eine allgegenwärtige, sterile Kälte, die Sarah erschauern ließ.

»Sie kommen aus Südafrika?«

»Nein, aus Südwestafrika.«

Der Arzt ließ das Krankenblatt sinken und musterte Elsie durch seine randlose Brille. Langehaans hatte kalte, grünliche Augen, die einen krassen Gegensatz zu seinem rosigen Gesicht und der väterlichen Glatze bildeten. »Ich sehe da keinen Unterschied, Mevrou Engelbrecht.«

»Falls Sie das nicht wissen sollten, Doktor: Südwestafrika liegt nördlich des Oranje.«

»Ich weiß, dass Namibia von Südafrika verwaltet wird und in beiden Ländern Schwarze unterdrückt werden. Das genügt mir vollauf.«

Seit Sarah mit ihrer Mutter in Amsterdam gelandet war, hatte es ihrer Herkunft wegen Schwierigkeiten gegeben: an der Zollschranke auf dem Flughafen, im Taxi, am Empfangsschalter des Hotels und nun im Krankenzimmer. »In Amerika und Australien herrschen ähnliche Zustände«, zischte Elsie. »Nur dass man dort die Eingeborenen nahezu ausgerottet hat.«

»Das gibt den Südafrikanern noch lange nicht das Recht, ihre schwarzen Mitbürger zu unterdrücken.«

»Sie haben es wohl auf mich abgesehen, weil mein Mann der südafrikanischen Armee angehört, was?«

Langehaans warf das Krankenblatt auf das Bett und wischte die Hände an seinem weißen Kittel ab. »Diese Behauptung ist lächerlich, Mevrou Engelbrecht.«

»Ach, wirklich? Ich glaube nicht, dass Sie den afrikanischen Diktatoren ebenfalls politische Standpauken halten.«

»Bitte, Ma.«

»Nein, nein!« Elsie neigte sich im Sessel vor und tätschelte Sarahs Hand. »Das brauchen wir uns nicht gefallen zu lassen.«

»Ich mir auch nicht«, sagte Langehaans. »Gute Nacht.«
»Doktor!«
Der Arzt zog die Tür ins Schloss, dann hörten sie, wie er sich auf quietschenden Gummisohlen entfernte. Elsie sprang von der Sesselkante auf und fuchtelte mit den Armen in der Luft herum. »Das ist eine Unverschämtheit«, rief sie. »Hast du gesehen, wie der Kerl mit mir umgesprungen ist? Ich werde mich beschweren!« Sie schlüpfte in ihren Mantel.
»Ma.«
Elsie erstarrte. Ihre Hände, die sie erhoben hatte, um den Kragen zu richten, fielen herab. »Du weinst ja«, flüsterte sie und kniff ihre rot geschminkten Lippen zusammen. Es sah aus, als würde sie das Blut aus ihnen herauspressen.

Draußen tutete etwas. Was immer es sein mochte, ein Boot oder Lastwagen, Sarah wünschte, sie könnte damit wegfahren, dorthin, wo die Sonne an einem wolkenlosen Himmel schien, wo es Gelächter und leuchtende Farben gab, und Ricky, der sie in die Arme nahm.

Anstatt Sarah zu trösten, sank Elsie auf die Sesselkante und begann ihrerseits zu weinen. »Es tut mir Leid«, schluchzte sie. »Oh, es tut mir alles so schrecklich Leid.«

Sarah drehte den Kopf zur Seite. »Geh weg, Ma«, sagte sie. »Geh bitte weg und lass mich allein.«

Elsie wollte protestieren, doch sie konnte nicht sprechen. Die Tränen schnürten ihr die Kehle zu. Schniefend kramte sie in ihrer Manteltasche nach einem Kleenex.

Eine Krankenschwester eilte den Gang entlang. Ihre klappernden Absätze erinnerten Sarah an Swakopmund: In den Winterferien, wenn der Ostwind geblasen und es sich so angehört hatte, als würden die Züge direkt vor der Haustür rangieren, war Sarah in Gedanken oft auf einen Zug gesprungen und in die mondhelle Namibwüste hinausgefahren: *klickedeklick – klackedeklack*.

Elsies Hand kroch über die Bettdecke und blieb wie eine Spinne auf Sarahs Arm liegen; ganz so, als wollte sie Sarah daran hindern, auf den Zug zu springen. Sarah schüttelte die Hand ab.

»Ich muss dir was sagen, mein Kind.«

Das Geklapper entfernte sich, ohne dass Sarah aufgesprungen wäre. Sie wartete.

»Als ich so alt war wie du, lebten wir in Pretoria«, begann Elsie. »Oupa bildete dort Rekruten aus. Er war damals ein hagerer Mann gewesen, mit einem riesigen Schnauzbart und einer Stimme, die es mit Kanonendonner aufnehmen konnte. Eines Tages kam er jedoch völlig verzweifelt nach Hause. Ouma fragte ihn, was denn los sei, und er sagte, man habe ihm einen Rekruten aus Südwestafrika zugeteilt, der sich seit Wochen beharrlich weigerte, ein Gewehr abzufeuern. Oupa wusste nicht, was er tun sollte, denn er hatte den Rekruten bereits nach allen Regeln der Kunst schikaniert, und er befürchtete, dass er den Jungen zu Tode hetzen würde. Ouma schlug vor, den Jungen übers Wochenende einzuladen. Oupa war entsetzt, doch dann akzeptierte er den Vorschlag, und so lernte ich deinen Vater kennen, einen jungen, sturen Bock. Als ich ihm sagte, dass er dabei sei, Oupa ins Grab zu bringen, erschrak er, und tags darauf schoss er sein Gewehr auf eine Zielscheibe ab. Pa traf nicht ein einziges Mal, doch das machte nichts, denn nun konnte Oupa ihn reinen Gewissens in eine Schreibstube abkommandieren.« Elsie schneuzte sich. »Pas Eltern hatten eine Farm im Norden des Landes, nicht weit von Kamanjab entfernt«, fuhr sie mit leiser Stimme fort. »Auf dem Weg nach Windhoek sind sie mit einem Warzenschwein zusammengeprallt. Sie waren auf der Stelle tot. Die Farm wurde versteigert, Pas Bruder versoff das Geld, und Pa wurde von einem Heim ins andere geschickt. Die Armee gab ihm ein Gefühl der Geborgenheit. Er blieb, bestand sein Ingenieurstudium mit Auszeichnung und wurde, als der Grenzkrieg in den siebziger Jahren richtig losging, nach Südwestafrika versetzt. Anfangs musste Pa oft an die Grenze; manchmal war er drei Monate lang fort. Er hat nie über seine Arbeit gesprochen, aber jedes Mal, wenn er zurückkam, merkte ich, dass der Krieg ihn ein bisschen mehr verändert hatte. Er fing an zu trinken, machte Schulden, und irgendwann stand eine Kiste Brandy vor unserer Tür. Pa trug sie ins Haus. Das war das Ende seiner Karriere und der Anfang von Arthur Hillmanns Freundschaft. Ich mochte Arthur seiner überheblichen Art wegen nicht. Aber ich hatte wohl zu lange zu viel zurückstecken müssen, denn als Arthur mir den Datsun schenkte, schloss auch ich einen Pakt mit dem Teufel.«

Sarah wollte es nicht wahrhaben, denn Oom Arthur hatte sie mit Geschenken überhäuft, war mit ihnen gemeinsam in den Urlaub gefahren und hatte Abwechslung und Gelächter in ihr Leben gebracht. Und ausgerechnet der Mann, der nur zu erscheinen brauchte, um einem das Gefühl zu geben, dass jegliches Problem so gut wie gelöst war, der Mann sollte ein Teufel sein? Plötzlich erinnerte sie sich wieder an die Worte ihres Vaters: »Ich habe keine Freunde ...«

»Pa steckt in Schwierigkeiten«, beichtete Elsie. »In ganz großen Schwierigkeiten. Er ... er trägt Hillmann seit Jahren die Kostenvoranschläge der anderen Baufirmen zu.«

»Pa?«

»Ja, dein Vater. Dafür wird er natürlich fürstlich von Hillmann entlohnt. Wenn Hillmann aber den Mund aufmacht, muss Pa mit einer unehrenhaften Entlassung rechnen. Und du weißt, was das für deinen Vater bedeuten würde.«

»Oom Arthur wird doch nicht so dumm sein und sich in den eigenen Finger schneiden.«

»Du kennst Hillmann nicht. Für ihn sind wir nichts weiter als primitive Schlappohren, die hinter seinem Geld her sind. Er denkt, dass wir uns ins gemachte Nest setzen wollen, und wenn wir jetzt nicht nach seiner Pfeife tanzen, lässt er das Konto entweder sperren oder auffliegen. Dann sind wir geliefert.«

»Und damit Pa und Ma ungeschoren davonkommen, habt ihr auf mich eingeredet, bis ich glaubte, Ricky und ich hätten eine Todsünde begangen.« Sarah starrte ihre Mutter an. »Ich hätte nicht auf euch hören, sondern mit Ricky davonlaufen sollen!«

»Bitte, Sarah, bitte, bitte sag nicht solche Sachen.«

Sarah schlug die Decken zurück und stieg aus dem Bett.

»Du wirst Patrick in den nächsten sechs Jahren nicht sehen. Dafür wird Hillmann sorgen. Sechs Jahre sind eine lange Zeit. Patrick wird andere Mädchen kennenlernen. Auch dafür wird Hillmann sorgen. Außerdem hast du mit einem unehelichen Kind an deiner Seite nicht die geringste Chance.«

»Ricky liebt mich«, beharrte Sarah. »Und wenn ich zehn Jahre auf ihn warten müsste, wäre mir das auch egal!« Sie warf das Nachthemd auf den Boden, dann ging sie nackt zu ihrem Koffer und begann darin herumzuwühlen. Aus den Augenwinkeln sah sie, wie ihre Mutter aufstand und sich mit erhobenen Händen näherte. Wie eine Priesterin.

»Was tust du da, Sarah?«

»Ich verschwinde«, erwiderte sie und zog ein geblümtes Kleid über den Kopf. Es war kalt im Zimmer. Ihr fröstelte.

Elsie tastete am Fußende des Bettes nach einem Halt. »Ich verspreche dir, dass Langehaans dich nicht anrühren wird. Ich besorge dir einen anderen Arzt.«

Sarah schlüpfte in die Schuhe.

»Denk an Pa!«, flehte Elsie.

Sarahs Zähne schlugen aufeinander. Sie sah sich nach ihrem Mantel um, konnte ihn nirgendwo entdecken, dann fiel ihr ein, dass sie ihn in den Schrank gehängt hatte.

Elsie stampfte mit dem Fuß auf: »Leg dich wieder ins Bett, Sarah! Sofort!«

»Nein!«

»Solange du nicht mündig bist, hast du zu tun, was ich dir sage!«

Der Mantel war mehr als ein Schutz gegen die Kälte. Sarah trug ihn wie eine Rüstung. »Ruf von mir aus die Polizei an«, murmelte sie, hob ihren Koffer auf und verließ das Krankenzimmer.

* * *

»Sarah!«, rief Elsie mit gedämpfter Stimme.

Ihre Tochter antwortete ihr nicht, sondern ging unbeirrt in Richtung des Ausgangs weiter. Ihre Schritte hallten wie Trommelwirbel im Korridor wider – ein Zeichen, dass Sarah einen wahnwitzigen Entschluss gefasst hatte …

Elsie lehnte sich an den Türrahmen. Sie fühlte sich erschöpft, machtlos. Fieberhaft überlegte sie, was sie tun sollte: schreien? Dr. Langehaans um eine Zwangsjacke bitten? Oder gar die Bullen rufen? Um Gottes willen, bloß das nicht! Aber irgendwas musste sie unternehmen! Denn Elsie kannte ihre Tochter: Sarah würde marschieren, bis sie zusammenbrach. Und in Amsterdam wimmelte es von Schwarzen, selbstsicheren Typen in engen Jeans und Lederjacken, die noch nie einen Gartenschlauch in der Hand gehabt hatten. Elsie wagte nicht daran zu denken, was passieren würde, wenn Sarah einem dieser Burschen in die Hände fiel.

Sie wollte, Louis hätte sie begleitet. Dann wäre ihm spätestens jetzt klargeworden, dass Hillmann etwas Unmenschliches von ihnen verlangte … Elsie stieß sich vom Türrahmen ab und rannte hinter ihrer Tochter her, fest entschlossen, nun selbst etwas Wahnwitziges zu tun.

8

Louis lenkte den Datsun an den Zapfsäulen der Tankstelle vorüber und fuhr durch die breite Gasse auf den Hinterhof. Als er um die Ecke bog, parkte der goldfarbene Mercedes bereits an der Rückwand der Tankstelle neben einem Toyota Landcruiser, und Arthur Hillmann schlenderte mit gesenktem Kopf, die Hände in den Taschen einer Windjacke vergraben, über den Hof. Er schien irgendwelchen Gedanken nachzuhängen, denn er bemerkte Louis erst, als Engelbrecht die Wagentür zuschlug.

Arthur fuhr herum.

Zu spät, dachte Louis: An der Grenze wärst du jetzt ein toter Mann gewesen ... Er lehnte sich an den Datsun und verschränkte die Arme auf dem Wagendach. Das Blech glühte. Louis nahm jedoch weder die Arme herunter, noch trat er einen Schritt zurück. Er verlagerte lediglich das Gewicht auf die Ellbogen. Erst als Arthur bis auf ein paar Schritte herangekommen war, stieß er sich vom Datsun ab. Seine Ellbogen schmerzten. Er musste an sich halten, um sie nicht nach Brandblasen abzutasten.

Hillmann blieb stehen und musterte ihn mit einem lauernden Ausdruck in den Augen. Er ahnte, dass Louis Schmerzen hatte, dass er verwundet war, schwach. Zu seiner Verwunderung behauptete Louis jedoch, dass alles nach Plan verlaufen sei.

»Bist du dir sicher?«

»Hundertprozentig.«

»Warum hat mir der Arzt dann keine Rechnung geschickt?«

»Elsie kam mit Langehaans nicht zurecht. Du weißt ja, wie Frauen in dieser Hinsicht sind. Sie sind deshalb in ein anderes Krankenhaus gegangen, und um die Arztkosten hat Elsie sich gekümmert. Du hast den Flug gezahlt, das genügt.«

»Wie ihr wollt«, sagte Arthur. Seine hochgezogenen Schultern entspannten sich ein wenig. »Ist Elsie schon zurück?«

»Nein, sie möchte so lange bei ihren Eltern bleiben, bis Sarah sich in Kapstadt eingelebt hat.«

»Was habt ihr den Alten erzählt?«

»Dass Sarah von der Schule geflogen ist.«

»Und?«

»Sie sind schockiert. Vor allem mein Schwiegervater. Der alte Haudegen hat fast einen Herzschlag gekriegt.«

Arthur nickte verständnisvoll, während Louis die Arme kreuzte und die Ellbogen mit seinen schweißnassen Handflächen kühlte. »*Jong*, ich bin froh, dass wir das hinter uns haben.«

»Ja«, pflichtete ihm Arthur bei. »Es war eine unangenehme Sache, aber auf lange Sicht ist es das Beste, was wir für Sarah tun konnten.«

»Ich hoffe nur, dass bei ihr nichts zurückbleibt.« Er ließ seinen linken Ellbogen los und tippte sich an die Stirn. »Ich meine, hier oben.«

»Ach was! Wenn Sarah die Schule hinter sich hat und ihr das Leben zu Füßen liegt, wird sie zu derselben Einsicht kommen wie wir.«

»Sarah ist noch ein Kind, Mann! Sie glaubt, eine *focken* Todsünde begangen zu haben.« Engelbrecht wischte sich angewidert die Mundwinkel aus. »Und wir haben sie dazu gebracht.«

Hillmanns Blick ließ ihn frei und wanderte zum weißen Toyota Landcruiser hinüber. »Damit müssen wir leben, Louis.«

»*Jong*!«, entfuhr es Engelbrecht. »Dir geht wohl alles am Arsch vorbei, was?«

»Nein, Louis. Ich sehe die Dinge, wie sie sind, nicht, wie sie sein könnten.«

»Und Martha? Wie hat Martha das Ganze aufgenommen?«

»Du kennst Martha. Sie zeigt selten ihre Gefühle.«

»Und was ist mit Patrick?«

Bei der Frage richtete Arthur sich ruckartig auf, so als hätte er einen Kinnhaken bekommen. »Mach dir um Patrick keine Sorgen«, sagte er, dann trat er einen Schritt vor, zog die rechte Hand aus der Jackentasche und brachte einen breiten, flachen Schlüssel zum Vorschein. Er reichte ihn Louis.

»Was soll ich damit?«

»Komm.« Arthur führte Louis am Arm um den Datsun herum, überquerte den Hof und blieb vor dem Toyota Landcruiser stehen. »Was sagst du dazu, Louis?«

»Nix da!« Engelbrecht wich einen Schritt zurück. »Das kommt überhaupt nicht in Frage, Art.«

»Ich kann mit dem Wagen nichts anfangen, Louis. Ehrlich nicht. Ich habe ihn bloß gekauft, um von den Steuern runterzukommen. Ich musste ihn kaufen, verstehst du?«

»Trotzdem.«

»Passt dir die Farbe nicht?«

»Doch, das schon, aber ...«

»Dann steig ein, Louis.«

»Na schön.« Louis entriegelte behutsam die Tür. Der Geruch von Plastik und Leder schlug ihm entgegen. Er zwängte sich hinter das Lenkrad. Ein Blick auf die Instrumente verriet ihm, dass der Landcruiser erst fünfundzwanzig Kilometer auf dem Tacho hatte. Louis fuhr mit den Fingerspitzen über das Armaturenbrett. Es war ein wunderschöner Wagen. Ein Traumauto. Und wie damals mit dem Datsun füllten sich seine Augen plötzlich mit Tränen, so ergriffen war er, und er schämte sich für seine Schwäche.

»Art«, flüsterte er, »ich weiß nicht, was ich sagen soll.«

»Wie wär's mit einer Probefahrt?«, schlug Arthur vor. »Ja, warum fahren wir nicht für eine Woche nach Swakopmund?« Daher die Windjacke, die Jeans, das Baumwollhemd und die Turnschuhe. Arthur war bereits unterwegs. »Nur du und ich und ein paar nette Mädchen ...«

»Keine Mädchen«, stieß Louis hervor. »Nie wieder, Art, hörst du?«

»Hat dir die Rothaarige auf unserem letzten Ausflug nicht gefallen?«

»Wenn ich Elsie ansehe, denke ich an Sandy, und wenn ich an Sandy denke, sehe ich den Scheidungsrichter vor mir. Nee, *jong*, das ist mir das Bumsen nicht wert.«

»Gut, dann angeln wir halt ein bisschen.«

»Das geht leider auch nicht: Ich fliege morgen an die Grenze.«

»Dann holen wir unseren Urlaub eben nach. Abgemacht?«

»Okay, Art. Und nochmals vielen Dank.«

»Keine Ursache, Louis.«

Sie hatten sich seit einem Monat nicht mehr gesehen, auch nicht miteinander telefoniert. Etwas war zwischen sie getreten. Doch das Misstrauen, das Elsie gesät hatte, erwies sich wieder einmal als Unkraut. Sie rupften es aus, indem sie einander die Hand reichten und sich anlächelten.

9

Kondjoura und Ngaturipure waren fünf Wochen unterwegs, und als sie die Grenzstation Swartbooisdrift erreichten, waren die Ochsen dermaßen abgemagert, dass Ngaturipure zehn weitere Tage verstreichen ließ, ehe er sich auf die Suche nach einem Händler machte.

Der Händler gab es zwar viele, doch keiner war gewillt, zehn Ochsen gegen einen Haufen Papier einzutauschen. Sie boten ihm Lebensmittel, Plunder, Tabak und Alkohol an. Ngaturipure aber schüttelte hartnäckig den Kopf, bis ihn jemand an einen Mann verwies, der am Rande der Siedlung in einer blechverschalten Hütte hauste.

Als Ngaturipure durch den Eingang trat, fiel ihm auf, dass an der Rückwand eine zweite Tür eingelassen war. Im Raum selbst war es dunkel und der Händler so gut wie unsichtbar: Seine Haut verschmolz mit dem schwarzen Anzug, und seine Augen verbargen sich hinter einer Sonnenbrille. »Bist du aufgestanden, Väterchen«, sagte er auf Herero, aber die Worte klangen in Ngaturipures Ohren wie eine Fremdsprache.

»Ja. Bist du aufgestanden?«

»Ja, ich bin gut aufgestanden.«

Ngaturipure wusste nicht, wo er sich hinhocken sollte, denn in der Hütte war keine Feuerstelle vorhanden. Der Mann zeigte auf ein Sofa, das ihm gegenüber an einem kniehohen Couchtisch stand. Gewöhnlich hätte Ngaturipure sich nun ausschweifend nach dem Wohlbefinden des Händlers erkundigt, doch es war anstrengend, in der Hocke auf dem Sofa zu sitzen, und so kam er sofort zur Sache: »Mein Sohn will eine Frau an sein Feuer holen.«

Der Händler runzelte die Stirn. Er hatte an jedem Finger einen Ring, selbst an den Daumen. »Ich verkaufe keine Frauen«, sagte er und faltete die Hände, als wollte er verhüten, dass ihm Ngaturipure die Schmuckstücke stahl.

»Mein Sohn hat bereits eine Braut gefunden«, erklärte Ngaturipure, »aber der Vater seiner Auserwählten ist ein seltsamer Mann.«

Der Händler neigte sich vor und blickte Ngaturipure über den Couchtisch hinweg an. Seine Augen waren hinter den getönten Gläsern nicht zu erkennen. »Ein Himba?«

»Ja«, sagte Ngaturipure und schüttelte betrübt den Kopf. »Ein Himba, der Papierrinder züchtet.«

»Ich verstehe«, behauptete der Händler, griff unter den Tisch und brachte zu Ngaturipures Erstaunen eine Flasche und eine Schachtel Zigaretten zum Vorschein. Er stellte beides auf der Tischplatte ab, dann lehnte er sich wieder in den Sessel zurück und fragte: »Wie viel, Väterchen?«

»Zehn Ochsen.« Während Kondjoura die Rinder mit der Erlaubnis des zuständigen Häuptlings am Ufer des Kunene auf die Weide getrieben hatte, war Ngaturipure durch Swartbooisdrift geschlendert und hatte sich erkundigt. »Ich will für jeden Ochsen zwanzig Papierrinder haben. Sie müssen grün sein.«

»Fünfzehn?«

»Zwanzig.«

»Achtzehn?«

»Nein, zwanzig!«

Der Händler stand auf. »Warte hier«, sagte er. »Ich hole das Papier.«

»Willst du dir nicht vorher die Rinder ansehen?«

»Ich kenne deine Ochsen«, sagte der Händler. »Mein Bruder hat sie längs des Kunene weiden sehen.«

Die Hintertür knarrte. Im hereinströmenden Licht erkannte Ngaturipure an der Rückwand eine Deckenrolle, Plastikkanister und eine Bierkiste. Dann versank der Raum wieder in der Dämmerung, und er hörte, wie sich der Händler mit knirschenden Schritten entfernte.

Ngaturipure hoffte, dass der Mann bald zurückkehren würde: Die Sprungfedern bohrten sich wie Messer in seine Fußsohlen. Er wagte nicht, vom Sofa herunterzusteigen, denn der Mann könnte sonst glauben, er hätte die Hütte durchstöbert. Vor ihm stand die Flasche, daneben lag die Zigarettenschachtel. Er kam mit der Zellophanverpackung nicht zurecht, legte die Schachtel auf den Tisch zurück und griff nach der Flasche. Der Deckel ließ sich mühelos abschrauben.

Ngaturipure war nur *Kari* gewöhnt, ein Bier, das aus der Rinde des Weißstammbaums, Wasser, Honig und der von schwarzen Erntetermiten gesammelten Grassaat gebraut wurde. Die honiggelbe Flüssigkeit jedoch, die in der Flasche schwamm, verschlug ihm den Atem.

Er wischte sich gerade die Tränen aus den Augen, als der

Händler zurückkehrte. Der Mann blieb reglos im Raum stehen, gleich einem Tier, das witternd im Eingang seiner Höhle verharrte. Dann kam er heran, zog einen Beutel unter der Jacke hervor und legte ihn auf den Couchtisch. »Ich gebe dir einen Rat, Väterchen«, sagte er. »Überquere so schnell wie möglich den Kunene, denn in Swartbooisdrift wimmelt es von Dieben.«
»Wir werden sofort aufbrechen.«
»Nimm die Flasche und die Zigaretten mit.«
»Nein«, wehrte Ngaturipure ab. »Diese Dinge wirbeln meine Gedanken im Kreis herum.«

Das Lachen des Händlers geleitete ihn aus der Hütte und folgte ihm, bis er die Grenzstation hinter sich gelassen hatte.

* * *

Kondjoura trug die Papierrinder in einem Lederbeutel über den Kunene. Ein faszinierender Gedanke, der in Kondjoura die Frage aufwarf, ob Uasuta nicht doch die Lösung aller Probleme gefunden hatte. Denn Geld war nicht auf Regen angewiesen, weder erkrankte noch ermüdete es; es starb auch nicht; ein Hirte genügte vollauf, um es zu hüten, und wenn man Hunger hatte, konnte man es gegen Nahrung eintauschen.

»Vater, vielleicht sollten wir ...«
»Nein«, fiel ihm Ngaturipure ins Wort, »ich denke gar nicht daran! Wir sind Himba, und ohne Rinder sind wir nichts.«
»Die heiligen Rinder, die du von den Ahnen geerbt hast, würden wir natürlich behalten. Das hat Uasuta auch getan. Aber die gewöhnlichen Rinder ...«

Ngaturipure blieb stehen und wandte den Kopf nach hinten. Zwischen seinen Schulterblättern baumelte ein zwanzig Zentimeter langes, kreuzförmiges Schmuckstück aus Eisenperlen. Alle Männer, die eine Frau an ihr Feuer geholt hatten, trugen diesen Rückenschmuck, und bald würde Kondjoura ebenfalls ein *eha* tragen. »Was ist dir an den Papierrindern aufgefallen?«, fragte Ngaturipure.
»Nichts.«
»Eben. Ein Rind, das dir gehört, erkennst du jederzeit wieder. Du kannst seine Fährte aufnehmen und es mit einem Pfiff zurückholen. Aber wenn dir jemand ein Papierrind stiehlt, würdest du ahnungslos daran vorübergehen und es selbst dann nicht erkennen, wenn es dir der Dieb unter die Nase hielte.«

Kondjoura senkte den Kopf. »Das ist wahr.«
»Es besitzt auch keine Schönheit«, fuhr Ngaturipure fort. »Als ich es bewundern wollte, sind mir vor Langeweile die Augen zugefallen. Und wenn du es streichelst, ist dir, als würdest du ein welkes Blatt berühren.« Ngaturipure rammte die Spitze seines Hirtenstabes in den Boden und starrte nach Westen. Etwa dort, wo die Nachmittagssonne auf dem Rücken eines fernen, langgestreckten Berges ritt, lag Uasutas Kral. »Ich wollte, du könntest Tjizire auf die traditionelle Art und Weise an dein Feuer holen«, sagte Ngaturipure.
»Vielleicht hätten wir doch Uasuta aufsuchen sollen, ehe wir die Ochsen gegen Papierrinder eingetauscht haben?«
»Dann hätte er zwanzig Kühe von dir verlangt.« Ngaturipure schüttelte den Kopf. »Das ist die Tochter eines Papierzüchters nicht wert.«
Kondjoura presste die Lippen aufeinander.
»Lass uns gehen«, sagte Ngaturipure. »Ich werde das Gefühl nicht los, dass uns die Hyänen aus Swartbooisdrift auf den Fersen sind.«
Sie schulterten ihre Hirtenstäbe und setzten sich in Bewegung. Das Gehen besänftigte ihre Gemüter und befreite sie von der Furcht. Kein Dieb, mochte er noch so habgierig sein, konnte mit einem Nomaden Schritt halten.

10

Paulus ruhte im Schatten des Hibiskus. Durch den Overallstoff hindurch spürte er die kühle, feuchte Erde, auf der er lag, während zwei Schritte von ihm entfernt der Rasen verdorrte. Er bildete sich ein, das Gras knistern und den trocknen Boden aufspringen zu hören. Paulus entschloss sich, zu warten, bis es dunkel war. Dann wollte er den Schlauch aus der Garage holen und den Garten unter Wasser setzen. Jetzt, am Tage, war es erstens zu heiß und zweitens beobachtete man ihn. Wann immer er mit den beiden leeren Eimern nach vorn ging und so tat, als würde er die Rosen bewässern, sah er eine alte Burentante auf der Veranda hocken und ihn über die Straße hinweg durch eine geschwungene Brille anstarren, die Paulus lebhaft an Katzenaugen erinnerte. Dann fiel ihm jedes Mal ein, dass er die Siamkatze seit Tagen nicht mehr gefüttert hatte.

Paulus stülpte sich seinen neuen Schlapphut über das Gesicht, denn er wollte nicht daran erinnert werden, weder an die Katze noch an den sterbenden Garten und schon gar nicht an all die andere Arbeit, die liegengeblieben war. Er wollte in Ruhe nachdenken.

Bei jedem Atemzug stieg Paulus der Geruch von Brillantine in die Nase. Baas Engelbrecht hatte ihm den Hut geschenkt, ehe er mit Baas Hillmann nach Swakopmund zum Angeln gefahren war. Der Geruch war nicht unangenehm. Er überlegte, ob er sich ebenfalls Brillantine ins Haar schmieren sollte, doch dann dachte er daran, wie lachhaft Baas Engelbrecht mit seinen schütteren, an den Schädel geklatschten Haaren aussah, und verwarf den Gedanken wieder. Vielleicht sollte er sich das Zeug unter die Arme schmieren oder zwischen die schwitzenden Schenkel? Das würde Esme gefallen. Er grinste. Ja, sobald er den Garten bewässert hatte, wollte er in Baas Engelbrechts Badezimmer eindringen, den Tiegel mit Brillantine einstecken und sich dann Esme vorknöpfen.

Sie hatten schon eine Weile nicht mehr miteinander geschlafen. Esme war unzufrieden. Sie machte sich Sorgen um die Zukunft. Er nicht. Von ihm aus brauchte Missus Engelbrecht nicht wiederzukommen. Und wenn er seine Arbeitsstelle verlöre, würde er auf seiner Erfolgsleiter einfach eine Stufe höher steigen. Maurer vielleicht. Oder Taxifahrer. Sie müssten dann zwar wieder nach Katutura ziehen, in eines dieser Schachtelhäuser, aber es würde nicht lange dauern, dann könnte er sich sein eigenes Haus bauen. Taxifahrer verdienten viel Geld: zehn Rand pro Person, fünf für jedes Gepäckstück. Jeden zweiten Tag nach Ovamboland. Ein Kleinbus nahm zwölf, ach was, vierzehn Personen auf. Das machte hundertvierzig Rand plus hundertfünfzig für das Gepäck. Der Sprit kostete höchstens ...

»Da.« Neben seinem Kopf knirschte es, als Esme einen Becher im Sand abstellte. »Dein Tee.«

»Wie viele Löffel Zucker hast du hineingetan?«

Sie gab keine Antwort. Paulus lüftete den Hut. Esme saß vor ihrer Wohnung auf der Treppe. Er konnte ihr unter den Rock gucken. »Mach die Beine zusammen«, sagte er. »Es zieht.« Esme blieb breitbeinig hocken. Ihr gleichgültiger, müder Gesichtsausdruck alarmierte ihn. »Was ist los?«

»Macht es dir nichts aus, den ganzen Tag im Schatten zu liegen?«

»Ich liege nicht bloß im Schatten. Ich denke nach.« Er stützte sich auf einen Ellbogen. »Ich habe mir gerade überlegt, ob ich den alten Bus deines Vaters ausborgen und zwischen Windhoek und dem Ovamboland hin und her pendeln sollte. Der Wagen steht doch das ganze Jahr mit platten Reifen auf dem Hinterhof einer Tankstelle herum.«

»Du hast nicht nachgedacht, sondern geträumt, Paulus: Ehe du mit dem Bus losbrausen kannst, musst du erst mal das Kleingeld für einen Führerschein zusammenkratzen.«

»Wo ist der Brief, den Kleinmissus Sarah dir zugesteckt hat? Kleinbaas Hillmann würde eine Stange Geld – nein, noch besser: Ich warte, bis Baas Hillmann aus Swakopmund zurück ist.«

»Du träumst schon wieder, Paulus. Kleinmissus Sarah hat mir diesen Brief anvertraut. Sie war immer wie eine Freundin zu mir. Nicht wie Missus Engelbrecht, die an allem rumnörgelt, oder der Baas, der mich immer so anguckt, wie du mich vorhin angeguckt hast.«

»Weiß ist weiß«, beharrte Paulus.

»Aber schwarz ist nicht gleich schwarz«, konterte Esme. »Jedes Mal, wenn ich Baas Engelbrechts Uniform bügele, denke ich an unsere Brüder, die an der Grenze für die Freiheit unseres Volkes kämpfen, während wir für einen *Ekakunya* arbeiten.«

Bei diesen Worten wurde ihm unbehaglich: Neulich war ein Ovambo in einem Nadelstreifenanzug an den Gartenzaun gekommen und hatte ihn gefragt, wer er sei und ob er eigentlich wisse, für wen er da arbeite. »Was sollen wir machen?«, lamentierte Paulus. »Wir müssen Geld verdienen, und das können uns nur die Weißen geben.« Das hatte er auch dem Ovambo gesagt. Daraufhin hatte der Schwarze genickt und war, ohne sich zu verabschieden, zum nächsten Haus gegangen. Der Damara, der nebenan im Garten eines Majors arbeitete, hatte den Ovambo ignoriert, hatte einfach so getan, als würde er den Fremden nicht bemerken, während er, tief über den Griff des Rasenmähers gebeugt, eine helle Furche in das dunkle Gras geschnitten hatte. Esme hatte am Küchenfenster gestanden und über die Goldregenhecke hinweg beobachtet, wie der Ovambo den Damara mit einem unheilvollen Blick angestarrt und sich dann die Hausnummer notiert hatte.

»Wir müssen die Seiten wechseln«, hörte er Esme sagen. »Sonst werden sie uns am Tag der Befreiung neben Baas Engelbrecht und dem Damara begraben.«

Vielleicht hatte Esme Recht? Vielleicht arbeitete der Ovambo gar nicht für die Sicherheitspolizei, sondern für die SWAPO? Aber Paulus glaubte nicht an den Tag der Befreiung. Er glaubte an das, was er hatte: eine Wohnung, Kleidung, gutes Essen, ein mageres Sparschwein und im Nacken die eiserne Faust der südafrikanischen Regierung.

»Wir kommen nicht gegen sie an, Esme. Baas Engelbrecht hat mir erzählt, dass sie innerhalb von drei Tagen ganz Afrika lahmlegen könnten.«

»Aber sie können nicht die Welt lahmlegen, Paulus! Mach das Radio an, dann wirst du hören, dass die Welt hinter uns steht.«

»Und sobald ich das Radio ausschalte, bin ich wieder allein. Ich sag dir was, Esme: Der Tag der Befreiung ist noch mindestens einhundert Jahre entfernt.«

»Weil wir nichts unternehmen, Paulus!«

»Als ich mit der Schule fertig war, hatte ich den Mut eines Löwen. Ich wollte die Buren ins Meer treiben. Heute arbeite ich für einen *Ekakunya*. Das passt mir zwar nicht, aber mir ist klargeworden, dass Mut einem Löwen nichts nützt, wenn er im Käfig sitzt. Dann kann er nur auf den Tag warten, an dem der Wärter vergisst, die Tür zu verriegeln. Und solange er wartet, muss er alles fressen, was ihm vorgeworfen wird, damit er am Leben bleibt. Nimm dir ein Beispiel an deinen Eltern, Esme. Denk nicht über Politik nach, sondern darüber, wie du den Weißen das Geld aus der Tasche ziehen kannst.«

»Meine Eltern sind Weiße, die in einer schwarzen Haut stecken«, behauptete Esme. »Am liebsten würden sie sich häuten wie die Schlangen und vergessen, dass sie je Ovambo waren. Du solltest mal sehen, wie mein Vater auf der Baustelle mit den Ovambo umspringt.«

Paulus konnte sich das lebhaft vorstellen: Der alte Josef sah mit seinem schwarzen, kahlgeschorenen Schädel wie eine Abrissbirne aus.

»Ich dagegen weiß, wer ich bin«, fuhr Esme fort, »und ich bin

stolz darauf, ein Ovambo zu sein. Aber ich weiß nicht, was ich tun soll. Ich komme mir so nutzlos vor.«
»Ach was, du bist bloß unzufrieden, weil du keine Kinder hast.« Er zwinkerte ihr zu. Esme schlug die Beine übereinander. Dann eben nicht, dachte Paulus und trank einen Schluck Tee. Esme hatte überhaupt keinen Zucker in den Becher getan ...
Er wünschte, er wäre einen Kopf größer gewesen. Dann hätte er Esme mit einem Arm von der Treppe gefegt und ins Haus getragen, diese unglückliche Frau, für die er einen viel zu hohen Brautpreis gezahlt hatte. Ja, wäre er doch bloß einen Kopf größer gewesen. Dann hätte er vielleicht auch den Mut aufgebracht, gegen die Gitterstäbe anzurennen, damit der Tag der Befreiung ein wenig schneller näher rückte.

11

Sinna balancierte einen Blechteller auf den Fingerspitzen ihrer linken Hand, in der anderen hielt sie einen Löffel, und während sie, an das Abwaschbecken gelehnt, Hühnersuppe aß, warf sie hin und wieder einen Blick zum Ecktisch hinüber.
Missus Hillmann saß an der Stirnseite. Zu ihrer Rechten rührte Patrick lustlos in der Suppe. Von Erich sah Sinna nur den Rücken und unter dem hochgerutschten T-Shirt die Spalte zwischen seinen Gesäßbacken; ein Anblick, der sie immer lebhafter an die pickelige Haut des Suppenhuhns erinnerte ... Sinna stellte ihren Teller beiseite – Cracker wird sich freuen –, schob die Ärmel ihres weißen Kittels über die Ellbogen und begann das Geschirr zu spülen. Viel war es nicht, denn wenn Mister Hillmann fort war, blieb das Esszimmer verschlossen, und die Hausmannskost wurde in der Küche direkt aus den Töpfen geschöpft.
»Iss, Patrick.«
»Ich habe keinen Hunger.«
Sinna wusste von Erich, dass Patrick auf seinen Vater losgegangen war, doch all ihre Bemühungen, Näheres zu erfahren, waren fehlgeschlagen: Die Missus, die sonst nicht ruhte, bis der Frieden wiederhergestellt war, hatte abgewunken, so als hätte es keinen

Sinn, ein Wort darüber zu verlieren. Patrick schwieg, und wenn er nicht gerade büffelte, lag er auf dem Bett und starrte an die Zimmerdecke. Erich schien sich nicht sonderlich dafür zu interessieren, was zwischen den beiden vorgefallen war, und Mister Hillmann wollte Sinna nicht fragen.

Sie hörte, wie Patrick sich für das Essen bedankte und aus der Küche schlurfte. Niemand sagte ihm, dass er die Füße hochheben sollte. Erich rülpste. Sinna wartete vergebens auf eine Zurechtweisung. Sie blickte über die Schulter und sah Missus Hillmann gedankenverloren mit einem Salzfass spielen ...

* * *

Wenn Mister Hillmann aus dem Haus war und die Kinder schliefen, legte die Missus im Wohnzimmer gelegentlich eine bestimmte Langspielplatte auf. Die Melodien, herzzerreißend schön, erzählten schwermütig von der Liebe des Doktor Schiwago zu einem Mädchen namens Lara.

Als Missus Hillmann nun in ihrem seidenen Morgenmantel auf dem Sofa saß, vor sich ein Glas Sherry, und den Kopf im Takt hin und her wiegte, bekam ihr Gesicht einen verklärten Ausdruck, so als hegte sie im Stillen immer noch die Hoffnung, dass die Liebe eines Tages siegen und alles gut werde.

Sinna wurde von einer Welle der Zuneigung erfasst. »Missus.«

Die Weißen mögen es nicht, wenn Schwarze sie erschrecken. Missus Hillmann bildete da keine Ausnahme. Sie vertuschte ihren Schrecken, indem sie sich vorneigte und ebenso gekünstelt an dem Sherry nippte, wie es die hysterische Frau zu tun pflegte, die mit Mister Hillmanns Freund verheiratet war. »Was ist?«, fragte sie mit barscher Stimme.

»Kann ich gehen, Missus?«
»Sicher, Sinna.«
»Wann soll ich morgen kommen? Morgen ist Samstag, Missus.«
»Um neun. Die Kinder wollen ausschlafen.«
»Ja, Missus.«
»Gute Nacht, Sinna.«

Sinna deutete eine Verbeugung an, wandte sich um und trat aus der Villa in den dunklen Garten hinaus. Die Luft roch nach Staub, und die Lichter der Stadt wurden von tiefhängenden Wolken zurückgeworfen. Cracker begleitete Sinna schwanzwedelnd zu ihrem Zimmer hinter der Garage. Aber Sinna ging nicht ins Bett. Der Hund hatte sich gerade vor ihre Tür gelegt, als Sinna mit einem Regenschirm bewaffnet über den Hund hinwegstieg und sich auf den Weg in das Suiderhofviertel machte.

An fast jedem Einfahrtstor wurde Sinna von Hunden angekläfft, Gardinen öffneten sich einen Spalt, und in manchen Gärten flammten Scheinwerfer auf und erloschen erst wieder, wenn Sinna das Grundstück weit hinter sich gelassen hatte. Als ihr ein Auto entgegenkam, streckte Sinna die Brust heraus, damit die Insassen sahen, dass sie eine Frau und kein Dieb war, doch ihre Hautfarbe veranlasste den Fahrer dennoch, die Geschwindigkeit zu drosseln, denn nachts hatten Schwarze in Windhoek nichts verloren, nachts gehörten Schwarze nach Katutura, ins Viertel außerhalb der Stadt.

Sinna erreichte Louis Engelbrechts Haus gegen Mitternacht. Der Schweiß auf ihrer Stirn vermischte sich mit den Regentropfen, die vereinzelt aus dem Himmel fielen und in ihrem Gesicht zerplatzten. Ohne zu zögern, öffnete sie das Gartentor – Siamkatzen bellen nicht –, huschte über den Rasen und blieb vor dem Gartenhaus stehen. Nichts rührte sich. Sie wandte den Kopf. Das Haus starrte sie aus schwarzen Fensterhöhlen an. Sinna ballte die Faust und hämmerte an die Tür. »Wer ist da?«, fragte eine schläfrige Stimme.

»Ich bin's, deine Mutter.« Während sie wartete, begann der Regen monoton auf das Wellblechdach zu trommeln. Endlich schwang die Tür auf, und der Strahl einer Taschenlampe stach ihr in die Augen.

»Was machst du denn hier?«

»Lass mich rein, Esme!«

Im Zimmer stank es nach Spiritus, Brillantine und Schweiß. Als die Glühbirne an der Decke aufflackerte, sah Sinna ihren Schwiegersohn mit offenem Mund auf dem Rücken liegen, die Gummistiefel wie Taucherflossen aufgestellt; ansonsten war er nackt, und sein rechter Arm hing über dem Bettrand, so als wollte er verhindern, dass Esme ihm die halb volle Flasche Chivas Regal im Schlaf entwendete.

»Schämt euch!«, keifte Sinna. »Paulus ist betrunken, und du siehst aus wie eine dieser Frauen aus der Stübelstraße.«

Esme zog das himmelblaue Nachthemd über ihrer Brust zusammen – sie wirkte dadurch nicht weniger lasterhaft mit ihrem grellroten Mund und dem muffigen Brillantinegeruch, der ihren Achselhöhlen entströmte.

»Sag mal«, Sinna stemmte die Hände in die Hüften, »was geht hier eigentlich vor?«

Esme verzog den Mund.

»Heul nicht! Rede!«

Als Sinna erfuhr, dass Sarah schwanger war und mit ihrer Mutter das Haus verlassen hatte, fielen ihre Fäuste herab. »Wo sind sie hin?«

»Keine Ahnung. Ehe sie zum Flughafen gefahren sind, hat Missus Engelbrecht uns nur gesagt, dass wir das Haus und den Garten in Ordnung halten sollen. Das ist alles.«

An der Wand stand eine Kommode. Sinna lehnte sich dagegen. »Hol mir einen Stuhl«, bat sie mit tonloser Stimme. »Und bring bei der Gelegenheit gleich die Flasche mit.«

* * *

Patrick Hillmann lag auf der Seite, die Hände zwischen die Knie geklemmt. Seine Augenlider zuckten. Er träumte wohl, denn plötzlich gewahrte Sinna, wie zwei Tränen unter seinen Wimpern hervorsickerten. Sie streckte die Hand aus und rüttelte ihn sanft an der Schulter. Patrick schlug die Augen auf. Die Tränen blendeten ihn. Er blinzelte Sinna verwirrt an.

»Guten Morgen, Patrick.«

»Morgen, Sinna.«

Sie stellte einen dampfenden Becher auf dem Nachttisch ab, direkt neben das Foto, das am vergoldeten Fuß der Leselampe lehnte. »Heiße Schokolade mit Sahne und drei Löffel Zucker.«

»O Gott.«

»Trink!«

Patrick stützte sich auf seinen linken Ellbogen, mit der rechten Hand griff er gehorsam nach dem Becher. Die Schokolade war kochend heiß. Während er in den braunweißen Schaum blies, griff Sinna in den Ausschnitt ihres Kleides und zog einen Umschlag hervor. Sie legte ihn dorthin, wo der Becher gestanden hatte. »Sarah hat ihn meiner Tochter gegeben«, sagte sie und wandte sich ab.

Sie vernahm in ihrem Rücken das Rascheln von Papier. Als sie sich an der Tür umdrehte, sah sie, wie das Blut aus dem Gesicht des Jungen wich und seine Augen sich vor Entsetzen weiteten.

* * *

Liebster Ricky!

Morgen fliege ich mit meiner Mutter nach Holland, um das Kind abtreiben zu lassen. Der Gedanke daran ist so schrecklich, dass ich am liebsten fortlaufen würde. Ich weiß jedoch nicht, wo ich hingehen soll, denn alle Wege, die zu dir führen, sind versperrt. Ich darf nicht einmal mehr deine Stimme hören – meine Eltern haben das Telefon aus meinem Zimmer entfernt. Was ist mit uns geschehen, Ricky? Vor ein paar Tagen waren wir noch die glücklichsten Menschen der Welt. Heute sind die Erinnerungen an den Waterberg das Einzige, was von unserer Liebe übrig geblieben ist. Und wenn ich zurückkomme, wirst du wünschen, du hättest mich nie gekannt, denn die Todsünde, die ich begehen werde, kann mir keiner, auch Gott nicht, verzeihen. Es tut mir so Leid, dass ich dir kein Glück gebracht habe. Ich liebe dich!
Sarah

12

Dort, wo ihre ockerfarbenen Knie die Binsen flach auf das Ufer gedrückt hatten, leuchteten ihm zwei braunrote Flecken entgegen – ein Zeichen, dass Tjizire des Öfteren an den Ort zurückgekehrt war, an dem Kondjoura sie zum ersten Mal gesehen hatte. Er blickte zum gegenüberliegenden Ufer hinüber. Zwischen den beiden Felsen, deren Kuppen aus dem rasch dahinfließenden Wasser ragten, hatte er vor zwei Monaten gesessen und Tjizire beobachtet. Es kam ihm wie eine Ewigkeit vor.

Ngaturipure kniete sich neben Kondjoura an das Ufer. Ein dünner Schweißfilm bedeckte seine schwarz schimmernde Haut. Er schöpfte mit der hohlen Hand Wasser aus dem Fluss und klatschte es sich ins Gesicht. Wasserperlen tropften von seinem

Kinn auf die Schulter, als er den Kopf wandte und den hinter ihnen liegenden Berg mit einem abschätzenden Blick musterte. »Ich habe frische Fußspuren entdeckt.«

»Von einer Frau?«

»Ja, sie muss heute Morgen hier gewesen sein«, erwiderte Ngaturipure. Er stand auf. »Wir werden ihren Spuren folgen, sobald die Hitze nachgelassen hat.«

Sie hockten sich in der Nähe des Flusses unter einen Mopanebaum, ließen Sand durch die Finger rieseln und lauschten dem schläfrigen Gemurmel des Kunene.

Im November nimmt die Hitze erst am späten Nachmittag ab. Kondjoura wurde unruhig. Nicht das Warten, sondern die Ungewissheit zerrte an seinen Nerven: Vielleicht hatte ein fremdes Mädchen die Fußspuren hinterlassen. Ja, vielleicht saß Tjizire längst an einem anderen Feuer ...

Kondjoura erhob sich.

»Setz dich!«

Er ging in die Hocke und klemmte den vorderen Lendenschurz zwischen die Beine. »Vater ...«

»Sei still!«

Auch Ngaturipure befürchtete, dass sie zu spät gekommen waren. Dass sie anstelle von Tjizire einen Haufen Papier nach Hause bringen würden. Dann wäre es um seinen Ruf, ein besonnener Mann zu sein, geschehen, denn sein Name bedeutete: Lasst es uns gut überlegen.

Die Sonne wanderte über den Himmel, der Wind raschelte im welken Laub, doch Ngaturipure rührte sich nicht. Sie warteten, voller Ungeduld, voller Hoffnung. Am späten Nachmittag geschah endlich das Wunder: Ein Mädchen stieg den Berg herab, einen Flaschenkürbis auf dem Kopf und ein Lächeln auf den Lippen.

Tjizire!

Kondjoura erkannte sie sofort wieder: an ihrem feingeschnittenen Gesicht, der wulstigen Halskette aus Straußeneierplättchen, den Kupferringen und der mit einer Muschel verzierten Eisenperlenkette, die zwischen ihren Brüsten baumelte.

»Das ist sie, Vater«, wisperte er. »Sie ist noch schöner, als ich sie in Erinnerung hatte.«

Ngaturipure, der drei Stunden reglos unter dem Baum gehockt hatte, begann nervös mit den Fingern zu schnippen. »Sie trägt noch keine Brautkrone«, flüsterte er, den Blick wie gebannt auf Tjizire gerichtet.

Der Ausdruck in den Augen seines Vaters erschreckte ihn. Kondjoura kannte jenen Blick: So starrten Männer eine Frau an, wenn sie mit ihr schlafen wollten. Plötzlich bekam er es mit der Angst, dass sein Vater ihm Tjizire streitig machen könnte. Seine Mutter Ondjandje war alt; höchste Zeit, dass Ngaturipure sich eine Zweitfrau anschaffte ...

Tjizire hatte den Fuß des Berges erreicht und kam ihnen mit schwingenden Hüften entgegen. Die fingerlangen Kupferstangen an ihrem vorderen Lendenschurz schlugen bei jedem Schritt klirrend aneinander, und der mit Münzen verzierte Riemen, der ihre Taille umspannte, funkelte in der Sonne. Kondjoura sah, welche Mühe es Tjizire kostete, gemächlich auszuschreiten und ihn dabei nicht anzusehen. Aber das Lächeln gehörte ihm, und er merkte, dass er selbst lächelte.

»Ist es für dich Abend geworden?«, fragte Ngaturipure, als Tjizire an dem Schattenbaum vorübergehen wollte.

Das Mädchen blieb stehen und wandte sich, die Kalebasse auf dem Kopf balancierend, mit einer lässigen Drehung zu den Männern um. »Ja. Ist es für dich Abend geworden, Väterchen?«

»Ja, es ist für mich ein guter Abend geworden.«

Ngaturipure schnippte erneut mit den Fingern, doch Tjizire hatte nur Augen für Kondjoura und den prallen Lederbeutel, der zwischen den beiden Männern auf den welken Blättern ruhte. »Ich habe auf diesen Tag gewartet«, sagte sie.

* * *

Das Erste, was Ngaturipure von Uasuta zu sehen bekam, war eine schwarze Melone, die sich aus dem Eingang der großen Hütte schob. Der seltsamen Kopfbedeckung folgte ein kugelrunder Schädel, dann zwängten sich ausladende Schultern und ein tonnenförmiger Leib ins Freie.

Sie hatten ihn wohl beim Essen gestört, denn während er auf den Eingang des Krals zuwatschelte, um Ngaturipure und Kondjoura willkommen zu heißen, stocherte er mit der Zunge zwischen den Zähnen herum und wischte die Hände an seinem Bauch ab. »Ho!«, rief er und lüftete die Melone. »Hohoho!«

Nachdem sie einander begrüßt hatten, stemmte Uasuta die

Hände in die Hüften und musterte Ngaturipure mit schiefgeneigtem Kopf: »Obwohl dich meine Augen heute zum ersten Mal sehen, kennen dich meine Ohren bereits. Ich habe gehört, dass du über das Weidegebiet jenseits der Epupa-Wasserfälle herrschst.«

»Und mir hat man gesagt, dass deine Rinder in einer Hütte schlafen.«

»Ho ... Hohoho!« Uasuta klatschte sich auf die Schenkel, die Ngaturipure an Baumstämme erinnerten. »Kommt«, rief er. »Setzt euch an mein Feuer!«

Trotz des Lächelns, das Uasuta seinen Gästen schenkte, fühlte sich Ngaturipure in der Gesellschaft des Patriarchen nicht wohl. Uasuta gehörte zu der Sorte, die den Lärm einer leutseligen Gesellschaft lieben, einer Gesellschaft, der es auf ein Wort mehr oder weniger nicht ankommt. Und sein Blick streichelte immer wieder den Lederbeutel in Ngaturipures Händen.

Am Herdfeuer lag ein Baumstamm. Uasuta ließ sich außer Atem darauf nieder und faltete die Hände unter dem Bauch, so als fürchtete er, dass er sonst vornüber ins Feuer fiele. Ngaturipure und Kondjoura hockten sich links von Uasuta auf den Boden. Die Wärme des Feuers tat ihnen gut, denn Uasuta hatte seinen Kral auf dem Bergplateau errichtet. Dort oben wehte ein ewiger Wind, der die Moskitos fernhielt und Uasuta tagsüber mit dem modrigen Geruch des Flusses die Stirn kühlte. Außerdem bot der Gipfel seinen Spähern einen hervorragenden Überblick.

Hinter ihnen kroch Uasutas Hauptfrau aus der Hütte wie eine Schildkröte, die ihren Panzer verlässt. Sie war noch korpulenter als Uasuta, und ihre Brüste ähnelten den großen Bierkalebassen, die sie schnaufend am Feuer abstellte. Sie ließ sich an Uasutas Seite nieder, während die beiden Nebenfrauen Holzschüsseln mit gekochtem Hammelfleisch herumreichten – Reste, die Uasuta übriggelassen hatte.

Ngaturipure trank einen Schluck Bier aus einem halbierten Flaschenkürbis, biss ein Stück Hammelfleisch ab und begann von seinen Rindern zu schwärmen.

Sein Sohn beteiligte sich nicht an dem Gespräch. Kondjoura starrte in die Dunkelheit, wo Tjizire am Rande des Lichtkreises stand und ihn unverwandt anblickte. Hinter ihr hatte sich eine Unzahl Mädchen, Frauen und Hirten versammelt.

»Die Ahnen sind dir gut gesonnen«, sagte Uasuta, als Ngaturipure geendet hatte. »Deine Familie ist wohlauf, und dein Vieh vermehrt sich nach der letzten Dürre wie ein Heuschreckenschwarm.«

Ngaturipure nickte. »So ist es.«

»Warum hast du dann den Kunene überquert?«

»Kondjoura hat für meinen Schwager eine Weile das Vieh gehütet«, erklärte Ngaturipure. »Und als er zu mir zurückkehrte, sah er am Ufer des Kunene ein Mädchen, das sein Herz zum Singen brachte. Dieses Mädchen ist deine Tochter Tjizire.«

Uasuta tat erstaunt: »Ho? Hohoho!« Seine Hauptfrau kniff die Augen zusammen und starrte Kondjoura über das Feuer hinweg an. Sie kaute dabei rhythmisch. Wie eine Kuh.

»Dein Sohn ist ein Himba«, sagte Uasuta. »Er respektiert die Ahnen, und er gehört dem Matriclan der Schwiegertochter des Schlammes an. Aber ...«, er seufzte, »meine Tochter, die dem Clan der Schwiegertochter des Regens angehört, ist von so großer Schönheit, dass wir sie nicht entbehren möchten.«

»Es muss doch etwas geben, was euch über den Verlust eurer Tochter hinweghelfen könnte?«

Uasuta schielte zum Lederbeutel hinüber. »Viele Väter kamen zu mir«, sagte er. »Sie boten mir Rinder, Schafe und Ziegen an. Ich habe sie alle abgewiesen, denn wenn der Regen abermals ausbleibt und das Vieh stirbt, werde ich ein Leben lang um meine Tochter weinen.«

»Es hat im Osten geregnet«, beharrte Ngaturipure, doch Uasuta beugte sich, soweit es sein Bauch zuließ, zu ihm hinunter und legte ihm eine Hand auf die Schulter. Sie war schwer, wie eine Last, die er auf Ngaturipure abwälzen wollte.

»Die Ngambwe hatten schreckliche Träume«, flüsterte Uasuta. »Sie träumten, dass das Gras in der Sonne schmilzt und weiße Ameisen über das Kaokoland herfallen. Die Himba werden sich auf der Jagd nach Schatten wie Eidechsen unter den Steinen verkriechen. Und dann werden unsere Ahnen in ihren Gräbern ertrinken.«

Ngaturipures Magen verkrampfte sich, denn aus dem Volk der Ngambwe, die in Angola leben, gehen seit Menschengedenken die Heiler, Zauberer und Wahrsager hervor!

»Darum züchte ich Papierrinder«, wisperte Uasuta gegen das Knistern des Feuers an. »Wenn die Ngambwe von blühenden Gräsern träumen, werde ich die Papierrinder gegen Kühe eintauschen und abermals ein wohlhabender Mann sein.« Er richtete seinen Oberkörper auf und zwinkerte Ngaturipure zu. »Du solltest auch Papierrinder züchten.«

»Ich habe dir welche mitgebracht.«

Uasuta riss ihm den Lederbeutel aus der Hand und wühlte schnaufend darin herum, doch etwas schien mit dem Papier nicht in Ordnung zu sein, denn Uasuta stutzte plötzlich und ließ, nachdem er einen Schein gegen das Licht gehalten hatte, den Lederbeutel achtlos fallen. »Hast du deine Rinder bei einem blinden Händler eingetauscht?«

»Einem Blinden?«

Uasuta formte mit seinen Daumen und Zeigefingern zwei Kreise und hielt sie sich vor die Augen.

»Ja«, sagte Ngaturipure. »Er trug ein Ding, das auf seiner Nase ritt und seinen Blick verschleierte, aber ich wusste nicht, dass er blind ist.«

Uasutas Hauptfrau begann zu lachen; im Hintergrund kicherten die Himba, dann schlug Uasuta sich prustend mit der flachen Hand auf die Schenkel: »Ho ... Hohoho!«

Ngaturipure und Kondjoura sprangen auf. »Wir hören euch lachen, aber wir sehen keine Freude in euren Augen«, sagte Ngaturipure.

»Wir weinen«, pflichtete ihm Uasuta bei, »denn der Blinde hat euch betrogen.«

»Wieso? Er hat mir doch für jeden Ochsen zwanzig Papierrinder gegeben.«

»Warte.« Uasutas Hauptfrau kroch in ihre Hütte. Sie kam mit einem südafrikanischen Zehnrandschein zurück. Er war größer als das Monopolygeld, das Ngaturipure mitgebracht hatte, und auf der grünen Oberfläche waren ein Rind und ein Schaf abgebildet. »So sieht ein richtiges Papierrind aus«, sagte sie.

»Und das?« Ngaturipure wies auf den Lederbeutel. »Was ist das?«

»Dein Sohn ist der dritte Mann, der meine Tochter gegen Ziegenfutter eintauschen wollte«, erwiderte Uasuta.

4. KAPITEL

13

Der Wind blies in lauen, ruhigen Atemstößen über das Meer und trug den Geruch von in der Sonne gärendem Seetang zur Strandpromenade hinauf. Vor einem Jahr hatte der Geruch Sarah daran erinnert, dass Ferien waren und sie den Tag mit Patrick am Strand verbringen würde, während Arthur und Louis angelten, die Frauen in Swakopmund einkauften und Erich sein Taschengeld in Waffeleis investierte – jetzt ekelte der Geruch sie an.

Sarah wandte den Kopf und blickte in das blinzelnde Auge einer Möwe, die unweit der Bank auf dem Rand einer Abfalltonne hockte. Vor einem Jahr hatte sie die Möwen auf dem verwitterten Swakopmunder Landungssteg mit Brotkrumen gefüttert; jetzt erinnerte sie der Anblick des messerscharfen Schnabels an tote Robben, die aus leeren Augenhöhlen in den Himmel starrten, und sie verscheuchte die Möwe mit einer Handbewegung, denn nichts war mehr so wie vor einem Jahr, als sie in Gedanken nur auf einen Zug zu springen und in die mondhelle Namibwüste hinauszufahren brauchte, um jeglichem Kummer zu entfliehen.

Ihre Augen füllten sich mit Tränen, wie so oft, wenn sie an Südwestafrika dachte, an den ersten Regen, der nach einem eisigen, trocknen Winter fällt, an windgepeitschte Dünen, zerklüftete Berge und hartes, knisterndes Steppengras, an den Gesang der Zikaden, den sternklaren Himmel, an Ricky, die wilden Tiere und den in der Hitze flimmernden Dornbusch, an die gepflegten Städte und Dörfer und die menschenleere Weite ...

»Ma.«

Elsie zuckte zusammen. Sie hatte schweigend neben Sarah gesessen und mit geröteten Wangen und einem verklärten Blick auf das Meer hinausgeschaut. »Ich habe gerade an die Septemberferien gedacht«, sagte Elsie lächelnd. »Weißt du noch, wie du dich in Swakopmund an Langusten übergessen hast?«

»Lass uns gehen, Ma!«

»Wohin?«

»Irgendwohin. Das Meer macht mich krank.«

»Sollen wir mit der Seilbahn den Tafelberg hinauffahren?«
Sarah schüttelte den Kopf.
»Warum nicht, Sarah? Es ist heute so ein schöner Tag. Da werden wir vom Plateau aus eine wunderbare Aussicht haben.«
»Auf eine Großstadt, ja. Da kann ich genauso gut hier im Gestank sitzen bleiben.«
»Du hättest heute Morgen etwas essen sollen! Komm, Sarah, lass uns in einen Coffeeshop gehen.«
»Ich habe keinen Hunger.«
»Du musst was essen, Kind!«
Vielleicht bildete Sarah sich das nur ein, aber ihr war, als hätten die Geräusche an Lautstärke zugenommen: Das Meer klang wie grollender Donner und Elsies Stimme wie das Kreischen der Möwen; selbst die Farben hatten sich vertieft: Elsies Kleid stach ihr wie ein gelber Nebelscheinwerfer in die Augen. Sie senkte den Kopf und musterte den mit Steinplatten gepflasterten Gehweg zu ihren Füßen. Ungezählte Menschen waren darüber hinweggeschlurft, und ihre Schuhsohlen hatten auf der porösen Oberfläche braune, weiße und schwarze Striemen hinterlassen – Sarah nagte an ihrer Unterlippe, um die erneut aufsteigenden Tränen zu unterdrücken ...
»Gefällt es dir hier denn überhaupt nicht?«
»Nein«, würgte Sarah hervor.
»Warum nicht? Nenn mir einen Grund.«
Sarah schwieg. »Mir gefällt Kapstadt«, hörte sie ihre Mutter sagen. »Das Meer, die Berge, das viele Grün ...«
»Und all die Idioten, die unter dem Eindruck stehen, dass man in Südwestafrika die Diamanten wie Kieselsteine auflesen kann.«
»Was willst du eigentlich, Sarah?«
»Ich will auf einen Berg steigen, der nachts nicht angestrahlt wird. Ich möchte kurze Hosen tragen und mir von den Dornen die Beine zerkratzen lassen.« Sie wischte eine fettige Haarsträhne aus ihrem Gesicht. »Ich will Staub riechen. Und weiß Ma, was ich noch will? Ich will den lieben Gott fragen, warum auf dieser beschissenen Welt alles so verdammt ungerecht ist!«
»Sarah!«
»Kann ich morgen mit Ma nach Südwest zurückfliegen?«
Elsie fasste sich an die Stirn. »Bitte, Sarah, fang nicht wieder damit an. Du weißt ganz genau, dass das nicht geht.«
»Ich halte es hier nicht mehr aus, Ma. Die Mädchen laufen in

der Schule wie aufgetakelte Kriegsschiffe herum, und die Jungs benehmen sich wie Gockelhähne. Und ich sehe aus wie ein angeschwemmtes Flusspferd.«
»Das ist nicht wahr.«
»Sieh mich doch an!«
»Das wird sich ändern, Sarah. Du darfst jetzt bloß nicht den Glauben an Gott verlieren, denn mit Seiner Hilfe wird alles wieder gut. Und denk immer daran, dass nicht nur ich, sondern auch Ouma und Oupa sehr, sehr stolz auf dich sind.«
»Darf ich Ma dann wenigstens einen Brief für Ricky mitgeben?«
Elsies Hände verkrampften sich ineinander. »Ich weiß nicht, ob das klug wäre, Kind. Niemand darf erfahren, was wir getan haben. Niemand! Wenn Hillmann ...«
»Ich habe Angst, dass ich ihn verliere, Ma.«
»Du wirst ihn nicht verlieren. Sobald das Kind da ist, weihe ich Pa ein, und dann wird Patrick es erfahren.« Elsie tätschelte Sarahs Hand. »Hab Geduld, Kind, der liebe Gott ...«
Sarah stand auf. »Lass uns zu Ouma und Oupa zurückfahren.«

14

Ngaturipure und Kondjoura hatten noch am selben Abend Uasutas Kral verlassen und waren gen Westen geflohen.
Kondjoura konnte mit seinem Vater kaum Schritt halten, obwohl Ngaturipure sich aus Scham seinen Fellumhang über den Kopf gezogen hatte und blindlings am Fluss entlanghastete.
»Wohin gehen wir, Vater?«, rief Kondjoura.
Ngaturipure verharrte kurz und blickte ihn durch eine schmale Öffnung im Fellumhang an. In seinen Augen spiegelte sich Entsetzen, denn es gab für einen Himba nichts Schlimmeres, als zehn Rinder gegen Ziegenfutter einzutauschen. »Zur Küste«, haspelte er.
»Warum nicht nach Swartbooisdrift?«
»Weil dort das Gelächter der Himba wie ein Gewitter über uns hereinbrechen würde.«

Kondjoura musste seinem Vater Recht geben: Der Blinde hatte die Ochsen bestimmt schon fortgetrieben. Aber er wollte Tjizire nicht verlieren, und er wusste, dass sein Vater ihn nicht noch einmal zehn Ochsen gegen Papierrinder eintauschen lassen würde. »Wir sollten es trotzdem versuchen«, beharrte er.

Ngaturipure schüttelte den Kopf. »Lass uns den Zorn der Ahnen so weit wie möglich von unserem Kral fortlenken«, sagte er und setzte sich wieder in Bewegung.

Sie sprachen kein Wort mehr, bis Ngaturipure sich mitten in der Nacht auf einen Stein hockte und lauthals den Verlust seiner Ochsen beklagte: »O Vater, ich habe zehn Kinder verloren«, lamentierte er. »Ich habe sie aufwachsen sehen und vor Raubtieren, Hunger und Durst beschützt. Und dann kam ein blinder Dämon und riss sie aus meinem Herzen. O Vater, meine Augen werden sie nie wieder sehen und meine Hand sie nie wieder berühren.«

Kondjoura entfernte sich ein Stück von seinem jammernden Vater und wickelte sich in den Fellumhang. Dass sie die Rinder verloren hatten, schmerzte auch ihn, doch der Schmerz war unbedeutend im Vergleich zu dem Hass, den er für den Blinden empfand. Eben noch hatte Tjizire ihn voller Verlangen angeschaut, jetzt lag er im kalten Licht der Sterne, allein und ohne Hoffnung, sie je an sein Feuer holen zu können. Er fragte sich, warum ihm die Ahnen das angetan hatten, denn er konnte sich nicht daran erinnern, irgendetwas falsch gemacht zu haben ...

Im Morgengrauen tranken sie aus dem Fluss, dann eilten sie weiter, angepeitscht vom Zorn der Ahnen. Sie flohen wieder bis tief in die Nacht hinein nach Westen, und wieder begann Ngaturipure zu jammern, während Kondjoura, in seinen Fellumhang gehüllt, zu den Sternen aufblickte und darauf wartete, dass sein Herz zersprang.

Am dritten Tag ihrer Flucht sahen sie jenseits des Kunene eine Ziegenherde unter einem Anabaum stehen und die Ringelschoten fressen, die der Nachtwind vom Baum geschüttelt hatte.

Ngaturipure verknotete seinen Fellumhang unter dem Kinn und watete ohne zu zögern ins Wasser. Es war braun und tief und floss träge an Kondjoura vorüber, doch zur Mitte des Flusses hin wurde die Strömung so stark, dass Ngaturipure jäh das Gleichgewicht verlor.

Kondjoura sah, wie das Wasser eine Bugwelle an Ngaturipures Hüfte aufwarf, und im nächsten Moment schlug es über seinem

Kopf zusammen, so als hätte ein Krokodil ihn am Bein gepackt und in die Tiefe gezogen.

»Vater!«

Kondjouras Schrei lockte einen greisen Himba aus dem Schatten des Anabaums. Der Alte humpelte ans Ufer und beschattete seine Augen mit einer erhobenen Hand. Von Ngaturipure war jedoch immer noch nichts zu sehen. Daraufhin stürzte Kondjoura sich kopfüber in den Kunene.

Er pflügte mit strampelnden Beinen und zügigen Kraulbewegungen durch den Fluss. Aber bald geriet er ebenfalls in die Rinne, die das Wasser in das Flussbett gegraben hatte. Die Strömung erfasste ihn, wirbelte ihn um die eigene Achse, zog ihn in die Tiefe und schwemmte ihn flussabwärts.

Kondjoura geriet in Panik: Der Geldbeutel, den er sich um den Hals gehängt hatte, schnürte ihm die Kehle zu, und der Fellumhang verfing sich in seinem linken Arm. Er drosch mit der Rechten auf den Fluss ein, stieß sich mit den Beinen von den Felsen ab, und als er endlich Grund unter den Füßen spürte und sich keuchend aufrichtete, ging sein Vater bereits vor Nässe triefend auf den ergrauten Himba zu.

Nachdem er den Alten begrüßt hatte, stellte er sich und seinen Sohn vor.

Der Alte starrte ihn offenen Mundes an. Er hatte ein faltiges, ledriges Gesicht und war nicht nur zahnlos, sondern auch schwerhörig.

»Ich bin Ngaturipure«, wiederholte er, »und das dort drüben ist mein Sohn Kondjoura!«

Der Alte nickte. »Du musst in der Tat Ngaturipure sein«, sagte er mit einer heiser klingenden Stimme, »denn wer den Fluss lebend überquert, der hat die Macht, Krokodile zu zähmen.«

»Aber ich habe nicht die Macht, den Zorn der Ahnen abzuwehren.«

Der Alte wich erschrocken einen Schritt zurück.

»Wir sind betrogen worden«, erklärte Ngaturipure. »Ein blinder Dämon hat uns zehn Ochsen gestohlen.«

Der Alte machte noch einen Schritt nach hinten.

»Mein Sohn und ich gehören dem Patriclan des *Kudu* an«, brüllte Ngaturipure. »Das heißt: Wir verschmähen das Fleisch aller ungehörnten Tiere. Überlass uns bitte zwei Ziegen, damit wir uns an der Küste nicht von Fischen und Wasserschildkröten ernähren müssen. Sobald mir die Ahnen ein Zeichen geben, bringen wir die Ziegen zurück.«

»Nehmt so viele Ziegen mit, wie ihr wollt«, sagte der Alte. Er wollte Kondjoura und Ngaturipure loswerden.

Kondjoura setzte sich an das Ufer. Das Wasser rann wie Tränen über sein Gesicht. Er stützte den Kopf in die Hände und schloss die Augen: Jetzt hinderte Ngaturipure nichts mehr daran, mit ihm bis an das Ende der Welt zu reisen ...

15

Das Licht, das durch die Milchglasscheibe sickerte, ließ den umherwirbelnden Wasserdampf wie Goldstaub flimmern. Patrick öffnete das Fenster über der Toilette und spähte auf den erleuchteten Garten hinaus.

Arthur Hillmann hatte an der Rückwand des Grundstücks ein Rietdach angebracht und den Boden mit kunstvoll aneinandergefügten Steinplatten ausgelegt. Die Naturfliesen reichten bis an das Schwimmbad heran, umsäumten es und stießen dahinter auf die angrenzende Rasenfläche. Dort, fünfzig Schritte von der Villa entfernt, pflegten sich im Oktober eines jeden Jahres rund einhundert Gäste zu versammeln; Männer mit Schwielen an den Händen, die sich hemmungslos auf Arthur Hillmanns Kosten betrinken und ihm anschließend versichern würden, dass er ein guter Kumpel sei und man sich schon darauf freue, auch im nächsten Jahr für ihn zu arbeiten.

Die Ingenieure, Architekten und Lieferanten hatten schon am vergangenen Freitag ihren Spaß gehabt. Allerdings war es auf der Veranda weitaus sittsamer zugegangen: Die elegant gekleideten Damen und Herren hatten an Cocktailgläsern genippt, an Appetithäppchen genibbelt, mit Schmuck gerasselt und hochgestochen die neueste Mode und die politische sowie wirtschaftliche Lage analysiert. Nun stand Arthur in Sandalen, Shorts und einem kurzärmeligen grünen Hemd an dem aus Zement gegossenen Grillplatz und briet, von einem Scheinwerfer angestrahlt, handtellergroße T-Bone-Steaks. Die Bierflasche in seiner Hand diente lediglich dazu, um das zischelnde Fett zu besänftigen. Obgleich Arthur die Schmutzarbeit verrichtete, erkannte Patrick, dass sein Vater das Rudel anführte. Die Handwerker hielten sich im Hintergrund; auf der Grillablage standen drei volle Whiskygläser, die man unaufgefordert dort abgestellt hatte, und neben Arthur lehnte ein rothaariges Mädchen an der Grundstücksmauer und versuchte, ihm zu gefallen, indem es zu allem, was Arthur sagte, entweder nickte oder in schrilles Gelächter ausbrach.

Die Rothaarige trug schwarze Hotpants und eine weiße, unter der Brust verknotete Bluse. Patrick konnte ihr Gesicht im aufsteigenden Rauch nicht erkennen, vermutete aber, dass es schön war. Ihr Lachen dagegen klang hässlich, so ganz anders, als Sarahs Lachen geklungen hatte ... Als er daran dachte, spürte er, wie sich ein Gefühl der Leere in ihm ausbreitete. Er war allein, während sein Vater den Ellbogen der Rothaarigen mit einem lockeren Griff umfasst hielt und ihr etwas ins Ohr flüsterte. Er verlangte offensichtlich etwas von ihr und bekam es bereitwillig zugestanden, denn sie nickte und brach erneut in schrilles Gelächter aus.

Patrick wandte sich vom Fenster ab, entriegelte die Tür und folgte dem Korridor ins Wohnzimmer. Cracker lag auf dem nachtschwarzen Ledersofa, die Schnauze zwischen die Vorderpfoten gesteckt, und beobachtete Martha, die ihm schräg gegenüber in einem Sessel saß und gedankenverloren an ihren Fingernägeln knabberte. Vor ihr auf dem Couchtisch standen ein Glas und eine Flasche Sherry.

Patrick verharrte. »Cracker!«

Der Schäferhund klopfte das Sofapolster mit seiner Rute ab.

»Lass ihn, Patrick«, sagte Martha in einem müden Tonfall. »Dein Vater hat ihn eingesperrt, damit er sich nicht mit den anderen Hunden anlegt.«

»Wenn Paps sieht, dass Cracker auf dem Sofa liegt, trifft ihn der Schlag.«

Das schien Martha egal zu sein. Sie machte eine wegwerfende Handbewegung. Ihr blond gelocktes Haar sah im Schein der Leselampe grau aus, ihr Gesicht war ungeschminkt, und sie trug ein blauweiß gestreiftes Kleid aus dem Supermarkt.

»Was ist, Mum? Warum kümmerst du dich nicht um deine Gäste?«

»Das sind nicht meine Gäste«, betonte sie. »Dein Vater hat sie eingeladen.«

»Und wer ist das rothaarige Mädchen?«
Martha wandte langsam den Kopf. »Sandy?«
»Keine Ahnung, wie sie heißt. Ich habe sie vom Badezimmerfenster aus gesehen.«
»Sandy ist die Hofnärrin deines Vaters«, erklärte Martha. »Sobald die Handwerker betrunken sind, löscht er das Licht, und wenn er's ein paar Sekunden später wieder anknipst, aalt sich in unserem Schwimmbecken eine Meerjungfrau. Und ich darf dann morgen die Unterhosen aus dem Wasser fischen.« Das schien ihr nicht egal zu sein: Sie trank ihren Sherry in einem Zug aus. Dann stellte sie das Glas ab und blinzelte ihn mit gerunzelter Stirn an.
»Du willst doch nicht etwa in Jeans und Pullover zum Abschlussball gehen?«
»Nein«, sagte er und rammte die Hände in die Hosentaschen. »Ich stehe noch immer unter Hausarrest.«
»Von mir aus darfst du ruhig gehen. Es ist schließlich dein Abschlussball, und Erichs Klasse hat die Aula für euch geschmückt. Also, mach deinem Bruder eine Freude und geh hin.«
»Ich habe keine Partnerin, Mum«, erwiderte er. Seine Stimme klang mit einemmal heiser vor unterdrückter Wut: »Ihr habt Sarah zur Abtreibung nach Holland geschickt, erinnerst du dich?«
Martha starrte ihn verblüfft an. »Woher weißt du das?«
»Das kann ich dir nicht sagen.«
Zu seinem Erstaunen bohrte sie nicht weiter, sondern flüsterte: »Sag es keinem, vor allem nicht deinem Vater, hörst du?« Sie schenkte sich den zweiten oder dritten Sherry ein. Der Flaschenhals schlug klirrend an das Glas.
»Wo ist sie, Mum? Immer noch in Holland?«
»Keine Ahnung«, murmelte sie und würgte den Sherry herunter. »Es tut mir Leid, aber ich weiß es wirklich nicht.«
»Warst du damals damit einverstanden, Mum?«
»Ich hab's erst erfahren, als Sarah schon drüben war.« Sie schwenkte das Glas hin und her, unschlüssig, ob sie sich noch einen Sherry genehmigen sollte. »Ich weiß, es klingt hart«, sagte sie und lehnte sich mit dem Glas in der Hand zurück, »aber ich glaube, dass es das Beste für euch ist. Ihr habt noch das ganze Leben vor euch.«
»Warum bist du dann nicht nach Holland gefahren, als du mit mir schwanger warst«, entfuhr es ihm. »Das wäre das Beste für uns alle gewesen.«

»Patrick!«
Sie wollte ihn zurückhalten, doch was hätte sie ihm sagen sollen? Dass ein Ehering und eine Urkunde seine Geburt berechtigt hatten, dass ... Sie sah hilflos zu, wie Patrick aus dem Zimmer stürmte.

* * *

Zu beiden Seiten des Bürgersteiges parkten Lieferwagen mit ausgeblichenen Aufklebern an den Türen, und auf den Ladeflächen hockten an Werkzeugkisten angekettete Hunde. Patrick konnte sie winseln, japsen und kläffen hören. Gerade als er sich von seinem Fenster abwenden wollte, passierte ein Trupp Handwerker das schmiedeeiserne Tor und stieg im Licht der Bogenlampen die Auffahrt hinauf. Zwei der Handwerker kannte Patrick vom Sehen her, einen dunkelhäutigen Tischler und einen Klempner, der sommers wie winters kurze Hosen trug. Die Männer schwenkten vor der Garage auf einen Fußweg ab, dann gingen sie, ohne Patrick zu beachten, an dem Fenster vorüber und verschwanden in der Gasse, die zwischen der Villa und der abgrenzenden Grundstücksmauer in den Garten führte.
Patrick zog die Gardinen vor das Fenster und schaltete die Leselampe an. In dem Moment pochte Sinna an seine Tür.
»Mach auf, Patrick! Ich will deinen Anzug ausbürsten!«
»Mein Anzug war gerade in der Reinigung.«
»Mach auf!«, beharrte Sinna, und kaum war sie im Zimmer, rief sie: »DAS SIEHT JA HIER AUS WIE IN EINEM SCHWEINESTALL!«
Er wandte sich verdutzt zu ihr um, doch ehe er den Mund öffnen konnte, wisperte sie: »Danke, Patrick, danke, dass du der Missus nichts von dem Brief gesagt hast. Der Mister hätte mich rausgeschmissen.« Sinna walzte zu den Einbauschränken, klapperte mit Kleiderbügeln, dann warf sie die Türen zu und schrie: »WARUM HAST DU DEINE SCHUHE NICHT GEPUTZT, HA?« Sie fasste ihn an den Händen. »Ich habe in der Küche alles mit angehört, Patrick«, flüsterte sie. »Oh, wie konnten sie euch das nur antun?«
Er spürte, wie etwas in ihm nachgab.
»LOS, RÄUM AUF!« Sinna presste ihn an ihre Brust und wisperte: »Hör zu, Patrick, Missus Engelbrecht ist vor einer Woche zurückgekommen. Die Missus war in Kapstadt. Sie hat Esme

nichts gesagt, aber auf ihrem Koffer klebte ein Papierstreifen und darauf stand, dass Missus Engelbrecht von Kapstadt nach Windhoek geflogen ist.«

Er löste sich aus ihrer Umarmung. »Sarahs Großeltern leben in Kapstadt.«

»Dann ist sie vielleicht dort.« Sinna legte ihm eine Hand auf die Schulter. »Lass sie nicht gehen, Patrick«, flüsterte sie, »Sarah ist eine gute Frau.« Dann holte sie Luft und rief: »UND EHE DU GEHST, ZIEHST DU DIR EINE FRISCHE UNTERHOSE AN, JA?«

»Danke, Sinna.«

Er setzte sich auf die Bettkante. Das Licht der Leselampe fiel in einem gebündelten Strahl auf das Foto. Sarah lächelte ihm zu. Auch er lächelte, denn in einem Monat würde er der Schule den Rücken kehren und im Januar nach Kapstadt ziehen, um sich dort zur Freude seines Vaters zum Ingenieur ausbilden zu lassen. Und nicht einmal Arthur Hillmann würde ihn in der Ferne daran hindern können, nach Sarah zu suchen.

Er streckte sich auf dem Bett aus und verschränkte die Hände im Nacken. Er wusste zwar nicht, in welchem Stadtteil Sarahs Großeltern wohnten, aber er hatte mindestens vier Jahre Zeit, um Sarah zu finden. Der Gedanke hatte, von der gedämpften Musik, dem Gelächter und Stimmengewirr aus dem Garten untermalt, etwas Tröstendes, Einschläferndes ...

* * *

Als Patrick erwachte, fühlten sich seine Hände taub an. Er zog sie unter dem Nacken hervor und warf einen Blick auf die Armbanduhr: kurz vor Mitternacht. Er hatte den Abschiedstanz verschlafen! Die Handwerker dagegen waren noch immer dabei, leutselig ihren Arbeitgeber zu schädigen.

Patrick bewegte die Hände. Während das Blut prickelnd durch seine Finger strömte, stieg ihm der Geruch von Rauch in die Nase; gleichzeitig spürte er die Anwesenheit eines Menschen in seinem Zimmer, eines fremden Menschen, der ihn beobachtete!

Patrick warf den Kopf herum und entdeckte unter einem blauen Handtuchrand zwei Beine und ein feuerrotes Haarbüschel. Es schimmerte im Lichtkreis der Leselampe wie ein Warndreieck, ein Dreieck, das in der unteren Hälfte entzweigebrochen war. Er starrte den dunklen Riss eine Weile eulenäugig an, dann wurde ihm schlagartig klar, was er da vor sich hatte, und er fuhr aus dem Bett hoch.

»Hello.«

Patrick wehrte das Licht mit einer Hand ab: Neben seinem Nachtschrank stand Sandy, die Meerjungfrau. Sie schien soeben dem Schwimmbecken entstiegen zu sein, denn das rote Haar, das ihren Kopf wie eine Mähne umgeben hatte, klebte feucht an ihren Wangen und ringelte sich in Strähnen auf ihren nackten Schultern.

»Was soll das?«, stotterte Patrick. »Was ... was machst du in meinem Zimmer?«

»Ich bin gestrandet. Die Gästezimmer sind belegt, und Mister Hillmann ist zu betrunken, um mich nach Hause fahren zu können.«

Das Handtuch war so schmal, dass er nicht nur ihren flammenden Schoß, sondern auch die Ansätze ihrer milchweißen, mit Sommersprossen gesprenkelten Brüste sehen konnte.

»Ich heiße Sandy.«

»Patrick.« Seine Augen hatten sich selbständig gemacht. Immer wieder kehrten sie zu dem unteren Handtuchrand zurück, obgleich er ihr ins Gesicht blicken wollte. »Was sollen wir jetzt machen?«

»Das hängt von dir ab«, sagte Sandy und neigte den Kopf lächelnd auf die Seite. Sie hatte grüne Augen, wie Turmaline, die ihn anfunkelten.

»Jesus.« Er wusste nicht, wo er hinschauen sollte.

Sie kam einen Schritt näher. »Sag mal, schläfst du immer in diesen engen Jeans?«, fragte sie und neigte sich vor, eine Hand nach seiner Gürtelschnalle ausgestreckt.

Er packte das Mädchen am Unterarm. Ihre Haut fühlte sich kühl und seidig an. »He, du, das geht nicht!«, stieß er hervor.

»Was geht nicht, huh?«

»Das da«, sagte er, ließ ihren Arm los und machte, den Blick abgewandt, eine vage Handbewegung zu ihrem Schoß hin. Seine Wangen glühten.

»Was ist mit dir los, huh?« Sandy richtete sich langsam auf. »Bist du schwul?«

»Jesus Christus!«

Sie hob kichernd die Arme und zupfte an dem Handtuchzipfel, der im Tal zwischen ihren Brüsten steckte. Gleich würde das Tuch auseinanderklaffen, und dann ...

Dann bekam Patrick es mit der Angst. Er wich bis an die Wand zurück. »Nebenan ist noch ein Zimmer frei«, stammelte er. »Es gehört zwar meinem Bruder, aber der ist bei einem Tanz. Und wenn Erich nach Hause kommt, kann er bei mir schlafen, kein Problem, wirklich nicht.« Patrick hatte so schnell gesprochen, dass er außer Atem war. Keuchend starrte er Sandy an.

Sie zuckte die Achseln und schlug das Handtuch vor ihrer Brust zusammen, doch er bildete sich ein, einen gekränkten Ausdruck in ihren Augen bemerkt zu haben. Und plötzlich wollte er nicht mehr, dass sie ging, nicht auf diese Art und Weise.

»Warte«, rief er.

Sandy, die schon ein Bein angehoben hatte, um über den Bücherstapel zu steigen, wandte sich um. Wieder sah er das Warndreieck aufleuchten. Er sagte: »Ich habe nichts gegen dich, Sandy. Im Gegenteil: Du bist sehr ... wie sagt man ... sexy, aber ich habe schon jemanden, verstehst du?«

Sie stemmte die Hände in die Hüften. Dadurch rutschte das Handtuch noch höher. »Ach ja?«

»Ehrlich!«, beteuerte er und wies auf das Foto.

Sandy betrachtete es mit zusammengekniffenen Augen. »Deine große Liebe, huh?«

»Ja.« Patrick lächelte, verlegen und stolz zugleich. »Sie ist in Kapstadt.«

»Was? Sie ist über eintausendfünfhundert Kilometer weit weg, und mich willst du trotzdem fortschicken?«

»Ich möchte sie nicht betrügen.«

»Vielleicht betrügt sie dich gerade.«

»Nein!«

»Du glaubst wohl, dass die ganze Welt auf dich wartet, huh? Ich will dir mal was sagen, mein Junge: Der Einzige, der auf dich wartet, ist der Tod.«

»Das ist nicht wahr!«

»Du bist mir vielleicht ein komischer Vogel. Aber wie soll ein komischer Vogel, der in einem goldenen Käfig hockt, auch wissen, wie es dort draußen wirklich zugeht?«

»Wohl kaum schlimmer als in einem goldenen Käfig.«

Sandy lachte. Zu seinem Erstaunen klang ihr Lachen diesmal sanft, wie Wasser, das über Kiesel fließt. »Soll ich wirklich fortgehen?«

»Bitte.«

Sie schüttelte voller Bewunderung den Kopf und ging aus seinem Zimmer. Als die Tür lautlos ins Schloss gefallen war, blieb Patrick wie betäubt auf dem Bett hocken. Musik drang an seine Ohren; er hatte sie in den letzten zehn Minuten nicht wahrgenommen. Nichts hatte er wahrgenommen, nur dieses Mädchen. Und jetzt war es weg.
Er überlegte, ob er Sandy nachgehen sollte. Da vernahm er plötzlich Erichs Stimme. Sein Bruder musste zurückgekehrt sein, als er geschlafen hatte!
Er lauschte: Erich stieß ein seltsames Quietschen aus, dann hörte er Sandy lachen.

16

Arthur bremste den Mercedes vor einem zweistöckigen Reihenhaus ab und fuhr an den Straßenrand. Hier hatte vor fünfzehn Jahren alles begonnen, als er das Grundstück in Windhoek West gekauft und drei Etagenwohnungen darauf errichtet hatte. Er verschränkte die Arme über dem Lenkrad und schielte zur cremefarbenen Fassade empor. Quer über der Balkonbrüstung der mittleren Etagenwohnung stand in großen, roten Lettern: HILLMANN FLATS.
Arthur liebte dieses Gebäude, denn es symbolisierte die erste Stufe auf der Leiter seines Erfolges. Ja, er hatte es allen gezeigt: der Bank, den ungläubigen Gläubigern, der Konkurrenz, die den frisch eingewanderten Ingenieur belächelt hatte, und seinen Eltern, die sich in Hannover mit einem Kiosk abmühten und felsenfest davon überzeugt waren, dass immer nur die anderen das große Geld verdienten. Die Einzige, die zu ihm gehalten hatte, war Martha gewesen. Er hatte die Farmerstochter im Süden des Landes kennengelernt, als er mit einem Straßenhobel Pisten durch die Kalahariwüste geschoben hatte. Später war sie seine Sekretärin und dann seine Frau geworden. Während er draußen in der Wildnis gearbeitet hatte, war Martha in Windhoek geblieben und hatte einen Auftrag nach dem anderen an Land gezogen ...
»Also, Mister Hillmann.«

Arthur wandte den Blick vom Gebäude ab. Sandy saß neben ihm auf dem Beifahrersitz und lächelte ihn an. Auf ihren Zähnen waren Spuren von Lippenstift. Sie trug ein grünes T-Shirt; ihre Bluse und Hotpants hatte sie in die Handtasche gestopft. Er kannte ihre Qualitäten nicht, würde sie nie kennenlernen, aber er hätte gern gewusst, ob sie unter dem T-Shirt nackt war. »Hat mein Sohn etwas über seine Freundin verlauten lassen?«

Sie wollte ihn anlügen, schien aber dann zu spüren, dass er ihr Zögern bemerkt hatte, und nickte.

»Was hat er gesagt?«

»Dass er sie liebt und so, und dass sie in Kapstadt ist.«

Arthur umklammerte das Lenkrad mit beiden Händen. »Interessant«, murmelte er. »Weiter.«

»Nichts weiter.«

»Bist du dir sicher?«

»Ja!«

Er sah sie prüfend an. Sie wich seinem Blick nicht aus. Dennoch hatte er das Gefühl, dass sie am liebsten aus dem Wagen gesprungen wäre. »Hat dir die Party gefallen?«

»Ja, Mister Hillmann.«

Er nickte. »Du hast gute Arbeit geleistet, Sandy. Dafür sollst du fünfhundert im Monat mehr bekommen.«

Ihr Gesicht hellte sich auf. »O vielen Dank, Mister Hillmann!«

»Ich habe zu danken.« Er lehnte sich in den Ledersitz zurück. »Mein Sohn hat gerade erfahren, dass das Leben kein Zuckerschlecken ist. Aber ich bin kein Unmensch, wirklich nicht.«

»Ich weiß, Mister Hillmann.«

»Gut.«

Sandy öffnete die Beifahrertür und schwang ihre Beine aus dem Wagen. »Auf Wiedersehen, Mister Hillmann.«

»Wiedersehen.« Er wartete, bis Sandy hinter der gläsernen Doppeltür verschwunden war, dann verabschiedete er sich mit einem liebevollen Blick von dem Gebäude und ließ den Mercedes die Straße hinunterrollen.

Zu dieser frühen Morgenstunde waren nur wenig Autos unterwegs, hauptsächlich Schwerlastzüge. Er visierte einen entgegenkommenden Gemüsewagen aus Kapstadt mit dem Mercedesstern an. Als der Wagen den Metallring ausfüllte, drückte er auf den Zigarettenanzünder: »Ka-bum!«

Genauso würde er den Verräter aufs Korn nehmen, der Patrick zugeflüstert hatte, dass Sarah in Kapstadt war ...

Arthur parkte den Mercedes vor der Garage und schlurfte über die taunassen Steinfliesen zur Eingangstür. Der Tau und ein ziehender Schmerz in seinem linken Handgelenk kündigten Regen an. Er rechnete am späten Nachmittag mit einem kurzen Guss; mehr würde die Wolkenbank im Osten nicht hergeben. Obwohl er nicht weit zu gehen hatte, war er außer Atem, als er die Tür erreichte. Seine Lunge tat von dem Rauch weh, den er in der vergangenen Nacht am Grill eingeatmet hatte. Er fühlte sich erschöpft, ausgebrannt.

Missmutig stieß er die Tür zur Eingangshalle auf und bog in den Korridor ab, um Patrick zu sagen, dass er das schmiedeeiserne Tor verriegeln sollte, damit Cracker sich draußen austoben konnte. Bei der Gelegenheit wollte er feststellen, ob Sandy den Jungen ordentlich zerzaust hatte. Er näherte sich grinsend der Tür. Erichs Stimme ließ ihn jedoch mitten im Schritt verharren:

»... und weißt du, was sie dann gemacht hat? Sie hat sich auf mein Gesicht gesetzt. Stell dir das mal vor: Du liegst da und hast plötzlich einen roten Vollbart. Mann o Mann!«

»Halt dein verdammtes Maul!«, zischte Patrick.

»Ach, du bist doch bloß neidisch.«

Arthur drehte sich um und ging auf Zehenspitzen in das Arbeitszimmer. Sein Zeigefinger zitterte so, dass er eine falsche Nummer wählte. Er versuchte es noch einmal. Sandy meldete sich nach dem vierten Klingelzeichen: »Hello?«

»Hillmann. In einer Stunde hast du deine Sachen gepackt und bist aus der Wohnung verschwunden, kapiert?« Er hörte, wie ihr der Atem stockte. »Ka-bum«, sagte er und legte auf.

17

Jedes Mal, wenn Ondjandje im Morgengrauen aus der Hütte kroch, vermisste sie Ngaturipures hagere Gestalt, die am Ahnenfeuer hockte und gedankenverloren die heiligen Rinder betrachtete. Und wenn sie sich am Abend auf dem Ochsenfell ausstreckte, wartete sie vergeblich darauf, dass Ngaturipures schlürfender Atem sie in den Schlaf wiegte.

Seine Stimme fehlte ihr am meisten, jene heisere Stimme, die ihr befahl, endlich die Dornenhecke auszubessern und die Hütten zu verschalen, damit alles wie neu aussah, wenn die zukünftige Schwiegertochter in den Kral kam. Aber Tjizire kam nicht, und die Hirten, die an Ngaturipures Kral vorüberzogen, behaupteten, weder Tjizire noch Uasuta zu kennen. »Wir sind Nomaden«, sagten sie. »Die Dickmilch der Leute, die wie tief verwurzelte Bäume auf einem Berg verharren und Papier züchten, schmeckt uns nicht.«

Ondjandje wünschte, sie wäre ein Patriarch. Dann könnte sie mit den Ahnen in Verbindung treten. Es hatte geregnet, die Quellen murmelten, die Gepriesenen waren fett und hatten gesunde Kälber geworfen, und das heilige Feuer brannte lichterloh. All diese Dinge verrieten ihr, dass die Ahnen ihnen gut gesinnt waren. Doch wo steckte Ngaturipure, der Allwissende, der vor fünf Monden mit Kondjoura in den Norden aufgebrochen war? Warum kam er nicht zurück, um ihr die Schwiegertochter vorzustellen, den neugeborenen Kälbern und Kindern Namen zu geben und die Milch der heiligen Kühe zu entweihen, damit die Frauen ihren Vorrat an Butterfett wieder auffüllen konnten?

Ondjandje fuhr sich betrübt mit den Fingerspitzen über den rechten Arm. Ihre Haut fühlte sich rau an und hatte jenen verlockenden rotgoldenen Glanz verloren, der Ngaturipure stets an das seidige Fell einer Färse erinnert hatte.

18

Der Kleinbus hielt alle zwei Stunden am Straßenrand. Während die Passagiere an die Farmzäune pinkelten oder hastig eine Zigarette rauchten, überprüfte der Fahrer die meterhohe Ladung auf dem Gepäckträger. Dann kroch der Bus wieder mit siebzig Stundenkilometern durch die Nacht.

Im Bus war es heiß. Paulus saß vorn, eingekeilt zwischen Esme und dem Fahrer, der gelangweilt auf einer Kaffeebohne herumkaute. Sie waren bei Sonnenuntergang von Windhoek abgefahren, hatten Okahandja hinter sich gelassen und waren nun auf dem Weg nach Otjiwarongo. Die weißen Striche flogen wie Pfeile auf Paulus zu und unter ihm hinweg, denn der Fahrer fuhr mitten auf der Straße. »Ist das nicht gefährlich?«, fragte Paulus. Die Striche machten ihn nervös.

»Nein«, murmelte der Fahrer und schob sich eine zweite Kaffeebohne in den Mund. Er war lang und dürr und trug ein geblümtes Hemd und schwarze Hosen. An seinem Handgelenk baumelte eine vergoldete Armbanduhr. Paulus hatte dem Fahrer fünf Rand zugesteckt, um neben ihm sitzen zu dürfen. Er wollte ihn ausfragen, Erfahrungen für sein zukünftiges Taxiunternehmen sammeln, herausfinden, wie man zu so einer Uhr kommt, doch der Kerl war entweder maulfaul oder, was Paulus eher vermutete, ein Snob.

»Warum fährst du nicht auf der linken Bahn?«, mischte Esme sich unvermittelt ein.

Der Fahrer wandte den Kopf. Seine Augen waren blutunterlaufen. Paulus bemerkte, wie sie über Esmes zitronengelbes Kleid wanderten. »Um die Zeit sind nur wenig Autos, dafür aber viele wilde Tiere unterwegs«, erklärte er, »und falls ein Reifen platzen sollte, landen wir nicht gleich im Graben.« Er lächelte. »Wir sind ziemlich überladen.«

»Hast du keine Angst vor der Polizei?«

»Ich scheiß auf die *Makakunya*!«

Esme zuckte zusammen, und Paulus hielt den Atem an: In seiner Brusttasche steckte ein Freibrief, ausgestellt und unterschrieben von Kommandant Louis Engelbrecht ...

»Wie heißt du?«

»Paulus.«

»Nein, nicht du«, der Fahrer wedelte ihn mit seiner goldenen Armbanduhr fort, »ich habe das Mädchen gefragt.«

»Esme, ich heiße Esme.«

»Ein schöner Name.« Wenn der Fahrer lächelte, nahm sein scharfkantiges Gesicht weiche Konturen an; dann sah er wie ein zugänglicher Typ aus. Paulus entschloss sich, es noch einmal zu versuchen. Er räusperte sich. Da fragte Esme: »Und wer bist du?«

»Timon.«

»Timon ...« Esme neigte sich vor, so weit, dass ihr der Fahrer in den Ausschnitt blicken konnte. »Sag mal, Timon: Wem gehört der Wagen? Dir?«

»Nein.« Timon zermalmte die Kaffeebohne. »Der Bus gehört einer Familie, die zwanzig Wagen besitzt.«

»*Eijee!*«, entfuhr es Paulus.

»Das ist noch gar nichts. Eine andere Familie besitzt mehr als vierzig Taxis.«

»Vierzig?« Paulus schüttelte den Kopf. »Wo haben die das Geld her?«

»Supermärkte, Tankstellen, Ersatzteillager – Beziehungen.«

»Ich habe auch Beziehungen«, sagte Paulus und rückte seine Krawatte zurecht. Esme stieß ihn an, die anderen Fahrgäste prusteten, doch Paulus war nicht mehr zu bremsen: »Mein Schwiegervater hat einen Bus. Den könnte ich haben. Der steht nämlich das ganze Jahr auf dem Hinterhof einer Tankstelle rum.«

»Warum hat dein Schwiegervater den Wagen gekauft, wenn er nicht fahren kann?«

»Doch, er kann fahren, aber er arbeitet für einen Mann, der ... der Straßen baut. Er ist zehn Monate im Jahr fort. Also, falls du Interesse hast, mit mir ... ich meine, du kennst dich in dem Geschäft doch aus, oder?«

»Du willst der Familie Konkurrenz machen?« Der Fahrer lachte, und wenn Timon lachte, sah er regelrecht gehässig aus. »Weißt du, was mein Boss machen würde, wenn er davon Wind bekäme? Er würde dir in den Tank pissen!«

»*Eijee!*«

»Auf der Strecke zwischen Windhoek und dem Ovamboland herrscht Krieg, Mann! Wo kommst du Esel her, dass du so gutgläubig bist? Aus Ombalantu?«

Die Fahrgäste brachen erneut in prustendes Gelächter aus. Selbst Esme kicherte, denn sie war auch keine Mbalantu, sondern gehörte wie Timon der größten Volksgruppe der Ovambo an – den Kwanyama.

Paulus schloss beleidigt die Augen und ließ sich vom eintönigen Motorengeräusch in einen unruhigen Schlaf wiegen.

* * *

»*Makakunya!*«, rief Timon.

Von einer Sekunde zur anderen waren alle wach und blickten angespannt nach vorn. Sie fuhren eine Anhöhe hinunter, der Asphalt glänzte ölig, und unten in der Talsohle rotierte Blaulicht durch die Nacht. Eine Straßensperre!

Die Markierungsstreifen schwenkten nach rechts, als Timon den Bus auf die linke Straßenbahn zog, gleichzeitig griff er unter den Sitz und holte eine flache Whiskyflasche hervor. Er warf sie Paulus in den Schoß. »Steck sie in die Tasche, schnell!«

Paulus spürte, wie Esmes Finger sich in seinen Schenkel krallten. Ihre Furcht machte ihm Mut. »Was ist, Kwanyama«, sagte er, »ich dachte, du scheißt auf die *Makakunya?*«

»Sei still!«, zischte Timon und warf einen gehetzten Blick nach hinten. »Hat jemand von euch was geklaut oder ausgefressen?«

Dem verneinenden Gemurmel nach zu urteilen, befand sich weder ein entflohener Sträfling noch ein Dieb oder gar ein Guerilla an Bord. Das beruhigte Timon. Er neigte sich vor und stützte die Unterarme auf das Lenkrad. Ein Schild schwebte an ihnen vorüber: POLICE 200 M.

Timon ging auf sechzig, dann auf dreißig Stundenkilometer herunter. Wie aus dem Boden gewachsen stand plötzlich ein Verkehrspolizist auf der Fahrbahn. Seine erhobene Hand leuchtete blendend weiß im Scheinwerferlicht. Timon trat auf die Bremse und ließ den Bus vor dem rotschimmernden Stoppschild ausrollen.

Stille.

Paulus blickte sich um. Zu beiden Seiten der Straße parkten Fahrzeuge mit vergitterten Aufbauten. Aber die Polizisten waren nicht allein. Im Hintergrund, eben noch sichtbar, standen Soldaten mit schussbereiten Gewehren in den Fäusten.

Taschenlampen flammten auf. Das Licht geisterte durch den Bus und über die meterhohe Ladung. Weder Timon noch die Fahrgäste rührten sich. Dafür setzte sich der Polizist, der sie angehalten hatte, langsam in Bewegung. In seiner Linken hielt er eine Schreibunterlage. Er ging um den Wagen herum, notierte das Nummernschild, trat gegen die Reifen, schätzte mit in den Nacken geworfenem Kopf die Ladung auf dem Gepäckträger ab, dann näherte er sich der Fahrertür und blieb schräg hinter Timon stehen. Eine Schirmmütze ruhte auf seinen abstehenden Ohren, und das Gesicht darunter war bleich und glatt, das Gesicht eines Kindes. »Aussteigen«, befahl er.

Timon hatte Erfahrung: »Stellt euch ins Scheinwerferlicht und haltet eure Hände von den Taschen fern.« Er öffnete die Wagentür. »Beeilt euch.«

»Zeig ihm den Brief«, flüsterte Esme.
Timon erstarrte mitten in der Bewegung. »Was?«
»Nichts«, erwiderte Paulus. »Meine Frau muss hinter'n Busch.«
»Das kann warten. Steigt aus!«

Während Paulus zwischen den anderen Passagieren im Scheinwerferlicht auf der Straße stand und der Polizist den Wagen durchsuchte, schaltete Timon die Deckenbeleuchtung an und kramte eine mit Dokumenten vollgestopfte Plastikhülle aus dem Handschuhfach. »Baas«, sagte er in einem freundlichen Tonfall.

Der Polizist hielt die Plastikhülle ins Scheinwerferlicht. Und an der Art, wie der Polizist nickte, bemerkte Paulus, dass die Gefahr vorüber war: Sie durften ungehindert weiterfahren.

Paulus gab Timon die Whiskyflasche zurück und fragte sich, ob der Fahrer den Polizisten bestochen hatte oder ein Informant der *Makakunya* war ...

* * *

Timon bog hinter Otjiwarongo auf die Straße nach Otavi ab. Das Niemandsland zwischen den Farmzäunen war der wilden Tiere wegen gerodet und das Gras bis auf den Lehmboden heruntergeschnitten worden. Jedes Mal, wenn mehrere Augenpaare im Scheinwerferlicht aufleuchteten, erwartete Paulus einen Kugelhagel aus den Gewehren lebensmüder Guerillas, denn sie befanden sich jetzt im Krisengebiet. Doch Timon fuhr stur siebzig und hielt sich wach, indem er Kaffeebohnen kaute und murmelnd die Termitenhügel längs der Straße zählte.

»Willst du nicht ein bisschen schneller fahren?«

»Nein«, sagte Timon. »Nachts sind alle Tankstellen geschlossen. Die ganze Welt und der liebe Gott höchstpersönlich haben einen Boykott gegen Südafrika ausgerufen, verstehst du? Benzin ist Mangelware. Außerdem muss ich mich an einen Zeitplan halten. Wenn ich schneller fahre, komme ich mitten in der Nacht in Oshivelo an und muss bis Sonnenaufgang vor dem Veterinärzaun stehen. Man darf nämlich nachts nicht durch das Ovamboland fahren. Nachts schießen die *Makakunya* auf alles, was sich bewegt.«

»Du könntest in Oshivelo ein paar Stunden schlafen«, schlug Esme vor.

Timon schüttelte den Kopf. »Solange die Räder rollen, kann mir keiner in den Tank pinkeln.«

»Aber nachts sind unsere Brüder unterwegs«, beharrte Paulus. Er gab sich keine Mühe mehr, seine Furcht zu verbergen. »Woher wollen sie wissen, ob ein Weißer oder ein Schwarzer im Auto sitzt?«

»Nach Sonnenuntergang sieht man selten einen Weißen auf der Straße, und wenn, fahren sie vor Angst wie die Verrückten.« Timon tastete auf der Ablage nach einer neuen Kaffeebohne. »Mach dir nicht in die Hosen, Mbalantu. Schlaf.«

Sie kamen um drei Uhr morgens in Tsumeb an. An der Tankstelle stiegen zwei Arbeiter aus der Kupfermine hinzu. Jetzt zählten sie fünfzehn Personen, sechs Frauen und neun Männer. Während der Tankwart die Fliegen von der Windschutzscheibe wischte, holte Timon die Whiskyflasche unter dem Sitz hervor, füllte den Deckel und nippte sparsam an seinem Drink.

Paulus kaufte zwei Cola und zwei Tüten Kartoffelchips mit Tomatengeschmack. Esme maulte: »Ich hätte lieber die mit Zwiebel- und Grillfleischgeschmack gehabt.«

»Und mir wäre es lieber gewesen, wenn du nicht gelacht hättest, als der Fahrer mich blamiert hat«, entgegnete er.

»Was kann ich dafür, dass du ein Mbalantu bist?«

»Steig ein und halt den Mund!«

Zwei Stunden später erreichten sie Oshivelo, den Stützpunkt an der Ostgrenze des Etoscha-Wildparks und gleichzeitig das Tor zum Ovamboland, Heimat der Kwanyama, Ndongo, Kwambi, Ugandjera, Mbalantu, Kwaluudhi und Kolonkadhi-Eunda. Aber das Tor war, wie Timon prophezeit hatte, geschlossen. Er parkte den Bus hinter einem Lastwagen am Straßenrand. »Versucht zu schlafen«, sagte er. »Ich gebe Acht, dass nichts geklaut wird.«

Aber sie konnten nicht schlafen. Die meisten hatten ihre Familien seit einem Jahr nicht mehr gesehen. Sie waren angespannt, voller Vorfreude und gleichzeitig voller Angst, dass in der Zwischenzeit etwas Schreckliches geschehen war.

* * *

Als es hell wurde, sah Paulus durch die beschlagene Windschutzscheibe eine lange Reihe von Lastwagen und Taxis vor dem Tor stehen. An dem Drahtgeflecht war ein Schild befestigt. Es warnte in roten Buchstaben vor Landminen und Hinterhalte der SWAPO und forderte die Reisenden auf, in einem Konvoi zu fahren. Hinter dem Veterinärzaun standen Soldaten, junge weiße Männer in braunen Uniformen.

Die Lastwagenfahrer und Timon wurden hindurchgewunken, die Fahrgäste mussten jedoch mit ihrem Handgepäck einzeln durch das Tor marschieren. Paulus wurde von einem Korporal und einem bewaffneten Soldaten empfangen. Der Gewehrlauf zielte auf Paulus' Beine. »Kopfkarte«, sagte der Korporal.

Paulus reichte ihm seine Identitätskarte.

»Woher?«

»Windhoek.«

»Wohin?«

»Ombalantu.«

»Urlaub?«

»Ja, Baas. Ich möchte meinen Eltern meine Braut vorstellen.« Er wies mit dem Daumen über die Schulter. »Sie wartet am Tor.«

»Was ist in deinem Gepäck?«

»Wäsche und ein paar Geschenke.«

»Keine Handgranaten oder Landminen?«

»*Eijee*, Baas!«

»Für wen arbeitest du?«

Paulus händigte ihm Engelbrechts Begleitschreiben aus, und das kantige Gesicht des Korporals entspannte sich zu einem Lächeln. »Du kannst gehen, Paulus«, sagte er. »Deine Frau auch.«

»Danke, Baas.«

»Gute Fahrt, mein Freund.«

Mein Freund!

»Hast du das gehört, Esme?«, wisperte Paulus.

»Ich hoffe, dass es die anderen Ovambo nicht gehört haben, denn mein Freund ist dieser weiße Hund auf keinen Fall«, erwiderte sie und stöckelte mit gerümpfter Nase zum Kleinbus.

Die Straße führte durch eine mit Makalanipalmen bewachsene Steppe nach Ondangwa, dann über Oshakati in nordwestlicher Richtung weiter nach Ombalantu. Sie fuhren an ungezählten Ortschaften vorbei und an Hunderten von Menschen, die zu Fuß, mit dem Fahrrad, Eselskarren, Bussen oder klapprigen Lastwagen unterwegs waren. Aber Paulus hatte nicht das Gefühl, nach zwei Jahren endlich wieder zu Hause zu sein. Das Ovamboland hatte sich verändert. Die Makalanipalmen waren zwar noch da, die

Grasflächen, die sich bis zum Horizont erstreckten, auch die von Palisadenzäunen umringten Krals, die Mahangofelder, die achtlos fortgeworfenen Softdrinkdosen und die erbärmlichen Siedlungen zwischen den modernen Ortschaften. Doch etwas anderes, etwas Fremdes hatte sich in das Bild seiner Erinnerung geschlichen: auf der Straße erdfarbene, gepanzerte Fahrzeuge, Armeezelte am Rande der Wellblechsiedlungen und am Himmel mit Tarnfarbe bemalte Hubschrauber. Ihm war, als würde er durch ein besetztes Land reisen.

* * *

Ombalantu liegt im nordwestlichen Zipfel des Ovambolandes, nahe an der angolanischen Grenze und über den Daumen gepeilt nicht weiter als fünfundsechzig Kilometer von der Ostgrenze des Kaokolandes entfernt.

Esme hätte Ombalantu als eine bunt durcheinandergewürfelte Ansammlung von Wellblechhütten und baufälligen Backsteinbuden bezeichnet, denn es schien in dem Dorf kein ausgeklügeltes Straßennetz zu geben, auch keine Kanalisation, von einer Telefonleitung ganz zu schweigen. Doch Paulus fragte Esme vorsichtshalber nicht nach ihrer Meinung. Er blickte sich staunend um, so als hätte er die im Wind umherwirbelnden Plastiktüten, den mit Getränkedosen gepflasterten Straßenrand und die vielen Kinder und streunenden Hunde noch nie zuvor bemerkt.

Timon parkte den Bus vor einem *Cuca-Shop*. Reklameschilder an der verwitterten Ladenfront versprachen, dass mit Coca-Cola alles besser geht und Peter Stuyvesant den Duft der weiten Welt verströmt.

»Endstation«, sagte Timon und schaltete den Motor aus.

»Meine Eltern wohnen außerhalb von Ombalantu«, wendete Paulus ein. »Früher hat mich das Taxi bis zum Kral gebracht.«

»Früher, ja. Heute macht kein Taxi mehr einen Umweg. Die Wege sind sandig, verstehst du? Darauf lassen sich mühelos Landminen eingraben.«

»Warum sollten die Guerillas ihre eigenen Leute in die Luft jagen?«

»Die Armee benutzt diese Wege, und wer garantiert mir, dass nicht das Militär selbst ein paar Eier legt und sie, wenn wir hochgehen, den Guerillas in die Schuhe schiebt?«

»Was sollen wir machen? Wir können unser Gepäck unmöglich durch den Busch schleppen.«
»Lasst euch von einer Eselskarre mitnehmen. Oder schafft euch ein Fahrrad an. Usumane hat preiswerte Räder.«
»Wer ist Usumane?«
»Mein Bruder. Ihm gehört der Laden.«
Es dauerte eine Weile, ehe Paulus' Augen sich an das Dämmerlicht im *Cuca-Shop* gewöhnt hatten. Er sah eine langgestreckte Theke und dahinter eine zahnlose Frau mit einer wulstigen Narbe quer über dem Gesicht. Paulus kannte sie nicht. Neben der Hexe stand ein schwarz gekleideter Mann, der eine Sonnenbrille trug und mit einem angetrunkenen Mädchen argumentierte. Das Mädchen wollte etwas trinken, hatte aber anscheinend kein Geld, denn Usumane sagte: »Überleg's dir«, und sie jammerte: »Nicht schon wieder«, und Usumane sagte: »Dann musst du halt Wasser trinken«, und das Mädchen fing an zu heulen.

Paulus versuchte, das Schluchzen zu ignorieren, indem er das Regal, das an der Rückwand lehnte, nach einem Geschenk absuchte. Er wollte, nein, musste Esme die Ankunft in Ombalantu irgendwie versüßen, sonst fuhr sie womöglich mit dem Bus gleich wieder nach Windhoek zurück. Das Regal hatte jedoch nicht viel zu bieten: Kernseife, Softdrinks, Konservendosen, Mehl, Zucker, Fusel, Zigaretten, Kaffee, Tee, und das alles zu horrenden Preisen.

Die hässliche Frau beugte sich vor, wischte sich den Schweiß mit dem Saum ihres Faltenrocks aus dem Gesicht – Paulus sah, dass sie krumme Beine hatte, dürr wie verdorrte Stängel –, dann richtete sie sich auf, stopfte eine welke Brust in den Ausschnitt zurück und blickte ihn fragend an.

»Coke«, verlangte Paulus. »Eine Flasche.«

Die Cola war warm, und weil er sie mitnehmen wollte, musste er zwanzig Cent Flaschenpfand draufzahlen.

Esme stand wie ein verlorenes Kind zwischen den Koffern, Kartons und Taschen, die Timon ihr vom Gepäckträger heruntergereicht hatte. Paulus drückte ihr die Flasche in die Hand, und ehe Esme sich über die Hitze und Fliegen beschweren konnte, verschwand er hinter dem *Cuca-Shop*. Dort war Timon gerade dabei, in ein Sonnenblumenfeld zu pinkeln. Die Blumen waren brusthoch und hatten faustgroße Blüten. Paulus stellte sich neben den Fahrer und blickte über das leuchtend gelbe Feld hinweg auf ein

blau-rot-grün gestrichenes Backsteinhaus. Die Tür stand offen. Im dunklen Rechteck glaubte Paulus Augen zu sehen, Kinderaugen. Übergroße Hemden und Hosen flatterten an einer durchhängenden Leine, darunter scharrten Hühner im Staub, und im Schatten eines verkrüppelten Feigenbaums lag ein schwarzer Hund.
»Fährst du heute noch irgendwo hin?«
»Nein.« Timon machte mit dem Kinn eine ruckartige Bewegung zur Sonne hin und pinkelte Paulus dabei fast ans Bein. »In zwei Stunden wird es dunkel.«
»Meine Eltern wohnen nicht weit von Ombalantu entfernt, nur ein kurzes Stück die Straße rauf und dann rechts. Du wärst in einer Stunde wieder zurück, das garantiere ich dir.«
»Weißt du was?« Timon zog den Reißverschluss hoch. »In Ombalantu sind Soldaten stationiert. Warum fragst du nicht dort einmal nach, ob sie dich mitnehmen? Die *Makakunya* fahren gegen Abend oft zur Grenze, um nachzusehen, ob sich Guerillas aus Angola eingeschlichen haben.«
»Könntest du ein Wort für mich einlegen? Du kennst doch bestimmt den einen oder anderen ...«
»Ich scheiß auf die *Makakunya*«, murmelte Timon und schlenderte davon.
Paulus versuchte, eine Sonnenblume mit seinem heißen Strahl zu köpfen. Er hatte es in seiner Wut fast geschafft, der Stängel war schon umgeknickt, da gewahrte er aus den Augenwinkeln eine Bewegung. Usumane kam auf ihn zu, gefolgt von dem angetrunkenen Mädchen. Als Usumane stehenblieb, torkelte es gegen ihn. »Hee, Bruder!«
Paulus knöpfte hastig die Hose zu. »Ja?«
»Willst du die Kleine haben?«, fragte Usumane. Seine Augen waren hinter den dunklen Brillengläsern nicht zu erkennen – er sah aus wie ein Blinder, der von einem Mädchen geführt wurde. Dabei war er es, der das Mädchen im Griff hatte. Er zog es am Handgelenk herum, und Paulus bemerkte, dass es eine Weinflasche in der Hand hielt. »Du brauchst Tammi bloß 'n Drink zu spendieren, dann kannst du sie bumsen ... Na?«
Paulus musterte das Mädchen. Tammi hatte staubgepudertes Haar, und das sackartige Kleid hing wie ein Putzlappen an ihr herunter. Sie starrte ihn aus glasigen Augen an. »Ein Fahrrad wäre mir lieber«, sagte Paulus.
»Aah, ein Fahrrad!« Usumane nickte. »Fahrräder habe ich

auch auf Lager. Sehr preisgünstig: nur fünfundsiebzig Rand das Stück.«
»*Eijee*, so viel?«
»Du bist ein reicher Mann, Bruder.«
»Das denkst du.«
»Nein, das sehe ich«, erwiderte Usumane, und Paulus blickte an seinem grauen Anzug herunter und sah es auch.
»Okay«, murmelte er. »Ich nehme ein Rad, ein rotes.«
»Warte im Laden auf mich. Ich bin gleich wieder da.«
An der Ecke wandte Paulus den Kopf. Er sah Tammi zwischen den Sonnenblumen knien, das sackartige Kleid über die nackten Gesäßbacken hochgeschlagen, und Usumanes entblößter Bauch schob sich von hinten an sie heran. In dem Moment rief Esme mit schriller Stimme nach ihm. Paulus beobachtete noch, wie Usumane in das Mädchen eindrang, dann eilte er zu seiner Frau.

Esme saß auf ihrem Koffer. Sie hatte die Cola nicht angerührt. »Wo warst du so lange?«, fauchte sie. In ihren Augen funkelten Tränen.

»Ich habe uns ein Fahrrad besorgt, ein rotes.«
»Ich glaube eher, dass du's der kleinen Hure besorgt hast!«
»Vor deiner Nase und dann mit so einer? Du spinnst wohl!«
Esme verzog den Mund. »Ich will nach Hause«, plärrte sie plötzlich los, und er konnte es ihr nicht verübeln, denn Ombalantu war weiß Gott kein Urlaubsziel für ein wohlbehütetes Stadtmädchen. In Windhoek verlangte der Krieg lediglich, dass man einen Bogen um die Mülltonnen machte und jeden herumliegenden Koffer der Polizei meldete. Dann konnte einem nichts passieren. Im Ovamboland dagegen wimmelte es von Landminen, Soldaten und Guerillas. Aber Paulus war fast sieben Jahre mit Esme verheiratet. Es wurde langsam Zeit, dass er sie seinen Eltern vorstellte. Das gehörte sich so. Er legte ihr eine Hand auf die Schulter. »Wir brauchen ja nicht unseren ganzen Urlaub hier zu verbringen«, tröstete er sie, und Esme hörte augenblicklich auf zu weinen.

Als Paulus in den *Cuca-Shop* trat, stand ein Penner an der Theke und redete auf die Hexe ein. Er wollte etwas trinken, hatte aber anscheinend kein Geld, denn die Hexe schüttelte den Kopf, und der Mann sagte schließlich: »Also gut, ich mach alles, was du willst«, und die Hexe fragte: »Alles?«, und als der Penner nickte, kam die Hexe mit einem zahnlosen Lächeln um die Theke herum, packte den Mann am Handgelenk und führte ihn aus dem Laden.

Esme saß auf der Querstange und lenkte das Rad in wilden Kurven über die Straße, während Paulus keuchend in die Pedale trat und das Gepäck mit nach hinten gestreckten Armen festhielt; es türmte sich auf dem Gepäckträger bis zu seinen Schultern hoch, und bei jeder Unebenheit entlockte das Schutzblech dem Hinterrad einen schrillen Pfeifton.

»Siehst du den großen Mopanebaum?«, rief Paulus Esme ins Ohr. »Dort musst du rechts abbiegen.«

Esme bog links ab, verlor die Kontrolle über das Rad, und sie stürzten kopfüber ins Gebüsch. Fluchend rappelte Paulus sich auf. »Du dumme Ziege«, brüllte er. »Weißt du nicht, wo links und rechts ist?« Dann fiel ihm ein, dass sie es ihr Leben lang nicht gewusst hatte. Er entschuldigte sich, doch es half alles nichts: Esme fing wieder an zu weinen, denn ihr zitronengelbes Kleid war am Rücken aufgeplatzt, und sie hatte ihren linken Schuh verloren.

Als Paulus sich auf die Suche nach dem Schuh machte, wurde ihm zum ersten Mal bewusst, wie locker der Boden selbst im hügeligen Nordwesten des Ovambolandes war. Vor allem die zweispurigen Wege, die von der Piste abzweigten und sich kurvenreich durch die Mopanewälder schlängelten, waren für Landminen wie geschaffen. Da gab es nur eins: den Weg meiden und das Fahrrad schieben!

Esme humpelte von Tränen geblendet hinter Paulus her. Sie hatte einen eleganten Eindruck auf ihre Schwiegereltern machen wollen; jetzt sah sie aus wie Tammi, schlimmer noch: Das Makeup war auf ihrem Gesicht zu einem rotblauen Brei zerlaufen ...

Bald verlor auch Paulus den Weg aus den Augen. Zweige schlugen ihm klatschend ins Gesicht, und er musste immer wieder einer undurchdringlichen Buschgruppe ausweichen, damit das Gepäck sich nicht im Geäst verhedderte, und als der Kral seiner Eltern in der Dämmerung wie eine rettende Insel vor ihm auftauchte, wäre er vor Erleichterung fast selbst in Tränen ausgebrochen. Seine Füße und Arme schmerzten, das Hemd klebte an seinem Rücken, er war zu Tode erschöpft. »Wir sind da«, krächzte er.

Esme erwiderte nichts. Sie hatte seit einer Stunde kein Wort mehr gesagt. Nur ihre keuchenden Atemstöße verrieten ihm, dass sie ihm gefolgt war. Er wagte nicht, sich nach ihr umzudrehen. Zweige hatten Winkelhaken in seinen grauen Anzug gerissen; Esmes Seidenkleid musste unterwegs in Fetzen gegangen sein ... Er heftete seinen Blick auf den Flammenschein, der durch die Lücken im Palisadenzaun sickerte, und schob das Fahrrad aus dem Mopanewald. Sofort begannen Hunde zu kläffen, und eine Stimme keifte: »Wer ist da?«

»Ich bin's, Mutter. Paulus!«

»Paulus?«

Sein Vater kam hinter dem Palisadenzaun hervor und blieb, auf einen Stock gestützt und von zwei Hunden flankiert, vor dem Eingang des Krals stehen. Die Falten in seinem Gesicht waren tiefer und zahlreicher, und sein Haar war schneeweiß geworden. Er trug denselben Overall, den er getragen hatte, als Paulus sich vor zwei Jahren von ihm verabschiedet hatte, nur schlugen die Hosenbeine jetzt Falten. Der Alte schien geschrumpft zu sein. »Du bist es wirklich«, sagte er, und seine aufgeworfenen Lippen verzogen sich zu einem Lächeln.

Paulus lehnte das Fahrrad an den Zaun und ließ sich von den Hunden beschnüffeln, ehe er seinen Vater umarmte. Der Alte war nicht geschrumpft. Die Gicht hatte ihn gekrümmt wie einen überspannten Bogen. Selbst sein Atem roch nach Urin. »Ich bin so froh, dass du da bist, Paulus.«

»Geht es dir nicht gut, Vater?«

»Mir tut alles weh, und das Vieh ist mager, weil ich es nicht mehr so weit auf die Weide treiben kann.«

O *Vater!*

»Warst du schon beim Arzt gewesen?«

Der Alte schüttelte den Kopf. »Neulich war ein Armeearzt hier. Er hat mir eine Handvoll Pillen gegeben. Aber deine Mutter glaubte, dass er mich vergiften wollte, und hat die Pillen ins Feuer geworfen.«

O *Mutter!*

»Du hast jemanden mitgebracht?«

»Ja, meine Braut.« Paulus löste sich von seinem Vater und wandte sich um. Esme sah aus wie ein zerzauster Vogel. »Komm und begrüße meinen Vater, Esme.«

Sie näherte sich humpelnd, in jeder Hand einen zerkratzten Stöckelschuh. Der Alte fasste Esme an den Schultern und betrachtete sie blinzelnd. Paulus bemerkte an seinem Gesicht, dass sein Vater nicht sonderlich von Esmes Anblick begeistert war, denn die eingeritzten Stammeszeichen auf ihren Wangen hatten ihm verraten, dass Esme keine Mbalantu, sondern eine Kwanya-

ma war. Dennoch sagte der Alte mit einer zärtlichen, warmen Stimme: »Willkommen in meinem Kral.«
Daraufhin heulte Esme von einer Sekunde zur anderen abermals los. Der Alte wich erschrocken einen Schritt zurück; fast wäre er über einen Hund gestolpert. »Eijee!«
»Sie ist müde«, erklärte Paulus. »Wir haben einen weiten Weg hinter uns.«
»Ich verstehe. Kommt, Kinder! Ihr seid sicher hungrig und durstig.«
»Wir haben Weißbrot und Bier mitgebracht.«
»Corned Beef?«
»Auch Corned Beef, Vater.«
»Da wird sich deine Mutter freuen. Sie hat nicht mehr mit deinem Besuch gerechnet.«
Der Alte führte sie durch ein Labyrinth aus in den Boden gerammten Palisadenpfählen, vorbei an geheimen Eingängen, Rundhütten, Gehegen und Kornspeichern, bis sie endlich zu einem freien Platz in der Mitte des Krals kamen. Paulus' Mutter saß auf einem Klappstuhl am Feuer und blickte in die Flammen. Sie trug trotz der Hitze einen mit Silberfäden durchwirkten Mantel. Der Mantel war ihr bestes Kleidungsstück. »Ich bin da, Mutter.«
Sie rührte sich nicht.
»Du musst lauter sprechen«, sagte sein Vater. »Sie ist schwerhörig.«
Das war sie keineswegs, denn sie hatte ihn kommen hören und den Mantel rasch aus ihrer Hütte geholt. Er grinste. Sie hatte sich überhaupt nicht verändert, spielte noch immer Theater. »Willst du mich nicht begrüßen, Mutter?«
»Ich musste zwei Jahre auf diesen Tag warten.«
»Es tut mir Leid, Mutter. Ich habe dir doch erzählt, dass ich in Windhoek in einer Gärtnerei arbeite, nicht wahr? Ich konnte nicht weg. Wir hatten im letzten Sommer eine Trockenheit, verstehst du? Ich musste mich um die Pflanzen kümmern.«
Sie sah auf. Ihr schmales Gesicht war eingefallen und runzelig, doch ihre Augen waren wachsam wie die eines jungen Mädchens. »Pflanzen sind dir wichtiger als deine Eltern?«
»Nein, ich habe gespart und euch viele Geschenke mitgebracht. Du wolltest doch immer ein Radio haben, stimmt's? Nun rate mal, was in meinem Koffer ...«

»Wer ist das?«, fragte seine Mutter unvermittelt und streckte einen Zeigefinger nach Esme aus.

»Unsere Schwiegertochter«, mischte der Alte sich ein und schob Esme mit seinem Stock näher an das Feuer heran. »Paulus ist gekommen, um sie uns vorzustellen.«

»Esme ist die Tochter eines Vorarbeiters«, sagte Paulus mit stolz klingender Stimme, doch Esme starrte beschämt ihre wunden, aufgeschlagenen Zehen an. Sie wäre am liebsten im Erdboden verschwunden, so schmutzig und verschwitzt wie sie war.

»Er baut Straßen für den reichsten Mann der Welt«, fuhr Paulus zu ihrem Leidwesen fort, »und Esmes Mutter kocht für die reichste Frau der Welt. Wie ihr seht, sind Esmes Eltern angesehene Leute. Sie können sogar Deutsch sprechen.«

»So? Aber sie sind nicht weiß?«

»Nein, Mutter! Sie sind Ovambo.«

»Kwanyama?«

»Ja.«

»Sind sie deshalb nicht mitgekommen? Weil wir Mbalantu sind und in einem Kral leben?«

»Sie wollen, dass ihr sie in Windhoek besucht«, sagte Paulus, wohl wissend, dass seine Eltern das Ovamboland nicht verlassen würden. Und er hatte Recht.

»Wer soll sich um das Vieh und die Felder kümmern?«, fragte der Alte.

»Es wird sich schon jemand finden. Jetzt wollen wir aber erst mal was essen und die Geschenke auspacken.«

Dagegen hatte die Alte nichts einzuwenden, und der Alte holte sein Taschenmesser hervor, um eine Büchse Corned Beef zu öffnen. Er liebte gepökeltes Rindfleisch.

* * *

Esme wäre am liebsten schon am nächsten Tag wieder abgereist, denn im Kral gab es kein Bad. Wenn sie auf die Toilette wollte, musste sie sich draußen hinter einen Busch hocken und den Hintern mit Laub abwischen, jaa-a. Es gab auch kein Waschbecken: Der nächste Wasserhahn war fünf Kilometer vom Kral entfernt. Dort führte eine gigantische Leitung vorbei, die jeder nach Bedarf anzapfen durfte. Das war eine gute Sache, wenn man viele Töchter hatte, die einem das Wasser in Eimern heranschleppten. Aber die Alten hatten keine Töchter, und Paulus kam dafür auch nicht in Frage, denn Paulus war ein Mann, ein Hirte, der vom Morgengrauen bis zum späten Nachmittag hinter zwanzig mageren Ziegen herlatschte und sich fragte, ob sie schwer genug waren, um eine Landmine hochgehen zu lassen, ehe er darauf trat.

Als Esme und Paulus am Abend in der grasbedeckten Gästehütte auf dem schmalen, windschiefen Bettgestell lagen, klammerten sie sich wie verängstigte Kinder aneinander. »Ich musste den Kral fegen, Holz sammeln und Unkraut im Mahangofeld jäten, während deine Eltern im Schatten gehockt und Radio gehört haben«, jammerte Esme. »Lass uns fortgehen, Paulus, bitte. Es ist alles so schmutzig hier, und man muss mit den Fingern essen, jaa-a. Ich halte das nicht mehr aus.«

»Hab noch ein bisschen Geduld, Esme. Ich will meine Eltern dazu überreden, dass sie den Kral verlassen und sich in Ombalantu niederlassen.«

»Versprich mir, dass du gleich morgen früh mit deinem Vater redest.«

»Darauf kannst du dich verlassen, Esme. Je früher sie ins Dorf ziehen, desto besser ist es für uns alle.«

Aber der Alte sträubte sich. Er war zwar mit kleinen, schlurfenden Schritten neben Paulus hergelaufen und hatte sich alles wortlos angehört. Als Paulus geendet hatte, blieb er jedoch plötzlich stehen, rammte seinen Stock in den Boden, stützte sich auf den polierten Knauf und sagte: »Wir können hier nicht weg, Paulus.«

»Ihr seid alt und krank, Vater! Die Kornspeicher sind leer, und in den Wassereimern schwimmen tote Fliegen. Ihr könnt nicht mehr allein für euch sorgen.«

Der Alte beobachtete, wie die beiden Hunde die Ziegen in den Mopanewald trieben. Der Staub leuchtete rotgolden im Licht der aufgehenden Sonne. »Du hast Recht«, murmelte er, »wir sind alt und müde, und wir dürfen nicht von euch erwarten, dass ihr eure Arbeit aufgebt, denn ihr verdient in der Stadt mehr, als meine Ziegen je einbringen würden. Aber was soll aus deinen Brüdern werden, wenn wir fortgehen, Paulus? Sie brauchen uns.«

»Meine Brüder sind in Angola, Vater! Sie können sich nicht um euch kümmern. Das haben sie noch nie getan, und sie werden es in Zukunft auch nicht tun.«

Der Alte schüttelte den Kopf. »In dem Jahr, als du nicht kom-

men konntest, weil sonst ein paar Blumen verdorrt wären, blieben deine Brüder fern, weil die *Makakunya* sie sonst getötet hätten.« Er lächelte seinen Sohn an. Es war das traurigste Lächeln, das Paulus je gesehen hatte. »Aber im Oktober waren sie hier.«
»Philemon, Ismael und Johannes?«
»Nicht Philemon. Philemon sitzt in Lubango in einem Gefangenenlager. Die SWAPO hat ihn beschuldigt, dass er für die *Makakunya* spioniert.«
Paulus' Magen verkrampfte sich. »Hat er das getan?«
»Ja.« Der Alte stocherte mit seinem Stock im Sand herum. »Er wurde gleich zu Anfang von den anderen getrennt. Ismael und Johannes sagten, er sei in der ganzen Welt herumgereist und habe Dinge gelernt, die ein normaler Mensch gar nicht begreift. Als er zurückkam, gaben sie ihm ein Büro. Er war ein wichtiger Mann, bis zu dem Tag, an dem sie ihn geholt und ins Lager gebracht haben.«
»Das sagt noch gar nichts.«
»Doch«, beharrte der Alte. »Vor einem Jahr besuchte mich ein *Ekakunya*, der viele Fragen auf den Lippen hatte. Er redete mich mit Meneer Natangwe an, obwohl ich in seinen Augen bloß ein dummer *Kaffer* war, weil ich nicht wusste, wann ich geboren wurde. Dann fing er an, mich über euch auszufragen. Ich sagte ihm, dass ihr in den weißen Städten arbeitet, in Windhoek, Swakopmund und Tsumeb. Er wühlte in einem Haufen Papier herum, und plötzlich lächelte er, so wie ein zufriedener Mann lächelt. Er tippte auf das Papier und sagte: Hier, dieser P. Natangwe, der für Kommandant – ich kann mich nicht mehr an den Namen erinnern – arbeitet, ist das dein Sohn?« Paulus spürte, wie ihm übel wurde. »Ich sagte, ich wüsste nicht, für wen meine Söhne arbeiten. Aber in meinem Herzen wusste ich seitdem, dass Philemon ein Spitzel der *Makakunya* war, denn du arbeitest ja in einer Gärtnerei.«
»Wie geht es Ismael und Johannes?«, fragte Paulus und dachte: Ich habe ihn umgebracht! Ich habe meinen Bruder auf dem Gewissen!
»Schlecht. Sie haben kaum etwas zu essen. Ich habe ihnen unser Korn gegeben und eine Ziegenherde hinter ihnen hergetrieben, um ihre Spuren zu verwischen. Hätte ich das nicht getan, wären deine Brüder jetzt tot und ich im Gefängnis, denn ständig kommen die *Makakunya* und fragen, ob ich Terroristen gesehen hätte.«

19

Als die Kirchenglocken das neue Jahr einläuteten, wünschte Patrick seinem Vater ein erfolgreiches, neues Jahr.

»Gleichfalls«, erwiderte Arthur und stieß mit ihm an. Patrick grinste; es fiel ihm leicht, denn der Alte wusste nicht, was er wusste. Martha gab ihm einen Kuss, und Erich, dem Louis Engelbrecht ein Geschenk besonderer Art zugesteckt hatte, schoss mit einem verzückten Lächeln auf dem Gesicht eine Leuchtkugel nach der anderen ab. Aber das war noch nicht alles: In jener Nacht sah Patrick sich im Traum an Sarahs Seite durch einen Park schlendern, und als er erwachte, war er fest davon überzeugt, dass alles gut werden würde.

Das Frühstück schmeckte ihm zu Sinnas Freude wie ein Festessen, und er konnte sich auch nicht daran erinnern, je unbekümmerter an die schwarze Tür des Arbeitszimmers geklopft zu haben.

»Herein!«

Arthur trug einen bronzeschillernden Morgenmantel und war dabei, einen neuen Kalender an der Wand hinter seinem Schreibtisch aufzuhängen. Arthur riss das Deckblatt ab. Darunter kam ein Elefant aus dem Krügerpark zum Vorschein.

»Mann«, rief Patrick aus, »das ist vielleicht ein Prachtkerl.«

»Ja.«

Bildete er sich das nur ein oder war Arthur Hillmann tatsächlich nicht mehr so zugänglich, wie er es um Mitternacht gewesen war? Vielleicht hat der Alte einen Kater, dachte Patrick und fragte: »Hast du gut geschlafen, Paps?«

Als Arthur sich umwandte, sah Patrick, dass der Alte keineswegs gut geschlafen hatte. Seine Augen waren blutunterlaufen.

»Was ist?«

Patrick lächelte verkrampft. »Ich habe mich entschlossen, in deine Fußstapfen zu treten.«

»Ach?«

»Ja, Paps. Ich möchte in Kapstadt auf die Uni gehen.«

»Hmm ...« Arthur kratzte sich am Kinn.

»Ein Ornithologe kann ich in meiner Freizeit immer noch sein.«

Das schabende Geräusch verstummte. »Warum gerade Kapstadt?«, wollte Arthur wissen.

»Vier meiner Freunde gehen dort auf die Uni«, log Patrick.
»Außerdem liegt Kapstadt näher an Windhoek als Pretoria.«
»Aha.« Er nickte. »Gegen deine Entscheidung, Ingenieur zu werden, habe ich nichts einzuwenden. Im Gegenteil, ich freue mich, dass du endlich Vernunft angenommen hast, aber ...« Er ließ das Deckblatt in den Papierkorb segeln. »Du hättest dir diesen Schachzug früher überlegen sollen.«
»Wie meinst du das?«
Arthur setzte sich in den Sessel, wie sich ein Soldat in einen Panzer setzen würde. Dann zog er einen braunen Umschlag aus der Schublade und reichte ihn Patrick.
Im ersten Moment glaubte Patrick, dass Sarah ihm einen eingeschriebenen Brief geschickt hatte, doch als er den Absender las, taumelte er einen Schritt zurück: »Das ist ja ein Einberufungsbefehl!«
»Richtig. Am siebten Januar geht dein Zug nach Pretoria ab.«
In einer Woche! Patrick ließ den Umschlag sinken. »Kannst du was dagegen unternehmen? Ich meine, du hast doch Beziehungen.«
»Das schon, aber ich kann nicht zaubern. Du hättest mir vor einem Monat sagen sollen, dass du Ingenieur werden willst. Jetzt ist es für ein Freistellungsgesuch zu spät.«
Patrick blickte seinen Vater abschätzend an. Dabei fielen ihm zum ersten Mal bewusst die Falten auf, die strahlenförmig in Arthurs Augenwinkeln nisteten, und seine Gesichtsfarbe war so grau wie das Haar, das im Ausschnitt seines Bademantels spross. »Du wirst alt«, sagte Patrick und beobachtete, wie sein Vater erbleichte. »Früher hast du die Fäden so gesponnen, dass niemand das Knäuel entwirren konnte. Heute erkenne selbst ich auf einen Blick, wem ich das alles zu verdanken habe.«
Arthur wischte sich mit der flachen Hand über den Mund, als wollte er die Falten glätten.
»Du hast Sarah nach Holland abgeschoben und den Einberufungsbefehl absichtlich zurückgehalten.« Patrick neigte sich über den Schreibtisch. »Und ich bin inzwischen auch davon überzeugt, dass du mir Sandy aufs Zimmer geschickt hast.«
Arthur umklammerte die Armlehnen so fest, dass seine Knöchel weiß unter der Haut schimmerten. »Raus!«, zischte er.
Als Patrick das Arbeitszimmer verließ, hörte er ein gemurmeltes »Ka-bum!«, und die Härchen in seinem Nacken sträubten sich. Er warf die Tür ins Schloss.

Im Wohnzimmer galoppierte John Wayne über den Bildschirm, Martha summte in der Küche ein Lied, und draußen auf dem Rasen fütterte Sinna den Schäferhund. Es war ein schöner, sonniger Tag. Wenn nur nicht der hässliche Wunsch in ihm gewesen wäre, die schreckliche Lust, seinen Vater umzubringen.

20.

Esme war so froh, wieder in Windhoek zu sein, dass sie bei der Arbeit sang und Missus Engelbrecht damit in Erstaunen versetzte. Denn gewöhnlich waren die Schwarzen aufsässig, wenn sie aus dem Ovamboland zurückkehrten. Dann hatten sie einen Monat lang Radio Ovambo gehört, Bier getrunken und sich gegenseitig aufgehetzt. Paulus verhielt sich vorbildlich: Er maulte, blickte finster drein und verrichtete lustlos seine Arbeit. Aber das wird sich bald wieder legen, dachte Missus Engelbrecht: Drei Löffel Zucker in den Tee, und schon frisst dir das *volk* aus der Hand ...

In Wirklichkeit war Paulus überhaupt nicht zurückgekehrt. Während er den roten Datsun polierte, sah er seine kranken und hilflosen Eltern am Feuer sitzen, hörte er die Schmerzensschreie seines gefolterten Bruders, spürte er den Hunger und die Angst, die Johannes und Ismael auffraßen, und in seinem Herzen loderte der Hass eines Volkes, das zwischen zwei Feuer geraten war.

Esme verstand ihn nicht. »Der Urlaub hat mich fast umgebracht«, sagte sie, »aber gleichzeitig hat er mir auch die Augen geöffnet.« Er hockte auf der Bettkante und vernahm ein rhythmisches Plätschern. Esme lag zum dritten Mal an diesem Tag in der Wanne, schrubbte sich den Staub des Ovambolandes aus den Poren. »Du hattest Recht«, tönte ihre Stimme aus der offenstehenden Badezimmertür. »Es lohnt sich nicht, den Revolutionär zu spielen. Die Buren sind unschlagbar. Wir müssen zufrieden sein mit dem, was wir haben, und im Gegensatz zu den Leuten im Ovamboland besitzen wir eine Menge.«

Paulus ließ sich nach hinten auf das Bett sinken. Wasser rauschte, als Esme sich aufrichtete. Er hörte, wie das Wasser gurgelnd durch den Abfluss strömte und ihre Stimme dämpfte:

»Geld, genug zu essen und ein kleines, sauberes Häuschen. Was wollen wir mehr? Und wenn wir in Schwierigkeiten sind, brauchen wir nur ein Papier vorzuzeigen, und schon lassen sie uns in Ruhe.«

Paulus öffnete die Augen und sah Esme im Türrahmen stehen. Sie hatte sich der Wanzen und Flöhe wegen nicht nur die Beinhaare abrasiert. Er starrte ihre ölig schimmernde Spalte an. Sie erinnerte ihn an ein Sparschwein, und er dachte daran, dass dieser Schlitz und das Geld ihn blind gemacht hatten. Ja, er war in eine fremde Stadt gekommen und hatte sich keine Gedanken darüber gemacht, für wen er arbeitete; solange er nur Geld verdiente und jemanden hatte, an den er sich klammern konnte.

5. KAPITEL

21

Patrick stand im hintersten Winkel des Fuhrparks, eingekeilt zwischen einem Stacheldrahtzaun und einer schier endlosen Reihe Transportwagen. Am anderen Ende der Schneise, gut einen halben Kilometer entfernt, leuchtete hin und wieder ein winziger roter Punkt in der Dunkelheit auf. Dort hielt Hartmut Demmler heimlich rauchend Wache.

Patrick überlegte, ob er hingehen und Demmler darauf aufmerksam machen sollte, dass der gewalzte Boden des Fuhrparks mit Öl, Diesel und Benzin getränkt war. Er verwarf den Gedanken jedoch wieder, denn fünfhundert Meter sind eine weite Strecke für jemand, der einen mit Backsteinen beschwerten Tornister auf dem Rücken trägt, und er vermutete, dass ein halber Kilometer eine sichere Distanz war, falls Demmler in die Luft fliegen sollte.

Mit Demmler teilte Patrick lediglich einen tiefschürfenden Hass auf Korporal »Caterpillar« van Tonder; ansonsten verband ihn nichts mit dem Deutschen, weder mit ihm noch mit einem der anderen Rekruten, die unter van Tonders Befehl standen.

Patrick legte den Kopf in den Nacken und blickte zum Mond auf. Dabei stieß er mit dem Stahlhelmrand an den Schlafsack, der zusammengerollt auf dem Tornister festgeschnallt war. Der Helm rutschte ihm über die Augen, und als er ihn mit der Faust zurückstieß, schlug er sich die Knöchel seiner rechten Hand auf. Wütend trat er nach einem Bedfordreifen. Der Gummi hinterließ eine schwarze Strieme auf der Stiefelspitze.

Patrick lehnte sich, vor Zorn und Schmerz zitternd, an den Bedford und überlegte, wie er den Striemen entfernen könnte, damit Korporal »Caterpillar« van Tonder ihn beim nächsten Appell nicht wegen mutwilliger Beschädigung von Staatseigentum anklagte: einmal wegen des Reifens, dann wegen der Stiefelspitze und schließlich, weil Patrick sich selbst verletzt hatte.

In der Ferne glimmte Demmlers Zigarette auf, dann erlosch die Glut, und gleichzeitig hatte Patrick einen rettenden Einfall: Benzin!

Der Tank des Bedfords hing unter der Ladefläche. Er lehnte das Gewehr an das Trittbrett und schraubte den Deckel von dem Einfüllstutzen. Treibstoffgase schlugen ihm zischend entgegen. Er kramte ein Tuch aus der Tasche, wand es zu einem Strang und stopfte es in den Stutzen: Das Taschentuch war zu kurz. Verdammt!

Patrick neigte sich vor. Der Tornister lag wie Blei zwischen seinen Schulterblättern und zwang ihn auf die Knie. Er nahm den Stahlhelm ab. Darin ließ sich das Benzin auffangen. Die Drainierschraube an der Unterseite des Tanks konnte er nicht finden, dafür sah er zwei Beine, die hinter dem Transporter wie weiße Marmorsäulen aus dem Boden wuchsen.

Patrick sprang auf – fast hätte er das Gleichgewicht verloren –, rammte sich den Stahlhelm auf den Kopf und griff nach seinem Gewehr. Das Taschentuch steckte er in die Tasche zurück. Dann hielt er lauschend den Atem an.

Patrick kannte diese Beine. Sie waren oft genug bis zum *Voortrekkermonument* neben ihm hergerannt, derweil Korporal »Caterpillar« van Tonder ihm lauthals klargemacht hatte, dass er, Patrick Hillmann, im Vergleich zu den in Stein gemeißelten Pionieren, bedeutungsloser sei als der Schatten von Haikacke in tausend Meter Tiefe.

Patrick verharrte reglos neben dem Bedford. Minuten verstrichen, ehe van Tonder wie ein Geist an der Heckklappe auftauchte, Patrick den Rücken zuwandte und zum anderen Ende der Schneise hinüberspähte – wahrscheinlich in der Hoffnung, dass sich Hartmut Demmler eine frische Zigarette anzündete.

Der Korporal trug schwarze Turnhosen, ein braunes T-Shirt und an den Füßen Segeltuchschuhe. Sein strohblondes, kurzgeschorenes Haar schimmerte silbern. Er setzte sich lautlos in Bewegung. Es sah aus, als würde der Mond zwei Meter über dem Boden durch die Nacht schweben.

Patrick wartete, bis van Tonder zum nächsten Bedford weitergeschlichen war, dann rief er: »Halt! Wer da?«

Van Tonder fuhr herum. »Hillmann?«

Das war nicht das richtige Kennwort. »Hände hoch!«

»Geh zum Teufel, Deutscher!«

»Parole!«, beharrte Patrick, »oder ich schieße!«

»Verdammt, ich bin Korporal van Tonder!« Der Unteroffizier zog den Kopf zwischen die Schultern und kam mit abgewinkelten

Armen herangerudert. »Wenn du Furzloch nicht sofort das Gewehr herunternimmst, walze ich dich platt.«

Patrick lud das Gewehr durch. Das metallische Klicken ließ van Tonder erstarren. Er wusste, dass Patrick ihn hasste, aber er war sich keineswegs sicher, ob Patrick nicht bei der letzten Schießübung eine Patrone für diese Gelegenheit hatte mitgehen lassen. »He, Hillmann!« Van Tonder hob abwehrend die Hände. »Mach keinen Scheiß, Mann!«

Patrick konnte deutlich die Angst aus van Tonders Stimme heraushören; dieselbe Angst, die der Korporal täglich in Patricks Stimme wahrgenommen hatte und die in ihm den Wunsch weckte, das Gewehr abzufeuern, mitten in dieses kantige Gesicht hinein.

»Hillmann, bitte ...«

Seine flehende Stimme brachte Patrick zur Vernunft. Er ließ das Gewehr sinken und den angestauten Atem entweichen. »Tut mir Leid, ich habe den Korporal nicht gleich erkannt.«

»Was ist mit dir los, Deutscher? Bist du blind?«

»Ja, Korporal. Nachtblind.«

»Das sagst du mir jetzt, nachdem du mir beinahe das Bajonett in den Arsch gerammt hast? Oder hast du zufällig doch eine Patrone im Lauf?«

»Nein, Korporal.«

»Mann«, sagte van Tonder, »ich weiß manchmal wirklich nicht, was ich mit dir machen soll, Deutscher. Deine Kameraden sitzen in der Bar, und du musst Wache schieben, weil du nach sechs Wochen Grundausbildung immer noch nicht kapiert hast, dass man nicht wie 'ne verdammte Giraffe mit dem linken Bein und dem linken Arm gleichzeitig losmarschiert.« Er schüttelte den Kopf. »Wenn das so weitergeht, wirst du bis zum Ende der Ausbildung keinen Fuß vor die Kaserne setzen.«

Vor die Kaserne!

Patrick hatte in den vergangenen Wochen vergessen, dass es noch etwas anderes als Stacheldraht, Baracken, Uniformen, Befehle, Schweiß, Schmerzen und Müdigkeit gab.

»Du willst gar nicht hier raus, was? Du magst Männer, nicht? Du bist 'n gottverdammter Schwuler, stimmt's?«

»Nein, Korporal.«

»Warum schreibst du dann keine Briefe? Du kriegst nicht mal welche.«

Patrick hatte seine Mutter gebeten, nicht zu schreiben, weil die Rekruten für jeden Brief, den sie erhielten, fünfzig und für jedes Paket einhundert Liegestütze machen mussten. Und oft waren es gerade die Schwachen, die von ihren besorgten Müttern Fresspakete zugeschickt bekamen ... Er sagte: »Sie hat ... wir haben uns getrennt, Korporal.«

»Ach, wie schrecklich!«, hörte er van Tonder mit hoher, verstellter Stimme sagen. Patrick hatte gelernt, durch Menschen hindurchzublicken. Das tat er jetzt. »Aber das ist vielleicht ganz gut so«, fuhr van Tonder fort, »denn in sechs Wochen bist du mit deiner Ausbildung fertig, dann schicke ich dich an die Grenze. Wir brauchen Kanonenfutter, verstehst du?«

»Ja, Korporal.«

»Ich war im letzten Jahr an der Grenze«, sagte van Tonder. Er hatte mit den vorbildlichen Rekruten Bier getrunken. Patrick roch es an seinem Atem, der ihm stoßweise ins Gesicht wehte. »Sie haben mich in Grootfontein stationiert. Ein schrecklicher Platz. Wir mussten nachts die Fenster schließen, um die Moskitos und die Terroristen draußen zu halten.«

»Ja, Korporal.«

»Von dort haben sie mich nach Oshakati geschickt«, fügte van Tonder rasch hinzu. Ihm war wohl eingefallen, dass Patrick aus Südwestafrika stammte und daher wusste, dass Grootfontein gut zweihundertfünfzig Kilometer von der Grenze entfernt lag. »Als wir die SWAPO-Stützpunkte in Angola angegriffen haben, musste ich auf dem Vormarsch die Landminen entschärfen.«

Patrick pfiff durch die Zähne, um van Tonder zu schmeicheln und Hartmut Demmler zu warnen.

»Landminen entschärfen ist ein Kinderspiel. Nächste Woche bringe ich dir bei, wie man das macht.«

»Ja, Korporal.«

»Oder willst du lieber Brücken über den Kunene bauen?«

»Gern, Korporal.«

»Red keinen Scheiß, Mann! Du willst bloß heim zu deiner Mami, stimmt's?«

»Nein, Korporal.«

»Das geht auch nicht, denn du bist ein Soldat, und wir haben Krieg. Aber mach dir keine Sorgen, Deutscher: Ich bin jetzt deine Mami und dein Papi.«

»Ja, Korporal.«

Van Tonder hatte ihm beigebracht, wie man Böden mit einer Zahnbürste auf Hochglanz poliert, Kanten in Wolldecken kaut, bügelt, Stiefel putzt und wie man einen Menschen so sehr hassen lernt, dass man ihn töten würde, ohne mit der Wimper zu zucken.
»Glotz mich nicht so an, Hillmann: Ich bin keine Hure.«
»Ja, Korporal.« Patrick blickte die Schneise entlang und sah einen winzigen, roten Punkt aufleuchten.
»Was ist?« Van Tonder war der entsetzte Ausdruck in Patricks Augen nicht entgangen. »Raucht der andere Deutsche wieder?«
»Nein, Korporal.«
Van Tonder grinste. »Schön, dass du wenigstens deine Kameraden in Schutz nimmst. Das ist immerhin schon was. Aber das wird Demmler nichts nützen. Den schleife ich jetzt wie 'n Caterpillar durch den Dreck, Mann.«
Van Tonder wandte sich ab. Dabei stieß er mit dem Turnschuh an den Tankdeckel. Patrick hörte ihn über den gewalzten Boden schlittern und an einen Reifen prallen.
»Was, zum Teufel, war das?« Van Tonder bückte sich, tastete fluchend den Boden ab, und als er sich mit dem Deckel in der Hand aufrichtete, spürte Patrick, wie ihm eine eisige Hand über den Rücken strich.
»Hast du den abgeschraubt, Deutscher?«
»Nein, Korporal.«
»Krempel deine Taschen um!«
Van Tonder riss ihm das Taschentuch aus der Hand und hielt es sich an die Nase. Er ließ das Tuch angewidert fallen. »Du hast Benzin geschnüffelt, nicht wahr?«
»Nein, Korporal, ich wollte …«
»Du verdammter Hund bist ja noch verdorbener, als ich dachte!«, brüllte van Tonder. »Na warte, Deutscher!« Er warf den Tankdeckel auf den Boden. »Wir holen jetzt den anderen Nazi, und dann gewöhne ich euch Drecksäcken das Kiffen ab.«

* * *

»Caterpillar« van Tonder ließ sie ein zwei Meter tiefes Loch buddeln, dann befahl er ihnen, Demmlers Zigarettenstummel und Patricks Taschentuch zu beerdigen, dann mussten sie die Kippe und das Tuch wieder ausgraben, vorzeigen und abermals in der Tiefe versenken, anschließend erneut finden und wieder verlieren, und als die Sonne aufging, waren ihre Hände blutig, und sie zitterten vor Erschöpfung.

»Fertigmachen zum Appell!«

Ehe sein Name aufgerufen wurde, brach Patrick zusammen. Demmler musste ihn auf dem Rücken zur Krankenstube tragen. Unterwegs knickten Demmlers Beine ein, doch als Patrick aus der Ohnmacht erwachte, saß Demmler in einem blauweiß gestreiften Bademantel an seinem Bett und rauchte eine Zigarette. Über seinem Kopf baumelte eine Infusionsflasche an einem Ständer. »Wie geht's?«, fragte er.

»Schlecht«, krächzte Patrick. »Und dir?«

Demmler grinste. Er hatte verkniffene Lippen und ein flaches, ausdrucksloses Gesicht, aber seine Augen waren von einem warmen, strahlenden Blau. »Ich habe mich bei meiner Geburt wohler gefühlt.«

Patrick lachte, obwohl sein Körper schmerzte und alles vor seinen Augen flimmerte. Die grauen Wände des Krankenzimmers schienen sich zu bewegen. »Ich habe Durst.«

»Du darfst nichts trinken, bis der Arzt die Röntgenbilder gesehen hat.«

»Röntgenbilder?«

»Du bist beim Appell umgekippt wie ein Baum. Es hat richtig geknackt, als du mit dem Gesicht auf dem Beton gelandet bist.«

»Deswegen ist meine Nase so verstopft. Sie ist gebrochen.«

»Benzindämpfe kann ich dir leider nicht anbieten aber ...«, Demmler hielt ihm lächelnd seine Zigarettenschachtel hin, »wie wär's mit einer Lucky Strike?«

Patrick wollte ablehnen, spürte jedoch, dass Demmler ihm in Wirklichkeit die verbundene Hand und damit seine Freundschaft anbot. »Danke.«

Sie rauchten eine Weile schweigend. Es war für Patrick beeindruckend, wie der Qualm aus Demmlers breiter Nase entwich. Patrick versuchte, Rauchringe zu blasen. Sie zerflatterten eine Handbreit über seinem Gesicht, und so begnügte er sich damit, die Zigarette zwischen seinen verbundenen Fingern zu halten. Selbst das war schwierig.

»Wir müssen heute Nachmittag zum Psychiater«, sagte Demmler unvermittelt.

»Wie bitte?«

»Du schnüffelst Benzin, also bist du suchtgefährdet. Bei mir sind sie sich noch nicht sicher, ob ich ein potentieller Selbstmörder oder ein Saboteur bin.«

»Der Arzt spinnt! Ich wollte mir nur eine schwarze Strieme von der Stiefelspitze wischen.«

Demmlers Blick wanderte unter den Nachtschrank. »Gegen einen Reifen getreten?«

»Ja.« Patrick ließ sich in das Kissen zurücksinken. Ihm war übel.

»Und ich habe mich in Gedanken nicht mit dem Tod, sondern mit dem Regen beschäftigt.« Er nahm Patrick die Zigarette aus der Hand und ließ sie in eine leere Coladose fallen. »Wir haben dreitausend Hektar unterm Pflug, verstehst du?«

Patrick nickte.

»Das werde ich dem Psychiater natürlich nicht auf die Nase binden, denn ich finde, dass wir uns eine Woche Urlaub redlich verdient haben.«

»Mir wäre es lieber, wenn uns der Arzt heute Nachmittag entlassen würde.«

Demmler schüttelte den Kopf. Über der Stirn begann sein sandfarbenes Haar sich bereits zu lichten. »Van Tonder wird uns den Urlaub zwar nicht gönnen, aber er kann mir nichts anhaben. Wenn er mich anbrüllt, steige ich in Gedanken einfach auf einen Traktor und brause davon. Oder ich stelle mich zwischen die Maisstauden. Dort findet mich selbst ein Korporal nicht.«

Patrick überlegte, wo er sich verstecken könnte. Hinter einem Stauwall? Auf einem Militärflughafen? Oder vielleicht in einem Zug, der nach Kapstadt fuhr ...

»Du und ich, wir kommen aus Südwestafrika«, sagte Demmler. »Wir müssen van Tonder zeigen, dass wir aus Kameldornholz sind.« Demmler unterstrich den Satz, indem er die Coladose mit der linken Hand zerquetschte. »Und denk daran: In sechs Wochen haben wir es überstanden. Dann schicken sie uns nach Hause.«

»Du meinst an die angolanische Grenze.«

»Ich sterbe lieber im Ovamboland als auf einem Paradeplatz in Pretoria.«

»Ich sehe darin keinen Unterschied.«

»O doch – Südwestafrika ist unser Land! Wir müssen es verteidigen, denn wenn die Kommunisten das Land übernehmen, werden sie die Farmen untereinander aufteilen wie einen Kuchen, und ihr Vieh wird den Boden verwüsten. Südwestafrika wird sterben, verstehst du?«

»Hmm.« Patrick hatte sich noch nie Gedanken darüber gemacht. Er fragte sich jetzt, warum er sich nicht, wie viele seiner Klassenkameraden, nach Deutschland abgesetzt hatte, um der Einberufung zu entgehen.

»Magst du sie?«, wollte Demmler unvermittelt wissen.

»Wen?«

»Na, die Schwarzen.«

Patrick überlegte. »Sie sind mir, ehrlich gesagt, ziemlich egal«, murmelte er.

»Das ist noch schlimmer, als wenn du sie hassen würdest«, behauptete Demmler. »Die Schwarzen machen sich ernsthafte Gedanken über das Land. Ich auch, denn mein Großvater hat es von den Herero gekauft, und die Herero haben es den Buschleuten oder sonst wem abgenommen. Es ist also mein Recht, dort zu farmen, und für dieses Recht werde ich kämpfen. Ich liebe dieses Land«, setzte Demmler hinzu, und Patrick konnte sich lebhaft vorstellen, wie Demmler zwischen den Maisstauden stand und die rote Erde durch die Finger rieseln ließ.

22

»*Iri yokukanda!*«

»Ja, Mutter«, erwiderte Rijamekee, doch als sie sich erheben wollte, um die Kühe zu melken, durchzuckte ein stechender Schmerz ihren Unterleib. Sie fiel stöhnend auf das Ochsenfell zurück und begann sich hin und her zu wälzen.

»Rijamekee?« Der Eingang verdunkelte sich, dann blickte sie in die vor Schreck geweiteten Augen ihrer Mutter. »Was ist? Bist du krank?«

»Mein Bauch«, stammelte Rijamekee. In dem Moment geschah es: Der Schmerz ließ unvermittelt nach, gleichzeitig rann etwas warm an ihren Schenkeln herunter. Es war Blut. Sie konnte es riechen. »Mutter, ich sterbe!«

»Nein«, stellte Ondjandje mit einem flüchtigen Blick fest, und

Rijamekee bemerkte, wie Stolz und Wehmut in den Augen ihrer Mutter miteinander rangen. »Du bist erwachsen geworden.« Rijamekee wollte es nicht glauben, obwohl sie seit Tagen ziehende Schmerzen im Unterleib verspürt hatte und sich ihre Brüste seltsam prall anfühlten. Sie blickte ihre Mutter ratlos an.

»Warte hier«, sagte Ondjandje, »ich bin gleich wieder da.« Ehe sie davoneilte, verhängte sie den Eingang mit einem Ochsenfell. Da begriff Rijamekee, dass sie tatsächlich das Blut einer Erwachsenen ausgestoßen hatte und allein, von allen anderen abgeschirmt, in der Rundhütte verharren musste.

Rijamekee bekam ihre Mutter nur zu Gesicht, wenn Ondjandje ihr am Vormittag eine Milchkalebasse und abends eine frische Grasbinde brachte. Sie wechselten dabei kein Wort miteinander und vermieden es, sich anzusehen. Nach zwei Tagen hatte Rijamekee jegliches Zeitgefühl verloren. Meist lag sie dösend auf dem Ochsenfell oder starrte zur verzweigten Kuppel hinauf, während draußen der Mond und die Sonne abwechselnd über den Himmel wanderten.

Am Morgen des sechsten Tages schob Ondjandje das Ochsenfell vor dem Eingang beiseite und rief: »Warum verkriechst du dich wie ein Kind, das du nicht mehr bist?«

Ohne zu zögern robbte Rijamekee in die Welt der Erwachsenen hinaus. Das Licht tat ihren Augen weh, und ihre verkrampften Glieder schmerzten, doch sie fühlte sich wie neugeboren, als sie sich aufrichtete und der Wind ihre Wangen streichelte.

Rijamekee schob die herunterbaumelnden Zöpfe aus dem Gesicht und blickte sich um. Ihre Mutter hatte in der vergangenen Woche die Dornenhecke ausgebessert und neben der Jungfrauenhütte einen neuen Bau errichtet; die übrigen Hütten waren ebenfalls mit einem Gemisch aus Kuhdung und Lehm frisch verputzt worden. »Sind mein Vater und Bruder inzwischen zurückgekehrt?«

Ondjandje schüttelte betrübt den Kopf. »Komm«, sagte sie und führte Rijamekee zu dem Weißstammbaum, der in der Nähe des Viehgeheges stand. Die Hirten hatten bereits den Kral verlassen, um das Vieh auf die fernen Weidegründe zu treiben. Dafür wurde Rijamekee unverhohlen von ihren neugierigen Tanten angegafft. »Seht«, rief eine, »Ondjandjes Tochter hat sich in eine Jungfrau verwandelt!«

»Ja«, pflichtete ihr eine andere bei, »sie hat jetzt die Brüste einer Frau.«

Rijamekees Augen füllten sich mit Tränen. »Mein Vater ist fort«, flüsterte sie. »Wer soll mir die unteren Schneidezähne herausbrechen und eine Kerbe zwischen die oberen feilen, damit mich ein Mann an sein Feuer holen kann?«
»Setz dich in den Schatten!«
»Wer, Mutter?«
»Sobald dir das Haar wie bei einer richtigen Jungfrau auf den Schultern hängt, werde ich Ngaturipure suchen lassen«, versprach Ondjandje und begann Rijamekees ockerverkrustete Zöpfe zu entwirren.

23

Louis Engelbrecht blickte auf das unter ihm vorüberfliegende Laubdach hinunter, und wie so oft, wenn er in die Tiefe starrte, musste er an den gefangenen Guerilla denken, den damals ein verwilderter Leutnant in seinem Beisein aus dem Hubschrauber gestoßen hatte. Und wann immer er daran dachte, überfiel ihn die Angst, dass sein eigener Sicherheitsgurt sich lösen und ihn eine dunkle Macht aus der mit Tarnfarbe bemalten Kanzel des Alouettes reißen könnte. Er wandte rasch den Blick ab.

Obgleich der Hubschrauberpilot nach vorn schaute, vermutete Louis, dass Captain Malherwe ihn verstohlen durch die gewölbte Schutzbrille beobachtete. Ihm war, als würden ihn alle beobachten, wie Hyänen, die den Schwächling in einer Herde ausgemacht hatten. Er legte die Hände locker auf die Schenkel, um einen entspannten Eindruck zu machen, und warf einen Blick über die Schulter.

Hinter seinem Sitz kauerte ein gedrungener Soldat, der sich an den Haltegriffen einer Bordkanone festhielt. Er hatte die Augen vor dem Wind verkniffen, und in seinem rechten Mundwinkel klebte eine erloschene Zigarette.

Die vier Zentimeter dicke Akte, die »Caterpillar« van Tonder mit verbissener Gründlichkeit über Hartmut Demmler zusammengestellt hatte, stellte den Kettenraucher zwar als einen suizidgefährdeten Querdenker dar, doch Louis war der Auffassung, dass es nicht schadete, einen unerschrockenen Germanen an Bord zu haben, falls sie im Niemandsland abstürzen sollten ...

Denk nicht daran, ermahnte er sich, denk an morgen. Dann würde er in einer Dakota nach Windhoek fliegen. Er schloss die Augen und stellte sich vor, wie er am Waschbecken stünde und darauf wartete, dass Elsie käme, um die Badewanne zu schrubben. Der Gedanke gefiel ihm. Lächelnd lehnte er sich zurück. Einen Herzschlag später begann der Alouette zu bocken.

Louis riss die Augen auf, darauf gefasst, von einer SAM-7-Rakete zerpflückt zu werden. Doch der Pilot überflog gerade eine zerklüftete Bergkuppe, und als sie darüber hinweg waren, glaubte Louis kopfüber ins Bodenlose zu stürzen. »Wann landen wir?«, krächzte er ins Mikrofon.

Der Pilot spreizte vier Finger ab, ohne die Hand vom Steuerknüppel zu nehmen.

Louis atmete auf. In Ruacana wartete Arthur Hillmann mit einem großen *Brandy & Coke* auf ihn. Den Drink hatte er nötig, denn er war im Morgengrauen in Grootfontein aufgestiegen und quer über das in der Sonne flimmernde und mit Makalanipalmen, Wasserlöchern und Runddörfern gesprenkelte Ovamboland geflogen. Und an jeder Baustelle, ob in Oshivelo, Ondangwa, Oshakati oder Ombalantu hatte es Ärger mit den schwarzen Hilfskräften gegeben: Die Bauaufseher meinten, so genannte SWAPO-Terroristen seien aus Angola infiltriert worden und hätten die Arbeiter aufgewiegelt. Aber Louis hatte nicht gewagt, die Guerillas aus der Masse abweisender, finsterer Gesichter herauszupicken, denn in jeder ausgebeulten Hosentasche hätte eine Handgranate und in jedem Abzugsring ein nervöser Zeigefinger stecken können ...

Sie kamen so tief herein, dass Louis nur für einen kurzen Augenblick den Flugplatz überblicken konnte, dann landete Captain Malherwe am Rande der Rollbahn auf einer runden Markierung.

Louis entriegelte den Sicherheitsgurt. »Darf ich dich zu einem Drink einladen, Koos?«

»Ich komme nach, sobald ich den Papierkram erledigt habe«, sagte der Pilot mit ungewöhnlich lauter Stimme, doch Engelbrecht vermochte ihn kaum zu verstehen. In seinen Ohren summte und pfiff es. Er drehte sich zu Demmler um, der in seiner Brusttasche nach Zündhölzern kramte. »Du fliegst morgen mit Captain Malherwe nach Grootfontein zurück«, rief er. »Dann kannst du dir von mir aus sieben Tage Urlaub nehmen.«

Demmlers Augen leuchteten auf. Es war März, der Monat, in dem die grünen Maisstauden mannshoch standen. Seine Hand fuhr aus der Tasche und landete an der Stirnkante seines Helmes.
»Danke, Kommandant!«
»Willst du mich umbringen?«, tadelte ihn Louis, denn die Guerillas hatten es besonders auf Offiziere abgesehen. Aus dem Grund trug Engelbrecht keine Rangabzeichen. »Wenn ich noch einmal sehe, dass du an der Grenze eine Ehrenbezeigung machst, rauche ich dich in der Pfeife.«
»Es tut mir Leid, Kommandant.«
»Schon gut. Melde dich in Ruacana beim Sergeantmajor und lass dir einen Schlafplatz zuweisen.«
»Ja, Kommandant.«
Louis legte seinen Helm auf den Sitz, sprang aus der Kanzel, tauchte gebückt unter die wirbelnden Rotorblätter hindurch und ging über die Landebahn davon. Der Boden fühlte sich nach dem schwerelosen Flug seltsam hart unter seinen Stiefelsohlen an. Jeder Schritt klopfte ihm von unten an die Schädeldecke. Als er die Bar außerhalb des Flughafengeländes erreichte, hatte er Kopfschmerzen.

Zu seiner Erleichterung standen die Doppeltüren offen, abgespreizt wie zwei Arme, die ihn willkommen hießen. Aus der rechteckigen Öffnung drangen verhaltenes Gelächter und das Klicken von aneinanderstoßenden Billardkugeln.

Louis trat über die Schwelle in den nach Zigarettenrauch, Teer und Bier riechenden Dunst; ein Geruch, den er ansprechender fand als den modrigen, schwülen Dunst des Kunene, der mit dem Abendwind aus der Ferne herüberwehte. Zunächst sah er im schummerigen Licht nur verschwommene Flecken, die allmählich Konturen annahmen und sich schließlich in altvertraute Gesichter verwandelten. Frank war da, Johan, Pieter, Gerhardus, Don und Willem; allesamt Piloten, mit denen er schon einmal geflogen war. Nur einer fehlte, doch er fragte nicht, ob es Duffy erwischt hatte. Stattdessen bestellte er eine Runde.

Während ihm zustimmendes Gemurmel entgegenbrandete, blickte er sich um. Arthur war in seiner Jeans und dem roten Hemd nicht zu übersehen. Er hockte an der aus halbierten Telefonmasten zusammengesetzten Theke, direkt unter einer Glocke, mit der ein schlaksiger Sergeant die letzte Runde einzuläuten pflegte. Vor Hillmann stand eine Bierflasche und daneben ein großes Glas *Brandy & Coke*.

»Ich habe den Drink bestellt, als ich den Hubschrauber kommen hörte«, sagte Arthur und streckte ihm die Hand hin. »Willkommen in Ruacana.«
»Danke, Art.«
»Alles in Ordnung?«
Louis nickte, das Glas an den durstigen Lippen. Der Drink strömte wie ein Sturzbach durch seine Kehle.
»Wo ist Patrick?«, wollte Arthur wissen.
Louis setzte atemlos das Glas ab. In seinen Augen funkelten Tränen. Er stieß auf, wischte mit dem Daumen und Zeigefinger seine Mundwinkel aus und sagte: »Patrick ist nach Opuwo ins Kaokoland versetzt worden.«
»Wieso? Ich dachte, du wolltest ihn unter deine Fittiche nehmen?«
»Das wäre nicht gutgegangen.« Louis bestellte einen neuen Drink. »Aber diesmal einen ordentlichen, Sergeant.«
»Was wäre nicht gutgegangen?«, wollte Arthur wissen.
»Ich habe Patricks Akte gelesen. Er hat zweihundertvierzig Stunden Strafdienst absolviert und marschiert noch stets wie eine Giraffe. Nicht, weil er dumm ist, sondern weil er sich allem widersetzt – o danke, Sergeant!« Louis nippte an dem Drink. »Ja, das ist ein ordentlicher.«
»Zweihundertvierzig Stunden«, murmelte Arthur kopfschüttelnd. »Die müssen den Jungen doch zur Vernunft gebracht haben.«
»Eben nicht«, widersprach Louis und riss ein Zündholz an. »Jede Stunde hat ihn noch starrköpfiger werden lassen, als er es ohnehin schon war.« Der Zigarettenrauch schlängelte sich wie ein grauer Webfaden durch das rotgoldene Abendlicht. »Der Junge ist Gift für die Moral der anderen Soldaten«, betonte Louis. »Darum habe ich ihn ins Kaokoland versetzen lassen. Wir brauchen dort einen Mann, der die Himba auf unsere Seite zieht.«
»Wie denn? Soll Patrick ein Himbamädchen heiraten?«
»Nein, natürlich nicht!« Louis rammte die Zigarettenspitze in den Aschenbecher. »Wir bilden Patrick in Opuwo zu einem Sanitäter aus, dann schicken wir ihn in Gebiete, in die noch kein Arzt einen Fuß gesetzt hat.«
»Wozu?«
»Die Zeiten haben sich geändert, Art. Die Politiker reden von Selbstverwaltung, von internen Wahlen. Und wir können diesen Krieg nur gewinnen, wenn die Bevölkerung hinter uns steht. Pa-

trick wird die Himba impfen, bis sie immun gegen die Hetzparolen der SWAPO geworden sind.«
»Ich kann es einfach nicht fassen.« Arthur schlug mit der flachen Hand auf die Theke. »Mein Sohn, ein Urinkellner!«
»Wir haben zwei Möglichkeiten, Art: Entweder wir brechen Patrick das Kreuz, oder wir geben ihm eine sinnvolle Aufgabe. Was ist dir lieber?«
»Ihr hättet diesem verdammten Nichtsnutz von einem Hurensohn Manieren beibringen sollen«, entfuhr es Hillmann.
»Sachte!« Louis packte Arthur am Arm. »So redet man nicht von Martha.«
»Wer hat denn das Balg verdorben? Sie oder ich?«
Die Drinks waren ihm zu Kopf gestiegen. Louis hatte das Gefühl, einen Helm zu tragen, einen Schutzhelm. »Seit die Sache mit Sarah passiert ist, führst du dich wie ein Gott auf, Art«, sagte Louis. »Wann merkst du endlich, dass du gar kein Gott bist?«
Arthur wurde bleich. Das Klicken der Billardkugeln war verstummt. Aus den Augenwinkeln sahen sie, wie die Piloten sich umwandten und herüberblickten. »Willst du mir eine Moralpredigt halten?«
»Nein«, sagte Louis. »Ich habe bloß die Nase von deinen Schikanen gestrichen voll.«
Hillmann wollte etwas erwidern, presste jedoch die Lippen zusammen und schob sich an Captain Malherwe vorbei aus der Bar.

24

Auf seiner langen Reise gen Süden wird der Kunene von mehreren Staudämmen aufgehalten, doch sobald er sich durch die Schleusen gezwängt hat, schwillt er wieder zu einem brausenden Strom an, der sich fächerförmig ins Tal ergießt und die Ebene in einen brodelnden Sumpf verwandelt. Bei Olushandja schwenkt der Fluss jäh nach Westen herum, und ehe er gemächlich dem Atlantischen Ozean zustrebt, um die Grenze zwischen Angola und Namibia zu bilden, stürzt er tosend in eine Schlucht. Die Ovambo nennen diesen Wasserfall *Oruha Hahahana.*

Nur zehn Kilometer vom Ort des heilenden Wassers entfernt liegt Ruacana, ein Nest, das in Arthur Hillmanns Augen nicht mehr war als ein winziger, schwarzer Punkt auf der Landkarte. »In Ruacana«, hatte er einmal Martha gegenüber erwähnt, »sitzen die Leute das ganze Jahr über auf ihren moskitoverseuchten Veranden, saufen Bier und beobachten, wie sich die umherwirbelnden Plastiktüten in den Maschendrahtzäunen verfangen.«

Als Hillmann an den schachtelförmigen Häusern vorbeifuhr, erhob sich Chuck Palmer von seinem Klappstuhl und eilte mit fuchtelnden Armen an den Zaun. »Hee, König Arthur!«

Hillmann trat auf die Bremse, denn Palmer war für das Wasserkraftwerk zuständig und mit einer Frau verheiratet, die gar nicht so übel aussah. »Hallo, Chuck!«

»Tag«, sagte Palmer, obwohl die Sonne schon untergegangen war. Er trug kurze, braune Hosen, die ihm bis an die Knie reichten – nicht weil sie zu groß waren, sondern weil der Bund an Chucks Bierbauch keinen Halt fand.

»Was gibt's?«

Palmer warf einen Blick in die Runde, dann neigte er sich vor und behauptete, er wüsste, wo das Geld auf Bäumen wächst.

»Ach ja?«

Palmer blickte sich erneut um. Die Straße lag noch immer verlassen in der Abenddämmerung. »Ich war neulich beim Caleque-Stausee«, sagte er augenzwinkernd. »Die Mauer muss dringend ausgebessert werden.«

»Angola?« Arthur schüttelte den Kopf. »Nein, danke.«

»Nicht?«

»Ohne mich, Chuck.«

Palmer wich einen Schritt zurück und kratzte sich am Kopf, der so rund und kahl war wie sein Bauch. »Schade«, sagte er, »ich hatte dich für einen Pionier gehalten.«

»Sag mir, dass ich die Namibwüste umgraben soll, und ich werde es tun, Chuck, aber ich lass mir nicht in Angola von Terroristen meine Maschinen in die Luft jagen.«

Palmer starrte seine Füße an, die in schlammverkrusteten Sandalen steckten. »Wenn der Krieg nicht wäre, könnten wir das ganze südliche Afrika mit Strom versorgen«, sagte er zu seinen Zehen, und sie bewegten sich, als würden sie ihm zustimmen. »Wir könnten an den Epupa-Wasserfällen einen Staudamm errichten,

der den Karibasee in Rhodesien wie eine Pfütze aussehen ließe. Aber nein – alles geht immer nur den Bach runter.«
»Dann mach der Regierung doch einen Vorschlag.«
»Das habe ich schon vor Jahren getan!«
»Und?«
»Nichts. Die sind in Pretoria über meinen Plänen eingeschlafen ...«
Während Palmer fortfuhr, sich murmelnd mit seinen Zehen zu unterhalten, musterte Arthur das Haus. Er konnte Annetjie nirgendwo entdecken, weder auf der Veranda noch hinter einem der erleuchteten Fenster. »Wie geht's deiner Frau?«
»Was?« Palmer hob den Kopf. »Wer ist tot?«
»Vergiss es.«
»Nein, nein, es stimmt schon«, sagte Chuck, »Duffy hat's gestern erwischt.«
»So?«
»Das war ein Pilot!« Palmers Augen begannen in der hereinbrechenden Dunkelheit zu funkeln. »Sie konnten ihn nicht vom Himmel holen, sondern mussten warten, bis er auf dem Boden war.«
»Tja ...«
»Einmal bin ich mit ihm geflogen. Das war vor zwei Monaten, nein, drei Wochen. Da sind wir ...«
»Du, Chuck, ich muss gehen.«
»Was?«
»Ich habe noch ein paar Dinge mit meinen Leuten zu besprechen, denn ich fliege morgen nach Windhoek zurück.«
»Windhoek ...« Palmer sprach den Namen der Hauptstadt wie ein Kosewort aus. »Ich war seit sechs Jahren nicht mehr dort.«
»Mach's gut, alter Junge.«
»Tag«, sagte Palmer. Plötzlich fiel ihm etwas ein. »Warte!« Er presste seinen Bauch an den Maschendraht. »Hast du Lust auf ein Spielchen?«
Hillmann zögerte.
»Nur eine Runde, Arthur.«
»Na schön.« Mit Chuck und Annetjie Karten zu klopfen war doch verlockender, als in einem muffigen Wohnwagen zu hocken und sich über Louis Engelbrecht zu ärgern. »Poker oder Skat?«
»Nein, Moskito.«
»Das Spiel kenne ich nicht.«

»Ganz einfach: Wir setzen uns auf die Veranda und lassen uns von Moskitos stechen, und wen die Malaria erwischt, der muss eine Runde aussetzen.«

»Wie bitte?«

Palmer lachte, indem er die Luft ruckartig durch die Nase einatmete. »Gut, nicht?«

»Du bist ja wahnsinnig, Mann!«, stieß Hillmann hervor und gab Gas. Die staubige Hauptstraße führte ihn in östlicher Richtung aus Ruacana heraus. Hillmann fuhr langsam. Unter jedem Sandbuckel vermutete er eine schlecht getarnte Landmine, und als er hinter der Ortschaft auf den zweispurigen Weg abbog, der sich durch dichtes Gebüsch zum Wohnwagenpark schlängelte, tauchte plötzlich wie aus dem Boden gewachsen eine Gestalt im Scheinwerferlicht auf.

Arthur bremste instinktiv, gleichzeitig duckte er sich, um einem Kugelhagel zu entgehen. Nichts geschah. Der Staub zog nebelgleich am Landrover vorüber. Hillmann schielte über das Lenkrad. In der Ferne blinzelten ihm die Katzenaugen seines Wohnwagens zu. Der schwarz gekleidete Mann hatte sich nicht bewegt. Er stand vor der Kühlerhaube und starrte ihn durch eine Sonnenbrille an.

Ein Blinder, dachte Hillmann, verdammt, ich hätte fast einen Blinden überfahren!

Der Schwarze straffte die Schultern, dann kam er um die Kühlerhaube herum. Für einen Blinden ohne Taststock fand er sich gut zurecht. Er blieb direkt neben dem geöffneten Seitenfenster stehen. »Guten Abend.« Der Blinde sprach Afrikaans mit einem portugiesischen Akzent. »Josef hat mir gesagt, dass du der Boss bist.«

»Hat mein Vormann dir auch gesagt, dass ich keine Arbeit für dich habe?«

Der Mann lächelte. Arthur konnte es kaum erkennen. Sein Gesicht war so schwarz und undurchdringlich wie die Nacht. Er lehnte sich zurück. Erst jetzt bemerkte er, dass er das Lenkrad mit beiden Händen umklammerte. Sie waren schweißnass. Er ließ das Lenkrad los, denn er hatte das seltsame Gefühl, dass der Kerl ihn beobachtete. »Was kann ich für dich tun, Alter?«

Der Blinde griff in die Manteltasche. Arthur erstarrte, doch der Mann hielt ihm keine Pistole, sondern einen Tabaksbeutel unter die Nase. Als er die beringten Finger bewegte, rieb etwas im Inneren des Beutels knirschend aneinander. »Diamanten«, sagte er. »Aus Angola.«

Hillmann schob die Hand des Mannes beiseite. »Bedaure, Alter, aber mit dem Zeug will ich nichts zu tun haben.«

»Man nennt mich den Blinden«, sagte der Mann, ohne Hillmann seine Enttäuschung anmerken zu lassen. »Frag nach mir, wenn du Interesse an Diamanten oder Elfenbein hast.«

»Jaja.«

»Gute Reise«, murmelte der Blinde, trat einen Schritt zurück und verschmolz mit der Nacht.

25

Louis stürzte letztendlich doch ab, allerdings nur von einem Barhocker. Am nächsten Morgen wurde er von Kopfschmerzen und einer tief verwurzelten Traurigkeit gleichermaßen geplagt. Koos musste ihn wie ein Kind an der Hand zur Dakota führen. Dort hockte er, eingekeilt zwischen festgezurrten Kisten und Seesäcken, und starrte den Zinksarg zu seinen Füßen an. Das Ding blendete ihn. Er wandte den Kopf ab. Arthur saß ihm schräg gegenüber auf einer Bahre. Er hatte die Arme vor der Brust verschränkt, spielte den Beleidigten. »Guten Morgen, Art.«

Hillmann grunzte etwas Unverständliches.

»Ich wollte gestern Abend noch bei dir vorbeischauen, hab's aber dann nicht mehr bis zu deinem Wohnwagen geschafft.«

Arthur drehte ihm den Rücken zu und blickte auf das Rollfeld hinaus. Obwohl es noch früh am Morgen war, flimmerte die Luft bereits.

»Es tut mir Leid, Mann! Ich bin unterwegs von so einem komischen Kerl angequatscht worden.«

Hillmann fuhr herum. »Von einem Blinden?«

»Von einem Verrückten. Er trug eine Sonnenbrille, und das mitten in der Nacht!«

»Du hast doch hoffentlich nichts von ihm gekauft, oder?«

Engelbrecht tippte mit dem Zeigefinger an seine Brusttasche. »Nur ein paar *Klippetjies*.«

»Sag mal, bist du verrückt geworden?«, zischte Arthur. »Das sind Rohdiamanten, Louis! Und der Blinde ist ein Polizeispitzel. Die lassen dich am Flughafen hochgehen und mich dazu.«

»Was glaubst du, was in diesen Kisten hier ist?« Louis machte eine allumfassende Handbewegung. »Was könnte man deiner Meinung nach aus Ruacana fortschaffen? Rate mal.«

»Was weiß ich ... Armeeplunder?«

»Elfenbein!«

»Nein!«

»Doch!« Louis senkte seine Stimme zu einem Flüsterton herab: »Die UNITA lässt in Angola herdenweise Elefanten abschießen. Die Stoßzähne werden dann via Südafrika nach Asien geschmuggelt.«

»Von der südafrikanischen Armee?«

»Nein, von ein paar korrupten Offizieren. Die werden sich hüten, mich am Flughafen nach Diamanten abzuklopfen, denn wenn ich den Mund aufmache, rollen Köpfe, sag ich dir.«

»Ich will davon nichts mehr hören ... Verdammte Scheiße, Louis, du bringst uns mit deiner Sauferei noch ins Gefängnis!«

»Unsinn!«

Arthur neigte sich vor. »Du hast früher schon viel getrunken, aber heutzutage säufst du wie 'n Loch. Warum tust du dir das an?«

Louis senkte den Kopf. »Ich weiß nicht, was mit mir los ist«, murmelte er. »Wenn unter mir eine Bettfeder knackt, liege ich da wie 'n Brett.«

»Wie bitte?«

»Es fing an, als wir in Swakopmund waren. Dort habe ich im Badezimmer aus Versehen einen Käfer zertreten. Ich konnte mich nicht mehr von der Stelle rühren, weil ich glaubte, auf einer Landmine zu stehen.«

»Im Badezimmer?«

»Das ist es ja!«

»Heiland!«

»Manchmal fange ich grundlos an zu lachen«, fuhr Louis fort, »oder ich heule mir wegen nichts die Augen aus.« Er fingerte an seinen Mundwinkeln herum. »Mir ist, als würde ich neben mir sitzen und mich selbst beobachten, verstehst du? Ich kann zuschauen, wie ich allmählich den Verstand verliere.«

Arthur stieg über den Sarg hinweg und setzte sich neben Louis auf eine Kiste. »Du hast einen Buschkoller, Louis.«

»Ich bin nicht verrückt«, brauste Engelbrecht auf. »Ich habe bloß die Schnauze voll. Seit 1966 stehen wir an der Grenze und treten auf der Stelle herum. Das ist doch kein Krieg.«
»Das ist Politik, Louis.«
»Und irgendwann setzen sich alle an den grünen Tisch und reichen sich die Hände. Friede, Freude, Eierkuchen.«
»Tja. Aber bis dahin können wir noch eine Menge Geld verdienen.«
»Scheiß auf das Geld!«
»Warum fährst du nicht für ein paar Wochen zu deiner Tochter nach Kapstadt?«
»Kapstadt?« Louis spürte, wie sich seine Augen mit Tränen füllten. Er schlug die Hände vor das Gesicht und weinte um das Kind, das seine Tochter in Holland abgetrieben, den gefangenen Guerilla, den ein Verrückter aus dem Hubschrauber gestoßen, und um Duffy, den es bei einem Mörserangriff auf einen Staudamm jenseits der Grenze erwischt hatte.

26

»Guten Tag. Martha Hillmann am Apparat.«
»Ich bin's.«
»Arthur!«
»Hol mich am Eros-Flughafen ab. Beeil dich!«
»Gut, ich ...« Das Freizeichen schnurrte ihr ins Ohr. Martha legte auf, dann zog sie einen gelben Hosenanzug an und bürstete ihr Haar. Zwanzig Minuten später steuerte sie ihren VW-Käfer in eine freie Parklücke.
Arthur eilte ihr entgegen, riss die Beifahrertür auf und zwängte sich, unrasiert und nach Schweiß riechend, in den Wagen. Sie hielt ihm die Wange hin, doch er schleuderte seinen Koffer auf den Rücksitz und knallte die Tür zu.
»Ist etwas nicht in Ordnung?«
»Fahr, Mensch!«
Als sie den ersten Gang nicht auf Anhieb fand, fegte er ihre Hand beiseite und begann mit dem Hebel wie mit einem Koch-

löffel im Getriebe herumzurühren. »Lass das!«, rief Martha. »Du machst mir den Wagen kaputt!«

»Scheißkarre!«

»Was ist denn los?«

»Nichts, verdammt! Ich habe mir bloß vor versammelter Mannschaft anhören müssen, dass dein Herr Sohn zweihundertvierzig Stunden Strafdienst absolviert hat. Zweihundertvierzig!«

»Hast du mit ihm gesprochen?«

»Nein. Er ist nach Opuwo versetzt worden. Sie brauchen dort einen Schwachkopf, der den Himba die Nachttöpfe nachträgt.«

»Ich dachte, Louis wollte sich um Patrick kümmern.«

Er winkte ab. »Louis hat auf der ganzen Linie versagt.« Eine Heuschrecke klatschte an die Windschutzscheibe. Arthur kniff das linke Auge zu und visierte zwischen den im Wind flatternden Insektenflügeln hindurch einen Fußgänger an. »Ka-bum«, sagte er.

»Wie bitte?«

Er lehnte sich zurück. »Hör zu, Martha: Sobald Louis wieder an der Grenze herumschwirrt, laden wir Major Souter zum Abendessen ein.«

»Wer ist Souter?«

»Louis Engelbrechts Adjutant und damit sein Nachfolger.«

»Was?«, flüsterte sie. »Du willst Louis absägen?«

»Ja, und zwar, ehe er für uns alle zur Gefahr wird.«

»Louis trinkt viel, das stimmt, aber er hat immer zu dir gehalten.«

»Bis die Sache mit Sarah passiert ist«, behauptete Arthur. »Ich bin inzwischen felsenfest davon überzeugt, dass er es war, der Patrick verraten hat, wo Sarah steckt.« Eine eisige Hand strich Martha über den Rücken. Es war Arthurs Hand. »Der Junge weiß Bescheid, nicht wahr?«

Martha nickte, ohne die Fahrbahn aus den Augen zu lassen.

»Dann erklär mir doch mal, wie du zu dieser Vermutung gekommen bist, mein Schatz.«

»Patrick wollte unbedingt in Kapstadt studieren.«

»Bravo!« Arthur begann ihren Nacken zu massieren. »Weil du so ein kluges Mädchen bist, habe ich dir etwas aus Angola mitgebracht.«

Martha zog schaudernd den Kopf zwischen die Schultern. »Was denn?«

Arthur nahm die Hand fort. »Das wirst du schon sehen«, sagte er und tätschelte seine Brusttasche.

27

Die Frau, die dort neben seinem Vater am Herdfeuer saß und Dickmilch aus dem für Gäste bestimmten Flaschenkürbis trank, war die Gefährtin eines sehr wohlhabenden Mannes. Vejaruka bemerkte es daran, dass sie schwarze, kalbslederne Lendenschurze trug und mit Schmuck behangen war: Wie goldene Schlangen wanden sich die Kupferringe um ihre Waden und Unterarme. Ihrer Haut jedoch fehlte jeglicher Glanz, und eine Himbafrau, die ihre Haut nicht mit Butterfett pflegt, hat entweder ihren Gefährten oder die heiligen Kühe verloren.

Vejaruka erinnerte sich noch lebhaft daran, wie grau und stumpf die Haut seiner Mutter ausgesehen hatte, als sie mit ihren mageren Ziegen und Rindern zum Kunene gezogen waren und Ngaturipure um ein Stück Weideland angebettelt hatten. Dank Ngaturipures Güte waren aus den Bettlern unterdessen angesehene Rinderzüchter geworden ...

Vejaruka beobachtete die Frau vom Ziegengehege aus. Durch die kegelförmig aufgetürmten Stämme hindurch konnte er den wehmütigen Ausdruck in ihren Augen erkennen. Die Augen kamen ihm bekannt vor, obgleich er davon überzeugt war, dass er diese Frau noch nie zuvor gesehen hatte.

Sein Vater sprach beruhigend auf sie ein, doch die Frau stellte den Flaschenkürbis neben ihrem rechten Fuß ab und schlug die Hände vor das Gesicht. Seine Mutter, die schweigend vor ihrer Hütte gestanden hatte, sagte etwas, das nach einer Aufforderung klang. Daraufhin wandte sich sein Vater um und rief: »Vejaruka!«

Der Hirte näherte sich zögernd, denn das Herz dieser Frau weinte, und er ahnte, dass er ihre Tränen trinken sollte. »Ja, Vater?«

»Diese Frau«, sagte das Oberhaupt und wies mit dem Daumen über die Schulter, »ist die Gefährtin des mächtigen Ngaturipure.«

Vejaruka blieb wie angewurzelt stehen. In dem Moment nahm die Frau ihre Hände herunter, und er blickte in die Augen des Hirten, dem er damals am Ufer des Kunene die Milch seiner Ziege angeboten hatte: Die Frau war Kondjouras Mutter!

»Ondjandjes Sohn ist vor fünf Monden mit Ngaturipure nach Angola aufgebrochen, um die Tochter des mächtigen Uasuta an sein Feuer zu holen«, fuhr sein Vater fort. »Sie sind bis heute nicht zurückgekehrt.«

Vejaruka spürte, wie sich sein Magen verkrampfte. »Ist ihnen etwas zugestoßen?«

»Das befürchte ich«, sagte Ondjandje.

»Dann werde ich mich sofort auf die Suche machen.«

Ondjandjes Lippen entspannten sich zu einem dankbaren Lächeln. »Dein Sohn hat in der Tat das Herz eines Stieres«, sagte sie, und solange er lebte, würde er nicht den stolzen Blick vergessen, mit dem ihn sein Vater auf die Reise schickte.

28

Louis setzte das Rasiermesser am Kehlkopf an, reckte das Kinn trotzig dem Spiegel entgegen und schabte mit einer flüssigen Aufwärtsbewegung der Hand eine vier Zentimeter breite Furche in das Bartgestrüpp. Die Klinge war scharf, zu scharf. Fluchend tränkte er einen Wattebausch mit *Old Spice* und presste ihn auf die Schnittwunde.

Warum kommt Elsie nicht, fragte er sein schmerzverzerrtes Spiegelbild, sie muss doch gehört haben, wie ich das Wasser aus der Badewanne gelassen habe.

Er lauschte. Kein Geräusch drang aus dem Flur herein. Als er im Bad verschwunden war, hatte Elsie sich mit der neuesten Ausgabe der *Huisgenoot* ins Wohnzimmer verzogen. Vielleicht hatte sie sich in einem Artikel über Blattläuse festgelesen oder … Er ließ den Wattebausch sinken. Oder sie hatte ihre Tage!

Louis warf den Wattebausch in den Abfalleimer. Das hatte ihm gerade noch gefehlt. Er widmete sich seiner rechten Wange und versuchte nachzurechnen, wann Elsie ihn das letzte Mal abgewiesen hatte. Er war sich nicht sicher, ob es vor drei oder vier Wochen gewesen war.

Verdammt, dachte er, da kommt man heil aus dem Krieg zurück, und der Engel hat sich die Flügel gebrochen ...

Er war so in Gedanken versunken, dass er nicht aufpasste und sich unter dem Ohr einen Fetzen Haut abschabte. Die Wunde blutete nicht nur, sondern brannte zudem wie Feuer, als er sein Gesicht mit Rasierwasser abrieb.

Wütend tappte er ins Wohnzimmer. Auf dem Flur begegneten ihm weder Esme noch Elsie. Er ließ sich in den Korbsessel fallen und wollte gerade eine flüssige Schmerztablette aus der Flasche nehmen, als seine Frau nach ihm rief:

»Luuhiii!«

»Ja, Engel?« Er trank rasch einen Schluck. »Wo steckst du?«

»Hiiier!«

Louis klemmte eine Zigarette zwischen die Lippen und fummelte auf dem Weg zum Schlafzimmer ein Zündholz aus der Schachtel. Er kam jedoch nicht dazu, die Lexington anzuzünden, denn Elsie rief erneut: »Luuhiii!«

»Ja, verdammt!«

Er stieß die Tür auf. Da lag sie, die Decke bis über die Ohren gezogen. Er glaubte schon zu hören, wie sie mit leidender Stimme eine Migränetablette verlangte, als Elsie die Decke zurückschlug. Die Zigarette fiel Louis aus dem Mund. Elsie hatte kein pastellfarbenes Nachtgewand an, sondern war nackt, und im Gesicht hatte sie ein verheißungsvolles Lächeln und in den Augen ein Funkeln, das ihn an Lichter erinnerte.

»Das ist ja ganz was Neues«, sagte er.

Sie schlug mit der flachen Hand auf die Matratze. »Komm.«

Der Soldat gehorchte, indem er sich auf den Rücken legte. Elsie zog seinen Bademantel auseinander, dann schwang sie sich auf ihn und streckte ihm das Gesäß entgegen.

29

»Lass mich!«
»Bist du müde?«

Arthur gab keine Antwort. Er lag auf dem Rücken, die Hände im Nacken verschränkt, und blickte zu den ungezählten, phos-

phoreszierenden Sternchen auf, die an der Zimmerdecke klebten. Sie gaben ihm das Gefühl, unter freiem Himmel zu schlafen.
»Kann ich irgendwas für dich tun?«
»Wann fangen die Winterferien an?«, fragte er.
»In zwei Wochen.«
»Warum fliegst du dann nicht mit Erich nach Deutschland und entspannst dich ein bisschen im Krankenhaus?«
Martha rückte verwirrt von ihm ab. »Ich bin nicht krank, Arthur.«
»Doch. Du hast Hängetitten«, sagte er. »Lass das in Ordnung bringen.«

30

Sie saßen, in Bademäntel gehüllt, auf dem Sofa und tranken *Cold Duck* aus hochstieligen Gläsern. Louis konnte kaum die Hand heben. Sie war wie gelähmt. Er hatte das Gefühl, dass sein ganzer Körper vibrierte, so als summe seine Seele ein Lied – himmlisch!
Inzwischen bedauerte er, dass er die Rohdiamanten an Arthur verkauft hatte, denn er hätte Elsie gern einen Klunker auf den Bauchnabel gelegt. Hillmann hatte den Flug über ständig von Polizeikontrollen, hohen Geldstrafen und unehrenhafter Entlassung gefaselt. Auf dem Flughafen waren sie jedoch lediglich von einem Arzt angesprochen worden, der erfahren wollte, wer in dem Sarg lag. »Duffy Muller«, hatte Louis geantwortet und war unbehelligt durch eine menschenleere Halle ins Sonnenlicht hinausgetreten. Von diesem Augenblick an hatte sich sein Zustand gebessert. Jetzt ging es ihm so gut wie nie zuvor. Er fragte sich allerdings, was in Elsie gefahren sein mochte. Sie waren nun fast zwanzig Jahre verheiratet. Da schliefen die meisten Paare in getrennten Betten. Vielleicht hat ihre Schilddrüse diese Hormonlawine ausgelöst, dachte er und sagte: »Also, so was habe ich noch nie erlebt.«
Elsie blickte ihn von der Seite an und begann auf dem Sofa hin und her zu rutschen. Er hatte dafür Verständnis, dass sie nicht frei

darüber sprechen konnte, denn was sie getan hatten, daran wagten gottesfürchtige Afrikander noch nicht einmal zu denken ...

»Du hast ja auch noch nie mit einer Ouma geschlafen«, hörte er Elsie sagen und versäumte es wieder, seine Zigarette anzuzünden.

»Ouma?«

»Ja, Oupa«, antwortete sie mit zärtlicher Stimme, doch ihm war, als würde eine SAM-7-Rakete auf ihn zukommen, und er konnte nichts tun, nur darauf warten, dass sie ihn zerfetzte.

»Wir haben eine Enkeltochter«, sagte Elsie. »Sie heißt Jessica.«

Louis griff nach seiner Brandyflasche, dem einzigen Halt, den er finden konnte. Er setzte sie mit zurückgeworfenem Kopf an die Lippen, aber das Entsetzen ging keineswegs in Flammen auf, sondern breitete sich wie Eis in seinem Inneren aus. Er ließ die Flasche sinken. »Weiß Martha Bescheid?«

»Nein.«

»Arthur wird es trotzdem erfahren. Er findet alles heraus.«

»Wir haben die Hochzeit zwischen Sarah und Patrick abgeblasen. Mein Gott, mehr kann Arthur doch nicht von uns verlangen.«

Louis wandte den Kopf. Elsie hielt ihren Bademantel mit zitternden Fäusten vor der Brust zusammen und starrte ihn aus ihren hervorquellenden Augen ängstlich an. »Ihr habt Arthur hintergangen«, sagte er. »Darum geht es. Und mich habt ihr auch verarscht.«

»Wenn Sarah das Kind abgetrieben hätte, könnte sie unter Umständen nie wieder schwanger werden. Nie wieder, hörst du?«

Er hatte nicht zugehört. »Ihr wollt mich ins Gefängnis bringen, nicht wahr?«

»Nein, Louis!«

»Dann gebt das Kind zur Adoption frei.«

Sie rückte von ihm ab. »Aber das können wir doch nicht machen!«

»Wieso nicht?«, brüllte er.

»Bitte, Louis, lass uns vernünftig ...«

»Wenn Sarah das Kind nicht abschiebt, sind wir geschiedene Leute! Ist das klar?«

31

Vejarukas Suche endete vier Tagesmärsche östlich der Epupa-Wasserfälle. Dort stieß er auf einen Tjimba, der eine zerschlissene Khakishorts, um das rechte Handgelenk einen Gummireifen und auf dem Kopf eine mottenzerfressene blaue Pudelmütze trug. Er war jedoch nicht gezwungen, seine Nahrung wie ein Erdferkel aus dem Boden zu graben, denn er hatte sich darauf spezialisiert, Nomaden über den Fluss zu lotsen. Zu diesem Zweck spannte sich ein Lederriemen, von zwei stämmigen Balsambäumen gehalten, quer über den Strom. Wer einen Maiskolben abzugeben hatte, der mochte sich eigenhändig an dem Seil entlanghangeln und das Genick auf der wasserumtosten Felsenbank brechen; war aber jemand bereit, ein Huhn oder gar eine Ziege zu opfern, dann legte der Tjimba dem Reisenden einen Gürtel um, der an einem zweiten Riemen befestigt war, und dieser Riemen führte zum gegenüberliegenden Ufer hinüber und endete in den Fäusten seines Bruders.

Als Vejaruka aus dem Gebüsch trat, steckte der Tjimba sich einen Grashalm zwischen die Lippen und neigte neugierig den Kopf, wohl hoffend, eine Ziege hinter Vejarukas Rücken zu erblicken. Er sah jedoch nichts als eine Schneise, die Vejaruka in das Gras getrampelt hatte, und lehnte sich seufzend wieder an den Baumstamm.

Um diese Jahreszeit schienen nicht viele Leute unterwegs zu sein, denn Vejaruka bemerkte, wie sich der Bruder des Tjimba enttäuscht vom gegenüberliegenden Ufer abwandte und mit gesenktem Kopf im Schatten der Bäume verschwand. Vejaruka räusperte sich: »Ich bin auf der Suche nach dem mächtigen Häuptling Ngaturipure.«

Der Tjimba zuckte die Achseln. Hier war er derjenige, der über eine Felsenbank und zwei Lederriemen herrschte.

»Ngaturipure hat vor fünf Monden mit seinem Sohn den Kunene überquert, um die Tochter des mächtigen Uasuta an sein Feuer zu holen«, erklärte Vejaruka.

Der Tjimba verzog den Mund, und der Grashalm zwischen seinen Lippen begann auf und nieder zu wippen. Es sah aus, als weinte der Tjimba, doch als er den Halm ausspuckte, vernahm Vejaruka ein vergnügtes Glucksen, das tief aus der Brust des Mannes emporstieg.

»Warum lachst du?«, fragte Vejaruka grinsend.

Der Tjimba wandte den Kopf. Er hatte langes, krauses Haar, das ihm in Büscheln unter der Mütze hervorquoll. »Gehörst du etwa zu der Familie, die ihre Weisheit in den Hoden trägt, oder warum weißt du nicht, dass Ngaturipure und Kondjoura Uasutas Tochter gegen Ziegenfutter eintauschen wollten?«

»Nicht Ngaturipure, der uns Weideland gegeben hat«, antwortete Vejaruka. »Und auch nicht Kondjoura, der die Milch meiner Ziege getrunken hat.«

»Du glaubst mir nicht, mir, der ich ohne Riemen durch einen Fluss voller Krokodile gewatet bin?«

Vejaruka schüttelte beharrlich den Kopf.

»Frag meinen Bruder«, forderte ihn der Tjimba auf, »frag irgendjemanden, denn das ganze Kaokoland lacht hinter deinem Rücken über Ngaturipure und Kondjoura.«

»Wo sind sie?«

Der Tjimba stieß sich mit einer rosigen, vom Wasser aufgeweichten Fußsohle von dem Baumstamm ab. »Sie haben sich aus Scham mit den Jacanas vereint«, behauptete er und schlug die Arme gleich Vogelschwingen über seinem Kopf zusammen.

* * *

In dem Augenblick, als sich seine Gestalt gegen den glühenden Himmel abzeichnete, schlugen die Hunde an. Dabei wäre Vejaruka gern unbemerkt den Hügel hinabgestiegen, denn der Rest der Familie sollte nicht aus seinem Mund erfahren, dass sich Ngaturipure, der Besonnene, und Kondjoura, der in der Sturmnacht Geborene, vor Scham verkrochen hatten. Aber die Hunde begleiteten seinen Abstieg mit anhaltendem Gebell, und er sah, wie Ondjandje aus der Lücke in der Dornenhecke stürzte und ihm entgegeneilte, während sich hinter ihr die Mitglieder des Clans vor dem Ausgang des Krals versammelten.

Die schweren Kupferringe an ihren Fußgelenken brachten Ondjandje rasch außer Atem, dennoch wuchtete sie sich mit geballten Fäusten und einem schaukelnden Gang voran. Vejaruka wartete, bis sie außer Hörweite der anderen war, dann beschleunigte er seine Schritte, um Ondjandjes Kräfte zu schonen. Schließlich verharrten sie, von schnüffelnden Hunden umringt, auf der kargen Ebene und blickten sich an.

»Wo sind sie?«, fragte Ondjandje keuchend.

»Ich weiß es nicht«, antwortete er und wiederholte mit abgewandtem Blick die Worte des Tjimba.

»Der Tjimba lügt!«, rief Ondjandje. »Ich sah Ngaturipure und Kondjoura mit zehn Rindern fortgehen. Ziegen fressen keine Rinder.«

»Seine Zunge hat auch mich verwirrt«, gestand Vejaruka, »aber ich wollte nicht noch mehr Leute fragen, denn Schadenfreude hat einen leichten Schlaf.«

Sie musterte ihn mit einem anerkennenden Blick. »Verzeih, dass ich dir keine Dickmilch zur Begrüßung angeboten habe«, sagte sie. »Ich habe selbst vergessen, dass sich eine Himbafrau würdevoll zu bewegen hat. Komm«, fügte sie lächelnd hinzu. »Du siehst müde und durstig aus.«

Noch mehr Fragen, noch mehr neugierige Gesichter. Er schüttelte den Kopf. »Ich muss zu meinem Vater zurück, ehe er nach mir suchen lässt.«

»Du hast noch gar nicht mit ihm gesprochen?«

»Nein, mit keinem.«

Wieder erntete er einen anerkennenden Blick. »Komm«, beharrte sie. »Kein Nomade hat je Ngaturipures Kral hungrig verlassen.« Sie packte ihn am Handgelenk und führte ihn zu der wartenden Menschentraube.

»Sie sind wohlauf«, rief Ondjandje, als fragendes Gemurmel aufbrandete, und die braune Wand aus Menschenleibern begann sich aufzulösen. Nur ein Mädchen blieb vor dem Kraleingang stehen. Sie hatte eine Hand auf den Mund gelegt und starrte ihn aus den Augen des Mannes an, der damals die Milch seiner Ziege getrunken hatte.

»Das ist meine Tochter«, hörte er Ondjandje sagen, und Rijamekees ockerrotes, schulterlanges Haar verriet ihm, dass sie kein Kind mehr war.

Vejaruka blinzelte ihr zu, dann drehte er seinen Kopf zur Seite, damit sie sehen konnte, dass er zwei Zöpfe trug und dazu berechtigt war, eine Frau an sein Feuer zu holen.

6. KAPITEL

32

1928 hatte die Südafrikanische Union das Kaokoland zum Wildschutzgebiet proklamiert und siebenhundert Kilometer nordwestlich der Hauptstadt Windhoek ein Amtsgebäude für den wohl einsamsten Eingeborenenkommissar der Welt errichtet: Der Bau überblickte eine bizarre, blau schimmernde Berglandschaft, die von wilden Tieren, Ziegen, Rindern und Nomaden durchstreift wurde und bar jeglicher abendländischer Zivilisation war. Die Himba bezeichnen diesen Landstrich als *Platz der Stille*. Und als der Eingeborenenkommissar die Himba fragte, wie der Ort heiße, an den er versetzt worden war, sagten sie: »Opuwo.«

Opuwo bedeutet *Schluss, mehr nicht, genug.*

1970 war das Gebiet zwischen dem Damaraland im Süden, der Skelettküste im Westen, dem Ovamboland im Osten und dem Kunene im Norden zu einem *Homeland*, einem 54000 Quadratkilometer großen Himba-Reservat deklariert worden, und Opuwo entwickelte sich zu einem Beamtenhorst, denn in Opuwo gehörte alles dem Staat: die Häuser, die Straßen, die Fahrzeuge, der Wasserturm und die staubige Landebahn.

Weiße Geschäftsleute blieben dem Kaokoland fern; erstens waren sie im Reservat unerwünscht, und zweitens lebten die Himba von der Milch ihrer Rinder und dem Fleisch ihrer Ziegen – wenn ein Beamter einen Großeinkauf tätigen wollte, dann musste er nach Kamanjab fahren, zweihundertfünfzig Kilometer hin und zweihundertfünfzig zurück ...

* * *

Liebste Sarah,

mein Stolz und mein Starrsinn haben mich an das Ende der Welt versetzt, aber ich darf mich nicht beklagen, denn das Kaokoland ist im Gegensatz zu dem Ovamboland ein sicherer Platz. Im Ovambo-

land leben mehr als vierhunderttausend Menschen, also gut ein Drittel der Gesamtbevölkerung von Südwestafrika; hier sind es gerade mal dreizehntausend – fünftausend davon sind Himba.
Mein Vorgesetzter, Sergeantmajor Webster, hat mir erzählt, dass die Himba zirka 160 000 Rinder besitzen. Das macht sie zu dem reichsten Bantuvolk Afrikas. Webster hat mir aber auch erzählt, dass sie zu den sieben primitivsten Völkern der Erde gehören. Und um die soll ich mich nun kümmern.
Die meisten Weißen hier würden nicht im Traum daran denken, einen Himba anzufassen; sie ekeln sich vor ihnen. Man kann meinen Auftrag getrost als Strafe ansehen, doch ehe ich in einer Kaserne hocke und mich herumkommandieren lasse, verteile ich lieber Pillen an Wilde.
Websters Frau, ein Leutnant, bringt mir alles bei, was ein Sanitäter wissen muss. Die Arbeit in der Klinik macht mir überhaupt keinen Spaß, aber ich lerne zumindest etwas, und ich muss zugeben, dass mir mein Körper ebenso fremd war wie mein Land. Wir leben in Windhoek wie auf einer Insel, abgeschottet von allen anderen Volksgruppen. Hier erst habe ich erfahren, dass es auch zwischen den Schwarzen Unterschiede gibt.
Ich komme mir ehrlich gesagt ein bisschen wie ein Seefahrer vor, der fremdes Land gesichtet hat und nun versucht, mit den Wilden zu verhandeln.

Patrick zerknüllte den Briefbogen, warf ihn unter das Bett und setzte den Kugelschreiber auf ein neues Blatt Papier an:

Liebste Sarah,

ich schreibe diesen Brief, obwohl ich nicht weiß, wohin ich ihn schicken soll, denn ich hoffe im Stillen, dass eines Tages ein Wunder geschieht, dass du ihn dann lesen und wissen wirst, wie sehr ich dich liebe.
Ich habe Angst, dich zu verlieren. Anfangs bist du mir oft im Traum erschienen, doch die Träume haben in den vergangenen Monaten nachgelassen, und dein Gesicht ist in meiner Erinnerung verblasst. Manchmal habe ich das Gefühl, dass du gar nicht existierst, dass ich dich in meinen Wunschträumen erfunden habe wie eine Märchengestalt. Mir ist, als hätte ich keine Vergangenheit, keinen Vater und keine Mutter, so als sei ich mit achtzehn Jahren in

eine Welt hineingeboren worden, in der es nichts anderes gibt als Lügen, Einsamkeit und Krieg.
Ich wünschte, ich hätte dein Foto mitgenommen. Vielleicht wäre dann alles anders. Nein, nichts wäre anders. Ich hätte um dich kämpfen sollen! Dann wäre unsere Liebe am Leben geblieben und damit unser Kind. Kaum ein Tag vergeht, an dem ich nicht an die Abtreibung denke, und ich weiß, dass ich dafür ein Leben lang werde büßen müssen, weil ich damals nichts dagegen unternommen habe.
Schaust du auch oft zum Mond auf und denkst an die Nacht am Waterberg? Oder hast du inzwischen einen anderen kennengelernt?
Hoffentlich nicht, denn dann bliebe mir nur deine Freundschaft, und das wäre schlimm, weil deine Freundschaft wie eine Schranke wäre, die mich daran hindern würde, an deiner Seite zu leben.

Patrick warf auch diesen Brief fort.

33

Die Skelettküste im Nordwesten Namibias wurde von den Portugiesen einst Sand der Hölle genannt, denn ungezählte Schiffbrüchige, die sich an Land retten konnten, sind in der wasserlosen Einöde verdurstet. Nicht einmal dort, wo der Kunene in den Atlantischen Ozean mündet, leben Menschen, und so hausten Ngaturipure und Kondjoura wie Erdferkel in unterirdischen Höhlen, ernährten sich von der Milch der Ziegen und hielten vor Kälte und Angst zitternd nach einem bösen Omen Ausschau.
　Mondelang geschah nichts, dann glaubte Ngaturipure im ewig stöhnenden Wind das Muhen von Rindern zu hören, und im Herbst vernahm er plötzlich eine Stimme:
　»Wo bist du?«, fragte sie in einem sanften Tonfall, der Ngaturipure erstaunte, denn wer zehn Rinder gegen wertloses Papier eintauscht, muss entweder mit einer verheerenden Dürre, Krankheit oder gar dem Tod rechnen ...
　Ngaturipure kroch aus der Höhle ins nebelige Tageslicht hin-

aus und rief: »Hier bin ich, Vater!« Und der Alte fragte: »Warum verbirgst du dein Haupt wie eine Schildkröte?«

»Ich habe Schande über den Namen gebracht, den du mir am Ahnenfeuer gegeben hast«, beichtete Ngaturipure. Er erwartete, dass sein Vater ihn verdammen werde, doch der Alte forderte ihn lediglich auf, sich umzusehen.

Daraufhin steckte Ngaturipure den Kopf unter dem Ochsenfell hervor und betrachtete die sandfarbenen, vom Wind geschliffenen Erdbuckel. Sie waren Zwerge im Gegensatz zu den Bergen des Kaokolandes, und das Fettgewächs, das hier wuchs, hatte keine Ähnlichkeit mit grünen, im Wind wogenden Gräsern. Es gab in dieser Gegend auch keine Bäume, nicht einmal Sträucher. Das Schwemmholz qualmte mehr, als dass es brannte ...

Ngaturipure blickte zum Fluss hinunter und sah seinen Sohn, den Erdbuckeln ausweichend, im Zickzack herankommen. Auf Kondjouras rechter Schulter ruhte ein Holzspeer, mit dem er bereits mehrmals die Ziegen gegen Schakale und Schabrackenhyänen verteidigt hatte. Mit der Linken hielt Kondjoura seinen Fellumhang vor der Brust zusammen. Das Ochsenfell hatte Schimmelflecken, und Kondjouras Haar war salzverkrustet.

»Was siehst du?«, wollte der Alte wissen.

»Elend, Vater«, erwiderte Ngaturipure und glaubte im selben Moment wieder das Gebrüll der Rinder zu hören. Da wurde ihm mit einemmal klar, dass sie seit Monden nach ihm riefen und dass die Ahnen sich nicht von ihm, sondern er sich von den Ahnen abgewendet hatte.

34

Patrick erinnerte sich lebhaft an die Geschichten, die Louis Engelbrecht ihm erzählt hatte – haarsträubende Geschichten von Stolperdrähten und dem leisen Klicken einer Tretmine kurz vor der Explosion, von SAM-7-Raketen und Mörserangriffen, und von einem Offizier, der ahnungslos ein Mahangofeld fotografiert und zu seinem Entsetzen auf dem entwickelten Bild einen Guerilla zwischen den Halmen entdeckt hatte.

Patrick hatte damals an Engelbrechts Lippen gehangen wie ein Kind an den Lippen eines Märchenerzählers; damals hatte er wohlbehütet im Wohnzimmer gesessen, und die Hauptstadt war ein Lichtjahr von der Grenze entfernt gewesen ... Jetzt saß er im Hubschrauber und war auf dem Weg nach Okongwati, einem winzigen Dorf, das ungefähr einhundert Kilometer nördlich von Opuwo am Ufer des sporadisch fließenden Omuhongaflusses lag. Patrick sollte von dort zu den Epupa-Wasserfällen fahren, dann dem Kunene in östlicher Richtung nach Swartbooisdrift folgen und über Ruacana nach Opuwo zurückkehren.

Neben Patrick stapelten sich Taschen und Seesäcke, vollgestopft mit Ausrüstung, Medikamenten, Munition für das R4-Schnellfeuergewehr, Landkarten, Luftaufnahmen und einem Sprechfunkgerät, und sein Kopf war vollgestopft mit Befehlen, Diagnosen, Ratschlägen und dem Wissen, dass er Wochen in der Wildnis verbringen würde.

Patrick fragte sich, wer die Dreiecksroute geplant hatte: Sergeantmajor Webster, Kommandant Louis Engelbrecht oder ein General in Pretoria?

Engelbrecht saß vorn neben dem Piloten und starrte angespannt in die Tiefe. Bucklige, mit Balsamsträuchern und Antennenakazien bewachsene Bergrücken glitten unter den Landekufen vorüber, und in den Tälern schlängelten sich trockene Flussläufe durch die Mopanewälder. Die Gegend wirkte wie ausgestorben. Nur hin und wieder tauchte ein Kral auf, rund wie ein Nest, in das ein Riesenvogel bienenkorbförmige Eier gelegt hatte, und die Rinder und Ziegen der Himba sprenkelten die zerklüfteten Berghänge mit braunen, schwarzen und weißen Tupfen.

»Sieh dir das an, Patrick«, sagte Engelbrecht; seine Stimme drang blechern aus dem Kopfhörer. »Glaubst du, dass du das schaffst?«

Patrick bezweifelte es, denn nach Norden hin wurde das Gelände noch unwegsamer. Dennoch antwortete er voller Trotz: »Warum nicht, Kommandant? Die Treckburen haben es schließlich auch geschafft.«

Engelbrecht warf einen alarmierten Blick nach hinten. »Geh kein Risiko ein, hörst du? Halte dich an das, was Sa'major Webster dir aufgetragen hat.«

»Ja, Kommandant.«

Als sie in Okongwati gelandet waren, führte Louis ihn zu einem mit Vorräten, Ersatzreifen und Benzin- und Wasserkanistern beladenen Landrover. Der Geländewagen stand abseits des Dorfes im Schatten eines Mopanebaums. An der Heckklappe lehnte ein bärtiger, verwegen aussehender Soldat, der ein braunes T-Shirt, schwarze Shorts und Turnschuhe trug. Engelbrecht nickte ihm zu. Daraufhin hievte der Soldat wortlos seinen Tornister und ein kurzläufiges R5-Schnellfeuergewehr von der Ladefläche und ging, ohne Patrick zu beachten, zum Hubschrauber hinüber.

»So, Doktor Schweitzer«, sagte Louis, »dann sieh mal zu, wie du die Himba auf unsere Seite ziehst.«

Patrick blickte sich um. Am Ufer des Omuhongaflusses standen Maisfelder. Die Himba hatten sich entweder zwischen den Stauden oder in ihren Hütten verkrochen. Es war niemand zu sehen. »Wo ist mein Dolmetscher?«

Engelbrecht schüttelte den Kopf. »Du befindest dich auf einer Geheimmission, Patrick. Wir wollen nicht, dass du dich auf einen Fremden verlässt.«

»Ich kann nur ein paar Brocken Otjherero sprechen!«

»Das wird sich ändern.« Engelbrecht reichte ihm die Hand. »Gute Fahrt und viel Glück.«

»Oom Louis ...« Patrick klammerte sich an Engelbrechts Hand. »Darf ich Oom was fragen?«

»Schieß los.«

»Wie geht es Sarah?«, sprudelte es aus ihm hervor. »Oom muss es mir sagen, bitte!«

Engelbrecht schüttelte Patricks Hand ab. »Es geht ihr gut«, murmelte er, und ehe er davoneilte, fügte er rasch hinzu: »Sie hat vor einem Monat geheiratet.«

35

*L*iebster Ricky,

seit Jessica geboren wurde, fühle ich mich nicht mehr ganz so einsam. Sie hat deine blauen Augen und dein dunkles Haar. Ich brauche sie bloß anzuschauen, und schon sehe ich dich vor mir. Aber es

vergeht kein Tag, an dem ich mir nicht wünsche, in deinen Armen zu liegen.
Wenn ich an Jessys Bett sitze und ihr kleines, unschuldiges Gesicht betrachte, denke ich oft daran, dass ich um ein Haar nicht nur das Kind, sondern auch unsere Liebe im Namen unserer Väter getötet hätte. Dann wird mir übel vor Wut und Entsetzen, aber gleichzeitig spüre ich, dass mein Herz für Jessy und dich schlägt, und ich danke Gott, dass er mich vor der größten Dummheit meines Lebens bewahrt hat.
Meine Mutter ist in Holland fast verzweifelt. Sie hat schreckliche Angst vor deinem Vater. Auf der anderen Seite wollte sie ebenso wenig wie ich, dass wir etwas vernichten, was Gott uns geschenkt hat. Mein Mut war anscheinend ansteckend, denn sie steht jetzt auf unserer Seite!
Ich wohne bei meinen Großeltern in Kapstadt. Sie sind unheimlich stolz auf ihre Urenkelin, gleichzeitig reden sie aber von Schande und würden mich am liebsten mit dem nächstbesten Mann verkuppeln, damit alles seine Richtigkeit hat. Doch ich will keinen anderen Mann haben. Ich will nur dich!
O Ricky, ich vermisse dich so! Am schlimmsten ist es, wenn der Mond scheint und ich an Südwestafrika denke, an die Nacht am Waterberg; die einzige Nacht, die wir bisher gemeinsam verbringen durften. Ich hoffe, dass es nicht die erste und letzte war, aber nach allem, was passiert ist, weiß ich, wie mächtig Geld und damit dein Vater ist.
Ich gehe regelmäßig in die Kirche, nicht in eines dieser heuchlerischen Häuser, in der Weiße von Nächstenliebe reden und im Stillen die Schwarzen verfluchen, sondern in eine Kirche, in der alle Menschen, egal ob schwarz, braun oder weiß, gleichberechtigt sind. Ich bringe meine Großeltern damit zur Verzweiflung, aber ich will nicht so werden wie sie oder mein Vater. Und ich weine, wenn ich daran denke, dass du seine Befehle ausführen musst.
O Ricky, wie einsam und allein du bist, du, der nichts hat, was dir Hoffnung machen könnte, bis wir uns wiederfinden. Ich bete, dass du mich trotzdem nicht vergisst und auf mich wartest.

Ich liebe dich,

Sarah

PS: Wenn meine Mutter sich bereit erklären sollte, dir diesen Brief und das Foto von Jessy zu überreichen, dann schick mir doch bitte eine Adresse oder eine Telefonnummer!

36

Er starrte durch die Windschutzscheibe, ohne die Mopanebäume, die das Ufer zu beiden Seiten des Omuhongaflusses säumten, zu beachten. Er hörte nicht das Knirschen der Räder im zuckerartigen Sand und roch nicht die trockne, staubige Luft, die er atmete. Er verspürte weder Durst noch Hunger, weder Unsicherheit noch die freudige Erregung des Abenteuers – er wollte nicht glauben, dass Sarah einen anderen geheiratet hatte, einen zwei Meter großen und hundertundzwanzig Kilo schweren Buren, einen Korporal »Caterpillar« van Tonder, der ihre Sprache sprach, in ihre Kirche ging, der Rugby und fettiges Essen liebte und sie nicht im Stich lassen würde, wenn sie ihn brauchte ... Und Patrick glaubte es doch, denn warum sollte Louis Engelbrecht ihn anlügen? Er war im Kaokoland, zweitausend Kilometer von Kapstadt entfernt. Selbst wenn Sarah keinen anderen geheiratet hätte, wäre sie unerreichbar für ihn gewesen.

Patrick kam an dem ersten Tag nicht weit. Das Flussbett war sandig, von Rinderhufen aufgewühlt, und immer wieder versperrten ihm Geröllbänke den Weg. Dann musste er aussteigen und Steine schleppen. Doch selbst diese Arbeit verrichtete er mit einem stoischen Gleichmut, der ihn erschreckte, und einmal ertappte er sich dabei, dass er im Wagen saß und wie hypnotisiert seine aufgeschürften Hände betrachtete. Sie sahen aus wie die blutigen Hände eines Mörders.

Am späten Nachmittag hielt er mitten im hundert Meter breiten Flussbett an und rollte seinen Schlafsack auf einer Plane neben dem Geländewagen aus. Die Regenzeit war vorüber und somit die Gefahr, nachts von einer Flutwelle überrascht zu werden. Und er hoffte, dass ihn die Uferböschung vor neugierigen Blicken schützen würde.

Patrick begann ziellos herumzuwandern. Dabei stieß er an einer Biegung des Flusses auf einen ausgehöhlten Baumstamm. Er wusch seine Hände in dem milchig trüben Wasser, das die Hirten aus einem mannshohen Erdloch geschöpft und in den Trog gegossen hatten, um ihr Vieh zu tränken.

Nachdem er seinen Mund ausgespült hatte, ging er zum Landrover zurück, legte sich auf den Schlafsack und wartete darauf, dass etwas passierte. Er konnte die Gefühllosigkeit spüren. Sie lag wie eine zähe, träge Masse in seinem Inneren, und er wartete darauf, dass sie sich auflöste oder von einer anderen Gefühlsregung verdrängt wurde.

Während er in sich hineinlauschte, schwebten plötzlich Stimmen mit vielen O-Lauten über das Flussbett, und als er hochschreckte, sah er drei Himba zwischen den Bäumen auftauchen: ein Mann und zwei Frauen. Sie blieben oben auf der Böschung stehen und blickten zu ihm herunter.

Schwarze Lendenschurze bedeckten den Schoß und das Gesäß des Mannes, ansonsten trug er nur Sandalen, einen ledernen Turban und eine Halskette aus Muscheln. In der rechten Hand hielt er ein Hackmesser.

»Seht, ein *Otjirumbu*«, hörte Patrick eine der Frauen sagen. »Ein Weißer.«

Der Mann wies mit der Spitze des Hackmessers auf den Landrover. »Und ein *Otjihauto*.«

»Was macht der *Otjirumbu* da?«, fragte die andere Frau. Sie war verheiratet. Patrick erkannte es an ihrer Frauenhaube aus Lammfell, die wie eine Krone auf ihrem Kopf saß.

Der Mann zuckte die Achseln, dann stiegen sie in das Flussbett hinab und näherten sich Patrick mit lockeren, ausgreifenden Schritten.

Patrick versuchte, sie mit abweisenden Blicken zu verscheuchen, doch sie ignorierten ihn, und so blieb er auf seinem Schlafsack sitzen und beobachtete mürrisch die Himba, die durch das rotgoldene Abendlicht auf ihn zukamen. Es waren schöne Menschen, schlank, mit wohlgeformten Gliedern und feingeschnittenen Gesichtern. Obwohl sie ebenso wenig Kontakt mit Weißen gehabt hatten wie Patrick mit den Himba, wirkten sie im Gegensatz zu ihm selbstsicher und stolz.

Die Frauen hatten ihre Haare zu fingerdicken Zöpfen geflochten und mit Ocker eingerieben. Alles an ihnen schimmerte rot: die Haut, die wulstigen Halsketten, die Armreifen, ja selbst ihre

Lendenschurze waren rot, und sie machten keine Anstalten, ihre nackten Brüste vor ihm zu verbergen.

Es waren nicht die ersten Himba, die Patrick zu Gesicht bekam – er hatte schon welche in der Klinik gesehen –, doch es waren die ersten Himba, die ihm in der Wildnis begegneten. Der Wind trug ihm den Geruch von Rauch, ranzigem Fett und Balsam entgegen.

Geht zum Teufel, dachte er.

Als hätten sie seine Gedanken erraten, verharrten sie, hockten sich zehn Schritte von ihm entfernt hin und lächelten ihn an.

Das ist ihre Art, dich in ihrem Land willkommen zu heißen, hatte Sergeantmajor Webster gesagt. Sie setzen sich an dein Feuer.

Patrick hob widerwillig zur Begrüßung eine Hand.

»Morro«, murmelten die Himba wie aus einem Mund.

Patrick nickte ihnen zu. Daraufhin begann der Mann auf ihn einzureden. Patrick verstand kein Wort, bis der Mann etwas von *Omakaya* sagte: Tabak.

Sie betteln dich an, um anzudeuten, dass du reicher bist als sie, hatte Webster behauptet, und wenn du ihnen etwas gibst, leisten sie dir aus Höflichkeit eine Weile Gesellschaft. Die Zeit musst du nutzen.

Aber er wollte keine Gesellschaft, er wollte, dass sie fortgingen. Er stand auf, setzte sich in den Landrover und schlug die Tür zu.

Die Himba wechselten betroffene Blicke, und die Frau, die noch nicht vergeben und etwa in Sarahs Alter war, schlug eine Hand vor den Mund.

In dem Moment spürte Patrick, wie sich die träge, zähe Masse in seinem Inneren regte, wie sie in ihm hochstieg und ihn schließlich überschwemmte.

»Och!«, rief die junge Frau: Sie hatte die Tränen bemerkt, die Patrick über die Wangen rannen und auf seine Brust tropften. »Och!«

Der Mann und die andere Frau senkten den Kopf, und während sich der Himmel im Westen rötete, teilten sie schweigend das Leid mit dem Fremden.

* * *

Am nächsten Morgen waren die Himba fort. Patrick wusste nicht, wie lange sie in der Dunkelheit an seinem Lagerplatz ausgeharrt hatten. Er war irgendwann hinter dem Lenkrad eingeschlafen. Als er aufwachte, lag er auf dem Vordersitz, die Beine angezogen, die Hände vor dem Gesicht gefaltet. Er richtete sich auf und warf einen Blick in den Rückspiegel. Blutunterlaufene Augen starrten ihn an, und sein Gesicht war so zerknautscht wie seine Uniform.

Angewidert stieg er aus dem Landrover. Draußen war es kalt. Tauperlen glitzerten auf seinem Schlafsack, und die Luft roch nach feuchtem Stroh. Er verzichtete jedoch darauf, ein Feuer anzuzünden. Stattdessen ging er zur Biegung des Flusses und tauchte seinen Kopf in den hölzernen Trog. Danach fühlte er sich besser. Er wischte das Wasser aus seinem Gesicht und blickte sich um. Das Flussbett lag weiß und verlassen vor ihm, darüber spannte sich ein blasser, wolkenloser Himmel. Obwohl ihn fröstelte, ahnte er, dass es ein heißer Tag werden würde.

Er schlüpfte in ein T-Shirt, Shorts und Turnschuhe. Dann aß er etwas Zwieback, trank hin und wieder einen Schluck aus seiner Wasserflasche und beobachtete, wie die Sonne hinter den Bäumen aufging. In den Zweigen gurrten Kapturteltauben, und flussabwärts krakeelte ein Rotschnabelfrankolin. Ansonsten war es still.

Patrick wartete nicht ab, bis die Sonne den Tau auf seinem Schlafsack getrocknet hatte, denn er befürchtete, dass die Himba bald mit ihrem Vieh zur Tränke kommen und ihm einen zweiten Besuch abstatten würden. Er schämte sich, weil er vor der jungen Frau, die ihn an Sarah erinnert hatte, in Tränen ausgebrochen war wie ein kleines Kind.

Patrick verließ das Flussbett und tastete sich im ersten Gang über Schuttebenen und auslaufende Berghänge hinweg. Als Orientierungshilfe diente ihm neben dem Kompass, den Luftaufnahmen und Karten eine Skizze, die der Naturschutzbeamte, der in Opuwo stationiert war, gezeichnet hatte – Leon Ellison war vor Monaten einem Pfad gefolgt, auf dem einst Elefanten über die Berge zum Kunene hinuntergezogen waren. Er hatte für eine Strecke von fünfzig Kilometern sechs Tage gebraucht und sich geschworen, nie wieder einen Fuß in diese gottverlassene Berglandschaft zu setzen.

Patrick wühlte sich durch Schluchten, kroch steile Hänge hinauf, schlängelte sich durch Trockenflüsse, schleppte Steine, hackte sich einen Weg durch Mopanewälder, verfluchte seinen

Vater und die Armee, redete stockend auf die Himba ein, die wie aus dem Boden gewachsen vor ihm auftauchten und ebenso geisterhaft wieder in der Einöde verschwanden; er zitterte in den Nächten vor Kälte und vor Angst, überfallen zu werden, und er heulte vor Wut und Verzweiflung und dachte bei jeder Reifenpanne an Umkehr. Doch allein der Gedanke, dieselbe Strecke wieder zurückfahren zu müssen, hielt ihn davon ab, und am vierten Tag nach seiner Abreise erklomm er einen Dolomithügel und entdeckte im Tal dahinter einen grünen Laubgürtel. Und dazwischen schimmerte der Grenzfluss wie ein silberbeschlagenes Band.

Patrick gab Gas. Bald konnte er inmitten der Einöde die Epupa-Wasserfälle rauschen hören. Er stellte den Landrover ab und ging das letzte Stück zu Fuß. Bedächtig näherte er sich der Gischtwolke, die wie kochendes Wasser aus dem Einschnitt brodelte. Er kletterte über seifige, glattgeschliffene Felsen, dann stand er am Abgrund und sah den Kunene weiß schäumend in die Tiefe stürzen. Das dröhnende Rauschen umgab ihn wie ein Kokon, und als er sich abwandte, hatte er eine Stunde lang nicht an Sarah gedacht.

Wie betäubt schlenderte er am Ufer entlang. Einen Kilometer flussaufwärts strömte der Kunene gleich brauner, in der Sonne geschmolzener Schokolade an ihm vorüber. Das Wasser wirkte träge, doch sobald es in den Sog der Epupafälle geriet, begann es zu springen und zu tanzen. Der Fluss löste sich in einzelne Ströme auf, und erst aus der Mitte herausgerissen, wurden die Tropfen lebendig und führten für eine kurze Weile ein wildes, atemberaubendes Eigenleben, ehe sie sich in der Tiefe wieder vereinten und nach der rauschenden Eskapade erschöpft dem Atlantik entgegenströmten.

Patrick lehnte sich an eine Makalanipalme und suchte das Gelände hinter dem Kunene mit dem Glas ab. Angola machte zwar einen friedlichen Eindruck auf ihn, und er konnte nichts Ungewöhnliches entdecken, dennoch wurde er das scheußliche Gefühl nicht los, dass ihn jemand beobachtete.

Der Gedanke, dass am anderen Ufer Guerillas im Schilf lauern könnten, ließ ihn erschauern, und ihm graute vor der Nacht, denn er war allein und konnte nicht weiterfahren, weil die Wildpfade, die man hier Straßen nannte, in der Dämmerung kaum zu erkennen waren.

Patrick schaltete das Sprechfunkgerät ein. »Zulu an Tango«, rief er in das Mikrofon. »Bitte kommen.«
Niemand meldete sich. Er war durch die Berge von der Außenwelt abgeschnitten.

37

Ein Rauschen erfüllte die Luft. Es klang wie Regen, in dem das Rascheln der Palmen und das Murmeln des Kunene ertrank, doch der Himmel war wolkenlos, und die Hügellandschaft flimmerte in der Hitze des Vormittags.

Als das Rauschen zu einem Brausen angeschwollen war, verließen Kondjoura und Ngaturipure den Wildpfad, der sie nach Osten geführt hatte, und bahnten sich einen Weg durch den Makalaniwald. Die Palmen wuchsen hier zahlreicher als anderswo; ihre faserigen, grauen Stämme überragten mühelos die Wipfel der Balsam- und Anabäume, und der Boden war mit ihren apfelgroßen, rotbraunen Früchten bedeckt. Aber es gab schon lange keine Elefanten mehr, die auf ihrer Wanderung durch das Kaokoland die unverdauten Kerne hätten ausscheiden können, um so den Fortbestand der Palmen zu sichern ...

Der Blätterwald lichtete sich und gab Kondjoura und Ngaturipure den Blick auf das mannshohe Schilf frei. Dahinter sahen sie eine Wolke zerstäubten Wassers aufsteigen.

Ihre Sandalen glitten jetzt über glattgeschliffene, rote Felsen, die feucht in der Sonne schimmerten, obgleich das Gestein trocken war. Dann stießen sie auf einen Graben und blieben wie angewurzelt stehen: Zu ihrer Rechten wälzte sich der Fluss über den Abgrund und verschwand tosend in einer steilen Schlucht. Ein Teil des Wassers entkam jedoch dem Sog; es floss an Ngaturipure und Kondjoura vorüber durch einen Graben und umspülte einen Steinwurf von ihnen entfernt die Schenkel eines nackten Mannes!

Der Mann kehrte ihnen den Rücken zu. Er hatte beide Arme erhoben, in der linken Hand hielt er einen gelben Stein und wühlte damit in seinen weißen Haaren herum, während er sich mit der anderen Hand am Kopf kratzte. Plötzlich tauchte er unter. Das Wasser schäumte auf, Luftblasen stiegen blubbernd an die Oberfläche, und als der Mann triefend aufstand, hatte sich sein Haar schwarz gefärbt.

Die Himba sahen sich erstaunt an. »Wie hat er das gemacht?«, wollte Kondjoura wissen.

»Vielleicht ist er ein Zauberer.«

Sie ließen sich auf den Fersen nieder und beobachteten, wie der Mann den gelben Stein über seinen Körper kreisen ließ – er fuhr sich mit der Hand sogar zwischen die Gesäßbacken –, doch nachdem er abermals unter- und kurz darauf wieder aufgetaucht war, hatte er sich keineswegs in einen Schwarzen verwandelt, o nein: Seine Haut schimmerte rosig wie die eines Neugeborenen.

»Jetzt verstehe ich, warum die *Otjirumbu* ihre Körper aus Scham verhüllen«, sagte Ngaturipure. »Sein Hintern ist so weiß wie Eulenscheiße.«

»Und so behaart wie der Rücken eines Pavians«, setzte Kondjoura hinzu.

»Lass uns den Ort des fallenden Wassers verlassen«, flüsterte Ngaturipure gegen das Rauschen an. »Der *Otjirumbu* ist mir unheimlich.«

Sie erhoben sich und nahmen den Lederbeutel und die Hirtenstäbe auf. In dem Augenblick fuhr der Weiße herum. Seine Augen weiteten sich vor Entsetzen. »Bist du aufgewacht?«, fragte Kondjoura mit freundlicher Stimme. Der Mann erwiderte den Gruß nicht, sondern wich einen Schritt zurück, stolperte und stürzte rücklings ins Wasser.

Kondjoura und Ngaturipure eilten davon, aber sie kamen nicht weit: Ein Ding verstellte ihnen den Weg. Es stand unter einem Anabaum, hatte die Farbe von Elefantendung und starrte die Himba aus zwei großen, runden Augen an.

Kondjoura wollte fliehen. Sein Vater hielt ihn jedoch am Arm zurück. »Dieses Ding ist harmlos«, behauptete er. »Es ist ein *Otjihauto*.«

»Woher weißt du das, Vater?«

»Der *Otjirumbu* in Swartbooisdrift besitzt auch ein *Otjihauto*. Es ist bei den Himba dort sehr beliebt, denn seine runden Füße sind zäher als das Giraffenleder, das wir für unsere Sandalen ...«

»Seid ihr aufgestanden?«

Ngaturipure und Kondjoura zuckten zusammen. Der Weiße war lautlos hinter ihnen aus dem Gebüsch getreten und verströmte den Duft einer Blume, die im Kaokoland nicht wuchs.

»Ja, bist du aufgestanden?«, erwiderte Kondjoura.

»Ja, ich bin gut aufgestanden.«

Der Weiße sprach mit stolpernder Zunge. Nach jedem Wort legte er eine Pause ein, und seine Augen irrten suchend im Wald umher.

»Wer bist du?«, erkundigte sich Ngaturipure.

Der Weiße tippte sich mit den Zeigefingern an die Ohren und schüttelte den Kopf.

»Er ist schwerhörig«, wisperte Ngaturipure. »Und sieh dir seine Augen an: Sie haben die Farbe des Himmels.«

»Ja, Vater, aber er lächelt wie ein Freund.«

»Dann will ich ihn fragen, ob wir einen runden Fuß des *Otjihautos* mitnehmen dürfen, damit wir nicht mit leeren Händen heimkehren müssen.«

Der Weiße deutete auf seinen Mund und schüttelte erneut den Kopf, obwohl Ngaturipure seine Stimme erhoben hatte.

»Der *Otjirumbu* versteht dich nicht, Vater.«

»Aber er hat uns doch wie ein Himba begrüßt.«

»Seine Zunge klingt wie die eines Raben, der Tierstimmen nachahmt.«

»Warte ...« Ngaturipure zog eine Sandale aus, schob einen Finger durch das Loch in der Sohle und wies damit auf den Hinterreifen des Landrovers. »Zäher als Giraffenleder«, sagte er.

Der Weiße starrte ihn stirnrunzelnd an. Daraufhin zog Kondjoura sein Messer, näherte sich dem Hinterreifen und wollte gerade die Konturen einer Sandalensohle in das Profil ritzen, als der Weiße zu brüllen anfing. Mit vier ausgreifenden Schritten war der *Otjirumbu* bei ihm und stieß ihn zur Seite. Dabei segelte das braune Handtuch, das er sich um die Hüften geschlungen hatte, zu Boden. Der Weiße grabschte danach, bedeckte seinen Schoß und ging rückwärts zur Beifahrertür des Landrovers. Ohne Kondjoura aus den Augen zu lassen, langte er durch das offene Fenster und zog ein Gewehr am Lauf aus der Kabine.

»Steck das Messer weg«, befahl Ngaturipure. »Der *Otjirumbu* fürchtet sich.«

Der Weiße fürchtete sich so sehr, dass er das Handtuch und die gelbe Seife achtlos fallen ließ, um das Gewehr in Anschlag brin-

gen zu können.« »Verschwindet«, zischte er und blinzelte Kondjoura über das Visier hinweg an.
Kondjoura wagte nicht, sich zu rühren. »Was hat er gesagt, Vater?«
»Ich weiß es nicht. Ich weiß nur, dass er den Rüssel eines Elefanten hat.«
»Und die Hoden eines Stieres«, pflichtete ihm Kondjoura bei.
Der *Otjirumbu* begann sich vor Verlegenheit zu winden und neigte den Oberkörper weit nach vorn, um ihren anerkennenden Blicken zu entgehen, schließlich lehnte er das Gewehr an den Landrover, hob das Tuch auf und presste es, obwohl es mit Klettgras gespickt war, auf seinen Unterleib.
»Was sollen wir tun, Vater?«
»Zeig ihm das Papier«, schlug Ngaturipure vor. »Vielleicht können wir es gegen einen runden Fuß eintauschen.«
Der Anblick des verschimmelten Papiers brachte den Weißen jedoch völlig aus der Fassung. »Mich laust der Affe!«, rief er. »Die wollen Monopoly mit mir spielen!«
Kondjoura trat gegen den Hinterreifen.
»Nichts zu machen.« Der Weiße schüttelte den Kopf. »Der Einsatz ist mir zu hoch ... *Kurama*!«, rief er, da Kondjoura und Ngaturipure sich abgewendet hatten. »Einen Moment, bitte.« Er warf das Gewehr auf den Sitz, beugte sich über die Ladefläche und kramte leise fluchend in einer schwarzen Tasche herum.
»Was tut er, Vater?«
Ehe Ngaturipure antworten konnte, drehte der Weiße sich um und hielt ihnen zwischen Daumen und Zeigefinger eine Tablette entgegen.
»Was ist das, Vater?«
Als Ngaturipure ratlos die Achseln hob, verzog der Weiße das Gesicht zu einer schmerzverzerrten Grimasse und schirmte seine Stirn mit einer Hand ab. »Krank«, sagte er. »Medizin.«
»Komm«, forderte Ngaturipure seinen Sohn auf. »Der *Otjirumbu* ist verrückt.«
»Vielleicht hat er Kopfschmerzen?«, vermutete Kondjoura.
»Wir haben keine Medizin gegen Kopfschmerzen«, sagte Ngaturipure, und sie wandten ihm den Rücken zu und gingen davon.

38

»Halt!«, rief Patrick. »*Kurama!*«
Die Himba eilten jedoch weiter; sie drehten sich nicht einmal nach ihm um. Schade, sonst hätten sie den Tabaksbeutel in seiner schwenkenden Hand gesehen und wären stehengeblieben – garantiert –, denn wer im Kaokoland Tabak besitzt, der besitzt den Schlüssel zu den Herzen der Himba. Das hatte zumindest Sergeantmajor Webster gesagt, und hier bot sich Patrick die ideale Gelegenheit, Verbindung mit Himba aufzunehmen, die am Grenzfluss lebten, keine hundert Schritte vom Feind entfernt. Aber Patrick konnte sich in der Aufregung nicht mehr an das Zauberwort entsinnen. Er ließ den Beutel und die Aspirintablette fallen, stieg hastig in seine Shorts, rammte den Kopf durch den Ausschnitt eines T-Shirts, und als er endlich die Schnürsenkel seiner grünen Segeltuchschuhe verknotet hatte, waren die Himba verschwunden.

»Verdammt!« Patrick schlug die Wagentür zu; gleichzeitig mit dem scheppernden Knall fiel ihm das Zauberwort wieder ein: »*Omakaya!*«, brüllte er. »Tabak! Einen ganzen Beutel voll, hört ihr?«

Patrick lauschte. Das Rauschen der Epupafälle drang eintönig an seine Ohren. Er setzte seinen Schlapphut auf, griff nach dem Gewehr, hängte ein Fernglas um, warf eine Wasserflasche am Riemen über die Schulter, hob die Arzneitasche von der Ladefläche und rannte los. Er wollte herausfinden, ob sich in dieser Gegend Guerillas eingenistet hatten. Die beiden Himba würden es ihm vielleicht auf die eine oder andere Art sagen können, denn sie kannten den Grenzfluss und das umliegende Gelände.

Weil ihre Giraffenledersohlen keine sichtbaren Spuren hinterlassen, hielt Patrick sich an die Richtung, in die Himba davongegangen waren. Ein paar hundert Schritte weiter stieß er auf einen Wildpfad, der sich den sanft ansteigenden Hügel emporschlängelte. Er ging in die Hocke. Das Klettgras, das an dem Handtuch geklebt und sich in seinen Schamhaaren verfangen hatte, stach ihm in den Unterleib. Er ignorierte die Schmerzen, denn er hatte in dem von Hufen zermahlenen Sand einen kreisrunden Abdruck entdeckt: das Loch in der Sandalensohle des Alten!

»Hab ich euch«, sagte er und folgte den Himba drei Stunden

lang nach Südosten, ohne dass er sie zu Gesicht bekam. Alles, was er gelegentlich sah, war der kreisrunde Abdruck, der ihn immer tiefer in die hitzeflimmernde Hügellandschaft entführte, und er vernahm nichts als das hartnäckige Knirschen seiner Schuhsohlen, seinen keuchenden Atem und das Pochen einer leeren Wasserflasche, die ihm bei jedem Schritt an die Hüfte schlug.

Als Patrick merkte, dass er nicht mehr schwitzte, blieb er stehen. Das Gewehr und die Arzneitasche hingen wie Bleigewichte an seinen verkrampften Fingern, und der Boden wankte unter seinen Füßen, wie damals, kurz bevor er auf dem Paradeplatz zusammengebrochen war.

Patrick machte einen Schritt zur Seite und ließ sich in den kargen Schatten eines Balsamstrauchs fallen. Ihm war, als würde er Feuer atmen, auch seine Füße und sein Unterleib brannten. Er tastete nach der Arzneitasche. Im Liegen kramte er eine Packung Heftpflaster hervor, eine Tube mit antiseptischer Salbe, eine Schere gegen das juckende Klettgras und eine Ampulle, die mit einer wasserhellen Flüssigkeit gefüllt war. Nur im äußersten Notfall zu gebrauchen, hatte die Frau des Sergeantmajors gesagt.

Nun, er hatte die Feldflasche geleert, keinen Proviant dabei; der Kunene lag fünfzehn Kilometer hinter seinem Rücken, und vor ihm dehnte sich das Land wie ein graubrauner, gewellter Teppich bis zum Horizont aus.

Wenn das kein Notfall war ...

39

Am Nachmittag stiegen zwei Männer den Hügel zur Schuttebene hinunter. Die Hunde beobachteten ihren Abstieg mit aufgestellten Ohren und zaghaft wedelnden Ruten. Sie waren sich nicht sicher, wen sie vor sich hatten, denn der Wind kam aus Südwesten, fegte über das Tal und ließ die verschimmelten Lederumhänge der Männer flattern. Doch als die Männer das Tal erreicht hatten und sich dem Kral näherten, erkannten die Hunde Ngaturipure an seinem eigentümlich schlenkernden Gang und begannen zu bellen.

Das freudige Gekläffe ließ Ondjandje abermals vergessen, dass sich eine Himba mit Würde zu bewegen hat. Sie rannte von einer Hütte zur anderen, trommelte mit den Fäusten an die lehmverschalten Wände und rief: »Sie sind da! Sie sind da!« Dann verschwand sie in ihrer eigenen Hütte, kam mit zwei reichverzierten Flaschenkürbissen wieder zum Vorschein und stürmte, von Rijamekee und dem Rest des Clans gefolgt, durch die Lücke in der Dornenhecke.

Der Anblick der Männer erschreckte Ondjandje dermaßen, dass sie wie angewurzelt vor dem Eingang verharrte. Ngaturipure erinnerte sie an einen Raubvogel: Die Nase sprang schnabelartig aus seinem Gesicht, und das Ochsenfell umgab seinen ausgemergelten Körper wie ein zerzaustes Federkleid. Kondjoura schien geschrumpft zu sein. Wie ein greises Kind stand er neben Ngaturipure, und sein müder Blick irrte teilnahmslos umher. Weder er noch Ngaturipure lächelten, als Ondjandje ihnen die Kalebassen reichte.

»Ihr seid zurückgekehrt«, sagte Ondjandje. Sie streckte jedoch nicht die Hände nach den Männern aus, so als befürchtete sie, ins Leere zu greifen. Hinter ihr jammerte der Wind in der Dornenhecke, weinte um die beiden Männer.

Ngaturipure setzte den Flaschenkürbis ab. Seine Augen glänzten fiebrig. »Brennt das heilige Feuer noch?«, fragte er mit tonloser Stimme.

»Ja, ich habe es gut gepflegt.« Ondjandje lächelte. Dass er nach dem Feuer gefragt hatte, machte ihr Hoffnung. Kondjoura dagegen bereitete ihr Sorgen. Er starrte seine Schwester wie eine Fremde an. »Wir sind alle wohlauf«, fuhr sie plaudernd fort. »Es hat geregnet, die Rinder und Ziegen haben sich wie Heuschrecken vermehrt, und zwei Kinder warten darauf, dass du ihnen am Ahnenfeuer einen Namen gibst. Und sieh dir deine Tochter an ...« Ondjandje rüttelte Rijamekee am Arm. »Sie ist eine Jungfrau geworden!«

»Wo sind die Leute?«, fragte er, ohne Rijamekee zu beachten.

»Welche Leute? Deine Familie steht doch hinter mir.«

»Nein, ich rede von den Leuten, die gekommen sind, um sich über uns lustig zu machen.«

Ondjandje wurde von einer Welle des Mitgefühls erfasst. »In deinem Kral warten keine Fremden.«

»Dann werden sie kommen, sobald sie erfahren, dass wir

zurückgekehrt sind.« Er langte unter den Umhang und warf Ondjandje den Lederbeutel vor die Füße. »Da«, sagte er. »Verfütter das Papier an die Ziegen.«

Ondjandje verzog den Mund. »Ngaturipure ...«

»Es ist gutes Futter«, sagte Kondjoura, und sie sah, wie er die Fäuste ballte. »Wir haben es gegen zehn Rinder eingetauscht.«

Ondjandje hatte den Tag ihrer Rückkehr herbeigesehnt wie ein Hirte den Regen; sie hatte tagsüber den im Norden liegenden Hügel kaum noch aus den Augen gelassen und des Nachts den allmächtigen Gott Ndjambi Karunga angefleht, dass er Kondjouras und Ngaturipures Füße in ihre Richtung lenken möge. Jetzt standen sie endlich vor ihr und schienen doch so weit entfernt zu sein wie nie zuvor. Sie ging auf ihren Sohn und ihren Gefährten zu, klammerte sich an die beiden Männer und begann zu weinen.

40

Patrick vermutete, dass der Pfad bald in ein Flussbett mündete, denn die Himba hatten kein Trinkgefäß dabei, weder einen Flaschenkürbis noch ein hohles Ochsenhorn. Doch wann immer er einen Hügel erklomm, blickte er auf ein hitzeflimmerndes, mit Bäumen bestandenes Tal hinunter, und die durchlöcherte Sandalensohle des Alten, dem er folgte, führte ihn keineswegs zu einer Quelle, sondern schnurstracks den nächsten Abhang hinauf.

Einmal fiel Patrick an einem Mopanebaum ein kahler Zweig auf. Als er sich selbst eine Handvoll Blätter in den Mund stopfen wollte, um seinen Durst zu lindern, entdeckte er in der dreigeteilten Astgabel ein paar faustgroße Kalksteine und darüber sechs Rinderschädel. Er hatte zwar keine Ahnung, zu welchem Zweck die Himba die Steine und Schädel in dem Baum aufgestapelt und mit Blättern überhäuft hatten, aber er bemerkte, dass der entlaubte Zweig blutete und die Blätter noch frisch waren: Er war den Himba dicht auf den Fersen!

Patrick verspürte keinerlei Schmerzen. Anfangs hatte er sich nach der Morphiumspritze ein wenig schläfrig gefühlt, aber die vier Captagontabletten, die er mühselig hinuntergewürgt hatte, hielten ihn aufrecht. Seine Beine arbeiteten wie eine Maschine, und er verharrte erst, als er eine Ansiedlung in einem der ungezählten Täler erblickte.

Patrick legte das Gewehr auf die Arzneitasche zu seinen Füßen, hob den Feldstecher an die Augen und schraubte an den Okularen, bis er den Kral gestochen scharf in der Nachmittagssonne ruhen sah.

Über den Hütten vermischte sich der aufsteigende Rauch mit dem Staub, den die Rinder im Gehege aufwirbelten. Der Alte ging zwischen den Tieren umher. Er strich jedem Rind über das rot schimmernde Fell und kraulte ihnen die Stirn, während der Leitstier wie ein ergebener Hund hinter ihm hertrottete.

Selbst auf die Entfernung blieb Patrick nicht der stolze Ausdruck in den Augen des Alten verborgen. Aber er spürte auch, dass dort unten etwas nicht stimmte. Die Himba wirkten bedrückt, denn die meisten hockten mit gesenkten Köpfen vor ihren Hütten am Kochfeuer.

Warte ab, bis sie dich einladen, hatte Sergeantmajor Webster gesagt. Doch Patrick konnte nicht abwarten: Das Captagon wütete in seinem Körper, peitschte ihn an, und die Himba waren so in ihren trübseligen Gedanken versunken, dass sie Patrick erst bemerkten, als er durch die Lücke in der Dornenhecke trat und grüßend die Hände hob.

Einen Herzschlag lang war es still, dann kläfften Hunde, kreischten Frauen, und die Kinder verschwanden in den Hütten, derweil die Männer aufsprangen und nach ihren Hirtenstäben griffen. Patrick ging unbeirrt mit erhobenen Händen weiter. »Hallo!«, rief er und verzog seine ausgedörrten Lippen zu einem Lächeln. »Wasser, bitte ... *Omeva arikana.*«

Zu seinem Erstaunen sah er, wie die Himba vor Entsetzen die Augen aufrissen. Ein paar Frauen warfen schützend die Arme über den Kopf; andere bückten sich und bombardierten ihn mit trockenen Kuhfladen.

Patrick wich zurück, an jedem Schuh einen zähnefletschenden Hund. Er hielt die Tiere mit seiner heiseren Stimme in Schach. Endlich geriet ihm ein Knüppel zwischen die tastenden Finger. Er drosch wie wild auf die vorgestreckten Köpfe ein, hörte die Hunde aufheulen, drehte sich um und hetzte den Hügel hinauf, wo er seine Sachen zurückgelassen hatte. Er wirbelte herum, das Gewehr im Anschlag, doch niemand war ihm gefolgt.

Patrick zitterte am ganzen Körper. Er brauchte kein Fernglas, um zu sehen, dass in der Schuttebene Chaos herrschte: Kuhfladen, Steine und Stöcke flogen durch die Luft, jeder schrie jeden an. Und Patrick fragte sich, was er falsch gemacht hatte.

41

Von dem Eingang von Ondjandjes Hütte führte eine geweihte, für Fremde unsichtbare Schneise über das Ahnenfeuer hinweg zum Rindergehege. Patricks Schuhabdrücke waren zwar größtenteils zertrampelt worden, doch ein paar feine Rillen verrieten Kondjoura, dass der *Otjirumbu* die Schneise überschritten hatte, obwohl er nicht den Ahnen vorgestellt worden war. Er richtete sich auf und blickte seinen Vater an. »Der Weiße hat großes Unheil über deinen Kral gebracht«, flüsterte er.

»Nein«, entgegnete Ngaturipure. »Der Weiße hat mir die Augen geöffnet.«

Kondjoura runzelte die Stirn. Als der Weiße aufgetaucht war, hatte Ngaturipure zwischen seinen Rindern gestanden und keinen Finger gerührt; er hatte den Eindringling lediglich gemustert, mit nachdenklichen, traurigen Augen ...

»Als du Tjizire das erste Mal sahst, lag der Kunene mit all seinen Krokodilen zwischen euch«, erklärte Ngaturipure. »Ihre Schönheit blendete dich so, dass du das wahrsagende Zeichen nicht erkannt hast. Deshalb ließen uns die Ahnen zehn Ochsen bei einem Blinden gegen Ziegenfutter eintauschen. Aber wir sahen nichts, sondern verkrochen uns vor Scham am Rande der Welt. Und so lockten die Ahnen uns mit Rindergebrüll aus dem Versteck und gaben uns an den Epupa-Wasserfällen ein weiteres Zeichen. Doch wir sahen immer noch nichts. Erst als der *Otjirumbu* die Schneise überschritt, wurde mir klar, dass die Ahnen nicht wollen, dass du die Tochter eines Papierzüchters an dein Feuer holst.«

Kondjoura schwankte. Er klammerte sich an seinen Hirtenstab, bohrte die Spitze in den Boden und stützte sich auf den Knauf. »Ich kann Tjizire keinem anderen Mann überlassen, denn wir haben ihretwegen schon zehn Ochsen verloren. Sie gehört mir, Vater!«

»Wie viel Unheil muss noch über uns kommen, ehe du begreifst, dass wir uns von den neuen Dingen fernhalten sollen?«

»Wenn wir gewusst hätten, wie man mit Papier umgeht, säße Tjizire jetzt an meinem Feuer.«

»Wer so etwas sagt, der behauptet, dass die Himba dumm sind.« Ngaturipures Hirtenstab beschrieb einen Bogen und landete auf Kondjouras Rücken. »Sind wir dumm?«

»Nein, Vater«, sagte Kondjoura, »wir sind unwissend.«

»Wir wissen alles, was ein Himba über Rinder wissen muss, und wir brauchen kein Papier, um Frauen an unsere Feuer zu holen!«

»Aber wir sind betrogen worden!«, beharrte Kondjoura. »Sollen wir zulassen, dass die Hand eines Blinden ungestraft unsere Ochsen streichelt?«

Ngaturipure wusste nicht, was er darauf erwidern sollte, und in seiner Ratlosigkeit schlug er Kondjoura ein zweites Mal mit dem Hirtenstab auf den Rücken. Danach wandte er sich brüsk ab und stapfte zum Ahnenfeuer.

Die Frauen hatten unterdessen ihren gesamten Hausrat aus den Hütten geräumt und am Feuer abgestellt. Ngaturipure ging in die Hocke und wartete, bis sich die Frauen links und die Männer rechts von ihm niedergelassen hatten, dann rief er die Ahnen an, indem er murmelnd in die Flammen starrte.

Kondjoura fragte sich, ob sein Vater die Ahnen hören oder gar sehen konnte. Er sah und hörte nichts. Er spürte bloß die beiden Striemen auf seinem Rücken brennen …

Die steile Falte zwischen Ngaturipures Augenbrauen glättete sich, seine Mundwinkel, das Kinn und die Schultern sanken herab. Plötzlich sprang er auf und rief: »Hururururururu!«

Das Wort schüttelte ihn, so kräftig stieß er es hervor. Als er sich, zum Zeichen, dass die Ahnen ihnen beistehen würden, wieder setzte, vernahm Kondjoura die Wehklagen von mehreren Frauen und sah seine Mutter durch das schwächer werdende Dämmerlicht zu ihrer Hütte gehen.

Ondjandje kehrte mit einem Holzeimer und einem belaubten Mopanezweig zurück. Bei jedem Schritt tauchte sie den Zweig in den Eimer und ließ singend Weihwasser auf die Schneise, den am Feuer ausgebreiteten Hausrat und die gesamte Familie regnen.

Anschließend besprengte Ondjandje die heiligen Rinder, die von den Hirten über die Schneise getrieben wurden. Doch der Kral war noch längst nicht gereinigt.

Ondjandje schaufelte Asche aus dem Ahnenfeuer auf eine Kalebassenscherbe. Während sie den Zeigefinger in das graue, heilige Puder stippte und jedem Anwesenden einen Strich auf die Brust malte, murmelte sie mit monoton klingender Stimme: »Beschützt uns vor den Fremden, verschont uns vor Dürre und Krankheit, lähmt die Hände der Betrüger und lasst das Papier vom Wind davontragen.«

Ngaturipure erhob sich. »Aaaayeeee!«, brüllte er. Es klang wie ein Schlachtruf, der die Himba aufspringen und zwei Reihen bilden ließ.

Ondjandje scharrte eine Weile unschlüssig mit den Füßen im Sand, und die anderen Frauen tanzten nervös auf der Stelle, denn gewöhnlich war es einer Himba untersagt, ihre angestaute Wut an einem Mann auszulassen ... Endlich überwand Ondjandje ihre Scheu: »Was seid ihr?«, rief sie. »Stiere oder Ziegenböcke?« Die Männer duckten sich. »Seht!«, triumphierte Ondjandje. »Uns haben ängstliche Hasen an ihre Feuer geholt.«

»Hasen«, johlten die Frauen und klatschten lachend in die Hände.

»Ihr seid nutzlose Esel«, brüllte Ngaturipure. »Sobald man euch den Rücken dreht, döst ihr im Schatten.«

»Und ihr hockt den ganzen Tag auf einem Stein und laust euch wie die Paviane.« Ondjandje schob mit der Zunge ihre Unterlippe vor, stocherte mit einem Zeigefinger in ihren Zöpfen herum und kratzte sich mit der anderen Hand an der Hüfte. »Ohu! Ohu! Ohu!«

Einige Männer kicherten verlegen, doch Ngaturipure stöhnte vor Wut, und Kondjoura schrie seine Schwester an: »Was bist du? Du trägst das Haar einer Jungfrau, aber in deinem Mund wachsen die Zähne eines Kindes.«

»Ziegenhirte«, zischte Rijamekee. »Papierzüchter!« Sie bückte sich und hob einen Kuhfladen auf. Das Wurfgeschoß traf Kondjoura an der Schulter, zerstäubte auf seiner Haut und brannte in seinen Augen.

Er konnte die Frauen durch den Tränenschleier nicht sehen. Dafür sah er den blinden Händler, sah Uasutas lächelndes, feistes Gesicht und den erstaunten Blick des Weißen; er hatte den Geschmack von Schimmel und Tränen im Mund; er roch den Salzgeruch des Meeres und vernahm das Flüstern des einsamen Windes, und er bombardierte die Frauen mit allem, was ihm zwischen die Finger geriet, mit Zweigen, Steinen, Erdkrumen und Kuhfladen.

»Kondjoura!«

Eine Hand legte sich auf seinen Arm. Jemand nahm ihm sanft einen Stein aus der Faust. Er hörte befreites Gelächter, blinzelte und sah, wie sich die Frauen und Männer zerstreuten.

»Kondjoura!« Jemand rüttelte ihn. Er wandte benommen den Kopf. Ngaturipure grinste ihn an, trotz der Platzwunde und dem Blut, das sich an seiner rechten Augenbraue staute. »Du hast wie ein Löwe gegen den Hass gekämpft«, sagte er anerkennend.

»Du bist verletzt, Vater.«

»Der Krieg hat unsere Herzen gereinigt«, erwiderte Ngaturipure. »Lass uns jetzt einen Ochsen töten und tanzen.«

Kondjoura zögerte. Das Blut rauschte in seinen Ohren, seine Brust hob und senkte sich keuchend. »Nein, Vater«, sagte er. »Erst wenn ich Tjizire an mein Feuer geholt habe, werde ich wieder tanzen.«

Ngaturipure trat zornig einen Schritt zurück. »Dann erwürg das rote Kalb!«, befahl er. »Sein Fleisch wird die Ahnen und den Hass in deinem Herzen besänftigen.«

»Vater!«

»Tu, was ich dir befohlen habe!«

Kondjoura senkte den Kopf. Obwohl er wusste, dass es nichts nützen würde, ging er zum Rindergehege, um die Lieblingsfärse seines Vaters zu töten.

42

Zum Frühstück gönnte Patrick sich eine Spritze. Er hatte weitab des Wildpfades unter einem Strauch auf spitzen Steinen und stacheligen Grasbüscheln geschlafen. Alles tat ihm weh, vor allem die Füße und der Unterleib. Als er in der Arzneitasche nach vier weiteren Captagontabletten kramte, entdeckte er einen Infusionsbehälter. Elektrolyte. Die Flüssigkeit schimmerte im Morgenlicht wie klares Wasser. Er stach den Kunststoffbehälter an, stülpte die Lippen über das Loch und saugte die Tüte aus. Dann wartete er auf Krämpfe, auf das Koma, den Tod. Nichts geschah. Im Gegenteil: Das Morphin, die Captagontabletten und die Flüssigkeit ließen ihn wie auf einer Wolke an die Epupafälle zurückschweben. Doch als er neben dem Landrover am Ufer des Flusses landete, bemerkte er zu seinem Entsetzen, dass jemand aus dem Ersatzreifen die Umrisse von Sandalen herausgeschnitten hatte.

Patrick suchte den Boden unter dem Anabaum ab und fand zierliche Fußspuren, die auf ein Kind hindeuteten. Vielleicht waren die Himba zu dritt gewesen. Oder wartete ein ganzer Kral im Gebüsch darauf, dass sie ihn erschlagen und aus den restlichen Reifen auch noch strapazierfähige Schuhsohlen herstellen konnten?

Scheiße, sagte er sich. Ich werde die Nacht neben dem Landrover verbringen müssen. Neben einer Zielscheibe!

Patrick stieg in das natürliche Becken und trank, indem er die Lippen schürzte und das graubraune Wasser in seine Mundhöhle rinnen ließ. Dabei blickte er sich ständig um. Mit Unbehagen dachte er an die Himba, die urplötzlich an den Wasserfällen aufgetaucht waren.

In Opuwo hatten die Himba wie schmutzstarrende Bettler im Behandlungszimmer gestanden und ängstlich auf den polierten Boden geblickt. Hier war er es, der den Kopf hängen ließ ...

Nachdem er gebadet hatte, strich er Salbe auf die Blasen an seinen Füßen und puderte sein Schamhaar mit Penizillinpulver, dann öffnete er eine Dose Corned Beef, kaute lustlos, trank die Wasserflasche aus und kroch anschließend in den Schlafsack. Das Gewehr legte er neben sich. Der Lauf fühlte sich so warm und glatt an wie Sarahs Haut. Er schloss die Augen. Kurz darauf war er eingeschlafen.

43

Sie standen sich am Grill gegenüber: Arthur Hillmann in Jeans und einem weißen Pullover und Major Frederick Souter im Anzug. Zwischen ihnen stieg Rauch aus der zischelnden Glut empor; eine graue, vom Scheinwerferlicht angestrahlte Wand, die immer unüberwindlicher in den Himmel wuchs, je länger Souter mit zurückgeworfenem Kopf nach dem Kreuz des Südens fahndete.

Hillmann räusperte sich: »Whisky, Major? Oder lieber einen Brandy?«

»Nein, danke«, sagte Souter zu den Sternen. »Ich trinke keine harten Sachen.«

»Auch nicht im Winter?«

»Auch dann nicht.«

Arthur bemerkte jedoch, wie Souter sich mit dem Zeigefinger über den gestutzten Schnurrbart strich, so als würde er Schaum fortwischen. »Bier?«

»Hören Sie ...« Souter neigte den Kopf auf die Schulter und blickte Hillmann schräg von der Seite an. »Ich mache mir nicht viel aus Alkohol.«

Das kann ja heiter werden, dachte Arthur. »Sehen Sie doch bitte mal in dem Eisschrank unter der Theke nach. Dort müssten noch ein paar Flaschen Cola liegen.«

Souter zögerte.

»Ich kann hier nicht weg, Major. Der Kebab brennt mir sonst an.«

»Na schön.« Souters Lederabsätze hämmerten auf die Fliesen, verstummten, eine Tür quietschte, schnappte wieder zu, dann fragte Souter: »Wo finde ich einen Öffner?«

»Liegt auf der Theke, direkt vor Ihnen.«

»Au ja, danke.«

Arthur wollte, er hätte Erich nicht ins Kino geschickt. Dann hätte er sich mit Major Souter zu den Frauen ins geheizte Wohnzimmer setzen können. Am liebsten wäre ihm allerdings gewesen, wenn sich die Frauen zu ihnen in den Garten gesellt hätten – das Feuer und der Sternenhimmel hätten unweigerlich eine tief im Unterbewusstsein verwurzelte Erinnerung in den Afrikandern wachgerufen, die Erinnerung an eine Zeit, als ihre Vorfahren mit dem Ochsenwagen durch die Wildnis gezogen waren. Aber Souters Frau trug ein blaues Kleid mit weißen, bauschigen Ärmeln, viel zu dünn für diese Jahreszeit und viel zu kurz für die Braut eines ergrauten Offiziers.

Als er Denise Souter in der Eingangshalle begrüßt hatte, war er angenehm überrascht gewesen: Denise war blond, einen Kopf größer als Souter, schlank, selbstsicher, und ehe man sich's versah, hatte man sich in ihr hübsches Gesicht verliebt ... Grinsend wendete Arthur die Kebabstäbe. Eine Rauchwolke quoll ihm entgegen. Er wich zurück und prallte gegen Souter, der außerhalb des Feuerkreises stehengeblieben war.

»Pardon, Major.«

»Schon gut«, erwiderte Souter und versuchte, den sich ausbreitenden Colafleck auf seiner silberfarbenen Krawatte mit einem Taschentuch einzudämmen. »Ich wollte eh mit Ihnen anstoßen.«

Hillmann kannte Souter als einen Mann, der kerzengerade hinter dem Schreibtisch hockte, nie lachte, nicht einmal lächelte, wenn er jemanden begrüßte. Er lächelte auch jetzt nicht, doch seine schlagfertige Antwort ließ Arthur hoffen, dass Souter eine Maske trug. »Prost, Major!«

Die Colaflasche schrammte knirschend über Arthurs Glas. »Cheers.«

Hillmann nippte an dem Whisky. Er achtete darauf, dass die Eiswürfel nicht an seine Zähne schlugen und einen großen Schluck verrieten, denn Souters gelbe Augen musterten ihn abschätzend durch den Rauchvorhang, belauerten ihn wie ein Leopard. Und gleich einer Katze verabscheute Souter Hunde, so dass Arthur den Schäferhund in Sinnas Zimmer hatte einsperren müssen. Er stellte das Glas ab. »Wissen Sie«, begann Arthur, »ich mache mir ernsthafte Sorgen um Louis.«

Souter zog mit einer fließenden Handbewegung ein grünes Tuch aus der Hosentasche, schnupperte daran und steckte es ebenso elegant wieder weg. »Ja-nee«, sagte er und nahm die Suche nach dem Kreuz des Südens wieder auf.

Arthur ließ jedoch nicht locker. Er pochte an die Colaflasche, die Souter mit angewinkeltem Arm vor der Brust hielt. »Louis hat ein Problem, wenn Sie wissen, was ich meine.«

Souters Katzenblick kehrte auf die Erde zurück und funkelte Hillmann an, so als hätte sich das Licht der Sterne in seinen Au-

gen gestaut.»Das ist Kommandant Engelbrechts Privatangelegenheit. Finden Sie nicht auch?«
»Aber Louis ist doch Ihr Freund, oder?«
»Kommandant Engelbrecht ist mein Vorgesetzter.«
»Haben Sie denn keine Angst, dass er allmählich den Verstand, ich meine, den Überblick verliert? Er tritt auf einen Käfer und glaubt, auf einer Landmine zu stehen. Er heult sich für nichts und wieder nichts die Augen aus. Das ist doch nicht normal.«
»Kommandant Engelbrecht kontrolliert die Baustellen, und ich erledige den Papierkram. Und solange ich am Schreibtisch sitze, passieren keine Pannen. Das können Sie mir glauben.«
»Dann ist ja alles in Ordnung«, stammelte Arthur und griff ein wenig zu hastig nach seinem Glas.»Verzeihen Sie, ich wollte Ihnen nicht auf den Schlips treten, Major.«
»Ja-nee.«
Arthur beobachtete, wie die Fleischstücke braun wurden, dann knusprig. Ihm blieb nicht mehr viel Zeit, Souters Achillesferse zu finden. Er wusste jedoch nicht, wo er das Messer ansetzen sollte. Der Major trank nicht, war nicht scharf auf Louis Engelbrechts Posten, hatte keine Schulden und bei einer Frau wie Denise bestimmt auch kein Interesse an einem außerehelichen Abenteuer ...»Hören Sie«, sagte er,»als ich in Ruacana war, sprach mich Palmer an. Sie kennen doch Chuck Palmer, der für das Wasserkraftwerk zuständig ist? Ja? Also, dieser Mann hat mir einen Floh ins Ohr gesetzt.«
Souters Blick klebte eine Handbreit über der Grundstücksmauer am Himmel – er hatte das Kreuz des Südens entdeckt!
»Wissen Sie«, fuhr Arthur fort,»wir, die wir in einer Wüste leben, haben jahrelang unsere Kraftwerke mit importierter Kohle gefüttert, haben die Luft verpestet und tatenlos zugesehen, wie der Kunene sein Wasser durch die Dünen schmuggelt und ins Meer spuckt. Dann kam die Regierung auf die glorreiche Idee, Staudämme in Angola zu errichten, außerhalb unserer Nordgrenze, wo wir die Dämme nur schwer und, seit der Bürgerkrieg zwischen der UNITA und der MPLA ausgebrochen ist, gar nicht mehr instand halten können. Na ja, die Südafrikaner und Angolesen wollten sich wohl die Kosten teilen und gute Nachbarschaft pflegen. Aber jetzt ist der Krieg da; jetzt fliegen die Schleusen andauernd in die Luft, und ständig ist von Grenzüberschreitungen die Rede. Da frage ich mich, warum wir keinen Staudamm an den Epupafällen er-

richten? Die Wasserfälle liegen vor unserer Haustür, und das Gelände ließe sich problemlos verteidigen.«

Souter kniff ein Auge zu. Das Kreuz des Südens faszinierte ihn.

»Ein Stausee an den Epupafällen! Stellen Sie sich das mal vor, Major.« Arthur geriet ins Schwärmen: »Wasser, Wasser, Wasser, so weit das Auge reicht! Mann, wir könnten das ganze südliche Afrika mit Strom versorgen, ohne die Umwelt zu verseuchen.«

»Dafür würden wir die Ökologie aus dem Gleichgewicht bringen.«

»Ich bitte Sie: Was bedeuten ein paar unnütze Fisch- und Pflanzenarten, wenn es um eine saubere Energiequelle geht?«

»Und was soll aus den Himba werden?«, fragte Souter. »Der Stausee würde die besten Weidegründe der Nomaden überfluten. Außerdem liegen längs des Flusses einflussreiche Ahnen begraben.«

»Dann siedeln wir die Himba eben mitsamt ihren Vorfahren um, und das Problem wäre zum Wohl der Menschheit gelöst.«

»Na, ich weiß nicht ...«

»Hören Sie, wir leben im zwanzigsten Jahrhundert. Da ist es doch allmählich an der Zeit, dass sich die primitiven Naturvölker unserem Rhythmus anpassen, oder? Ich meine, wo kämen wir denn hin, wenn wir uns von ein paar dahergelaufenen Wilden einen Strich durch die Rechnung machen ließen?«

»Uns? Die Armee baut keine Staudämme.«

»Das weiß ich. Aber Sie sind ein Pionier. Hätten Sie nicht Lust, etwas wirklich Großes zu schaffen, ein Projekt, das die Welt verändert und Ihnen nebenbei ein paar Millionen einbringt?«

»Ja-nee.« Wieder schnupperte Souter an dem grünen Tuch, und wieder verschwand es in seiner Tasche wie ein Revolver im Halfter.

»Haben Sie einen Schnupfen?«

»Nein, eine Allergie.«

»Ach so ...«

»Fischkebab?«

»Wie bitte?«

Souter deutete auf den Rost.

»Ja, Adlerfisch«, sagte Arthur. »Ich ... wir haben ihn an der Swakopmündung gefangen. Fünfundzwanzig Kilo.«

»Dreiundzwanzig«, korrigierte ihn Souter. »Kommandant Engelbrecht hat mir die Fotos gezeigt.«

»Angeln Sie gern?«
»O ja! Ich liebe das Warten auf den großen Fang.«
Arthur runzelte die Stirn. Was sollte das heißen?
»Im Inland gehört meine Leidenschaft allerdings dem Kricket.«
Arthur machte sich nichts aus Kricket. Er verstand die Regeln nicht, würde sie nie begreifen. Aber das konnte er Souter nicht sagen. »Man sieht's Ihnen an: kein Gramm zu viel.«
»Sie haben sich auch nicht schlecht gehalten«, erwiderte Souter mit einem Seitenblick. »Und Ihre Frau kann sich ebenfalls sehen lassen. So ein Schwimmbecken hält einen jung, was?«
»Und wie! Wenn Sie wollen, können Sie jederzeit ...«
»Ich würde zum Ausgleich gern noch Golf spielen«, unterbrach ihn Souter, »aber dazu reicht die Zeit nicht. Ich habe ein Kind, um das ich mich kümmern muss.«
»Junge?«
»Mädchen.«
»Ich habe zwei Söhne. Der eine ist gerade an der Grenze; der andere ist ins Kino gegangen. John Wayne ist sein Held.«
»Wollen Sie die Kebabstäbe nicht herunternehmen? Die Zwiebeln brennen an.«
»Ja, ja, ich weiß. Gehen Sie doch bitte schon vor und leisten Sie den Damen Gesellschaft, bis ich mit dem Kebab nachkomme.«
»Kann ich Ihnen dabei nicht behilflich sein?«
»Nein, danke!«
»Gut. Wie Sie wünschen.«
Arthur sah Souter wie einen grauen Gartenzwerg über den Rasen zur Terrasse gehen und durch eine Schiebetür im Wohnzimmer verschwinden. Er warf die Kebabstäbe in eine vorgewärmte Schüssel, rannte um die Villa herum zum Vordereingang und gelangte unbemerkt in die Küche. Dort fiel ihm auf, dass sein Pullover mit Fett besprizt war. Und sein Haar roch nach Rauch, derweil Denise Souter im Wohnzimmer einen penetranten Lavendelduft verströmte. »Brat ein paar Zwiebeln an, Sinna!«
»Ja, Mister.«
»Beeil dich! Der Fisch wird kalt, und wenn wir ihn noch einmal aufwärmen müssen, trocknet das Fleisch aus.«
»Ja, Mister.«
Fünf Minuten später wusch er sich die Hände und betrat

lächelnd das Esszimmer. Martha, Denise und Souter hatten bereits am runden Tisch Platz genommen. Ein Kerzenleuchter ließ die holzgetäfelten Wände erglühen und vergoldete das Porzellan und die Kristallgläser. Arthur setzte sich und wollte gerade einen Eiskübel zu sich heranziehen, als ihm Denise die Hand reichte. Sie fühlte sich warm in seiner Faust an, warm und besitzergreifend.

»Champagner zum Essen?«, fragte er.

»Lasst uns beten.«

»O Verzeihung!« Arthur tastete nach Marthas Hand zu seiner Linken. Es erstaunte ihn, wie kalt ihre Finger waren. Während Souter leise vor sich hin murmelte, begannen Denise' Lider zu flattern, dann wandte sie den Kopf, und Arthurs Blick verlor sich in ihren schillernden Augen. Für zehn, zwanzig Sekunden schwamm er in einem grünen Sumpf, der ihn gefangenhielt, bis Souter das Gebet mit einem lauten Amen beendete und sich ihre Hand aus der seinen schlängelte.

»Sie hatten vorhin etwas von Champagner gesagt ...«

»Kommt sofort.«

Er schenkte ihr ein und sah, wie sie sich mit der rosafarbenen Zungenspitze über die Unterlippe fuhr, so feucht und so weich, dass ihm die Jeans zu eng wurde und er sich setzen musste.

»Jetzt hätte ich gern ein Bier getrunken«, sagte Souter.

Arthur riss in der Küche die Eisschranktür auf, knallte sie wieder zu, so laut, dass es im Esszimmer zu hören war. Gleichzeitig verfluchte er sich, weil er Denise begehrte und wusste, dass sie es wusste und auch Martha und Souter und selbst Sinna, die ihm mit gerunzelten Augenbrauen nachblickte.

»Guten Appetit.«

»Gleichfalls.«

Die Souters mochten jedoch weder die Kartoffeln in Folie noch den Quark, und der Fischkebab war ebenso trocken wie der Wein, den Arthur in sich hineinschüttete. Mit jedem knirschenden Bissen nahm sein Zorn zu, auf Souter, der stoisch an einem Salatblatt herumkaute, und auf Denise, die sich ungezwungen an ihm vorbei mit Martha unterhielt.

»Elsie Engelbrecht habe ich lange nicht mehr gesehen. Ist sie immer noch bei ihrer Tochter in Kapstadt?«

»Nein«, sagte Martha. Ihre Stimme klang wie das Ächzen eines alten Baumes. Arthur leerte sein Glas in einem Zug. Louis hatte geredet. Fest stand nur noch nicht, wie viel er ausgeplaudert hatte ...

»Warum hat Sarah so plötzlich die Schule gewechselt?«, fragte Denise.

»Sie soll im nächsten Jahr in Kapstadt auf die Universität gehen und will sich schon ein wenig einleben«, murmelte Martha.

»Euer Sohn ist doch mit Sarah ausgegangen, nicht wahr, Martha?«

»Ja.«

»Sie waren so ein hübsches Paar. Das hat zumindest Elsie gesagt. Und wenn ich mir den Vater so ansehe, dann will ich ihr das gerne glauben.«

»Also, um noch einmal auf den Stausee an den Epupafällen zurückzukommen«, warf Arthur ein, den Blick auf den Kerzenleuchter gerichtet. Sein Atem ließ die Flammen tanzen. »Das Projekt würde nicht nur für Energie sorgen, sondern auch den Tourismus ankurbeln.«

»Solange Krieg herrscht, ist nur an Terrorismus zu denken«, sagte Souter hinter vorgehaltener Serviette – eine Gräte steckte ihm zwischen den Zähnen.

»Irgendwann werden sich die Weißen und Schwarzen an den grünen Tisch setzen. Das haben die Politiker bisher immer getan, egal ob ein Krieg nun zehn, zwanzig oder dreißig Jahre gedauert hat. Und dann sind wir unsere Jobs los, Major.«

»Hoffentlich passiert das nicht so bald, denn der Frieden würde den Himba schlecht bekommen.« Souter streifte die Gräte mit spitzen Fingern am Tellerrand ab. »Kinder, die zur Schule gehen, wollen keine Rinder und Ziegen hüten, sondern Geld verdienen, Kleider tragen, Radio hören und die Zeit an Kitschuhren ablesen.«

»Deshalb müssen wir sie behutsam in die Zivilisation einführen. Mein Sohn leistet in dieser Hinsicht gerade Pionierarbeit.«

»Ach ja?« Souter schnaubte in sein grünes Tuch. »Mit Aspirin lässt sich kein Völkermord verhindern.«

»Freddy ist so romantisch, was Naturvölker betrifft«, flötete Denise. »Dabei kann ich mir gar nicht vorstellen, dass ein Weißer unter ihnen leben könnte. Dieser Gestank – fürchterlich! Und dann habe ich gehört, dass die Himba nackt herumlaufen. Nackt!«

Arthur langte nach dem Eiskübel. »Champagner?«

»Nein, danke«, sagte Souter und hielt die Hand über das Glas seiner Frau. »Sie soll sich ein bisschen zurückhalten, hat der Arzt gesagt.«

Denise schmollte. »Es ist *sooo* gemütlich hier.«

»Lass uns gehen, Schatz.« Keine Aufforderung, sondern ein Befehl, dem alle Folge leisteten, indem sie sich hastig vom Tisch erhoben und in die Eingangshalle gingen. Hillmann streckte Souter die rechte und Denise die linke Hand hin. »Es tut mir Leid, dass der Fisch so trocken war.«

»Ach, das macht doch nichts!« Denise küsste Martha auf die Wange. »Ihr müsst uns unbedingt besuchen. Dann braten wir ein paar saftige Steaks, nicht wahr, Freddy?«

»Ja-nee.«

»Während die Männer plaudern, zeige ich Ihnen solange das Kinderzimmer. In sieben Monaten ist es wieder soweit.« Sie strahlte Hillmann an. »Vielleicht bekomme ich diesmal einen Sohn. Den Kleinen nennen wir dann Arthur, nicht wahr, Freddy? Arthur ist doch ein hübscher Name.«

»Ja-nee«, sagte der Major und schnüffelte an dem grünen Tuch.

»Bis bald. Und vielen Dank für alles.«

»Bis bald.« Arthur warf die Eingangstür ins Schloss, kaum dass die Souters in ihrem klapprigen Peugeot saßen. »So«, sagte er, »die sind wir los.«

»Setz dich ins Wohnzimmer«, schlug Martha vor. »Ich bringe dir einen Whisky.«

»Einen dreifachen.« Er legte sich auf das Sofa, lauschte dem Knistern des Kaminfeuers und trank mit jedem Atemzug Denise' Lavendelduft. Als Martha ihm den Whisky reichte, sprang er auf und begann im Zimmer auf und ab zu gehen. »Ich konnte die verdammte Nuss nicht knacken«, lamentierte er. »Immer, wenn man meint, ein gemeinsames Thema gefunden zu haben, rotzt der Kerl in ein Taschentuch oder sagt ja-nee.«

»Unterschätz ihn nicht, Arthur. Souter hat sich hier nicht wohl gefühlt, weil er wusste, wie Denise sich dir gegenüber verhalten würde. Das war ihm von vornherein peinlich.«

»Ich kann diese Zicke nicht ausstehen. Kommt hierher, wackelt mit dem Hintern und tut so, als würde sie den ganzen Tag lang französischen Champagner saufen, die dumme Kuh.«

»Denise hat Angst vor der Schwangerschaft.«
»Was hat die?«
»Angst vor einem dicken Bauch, vor Krampfadern. Denise wollte sehen, ob sie noch eine Chance bei Männern hat. Darum hat sie dir schöne Augen gemacht.«
»Mann, die hat mich angeguckt wie ... wie eine Schlange. Die wollte mich fressen, Martha.«
»Dich fressen, einen roten Datsun fahren und ihre Tochter in Kapstadt studieren lassen.«
Er wirbelte auf dem Absatz herum, sah Martha im Sessel sitzen, in der einen Hand ein Sherryglas. »Verdammt«, rief er, »Louis und Elsie haben alles ausgeplaudert!«
»Nein, nur ein bisschen angegeben.« Martha nippte an ihrem Sherry, dann legte sie den Kopf in den Nacken und lächelte zu ihm auf. »Denise würde auch ganz gern ein bisschen angeben, verstehst du? Sie ist der Schlüssel.«
»Vergiss es. Der passt nicht in Souters Schädel.«
»Denise ist einen Kopf größer als er, aber der kleine Mann hat die große Frau trotzdem erobert. Das stärkt sein Selbstwertgefühl ungemein, und er wird alles tun, um sie nicht zu verlieren, denn ohne sie müsste er hohe Absätze tragen.«
»Meinst du?«
»Ich weiß es. Ich bin eine Frau.«
»Nein, Martha«, er neigte sich vor und küsste sie auf die Stirn, »du bist ein Genie.«
»Ach was!«
»Doch, doch«, sagte er und begann ihre Schultern zu massieren. Als sie sich nach einer Weile entspannte, ließ er die Hände tiefer wandern. »Der gute alte Doktor Langehaans ist auch ein Genie. Sie sind wieder so fest und prall wie vor zwanzig Jahren. Selbst Souter hat gesagt, dass du unwiderstehlich bist.«
»Im Ernst?«
»Ja.« Er lächelte. »Was meinst du, sollen wir raufgehen?«
Sie stellte das Glas auf dem Couchtisch ab. »Erich hat einen Schlüssel.«
»Gut.« Er ging an die Schiebetür, öffnete sie einen Spalt und ließ Denise mit einem Windhauch in die Nacht hinausfliegen.

44

Patrick hielt die Augen fest zugekniffen, denn nicht das heraufdämmernde Tageslicht oder das Rauschen der Wasserfälle hatten ihn jäh aus dem Schlaf gerissen, sondern ein kurzer, harter Schlag an der Schulter.

»Wenn du die Augen öffnest, bist du tot«, hatte ihm »Caterpillar« van Tonder eingebläut. »Die Guerillas wollen nämlich, dass du ihnen ins Gesicht blickst, ehe sie dich abknallen.«

Seine Hand kroch auf das Gewehr zu. Es ruhte neben ihm, das verhasste Ding, das er kilometerweit über den Paradeplatz und durch Schlammgruben geschleppt hatte und das ihm gleich das Leben retten würde. Er schob die Hand unter den Schaft und spannte die Muskeln an, um die Waffe hochzureißen. Da fiel ihm schlagartig ein, dass er in der Nacht aufgewacht war und den Reißverschluss gegen die eisige Kälte hochgezogen hatte. Patrick lag in seinem Schlafsack gefangen, eingewickelt wie ein hilfloser Säugling, und wieder bohrte sich etwas in seine Schulter. Ein Finger, vielleicht auch ein Gewehrlauf, der ihn mehrmals anstieß, ungeduldig und fordernd.

Er rührte sich nicht, lag wie tot im Schlafsack, doch plötzlich roch Patrick ihn, den unverkennbaren Rauch- und Schweißgeruch eines Schwarzen, der sich über ihn beugte. Das Rauschen der Wasserfälle schwoll in seinen Ohren zu einem Dröhnen an, und er riss die Augen auf ...

»*Wa penduka?*«

»Herrgott noch mal«, brüllte Patrick, »und ob ich aufgewacht bin!« Er zerrte am Reißverschluss, bekam ihn nicht auf und strampelte sich frei, bis er vor dem Schlafsack in der Hocke saß, außer Atem vor Erleichterung, dem Tod entronnen zu sein. »Ich dachte ...« Patrick fiel kopfschüttelnd auf die Knie, stützte sich mit den Händen auf dem Schlafsack ab und blickte den Himba an, der erschrocken ein paar Schritte zurückgewichen war.

Patrick kannte ihn. Es war einer der Hirten, die ihm beim Baden überrascht hatten, vor einhundert Jahren, wie es ihm schien.

Sie begannen gleichzeitig zu zittern; der Himba vor Kälte und Patrick des Adrenalins wegen, das ihm im Einklang mit den tosenden Wasserfällen durch die Adern rauschte. Erst als Patrick sich erhob, wurde er sich der Schmerzen bewusst: Jeder Muskel tat ihm weh, und seine Füße waren geschwollen. Er lehnte sich an den Landrover. Die Kälte des Metalls drang durch sein T-Shirt und jagte ihm einen Schauer über den Rücken. »Bist du gut aufgestanden?«

»Ja«, erwiderte der Himba. »Ich bin gut aufgestanden.«

»Und jetzt?« Patrick sah den Hirten fragend an. Daraufhin schlenderte der Himba davon und suchte mit gesenktem Kopf den Boden ab. Wahrscheinlich hat er gestern etwas verloren, dachte Patrick und kramte in dem Seesack auf der Ladefläche nach einem Trainingsanzug, denn vor seinem Mund flatterten Dunstwolken, weiß wie der Nebel, der mit der aufgehenden Sonne aus dem Kunene stieg und zwischen den Palmen schwebte.

Patrick wäre gern zu den Epupafällen hinuntergegangen und hätte das Gesicht ins Wasser getaucht, doch seine Finger waren so steif, dass er die Turnschuhe nicht zuschnüren konnte. Außerdem traute er dem Himba nicht, der sich in den Windschatten des Landrovers gehockt hatte. Er wandte Patrick den Rücken zu, und sein rechter Arm bewegte sich geschäftig unter dem Umhang. Was machte der Kerl da?

Patrick ging um den Landrover herum und sah den Himba in eine Zunderbüchse blasen. Er hatte nichts verloren, sondern Holz gesammelt, Äste und Zweige, die er jetzt sorgsam auf ein Grasbüschel türmte, ehe er sich vorneigte und die entfachte Glut aus der Zunderbüchse in die dürren Halme fallen ließ.

»Hee!«

Der Himba riss den Kopf herum. Er hatte ein ovales Gesicht mit dichten Augenbrauen und einem vollen, anmutig geschwungenen Mund.

»Sag mal, spinnst du? Du kannst doch hier kein Feuer machen.« Patrick wies mit einem zitternden Zeigefinger über den Fluss. »Da wimmelt es von Terroristen, Mann. Wenn die den Rauch sehen, kommen die wie die Ratten aus ihren Löchern und schießen uns über den Haufen.«

Der Himba runzelte die Stirn, dann beugte er sich vor und blies die dünne Rauchsäule, die aus dem Gras stieg, zu einer knisternden Flamme an.

Patrick humpelte zu seinem Schlafsack, zog das Gewehr hervor und zeigte es dem Himba. »*Ovita*«, sagte er. »Krieg! SWAPO, verstehst du?«

Der Himba schüttelte den Kopf. »Kein Krieg.«

»Doch! Bum – bum!«, fügte Patrick hinzu und fuhr sich mit dem Finger über die Kehle.
»Angola und Ovamboland, ja. Kaokoland, nein.«
Patrick blickte sich um, sah die Sonne den Nebel trinken, hörte das Wasser donnernd in die Tiefe stürzen, roch den nach Heu duftenden Atem des Winters, der sich anheimelnd mit dem Rauch vermischte, und entschloss sich nach kurzem Zögern, Kaffee zu machen.
Patrick fand den Kessel in der Proviantkiste. »*Omeva, arikana*«, sagte er zu dem Himba. »Wasser, bitte.« Patrick hob einen Fuß. »Schmerzen«, erklärte er, und selbst wenn er fließend Otjiherero hätte sprechen können, hätte er dem Himba nicht verraten, dass er Angst hatte, jetzt, da das Feuer brannte und der Wind den Rauch über den Kunene trug.
›Rauchst du, Hillmann?‹
›Nein, Korporal.‹
›Schade, die Terroristen können nämlich den Qualm einer Lexington auf einen Kilometer Entfernung wittern. Aber den anderen Deutschen, diesen Demmler, den holen sie sich ganz bestimmt.‹
›Ja, Korporal.‹
Patrick beobachtete, wie der Himba, den Kessel in der Hand, hinter einer Blätterwand verschwand. Er ging ins Gebüsch und urinierte, den Kopf lauschend zur Seite geneigt, darauf gefasst, dass jeden Moment ein Schuss den Strahl abrupt zum Versiegen bringen würde. Nichts geschah.
Als der Himba unversehrt zurückgekehrt war, öffnete Patrick zwei Konservendosen, kippte den glitschigen Inhalt in sein Essgeschirr und stellte das Aluminiumgefäß neben den Kessel aufs Feuer. Dann setzte er sich, streckte die Beine aus, unfähig, auf den Fersen zu kauern, wie es der Himba tat.
Sie saßen sich eine Weile schweigend gegenüber: Patrick in verkrampfter Haltung, der Himba mit locker auf den Knien ruhenden Armen und einem stolzen Blick, der hochmütig über die in Tomatensoße schwimmenden Spaghetti und Fleischklöße wanderte.
»*Ena roye oove ani?*«
»Och!« Der Himba schlug verblüfft eine Hand vor den Mund, schüttelte den Kopf, nahm die Hand fort und kratzte sich an der Wange.

»Wie heißt du?«, wiederholte Patrick.
Der Hirte tippte sich an die Brust. »Kondjoura«, sagte er.
»Oove une?«
»Patrick.«
»Wat tja tjike?«
»Patrick habe ich gesagt.«
»Parik?«
»Nein ... Ja.« Patrick reichte dem Hirten impulsiv die Hand. Kondjouras Faust fühlte sich wie Sandpapier an. Er ließ die Hand rasch fallen, zum einen, weil das Feuer die Härchen an seinem Unterarm kräuselte, zum anderen, weil er noch nie zuvor einen Schwarzen berührt hatte, von Sinna einmal abgesehen.
Sinna! Der Name weckte in ihm jäh die Erinnerung an zwei starke, schützende Arme, an den Geruch frisch gebügelter Wäsche, an weiße Zähne in einem schwarzen, freundlichen Gesicht, und er dachte mit Wehmut an eine Zeit zurück, als es für ihn keine Apartheid gegeben hatte, keinen Hass, keinen Krieg ...
»Scheiße!«
Kondjoura hob fragend die Augenbrauen. »Seise?«
»Ja, ganz große Kacke«, sagte er, und sie grinsten einander an, der Weiße den Schwarzen, der Hirte den Soldaten, der Mensch den anderen Menschen.
Die Tomatensoße blubberte. Patrick füllte eine Dose mit Spaghetti und dampfenden Fleischklößen und bot sie dem Himba an. Kondjoura verzog das Gesicht jedoch zu einer Grimasse.
»Hast du keinen Hunger?«
Zur Antwort klemmte Kondjoura die Nasenflügel zwischen Daumen und Zeigefinger, schneuzte sich und wischte den Rotz am Umhang ab.
Angewidert stellte Patrick sein Essgeschirr beiseite, und der Himba nickte ihm verständnisvoll zu, denn wer aß schon gern in Ochsenblut schwimmende Bandwürmer und Zebraknödel?
Kondjoura runzelte die Stirn, als Patrick die andere Dose mit heißem Wasser ausspülte und eine Handvoll Kaffeepulver in den Kessel warf. »Okosiva?«
»Richtig, Kaffee. Und Ouitji habe ich auch.«
Kondjoura schien Zucker zu kennen. Er rührte ihn mit einem Zweig um. »Swartbooisdrift«, sagte er und deutete auf den Kaffee: »Omaihi.«

»In Swartbooisdrift hast du Kaffee mit Milch getrunken? Nun, das tut mir Leid. Ich habe nicht einmal Dosenmilch. *Kaiya*.«

Kondjoura erwiderte etwas, das Patrick nicht verstand. Die Worte hatten traurig geklungen, aber gleichzeitig auch trotzig. Er musterte den Himba, der die glühendheiße Dose an die Lippen setzte. Kondjouras Haut war glatt und schokoladenbraun, nur unter der armdicken Halskette hatte sich die ranzige Butter und der eingetrocknete Schweiß zu einem schwarzen Brei vermischt, und seine Füße waren staubig, die Nägel abgebrochen. Er trug noch immer die zerschlissenen Sandalen aus Giraffenleder. Seine Lendenschurze schimmerten grauschwarz wie das Ochsenfell, das auf seinen breiten Schultern lag. Patrick musste angesichts des schmalen Haarstreifens auf Kondjouras Kopf an einen Irokesen denken. »*Mo vanga tjike?*«, fragte er den Himba. »Was willst du?«

Kondjoura stellte die Dose fort und formte mit den Fingern zwei Kreise vor seinen Augen. »Kennst du den Blinden?«

»Das Fernglas?« Patrick schüttelte den Kopf. »Nein, das kann ich dir nicht geben.«

Prompt öffnete Kondjoura seine Tragetasche, und zum Vorschein kam der berüchtigte Lederbeutel, den Patrick bereits kannte.

»Bitte nicht.« Er hob abwehrend die Hände. »Ich will dein Spielgeld nicht haben.«

Kondjoura wies auf den Beutel. »Mein Vater hat diesen Beutel bei dem Blinden gegen zehn Rinder eingetauscht. Ich wollte mir dafür Uasutas Tochter an das Feuer holen. Aber es ist Ziegenfutter.«

Patrick wühlte in dem verschimmelten Papier. »Es ist Monopolygeld, verstehst du? Damit habe ich mir früher die Nächte um die Ohren geschlagen.«

Kondjoura blickte ihn verständnislos an.

Patrick hob den Beutel und schüttelte ihn. »Monopoly ist ein Spiel.«

»Aah, du kennst den Blinden also doch! Wie heißt er? Mono …«

»Monopoly.«

»Monopooii.« Der Himba lächelte. »Monopooii lebt in Swartbooisdrift.«

»Swartbooisdrift? Ja, in diese Richtung muss ich heute fahren, denn Swartbooisdrift gehört zu meiner Route, verstehst du? Ich muss mich dort bei dem Grenzbeamten melden und die Kranken längs des Weges verarzten. Ich ... Mann, was rede ich bloß daher?«

Kondjoura nickte eifrig, zeigte auf sich, dann auf Patrick. »Ich will meine Rinder von Monopooii zurückholen. Monopooii ...«

Patrick konnte das Wort nicht mehr hören, erhob sich und begann seine Sachen auf der Ladefläche zu verstauen, während Kondjoura den Hirtenstab schulterte und in östlicher Richtung davonschlenderte. »Hee, wo willst du denn hin?«, rief Patrick. »*Kurama*!« Er winkte Kondjoura heran und wies auf den Ersatzreifen. »Sieh dir das an.«

»*Ii*!« Kondjoura hielt grinsend eine Sandale hoch. »Zäher als Giraffenleder.«

»Weißt du, wer mir den Reifen aufgeschlitzt hat?«

»*Ii*.« Er musterte Patricks Turnschuhe, bewunderte die Gummisohle. »Gute Sandalen.«

Patrick gab es auf. »Komm.« Er tätschelte die Ladefläche. »Steig auf. Wir fahren nach Swartbooisdrift.«

»*Ii*«, erwiderte Kondjoura, wandte sich um und fiel in einen Trott, dem Patrick im Landrover nur mit Mühe folgen konnte.

7. KAPITEL

45

»Wo ist Sarah?«
»Weg«, sagte Elsies Mutter. »Hat sich in'er Stadt 'n Zimmer genommen. Kam vor drei Wochen und sagte, sie will ausziehen, 'n eigenes Zimmer haben. Dachte erst, sie hätt' sich 'nen Mann geschnappt, aber dann hätt' sie das Kind hier gelassen. Machen die Mädchen heutzutage doch alle: Lassen das Kind bei Ouma und brennen mit 'nem Mann durch, der sein Kind bei seiner Ouma gelassen hat.«

Elsie starrte ihre Mutter an, eine Hand am Hals, dann warf sie einen Blick über den violett gefärbten Haarschopf ihrer Mutter hinweg und sah ihren Vater unter dem Vordach auf einem Riemenstuhl sitzen. Der Alte war gerade dabei, seine Pfeife mit einem Grashalm zu reinigen. Er tat so, als hätte er nichts mitgekriegt.

»Warum hast du mich nicht angerufen, Ma?«

»Warst nie da«, klagte Ouma. »Louis hat immer geantwortet und gesagt, du wärst sonst wo.«

»Stimmt. Ich ... Ich bin vorübergehend in ein Hotel gezogen.«

»Hast ihn sitzengelassen?«

»Louis hat verlangt, dass wir Jessica zur Adoption freigeben.«

»Allmächtiger!«, sagte Ouma und drehte das gelbe Blumenmuster auf ihrer Schürze zu einem welken Strauß.

»Warum ist Sarah fortgegangen?«

»Was weiß ich«, antwortete Ouma und machte eine ruckartige Kinnbewegung zu Oupa hin.

Elsie schob sich an ihrer Mutter vorbei, stieg die Treppe zur Terrasse hinauf und blieb vor einem runden Rohrtisch stehen. Als Aschenbecher diente ihrem Vater der untere, abgesägte Teil einer Granate. Daneben schwamm grauer Kaffee in einem Emaillebecher. Der Alte blies mit vollen Backen in den Pfeifenkopf. Nikotingetränkte Grassaat schoss wie Schrot durch die Luft. Ein paar Körner blieben an seinem grünen Pullover und der Khakihose kleben. Er schnippte die Saat fluchend fort.

»Pa.«

Er blickte auf, und Elsie bemerkte, dass ihm der Schnurrbart in Fransen über die dünne Oberlippe wuchs. »Was willst du?«, fragte er. »Bist du nach Kapstadt geflogen, um mit dem Finger auf mich zu zeigen, weil ich in diesem verdammten Bunker für Ordnung sorgen wollte?« Selbst seine Stimme klang nicht mehr so kraftvoll wie einst auf dem Paradeplatz. »Ich will dir mal was sagen: Ich habe die weiße Fahne gehisst.«

»Pa ...«

»Sieh mich an«, forderte er sie auf. »Sieht so ein ehemaliger Unteroffizier der südafrikanischen Armee aus?«

Elsie stampfte mit dem Fuß auf. »Pa weiß doch, wie empfindlich Sarah seit Jessicas Geburt ist.«

»Ich weiß, dass ihr Betrüger seid, die Hillmanns so wie die Engelbrechts, und dass ihr dafür allesamt in die Hölle kommt, das weiß ich auch.«

»Pa!«

»Damals hat man seinen Vater begrüßt, anstatt mit einem Finger wie mit einem Messer auf ihn loszugehen. Damals ließ man seine Mutter auch nicht die Koffer schleppen, wenn man wie ein Vogel, der aus dem Nest gefallen ist, nach Hause kam.«

»Es tut mir Leid, Pa!«

»Das ist schon besser, viel besser, doch das ändert an der ganzen Sache nichts. Als die Bomben auf diesen Bunker regneten, stand ich deiner Tochter mit Rat und Tat zur Seite, doch der Staub hatte sich noch nicht richtig gelegt, da ist sie auch schon desertiert.«

»Weiß Pa, wo Sarah ist?«

»Sieh mal in der Kirche nach. Oder frag Ouma, in welcher Hütte sich deine Hündin herumtreibt, aber lass mich in Frieden, hörst du? Ich habe kapituliert.«

»Darf ich mir ein Taxi rufen, Pa?«

»Ja, hau du nur auch noch ab.« Er kniff ein Auge zu und spähte in den Pfeifenstiel. »Hendrika!«, rief er. »Bring mir einen Grashalm, der verdammte Rotkolben ist schon wieder verstopft!«

»Ja, ja, Hannes, ich komm ja schon«, tönte ihre alte, zittrige Stimme aus dem Haus.

»Siehst du? Ouma spurt, aber ihr ...« Er winkte ab. »Kanonenfutter.«

* * *

Sarah lag mit angezogenen Beinen auf dem Bett, die Fußsohlen flach auf das Laken gestemmt. Ihre Hände krallten sich um das verchromte Gestell – eisiges Metall anstelle einer tröstenden Hand. Sie starrte unverwandt die Deckenleuchte an, denn der Arzt, der um sie herumwuselte, trug eine Brille, die seine farblosen Augen vergrößerte und ihnen einen schreckhaften Ausdruck verlieh. Diese Augen erinnerten Sarah an Doktor Langehaans. »Hecheln«, haspelte er. »Pressen.«

Im Traum überkam Sarah plötzlich eine ähnliche Erleichterung, die sie verspürt hatte, als das Kind mit einem Schwall Fruchtwasser herausgeglitten war. Sie entspannte sich, ließ sich fallen und wurde noch im Flug von einem wimmernden Laut geweckt. Sarah fuhr aus den Kissen hoch. Sonnenlicht blendete sie, und das Greinen des Kindes schrillte ihr in den Ohren.

Jessica!

Sarah warf die Decke zurück, torkelte schlaftrunken an das Gitterbett und hob das strampelnde Bündel heraus. Das Greinen ging in ein Schluchzen über, und ein Paar dunkle Augen starrten Sarah an. Sie kannte diesen Blick. Er war ihr das erste Mal aufgefallen, als der Arzt ihr das Kind auf die Brust gelegt hatte: ein hilfloser und doch zugleich allwissender Blick, der Sarah zu durchschauen schien und sie ahnen ließ, dass Jessica die Geheimnisse ihres Herzens kannte.

Hinter ihr pochte jemand zaghaft an die Tür. Sarah wandte den Kopf, aber nicht Jeff kam herein und sagte: 's okay, 's okay, sondern ihre Mutter schob sich durch den Spalt, diesmal ganz in Weiß, die Unschuld in Person, die sich auf Zehenspitzen näherte, so als wollte sie das Kind, das an Sarahs Nachthemd nuckelte, nicht erschrecken.

Sarah drehte sich überrascht zu Elsie um. »Ma!«

»Pscht! Ich muss mit dir …« Ihre Mutter blieb stehen und neigte sich blinzelnd vor. »Hast du geweint?«

»Ach, ich … ich bin nur ein bisschen übermüdet.« Sarah kämmte sich mit den abgespreizten Fingern einer Hand das Haar aus dem Gesicht und brachte ein verkrampftes Lächeln zustande. »Ehrlich, Ma.«

Elsie küsste sie, dann strich sie Jessica kurz über den Rücken. »Wie geht's der Kleinen?«

»Sie hat was mit dem Magen.«

»Und welche Laus ist dir über die Leber gelaufen?«

Sarah wich nach hinten, bis sie mit dem Gesäß an einen Drehsessel stieß, und setzte sich auf die Rückenlehne. »Oupa«, sagte sie, »Oupa hatte an allem etwas auszusetzen, und als Oupa anfing, ledige Offiziere einzuladen, bin ich abgehauen.«
»Er hat es gut gemeint.«
»Oupa wollte mich mit einem pensionierten General verkuppeln, Ma! Der ist so alt wie Oupa.«
Elsie kramte einen gelben Plastiklöwen aus ihrer Bordtasche. Sie blickte sich um, konnte aber in der spärlich eingerichteten Wohnung keine Unterlage finden, auf der sie das Geschenk hätte ablegen können. Ihre Finger begannen den Löwen hin und her zu wenden. »Wie kommst du über die Runden, Sarah?«
»Ich schreibe Artikel für ein Kirchenblatt.«
Elsies Blick wanderte über die zerwühlten Betten, streifte den Schrank, an dem die Farbe abblätterte, flog über den mit Manuskripten übersäten Schreibtisch, inspizierte das von Kalk vergilbte Waschbecken in der Ecke und blieb an der Wäscheleine auf dem Balkon hängen. »Sarah, Sarah, Sarah«, sagte sie kopfschüttelnd. »Du haust hier wie ein *Kaffer*.«
»Ma!« Sarah stieß sich vom Stuhl ab. »Ich will dieses Wort nie wieder aus Mas Mund hören!«
Elsie musterte verwundert ihre Tochter. Sarahs Gesicht war bleich, so dass die Sommersprossen und dunklen Augenbrauen deutlich hervortraten. Selbst ihre Lippen waren farblos. »Es ist diese Zeitung«, vermutete Elsie. »Die Kirche hat dir den Kopf verdreht.«
Es klopfte. Als die Frauen sich umdrehten, sahen sie einen jungen Mann im Türrahmen stehen. Er lächelte Sarah an. »'s alles okay?«
»Danke, ja.« Sie wies auf Elsie. »Das ist meine Mutter. Ma, das ist Jeff.«
»Abend«, murmelte Elsie.
»Guten Abend, Frau Engelbrecht.« Jeff hielt ihr die Hand hin, doch Elsie klammerte sich an die Bordtasche und den Löwen. »Dann will ich nicht weiter stören«, sagte er. »Bis später, Sarah.«
Er verschwand. Sie hörten, wie er über den Flur zum Nebenzimmer ging und dort an die Tür pochte. »Rebecca!«
»Bis später«, flüsterte Elsie. »Was soll das heißen, Sarah?«
»Jeff passt auf die Kleine auf, während ich meine Artikel schreibe.«

»Hättest du dir dafür nicht lieber ein Kindermädchen nehmen sollen?«

»Ich kann mir kein Kindermädchen leisten, Ma. Aber mach dir keine Sorgen: Jeff ist unheimlich kinderlieb.«

»Er ist schwarz, Sarah!«

»Und?«

»Weißt du denn nicht, dass du dafür ins Gefängnis kommst, wenn die Polizei dich nach Sonnenuntergang allein mit einem ... einem Schwarzen im Zimmer erwischt?«

»Das Gebäude gehört der Kirche. Nebenan wohnt Rebecca. Sie ist eine Zulu, und Janse und Steve, die unten wohnen, sind Coloureds. Sie haben Pässe, Ma. Abgestempelt vom Ministerium. Was die Bullen natürlich nicht davon abhält, regelmäßig mit einem Durchsuchungsbefehl hier aufzukreuzen.«

»Macht dir das denn gar nichts aus, mit diesem *volk* unter einem Dach zu leben?«

»Nein, Ma. Ich teile mit Rebecca sogar das Badezimmer.«

Elsies Augen quollen aus ihren Höhlen. »Sag, dass das nicht wahr ist«, flüsterte sie. »Sag, dass du nicht mit diesen Leuten auf dasselbe Klo gehst.«

»Mir bleibt nichts anderes übrig, Ma. Wir haben nur ...«

»Das langt! Pack deine Sachen!«

Sarah schob trotzig das Kinn vor. »Ich gehe nicht zu Oupa zurück.«

»Das brauchst du auch nicht.« Elsie warf ihre Bordtasche am Riemen über die Schulter. »Wir suchen für dich ein ordentliches Zimmer in der Nähe der Universität.«

»Ma.«

»Keine Widerrede!«

»Hat Ricky denn meinen Brief und das Foto von Jessy erhalten?«

Elsie, die zum Schrank gegangen war, um den Koffer herunterzuheben, ließ die ausgestreckten Arme langsam wieder sinken. »Nein«, gestand sie und faltete die Hände um den gelben Plastiklöwen. »Pa und ich haben uns gestritten. Er weiß, dass du das Kind nicht abgetrieben hast.«

»Und?«

Elsie verzog den Mund, und Sarah wusste, dass sie gleich anfangen würde zu weinen. »Er will, dass wir ... O Gott!« Schluchzend fummelte sie ein Kleenex aus ihrer Handtasche.

»Pa will, dass ich Jessy zur Adoption freigebe, nicht wahr? Bist du deswegen nach Kapstadt gekommen?«

Elsie hob ruckartig den Kopf und umklammerte ihren Hals, als wollte sie sich selbst erwürgen. »Pa hat schreckliche Angst!« Sarah setzte sich auf den Drehstuhl und presste das Kind an ihre Brust. Jessica spürte, dass etwas nicht stimmte. Sie begann zu strampeln, sich zu wehren. »Geh bitte weg, Ma«, sagte Sarah.

»Hör zu!« Elsie schneuzte sich. »Wir werden es ihm einfach verheimlichen. Wenn Pa dich anruft, sagst du ihm, dass wir sie freigegeben haben, und wenn Pa herkommt oder wenn du in den Semesterferien nach Hause willst, geben wir Jessica bei Ouma ab.«

»Nein, Ma.« Sarah schüttelte den Kopf. »Sag ihm, dass Pa nicht nur Jessy, sondern auch mich zur Adoption freigegeben hat. Sag ihm, dass ihr keine Tochter mehr habt.«

»Sarah, sei bitte ...«

»Ich will mit euch nichts mehr zu tun haben! Geh jetzt!«

Sarah spürte einen Lufthauch, als Elsie an ihr vorbei aus dem Zimmer eilte. Kurz darauf erklangen polternde Schritte im Treppenhaus. Sarah ging mit Jessica auf den Balkon. Verkehrslärm brandete zu ihr herauf. Die Stunde, in der alle nach Hause fahren, in der die Nacht im trauten Kreis der Familie ihren Schrecken verliert, aber auch die Stunde, in der mit dem Aufflackern der Straßenlaternen die Einsamkeit die Gesellschaft der Unglücklichen sucht.

Vier Stockwerke tiefer sah Sarah ihre Mutter über die Straße stöckeln, blind für die hupenden Autos und die schäbig gekleideten Passanten, blind für Sarah und selbst blind für ihre Enkeltochter.

46

Ngaturipure saß am Ahnenfeuer und beobachtete die Flammen, die aus dem aufgeschichteten Holzhaufen emporzüngelten. Sie wirkten lebendig, fast fröhlich, wie sie so über den knisternden Ästen tanzten: blau, orange und gelb. Das verwunderte Ngaturipure. Er fragte sich, warum das Feuer nicht qualmte oder in sich zusammensackte. Doch anstatt zu ersticken, wärmte es seine Schienbeine und herabbaumelnden Hände. Dabei war Kondjoura doch ohne ein Wort des Abschieds davongegangen. Er hatte den Lederbeutel mitgenommen. Er war auf der Suche nach dem Blinden, nicht, um die Ahnen zu besänftigen, sondern um Tjizire an sein Feuer zu holen.

Ngaturipure hob den Kopf. Er sah nicht die Rinder, die von den Hirten an ihm vorbei aus dem Kral getrieben wurden; er sah Tjizire den Berg herabsteigen, ihre rot schimmernde Haut, ihre schlanken Glieder, die großen Brüste, ihr ovales Gesicht mit den vollen Lippen, der schmalen Nase, den dunklen, dichten Brauen und den schwarzen glänzenden Augen, die sehnsüchtig auf Kondjoura gerichtet waren. Und wie damals, hielt er auch jetzt wieder unbewusst den Atem an, denn sie war die schönste Frau, die er je in seinem Leben gesehen hatte; viel schöner als Ondjandje, die jetzt im Alter regelrecht hässlich im Vergleich zu Tjizire aussah. O ja, er hatte seinen Sohn beneidet, um das Leben, das ihn an der Seite dieser Frau erwartet hätte, wenn die Ahnen sich nicht dagegen ausgesprochen hätten. Aber hatten sie sich wirklich dagegen ausgesprochen ...

»Ngaturipure.«

Er zuckte zusammen. Ondjandje stand neben ihm und hielt ihm einen hölzernen Melkeimer hin. Er nahm ihn entgegen, ohne sie anzublicken, und gab die Milch zum Gebrauch frei, indem er den Eimer an die Lippen setzte und einen kleinen Schluck daraus trank.

»Wird Kondjoura heute zurückkehren?«, fragte Ondjandje.

Er gab ihr kopfschüttelnd den Eimer zurück. »Er ist so weit fortgegangen, dass mir ist, als hätte er nicht nur meinen Kral, sondern auch mein Herz verlassen«, sagte er.

»Mir ergeht es nicht anders, denn mein Herz weiß nicht, was wir tun sollen.«

»Warten, bis Kondjoura mit den Rindern oder Tjizire zurückkehrt.«

»Und dann?«

»Dann werde ich einsehen, dass ich die Zeichen der Ahnen falsch gedeutet habe.«

47

Das Telefon klingelte. Elsie wippte nervös mit dem Fuß, lehnte sich in dem runden Bambusrohrsessel zurück, neigte sich wieder vor und trank einen Schluck Brandy. Der Alkohol verschlug ihr den Atem. In dem Moment wurde der Hörer abgehoben: »Hillmann.«
»Martha!«
»Ja?«
»Ich bin's, Elsie.«
»Was ist los? Du hörst dich so komisch an.«
»Ich ...« Elsie räusperte sich, zog schniefend die Nase hoch: »Ich muss mit dir reden, Martha.«
»Was hast du auf dem Herzen?«
»Nicht am Telefon. Können wir uns irgendwo treffen?«
»Du, das geht heute leider nicht, Elsie. Wir sind eingeladen.«
»Bitte, Martha! Es ist wichtig.«
Martha zögerte. Im Hintergrund fielen Schüsse. John Wayne nuschelte etwas Unverständliches, dann sagte Martha: »Also gut. Wo?«
»Ich weiß nicht ...« Elsie massierte ratlos ihren geschwollenen Hals.
»Ich hole dich ab«, schlug Martha vor. »Dann können wir uns im Wagen unterhalten.«
»Danke – aber bitte beeil dich! Ich will Louis nicht in die Arme laufen, ehe ich mit dir gesprochen habe.«
»Heute ist Freitag, Elsie. Da kommt Louis doch nie vor Mitternacht nach Hause.«
»Trotzdem.«
»Na schön, bis gleich.«

48

»Kommandant!« Souter richtete sich hinter seinem Schreibtisch im Vorzimmer auf. »Kolonel Bix wünscht Kommandant zu sprechen.«

»Um was geht's?«, fragte Louis kauend. Er hatte sich gerade aus der Kantine einen Hot Dog geholt.
»Das hat Kolonel Bix nicht gesagt, Kommandant. Kolonel hat nur gesagt, dass Kolonel in seinem Büro auf Kommandant wartet.«
Louis schielte zur Uhr hinauf, die über der Tür an der Wand hing: Viertel vor vier. Und das ausgerechnet an einem Freitag, wenn der Krieg um sechzehn Uhr aufhört, dachte Louis. Er überlegte, ob er einfach verschwinden sollte, doch Souters lauernder Katzenblick hielt in davon ab. Seufzend warf er den Hot Dog in den Papierkorb, dann nahm er das blaue Barett ab, rollte die Kopfbedeckung zusammen und steckte sie unter die linke Schulterklappe, damit er unterwegs nicht andauernd salutieren musste.

Der Flur war jedoch wie leergefegt, und die Türen waren geschlossen. Nur die Pforte zu Rübezahls Grotte am Ende des tunnelartigen Gangs stand offen. Louis pochte an den Rahmen.

»Herein!«

Der Kolonel saß zusammengesunken im Sessel, hatte die Ellbogen auf die Lehnen gestützt und die breitgefächerten Finger aneinandergelegt. Als Louis die Fäuste an die Hosennaht legte, faltete Bix die Hände. »Setzen Sie sich.«

»Danke.«

Bix musterte ihn über die Knöchel seiner rotbehaarten Finger hinweg, während Louis mit den Augen dem taumelnden Flug einer Fliege durch das Büro folgte. Sie surrte vom Fenster zum Bild des Premierministers, landete auf John Vorsters Stirn, krabbelte über seine Nase, hob erneut ab und flog im weiten Bogen an Verteidigungsminister Magnus Malans Porträt vorbei zur Neonleuchte. Louis beobachtete, wie sie die Röhren zu umkreisen begann.

»Ich habe eine gute Nachricht«, sagte Bix unvermittelt.

Louis blinzelte. Ihm war ein wenig schwindelig. »Ja?«

»Sie sind befördert worden.«

»Befördert?« Louis sprang auf. »Ich?«

»Ja.« Bix erhob sich und streckte ihm die Hand hin. »Herzlichen Glückwunsch, Kolonel.«

Louis konnte es nicht glauben. Zehn Jahre hatten sie ihn übergangen, und jetzt schüttelte Bix ihm die Hand, als betätige er einen eingerosteten Pumpenschwengel. »Danke«, stammelte Louis. »Vielen Dank, Kolonel.«

»Brigadier, bitte. Brigadier Bix.« Er lauschte seinem neuen

Rang mit schiefgeneigtem Kopf nach. Der Klang schien ihm zu gefallen, denn er nickte zufrieden, und als Louis ihm gratulierte, verzog er die Lippen zu einem breiten Lächeln. Dann setzte er sich, wartete, bis Louis wieder auf dem unbequemen Stuhl Platz genommen hatte, und sagte: »Ich habe noch eine gute Nachricht.«

Scheint unser Glückstag zu sein, dachte Louis.

»Sie sollen meinen Posten übernehmen.«

Das war zu viel: Bix verschwamm von einer Sekunde zur anderen hinter einem Tränenschleier. »Ein verantwortungsvoller Posten, der höchste Konzentration und Einsatzbereitschaft verlangt«, hörte er Bix sagen. »Darum würde ich vorschlagen, dass Sie für, sagen wir mal, drei Monate in Urlaub fahren.«

Drei Monate – so viele Urlaubstage standen noch nicht einmal einem General zu!

»Nutzen Sie die Zeit, Kolonel. Machen Sie eine Kur.«

»Mir fehlt nichts. Ich ...«

»Sie können natürlich auch aus gesundheitlichen Gründen zurücktreten, wenn Ihnen das lieber ist«, murmelte Bix. »Wir wären durchaus gewillt, Sie in allen Ehren zu entlassen.«

Ein lähmendes Gefühl breitete sich in Louis aus. »Wer soll meine Abteilung übernehmen?«, fragte er mit tonloser Stimme.

»Kommandant Souter.«

Kommandant! Louis nickte. »Ich verstehe.«

»Lassen Sie sich mein Angebot übers Wochenende durch den Kopf gehen, Kolonel. Wir sprechen uns dann am Montag auf dem Paradeplatz wieder.«

»Ja, Brigadier.«

Louis kehrte wie ein Schlafwandler in seine Abteilung zurück. Im Vorzimmer war es so still, dass er das Ticken der Wanduhr hören konnte. Er rüttelte an den Aktenschränken. Sie waren verriegelt. Souter hatte die Schlüssel bereits an sich genommen, ehe er das Büro verlassen hatte.

Louis trat in sein ehemaliges Büro, ließ sich in den Sessel fallen und wählte Hillmanns Geheimnummer. »Wir müssen ein bisschen zusammenrücken, Art«, sagte er.

Ich bin furchtbar nervös, Doktor ... – Haben Sie viel um die Ohren, Mevrou Engelbrecht? – Nein, das nicht, aber ... – Dann würde ich an Ihrer Stelle zu einem Psychiater gehen, Mevrou. Der Psychiater verordnete ihr Entspannungsübungen: flach auf das Bett legen und tief ein- und ausatmen, Mevrou ... – Wie soll ich mich entspannen, wenn ich ständig Herzklopfen habe und unter Atemnot leide, Doktor? – Dann würde ich an Ihrer Stelle einen Arzt aufsuchen, Mevrou.

Der Arzt verschrieb ihr Beruhigungspillen, erst rote, dann grüne und schließlich gelbe. Daraufhin schwebte Elsie ein halbes Jahr wie auf Wolken durch das Haus. Als ihr der Arzt in seiner Ratlosigkeit blaue Tabletten andrehen wollte, wandte sie sich an einen Homöopathen: Ich sterbe, Doktor ... – Das tun wir früher oder später alle, Mevrou, aber ich gebe Ihnen trotzdem ein Mittel gegen Ihr Schilddrüsenleiden mit.

Louis machte sich über den Homöopathen lustig, indem er zwei Tropfen Brandy in ein großes Wasserglas träufelte und nach einem Schluck zu lallen begann. Doch die Medizin schlug an, und für zwei Jahre hatte Elsie keine Beschwerden mehr gehabt. Dann war Arthur Hillmann in ihr Leben getreten ... »Halt bitte an.«

Martha parkte den Volkswagen am Straßenrand. Sie wartete schweigend auf eine Erklärung, die Hände locker im Schoß gefaltet und den Blick auf einen Schwarzen gerichtet, der Plastiktüten mit einem zugespitzten Eisenstab aufgabelte und in einer fahrbaren Mülltonne deponierte.

Elsie beobachtete Martha aus den Augenwinkeln. Sie war beim Friseur gewesen. Die leichte Dauerwelle ließ Marthas Gesicht fülliger erscheinen, als es war, weicher, mitfühlender. Diesem Gesicht konnte man alles anvertrauen. »Ich muss dir etwas beichten, Martha.«

»Ja?«

»Sarah hat das Kind behalten.«

Martha krallte ihre Hände um das Lenkrad, dann wendete sie langsam den Kopf. Ihre Augen schimmerten wie Glas. »Sag das noch mal.«

»Wir haben eine Enkeltochter, Martha.« Elsie lächelte. »Sie heißt Jessica. Die Kleine ist am ...«

»Ich habe keine Enkeltochter«, schnitt ihr Martha das Wort ab. »Du vielleicht, aber nicht ich.«
»Patrick und Sarah lieben sich, Martha! Begreifst du das denn nicht? Sie werden heiraten! Nicht einmal Arthur wird das verhindern können.«
»Ich werde das verhindern. Darauf kannst du dich verlassen.«
»Warum, Martha?«
»Weil Arthur Patrick enterben würde, wenn er Sarah heiratete, und ich will nicht, dass er eines Tages ohne einen Cent in der Tasche auf der Straße steht.«
Elsies Nacken schmerzte. Sie drehte den Kopf hin und her und spürte, wie sich die Muskeln verkrampften.
»Warum habt ihr euch nicht an die Spielregeln gehalten?«
»Wir haben es versucht, Martha, ehrlich, aber wir sind nicht Gott.«
Das stimmt, dachte Martha, ihr seid dumm! Sie wandte den Blick von Elsie ab. Der schwarze Straßenkehrer blätterte versonnen in einer Modezeitschrift, die er aus dem Rinnstein gefischt hatte. »Weiß Louis Bescheid?«
Elsie nickte. »Er hat verlangt, dass wir Jessica abgeben.«
»Das habt ihr natürlich auch nicht getan, oder?«
»Nein.«
»Und jetzt?«
»Ich weiß es nicht, Martha. Darum habe ich dich angerufen. Ich hatte gehofft, dass du ...«
»Dass ich was mache?«
»Sprich mit Arthur, bitte.«
»Sorg du lieber dafür, dass Arthur es nicht erfährt.«
Elsie hatte plötzlich das Gefühl, durch einen dunklen, sich verengenden Tunnel zu blicken. »Hast du denn kein Herz, Martha?«
»Ich habe eine Familie, die ich um jeden Preis zusammenhalten will«, erwiderte Martha und startete den Volkswagen.

50

Louis stellte eine Kühltasche auf der Motorhaube des Mercedes ab. Die Haube war heiß. Arthur hatte den Wagen nach Louis' Anruf quer durch Windhoek gejagt. Nun lehnte Arthur auf dem Hinterhof der Tankstelle an Engelbrechts Landcruiser und beobachtete, wie Louis zwei Gläser aus der Kühltasche holte und sie mit Eis und Whisky füllte. »Was soll das, Louis? Ich dachte, eine Rakete sei im Anflug.«

»Mehrere, Art. Aber trink erst mal einen Schluck, ehe sie einschlagen.«

Arthur nippte nur an seinem Drink. Louis trank mit in den Nacken geworfenem Kopf. Ein schmaler Faden Whisky rann ihm über das Kinn. Er wischte ihn grinsend mit dem Handballen fort. »So, nun rate mal, was passiert ist.«

»Ich habe keine Zeit für Ratespiele, Louis. Martha und ich sind zu einem wichtigen Abendessen verabredet.«

»Du wirst doch wohl noch Zeit haben, um mit *Kolonel* Engelbrecht einen Whisky zu trinken, oder?«

Arthur verharrte eine Weile in seinem hellen Anzug wie eine Gipsstatue neben dem Landcruiser, dann setzte er sich in Bewegung, eine Hand ausgestreckt. »Gratuliere, Louis!«

»Danke, Art.«

Hillmann klopfte ihm mit der anderen Hand auf die Schulter. »Das muss gefeiert werden.«

»Mix mir einen schönen steifen, ja?«

Louis lauschte lächelnd dem Knirschen des Deckels, hörte, wie die goldbraune Flüssigkeit aus dem Flaschenhals gluckerte und das Eis im Glas durcheinanderwirbelte. Er leckte sich die Lippen, fingerte eine Zigarette aus der Brusttasche, hatte Durst, Durst, Durst. Er nahm das Glas mit zitteriger Hand entgegen. »Ich bin aufgeregt wie 'n Schuljunge, Art.«

»Dazu hast du auch allen Grund. Los, trink einen Schluck.«

Nachdem der Kolonel den Befehl ausgeführt hatte, zündete er die Zigarette an. Seine Hände zitterten noch immer, aber er wusste aus Erfahrung, dass das Beben bald nachlassen würde. Er setzte sich auf den goldfarbenen Kotflügel, die Zigarette im Mundwinkel, und ließ das Eis klirren. Auf dem Boden des Glases schwamm ein großer Schluck Whisky. Es war für ihn beruhigend, das zu wissen.

Arthur dagegen knabberte an einem Eiswürfel und musterte Louis mit einem nachdenklichen Blick. Engelbrechts Uniform war zerknittert, von Schweiß durchtränkt, der ihm aus den Achselhöhlen rann, obwohl die Sonne hinter der Grundstücksmauer verschwunden war und die Kälte mit dem wachsenden Schatten über den Hinterhof kroch. Arthur schob den Eiswürfel in die Backentasche und sagte: »Die Sache hat einen Haken, nicht wahr?«

Louis nickte. »Ich werde mich in Zukunft nicht mehr intensiv um die Bauaufträge kümmern können, denn einem Kolonel unterstehen fünf, sechs verschiedene Abteilungen.«

Hillmann würgte den Rest des Eiswürfels herunter. »Wer hat jetzt in der Bauabteilung das Sagen?«

»Souter. Sie haben ihn zum Kommandanten befördert.« Louis zertrat die Zigarette mit der Stiefelspitze, leerte sein Glas und drehte sich zur Flasche um. »Noch einen, Art?«

»Einen Doppelten.« Hillmann ließ sich auf das Trittbrett des Landcruisers sinken. »Das darf nicht wahr sein: ausgerechnet Souter.«

»Du sagst es.« Louis reichte Arthur das Glas und bemerkte, dass nun Hillmanns Hand zitterte. »Souter ist eine harte Nuss.«

»Lass ihn versetzen, Louis.«

»Das geht leider nicht. Er ist der Einzige, der sich in der Bauabteilung auskennt. Außerdem hat er einen Bruder, der Mitglied des Parlaments ist. Souter wird nur versetzt, wenn er es will.«

»Was jetzt?«

»Jetzt kommt der Hammer«, sagte Louis. »Bix hat mich für drei Monate in den Urlaub geschickt.«

»Drei ...« Arthur wurde blass. »Wieso?«

»Keine Ahnung«, log Louis.

»Bix weiß Bescheid, nicht wahr? Er ist uns auf die Schliche gekommen?«

»Er kann uns nichts nachweisen. Aber wie dem auch sei: Drei Monate genügen vollauf, um meine ehemalige Abteilung so umzukrempeln, dass ich sie nach meiner Rückkehr nicht wiedererkenne. Dann muss ich Souter für jeden Dreck um Rat fragen. Und wie ich ihn kenne, wird er sogar die Schlösser an den Aktenschränken auswechseln.«

»Verdammte Scheiße!«

»Jedes Sicherheitssystem hat eine Schwachstelle«, tröstete ihn Louis. »Ich werde sie herausfinden.«

»Das hoffe ich.«

Sie tranken, rasselten mit dem Eis wie mit Schwertern und spürten, wie sich zwischen ihnen ein Abgrund auftat.

»Weißt du«, brach Louis plötzlich das Schweigen, »ich habe mich an der Grenze nirgendwo sicher gefühlt, weder in der Luft noch auf dem Boden. Ich hatte ständig Angst, dass mich eines Tages eine SAM-7-Rakete oder eine Landmine erwischt.« Er wandte Arthur das Gesicht zu. Tränen glitzerten in seinen Augen. »Sie wird mir trotzdem fehlen, Art, denn an der Grenze wusste ich zumindest, wer mein Freund und wer mein Feind war.«

Arthur kratzte sich am schwarz gelockten Hinterkopf, dann lächelte er, aber sein Lächeln schlug keine Brücke über den Abgrund. »Auf unsere Freundschaft, Kolonel.«

Louis hob sein Glas, stieß jedoch nicht mit ihm an, sondern sagte bloß: »Cheers.«

51

Die Wände des Schlafzimmers waren schwarz gestrichen, die Möbel weiß, von Falschgold eingerahmt. Falsch waren auch die rot lackierten Fingernägel, die sich Martha angeklebt hatte. Sie hob die Hände und betrachtete sich im Spiegel der Frisierkommode. Ihr war nicht mehr anzusehen, dass sie gelegentlich Fingernägel kaute und spröde Lippen hatte. Dennoch fühlte sie sich keineswegs wohl: Sie konnte mit den künstlichen Nägeln nichts richtig greifen; der Lippenstift schmeckte seifig; das beige Kleid war ihr zu eng und der schwarze Blazer zu groß. Sie schnitt eine Grimasse. In dem Moment trat Hillmann in das Schlafzimmer. Er blieb hinter Martha stehen. »Schön«, sagte er. »Fabelhaft.«

»Was ist, Arthur?«

»Louis ist zum Kolonel befördert und gleichzeitig drei Monate vom Dienst befreit worden.« Er nahm das Ende seiner roten Krawatte und schlug sich damit auf die Handfläche. »Als Souter hier war, tat er so, als ginge ihn das Privatleben anderer Leute nichts an. Aber wer sonst, außer Souter, könnte den hohen Tieren zugeflüstert haben, dass Louis in seiner Freizeit übermäßig viel trinkt?«

Fünfzehn Glühbirnen bildeten ein lichtsprühendes Hufeisen um den Spiegel der Frisierkommode. Als Martha kurz die Augen schloss, zuckten goldene Blitze über ihre Lider.
»Drei Monate Urlaub«, flüsterte Hillmann. »Weißt du, was das heißt?«
Martha nickte. »Louis ist erledigt.«
»Ja, und uns hat Kommandant, jawohl, Kommandant Souter zum Abendessen eingeladen.« Er packte Martha an den Schultern. »Mensch, wir haben es geschafft! Der Giftzwerg pariert endlich.«
»Seine Tochter will wahrscheinlich studieren; Denise ist schwanger, und die Regierung redet von Selbstverwaltung, Demokratie, Stimmrecht für alle und dergleichen. Er weiß, dass die Apartheid auf wankenden Füßen steht und es langsam Zeit wird, sich nach einem Rettungsring umzusehen.«
»So ist es. Aber jetzt liegt der Ball wieder vor meinem Tor. Ich muss mir schnellstens überlegen, wo ich ihn hinschießen soll.«
»Spiel ihn Denise zu«, schlug Martha vor. »Frag sie, ob sie kleine, rote Autos mag.«
Arthur kratzte sich nachdenklich am Kinn. »Weißt du was?«, sagte er schließlich und grinste ihr Spiegelbild an. »Ich bin froh, dass ich dich geheiratet habe.«
Martha begann in ihrer Verlegenheit die Cremedosen zu sortieren und stieß dabei mit den Fingernägeln ein Flakon um. Während sie das Fläschchen aufrichtete, ging Arthur zu seinem Nachtschrank. Er kramte eine Weile in der Schublade herum, dann kehrte er, eine Hand hinter dem Rücken verborgen, an die Frisierkommode zurück. »Schließ die Augen.«
Martha spürte, wie sich kaltes Metall um ihren Hals legte. Als Arthur sie aufforderte, die Lider zu öffnen, baumelte zwischen ihren Brüsten ein herzförmiges Medaillon. »Man kann das Ding aufklappen, Liebes.«
Sie versuchte es, kam jedoch mit den Fingernägeln nicht zurecht. Er half ihr: Heraus fiel ein graugrüner, unscheinbar wirkender Stein. Martha ließ ihn über die Handfläche kullern. »Was ist das?«
»Ein Rohdiamant aus Angola.« Arthur beugte sich zu ihr hinunter und blickte sie im Spiegel an. »Na?«
Sie schmiegte ihren Kopf an seine Wange. »Ich danke dir für dein Vertrauen, Arthur.«

»Ich habe zu danken.« Er richtete sich auf, steckte seine Hände in die Hosentaschen und fragte: »Was war mit Elsie?«
Martha starrte den Diamanten an. Ein silberfarbener Funke brach durch die graugrüne Kruste. »Ach, nichts«, murmelte Martha. »Nur eine Frauengeschichte.«

52

Louis stützte sich am Rahmen der Eingangstür ab. Während er mit hochgezogener Schulter in der Hosentasche kramte, blickte er den Weg zurück, den er im Zickzackkurs quer durch den mondhellen Garten genommen hatte. Das Einfahrtstor stand offen, ebenso die Tür des Landcruisers, der schräg vor der Garage parkte.

Louis konnte sich nicht daran erinnern, wie er nach Hause gekommen war. Dafür fiel ihm ein, dass die Wagenschlüssel noch im Zündschloss steckten und am selben Bund auch der Schlüssel zur Eingangstür baumelte.

Er schätzte blinzelnd die Entfernung zum Landcruiser ab. Im nüchternen Zustand hätte er die Strecke innerhalb einer Minute zurückgelegt, doch er hatte in der Offiziersmesse immer wieder mit dem Kopf genickt, obwohl er ihn eigentlich hatte schütteln wollen, wie es Bix nach dem zweiten Drink getan hatte ...

Louis lehnte sich an die Tür. Sekunden später fielen ihm die Augen zu, sein Kopf sackte nach vorn, gleichzeitig spürte er im Halbschlaf, wie unter ihm seine Beine nachgaben. Er versuchte sich mit den Ellbogen abzufangen, drückte dabei die Klinke herunter und stürzte rücklings ins Wohnzimmer.

Er krachte auf den Teppich. Licht blendete ihn; Licht, das er nicht eingeschaltet hatte. Er rollte sich stöhnend herum, Staub in der Nase und eine Hand auf den schmerzenden Hinterkopf gepresst. Der Schatten einer Katze huschte an ihm vorüber, dann sah er die Bordtasche und den Koffer und dahinter Elsie mit ausgestreckten Beinen im Korbsessel liegen.

»Elsie?«

Sie reagierte nicht. Elsie hatte das Gesicht abgewandt. Sie

schien das Telefon auf dem Bambusregal anzustarren. Der Hörer lag summend auf dem Teppich.

Elsie war tot. Er wusste es, und er wusste auch, wie es dazu gekommen war. Während er die Pistole aus dem Halfter fummelte, schossen ihm alptraumartige Bilder durch den Kopf, Bilder, die eine tief verwurzelte Angst in seinem Unterbewusstsein gespeichert hatte: Elsie kehrt nach Hause zurück. Die Eingangstür ist nicht abgeschlossen. Sie stellt ihr Gepäck im Wohnzimmer ab und macht sich auf die Suche nach ihrem Mann. Elsie sieht in der Küche nach, im Bad. Sie ruft leise seinen Namen. Da er nicht antwortet, nähert sie sich besorgt der Schlafzimmertür, öffnet sie, und dann sieht sie die beiden: Paulus, den Gärtner, und Esme, das Dienstmädchen, das gerade dabei ist, Kleider aus dem Schrank zu räumen. Elsie wirbelt herum und rennt zum Telefon. Aber sie kommt nicht mehr dazu, die Polizei anzurufen. Paulus, der Mann mit der Heckenschere, ist schneller ...

Louis richtete sich auf, die Pistole in der erhobenen Faust. Mit der Linken umklammerte er sein rechtes Handgelenk und ließ die Waffe durch den Raum schweifen. Dabei sah und hörte er Dinge, die er sonst nicht wahrgenommen hatte – die Trommel in der Ecke war mit einer hauchdünnen Staubschicht bedeckt. Deutlich konnte er den Abdruck einer Handfläche darin erkennen, Elsies Hand, und unter dem Sofa entdeckte er den abgebrannten Kopf eines Zündholzes. Er vernahm das Summen des Telefons und das leise Rascheln von Stoff, als sich die Gardine im Nachtwind blähte und den Messingring an der Stange zum Quietschen brachte. Er war hellwach, einsatzbereit.

Doch als die Pistolenmündung über Elsie hinwegstrich, blieben seine Augen an ihrem bleichen Gesicht hängen, und seine Arme fielen herab. Louis stand mit gesenktem Kopf vor dem Koffer und starrte Elsie an: Sie hatte Schaum vor dem Mund, grünen Schaum, der an ihrem Kinn eingetrocknet war. Die Pistole entglitt seiner Faust. Er schob die Bordtasche und den Koffer beiseite und rutschte auf den Knien an den Sessel, darauf gefasst, vor einer bestialischen Stichwunde zurückzuschrecken. Aber er fand keine.

Paulus musste Elsie auf eine andere Art und Weise umgebracht haben, denn sie sah aus, als würde sie tief und fest schlafen. »Engel«, wimmerte er. Seine Finger krochen über ihr weißes, zerknautschtes Kleid und tasteten nach ihren Händen. Sie waren noch warm. Schluchzend presste er den Kopf an ihre Brust und begann Elsie sanft in den Armen zu wiegen. Da stieg ihm ein Geruch in die Nase, der ihn schlagartig an grüne, gelbe und rote Tabletten und an das Gerassel erinnerte, das die Pillen in Elsies Handtasche verursacht hatten.

Louis riss den Kopf hoch. Elsie atmete! Der blasige Schaum auf ihren Lippen verriet es ihm. Sein Engel lebte!

»Paulus!« Louis packte Elsie an den Armen und schüttelte sie. »Esme!« Er schlug Elsie mit der flachen Hand ins Gesicht. »Paulus! Esme! Hilfe!«

53

Als sie vor dem Haus hielten, lehnte Souter am Gartentor und warf demonstrativ einen Blick auf seine Armbanduhr.

»Guck dir diesen Scheißkerl an«, zischte Arthur. »Mann, am liebsten würde ich gleich wieder abdampfen.«

»Wir haben uns immerhin um sieben Minuten verspätet«, wandte Martha ein.

»Na und? Wichtige Leute kommen immer ...« Souter winkte und rief etwas. »Was hat der Giftzwerg gesagt?«

»Wir sollen auf dem Hinterhof parken.«

Hillmann war es recht, denn Souter wohnte im Suiderhofviertel, nur ein paar Querstraßen von Engelbrechts Haus entfernt. Er wollte ebenso wenig wie Souter, dass Louis den Mercedes entdeckte.

In dem mit hohen Mauern umschlossenen Garten brannte ein Feuer, und gelbes Licht fiel durch eine verglaste Schiebetür auf die Terrasse. Dort wurden sie zurückhaltend von Souter und überschwänglich von Denise begrüßt. Sie bedankte sich mit einem Wangenkuss für den Blumenstrauß, den Arthur ihr überreichte, lobte Marthas Frisur und führte sie anschließend wie eine alte Bekannte ins Wohnzimmer.

Arthur blickte ihnen nach. Denise trug ein weinrotes Kleid, das locker an ihr herunterhing. Es konnte ihre füllige Figur dennoch nicht verbergen: Sie hatte mindestens fünfzehn Kilo zugenommen ...

»Kommen Sie«, sagte Souter.

Die Männer stiegen die Stufen zum Feuer hinunter. Dann standen sie sich wie damals gegenüber, nur dass Hillmann diesmal im Anzug erschienen war, während Souter trotz der Kälte nur ein Polohemd, eine Khakihose und kudulederne Schuhe trug. Zwischen ihnen brodelte ein gusseiserner Dreifußtopf. Obwohl Hillmann Gefahr lief, dass der emporwirbelnde Rauch seinen Anzug einnebelte, trat er noch einen Schritt näher an das Feuer heran. Die Temperatur war um zehn Grad gefallen.

Souter musterte ihn über die Flammen hinweg. Er hatte sich rasiert und den Schnurrbart gestutzt. Sein Gesicht war glatt, ausdruckslos. »Mögen Sie *afval*?«

»Bitte?«

Souter hob mit einem Fleischerhaken den Deckel an, und Hillmann sah im Flammenschein den Magen, die Haxen und den Kopf eines Schafes im Dreifußtopf schwimmen. Er schluckte. »Ich habe, ehrlich gesagt, noch nie *Abfall* gegessen.«

»Wozu auch?« Souter ließ den Deckel zurückfallen. »Soll ich ein paar Schafskoteletts braten?«

»Nein, nein, machen Sie bitte keine Umstände. Wir essen, was auf den Tisch kommt.«

»Schön.«

Das fängt ja gut an, dachte Hillmann. In dem Moment glitt die Schiebetür zur Seite und Souters Tochter kam mit einem Tablett heraus. Sie hatte kurz geschnittenes, blondes Haar, ein schmales Gesicht und bernsteinfarbene Augen. In ihren Jeans und der Windjacke sah sie aus wie ein Junge.

»Das ist Melissa«, sagte Souter. »Meneer Hillmann.«

»Hallo, Oom.« Sie machte einen Knicks und hielt ihm das Tablett hin. »Whisky Soda?«

»Danke, Melissa.« Er nahm das Glas vom Tablett. In dem Whisky kreiselte kein Eis, und er konnte riechen, dass es eine billige Sorte war. Souter griff an ihm vorbei nach einer Bierflasche. »*Dankie, my kind.*«

»Gern geschehen«, sagte Melissa, dann drückte sie das Tablett an ihre flache Brust und fragte, wie lange es noch dauern würde, bis das Fleisch endlich gar sei.

»Zehn Minuten.«

»Gut. Ma hat Hunger.«

Sie beobachteten, wie das Mädchen mit energischen Schritten

über den Rasen ging und im Haus verschwand. Kratzbürste, dachte Hillmann und sagte: »Ein hübsches Kind.«

»Ja-nee.« Souter legte den Kopf in den Nacken und nahm seine allabendliche Suche nach dem Kreuz des Südens auf. Er fand es unterhalb der Milchstraße, die wie ein Schleier über der Stadt am Himmel schwebte.

»Weiß Melissa schon, was sie mal werden will?«

Souter nickte den Sternen zu. »Hubschrauberpilot der südafrikanischen Luftwaffe.«

Scheiße, dachte Arthur.

»Ich habe versucht, ihr das auszureden, aber ...« Souter schüttelte den Kopf. »Meiner Tochter redet nicht einmal ihr Vater was aus.«

»Warum haben Sie was dagegen, dass Melissa zur Armee geht?«

Die Frage erstaunte Souter. »Melissa ist ein Mädchen«, sagte er, als hätte Arthur es noch nicht bemerkt. »Ich wollte sie nach England auf die Universität schicken.«

»Nach England?«

»Warum nicht? Melissa ist Klassenbeste.«

»Sie haben mich missverstanden. Was ich sagen wollte, ist, dass ich gern bereit wäre, einem jungen Mädchen ...«

»Das ist nicht das Problem«, unterbrach ihn Souter. »Leisten könnte ich mir das ohne weiteres, aber meine Tochter hat sich in den Kopf gesetzt, Hubschrauberpilot zu werden. Das ist das Problem.«

»Vielleicht überlegt sie es sich doch noch anders?«

»Nein, ausgeschlossen.«

»Nun ...« Hillmann zuckte die Achseln. »Gegen eigenwillige Mädchen ist kein Kraut gewachsen.«

»Das können Sie noch mal sagen. Gesundheit.«

Arthur hob sein Glas. »Auf Ihre Beförderung, Kommandant.«

»Ach, Sie wissen also schon Bescheid?«, stellte Souter in einem schnippischen Tonfall fest.

»Ja, Louis hat mir vorhin die gute Nachricht überbracht.«

»Wieso gute Nachricht?« Souter hatte sich über Melissas Starrsinn geärgert, und sein Zorn war noch nicht verraucht. »Ich dachte, Sie und Kolonel Engelbrecht wären ausgezeichnet miteinander ausgekommen?«

»Das schon, aber ich habe mir große Sorgen um ihn gemacht.«

»Ach ja, ich erinnere mich: Sie hatten damals befürchtet, dass Kolonel Engelbrecht den Verstand verliert, nicht wahr?«

Arthur schob mit der Schuhspitze einen qualmenden Ast ins Feuer. »Hatten Sie dieselbe Befürchtung? Ich meine, Sie waren täglich mit ihm zusammen.«

»Er ist befördert worden«, wich Souter der Frage aus.

»Und muss drei Monate Zwangsurlaub nehmen«, fügte Hillmann hinzu. »Kommt Ihnen das nicht sonderbar vor?«

»Ja-nee.« Souter bückte sich, hob den Deckel an und rührte mit einem Kochlöffel im Topf. Dabei löste sich das Fleisch von den Wangen des Schafes. Es grinste Hillmann an. »Kolonel Engelbrecht ist ein bisschen mit den Nerven runter«, murmelte Souter. »Der Krieg, verstehen Sie?«

»Wir sind alle ein bisschen mit den Nerven runter.« Arthur wandte den Blick vom Schafskopf ab und fragte so beiläufig wie möglich: »Werden Sie den Laden jetzt umkrempeln?«

»Nein«, erwiderte Souter zu seinem Erstaunen, »es bleibt alles beim Alten.«

Wie sollte er das verstehen?

»Das heißt, dass ich auf einen Adjutanten verzichten und die Abteilung in Zukunft allein leiten werde.« Er richtete sich auf, in der einen Hand den Fleischerhaken, in der anderen den tropfenden Kochlöffel. »Das verschafft mir einen besseren Überblick, wissen Sie?«

Na, dann Prost, dachte Hillmann.

* * *

Ihm war, als würde er Louis Engelbrechts Haus betreten: dieselben Pastellfarben, dieselben Bambusrohrmöbel, derselbe Kitsch auf den Regalen, nur keine afrikanischen Masken an den Wänden, dafür aber eine Schiebetür, die auf die Terrasse hinausging, und in der Ecke anstelle einer Buschtrommel einen mit Steingut gedeckten Esstisch. In der Mitte des Raumes stand ein summender Petroleumofen.

Souter wartete, bis Arthur und Martha an der einen und Melissa und Denise an der anderen Breitseite des Tisches Platz genommen hatten, dann setzte er sich ans Kopfende und sagte: »Wir wollen beten.«

Es war für Hillmann ein seltsames Gefühl, die Hand eines

Mannes zu halten; eine Hand, die ebenso trocken und knochig war wie Marthas Finger. Während Souter betete, schlug Denise die Lider auf, und Arthur versank abermals in einem grünschillernden Sumpf. Sie war scharf auf ihn. Ihre Augen sagten es ihm. Zumindest glaubte er das. Und Hillmann, der sich nie nach molligen Frauen umgeschaut hatte, verspürte plötzlich den unwiderstehlichen Drang, ihren weißen, weichen Körper zu streicheln, zu liebkosen, in ihn einzudringen.

»Amen!«

Hillmann riss seinen Blick von Denise los. »Amen.«

»Was möchten Sie trinken?«, fragte Souter. »Rotwein?«

»Lass uns zur Feier des Tages eine Flasche Sekt aufmachen«, schlug Denise vor.

»Eine gute Idee«, stimmte Arthur ihr zu: Sekt enthemmt.

»Ja-nee.« Souter warf seine Serviette auf den Tisch, ging in die Küche und kam mit einem klebrigsüßen Gesöff zurück.

Das Gemisch aus Fleisch, Süßkartoffeln und gezuckerten Karotten schmeckte auch nicht besser. Es roch zwar gut, doch Arthur gingen die hervorquellenden Augen des Schafes nicht aus dem Sinn, und als ihm etwas Glibberiges zwischen die Zähne geriet, schob er den Teller beiseite.

»Schon satt, Meneer?«

»Ja, Kommandant.«

»Ich kann auch nicht mehr«, behauptete Martha.

»Aber Sie haben doch kaum etwas gegessen, Mevrou!«

»Sie sind das süße Zeug nicht gewohnt«, sagte Melissa, die den ganzen Abend schweigend am Tisch gesessen und *afval* in sich hineingeschaufelt hatte. Souter versuchte sie mit einem finsteren Blick zum Schweigen zu bringen, doch sie wandte sich unbekümmert an Martha: »Die Deutschen mögen lieber deftiges Essen, nicht wahr?«

»Nun, wir ...«

»Sag das nicht«, half Arthur ihr aus der Klemme. »Manchmal naschen wir auch ganz gern.« Aus den Augenwinkeln sah er, wie Denise ihr schulterlanges Blondhaar nach hinten strich und ihn mit ihrem roten, feuchten Mund anlächelte.

»Ich höre, dass Ooms Sohn an der Grenze ist?«

»Ja.« Er wollte, die Kratzbürste würde den Mund halten, damit er sich Denise zuwenden konnte, aber das Mädchen ließ nicht locker:

»Warum hat Oom ihn nicht nach Deutschland abgeschoben?«
»Melissa!«, zischte Souter.
»Südwestafrika ist Patricks Heimat«, erklärte Hillmann. »Da finde ich es nur richtig, dass er sein Vaterland verteidigt.«
»Hat Pa das gehört?«
»Ja, und jetzt gib endlich Ruhe!«
»Pa wollte mich nach England schicken, Oom.«
»Du bist ja auch ein Mädchen.« Noch während Arthur das sagte, wusste er, dass er bei ihr verspielt hatte: Sie stand auf und ging wortlos aus dem Zimmer.
»Nun dann!«, rief Souter in die beklemmende Stille hinein. »Auf was sollen wir anstoßen? Auf unsere sture Tochter oder auf unsere hungrigen Gäste?«
»Lasst uns lieber auf einen kleinen, roten Flitzer anstoßen«, warf Arthur ein. Er bemerkte, wie die Souters erstaunte Blicke wechselten, und fügte erklärend hinzu: »Ich habe da einen Sportwagen an der Hand; preiswert und so gut wie neu. Also, wenn Sie Interesse haben ...«
»Nein, danke«, wehrte Denise ab. »Freddy hat mir heute Nachmittag gerade einen gekauft, einen – ach, wie heißt der Wagen noch?«
»Datsun 323«, sagte Souter.

54

Louis hockte in einer abgedunkelten Nische des Wartesaals und starrte die Schwingtüren an, die auf einen langen, von Neonröhren erleuchteten Gang hinausführten. Vor einer Stunde war Elsie hinter diesen Türen verschwunden. Er hatte ihr durch ein rechteckiges Fenster nachgeblickt, hatte gesehen, wie der Arzt mit wehendem Kittel neben der Bahre hergerannt und am Ende des Ganges durch eine zweite Schwingtür in den OP gestürmt war.

Louis hatte Gott um Gnade angefleht. Er hatte den Allmächtigen inbrünstig darum gebeten, sein Leben gegen das von Elsie einzutauschen. Er hatte geschworen und schwor immer noch, alles, aber auch wirklich alles zu tun, was Gott von ihm verlangte, wenn Er nur seinen Engel am Leben erhalten möge.

Louis war mit seinem Kummer nicht allein: Überall saßen weiße, braune und schwarze Menschen auf Plastikstühlen, rauchten hinter vorgehaltener Hand in den Nischen oder gingen rastlos umher. Plötzlich flogen die Schwingtüren auf. Ein Arzt trat mit heruntergeklappter Gesichtsmaske an den Empfangsschalter, ließ sich eine Akte geben und war, ehe Louis oder ein anderer ihn aufhalten konnte, wieder vom Gang verschluckt worden. »Was hat er gesagt?«, fragte Louis die Matrone.

Ihr Kugelschreiber verharrte, und sie schielte zu ihm auf. »Wie bitte?«

»Meine Frau ist schon seit über einer Stunde da drin.« Er wies auf die Schwingtüren. »Wann kommt sie endlich raus?«

»Gedulden Sie sich bitte.« Sie senkte den Kopf und vollendete den angefangenen Satz mit einer fließenden Handbewegung.

Louis wollte, es gäbe in Windhoek ein Militärhospital. Dort wäre die Frau bei seinem Anblick aufgesprungen und hätte die Fäuste an die Rocknaht gelegt, anstatt an ihrem Kugelschreiber zu lutschen. »Sie kennen sich doch damit aus«, sagte er in einem versöhnlichen Tonfall, denn ihm war aufgefallen, dass die Matrone auch eine Menge Abzeichen und Spangen auf den Schulterklappen trug. »Wie lange dauert es, jemandem den Magen auszupumpen?«

»Ich bin kein Arzt«, erwiderte sie, ohne den Blick von dem ausgefüllten Formular zu wenden.

Wütend drehte sich Louis um und begann im Wartesaal der Unfallstation auf und ab zu gehen, angepeitscht von seinem Zorn, der Angst um Elsie und von dem Kaffee, den Esme gekocht hatte, derweil Louis sich, auf Paulus' Arm gestützt, im Garten übergeben hatte.

Das *volk* war sofort zur Stelle gewesen, was er von dem Krankenwagen nicht behaupten konnte. Der war erst zwanzig Minuten nach Engelbrechts schluchzendem Anruf erschienen. In der Zwischenzeit hatte Esme seinem Engel das Gesicht gesäubert, hatte Elsies Oberkörper nach vorn gebeugt, damit sie nicht erstickte, hatte ihr den Rücken massiert und auf sie eingeredet, nicht etwa wie eine unterwürfige Dienstmagd, sondern mit der selbstsicheren Stimme einer Krankenschwester. Und als sie ihm gesagt hatte, er solle seinen Kaffee in der Küche trinken, war er ihrer Aufforderung willenlos nachgekommen.

Paulus' fürsorgliches Auftreten hatte ihn nicht minder erstaunt: Der Ovambo hatte, das Schlimmste ahnend, die Pistole unter einem Sofakissen versteckt, dann hatte er Elsie eine Decke um die Schultern gelegt und war in die Nacht hinausgeeilt, um Louis zu stützen und die wild durch die Gegend kurvende Ambulanz abzufangen. Verdammt anständiges *volk* ...
Louis fummelte in der Brusttasche nach einer Zigarette. Er steckte die Lexington in den Mundwinkel, denn er hatte sich am glühend heißen Rand von Esmes Emaillebecher die Lippen verbrannt. Er wollte seine ruhelose Wanderung gerade wieder paffend aufnehmen, als ihn jemand am Ärmel zupfte. »Meneer Engelbrecht?«

»Ja«, sagte er und fragte sich, ein eisiges Kribbeln im Gesicht, warum der Arzt ihn nicht anlächelte, warum er nicht den Kopf schüttelte, warum er einfach nur dort stand und ihn abschätzend musterte. »Wie geht es ihr?«

»Den Umständen entsprechend gut.«

»Was soll das heißen, verdammt?«

»Ihre Frau ist in einem kritischen Zustand.« Der Arzt nahm Louis die Zigarette aus dem Mundwinkel und drückte sie in einem mit Sand gefüllten Behälter aus. »Wissen Sie, warum Ihre Frau einen Selbstmordversuch unternommen hat?«

»Na ja, sie hat ein Schilddrüsenleiden, ist nervös, sieht Dinge, verstehen Sie?«

»Nein, nicht ganz.«

»Sie ... ja«, gestand er. »Ja, ich glaube, ich weiß, weshalb sie das getan hat.«

»Dann reden Sie ihr gut zu. Machen Sie ihr Mut. Ich bin davon überzeugt, dass Ihre Frau jedes Wort verstehen kann.«

»Was? Ist sie immer noch bewusstlos?«

»Wir rechnen nicht damit, dass sie vor morgen Abend aufwacht. Wenn sie aufwachen will«, fügte der Arzt hinzu.

* * *

Über Katutura, dem Wohnviertel der Schwarzen, hing eine Rauchwolke. Davor ragte das Krankenhaus wie ein graubrauner Betonklotz in den glühenden Morgenhimmel. Louis sah hinter den Fenstern die Lichter ausgehen, und ihm war, als würde dort jemand ein Leben nach dem anderen ausknipsen. Hastig wandte er sich von der Heckscheibe ab. Der Taxifahrer hatte ihn beobachtet. In dem Bruchteil der Sekunde, in der sich ihre Blicke im Spiegel trafen, verrieten ihm die Augen des Schwarzen, dass er Louis der Uniform wegen hasste.

»Wie heißt du?«

»Daniel«, nuschelte der Schwarze und lenkte den Wagen über die Jannie-de-Wet-Brücke. Unter ihnen flogen Eisenbahnschienen vorüber.

»Wann warst du das letzte Mal im Ovamboland?«

»Januar.« Der Fahrer legte sich in eine scharfe Rechtskurve. Vor ihnen lag jetzt die Kaiserstraße, die gleich einem schwarzen, breiten Fluss mitten durch die Innenstadt floss.

»Sind deine Rinder fett?«

»Ja.« Daniel entspannte sich ein wenig. »Ich habe drei Kühe und zwei Kälber«, berichtete er und zählte die Tiere an den Fingern ab, ohne die Hände vom Lenkrad zu nehmen. »Und dann habe ich noch Esel.« Er versuchte erst gar nicht, sie aufzuzählen. »*Klomp*«, sagte er. »Viele.«

»Sind deine Frauen und Kinder wohlauf?«

»Ja.« Der Fahrer lächelte. »Sie sind gesund und fleißig.«

»Meine Frau ist krank.« Louis deutete mit dem Daumen über die Schulter. »Es geht ihr nicht gut.«

»*Eijee*«, sagte Daniel. Er riskierte einen Blick in den Rückspiegel, und diesmal erkannte er hinter der Uniform einen müden, verzweifelten Menschen, der zur Christuskirche hinaufstarrte.

Die von der Sonne vergoldete Kuppel blendete Louis. Er schloss die Augen und sah Elsie im Krankenhaus liegen, sah die Tropfnadel in ihrem Unterarm und die Schläuche, die ihr aus der Nase hingen, und das Gesicht, so weiß wie das Kopfkissen. Er betete, bis der Wagen im Suiderhofviertel vor seinem Haus hielt ...

»*Agt Land, asseblief.*« Daniel konnte kein R aussprechen.

»Hier hast du zehn Rand, Daniel. Behalte das Wechselgeld.«

»*Dankie*, Baas.«

Louis stieg aus dem geheizten, nach verbranntem Gummi riechenden Wagen. Ein eisiger Ostwind fegte die Straße entlang und ließ Engelbrecht erschauern. Als er durch das Gartentor trat, sah er Paulus und Esme auf der Veranda stehen. Er hatte das Haus fluchtartig verlassen; die Eingangstür stand noch immer offen, doch die Schwarzen hatten sich nicht einmal auf die Veranda-

stühle gesetzt. Hinter ihm fuhr das Taxi mit qualmendem Auspuff davon. »Morgen, Esme. Morgen, Paulus.«
Sie starrten ihn an, voller Angst um Elsie.
»Die Missus schläft«, sagte Louis. Seine Zähne schlugen aufeinander. »Der Doktor meint, dass sie erst heute Nachmittag wieder aufwachen wird.«
»Dank dem Herrn«, sagte Esme, und Paulus schirmte seine Augen mit einer Hand ab.
»Hört zu.« Louis schob die Fäuste unter seine schweißnassen Achseln. »Ihr braucht heute nicht zur Arbeit zu kommen.«
»Heute ist Samstag«, sagte Paulus. Auch er fror. Die Hosenbeine seines blauen Overalls zitterten. »Heute muss ich für Baas Hillmann arbeiten.«
»Dann nehmt euch den Montag frei.«
»Und wer kocht für den Baas?«, wollte Esme wissen. »Ich habe keinen Hunger. Ich bin müde.«
»Dann hört der Baas das Telefon nicht. Wenn die Missus was braucht, muss doch jemand an das Telefon gehen.«
Louis hüstelte. »Ich bin Soldat. Ich habe einen leichten Schlaf.«
»Ja«, pflichtete ihm Paulus bei. »Das ist wahr.«
»Weiß der Baas, warum die Missus sterben wollte?«, fragte Esme. Die Frage hatte die ganze Nacht auf ihrer Zunge gelegen.
Louis fingerte an seinen Mundwinkeln herum. Der Geruch von Medikamenten stieg ihm in die Nase. Er ließ die Hand fallen. »Nein, Esme. Ich habe keine Ahnung.«
»Der Baas muss Kleinmissus Sarah anrufen. Kleinmissus Sarah wird das Herz der Missus wieder froh machen.«
»Ja, das denke ich auch.« Seine Augen brannten. »Und nun geht schlafen«, befahl er, da er befürchtete, sonst erneut vor dem *volk* in Tränen auszubrechen.
»*Baie dankie*, Baas«, sagten sie, denen er zu danken hatte. Er wartete, bis sie um die Hausecke verschwunden waren, dann stieg er über die Schwelle und schloss die Eingangstür.

* * *

Ein aschgraues Gesicht mit fiebrig glänzenden Augen, Tränensäcken und stoppelbärtigen Wangen starrte Louis an. Kein Wunder, dass der Arzt ihn bei der Ankunft gefragt hatte, ob er sich gleich neben Elsie legen wollte. Er neigte sich vor, um die geplatzten Äderchen auf seiner Nase näher im Spiegel zu betrachten. Da vernahm er ein Geräusch. Es klang wie das kurze, heftige Klirren eines Schlüsselbundes. Lauschend verharrte er vor dem Waschbecken, und als er hörte, wie die Katze im Wohnzimmer seinen Wagenschlüssel vom Couchtisch fegte, ließ er langsam den angestauten Atem entweichen, denn er hatte einen Moment lang geglaubt, dass ein Wunder geschehen und Elsie nach Hause gekommen sei.

Louis duschte sich mit der Handbrause ab. Das Wasser erfrischte ihn, spülte die Müdigkeit und einen Teil seiner Verzweiflung fort. Im Wohnzimmer stieg ihm jedoch erneut der penetrante Medikamentengeruch in die Nase. Der Geruch ätzte seine Schleimhäute wie ein billiges Parfüm, und jeder Atemzug erinnerte ihn daran, was geschehen war, zumal die Siamkatze auf dem Korbsessel kauerte, dort, wo Elsie sich zum Sterben niedergelegt hatte.

Noch ehe sein Pantoffel an das Regal krachte, tat es ihm auch schon Leid, die Katze verjagt zu haben: Siam war Elsies Kuscheltier, und er kam sich vor, als hätte er den Pantoffel nach Elsie geworfen, seinem Engel, dem er das Glück auf Erden versprochen hatte. Und bei diesen Worten hatte er den leichten Druck ihrer Fingerkuppen ganz deutlich auf seiner Handfläche gespürt ...

Louis schlüpfte in den Pantoffel, das Gesicht wie aus Stein gemeißelt. Bevor er die Gardinen und die Fenster aufriss, zog er die Pistole unter dem Sofakissen hervor und verstaute sie in der Bademanteltasche. Dann schaltete er das Radio an, um die Stille zu vertreiben, jene Stille, die ihm das sonderbare Gefühl vermittelte, dass Elsie ihn nicht nur verstehen, sondern auch seine Gedanken lesen und ihn aus einer anderen Dimension heraus beobachten konnte.

Der Radiosprecher wünschte ihm einen guten Morgen und erwähnte im selben Atemzug, dass Pastor Cornelius Ndjoba, Chefminister der Ovamboregierung, zum Präsidenten der Demokratischen Turnhallen-Allianz gewählt worden war. Sein Vorgänger, ein Herero namens Clemens Kapuuo, war vor zwei Monaten, am Ostermontag, in Katutura einem Attentat zum Opfer gefallen. Die südafrikanische Regierung hatte die SWAPO und die SWAPO die südafrikanische Regierung dafür verantwortlich gemacht.

Louis steuerte das Geheimfach in der Wohnzimmerecke an. Er brauchte einen Drink, einen steifen, der ihm über den Geruch hinweghelfen und ihm die Angst vor dem Anruf nehmen sollte. Beim Näherkommen bemerkte er, dass eine langfingerige Hand den in den Staub gepressten Abdruck auf der Trommel verwischt hatte. Aus seiner Brandyflasche fehlte ein tüchtiger Schluck. Arthurs Flasche dagegen sah unberührt aus, doch die Farbe des Whiskys verriet ihm, dass jemand den Inhalt mit Wasser verdünnt hatte.

Louis kannte Leute, die hätten jetzt das *volk* aus dem Bett getrommelt und dumme Fragen gestellt: Warum habt ihr das getan? – Ich weiß nicht, Baas. – Warum habt ihr mich nicht gefragt? – Weil du uns die Flasche nicht gegeben, sondern eine Moralpredigt gehalten hättest, Baas. – Ich bin sehr, sehr enttäuscht. – Wirklich, Baas? Warst du nicht schon vom ersten Tag an davon überzeugt, dass wir dich eines Tages bestehlen würden? – Packt eure Sachen. Ich kann in meinem Haus keine Diebe gebrauchen. – Ja, Baas, aber ... – Soll ich die Polizei rufen? – Nein, Baas. – Na also. Der Nächste bitte ...

Nee. Louis schüttelte den Kopf. Da stellte er lieber die Whiskyflasche auf die Trommel, damit sie Esme gleich ins Auge fiel, und hoffte, dass das *volk* verschwunden sein würde, wenn er am Nachmittag aus dem Krankenhaus zurückkäme.

Vielleicht ist es ganz gut so, dachte er, während er sich einen *Brandy & Coke* mixte, und er schämte sich ein wenig für den Gedanken, so wie er sich für die Dankbarkeit geschämt hatte, die er an Elsies Bett empfunden hatte, als ihm klargeworden war, dass sie ihm mit ihrem Selbstmordversuch die Augen geöffnet und ihn vor einem schlimmen Ende bewahrt hatte.

134 654 Wähler aller Rassen haben sich in den ersten zwölf Tagen der Wählererfassungskampagne registrieren lassen, sagte der Radiosprecher mit blechern klingender Stimme und erinnerte Louis daran, dass Elsies Stimme vor kurzem das Wohnzimmer belebt hatte, auch Arthurs, Marthas und Sarahs Stimme.

Louis schnitt dem Radiosprecher das Wort mit dem Drehknopf ab. Draußen lärmten Spatzen. Sie wussten wohl noch nicht, dass Elsie im Krankenhaus lag und eine hungrige Katze zurückgelassen hatte. Er würde ihr eine Büchse Leberpastete aufmachen, damit die Spatzen ungestört über die wintergelbe Rasenfläche hüpfen konnten. Aber zuerst musste er ein paar Anrufe erledigen.

Er lehnte sich an das Bambusregal, den Rücken zum Sessel, und wählte eine Nummer. Seine Hand war ruhig. Er hatte bloß

wieder dieses Kribbeln im Gesicht und ein taubes Gefühl in den Beinen, aber er wollte sich nicht setzen, nicht in diesen Sessel ...
»Ja?«
»Guten Morgen, Sa'major!«
»Kommandant?«
»Ja, ich bin's, Pa.«
»Was ist los?«, fragte sein Schwiegervater. »Haben sie dir den Arsch abgeschossen.«
»Wieso?«
»Elsie hat gestern hier angerufen. Hendrika konnte kein Wort verstehen, so geheult hat sie.«
»Ich bin befördert worden, Pa.«
»Was? Schon wieder?«
»Nach zehn Jahren!«
»Tatsächlich?« Der Alte riss ein Zündholz an, paffte. »Na, dann bringst du es wohl nicht mehr bis zum General.«
»Nein, wahrscheinlich nicht.«
»Wie sieht es dort oben aus?« Er meinte die Grenze.
»Ruhig, Pa. Wir rechnen damit, dass es erst wieder während der Regenzeit zu Grenzüberschreitungen kommen wird. Dann sind die Wasserlöcher voll. Außerdem sollen hier im Dezember die ersten freien Wahlen zur Nationalversammlung durchgeführt werden. Wir wollen eine gemischtrassige Regierung bilden, unter dem Motto: ein Mann – eine Stimme.«
»Aber die SWAPO wird sich doch nicht mit den anderen Parteien an einen Tisch setzen, oder?«
»Nein, Pa. Die SWAPO will den ganzen Kuchen.«
»Das habe ich mir gedacht. Also wird der Krieg weitergehen?«
»Ja, Pa.«
»Schön für dich, Kolonel.«
Louis trank einen Schluck. Er sah den alten Sergeantmajor vor sich, wie er grinsend an der köchelnden Pfeife sog, wohl wissend, dass Louis Waffen verabscheute. »Ist Sarah schon auf, Pa?«
»Sarah?« Dem Alten verging schlagartig das Grinsen. »Sarah?«, wiederholte er, als hätte er den Namen noch nie gehört. »Woher soll ich wissen, wo sich deine Hündin herumtreibt?«
»*Hündin?*« Engelbrechts rechtes Augenlid begann zu zucken.
»Warte, ich gebe dir deine Schwiegermutter. Ich habe nämlich kapituliert, verstehst du?«
»Pa?«

»Hendrika!«
»Jaja, Hannes, ich komm ja schon.«
»Pa, verdammt!«
»Morgen, Louis.«
»Oh ... Guten Morgen, Ma.«
»Wo ist Elsie?«
»Was ist mit Sarah, Ma?«
»Hat Elsie dir nichts gesagt?«
»Hat er dir schon gesagt, dass sie ihn befördert haben?«, hörte er den Sergeantmajor im Hintergrund poltern. »Zum Kolonel. Und was bin ich? Ein gottverdammter Uroupa.«
Louis stellte das leere Glas auf dem Regal ab, versteckte es.
»Als ich gestern Abend zurückkam, hat Elsie schon geschlafen«, sagte er. Und wie sie geschlafen hatte ...
»Die Armee scheint auch nicht mehr das zu sein, was sie mal war«, brummelte der Alte. »Sowie es an der Grenze ruhig wird, fangen sie an, Leute zu befördern.«
»Sarah ist ausgezogen, Louis.«
Er wandte den Kopf. Dort stand sie, die Flasche, im einfallenden Sonnenlicht funkelnd wie ein kostbarer Edelstein hinter Glas.
»Sag ihm, dass seine Hündin für eine Kommunistenzeitung schreibt, Hendrika. Und dass sie mit *Kaffern* auf dasselbe Klo geht.«
»Elsie war hier«, sagte die Schwiegermutter. Louis legte den Hörer auf das Regal, rannte zur Buschtrommel, packte die Flasche am Hals, eilte zurück und hörte Hendrika keifen: »... dass du Jessica zur Adoption freigeben wolltest ...« Er klemmte die Flasche zwischen die Knie und schraubte geräuschlos den Deckel ab. Mit der anderen Hand presste er den Hörer ans Ohr, nicht allzu fest, weil seine Schwiegermutter fast schrie: »... ist hier weg. Hat Sarah besucht. Wollte mit ihr reden, ihr sagen, welchen Mist du dir ausgeheckt hast, und sie aus dieser Räuberhöhle rausholen ...« Er kippte einen Schwall Whisky auf den Bademantelärmel und wischte den Flaschenhals daran ab. »... sie zurückkam, war sie völlig fertig. Hat geheult und hielt so 'nen gelben Plastiklöwen in'er Hand, den ...« Er goss Whisky in das leere Glas. »Sie nahm ihren Koffer, verschwand. Ich rief Sarah an, fragte, was vorgefallen war. Da brüllte sie mich an, gerade sie, die für so 'ne komische Zeitung ...« Louis trank, vor Augen ein Paar wulstige Lippen, die

sich sabbernd um den Flaschenhals legten.»Dann meldete sich Elsie aus Windhoek. Das war gestern Nachmittag. Heulte die ganze Zeit. Hab kein Wort verstanden. Sie legte auf. Von dem Augenblick an war und blieb euer Telefon besetzt.«

Er setzte die Flasche ab. Paulus hatte nicht viel Wasser hinzugegeben: Der Whisky breitete sich wie ein wärmendes Feuer in ihm aus. Er atmete tief durch, ließ den Whisky verdampfen und erzählte in kurzen, hervorsprudelnden Sätzen, was sich zugetragen hatte. Als er innehielt, um einen Schluck zu trinken, war es am anderen Ende so still, dass er den Alten in Kapstadt am Pfeifenstiel nuckeln hörte.

55

Warum soll ich mit ihm reden, Jeff? Er hat sich, seit ich in Kapstadt bin, weder um mich noch um Jessy gekümmert. Im Gegenteil: Er wollte, dass ich Jessy zur Adoption freigebe.«

»Bitte, Sarah.«

»Er soll sich zum Teufel scheren.«

Jeff setzte sich auf die Schreibtischkante und blickte auf Sarah herab. Sie trug ihren grünen Trainingsanzug und an den Füßen Wollsocken. »Er hat gesagt, es sei dringend.«

Er hatte mehr gesagt. Sarah konnte es an Jeffs Augen ablesen; und sie spürte es auch: Sie hatte bis Mitternacht an einem Artikel über die Rolle der Kirche in Südwestafrika gearbeitet und war um zwei mit dem Gefühl aufgewacht, dass etwas nicht in Ordnung war. Die Vorahnung hatte sie für den Rest der Nacht begleitet, wie ein Schatten, der ihr zum Schreibtisch gefolgt war und sich jetzt über sie ausbreitete.

»Sprich mit ihm«, flehte Jeff. »Ich werde solange auf Jessy aufpassen und deinen Artikel lesen.«

»Okay.«

Nebenan wohnte Rebecca, und am Ende des dunklen Ganges lag das Büro. Sarah nahm an dem Schreibtisch Platz, der wie ein solider Holzklotz inmitten der umherliegenden Kirchenblätter schwamm. Die Untergrundliteratur, die Jeff und Rebecca im Laufe der Jahre verfasst hatten, lagerte in der Besenkammer – die Polizisten schienen sich nicht für Besenkammern zu interessieren; sie hatten es immer wieder auf die Aktenschränke abgesehen, die wie graue, zur Inspektion aufgestellte Soldaten an den Wänden aufgereiht waren.

Sarah strich ihr Haar hinter das rechte Ohr und hob den Hörer hoch. »Ja?«

»Leg bitte nicht auf, Sarah.« Seine Stimme klang müde, traurig. Sie hörte, wie er etwas hinunterwürgte. »Ma hat versucht, sich umzubringen ...«

Während er stockend weitersprach, klopfte Sarah den mit Papieren übersäten Schreibtisch nach einer Zigarettenschachtel ab. Sie konnte keine finden und steckte die Hand zwischen ihre Knie, wo es warm war, derweil sich der Rest ihres Körpers in Eis zu verwandeln schien. »Es ist meine Schuld«, sagte er. Sarah schwieg, den Hörer mit geschlossenen Augen an das Ohr gepresst.

»Aber ich werde alles wiedergutmachen, Sarah. Das verspreche ich dir. Ich hab's auch deiner Ma versprochen.« Er riss ein Zündholz an. Das Geräusch tönte durch die Leitung wie ein jäh aufbrausendes Buschfeuer, und sie dachte daran, wie er an ihrem Bett gesessen, ihr eine Zigarette angeboten und gesagt hatte, dass sie später einmal alles begreifen würde, dass er immer nur das Beste für sie gewollt hatte. Aber in Wirklichkeit hatte er sie schon damals, an jenem schrecklichen Tag, im Stich gelassen ... »Sarah? Bist du noch da?«

»Ja.«

»Weißt du, als ich deine Mutter dort liegen sah, bleich und still wie ein schlafender Engel, da wurde mir plötzlich klar, was ich euch angetan habe. Es tut mir Leid, Sarah.« Sie kniff die Lippen zusammen. Er wartete eine Weile vergebens auf eine Antwort und fuhr dann hastig fort: »Ich habe lange mit deiner Ma geredet, richtig geredet, und sie hat jedes Wort verstanden. Ich konnte es an ihrem Gesicht sehen. Einmal hat sie sogar meine Hand gedrückt.« Er zog die Nase hoch, dann vernahm Sarah das Klirren von Eiswürfeln. »Ich habe deiner Mutter gesagt, dass ich für drei Monate nach Kapstadt übersiedeln und eine Entziehungskur machen möchte. Der Alkohol ... Du wachst morgens auf und kannst dich an nichts mehr erinnern. Dein Gehirn wird zu einem Sieb, weißt du, und dein Leben rinnt wie Sand durch die Löcher. Damit ist jetzt Schluss. Jetzt fangen wir ein neues Leben an.«

Sarah zog die oberste Schublade auf. Auch dort keine Zigaretten, nur eine Packung Kaugummi, Büroklammern, Farbbänder für die elektrische Schreibmaschine auf dem Tisch. Sie schob die Schublade zu. »Vor ein paar Tagen hatte Pa noch solche Angst vor Hillmann, dass Pa mich zwingen wollte, Jessy ...«
»Sarah!« Er ließ das Glas mit einem eisrasselnden Geräusch sinken. »Ich habe mit Hillmann nichts mehr zu tun. Ich bin nämlich befördert worden. Zum Kolonel.«
»Pa.«
»Ja, Sarah?«
Sie sah ihn vor sich, wie er am Regal lehnte und lächelnd darauf wartete, ihre Glückwünsche entgegenzunehmen. »Ich schäme mich für Pa«, sagte sie, »für die Uniform, die Pa trägt, und für das, was Pa tut und all die Jahre getan hat.«
In der Leitung summte und knisterte es. Kurz darauf hörte sie einen Sessel knarren. Es klang wie das Knarren eines Baumes, der sich langsam zur Seite neigt.

56

Arthur stürmte aus dem Büro und hatte das Wohnzimmer schon fast durchquert, als er Erich mit zerknautschtem Gesicht und wirren Haaren auf dem Sofa hocken sah. Arthur verharrte mitten im Schritt. Was macht der Kerl da, fragte er sich, denn der Junge umklammerte einen Porzellanbecher und starrte aus schläfrigen Augen den Fernsehschirm an. Träumte er sich einen Western zusammen, oder hatte er etwa gelauscht?

Erich beobachtete seinen Vater im spiegelnden Fernsehschirm, doch er beachtete ihn nicht, drehte ihm sozusagen den breiten Rücken zu.

Ach, so ist das, dachte Arthur. Erich saß im Wohnzimmer, um ihm zu demonstrieren, dass er beleidigt war, weil ihn das Telefon aus dem Schlaf gerissen und er die Treppen zum Schlafzimmer hatte hochrennen müssen. »Na, wunderbar«, murmelte Arthur. Er war gerade in der richtigen Stimmung. »Kannst du nicht guten Morgen sagen?«

Erich schob die Unterlippe vor und blies in die heiße Schokolade.
»Sieh mich an, wenn ich mit dir rede!«
Der Junge nahm sich Zeit. Er wandte langsam den Kopf und schenkte Arthur sein einstudiertes John-Wayne-Lächeln: Hee, Alter, sagte dieses Lächeln, mach keinen Scheiß, ja?
»Steh auf!«
Der Junge erhob sich. Zwei Knöpfe an Erichs hellblauem Pyjama fehlten, so dass Arthur seinen hervorquellenden Bauch sehen konnte. Er sah noch mehr: Er sah Sandy aus dem Schwimmbecken steigen, nackt und jung und schön und außer Reichweite. Für ihn, ja, aber nicht für Erich Hillmann, dem alles in den Schoß fiel, ohne dass er seinen Hintern zu rühren brauchte.
»Weißt du was«, sagte Arthur, »du siehst aus wie eine x-beinige Qualle.«
Erichs Grinsen wurde breiter, doch seine Augen riefen: Hee, Paps, warum tust du mir das an? Ich bin doch dein Kumpel!
»Du kotzt mich an!«
Erich zuckte zusammen, und dann schlurfte er davon mit seinem hängenden Elefantenhintern und einem Hundeblick, der Arthur in Rage brachte, denn dieser Blick verriet ihm, dass er in Erichs Augen ein John Wayne war und der Junge nicht ihn, sondern sich selbst hasste, weil er seinem Held nichts recht machen konnte. Patrick hatte ihn nie auf diese Art angesehen, nie. Voller Zorn wandte Arthur sich ab und stieg die Treppen zum Schlafzimmer hinauf.
Martha setzte sich im Bett auf. Sie lächelte in der Erwartung, dass er ihr einen Kaffee brachte. Er stellte sich jedoch an das Fenster und schob die Gardinen einen Spalt auseinander. »Louis hat angerufen«, sagte er. Seine Stimme klang ruhig, so als führe er ein Selbstgespräch, aber die Augen, die er jetzt über die Schulter hinweg auf Martha richtete, erinnerten sie an Eisblumen. »Elsie liegt mit einer Überdosis Beruhigungstabletten im Krankenhaus.« Er ließ die Gardinen zufallen und drehte sich um. »Die Frauensache, die du mit ihr zu besprechen hattest, muss ihr ganz schön auf den Magen geschlagen haben.«
Martha zog die Federdecke bis an das Kinn hoch. Ihr fröstelte.
»Warum hast du mir verschwiegen, dass Elsie sich nicht an unsere Abmachung gehalten hat?«
»Du hattest gestern genug andere Probleme.«

»Jetzt habe ich erst recht Sorgen: Louis hat mir gesagt, dass ich ihn am Arsch lecken soll.«

»Louis ist ein Alkoholiker. Der redet viel, wenn der Abend lang war.«

»Er meint es ernst, Martha.«

»Ach was.«

»Dann sieh doch mal aus dem Fenster: Der Landcruiser und der Datsun stehen schon dort unten auf der Straße. Er hat mir das Zeug vor die Füße geschmissen.«

»Du brauchst Louis nicht. Denise wird schon dafür sorgen, dass du mit Souter ins Geschäft kommst.«

»Souter hat mir gestern Abend alles verdorben! Es sollte mich nicht wundern, wenn Louis und Souter unter einer Decke stecken.«

»Unsinn.«

»Ach? Zwei starke Frauen regeln die Geschäfte ihrer Männer. Das gefällt euch, was?«

»Der Weg zu Souter führt nun mal über Denise. Dafür kann ich nichts.«

Arthur trat an das Bett, die Fäuste in die Taschen seines bronzeschillernden Morgenmantels gestemmt. »Seit Souter hier war, erteilst du mir Ratschläge und belehrst mich wie einen kleinen, dummen Jungen. Aber ich will dir mal was sagen: Ich bin nicht Erich Hillmann.«

»Ich wollte dir doch nur helfen!«

»Indem du mir Sachen verschweigst?«

»Ich hätte es dir früher oder später gesagt!«

»Das soll ich dir glauben?«

»Wenn du mir nicht mehr vertrauen kannst, wem dann?«

Er streckte ihr den Arm hin, die Handfläche nach außen gekehrt. Martha biss sich auf die Unterlippe. Sie blieb einen Moment reglos sitzen, dann streifte sie die Goldkette über den Kopf und übergab Arthur das Medaillon.

»Ka-bum«, sagte er und begrub den Rohdiamanten in der Manteltasche.

57

Entweder hatte Kondjoura ihn falsch verstanden, oder der Mann mit dem weißen, haarigen Hintern war ein Märchenerzähler: Er behauptete, er käme aus Windhoek, einem Platz, an dem so viele Hütten beisammen stünden, dass alle Himba darin wohnen könnten. Alle! Das konnte Kondjoura nicht glauben, denn wenn sich alle Himba an einem Platz versammelten, würden ihre Rinder das Gras in wenigen Tagen bis auf den Boden herunterfressen. Dann müssten die Himba sich wieder trennen. Und aus welchem Grund sollten Menschen so dicht beieinander leben wie ein Schwarm Blutschnabelweber? Darauf hatte ihm der Weiße, der Otjiherero wie ein Kind sprach, keine Antwort geben können.

Um seine Familie zu besuchen, hatte der Weiße, der nicht Parick, sondern Pa-Trick hieß, gesagt, müsse er zwei Tage in seinem *Otjihauto* nach Süden fahren. Auch das konnte nicht stimmen: Der *Otjirumbu*, der sich morgens und abends mit einem Stock im Mund herumstocherte, bis ihm weißer Schaum auf die Lippen trat, kam nämlich kaum von der Stelle. Immer wieder musste er aussteigen und Steine aus dem Weg räumen. Und Kondjoura war schon mehr als zwei Tage in die südliche Richtung gelaufen, ohne je etwas von Windhoek gesehen oder gehört zu haben.

Pa-Trick, der Ziegenmilch verabscheute, dafür aber mit Vorliebe in Ochsenblut schwimmende Würmer aus Blechbehältern aß, schien nicht nur ein Märchenerzähler zu sein; er litt auch unter Verfolgungswahn. Ständig redete der Weiße, der viele Sachen übereinander trug und trotzdem fror, von Soldaten, die ihn töten wollten. Dabei hatte Kondjoura noch nie einen SWAPO-Guerilla gesehen, von einem Kubaner ganz zu schweigen, doch sobald er ein Feuer gegen die Kälte der Nacht anzündete, nahm der *Otjirumbu*, der jedem Himba, dem sie unterwegs begegneten, Medizin andrehen wollte, sein Gewehr und verkroch sich im Gebüsch. Am meisten aber fürchtete Pa-Trick sich vor Krokodilen und Schlangen. Vögel dagegen liebte der Mann, der seinen Hintern nicht mit Gras, sondern mit Papier abwischte. Wann immer Pa-Trick einen Vogel sah, hielt er sein *Otjihauto* an und starrte durch ein merkwürdiges Ding, das er sich vor die Augen hielt. Manchmal nahm er auch einen dünnen Zweig in die Hand und malte seltsame Zeichen auf ein Blatt Papier. Das zeigte er dann Kondjoura und lächelte. Doch selbst wenn er lächelte, schimmerte in seinen Augen ein schwermütiger Glanz. Ja, der *Otjirumbu*, der den Duft einer Blume verströmte, wenn er im seichten Fluss gebadet hatte, war ein trauriger und einsamer Mann. Aber warum, so fragte Kondjoura sich, fuhr Pa-Trick dann nicht zum Platz der vielen Hütten? Was hatte der *Otjirumbu*, der viele Menschen gewohnt war, im Kaokoland verloren?

58

Paulus hatte es geahnt. Als Baas Engelbrecht aus dem Taxi gestiegen war, hatte er zu Esme gesagt: »Der *Ekakunya* ist fertig mit dem Krieg.« Doch erst als Baas Engelbrecht es ihnen am Sonntagmorgen ins Gesicht lallte, wurde ihm bewusst, dass auch Esme und er arbeitslos waren. Und sein Herz machte einen Sprung, denn seit seiner Rückkehr aus dem Ovamboland, hatte er sich überlegt, wie er Esme dazu überreden könnte, den Job an den Nagel zu hängen.

»Hör auf zu meckern«, war Esmes Antwort gewesen. »Sei froh, dass du ein Dach über dem Kopf hast.«

Daraufhin hatte Paulus im Alleingang mehrere Versuche unternommen, die unter normalen Umständen zu einer fristlosen Entlassung geführt hätten – er war betrunken zur Arbeit erschienen und prompt unter dem Hibiskus eingeschlafen, hatte den Landcruiser mit einer Drahtbürste blankgerieben, war mit dem Rasenmäher quer durch das Blumenbeet gerast, hatte zweimal dieselbe Rohrleitung gekappt, und weil immer noch nichts passiert war, hatte er in seiner Verzweiflung schließlich den Whisky mit Wasser verdünnt –, aber Baas Engelbrecht war mit seinen Gedanken einfach nicht bei der Sache gewesen.

Paulus hatte keine Ahnung, was zwischen dem Baas und der Missus vorgefallen war. Sie hatten wochenlang nicht mehr miteinander geredet, und eines Tages war Missus Engelbrecht ausgezogen. Was immer es auch war, Eheprobleme oder Ärger mit Kleinmissus Sarah, es ging ihn nichts mehr an: Sie waren frei!

»Ihr habt bis zum Monatsende Zeit, euch nach einer neuen Arbeitsstelle umzusehen«, nuschelte Baas Engelbrecht. Er war so betrunken, dass er sich am Türrahmen festhalten musste. Paulus und Esme konnten seinen Schwanz sehen, denn sein Bademantel stand offen. Und Paulus bemerkte noch etwas: Baas Engelbrecht hatte sich auf den linken Pantoffel gepinkelt. »Ich werde nie vergessen, was ihr für die Missus getan habt, nie! Als die Missus gestern Nacht wach wurde, hab ich ihr gesagt, dass ihr ein verdammt anständiges *volk* seid, auch wenn ihr meinen Whisky verdünnt habt, ihr Sauhunde.«
»Paulus!«
»Ich erkläre dir das später, Esme.«
»Damit ist jetzt Schluss, hört ihr? Jetzt muss der Baas gehen.«
»Wohin?«
»Nach Kapstadt, Paulus. Raus aus diesem verdammten Dreckloch und weg von diesen verfluchten Halsabschneidern.«
»Dürfen wir mitkommen, Baas?«
Paulus und Engelbrecht trauten ihren Ohren nicht. Sie starrten Esme an: Paulus mit einem entsetzten Ausdruck und Engelbrecht mit Tränen der Rührung in den Augen.
»Ihr wollt wirklich mitkommen?«
»Ja, Baas! Wir gehören doch zur Familie.«
»Jessas!« Baas Engelbrecht raffte seinen Bademantel vor der Brust zusammen. »Ich würde euch gern mitnehmen«, sagte er, »aber das geht leider nicht, Esme. Kapstadt ist kein Platz für einen Ovambo. Die Zulu und Xhosa würden euch totschlagen.«
»Das glaube ich auch, Baas«, stimmte Paulus ihm zu.
»Was sollen wir machen?«
»Wenn ihr wollt, frage ich mal bei Kommandant Souter nach.«
»Bitte nicht, Baas«, flehte Paulus. »Frag lieber Baas Hillmann, ob wir ...«
»Hillmann?« Engelbrecht stieß sich vom Türrahmen ab. »Ich soll Hillmann fragen?«
»Ja, Baas. Esmes Mutter ...«
»Jetzt hört mir mal gut zu.« Engelbrecht hob schwankend einen Zeigefinger. »Hillmann ist eine Schlange, sag ich euch. Eine Mamba. Um den müsst ihr einen ganz großen Bogen machen, hört ihr?«
Natürlich folgten sie nicht Engelbrechts Rat. Kaum saß der

Baas im Taxi, das ihn zum Krankenhaus bringen sollte, da machten sich Esme und Paulus auch schon auf den Weg zur Heinitzburgstraße.

* * *

Es war Sonntag. Sinna hörte weder die Glocke bimmeln noch Cracker bellen, denn sie war gerade dabei, mit einem heulenden Staubsauger durch ihre Wohnung zu fegen. Und so kam der Baas höchstpersönlich die Auffahrt herunter, um das Tor zu öffnen. Hillmann hatte zerknitterte Jeans an, Sandalen und einen ausgeleierten Baumwollpullover. Er wirkte auf Esme und Paulus wie ein Mann, der über Nacht alles verloren hat. »Wollt ihr zu Sinna?«, fragte er mit tonloser Stimme.

»Ja, Baas.« Esme war den Tränen nahe. »Bitte, Baas.«

»Geh schon mal vor«, sagte Hillmann. »Ich habe mit Paulus noch ein Hühnchen zu rupfen.«

»Ja, Baas. Danke, Baas.«

Esme fürchtete sich vor Hillmann. Doch er beachtete sie nicht. Er blickte über Paulus hinweg zu den Wagen hin, die am Straßenrand standen. »Hast du Engelbrecht geholfen, mir diesen Schrott vor die Tür zu stellen?«

Und ob Paulus ihm geholfen hatte: Baas Engelbrecht hatte ihnen gesagt, dass sie schlafen gehen sollten. Paulus war gerade eingenickt, da hatte der Baas ihn aus dem Bett getrommelt und gesagt: »Wir müssen den Datsun und den Landcruiser zu Hillmann bringen. Jaja, ich weiß, dass du nicht fahren kannst, deshalb werde ich dich abschleppen. Du brauchst also nur auf die Bremse zu treten. Und wenn ich den Blinker anmache, lenkst du den Datsun in die Richtung, die ich anzeige. Alles klar?«

»Ja, Baas.«

Doch als beide Bremslichter aufgeleuchtet waren, hatte Paulus zwei Sekunden Zeit gehabt, um sich zu fragen, in welche Richtung Baas Engelbrecht abbiegen wollte, links oder rechts, ehe der Datsun mit einem hässlichen, knirschenden Geräusch die Heckklappe des Landcruisers geküsst und die Rücklichter zertrümmert hatte. Danach war Paulus noch zweimal gegen den Landcruiser geknallt, weil er die Kupplung mit der Bremse verwechselt hatte, aber Baas Engelbrecht war stur weitergefahren und hatte erst vor Baas Hillmanns Villa angehalten.

Paulus war gleich dageblieben. Während Engelbrecht mit einem Taxi davongeschlichen war, hatte Paulus den Garten bewässert und darauf gewartet, dass Baas Hillmann herauskäme und ihm Fragen stellte. Aber Baas Hillmann war nicht rausgekommen. Paulus hatte ihn lediglich in der Villa herumbrüllen hören ...

»Nein, Baas«, log Paulus. »Baas Engelbrecht hat sich einen Taxifahrer genommen. Ich kann nicht fahren, Baas«, fügte er erklärend hinzu.

»Und vom Autoputzen hast du wohl auch keine Ahnung, was?«

»Baas Engelbrecht hat mir gesagt, dass ich den Landcruiser ordentlich schrubben soll, Baas! Da habe ich eine Drahtbürste genommen, und ...«

»Wenn ich dich mit einer Drahtbürste in der Nähe des Mercedes erwische, schlage ich dir den Schädel ein, verstanden?«

»Das würde ich nie tun, Baas! Ich hab's bloß getan, damit Baas Engelbrecht mich rausschmeißt. Ehrlich, Baas. Ich wollte mir eine andere Arbeit suchen.«

»Warum hast du dann nicht gekündigt?«

»Esme wollte nicht. Aber jetzt müssen wir gehen, denn Baas Engelbrecht ist fertig mit dem Krieg.«

»Ihr müsst gar nichts«, widersprach Hillmann. »Baas Souter wird bald Engelbrechts Haus übernehmen. Dann braucht er jemanden, der sich um den Garten kümmert.«

»*Eijee!*« Paulus konnte es nicht fassen. »Hat Baas Souter keine Angestellten?«

»Nur eine alte Hererofrau.«

»Wir wollen ihr nicht die Arbeit wegnehmen, Baas.«

»Das tut ihr auch nicht. Die Frau kehrt am Monatsende in das Hereroland zurück.«

Paulus rang die Hände. »Kann ich nicht auf einer Baustelle im Ovamboland anfangen? Bitte, Baas. Meine Eltern sind alt und krank. Ich könnte hin und wieder nach ihnen sehen.«

»Ich brauche im Ovamboland keinen neuen Nasenbohrer, sondern jemanden, der mich hier auf dem Laufenden hält. Überleg's dir.«

»Bitte, verstehe mich doch, Baas. Ich habe große Angst! Wenn die anderen Ovambo eines Tages herausfinden, dass ich für einen weißen Soldaten gearbeitet habe, schlagen sie mich tot.«

»Du meinst, wenn ihr das Land übernommen und uns ins Meer gejagt habt?«
»Die Leute reden von einer neuen Regierung, Baas!«
»Dann frag die neue Regierung, ob sie Arbeit für dich hat.«
»*Eijee*, Baas! Ich will für dich arbeiten, nicht für die Regierung.«
»Du lügst wie gedruckt, Paulus. Bei dir weiß man nie, woran man ist. Und von Verrätern habe ich die Nase gestrichen voll.«
»Ich habe meine Arbeit immer ordentlich gemacht, Baas. Bitte, gib mir eine Chance.«
»Na schön ... Wann fängst du bei Baas Souter an?«
Paulus senkte resigniert den Kopf. »Nächsten Monat, Baas.«
»Dann hol Esme und stellt euch bei Souter vor.«
»Jetzt gleich?«
»Wir wollen doch nicht, dass euch jemand den Job vor der Nase wegschnappt, oder? Und noch etwas, Paulus: Sag Souter nicht, dass ich euch geschickt habe.«

* * *

Souter stand im Garten. Schweiß schimmerte ölig auf seinem sonnengebräunten Oberkörper. Paulus fand den Mann auf Anhieb sympathisch. Wie er dort im Vorgarten auf den Rasenmäher gestützt stand, hätte er ebenso gut Paulus sein können: klein, drahtig und verschwitzt, nur eben, dass er ein *Ekakunya* war und zu den Leuten gehörte, die seine Brüder vertrieben und Philemon ins Gefangenenlager gebracht hatten ...
»Wer hat euch geschickt?«
»Baas Engelbrecht. Wir haben für ihn gearbeitet.«
»Ach, ihr seid das?«
»Ja, Baas.«
Souter wischte sich mit dem Unterarm den Schweiß aus dem Gesicht. »Es tut mir Leid«, sagte er, »aber ich mache meine Arbeit grundsätzlich allein.«
Als Arthur Hillmann das hörte, verzerrte sich sein Gesicht vor ohnmächtiger Wut. »Dieses hinterlistige Schwein!«, stieß er hervor und stapfte mit geballten Fäusten die Auffahrt hinauf.
Esme rannte hinter ihm her. »Baas!« Sie erwischte ihn am Ärmel. »Baas, was ...«
Hillmann schüttelte sie ab. »Verschwindet, ich kann euch nicht gebrauchen.«

»Baas!«, kreischte Paulus. Ihm war plötzlich klargeworden, dass er nun wirklich frei war; freier, als er es sich je erträumt hatte.
»Bitte, bitte, Baas!«
»Verabschiedet euch von Sinna. Und macht es kurz, ja? Ich will meine Ruhe haben.«
Es dauerte etwas länger. Sinna erteilte ihnen Ratschläge: »Vergesst die Kaiserstraße«, sagte sie. »In den Geschäften zahlen sie zwar etwas mehr, aber dafür müsst ihr nach Katutura ziehen. Wer will das schon? Grast also lieber die weißen Wohnviertel ab und dankt Gott, dass ihr nicht für Mister Hillmann arbeiten müsst.«
»Warum tust du es dann?«
»Weil ich zu alt bin, um noch einmal ganz unten anzufangen, Esme. Außerdem komme ich mit der Missus gut zurecht. Und ich tue es deinem Vater zuliebe. Er bekäme im ganzen Land keinen besseren Arbeitsplatz, denn wo gibt es das, dass ein Ovambo das Sagen auf einer Baustelle hat?«
»Ich kann keine Rosen mehr sehen«, beharrte Paulus.
»Du hast nichts anderes gelernt! Also, was willst du?«
»Dasselbe wie Baas Engelbrecht: raus aus dem Dreckloch und weg von diesen Halsabschneidern.«
»Was soll das heißen?«
»Für die Weißen bin ich ein dummer *Kaffer*; meine Eltern sind krank, und mein Bruder sitzt wegen mir in einem Gefangenenlager in Lubango. Das heißt: Ich kann nicht länger in Windhoek bleiben. Ich gehe zurück ins Ovamboland.«
»Und was ist mit Esme?«
Esme, dieses heulende Elend, das im Sessel kauerte und ihn mit einem vorwurfsvollen Blick aus ihren Kulleraugen bedachte, so als sei er an allem schuld. Dabei hatte er einen viel zu hohen Preis für sie gezahlt. Und noch immer dachte sie nur an sich, genau wie ihre Mutter, die sich vor ihm aufgebaut hatte, um ihn einzuschüchtern. Aber er hatte keine Angst mehr vor ihr, vor keinem. »Esme ist meine Frau«, sagte er. »Ich werde sie mitnehmen.«
»Nein!«, rief Esme. »Ich gehe nicht nach Ombalantu zurück! Nie mehr!«
»Dann lass ich mich von dir scheiden!«
Sinna taumelte einen Schritt zurück. »Sag mal, bist du verrückt geworden?«

»Ich habe jahrelang die Launen deiner Tochter ertragen. Und was habe ich dafür gekriegt? Eine unfruchtbare Frau, die mir jetzt, wo ich sie nötig habe, in den Rücken fällt.«

»Ach ja?« Esme sprang mit einem Satz aus dem Sessel. »Ich bin bei mehreren Ärzten gewesen. Mir fehlt nichts. Du bist derjenige, der unfruchtbar ist!«, schrie sie. »Jaa-a, deinetwegen haben wir keine Kinder!«

Esme hätte ihm ebenso gut eine Kugel durch den Kopf schießen können.

59

Es war nicht allein Engelbrechts Schuld, dass Elsie einen Selbstmordversuch unternommen hatte. Sarah war ihrem Vater jedoch keinen Schritt entgegengekommen. Anstatt ihn zu entlasten, hatte sie ihn am Telefon mit Vorwürfen überschüttet. Nun war sie allein, und Jeff konnte nichts daran ändern, denn er war schwarz und sie war weiß.

Es war ihnen untersagt, gemeinsam in ein Restaurant oder ins Kino zu gehen; sie durften nicht im Park auf derselben Bank sitzen, sich nicht auf der Post an denselben Schalter stellen, nicht denselben Fahrstuhl benutzen, und sie durften schon gar nicht miteinander schlafen.

Jetzt, da sie sich nach jemandem sehnte, hätte sie das Gesetz brechen können, doch sich mit Jeff einlassen, würde bedeuten, dass sie ihn nie heiraten könnte und wahrscheinlich nie mehr nach Südwestafrika zurückkehren dürfte, und Jessy würde keinen rechtlich anerkannten Vater haben.

Aber da war noch etwas anderes: Tief in ihrem Unterbewusstsein verwurzelt, schlummerte die anerzogene Angst vor dem schwarzen Mann! Dass sie im Kirchenblatt gegen die Apartheid anschrieb, war nichts weiter als ein oberflächlicher Protest. Und sie wusste, dass Jeff es wusste – zu viele Hausdurchsuchungen und zu viele Einschränkungen hatten sein Misstrauen Weißen gegenüber wachgehalten. Und so standen sie sich gegenüber und wagten nicht, einander in die Arme zu nehmen.

»Jeff ...« Sarah trat einen Schritt zurück, vergrößerte die Kluft.
»Es tut mir Leid, ich ...«
»'s okay«, sagte Jeff und setzte sich auf die Bettkante. »Es ist nicht leicht, über seinen eigenen Schatten zu springen.«
»Hast du schon mal mit ...« Sarah brach erneut ab.
»Mit einer Weißen geschlafen?« Er nickte. »Und weißt du, warum sie das zugelassen hat? Nicht, weil sie mich geliebt hat, sondern weil sie neugierig war. Sie wollte herausfinden, ob es stimmt, dass alle Schwarzen einen Zauberstab in der Hose haben.« Jeff schüttelte lächelnd den Kopf. »Die meisten Weißen, die unserer Organisation angehören, sind Träumer. Aber du und ich wissen ganz genau, dass wir nicht dazu fähig sind, die Apartheid aus unseren Herzen zu verdrängen. Als wir uns das erste Mal in der Kirche begegnet sind, ahnte ich bereits, dass du gewisse Grenzen niemals überschreiten würdest. Und ich hatte Recht.«
»Warum warst du trotzdem immer so freundlich zu mir?«
»Jessica«, sagte Jeff. »Das Mädchen gehört einer Generation an, die einmal mutiger sein wird, als wir es waren.« Er blickte sie fragend an. »Wo ist eigentlich ihr Vater?«
»In Südwest, ich meine in Namibia.«
»Beim Militär?«
Sarah zögerte, ehe sie nickte.
»Das ist aber nicht der Grund, warum du nicht in seiner Nähe bist?«
»Hör zu, Jeff: Bitte, versteh mich nicht falsch, aber ich möchte nicht darüber reden. Mit niemandem.«
Wieder lächelte Jeff. »Du solltest nach Namibia zurückkehren«, sagte er. »Jessica hat ihren Vater dringender nötig als wir deine Hilfe.«
»Vielen Dank, Jeff!«
»Hey, wir sind keine Träumer! Hast du das schon wieder vergessen?«

8. KAPITEL

60

Rijamekee warf zwei Lederriemen über einen Ast des Weißstammbaums und befestigte die losen Enden an einem mit Schnüren umspannten Flaschenkürbis. Als Ondjandje die Hände fortnahm und einen Schritt zurücktrat, knarrten die Riemen unter dem Gewicht der heiligen Milch, die Ngaturipure kurz nach Sonnenaufgang am Ahnenfeuer zum Gebrauch freigegeben hatte.

»Wir hätten die Riemen vorher einfetten sollen«, murmelte Ondjandje. Seit der Weiße die Schneise überschritten hatte, stand sie den Dingen skeptisch gegenüber. »Das Leder ist so ausgedörrt wie unsere Haut.«

»Die Riemen werden nicht reißen, Mutter.«

»Das sagst du jetzt, aber wenn die Kalebasse am Boden zerschellt und der Staub die heilige Milch trinkt, werden sich deine Worte in Tränen verwandeln.«

»Warum sollten die Ahnen noch zornig sein? Vater hat ihnen seine Lieblingsfärse geopfert, und Kondjoura ist losgezogen, um die Rinder zurückzuholen.«

»Diesmal begleitet ihn nicht Ngaturipure, sondern Tjizire. Das Mädchen folgt ihm wie ein Schatten. Ich weiß es, Vater weiß es, und die Ahnen wissen es auch. Ich spüre ihren Zorn in den Knochen.«

»Du klagst jeden Winter über Schmerzen, Mutter.«

Ondjandje stampfte mit dem Fuß auf. »Kaum hat dein Vater dir die unteren beiden Schneidezähne herausgebrochen und die oberen ausgefeilt, redest du auch schon daher wie ein rechthaberisches Weib!«

Rijamekee griff lächelnd in das Riemennetz und begann den Flaschenkürbis rhythmisch zu schütteln. »Langsam«, ermahnte Ondjandje ihre Tochter und setzte sich in den Schatten. »Du wirst dich noch früh genug mit Butterfett einreiben und den Männern die Herzen stehlen können.«

»Bin ich eine begehrenswerte Jungfrau?«, fragte Rijamekee, ohne ihre Arbeit zu unterbrechen.

Ondjandje hob den Kopf und musterte Rijamekee, ihren schlanken, geschmeidigen Körper, das feingeschnittene Gesicht mit den dunklen, freundlichen Augen und den vollen Lippen. »Ja, das bist du.«

Rijamekee schenkte ihr daraufhin ein strahlendes Lächeln, und Ondjandje verspürte in der Herzgegend einen Stich, denselben Stich, den sie verspürt hatte, als ein Himba vor zwei Regenzeiten in Begleitung seines Vaters im Kral aufgetaucht war und ihre älteste Tochter gegen fünfzehn Rinder eingetauscht hatte.

Bald werde ich allein sein, dachte Ondjandje und fühlte sich mit einemmal alt und verbraucht. Ihr Blick wanderte zu ihrer Hütte hin, wo Ngaturipure links neben dem Eingang am Herdfeuer hockte und in die Flammen starrte. Auch er wirkte greisenhaft, doch sie wusste, dass er sich, sobald Kondjoura mit den Rindern zurückgekehrt war, wieder für Frauen interessieren würde. Vielleicht nimmt er sich dann eine Zweitfrau, hoffte sie im Stillen. Das würde ihr helfen: eine junge Hand, die sich emsig rührt, während sie ihre schmerzenden Knochen in der Sonne wärmt.

Ondjandje wollte, es wäre schon soweit, denn die Unsicherheit, ob Kondjoura mit den Rindern zurückkehren würde, hatte eine lähmende Auswirkung auf den Kral: Die Leute sprachen mit gedämpften Stimmen, ihre Augen und Ohren waren ständig auf der Suche nach einem bösen Omen, und des Nachts schlichen sich die Ahnen in ihre Träume und zeigten ihnen ihre finsteren Gesichter.

Seufzend senkte Ondjandje den Kopf. Vor ihr standen zwei aus Rinderhorn geschnitzte Schminkdosen. In der einen befand sich roter, pulverisierter Ocker. Das andere Gefäß war für die mit Harz vermischte Butter bestimmt. Ondjandje hob den Harzklumpen auf, den sie von einem Balsamstrauch geschabt hatte, und hielt ihn sich unter die Nase. Sie liebte den Myrrheduft des Harzes, der der Butter den ranzigen Geruch nahm. Harz, Butter und Ocker. Mehr brauchte eine Himba nicht, um das Herz eines Hirten zu stehlen und sich in seinem Kopf einzunisten, so dass er darüber selbst den Zorn der Ahnen vergaß …

Ondjandje begann geistesabwesend den Harzklumpen zu kneten. Als eine Luftblase platzte, vernahm sie ganz deutlich den Knall, und plötzlich wurde ihr bewusst, wie still es im Kral geworden war. Langsam wandte sie sich um. Der Flaschenkürbis baumelte reglos neben Rijamekee herab. Das Mädchen stand wie eine Statue unter dem Baum und starrte zum Eingang des Krals hinüber.

Ein paar Herzschläge lang dachte Ondjandje, ihr Sohn sei zurückgekehrt, denn der Junge, der durch das gelbe Winterlicht schritt, presste einen Lederbeutel an die Brust. Der Hirte war jedoch schmächtiger als Kondjoura und wurde von einem Mann begleitet, der einst als Bettler zum Kunene hinaufgezogen war und sich jetzt mit stolz erhobenem Kopf dem Herdfeuer des Patriarchen näherte.

»Vejaruka«, flüsterte Ondjandje und verzog die Lippen zu einem Lächeln. Sie hatte ihn ins Herz geschlossen, diesen schüchternen jungen Mann, der sich bereitwillig auf die Suche gemacht und selbst seinem Vater verschwiegen hatte, dass Kondjoura und Ngaturipure ein Mädchen gegen Ziegenfutter hatten eintauschen wollen. Sie beobachtete, wie Vejaruka und sein Vater auf Ngaturipure zugingen. Die Hunde folgten ihnen schwanzwedelnd. Erst jetzt wurde Ondjandje bewusst, dass sie gebellt hatten, als Vejaruka mit seinem Vater den Hügel hinabgestiegen war.

Ngaturipure klatschte in die Hände. Ondjandje stand gehorsam auf und setzte sich in Bewegung, hoch aufgerichtet, mit langsamen Schritten, wie es sich für eine Himba geziemte. Doch ihre Gedanken trugen keine Eisenperlen; sie rasten ihr durch den Kopf: Was hatte der Besuch zu bedeuten? Brachten die Männer erneut schlechte Nachrichten? War Kondjoura etwas zugestoßen?

Als Ondjandje mit einer Milchkalebasse aus ihrer Hütte kroch, saßen die Männer bereits am Feuer. Vejaruka hielt noch immer den Beutel an die Brust gepresst. Er ließ ihn auch nicht los, als er einen Schluck Dickmilch aus dem Flaschenkürbis trank. Der Junge war nervös. Auf seiner Oberlippe glitzerten Schweißperlen, und er wich Ondjandjes forschendem Blick aus, so als hätte er etwas zu verbergen. Sein Vater dagegen wirkte entspannt. Lächelnd bot er ihr eine Prise Schnupftabak an.

»Was führt euch zu mir?«, fragte Ngaturipure, nachdem sie sich ausgiebig über das Wetter, die Rinder und das dürre Gras ausgelassen hatten.

»Mein Sohn möchte dir ein Geschenk überreichen«, sagte Vejarukas Vater. Er schnippte mit den Fingern, nahm den Lederbeutel entgegen und reichte ihn an Ngaturipure weiter.

Ondjandje beugte sich neugierig vor und sah über Ngaturipu-

res Schulter hinweg, wie drei Paar Sandalen auf den Boden fielen. Ngaturipure bewunderte sie. Das Leder fühlte sich geschmeidig an, und die Sohlen ...»Ein Leben lang habe ich mir solche Sohlen gewünscht«, sagte er.
»Die anderen Sandalen gehören deiner Gefährtin und Rijamekee«, erklärte Vejarukas Vater. Er wandte sich um und blinzelte Ondjandje zu.
Sie verstand: Vejaruka wollte ihre Tochter an sein Feuer holen! Sie wartete auf einen Stich, der ihr das Herz durchbohrte, aber nichts dergleichen geschah. Im Gegenteil: Sie freute sich, denn Vejarukas Familie lebte ganz in der Nähe und war Ngaturipure für ewig dankbar. Dort wäre ihre Tochter gut aufgehoben. Sie blickte zum Weißstammbaum hinüber. Rijamekee hatte sich nicht von der Stelle gerührt. »Sieh, was Vejaruka dir mitgebracht hat«, rief sie, doch Ngaturipure hob abwehrend eine Hand. »Warte«, sagte er, und sie sah ihn bedauernd den Kopf schütteln. »Wir können die Geschenke nicht annehmen.«
Seine Worte ließen Vejaruka zusammenzucken. »Ich habe es dir gesagt, Sohn«, murmelte sein Vater, den gekränkten Blick ins Feuer gerichtet. »Wir sind unbedeutende Leute.«
»Es ist nicht das«, beschwichtigte ihn Ngaturipure. »Die Sohlen dieser Sandalen machen mir Kummer.«
Vejarukas Vater pochte mit einem gekrümmten Zeigefinger an die Gummisohlen. »Sie sind zäher als Giraffenleder.«
»Ich weiß, doch die Ahnen sind zornig, weil unsere Herzen sich nach den Dingen sehnen, die im Leben unserer Vorväter keine Bedeutung hatten.«
»Denk an Vita Tom, unseren Urahnen, der die Himba jenseits des Kunene versammelt und die Einheimischen mit den Waffen der Portugiesen besiegt hat. Denk an Mahahero, den großen Hererohäuptling. Auch er schlug seine Feinde mit den Gewehren der Weißen. Und vergiss nicht die Treckburen, die uns beibrachten, wie man Mais anpflanzt.« Er lächelte. »Nicht alle neuen Dinge sind schlecht für die Himba.«
Ngaturipure malte mit dem Zeigefinger Striche in den Sand. Er war verunsichert. »Hat dein Sohn die Sohlen in Okongwati gegen eine Ziege eingetauscht?«
»Nein, Vejaruka fand ein *Otjihauto* an den Epupa-Wasserfällen. Es stand dort herum. Kein Weißer war zu sehen.«
»An dem Tag, an dem dein Sohn das *Otjihauto* fand, hat ein

Weißer unsere geweihte Schneise überschritten. Das *Otjihauto* gehört ihm. Nehmt die Sandalen wieder mit, denn wenn wir sie anzögen, würden wir mit jedem Schritt das Land unserer Ahnen beschmutzen.«

61

Er war über Nacht mit zwei Koffern und einem Sparschwein aus Windhoek abgereist und hatte sich auf der Fahrt ins Ovamboland alle möglichen Ausreden zurechtgelegt. Doch als Paulus zu seinen Eltern an das Feuer trat, brachte er nur einen gestammelten Satz heraus: »Ich bin kein Mann.«
Seine unerwartete Erscheinung hatte die Alten erschreckt – sie waren aufgesprungen. Jetzt ließen sie sich auf ihre Klappstühle zurückfallen und hielten sich an den Armlehnen fest. »Was ist passiert?«, fragte sein Vater.
»Ich bin kein Mann«, wiederholte Paulus.
»Natürlich bist du ein Mann«, keifte seine Mutter. »Ich habe doch am Tag deiner Geburt mit meinen eigenen Augen gesehen, dass bei dir alles dran ist.«
Er schlug die Hände vor das Gesicht. »Ich bin unfruchtbar!«
»Wer sagt das?«
»Esme. Sie war beim Arzt. Ihr fehlt nichts.«
»Warst *du* auch beim Arzt?«
»Nein, aber ich weiß, dass Esme die Wahrheit gesagt hat.«
»Hat sie dich deswegen verlassen?«
»Ja! Und die Weißen haben mich entlassen!«
Der Alte nickte, und seine Mutter sagte seufzend: »Ich hab's gewusst, Paulus. Die Menschen in den Städten taugen nichts.«
»Ich tauge nichts, Mutter! Ich bin kein Mann!«
»Hör auf damit! In unserer Familie sind alle fruchtbar!«
»Vielleicht haben die Weißen dir Pillen ins Essen getan?«
Paulus starrte seinen Vater an. Das war es: Hillmann hatte Sinna aufgetragen, ihm jeden Samstag irgendeine Medizin unter das Essen zu mischen, und sie hatte ihm gehorcht, weil er kein Kwanjama, sondern ein Mbalantu war. Diese Schlange!

»Geh zum Heiler nach Ombalantu, Paulus. Er wird dich von dem Fluch befreien.«

Der Heiler in Ombalantu war ein würdevoller, alter Herr mit einem Spitzbart, der sich unnatürlich weiß von seinem dunklen Gesicht abhob. »Ja, ja, das bekomme ich immer öfter zu hören«, sagte er und führte Paulus in eine fensterlose Wellblechhütte. In der Mitte schwelte ein Gluthaufen, und die Luft roch nach verbrannten Kräutern. »Die Weißen wollen verhindern, dass wir uns vermehren.«

»Du musst mir helfen. Bitte!«

Der Heiler hockte sich an die Feuerstelle und betrachtete geistesabwesend die rußgeschwärzte Wand hinter Paulus. Er schien durch ihn und die Wand hindurchzublicken. »Auf dir lastet ein schwerer Fluch«, murmelte er schließlich. »Dein Atem spricht die Sprache der Toten. Ich kann sie riechen, und ich sehe Dämonen in deinen Augen tanzen.«

»Wie viel?«

»Zwanzig Rand.«

Paulus gab ihm fünfundzwanzig.

Der Alte steckte das Geld in die Brusttasche seines Anzugs, und als er die Hand hervorzog, hielt er eine Knolle zwischen den Fingern. Paulus kannte sich mit Knollen aus, aber so ein üppiges Ding hatte er noch nie gesehen. Der Heiler warf sie in die Glut. Dann musste Paulus die Hosen herunterlassen, eine Decke um die Hüften schlingen und sich über die Feuerstelle kauern. Die Hitze verfehlte ihre Wirkung nicht:

Am Nachmittag vernaschte Paulus zwei Frauen, die vor dem *Cuca-Shop* standen und etwas trinken wollten, und auf dem Heimweg erlag noch eine Wasserträgerin seinem großstädtischen Charme. Er brauchte nicht einmal dafür zu zahlen!

Paulus war mit dem vorläufigen Ergebnis sehr zufrieden. Nun wollte er abwarten, was sich daraus entwickelte. Bestenfalls würden alle drei Frauen schwanger werden. Dann, nahm er sich vor, schicke ich Hillmann und Esme ein Foto. Die werden Augen machen!

Doch seine Eltern hatten andere Sorgen: »Die Kornspeicher sind leer, Paulus. Wir haben unsere Vorräte deinen Brüdern überlassen, weil wir dachten, dass du für uns sorgen würdest.«

»Ihr könnt nicht von mir verlangen, dass ich mich weiterhin vergiften lasse.«

»Dann sag uns, was wir tun sollen, Paulus!«
»Trinkt die Milch eurer Ziegen und pflanzt Mahango an. Bis das Korn reif ist, könnt ihr von meinen Ersparnissen leben.«
»Und du? Wovon willst du leben?«
»Ich werde mich dem militärischen Flügel der SWAPO anschließen«, sagte er. »Ich bin fertig mit den Weißen.«

* * *

Während Paulus auf seine Brüder und drei schwangere Frauen wartete, bahnte sich zwischen Esme und Elsie eine Freundschaft an, die Louis gleichermaßen erstaunte wie verwirrte:

Elsie hatte Esme stets wie eine Dienstmagd behandelt, von oben herab und mit gerümpfter Nase. Jetzt hörte Engelbrecht die beiden Frauen im Schlafzimmer tuscheln – ja, sie vertrauten einander mehr an, als er und Paulus je aus ihren Mündern erfahren hatten –, und ein paar Tage später sah er sie in der Küche sitzen und sich tröstend an den Händen halten.

Dass Esme sich an Elsie klammerte, war verständlich: Paulus hatte sie verlassen, und bald würde sie ihre Arbeitsstelle verlieren. Doch was zum Teufel ging in Elsie vor?

Als Elsie aus dem Krankenhaus gekommen war, hatte er sie in die Arme genommen und gleich gespürt, dass etwas in ihr zerbrochen war – sie hatte sich wie eine lebensgroße, blutleere Puppe angefühlt. Auf der anderen Seite verlangte Elsie, dass er immer in ihrer Nähe blieb. Wollte er in die Kneipe gehen, hielt sie ihn zurück. Setzte er sich zu ihr, stand sie nach einer Weile auf und schloss sich im Schlafzimmer ein. Er kam mit dieser Logik nicht zurecht ... Gut, er hatte ihr mit Scheidung gedroht, falls sie Jessica nicht zur Adoption freigeben sollte, aber, Herrgott, er hatte die Brücken zu Hillmann abgebrochen und ihr schon hundertmal gesagt, dass es ihm Leid tat. Was musste er noch anstellen, damit sie endlich glaubte, dass er kein Monster war?

»Sie müssen sehr viel Geduld haben«, hatte der Arzt gesagt. »Und denken Sie daran: Der zweite Versuch endet meist tödlich.«

Das wollte Louis nicht. Also ließ er die Frauen tuscheln, richtete sich im Wohnzimmer ein und ertränkte seine Eifersucht in *Brandy & Coke*. Das gelang ihm ganz gut, bis Elsie kurz vor der Abreise einen Wunsch äußerte, der ihn jäh die Geduld verlieren ließ. »Was?«, rief er. »Du willst in Windhoek bleiben?«

»Es ist so schön hier, Louis.«
»Wie stellst du dir das vor, Engel? Es war doch abgemacht, dass wir nach Kapstadt ziehen.«
»Hast du schon gesehen, wie hübsch die Rosen blühen?«
»Das Haus gehört dem Staat, Engel! Wir müssen am Monatsende ausziehen. Ich bin aus der Armee entlassen worden, verstehst du?«
Sie runzelte die Stirn, als wäre das etwas ganz Neues.
»Hör zu, Engel: Lass uns in Kapstadt mit Sarah und der Kleinen ein neues Leben anfangen. Und du wirst sehen, dass die Blumen dort noch hübscher blühen als hier.«
»Entschuldige mich bitte«, sagte sie. »Ich bin müde.«
Engelbrecht verschaffte Esme noch am selben Tag einen Job im Altersheim, dann gab er die Siamkatze in Denise Souters Obhut, bestellte einen Möbelwagen und befahl Elsie, die Koffer zu packen. Daraufhin flüchtete Elsie sich in einen tranceähnlichen Zustand, aus dem sie nie mehr ganz erwachen sollte.

62

Ein zweispuriger Wagenweg zweigte vom Elefantenpfad nach Norden ab. Patrick folgte ihm und verlor kurz darauf Kondjouras Fußspuren im Geröll. Langsam fuhr er weiter. Zwischen den Bäumen tauchten Wellblech- und Himbahütten auf. Patrick war sich jedoch nicht sicher, ob er sein Ziel erreicht hatte, denn er konnte nirgendwo ein Schild entdecken, das ihn in Swartbooisdrift willkommen geheißen hätte. Der Weg schlängelte sich in sanften Kurven an den Behausungen vorbei und endete vor einem Bungalow, der unter einem Anabaum stand.
Nelken umsäumten eine gepflegte Rasenfläche; in der Nähe des Baumstammes war ein Grillplatz aus einem halbierten Benzinfass errichtet worden, und vor den Fenstern hingen Gardinen. Das Anwesen machte einen freundlichen, einladenden Eindruck auf Patrick, wenn nur nicht der schwarzbraun getigerte Bullterrier gewesen wäre, der neben der von Steinen umringten Feuerstelle lag und mit seinen glanzlosen Schweinsaugen den Gartenzaun ersetzte.

Patrick steckte den Kopf aus dem Seitenfenster. »Na, alter Junge?« Der Bullterrier rührte sich nicht, lag da wie ausgestopft und starrte ihn an. »Wo ist dein Herrchen? Los, such dein Herrchen!« Das Maul des Hundes klaffte auseinander, ganz so als würde die Bestie lachen, aber ihre Augen weiteten sich, und Patrick glaubte, in ein Paar braune Glasmurmeln zu blicken.

Er überlegte, ob er zum Fluss hinunterfahren sollte. Als er den Kopf wandte, bemerkte er, dass Schwarze in zerschlissenen Wintermänteln einen Halbkreis um den Landrover gebildet hatten. Patrick hatte sie nicht kommen hören. Unter den Hirten waren ein paar dunkelhäutige Männer, die aus Angola stammten, und etwa ein Dutzend Himbafrauen. Im Nu war die linke Seitenwand des Wagens mit ockerfarbenen Handabdrücken übersät.

Patrick hupte. Die Schwarzen lachten, einige sprangen erschrocken zurück, dann begannen sie alle gleichzeitig zu reden. Er verstand weder ein Wort, noch vermochte er ihre auffordernden Handzeichen zu deuten.

Patrick legte den Gang ein, da rief ihn jemand auf Afrikaans an. Er fuhr herum: Ein barfüßiger Weißer kniete neben dem Bullterrier, eine Angelrute in der Hand. Unter dem olivgrünen Mantel trug der Mann nur eine kurze Hose. Er hatte ein verkniffenes, bleiches Gesicht, und das schwarze Haar klebte an seiner Stirn.

»Hallo!«

»*Kom hier*«, sagte der Mann.

Patrick nahm sich Zeit, obgleich er am liebsten über den Rasen geeilt und dem Weißen die Hand geschüttelt hätte – nach vier Wochen endlich ein Mann, mit dem er sich unterhalten, jemand, der mit Messer und Gabel umgehen konnte. Patrick blieb stehen und fragte sich, ob der Mann auch wusste, wie man einen Bullterrier im Zaum hielt. »Ist der Hund bissig?«

»Halt ihm einen Fuß hin.« Der Mann bewegte beim Sprechen kaum die Lippen.

»Wie bitte?«

»Du sollst still sein und ihm einen Fuß hinhalten!«

Patrick gehorchte. Als der Bullterrier den Kopf ruckartig anhob, drosch ihm der Weiße die Faust zwischen die Ohren. »Guter Hund, Whisky«, lobte er die Bestie. »Schön aufgepasst.« Der Bullterrier wedelte mit dem Schwanz. »So«, sagte der Mann und erhob sich, »jetzt kannst du reden.«

»Ich heiße Patrick Hillmann.«

»Nimm deine Hand weg. Whisky mag es nicht, wenn mich jemand anfasst.«
Patrick ließ die ausgestreckte Hand sinken. Hinter ihm zerstreuten sich die Schwarzen. »Der Hund hat ihn nicht gebissen«, murmelte einer, und er glaubte Enttäuschung aus der Stimme herauszuhören.
»Lombard ist der Name«, sagte der Weiße. Sein Haar war nicht nass, sondern ölig und ungepflegt. »Sergeant Lombard.«
Auch das noch. Van Tonder hatte nur einen Winkel am Ärmel gehabt und Patrick das Leben trotzdem zur Hölle gemacht, doch als er die Fäuste an die Hosennaht legte, drehte der Sergeant sich um und ging zum Bungalow. Er öffnete die Tür. Die Angelrute verschwand polternd im Raum.
»Hat Sergeant einen Fisch gefangen?«
»Du stinkst«, sagte Lombard und zog die Tür ins Schloss. »Wasch dich.«
»Nichts lieber als das, Sergeant. Ich träume schon seit Wochen von einer heißen Dusche.«
»Halt dich an die Furt«, sagte Lombard. »Dort sind keine Krokodile.«
Wie der Hund so der Herr. Aber ein Schütze schlägt einem Sergeanten nicht die Faust zwischen die Ohren, niemals, und so schulterte Patrick den Seesack und ging zum Fluss hinunter.
Das Wasser war eisig und Patrick froh, als er die Buschjacke bis unter das Kinn zugeknöpft hatte. Während er sein Haar mit dem feuchten Handtuch abrubbelte, blickte er sich um. Die Berge waren ihm unheimlich. Je dunkler es wurde, desto näher schienen sie an ihn heranzukriechen, ihn einzuengen wie den Kunene, der sich rauschend durch die schmale Furt wälzte. Er drehte sich schaudernd um und sah eine Gestalt auf der Landzunge stehen, einsam und verloren, wie er selbst es war.
»Kondjoura!« Patrick hob den Seesack auf und eilte dem Hirten entgegen. »Wo hast du gesteckt?«
Kondjoura lächelte. »Pa-Trick.«
»Als ich heute Mittag über einen Hügel kam, warst du plötzlich wie vom Erdboden verschwunden.«
»*Seise*«, sagte der Hirte, und Patrick bemerkte in Kondjouras Augen die gleiche Trauer, die er empfand: das Gefühl, völlig allein zu sein, so als hätte man alles, was man liebte, für immer verloren.

»Scheiße, ja.« Patrick kämmte sich das Haar mit den Fingern.

»Sag mal, ist dir nicht kalt? *Okopepera?*«

»Kalte, wolkenlose Zeit«, stimmte ihm Kondjoura bei.

»Hast du deine Leute gefunden?«

Kondjoura erwiderte etwas. Er sprach so schnell, dass der Satz wie ein einzelnes, ellenlanges Wort klang. Damit konnte Patrick nichts anfangen, doch es tat gut, Kondjouras vertrauter Stimme zu lauschen. Er legte dem Himba eine Hand auf die Schulter. »Ein Streifen bedeutet, dass man lesen kann, zwei Streifen, dass man schreiben kann, und wenn man drei Streifen am Ärmel hat, kann man lesen, schreiben und rechnen. Aber das trifft nicht immer zu. Der Mann dort drüben, der *Otjirumbu*, ist genauso verrückt wie sein Hund.« Kondjoura grinste. Unterwegs hatte Patrick oft auf ihn eingeredet: abends, um die Stille der hereinbrechenden Nacht abzuwehren, und morgens aus Erleichterung, dass ihn niemand überfallen hatte. »Weißt du, was ich am liebsten tun würde?«, fuhr Patrick fort. »Am liebsten würde ich in den Landrover steigen und aus Swartbooisdrift verschwinden. Kommst du mit?«

Kondjoura hob die Hände etwas an und deutete mehrmals mit zwei nach unten gerichteten Zeigefingern auf den Boden. »Swartbooisdrift«, sagte er. »Monopooii.«

»Ich wollte, ich wüsste, was es mit dem verdammten Monopoly auf sich hat.«

»Komm.« Kondjoura packte seinen Arm und führte ihn zielstrebig zum Bungalow.

Flammen schlugen aus der mit Steinen umringten Feuerstelle. Sergeant Lombard saß rittlings auf einer Wurzel des Anabaums, den Rücken an den Stamm gelehnt, und knabberte an einer Trockenwurst. Hinter Lombard hingen die Keulen und Blätter einer frisch geschlachteten Ziege an Fleischerhaken von einem Ast herunter. Die Rippen lagen auf einem Rost über dem halbierten Benzinfass. Lombard hatte das Fleisch mit Chili gewürzt, um den Bullterrier vor einer Dummheit zu bewahren. Patrick konnte den Hund nicht sehen, doch er hörte, wie Whisky sich im Gebüsch schnaufend über den Kopf der Ziege hermachte.

Patrick warf den Seesack auf die Ladefläche und trat an das Feuer. »'n Abend, Sergeant.«

Lombard beachtete ihn nicht. Er betrachtete aus zusammengekniffenen Augen den Himba, der vor dem Rasen stehengeblieben war. Lombard stieß unvermittelt ein paar fremd klingende Laute aus. Zu Patricks Verwunderung antwortete Kondjoura ihm in derselben Sprache. Das klang nicht nach Otjiherero, o nein, die beiden unterhielten sich auf Portugiesisch!

Während Kondjoura ihm sein Leid klagte, rückte Lombard den Rost zur Seite und schaufelte glühende Kohlen in das halbierte Fass. Dann begann er die Rippen zu grillen. Seine Ohren standen wie rot angeleuchtete Radarschüsseln vom Kopf ab. Einmal hielt Lombard mitten in der Bewegung inne, die Fleischgabel in der erhobenen Hand, und starrte lauschend zum Fluss hinunter. Er sah und hörte Dinge, die selbst dem Bullterrier entgingen ...

»Der Junge ist von einem Händler betrogen worden«, sagte Lombard, als Kondjoura geendet hatte. »Er wollte ein Mädchen aus Angola heiraten und hat *god weet* zehn Ochsen gegen Monopolygeld eingetauscht.«

Patrick schlug sich mit der flachen Hand an die Stirn. »Jetzt verstehe ich endlich, was er mir sagen wollte.«

»So?« Lombard wandte den Kopf. Die Trockenwurst steckte wie eine erloschene Zigarre in seinem Mundwinkel. »Dann kannst du mir sicher verraten, wo ein Blinder namens Monopooii steckt?«

»Er hat mich missverstanden, Sergeant.«

»Nein, *du* hast ihn missverstanden.«

»Kann Sergeant ihm bitte sagen, dass es mir Leid tut? Ich wollte ihm keine falsche Hoffnung machen, wirklich nicht.«

»Das wird er nicht einsehen.«

Und so war es auch: Kondjoura schnalzte missbilligend mit der Zunge, spuckte aus und ging grußlos davon.

»Kondjoura! Hee, Kondjoura! Warte!«

Der Himba machte eine wegwerfende Handbewegung.

»Lass ihn gehen«, sagte Lombard. »Es hat keinen Zweck.«

Patrick sah tatenlos zu, wie der Hirte von der Dunkelheit verschluckt wurde. »Und jetzt?«

»Jetzt setzt er sich zu den anderen Himba an ein Feuer, und morgen stehen wir *god weet* als Betrüger da.«

»Verdammt!«

»Was regst du dich auf? Im nächsten Jahr hängst du die Uniform an den Nagel und die Himba dazu. Dir soll es doch egal sein, was die Leute von dir denken.«

»Es ist mir aber nicht egal.«

»Das habe ich mir gedacht.« Lombard verschränkte die Arme

vor der Brust. Er sah von hinten wie eine Fledermaus aus mit seinen abstehenden Ohren, den Mantelschößen und seinen nackten, krallenartigen Füßen. »Du bist ein Schnüffler, nicht wahr? Du sollst dir im Norden ein paar Spitzel heranzüchten, sollst herausfinden, wer mit den Terroristen sympathisiert und Diamanten und Elfenbein über die Grenze schmuggelt.«
»Ich bin ein Sanitäter, Sergeant!«
»Red keinen Mist!« Lombard rammte die Gabel in das Fleisch. Fett zischelte. »Ich will dir mal was sagen, Deutscher: Die Himba sehen den Kunene nicht als Grenze an, sondern als einen Fluss, der mitten durch ihr Gebiet strömt. Meinst du, die beantragen ein Visum, ehe sie die Grenze überqueren? Die haben *god weet* nicht mal eine Tasche, in die sie die Papiere stecken könnten. Und der Krieg, den wir gegen die SWAPO führen, interessiert sie ebenso wenig wie deine verdammten Kopfschmerztabletten.«
»Was macht Sergeant dann hier?«
»Ich?« Lombard warf ihm einen erstaunten Blick zu. »Jemand muss doch auf die Kinder aufpassen.«
»Welche Kinder?«
»Na, die der Angolaburen«, sagte Lombard und wies mit der Fleischgabel auf einen Berg, der sich im Süden scharf umrissen gegen den sternenübersäten Himmel abzeichnete. »Sie liegen dort drüben begraben.«
Der Kerl schien noch verrückter zu sein, als Patrick zunächst angenommen hatte. Im Gebüsch zerplatzte die Schädeldecke der Ziege unter Whiskys Zähnen.
»Meine Großeltern stammen aus Südafrika. Sie waren Buren vom alten Schlag, die keine Untertanen der verdammten Engländer sein wollten. Mann, die haben *god weet* ihre Ochsen vor die Wagen gespannt und sind quer durch die Kalahari und über die Berge bis nach Angola getreckt.«
»Wahnsinn.«
»Hast du dir die Furt angesehen? Die sieht harmlos aus, aber versuch die mal in einem Ochsenwagen zu überqueren. Da setzt du dich nicht oben auf den Kutschbock und schnalzt mit der Zunge, o nein, du schwimmst neben den Ochsen her und drischst mit der Peitsche auf die Krokodile ein. Und du hast es fast geschafft, da kracht das Vorderrad in einen ausgespülten Graben, der Wagen neigt sich auf die Seite, deine Tochter fällt ins Wasser und die

Ochsen geraten in Panik. Mann, ich sag dir, da musst du *god weet* Nerven aus Ankerdraht haben, um aus dieser Scheiße wieder rauszukommen.«

»Das glaube ich.«

»Ich fahre alle drei Monate nach Ruacana, um meine Vorräte aufzufrischen und ein bisschen unter die Leute zu kommen. Aber nach zwei Tagen bin ich meist wieder zurück.« Lombard rieb sich die Augen. »Ich kann die Kinder doch nicht im Stich lassen.«

Heiland, dachte Patrick. »Woran sind die Kinder gestorben, Sergeant?«

»Schwarzwasserfieber. Mann, der Treck hat Jahre gedauert. Meine Leute waren mit ihren Kräften am Ende.«

»Ich verstehe.«

»Ach, ja? Du glaubst *god weet*, du wüsstest Bescheid, bloß weil du mit 'nem Landrover die Zebraberge umrundet hast?«

»Nein, Sergeant.«

Lombard wusste jedoch Bescheid: Er war nämlich im vorherigen Jahrhundert in einem Ochsenwagen nach Swartbooisdrift getreckt. »Wir mussten die Wagen auseinandernehmen und die Teile über die Berge tragen, Stück für Stück.«

Patrick trat vom Feuer zurück. Es reichte ihm. »Ich muss gehen, Sergeant.«

»Was? Ach so.« Lombard deutete mit dem Daumen über die Schulter. »Die Latrine steht hinter dem Bungalow. Pass auf, dass du dem Hund nicht in die Quere kommst.«

»Nein, ich möchte weiterfahren, Sergeant. Ich bin schon eine Woche überfällig.«

Lombard schüttelte den Kopf. »Nee, nee, nee«, sagte er. »Hier oben bist du an der Grenze, Deutscher. Alles, was sich nach Sonnenuntergang bewegt, wird *god weet* über den Haufen geschossen. Außerdem hast du die Ziege noch nicht bezahlt.«

»Ich habe keine Ziege gekauft.«

»O doch«, behauptete Lombard. »Jeder, der in Swartbooisdrift übernachtet, ist dazu verpflichtet, dem Patriarchen eine Ziege abzukaufen. Das ist hier ein ungeschriebenes Gesetz. Oder sehe ich so aus, als würde ich für jeden dahergelaufenen Schützen ein Schlachtfest veranstalten?«

»Nein, Sergeant.« Patrick stellte sich wieder an das Feuer, fing die Wärme mit den Händen auf, drehte und wendete sie vor Verlegenheit, während die schwarzen Augen des Sergeanten wie Teer an seinem Gesicht klebten.

»Warum bist du nicht in ein Flugzeug gestiegen und desertiert, Deutscher?«

Ja, warum eigentlich nicht?, fragte er sich. »Dann hätte ich Südwest für immer verlassen müssen, Sergeant. Und das kann ich nicht. Ich hänge an diesem Land.«

»Wo kommen deine Eltern her?«

»Mein Vater stammt aus Deutschland, meine Mutter aus Mariental. Ihre Eltern besitzen im Süden eine Farm. Mein Vater ist Bauunternehmer. Er baut vorwiegend für die Armee Flugplätze und dergleichen.«

»Ihr Quadratschädel seid fleißig, das muss man euch lassen, aber ihr seid keine Patrioten, *god weet* nicht. Der Zweite Weltkrieg hat euch das Rückgrat gebrochen. Seitdem kriecht ihr jedem ins Loch.«

Patrick schwieg. Der Bullterrier schlabberte im Gebüsch, fraß das Gehirn der Ziege. Patrick legte Holz nach, doch das aufbrausende Feuer vermochte das schaurige Geräusch nicht zu übertönen.

»Sag mal ...« Lombard kratzte sich mit der Fleischgabel am Hinterkopf. »Stimmt es, dass die deutschen Mädchen keine Sünde darin sehen, vor der Heirat mit einem Kerl in wilder Ehe zusammenzuleben?« Patrick blickte überrascht auf und bemerkte, wie Lombard errötete. »Ich meine, haben die Mädchen denn keine Angst, dass der Kerl sie bloß ausnutzt?«

»Besser, er läuft vor als nach der Heirat davon, oder?«

»Ihr seid *god weet* ein lasterhaftes Volk. Ihr kennt keine Sünde, Mann!«

»Nicht alle Amerikaner kauen Kaugummi, Sergeant.«

»Ich habe gehört, dass ihr uns Schlappohren nennt. Stimmt das?«

»Nein ... ja, Sergeant.«

Lombard zupfte an seinem Ohrläppchen. »Was wird noch über uns gesagt?«

»Ach, nichts, Sergeant.«

»Dass wir unsere Frauen verprügeln, das Hausmädchen in der Garage bumsen, Rugby spielen, *Brandy & Coke* saufen, steifgekochten Maisbrei fressen und am Sonntag in die Kirche gehen und uns von allen Sünden reinwaschen?«

Patrick nickte den Flammen zu.

»Und?«, fragte Lombard. »Glaubst du das?«
»Nein ... Meine Freundin war ... ist eine Afrikanderin.«
»Hast du mit ihr geschlafen?«
»Ja ...«
»Jesus!« Eine Weile war es still, dann sagte Lombard: »Das Essen ist fertig.«
Sie aßen die Rippen mit den Händen, rissen das dampfende Fleisch mit den Zähnen ab, kauten schweigend, bis Lombard fragte: »Schmeckt's?«
»Mein Vater behauptet, dass niemand besser Fleisch grillen kann als ein Afrikander. Er hat Recht, Sergeant.«
Zum ersten Mal an diesem Abend huschte ein Lächeln über Lombards Lippen. »Ich habe leider kein Bier im Haus, aber ich kann dir einen *Brandy & Coke* anbieten.«
Patrick lachte, und diesmal gewahrte er, dass Lombard völlig zahnlos war, so ganz anders als sein Hund, der mit blutverschmierter Schnauze in den Feuerkreis trottete, um die abgenagten Rippen einzusammeln.

63

Das Gittertor glitt zur Seite und gab Elsie und Louis den Blick auf ein weißes, schlossartiges Gebäude frei. Es hatte große Fenster und ein rotes, stellenweise mit Moos bewachsenes Dach. Längs der Wanderwege, die durch den Park liefen, warfen Kiefern und Trauerweiden ihren Schatten über bunte Sitzbänke, und während der Pförtner den Mietwagen nach Flaschen durchsuchte, vernahmen sie das Ticken von Rasensprengern und das Rauschen eines Baches, der unter einer Brücke hindurchfloss und sich in einen Goldfischteich ergoss.

Der Pförtner schloss die Hecklappe, trat einen Schritt zurück und tippte an seine Mütze. »Willkommen im Mountain Village, Sir.«

Louis erwiderte den Gruß, indem er die Hände an die Hosennaht legte – eine weitere Angewohnheit, die er sich abgewöhnen musste.

»Sie können weiterfahren, Sir. Ich werde Sie telefonisch anmelden.«

»Danke.« Louis starrte das schlossartige Gebäude an, den Fuß auf der Bremse. Alles in ihm sträubte sich plötzlich dagegen, das Versprechen einzulösen, das er Gott, Elsie und Sarah gegeben hatte. Er war schließlich kein zahnloser Penner, der Spiritus durch Weißbrot filterte oder Rasierwasser soff, sondern ein in Ehren entlassener Kolonel der südafrikanischen Armee. Außerdem: Warum sollte er sich krummlegen, wenn seine Familie nicht mitspielte? Ja, vielleicht sollte er einfach den Rückwärtsgang ...

»Was ist?«

»Nichts, Engel.« Louis gab Gas und fuhr direkt auf die bogenförmige Eingangstür zu.

»Sieh mal!«, rief Elsie, als sie über die Brücke ratterten. »Ein geheiztes Schwimmbecken!«

Tatsächlich. Es lag in einer Senke. Louis sah rosafarbene Badekappen wie Bojen an der dampfenden Wasseroberfläche schwimmen, und eine Frau in einem grauen Trainingsanzug stand mit hinter dem Rücken verschränkten Händen am Beckenrand. Als sie den Wagen hörte, drehte sie ihnen ihr sonnengebräuntes Gesicht zu und winkte. Nicht übel, die Kleine, dachte Louis.

»Kennst du die?«

»Ach, woher denn?« Er wandte den Kopf ab. Die Kiefern warfen ein vorübergleitendes Schattenmuster auf die Windschutzscheibe. »Sie sieht aus wie eine Sportlehrerin.«

»Aber die anderen ... Das sind doch Frauen da unten.«

»Hoffentlich. Ich habe nämlich keine Lust, eine Badekappe zu tragen.«

»Das wusste ich nicht«, sagte Elsie. »Ich meine, dass hier auch Frauen sind.«

Er hatte sich das Mountain Village ebenfalls anders vorgestellt, nüchterner irgendwie, mit zwei Meter großen Pflegern, die in der einen Hand einen Schlagstock und in der anderen eine Zwangsjacke hielten. Und was sah er: eine blonde Sportskanone, die ihn auf dumme Gedanken gebracht hatte, noch ehe er in der Klinik aufgenommen worden war ... Louis parkte den Mietwagen vor dem Eingangsportal. »So, da wären wir«, sagte er und stellte den Motor ab.

»Soll ich mit reinkommen?«

»Das ist nicht nötig, Engel. Fahr nach Hause und sag deinen

Eltern, dass die Ärzte mich zur Beobachtung für eine Weile im Krankenhaus behalten wollen. Ich hätte was mit den Augen und müsste in einem abgedunkelten Zimmer liegen.«
»Willst du wirklich nicht, dass ich dich besuche?«
»Vorerst nicht. Ich muss die Sache allein durchstehen.«
»Darf ich dich wenigstens anrufen?«
»Lass uns einen Schritt nach dem anderen machen, okay?« Er kurbelte das Seitenfenster herunter. Die Luft schmeckte nach Mineralwasser, spritzig und frisch. Er verpestete sie mit Zigarettenrauch. »Du kannst dir ja in der Zwischenzeit überlegen, ob wir danach an die Westküste in ein Fischerdorf ziehen oder eine Weinfarm kaufen sollen.«

Elsie lachte und begann gleichzeitig zu weinen. Er konnte sagen, was er wollte, immer war es, als legte er ihr den Finger auf eine unsichtbare, offene Wunde. Er blickte sie an. Elsie hatte eine Vorliebe für dunkle Kleider entwickelt. »Ich möchte dir einen Vorschlag machen«, sagte er mit sanfter, doch eindringlicher Stimme. »Fahr auf eine Gesundheitsfarm.«

Elsie schüttelte den Kopf. Sie schüttelte zu allem, was er vorschlug, den Kopf. Er spürte, wie er abermals die Geduld verlor. »Du kannst doch nicht die ganze Zeit bei deinen Eltern herumsitzen und dich fragen, ob ich gerade heimlich saufe oder nicht.«

Elsie verzog die Lippen, die kalten, spröden Lippen einer Frau, die gerade noch duldete, dass er ihre kalte, schlaffe Hand hielt. »Nicht schimpfen«, wimmerte sie, »bitte nicht schimpfen!«

»Ich schimpfe doch gar nicht!« Louis warf die Zigarette aus dem Fenster und öffnete die Tür. Er konnte es kaum erwarten, endlich in der Klinik zu verschwinden, wo man sagen konnte, was man wollte, ohne dass gleich jemand in Tränen ausbrach. Er küsste Elsie auf die Stirn. »Hör bitte auf zu weinen, Engel. Ich habe es nicht so gemeint. Ich bin bloß nervös, verstehst du?«

Sie nickte.

»Ich muss jetzt gehen.« Louis wollte aussteigen, aber sie klammerte sich an ihn wie an ihr verdammtes Kleenex. Er tätschelte ihr den Rücken. »Ich rufe dich in ein paar Tagen an, okay?«

»Louis!« Elsie schluchzte. »Lass mich bitte nicht allein.«

»Ich will gesund werden, hörst du?« Seine rechte Wange war tränennass. Er hätte sich jetzt gern einen Drink gemixt, einen schönen steifen. »Und ich möchte, dass du auch gesund wirst, Engel. Mach eine Kur.«

»Ich bin in Ordnung, Louis.«
»Trotzdem! Lass dich mal so richtig verwöhnen. Wenn ich in ein paar Wochen herauskomme, fühlen wir uns dann beide wie neugeboren.«
»Meinst du?«
»Aber sicher.«
»Gut, Louis.«
Louis löste sich behutsam aus ihrer Umarmung, riss die Heckklappe auf, schnappte seine beiden Koffer und eilte die Stufen hinauf. Er brachte es nicht fertig, sich noch einmal nach seinem Engel umzudrehen.

64

Alle kannten den Blinden; alle hatten ihn schon mehrmals in Swartbooisdrift gesehen und einige sogar mit ihm gesprochen, doch niemand konnte Kondjoura sagen, wo er sich gerade aufhielt.

Die Händler fürchteten sich vor ihm. Kondjoura bemerkte es an ihren ängstlichen Blicken und an der Art, mit der sie ihre Stimmen zu einem Flüsterton herabsetzten, wenn von ihm die Rede war. »Er ist wie der Wind, der kommt und geht, und manchmal ist er wie eine Fata Morgana: Du siehst ihn, aber du kommst einfach nicht an ihn heran.«

Die Wellblechhütte am Rande der Siedlung war verriegelt. Kondjoura trat die Tür ein. Dort stand das Sofa, auf dem Ngaturipure gehockt hatte, dort der Tisch, dahinter der Stuhl des Blinden, und rechts davon lagen Bierkisten und leere Kanister herum.

Der Blinde war lange nicht mehr in Swartbooisdrift gewesen, denn auf den Gegenständen ruhte fingerdicker Staub.

Kondjoura hockte sich auf das Sofa. Die Sprungfedern schnitten ihm in die Fußsohlen. Er saß im Dämmerlicht und lauschte. Kein Laut drang an seine Ohren. Die Händler hatten Recht: Der Blinde war wie eine Fata Morgana. Kondjoura spürte seine Anwesenheit, aber er konnte keine Hand nach ihm ausstrecken. Es war, als würde der Blinde nur in seiner Phantasie existieren ...

65

Souter hatte es sich im Laufe der Jahre angewöhnt, freitags nach Dienstschluss ins Garden Café zu gehen und einen *Milkshake* zu trinken. Er blieb nie lange, höchstens eine halbe Stunde, doch diese halbe Stunde war ihm heilig. Dann wollte er mit niemandem reden, sondern in Ruhe seinen *Milkshake* trinken und überlegen, was er am Wochenende unternehmen sollte.

Aber als er an jenem Freitag um fünf Uhr nachmittags durch die Glastür in den mit Eichenmöbeln ausgestatteten Raum trat, sah er Hillmann an seinem Tisch in der Nähe des Fensters sitzen. Vor Arthur stand eine Tasse Kaffee. Er hatte die Arme um die Tasse gelegt und spielte mit einem Wagenschlüssel. Auch das erstaunte Souter, denn er hatte den goldfarbenen Mercedes nicht vor dem Café stehen sehen, obwohl es in der ruhigen Seitenstraße mehr als genug Parkplätze gab.

Wenn er den Mercedes entdeckt hätte, wäre er schnurstracks nach Hause gefahren. Jetzt blieb ihm nichts anderes übrig, als Hillmann zu begrüßen, denn der Deutsche hatte ihn bemerkt. Er wirkte kühl und elegant in seinem dunklen Anzug, doch Souter bemerkte an Hillmanns hochgezogenen Schultern, dass der Deutsche angespannt war. Und im selben Moment wurde ihm noch etwas klar: Arthur hatte auf ihn gewartet! Also musste Hillmann ihn über einen längeren Zeitraum hinweg beobachtet, ja ihm nachspioniert haben!

Ehe Souter sich setzte, nickte er der Kellnerin hinter dem gläsernen Kuchentresen kurz zu, dann warf er seine Offiziersmütze auf das rotweiß karierte Tischtuch und fragte mit näselnder Stimme: »Was wollen Sie von mir, Meneer Hillmann?« Seine Nase war verstopft. Wie sich herausgestellt hatte, war er nicht nur gegen Hunde-, sondern auch gegen Katzenhaare allergisch, vor allem gegen Siamkatzen, die ihm nachts auf den Bauch sprangen.

»Kaffee?«
»Nein, danke!«
»Gut.« Hillmann lehnte sich zurück und verschränkte die Arme vor der Brust. »Haben Sie sich schon mit meinem Kostenvoranschlag für die neue Klinik im Kaokoland befasst?«
»Ja.«
»Und? Wie stehen meine Chancen?«

»Sie sind in die nähere Auswahl gekommen. Wie immer«, fügte Souter mit einem ironischen Unterton hinzu. Doch Hillmann ließ sich nicht beirren.

»Wann wird bekannt gegeben, wer den Auftrag bekommt?«

»Das müssen Sie Brigadier Bix fragen.«

»Hat Bix immer noch das Sagen?«

»So lange, bis er einen Ersatz für Kolonel Engelbrecht gefunden hat.«

»Werden Sie den Posten übernehmen?«

Souter zuckte nur die Achseln, denn die Kellnerin war an den Tisch getreten und stellte ein Glas *Milkshake* vor ihm ab. »Danke, Elisabeth.«

»Gern geschehen, General.«

»Was trinken Sie denn da?«, fragte Hillmann, nachdem die Kellnerin vertrauensvoll Souters Arm getätschelt hatte und davongegangen war.

»Nichts Halbes und nichts Ganzes.«

»Ich verstehe.« Hillmann sah auf die Uhr. »Ich muss gehen. Würden Sie mich bitte entschuldigen?«

»Schönes Wochenende«, wünschte ihm Souter. »Und vergessen Sie Ihren Wagenschlüssel nicht.«

Hillmann winkte ab. »Den können Sie behalten.«

»Wie bitte?«

»Sehen Sie den weißen Landcruiser dort drüben auf der anderen Straßenseite?«, fragte Hillmann. Souter nickte. »Ich weiß nicht, wohin damit. Meine Garage ...«

»Hören Sie: So einfach geht das nicht. Ich bin nicht Louis Engelbrecht.«

»Dann lassen Sie ihn stehen«, erwiderte Hillmann und ging hinaus.

Souter nahm den Schlüssel in die Hand. Er war schon ziemlich abgenutzt: der Schlüssel zu einem Gebrauchtwagen, den sich ein Kommandant durchaus leisten konnte, ohne Aufsehen zu erregen. Er wandte den Kopf und musterte den Landcruiser durch die Netzgardine. Ja-nee, dachte er, vielleicht sollte ich übers Wochenende ein bisschen rausfahren.

66

Tjizire ging täglich zum Fluss hinunter, in der Hoffnung, Kondjoura am anderen Ufer stehen zu sehen und seine prahlende Stimme zu hören. Doch der Platz zwischen den beiden wasserumstrudelten Felsen blieb verlassen, und alles was Tjizire vernahm, waren das Rauschen des Kunene und das Gezeter der Webervögel, die im Schilf nisteten. Und gelegentlich drangen Gerüchte über den Grenzfluss. Im Sommer hieß es, Kondjoura habe sich aus Scham in einem Erdferkelbau verkrochen; im Herbst war die Rede davon, dass Kondjoura verstoßen worden sei, und im Winter behauptete ein Kupferschmied, er habe Kondjoura in der Nähe von Swartbooisdrift gesehen.

»Hast du mit ihm gesprochen?«

»Nein. Er war in Begleitung eines verrückten Weißen, der ständig Kopfschmerzen hat.«

»Dann ist Kondjoura also doch ausgestoßen worden!«, sagte Uasuta. »Ngaturipure hätte niemals zugelassen, dass sein Sohn für einen Weißen arbeitet.«

»Ich glaube nicht, dass Kondjoura für den Weißen arbeitet«, wandte Tjizire ein. »Ich glaube eher, dass er auf dem Weg nach Swartbooisdrift ist, um seine Rinder zurückzuholen. Vielleicht weiß der Weiße, wo sie sind?«

»Der Blinde hat die Rinder längst verkauft!«

»Dann wird Kondjoura das Geld aus dem Blinden herausprügeln.«

»Er ist dem Blinden nicht gewachsen! Du solltest dich lieber nach einem anderen Mann umsehen, Tjizire. Einen, der was von Papierrindern versteht.«

Aber Tjizire konnte Kondjoura nicht vergessen. Wann immer sie die Augen schloss, sah sie ihn zwischen den Felsen stehen: nackt, stolz und voller Verlangen. Und so wimmelte Tjizire alle Männer ab, die sie an ihr Feuer holen wollten.

Und im Frühling, als niemand mehr damit rechnete, dass Kondjoura zurückkehren würde, entdeckten Uasutas Späher jenseits des Kunene einen Mann, der mit seinem im Wind flatternden Fellumhang wie ein zerzauster Vogel aussah:

Das Haar stand in verfilzten Büscheln von seinem Schädel ab, und seine Haut war staubgepudert.

Die Späher wechselten erstaunte Blicke, denn der Mann hatte eine Handvoll Blätter von einem Mimosenzweig abgestreift und sie in den Fluss geworfen – Mimosenblätter wurden im Kaokoland eingesetzt, um Krokodile abzuschrecken. Das konnte nur eins bedeuten: Der Mann wollte den Kunene überqueren! Prompt ließ er den Fellumhang von seinen Schultern gleiten und watete in den Fluss.

Während ein Späher zu Uasutas Kral rannte, beobachtete der andere, wie der Mann sich oberhalb der Felsenbank durch den Kunene arbeitete. Das Wasser umspülte seine Hüften, bald reichte es ihm bis an die Brust, dann verschwand der Mann plötzlich in einem wirbelnden Strudel, der sich neben der Felsenbank gebildet hatte, und als er einhundert Schritte stromabwärts wieder auftauchte, hatte der Späher zwei Minuten lang unbewusst den Atem angehalten. Erst jetzt vernahm er hinter sich das Rasseln von Eisenperlen.

Sekunden später blieb Tjizire am Rand des Plateaus stehen. Ihre Brüste hoben und senkten sich. »Wo?«, keuchte sie. »Wo ist er?«

Der Späher wies in das Schilf hinunter. Dort war der Mann gerade dabei, sich ans Ufer zu ziehen. Tjizire erkannte ihn sofort wieder, obwohl Kondjoura von der Strömung abgetrieben worden war und nun mit gesenktem Kopf aus dem Fluss trat. »Er ist es, Vater!«, jubelte sie. »Der Sohn des Ngaturipure!«

Uasuta fiel in einen stampfenden Trab, der ihm eine gewisse Ähnlichkeit mit einem heranstürmenden Nashorn verlieh, nur dass er sich weitaus schwerfälliger voranbewegte, weil ihn die schwabbelnde Masse seines Körpers immer wieder aus dem Gleichgewicht brachte. Als er endlich neben Tjizire verharrte, war er so außer Atem, dass er kaum sprechen konnte: »Hat er einen Lederbeutel dabei?«

»Nein, Vater.«

Uasuta neigte sich blinzelnd vor. Der Schweiß rann in Strömen über seinen tonnenförmigen Leib und versickerte im Hosenbund. Die Khakishorts waren unter seinen Bauch gerutscht, und der Wind hatte ihm die schwarze Melone vom Kopf gerissen. »Seht ihn euch an«, jammerte Uasuta. »Er kommt mit leeren Händen!«

»Ein Mann, der den Kunene an dieser Stelle durchquert, kommt nicht mit leeren Händen«, widersprach Tjizire.

Uasuta wandte den Kopf und sah seine Tochter an, dann kehrte sein Blick wieder ins Tal zurück. Der Fluss strömte schäumend über die Felsenbank, und dahinter war das Wasser dunkel und tief. »Du hast Recht«, sagte er. »Lass uns zum Kral zurückgehen und Kondjoura wie einen Häuptlingssohn empfangen. Aber lauf mir nicht wieder davon, sondern beweg dich mit Würde, wie es sich für eine Himba gehört.« Er wandte sich an den Späher. »Bring ihn zu mir, sobald er oben ist.«

* * *

Als Kondjoura durch die Lücke in der Dornenhecke humpelte, saßen Tjizires Eltern unter einem mit Palmenwedeln überdachten Palaverplatz. Sie hatten in Eile alles für den Empfang vorbereitet: Vor ihnen standen Flaschenkürbisse, die mit Dickmilch und in Wasser eingelegten, orangegelben Weißstammfrüchten gefüllt waren.

»Ho-hohoho!«, rief Uasuta und erhob sich von dem Baumstamm, auf dem er gesessen und sich von seinem zweihundert Meter weiten Gewaltmarsch zum Plateaurand ausgeruht hatte. Er schwitzte immer noch; nur auf seiner Brust war der Schweiß zu einem Salzsee ausgetrocknet. »Der Sohn des Ngaturipure ist zurückgekehrt!«

Kondjoura blieb mit schmerzverzerrtem Gesicht stehen. Unterhalb des rechten Knies schlängelte sich ein rotes, fingerdickes Rinnsal an seinem Schienbein herunter. Er hatte sich das Knie im Fluss aufgeschlagen, doch Tjizire ahnte, dass die Schmerzen nicht allein von der Wunde herrührten.

Sie stieß sich vom Stützpfeiler ab und ging ihm entgegen. Er starrte sie unverwandt an. Der Ausdruck in seinen Augen erfüllte sie mit Mitleid. Er hatte Angst, dass er zu spät gekommen war, dass Uasuta seine Tochter schon einem anderen Mann zugesprochen hatte.

Tjizire schenkte ihm ein aufmunterndes Lächeln, dann nahm sie ihn an der Hand und führte ihn, damit seine Fußspuren nicht die heilige Schneise beschmutzten, hinter den Hütten vorbei zum Palaverplatz. Es war das erste Mal, dass sie einander berührten, und selbst als er ihre Hand losgelassen hatte, widerwillig, um einen Flaschenkürbis von ihrer Mutter entgegenzunehmen, spürte sie noch immer den Druck seiner Finger auf ihrer Haut. Sie ballte die Hand zur Faust und lehnte sich wieder an den Stützpfeiler.

Jetzt war sie es, die ihn anstarrte, während er sich in den Schatten setzte, die Kalebasse abstellte und einen schmalen Streifen Dickmilch von seiner Oberlippe wischte. »Die Milch schmeckt gut«, sagte er. »Sie wird mir meine Kräfte zurückgeben.« Der schmeichelnde Tonfall in seiner Stimme entging Tjizires Mutter nicht. Sie neigte sich vor, bis ihre gewaltigen Brüste wie zwei Kürbisse auf ihren Schenkeln ruhten, und lächelte ihn an.

»Du siehst in der Tat wie ein Mann aus, der weit gereist ist«, pflichtete Uasuta ihm bei: Kondjouras Sandalen waren zerschlissen, und seine Rippen zeichneten sich deutlich unter der Haut ab.

»Meine Füße sind müde«, murmelte er. »Sie haben mich quer durch das Kaokoland getragen.«

»Ist dein Vater wohlauf?«

»Ja, er ist in seinen Kral zurückgekehrt. Die Ahnen haben ihm ein Zeichen gegeben, dass wir uns von den neuen Dingen fernhalten sollen. Aber der Verlust meiner Rinder hat mich so geschmerzt, dass ich mich auf die Suche gemacht habe.«

»Hast du sie gefunden?«

Kondjoura schüttelte den Kopf. »Ich habe die Spur des Blinden an der Grenze zum Ovamboland verloren. Und jetzt bin ich hier, um euch zu fragen, ob der Blinde ein Lebewesen ist, denn Monopooii spukt wie ein Geist in den Köpfen der Menschen umher, doch keiner konnte mir sagen, wo er steckt.«

»Monopooii?«

»Kennst du den Blinden unter einem anderen Namen?«

»Wer hat dir gesagt, dass er Monopooii heißt?«, wich Uasuta der Frage aus.

»Ein Weißer, den ich an den Epupafällen getroffen habe. Wir sind gemeinsam nach Swartbooisdrift gezogen.«

»Ein Kupferschmied sagte mir, dass der Weiße ständig Kopfschmerzen hat. Ist er verrückt?«

»Der *Otjirumbu* ist ein Lügner!« Tjizire erschrak über die Heftigkeit, mit der Kondjoura den Satz hervorgestoßen hatte. »Hast du jemals von einem Platz gehört, den die Weißen Windhoek nennen?«

»Windhoek?« Uasuta kratzte sich nachdenklich am Bauch. »Nein«, sagte er schließlich. »Wo soll dieser Platz sein?«

»Im Süden irgendwo. Die Herero haben ihn damals Otjiumuise genannt – den Platz des Dampfes. Der Weiße behauptet, er brauche bloß zwei Tage in seinem *Otjihauto* zu sitzen und schon sei er da. Dabei ist er mit dem Ding kaum von der Stelle gekommen. Ich musste dauernd auf ihn warten.«

»Was hat der Weiße im Kaokoland verloren?«

»Ich weiß es nicht. Er sagte, er sei ein Soldat. In Wirklichkeit ist er aber kein *Omurwe*, sondern ein Kind, das Würmer frisst, sich nicht für Rinder, sondern für Vögel interessiert und das man an der Hand durch die Wildnis führen muss, weil es sich sonst verirrt. Und als wir nach Swartbooisdrift kamen, kannte er Monopooii plötzlich nicht mehr. Auch der andere Soldat, der Portugiesisch spricht, kannte ihn angeblich nicht.« Er spuckte aus. »Die Weißen sind allesamt Lügner.«

»Hat er dir wenigstens ein paar Papierrinder geschenkt?«

Kondjoura runzelte die Stirn.

»Du hast ihn doch nach Swartbooisdrift geführt!«

»Ich habe ihn begleitet, weil ich dachte, dass er mir Monopooiis Versteck zeigen würde.«

Uasuta schnalzte mit der Zunge. »Ich gebe dir einen Rat, Kondjoura: Arbeite nie umsonst für einen Weißen. Nie!«

»Ich habe nicht für ihn gearbeitet. Er ist mir gefolgt wie ein Hund.«

»Selbst das nennen die Weißen Arbeit. Du hättest Papierrinder von ihm verlangen sollen«, fuhr Uasuta mit eindringlicher Stimme fort, nachdem er einen Schluck Fruchtsaft getrunken hatte. »Dann hättest du einen Teil des Brautpreises zahlen können. Ein paar Papierrinder würden mein Herz schon daran hindern, Tjizire einem anderen Mann zu geben.«

»Das hätte ich wissen sollen«, bedauerte Kondjoura. »Der Weiße hat so viel Papier, dass er sich den Arsch damit abwischt.«

Uasutas Augen quollen aus den Höhlen. »Ist das wahr?«

»Ja, und anschließend verbrennt er es!«

»Ho-hohoho! Dann muss er ein sehr reicher Mann sein. Geh zu ihm«, drängte Uasuta. »Finde ihn, bevor er das ganze Papier durch den Arsch gezogen hat!«

Doch Kondjoura winkte ab. »Ich will mit den Weißen nichts mehr zu tun haben.«

»Die Ngambwe hatten schreckliche Träume«, beharrte Uasuta. »Sie träumten, dass das Gras in der Sonne schmilzt.«

»Träumten die Ngambwe nicht auch, dass unsere Ahnen in ihren Gräbern ertrinken?«

»Das wird nach der Dürre geschehen. Sag deinem Vater, dass er so schnell wie möglich zwanzig Rinder verkaufen soll, ehe ihm die Dürre und der Fluss alles nehmen und du Tjizire nicht mehr an dein Feuer holen kannst.«

»Mein Vater glaubt, dass es keine Dürre und Überschwemmung geben wird, wenn wir uns von den neuen Dingen abwenden.«

»Heißt das, dass du Tjizire nicht mehr an dein Feuer holen willst?«

»Mein Herz sehnt sich so sehr nach eurer Tochter, dass es bereit wäre, fünfzig Kühe für Tjizire zu opfern«, erwiderte Kondjoura.

»Ho-hohoho!« Uasuta schlug sich auf die Schenkel, und Tjizire spürte, wie ihr ein wohliger Schauer über den Rücken lief.

67

Das Winseln eines Hundes schreckte Paulus aus dem Schlaf. Er riss die Augen auf. Über ihm wölbte sich das konisch zugespitzte Grasdach der Gästehütte, und rings um ihn herum sickerte Mondlicht durch die Lücken zwischen den kreisförmig zusammengefügten Baumstämmen.

Paulus blieb reglos auf dem Bettgestell liegen und hielt lauschend den Atem an. Er lebte schon zu lange im Ovamboland, als dass er sich bemerkbar gemacht hätte, denn nachts waren nur Soldaten und Guerillas unterwegs, und beide hatten den Finger am Abzug.

Das Gewinsel verstummte. Jetzt vernahm Paulus ein Tuscheln und knirschende Schritte, die sich behutsam einen Weg durch das Labyrinth bahnten. Sie kamen dicht an seiner Hütte vorbei, entfernten sich und verharrten schließlich auf dem Gemeinschaftsplatz.

»Vater!«, rief jemand mit gedämpfter Stimme.

Paulus fuhr aus dem Bett hoch.

»Wir sind's«, meldete sich eine zweite Stimme, diesmal etwas lauter.

Paulus stand geräuschlos auf, warf eine Decke über die nackten

Schultern, öffnete die Brettertür und tastete sich am Palisadenzaun entlang zum Gemeinschaftsplatz vor. Im Laufgang waren deutlich die Abdrücke von zwei frischen Fußspuren auf dem von Mondlicht überfluteten Boden zu sehen. Paulus folgte ihnen durch das Labyrinth, und als er zum Gemeinschaftsplatz in der Mitte des Krals kam, sah er zwei Männer an der Feuerstelle stehen. Der eine war zierlich, der andere stämmig. Wie Guerillas sahen sie nicht aus, eher wie Bettler in zerschlissenen, bunt durcheinander gewürfelten Zivilklamotten. Obwohl die Luft mild war, streckten beide unbewusst ihre Hände nach dem zusammengesunkenen Gluthaufen aus.

»Vater«, rief der Stämmige wieder. Er hatte eine tiefe, dunkle Stimme, die Paulus an Faustschläge erinnerte, die ihm sein ältester Bruder vor vielen Jahren verpasst hatte, weil Johannes gern selbst zur Schule gegangen wäre. Aber er war damals schon achtzehn Jahre alt gewesen und hatte stattdessen Ziegen hüten müssen.

»Wach auf, Vater!«, hakte der Zierliche nach. Paulus erkannte seinen zweitältesten Bruder nicht an der heiseren, vor Angst und Nervosität entstellten Stimme, sondern an der Art, in der Ismael sich beim Sprechen vorneigte, als würde er die Worte ausspucken.

»Ich komme, sobald ich meine Hose gefunden habe!«, brummte der Alte. »Wo habe ich sie bloß hingetan?«

»Du hast sie an«, keifte Paulus' Mutter. »Nun geh schon!«

Paulus lehnte sich an den Palisadenzaun. Die Männer wandten ihm den Rücken zu. Doch sie schienen seine Anwesenheit zu spüren, denn plötzlich drehten sie sich wie auf ein stummes Kommando hin um, und ihre Hände klatschten an die Gesäßtaschen ihrer zerlumpten Hosen.

Paulus riss die Arme hoch. Im selben Moment schnellte die Faust des Stämmigen vor, und Paulus blickte in die Mündung einer Pistole. Der Zierliche umklammerte etwas mit beiden Händen. »Nicht schießen!«, schrie Paulus.

»Wer bist du?«, zischte Johannes.

»Es ist Paulus«, sagte sein Vater und hinkte ächzend an ihm vorbei zur Feuerstelle. Kurz darauf erschien die Alte. Sie trug ihre mit Silberfäden durchwirkte Jacke. »Seht euch euren kleinen Bruder an«, forderte sie Ismael und Johannes auf. »Ist er nicht groß geworden?«

Seine Brüder entspannten sich, doch ihr Misstrauen blieb. Johannes ließ langsam die Pistole sinken, und Ismael behielt die Handgranate in der linken Faust. Sie starren ihn an.

»Was machst du hier?«, fragte Ismael. Er war noch zierlicher, als Paulus ihn in Erinnerung gehabt hatte. Vielleicht lag es daran, dass Johannes in die Breite gegangen war. Schatten nisteten in ihren tief eingekerbten Gesichtsfalten.

»Ich habe meine Arbeit verloren. Zum Glück«, setzte Paulus hinzu, »denn die Weißen wollten mich vergiften.«

Er erklärte ihnen, wie er zu dieser Annahme gekommen war, doch Johannes glaubte ihm kein Wort. Er glaubte, seit sie Philemon abgeführt hatten, keinem mehr ein Wort. »Warum bist du entlassen worden?«

»Die Gärtnerei musste der Trockenheit wegen schließen. Ich habe noch in verschiedenen Gärten gearbeitet, aber Hundescheiße für die Weißen wegschaufeln, das ist auf die Dauer nichts für mich.«

»Sind Soldaten in der Nähe?«

»Nein«, sagte der Alte und setzte sich in seinen Klappstuhl. »Mach Tee«, befahl er seiner Frau.

»Kein Feuer!«, herrschte Johannes die Alten an. »Wir wollen nicht, dass uns jemand sieht.«

»Wie geht es euch?«, fragte Paulus. Sie gaben ihm keine Antwort. Er wickelte sich in die Decke und ging ihnen entgegen, um die Kluft zwischen ihnen zu überbrücken. Auf halber Strecke blieb er jedoch stehen: Etwas Abweisendes ging von seinen Brüdern aus. »Wir haben uns lange nicht gesehen.«

Johannes' flackernder Blick erschien ihm wie Wetterleuchten, und seine zusammengezogenen Augenbrauen darüber bildeten eine düstere Wolke. Er blickte sich ständig um, während Ismael mit zwischen den Schultern gezogenem Kopf vor dem Gluthaufen stand.

»Seid ihr heute Nacht über die Grenze gekommen?«

Ismael nickte. Jenseits des Krals meckerte eine Ziege. Sofort riss Johannes die Hand mit der Pistole hoch, und Ismael hob die Handgranate an, bereit, sie beim leisesten Anzeichen einer Gefahr über den Palisadenzaun zu werfen.

»Wo sind eure Uniformen?«, fragte Paulus, als seine Brüder sich wieder beruhigt hatten.

»Vergraben«, erwiderte Ismael.

»Wie ist es drüben in Angola?«

»Wir müssen gehen«, sagte Johannes, ehe Ismael antworten konnte.

»Jetzt schon?«

»Ich traue ihnen nicht«, murmelte er. In Wirklichkeit traute er Paulus nicht: Philemon war wie Paulus zur Schule gegangen. Jetzt saß er in einem Gefangenenlager ...

»Kann ich mitkommen?«, flehte Paulus. Er hatte Wochen auf diese Gelegenheit gewartet. »Ich will mich dem militärischen Flügel der SWAPO anschließen und gegen die *Makakunya* kämpfen.«

Ismael und Johannes wechselten erstaunte Blicke, dann lachte Ismael in sich hinein, und Johannes schüttelte den Kopf.

»Was meinst du, was die mit uns machen, wenn du plötzlich auftauchst? Du hast für Weiße gearbeitet, Paulus. Und Philemon ist ein Verräter.«

»Ich hasse die Weißen! Sie wollten mich vergiften!«

»Trotzdem«, sagte Johannes. »Geh in die Stadt zurück und arbeite, damit wir nicht verhungern müssen.«

»Ich habe Informationen für euch«, sprudelte es aus Paulus hervor. »Ich kenne einen Weißen, der Straßen baut. Dessen Freund war Pionier bei der Armee. Engelbrecht heißt er.« Aus den Augenwinkeln merkte er, wie sein Vater zusammenzuckte. Im selben Moment fiel ihm ein, was der Alte erzählt hatte:

»Vor einem Jahr besuchte mich ein *Ekakunya*, der viele Fragen auf den Lippen hatte. Er redete mich mit Meneer Natangwe an, obwohl ich in seinen Augen bloß ein dummer *Kaffer* war, weil ich nicht wusste, wann ich geboren wurde. Dann fing er an, mich über euch auszufragen. Ich sagte ihm, dass ihr in den weißen Städten arbeitet, in Windhoek, Swakopmund und Tsumeb. Er wühlte in einem Haufen Papier herum, und plötzlich lächelte er, so wie ein zufriedener Mann lächelt. Er tippte auf das Papier und sagte: Hier, dieser P. Natangwe, der für Kommandant – *ich kann mich nicht mehr an den Namen erinnern* – arbeitet, ist das dein Sohn?«

»Ich weiß«, haspelte Paulus, »es gibt viele Buren, die Engelbrecht heißen, aber ihr könnt doch solche Informationen brauchen, oder?«

»Sieh dich in Ombalantu um. Finde heraus, wie viele *Makakunya* dort stationiert sind. Zähl ihre Fahrzeuge. Halt die Ohren und Augen offen.«

»In Ordnung, Johannes. Ihr könnt euch auf mich verlassen. Und wenn ich meine Sache gut mache, nimmt mich der PLAN vielleicht auf.«
»Wir werden sehen.« Johannes wandte sich an seinen Vater. »Hast du ein paar Sachen für uns zusammengetragen?« Seine Stimme klang mit einemmal melodisch, fast zärtlich.
»Zwei Ziegen und einen Sack Maismehl. Mehr habe ich im Moment leider nicht.«
»Danke, Vater.«
Fünf Minuten später waren sie wie Geister in der Nacht verschwunden.

68

Louis Engelbrecht saß auf einer Bank im Park des Mountain Village. Sarah konnte ihn durch die herabhängenden Zweige einer Trauerweide kaum erkennen. Doch er hatte ihr am Telefon gesagt, dass er im Park auf sie warten würde, nicht im stickigen Besucherzimmer, wo die Penner herumlungerten, sondern draußen, wo es kühl war und das Rauschen des Baches und der wispernde Wind in den Zweigen der Trauerweide für eine friedliche Atmosphäre sorgten.

Sarah hörte jedoch weder die Vögel zwitschern, noch gewahrte sie die Blumen am Wegesrand. Der Mann am Eingangstor hatte ihre Tragetasche nach Flaschen durchsucht, und selbst Jessicas Milchflasche, die mit Traubensaft gefüllt war, hatte er einem prüfenden Blick unterzogen, und ihr Zorn legte sich auch dann nicht, als sie ihren Vater wie einen alten, kranken Mann in einem weißen Bademantel auf der Bank sitzen sah. Elender Suffkopf, dachte sie.

Als Sarah von der Straße, die zum schlossartigen Gebäude führte, auf einen Wanderweg abbog und sich mit energischen Schritten der Sitzbank näherte, hob Engelbrecht langsam den Kopf. Sarahs Ansturm geriet ins Stocken, denn ihr Vater sah, obwohl er nüchtern war, elender aus als nach einem dreitägigen Saufgelage: Sein aufgedunsenes Gesicht war gelb, wie mit einer

Wachsschicht überzogen, voller Runzeln und Falten; er hatte dunkle Ringe unter den Augen, seine Lippen waren spröde, und in den Mundwinkeln klebte verkrusteter Schleim. »Hei, mein Kind«, sagte er, ohne sie anzusehen. Sein Blick wanderte stattdessen über Jessica, die auf Sarahs angewinkeltem Arm saß, und dann sah sie, wie er den Mund verzog.

»Was ist?«, entfuhr es Sarah. »Passt dir irgendwas nicht?«

»Sie ist niedlich, die Kleine«, murmelte Engelbrecht, »aber du wirst wahrscheinlich nicht zulassen, dass ich sie auf den Schoß nehme, oder?«

Sarah legte den anderen Arm schützend um Jessica. »Ma hat mich besucht«, entgegnete sie. »Du hast sie in den Wahnsinn getrieben.«

Engelbrecht wandte den Kopf ab und blickte zum Fischteich hinüber. »Glaub's mir«, sagte er leise, »ich würde mein Leben dafür hergeben, wenn ich Ma damit wieder gesund machen könnte.«

»Warum versuchst du es nicht, indem du in den Teich springst?«

»Ich habe bereits mehrmals daran gedacht, aber deine Mutter braucht jemanden, der sich um sie kümmert.«

Und wer kümmert sich um mich, dachte Sarah. »Warum mussten erst all diese schrecklichen Dinge geschehen, ehe du zur Vernunft gekommen bist?«

»Der Alkohol, die Angst.« Engelbrecht zuckte die Achseln. »Ich weiß es nicht, mein Kind. Ich weiß nur, dass es mir Leid tut.«

»Und jetzt?«

»Jetzt muss ich dafür büßen. Und nach all dem, was ich dir angetan habe, würde ich es dir nicht übelnehmen, wenn du dich für immer von mir abwendest. Aber ich habe dich angerufen, und du bist gekommen. Das lässt mich hoffen, dass wir irgendwann wieder zueinander finden. Wir sind eine Familie, Sarah. Wir gehören zusammen.«

Sarah spürte, wie etwas in ihr nachgab. Sie straffte ihre Schultern und fragte: »Wo ist er?«

»Wer?«

»Ricky! Wer sonst?«

Engelbrecht sah sie kurz an, dann verlor sich sein Blick wieder im Teich. »Wende dich an Kommandant Souter«, sagte er.

»Souter sitzt in Windhoek im Hauptquartier und ist Patricks Vorgesetzter.«

Abermals gab etwas in ihr nach. »Danke, Pa.«

Ihr Vater nickte. »Schreib ihm. Ich glaube, dass er noch immer auf dich wartet.«

9. KAPITEL

69

Souter hatte täglich mit einem Anruf gerechnet, der jedoch nicht erfolgt war. Aber er wusste, dass Arthur Hillmann diesen Schlag nicht tatenlos hinnehmen würde. Und so war er keineswegs erstaunt, als er am Freitagnachmittag den Mercedes vor dem Garten Café stehen sah.

Einen Augenblick lang überlegte er, ob er Hillmann einfach sitzenlassen sollte. Doch dann würde der Deutsche womöglich bei ihm zu Hause aufkreuzen und ihm mit seinem Gejammer das Wochenende verderben. Nun denn, dachte er, bringen wir es hinter uns ...

Wieder nickte er der Kellnerin zu, ehe er sich zu Arthur an den Tisch setzte. Diesmal verzichtete Hillmann darauf, Männchen zu machen; er reichte ihm nicht einmal die Hand über den Tisch hinweg, sondern begann mit einer Serviette zu spielen. Er knickte die Ecken um, faltete sie wieder auseinander und starrte Souter unverwandt mit einem eisigen Blick an.

»Abend«, sagte Souter. Er warf die Mütze auf den Tisch, glättete erst sein Haar, dann seinen Schnurrbart und fragte schließlich: »Wie geht's?«

Hillmanns Wangenmuskeln zuckten. »Ich habe den Auftrag für den Bau einer Klinik im Kaokoland nicht bekommen.«

Täuschte er sich, oder hatte Hillmanns Stimme eben tatsächlich weinerlich geklungen? Er hob die Achseln. »Ja-nee«, sagte er, »es fällt einem eben nicht alles in den Schoß.«

»Ich dachte, die Sache sei geritzt«, beharrte Hillmann. »Ich habe Ihnen immerhin einen Landcruiser vor die Tür gestellt.«

»Was wollen Sie damit sagen ... O danke, Elisabeth!«

»Bitte sehr, General.« Die Kellnerin deutete eine Verbeugung an und huschte schnell davon, während Souters Hand auf das Glas zukroch. Der *Milkshake* war eiskalt, so wie er ihn mochte. Er neigte sich vor, saugte an dem Strohhalm und blickte Hillmann von unten herauf fragend an. Das Herz klopfte ihm bis in den Hals hoch – jetzt musste es kommen, und es kam ungeschminkt:

»Eine Hand wäscht die andere«, sagte Hillmann. »Das ist auf der ganzen Welt so üblich.«
Souter spuckte den Strohhalm aus. »Hören Sie«, zischte er. »Es ist mir völlig egal, was auf der ganzen Welt so üblich ist. Ich habe zwischen Privatangelegenheiten und Geschäftsabschlüssen immer einen dicken Strich gezogen und werde das auch in Zukunft tun. Wenn Ihnen das nicht passt, können Sie den Landcruiser jederzeit ...«
»Wer hat den Auftrag gekriegt?«, unterbrach ihn Hillmann.
»DENSOU & Co.«
»DENSOU?« Hillmann schüttelte den Kopf. »Nie gehört.«
»DENSOU & Co ist eine junge Firma.«
»Aus Südafrika?«
»Nein, aus Windhoek.«
»Wem gehört der Laden?«
»Mehreren. DENSOU & Co bildet sozusagen eine Schirmherrschaft, unter die eine ganze Reihe von Subunternehmer fallen. So ähnlich wie bei HILLMANN CONSTRUCTION, nur mit dem Unterschied, dass bei DENSOU die Subunternehmer an dem Gewinn beteiligt sind.«
»Das ist eine Milchmädchenrechnung! Ich gebe der Firma ein Jahr, dann ist sie pleite.«
Souter lächelte. »Das wird sich herausstellen.«
»Wer hat sich diesen Blödsinn eigentlich ausgedacht? Wer steckt dahinter?«
»Meine Frau.«
Souter sah, wie Hillmann die Augen aufriss, dann fiel bei dem Deutschen der Groschen, und er schlug sich mit der flachen Hand an die Stirn. »DENSOU – Denise Souter!«
»Richtig!«
»Wie stellt Ihre Frau sich das vor? Sie hat vom Baugeschäft keine Ahnung!«
»Ich mache Ihnen einen Vorschlag: Schließen Sie sich der Gruppe an. DENSOU & Co braucht noch ein paar helle Köpfe.«
»HILLMANN CONSTRUCTION auch«, konterte Arthur mit einem breiten Lächeln. »Nichts gegen Ihre Frau: Wir pflegen ja zwischen Privatangelegenheiten und Geschäftsabschlüssen neuerdings einen dicken Strich zu ziehen, nicht wahr? Aber Ihre Frau hätte zu mir kommen sollen, ehe sie auf den törichten Gedanken kam, dass im Baubetrieb das Geld vom Himmel fällt.«

»Machen Sie sich darüber keine Gedanken, Meneer Hillmann. Die meisten Ihrer ehemaligen Subunternehmer gehören schon der DENSOU-Gruppe an. Und die können rechnen.« Arthur stand so heftig auf, dass sein Stuhl an die Wand krachte. »Sie Scheißkerl!«, stieß er hervor. »Sie haben meine Leute abgeworben, Sie hinterlistiges Schwein!«
»Ich habe mit der Firma nichts zu tun«, entgegnete Souter. »Reden Sie also bitte nicht so von meiner Frau, ja?«

70

Opuwo lag wie ein herabgestürztes Adlernest am Fuße eines langgestreckten, blau schimmernden Berges. Patrick konnte schon von weitem die terrassenförmig angelegten Amtsgebäude erkennen. Die Schotterpiste führte ihn das letzte Stück schnurgerade über eine mit Akazien und Mopanebäumen bestandene Fläche hinweg, dann mündete die Piste auf eine befestigte Straße, die an Opuwo vorübereilte und sich hinter den Wohnhäusern abermals in der Weite des Kaokolandes verlor.

Patrick schaltete am nördlichen Ortsausgang in den ersten Gang zurück, bog von der kurzen, kaum einen Kilometer langen Hauptstraße auf einen Feldweg ab und fuhr mit Vollgas die Anhöhe zur Kaserne hinauf.

Der Posten, der dem Landrover entgegengeblickt hatte, duckte sich unter dem Schlagbaum hindurch, aber als er sah, dass ein Kerl mit ungepflegten Haaren und einem verfilzten Vollbart im Wagen saß, verzichtete er darauf, irgendwelche Fragen zu stellen, und schob stattdessen die Schranke hoch – Hunde des Krieges hält man nicht auf, die winkt man durch.

Patrick trat jedoch auf die Bremse, denn vor ihm stand Demmler, Maisfarmer und Leidensgenosse aus finsteren Tagen. »Hallo, Hartmut.«

Demmler schob verdutzt den Kopf vor. »Du? Menschenskind, wo kommst du denn her?«

»Aus dem Norden«, sagte Patrick grinsend. »Ich habe Himba verarztet.«

»Mann, die Karre sieht vielleicht aus.« Demmler trat gegen das rechte Vorderrad. Scharfkantige Steine hatten Gummibrocken aus dem Profil gerissen. »Da wird Sa'major Webster sich aber freuen.«
»Der Sa'major kann froh sein, dass der Wagen nicht unterwegs liegengeblieben ist.« Patrick rieb sich die entzündeten Augen. Er war müde, und die Wunde an seinem rechten Knöchel juckte. »Was hast du in Opuwo verloren?«
»Engelbrecht ist befördert worden«, erklärte Demmler. »Sein Nachfolger, so 'n Giftzwerg, hat mich vor einem Monat versetzen lassen. Ich bin verdammt froh darüber, denn Webster ist in Ordnung. Als er hörte, dass wir Mais anbauen, hat er mich gleich auf einen Straßenhobel gesetzt. Nächste Woche mache ich meinen Führerschein, und dann geht's los: Ich soll eine Straße von Okongwati zum Kunene schieben.«
»Viel Spaß. In der Gegend gibt es nichts als Berge.«
»Solange ich nicht wieder in einen Hubschrauber steigen muss, ist mir alles recht. Auf einem Straßenhobel kann ich mir zumindest einbilden, ich säße auf einem Traktor.«
»Hattet ihr eine gute Maisernte?«
Demmlers Augen leuchteten auf. »Fast fünftausend Tonnen! Das ist für unsere Gegend ein ganz schöner Batzen.«
»Das freut mich. Ist Webster da?«
»Der Alte ist immer da«, betonte Demmler. »Entweder sitzt er in seinem Büro oder oben an der Bar.«
»Na, dann werde ich ihm wohl meine Aufwartung machen müssen.« Patrick wollte losfahren, da fiel ihm etwas ein. »Du, sag mal, haben wir eigentlich schon August?«
»Keine Ahnung«, behauptete Demmler. »Ich weiß nur, dass heute Samstag ist und der Minister für Naturschutz eine Party gibt – Schaf am Spieß à la Leon. Und wie ich gehört habe, sollen auch die beiden Krankenschwestern aus der Missionsstation Orumana kommen.«
Frauen!
»Das kann ja lustig werden.«
»Worauf du dich verlassen kannst«, sagte Demmler, obwohl er wusste, dass er mit seiner beginnenden Glatze, seinem flachen Gesicht und seiner behäbigen Art nicht die geringste Chance gegen ein Dutzend unverheiratete Männer hatte.

* * *

Die erste heiße Dusche seit ... seit er im Winter losgefahren und im Frühling nach Opuwo zurückgekehrt war. Patrick wäre gern länger unter der Brause geblieben, aber er musste sich beeilen: Sergeantmajor Webster wartete. Der Alte machte oben in der Bar gerade eine Bestandsaufnahme, widerwillig, so dass Patrick das Klirren der Flaschen unten im Waschraum hören konnte. Und als er den Landrover im Fuhrpark abgestellt hatte, war Leutnant Webster am Klinikfenster erschienen. Eine Gestalt in weißer Uniform, die grüßend eine Hand gehoben hatte. Auch sie wollte ihn sehen.

Patrick stutzte seinen Bart mit einer Nagelschere. Anschließend rasierte er sich, mit dem Ergebnis, dass dort, wo der Vollbart seine Wangen bedeckt hatte, die Haut sich nun käsig von seinem sonnengebräunten Gesicht abhob. Patrick betrachtete bestürzt sein Spiegelbild. Er sah wie ein Clown aus; ein trauriger Clown, dem Tränen kondensierten Wasserdampfes über die Wangen rannen. Fluchend wandte er sich vom Spiegel ab, wickelte das feuchte Handtuch um die Hüften und trat aus dem Waschraum.

Ein mit flachen Steinen gepflasterter Weg brachte ihn zur Baracke. Er teilte sich den schachtelartigen Bau mit Demmler, einem Koch und sieben Infanteriesoldaten. Auf jeder Seite des Raumes standen fünf Betten, dazwischen Metallschränke, und vor jedem Bett wartete eine Blechkiste darauf, dass sich jemand an ihren Kanten das Schienbein aufschürfte. Der Inhalt dieser Kisten diente lediglich dazu, Sergeantmajor Websters Blick zu erfreuen, wenn er am letzten Freitag eines jeden Monats zur Inspektion erschien: eine Hose, ein Hemd, eine Unterhose, ein Unterhemd, ein Handtuch, darauf ein Kamm, eine Zahnbürste und eine Tube, alles neu, unberührt und staubfrei.

Patrick hob den Deckel seiner Kiste an. Er zögerte, ehe er das braune Buschhemd und die lange Hose herausnahm, denn er hatte Stunden damit zugebracht, die Kleidungsstücke so zusammenzulegen, dass die Maße mit dem seines Essgeschirrs übereinstimmten. Ihm blieb jedoch keine andere Wahl, als die sorgfältig gefalteten Sachen anzuziehen, denn das Einzige, was in seinem Seesack noch einigermaßen sauber war, waren die Stiefel, die er am zweiten Tag seiner Abreise gegen Turnschuhe ausgewechselt hatte.

Er putzte die Stiefel, dann verschloss er das Gewehr und den Tornister im Metallschrank, schob den Seesack unter das Bett, schnappte sich die schwarze Arzneitasche und einen Schnellhefter und stapfte den Hang zur Bar hinauf.

Infanteriesoldaten hatten die Kneipe oberhalb der Kaserne auf einer Kuppe errichtet. Sergeantmajor Webster war immer noch dabei, Black-Label-Bierflaschen zu zählen. Sie standen wie rotschwarz uniformierte Soldaten in vier langen Reihen auf der Theke. Webster bewegte stumm die Lippen, während er die Flaschen mit einem Bleistiftstummel antippte.

Patrick wartete, bis Webster sich auf ein Notizbuch hinabbeugte, dann stieß er die hüfthohe Schwingtür auf und trat ein. Im Inneren roch es nach Terpentin. Der Geruch entströmte den in der Hitze knisternden Dachbalken. Die Wände waren ebenfalls aus Holz, und nach Osten hin konnte man über eine Brüstung hinweg auf die von Sonnenlicht ausgeblichene Landschaft blicken.

Patrick trat einen Schritt vor, knallte den rechten Fuß auf den Bretterboden und legte die Hände an die Hosennaht. »Sa'major!«

»Aah, Patrick!« Webster schob sich den Bleistift hinter das Ohr. Er hatte kleine, flach anliegende Ohren. Seine dunklen, von Tränensäcken umrandeten Augen und der graue, hochgezwirbelte Schnurrbart verliehen ihm eine Ähnlichkeit mit einem Keiler. »Lass dich anschauen ...« Webster kam hinter der Theke hervor und packte Patrick an den Schultern. »Bist mager geworden«, sagte er. »Hast dich aber nicht nur mit dem Essen, sondern auch mit deinen Funksprüchen zurückgehalten.« Kein Tadel, sondern väterliche Sorge. »Ein-, zweimal hätte ich fast einen Hubschrauber losgeschickt.«

»Die Berge ...«

»Ich weiß.« Webster ließ seine Hände von Patricks Schultern gleiten und sagte: »Hier sind Klagen eingegangen, dass ein Weißer in einem Kral im Norden eine heilige Schneise überschritten hat. Warst du das?«

Patrick starrte ihn an.

»Mund-zu-Mund-Propaganda«, erklärte Webster. »Funktioniert im Kaokoland besser als unser Funkgerät.«

»Ich ...«

»Hast du einen ausführlichen Bericht geschrieben?«

»Ja, Sa'major.« Patrick reichte ihm den schmuddeligen Schnellhefter.

»Hol dir 'n Bier, Junge.«

Während Webster den Hefter durchblätterte, stellte Patrick sich an die Brüstung und sah auf das umzäunte Armeecamp hinunter. In Augenhöhe flatterte die südafrikanische Flagge an einem Mast. Links davon lag die Baracke, daneben der Waschraum und dahinter die Messe. Auf der anderen Seite standen das Lazarett und die Kommandantur. Im Hintergrund sah Patrick den Fuhrpark liegen, und jenseits der Straße konnte er eben noch den Flugplatz ausmachen. Dort sorgten die Infanteriesoldaten dafür, dass niemand eine Mine auf die Landebahn pflanzte. Demmler stand an der Schranke, Gewehr bei Fuß, und starrte angespannt in die Ferne. Patrick musste die Augen zusammenkneifen, um die Staubwolke zu erkennen, die sich Opuwo näherte: die beiden Krankenschwestern aus Orumana!

Susan hieß die eine, die dünne Blonde mit dem harten, wie aus Stein gemeißelten Gesicht. An den Namen der anderen konnte er sich nicht mehr erinnern. Er hatte nur noch ihr Lachen im Ohr: ein verführerisches Lachen, das tief aus ihrer Kehle hochgegluckst war.

Ihm war, als hätte er ihr Lachen vor zehn Jahren vernommen. Dabei waren seit seiner Einweihungsparty kaum fünf Monate vergangen. Damals wollte er Sarah treu bleiben und hatte sich vor lauter Frust mit dem Rücken zum Schwimmbecken auf eine Bank gesetzt und so lange Bier getrunken, bis er hintenüber ins Wasser gefallen war. Die Dunkelhaarige hatte sich daraufhin kopfschüttelnd von ihm abgewendet. Damals war er froh darüber gewesen, denn er hätte ihrem Lachen nicht widerstehen können. Jetzt ertappte er sich dabei, dass er atemlos beobachtete, wie der winzige Punkt in der Ferne allmählich die Formen eines blauen Personenwagens annahm.

Der Wagen zog eine kilometerlange Staubfahne hinter sich her, und mit einemmal kam ihm alles unwirklich vor: der Wagen, die gebügelte Wäsche auf seiner Haut, die Bierflasche in seiner Hand, der Aschenbecher, die Bar, ja der ganze Ort mitsamt seinen Gebäuden, Menschen, Gerüchen und Geräuschen. Wirklich war nur die schmerzende und juckende Wunde an seinem rechten Knöchel, die nicht heilen wollte, obwohl er alle Tuben aus dem Arzneikoffer durchprobiert hatte ...

»Patrick!«

Er wandte sich um. Webster tippte auf den Schnellhefter. »Was soll das?«

»Sa'major?«

»10. Juli. Vier Krokodile östlich der Epupafälle aufgescheucht und dreihundertfünfundsechzig Webervögel gezählt; ein Jahr an einem einzigen Tag!«

»Leon Ellison hat mich gebeten, die Zählung für den Naturschutz vorzunehmen, Sa'major.«

»Und das hier: 18. Juli. 23 Uhr vierzehn. Hubschrauber gesichtet. Flugrichtung Nordwest. Landung jenseits der Grenze. Rückkehr um 23 Uhr dreißig ...« Webster schlug den Hefter zu. »So etwas schreibt man nicht auf, Patrick. Das vergisst man.«

»Der Hubschrauber muss in Angola irgendwas auf- oder abgeladen haben, Sa'major.«

»Wir haben dich an die Grenze geschickt, damit du dich um die Himba kümmerst.«

»Die Himba leben wie auf einer Insel, Sa'major«, erwiderte Patrick. Er dachte an Kondjoura, der am Feuer gehockt und teilnahmslos in die Flammen geblickt hatte, als der Hubschrauber über ihn hinweggeflogen war. »Sie brauchen unseren Plunder nicht, denn sie besitzen bereits alles, was sie benötigen.«

»Aber wir brauchen die Himba.«

»Wir sind ihnen egal, Sa'major«, beharrte er. »Wir haben keine Hörner auf dem Kopf.«

»Rede weiter.«

Er tat es, geriet jedoch immer wieder ins Stocken, weil ihm eines dort draußen klargeworden war: Er war kein Himba und würde nie zu ihnen gehören, selbst dann nicht, wenn er Otjiherero wie ein Himba sprechen könnte. »Ich kam nicht an sie heran, Sa'major. Sie hielten mich für verrückt. Und in Kondjouras Augen bin ich ein Lügner. Ich habe versagt.«

»Das würde ich nicht sagen«, murmelte Webster und zwirbelte die Schnurrbartspitzen zwischen Daumen und Zeigefinger hoch. »Jetzt wissen wir zumindest, dass sie noch nicht gegen uns aufgehetzt worden sind.«

»Die Himba verhalten sich so, als gäbe es gar keinen Grenzkrieg, Sa'major.«

»Schön. Noch 'n Bier?«

»Nein, danke, Sa'major.« Patrick legte die Hände wieder an die Hosennaht. »Ich würde gern Leon aufsuchen. Ich habe am Kunene ein paar Vögel gesehen, die ich nicht einwandfrei bestimmen konnte.«

»Genehmigt. Und da wir gerade von Vögeln reden: Am Montag bringt eine Dakota Proviant nach Opuwo. Mit der kannst du nach Windhoek fliegen. Ich gebe dir zehn Tage Urlaub, Reisezeit eingeschlossen.«
»O danke, Sa'major.«
»Und lass dir von meiner Frau die Haare schneiden. Du siehst aus wie 'n Hippie.«

* * *

Alles an Leutnant Webster wirkte weich und rundlich. Nur ihre schnarrende Stimme verriet, dass sie es gewohnt war, Befehle zu erteilen: »Komm rein.«
Patrick betrat das sterile Empfangszimmer und grüßte zackig, indem er eine Hand an das schräg über sein rechtes Ohr abfallende Barett schnellen ließ. »Leutnant!«
Sie kniff die Augen zusammen, sah ihn über den Schreibtisch hinweg an. Sie hatte mit einem Blick erkannt, dass er Schmerzen hatte. »Was fehlt dir?«
»Ich habe am rechten Knöchel einen Moskitostich aufgekratzt. Inzwischen ist daraus eine Wunde geworden, die nicht heilen will.«
»Aus der Büchse gelebt?«
»Ja, Leutnant.«
»Und welchen Eindruck haben die Himba auf dich gemacht?«
»Einen sehr gesunden, Leutnant. Einmal musste ich allerdings Morphin spritzen«, setzte er hastig hinzu und merkte, wie er errötete. »Ein Kind war ins Feuer gefallen, Leutnant, aber sonst ...«
Weil Leutnant Webster ihn unverwandt anblickte, verschränkte er die Hände hinter dem Rücken und fuhr brabbelnd fort: »Wer die Himba hat sprinten sehen, der vergisst das nie wieder, Leutnant. Sie rannten aus reiner Freude an der Bewegung barfüßig über Stock und Stein und mit einer Geschwindigkeit von zwanzig Stundenkilometern neben meinem Wagen her, und als sie ihn eingeholt hatten, blieben sie stehen und lachten mich aus.« Er schüttelte den Kopf. »Wahnsinn.«
Leutnant Webster erhob sich, stemmte beide Hände auf den Schreibtisch und musterte ihn von Kopf bis Fuß. Ihre Augen waren hellbraun, mit winzigen grünen Pünktchen darin. »Du bist *bossies*«, sagte sie.

»Nein, Leutnant«, protestierte Patrick. »Ich habe keinen Buschkoller.«
»O doch«, sagte sie. »Was du dringend brauchst, sind eine Prise Zivilisation und Vitaminspritzen.« Sie lächelte. »Und vielleicht ein Haarnetz.«
»Sa'major Webster hat gesagt, dass Leutnant mir die Haare schneiden soll.«
»Pah!«, machte sie und ließ sich wieder auf den Stuhl sinken. »Ein Sergeantmajor hat mir nichts zu befehlen. Ich schneide sie dir, sobald du aus dem Urlaub zurück bist.«
»Danke, Leutnant.«
»Freust du dich?«, fragte sie unvermittelt. »Ich meine, auf deine Familie?«
»Ja, Leutnant, natürlich.«
»So natürlich ist es in deinem Fall nicht: Du bekommst nie Post.«
»Ich ...« Er kratzte sich am Hinterkopf. »Das ist eine lange Geschichte, Leutnant.«
»Ich verstehe ... Los, geh ins Behandlungszimmer, damit ich mir die Wunde ansehen kann!«

* * *

Draußen herrschte die Stunde der leisen Pfoten, der raschelnden Blätter und huschenden Schatten. In Leon Ellisons Haus war davon nichts zu spüren: Aus den Fenstern fiel weißsprühendes Licht, und durch die hellhörigen Wände drang wummernde Rockmusik.

Leon bewohnte eines dieser flachen, holzverschalten Fertighäuser, die man innerhalb von zwei Tagen zusammennageln und ebenso schnell wieder auseinandernehmen kann. Die Räume wirkten groß. Das lag daran, dass Leon kaum Möbel besaß: ein Bett, ein Küchen- und ein Beistelltisch, vier Stühle, drei Schränke und zwei mit Brandflecken übersäte Sessel, um die sich im Wohnzimmer alle ledigen Männer aus Opuwo versammelt hatten – in den Sesseln saßen die beiden Krankenschwestern aus Orumana!

Als Patrick das Tor zu Leons dschungelartigem Garten aufstieß, hockte der Naturschutzbeamte allein am Feuer und nuckelte an seiner Pfeife. Über der Glut drehte sich, von einer Autobatterie angetrieben, der Spieß und mit ihm der knusprig braune Hammel.

Fett zischelte, und zwischen den Zitrusbäumen hingen Rauchschwaden.

»Leon!«

»Jeee-sas!« Der Naturschutzbeamte federte mit einem Satz hoch. Er trug ein Khakihemd, Shorts und an den Füßen ausgelatschte, kudulederne Schuhe. »Das hat mir gerade noch gefehlt«, sagte er. »Ein *fucking* Geist.«

Patrick gab ihm grinsend die Hand. Es tat gut, Leon wiederzusehen. Er war ein bärtiger, schlaksiger Südafrikaner mit einer Hakennase, einem braunen Wuschelkopf und hellen Augen, die immer ein wenig verwundert dreinblickten, so als käme Leon aus dem Staunen nicht heraus. Montags verschwand er in einem Gebiet, das so groß war wie England und die Schweiz zusammengenommen, und wenn er freitags zurückkehrte, wusste niemand, was Leon dort draußen gemacht hatte. Doch alle wussten, dass er am ersten Samstag eines jeden Monats einen Hammel briet und die Krankenschwestern einlud, damit er sich nicht um die Gäste zu kümmern brauchte. Diesmal machte er eine Ausnahme. Er ließ Patricks Hand los und sagte: »Lass uns reingehen. Ich habe zur Feier des Tages ein paar Kisten Bier kalt gestellt.«

Als sie über den kniehohen Rasen auf das Haus zusteuerten, fragte Leon: »Wie war's?«

»Nun, zuerst war ich froh, von hier wegzukommen«, erwiderte Patrick. »Ich wollte keinen Offizier mehr sehen. Aber hinter Okongwati wurde mir plötzlich bewusst, dass ich ganz allein auf mich gestellt war. Ich war das bis dahin nicht gewohnt, verstehst du? Obwohl ich in Afrika geboren bin, hatte ich keinen blassen Schimmer, wie man sich im Busch verhält.«

»Das wissen die wenigsten«, tröstete ihn Leon. »Unter dem Hemd sind die meisten weiß wie *fucking* Maden.«

»Alles war mir fremd: das Gelände, die Tiere, die Pflanzen und die wenigen Menschen, die mir begegnet sind. Einmal hockte ich mich hinter einen Busch, um zu scheißen. Als ich fertig war, standen sechs Himba um mich herum. Ich wusste nicht, was ich machen sollte. In meiner Verlegenheit habe ich ihnen die Klorolle geschenkt. Mann, ich konnte nicht einmal die Vögel am Kunene richtig bestimmen. Ich fühlte mich wie jemand, der mitten im Atlantik über Bord gegangen ist – kein Schiff weit und breit, dafür Haie in rauen Mengen.« Er schüttelte den Kopf. »Nachts war es besonders schlimm«, fuhr er fort. »Ich habe vor lauter Angst, dass mich jemand umbringen könnte, kein Feuer entfacht. Aber nach einer Weile begann ich mich wohler zu fühlen, sicherer, und jetzt würde ich nichts lieber tun, als meine Sachen packen und in der Wildnis verschwinden.«

»Im Ernst?«

»Es ist herrlich dort draußen.«

»Ein Paradies«, pflichtete ihm Leon bei. »Aber die Himba besitzen zu viele Rinder, Schafe und Ziegen. Und das Wild kann auch nicht mehr in andere Gebiete ausweichen, weil die Regierung einen *fucking* Veterinärzaun quer durch das Damaraland zieht. Alles ballt sich im Nordwesten zusammen. Das kann nicht gutgehen. Die Himba müssten die Hälfte ihres Viehs verkaufen, aber die denken natürlich nicht daran. Ohne Rinder ist man nichts – Himbasprichwort.«

»Und ich besitze nicht mal einen Hund.«

Leon nahm lächelnd die Pfeife aus dem Mund. »Hast du Spitzmaulnashörner gesehen?«

»Zwei, eine Kuh mit ihrem Kalb. Und einmal eine Löwenspur. Ich habe die Fährten ausgemessen, wie du's mir gezeigt hast. Hier ...« Patrick überreichte ihm ein Bündel Papiere. »Da steht alles drin.«

»Danke!«

»Keine Ursache.«

»He, warum wirst du nicht Wildhüter?«, erkundigte sich Leon. »Ich bräuchte dringend einen zweiten Mann, denn das Damara- und Kaokoland sind zusammen fast zehn Millionen Hektar groß. Einhunderttausend *fucking* Quadratkilometer!«

»Ich werd's mir überlegen. Aber jetzt mal was anderes: Wie heißt eigentlich die Dunkelhaarige, die so komisch lacht?«

»Jasmin?«

»Richtig!« Aus den Augenwinkeln bemerkte er, dass ihm Leon einen Seitenblick zuwarf. »Ich hatte ihren Namen vergessen.«

»So etwas kommt vor«, sagte Leon und stieß die Vordertür auf.

Stimmengewirr, Musik und der Geruch von Zigarettenrauch, Staub, Parfüm und Schweiß quoll ihnen entgegen. Patrick verharrte wie angewurzelt auf der Schwelle. »Ich glaube, ich bleibe lieber draußen, Leon. Der Krach ist nicht auszuhalten.«

»Das geht mir auch immer so, wenn ich aus dem Busch zurückkomme. Dann kann ich weder Lärm noch Gestank ertragen.«

»Warum lädst du dann immer wieder die ganze Saubande ein?«

»Weil ich nicht allein auf dieser *fucking* Welt bin. Komm!«

Mit dem ersten Schritt, den Patrick ins Wohnzimmer trat, wurde ihm klar, dass nicht nur die Rolling Stones keine Satisfaktion bekamen: Die Beamten und Soldaten belagerten die beiden Sessel, redeten wild durcheinander und überlegten, ob sie die eine oder die andere Krankenschwester zum Tanz auffordern sollten, aber die meisten hatten sich schon so viel Mut angetrunken, dass sie sich kaum noch auf den Beinen halten konnten. Patricks nüchternes Erscheinen war daher für Susan und Jasmin eine willkommene Abwechslung.

»Aah!«, rief Susan. »Der Babbalasminister!«

Babbalas bedeutet Katzenjammer; ein Leiden, das nach seiner Einweihungsparty in Opuwo epidemische Ausmaße angenommen und Patrick zu diesem Titel verholfen hatte.

Jasmin sagte nichts. Sie hob bloß neugierig den Kopf. Gleichzeitig drehten sich die anderen, inoffiziellen Minister nach ihm um: der Schlaglochminister vom Straßenbau, der Minister für Zucht und Ordnung von der Polizei, der Windradminister vom Wasserwesen, der Minister für Maul- und Klauenseuche vom Veterinäramt, drei Griffelminister aus dem Amt, der Energieminister vom Benzindepot und die Soldaten, allesamt Kriegsminister, bis auf Demmler, der wie eine schwankende Maisstaude an der Durchreiche zur Küche stand und seinem Titel als Mahangominister alle Ehre machte.

Einer nach dem anderen klopfte Patrick auf den Rücken, auf die Schulter oder gab ihm die Hand und schob ihn weiter, bis er vor den beiden Sesseln stand. Im linken saß Susan mit ihrem wie aus Stein gemeißelten Gesicht, im rechten lümmelte Jasmin, die nackten, aus Shorts herausragenden Beine angezogen, in der einen Hand ein Glas, in der anderen eine Zigarette.

»Hallo.«

»Hi, Patrick«, sagte Susan. Jasmin nickte kurz, dann blickte sie aus ihren großen, dunklen Augen abschätzend zu ihm auf. Ihr Haar schimmerte wie lackiertes Ebenholz im Lampenlicht. Dadurch wirkten ihr Gesicht bleich und die Lippen wiederum unnatürlich rot, so als hätte Jasmin sie eben erst geschminkt. Sie öffnete den Mund, sagte jedoch nichts, sondern nahm einen Zug aus der Zigarette und blies den Rauch in seine Richtung.

Was sollte er machen? Die Mädchen ignorieren, in die Küche gehen und sich ein Bier holen? Das wäre unhöflich. Also hockte er sich hinter den Beistelltisch, die Arme locker über die Knie gelegt. Das hätte er nicht tun sollen: Erstens konnte er über die Tischplatte hinweg den pinkfarbenen Saum von Jasmins Höschen sehen, und zweitens stieß der Schlaglochminister hervor: »Seht euch diesen Wilden an. Der sitzt da wie ein Himba!«

Im nächsten Moment war Patrick wieder auf den Beinen. Doch das half ihm nicht aus der Klemme: Die anderen starrten ihn verwundert an.

»Was ist mit dir los?«, fragte der Minister für Maul- und Klauenseuche. »Bist du *verkaffert*?«

»Leck mich am Arsch!«

»Ich wette, der hat sich da draußen eine Freundin zugelegt«, stichelte der Windradminister. »Den ganzen Tag rumfahren und halb nackte Frauen angucken, das hält doch kein Mensch im Kopf aus.«

Patrick begann in seiner Verlegenheit die Uniformtaschen nach einer Zigarettenschachtel abzuklopfen. Da erschien Leons Gesicht in der Durchreiche. »Das Schaf ist gar!«, rief er. »Holt euch einen Teller und macht, dass ihr rauskommt, ehe die *fucking* Schakale den Kadaver fressen!«

Die Aufmerksamkeit ließ augenblicklich von ihm ab. Während die anderen in der Küche verschwanden, beugte Jasmin sich vor und drückte ihre Zigarette im Aschenbecher auf dem Beistelltisch aus. Patrick wollte, sie hätte nicht diese weit ausgeschnittene, ärmellose Bluse an. »Ich bin kein Himba«, sagte er.

»Sicher«, murmelte Jasmin und erhob sich. »Komm«, sagte sie, »ich habe Hunger.«

Ich bin kein Himba! Etwas Blöderes hätte dir nicht einfallen können, schalt er sich im Stillen und folgte Jasmin kopfschüttelnd zur Küchentür.

Sie mussten warten, denn eine mit Tellern und Besteck bewaffnete Meute strömte ihnen aus der Küche entgegen. Leon bildete das Schlusslicht. »Dein Bier steht auf dem Tisch, Patrick. Und biete der Dame auch was zu trinken an, ja?«

»Danke, Leon.«

Der Wildhüter zwinkerte ihm kurz zu, dann verschwand er mit den anderen im Garten.

Endlich waren sie allein. *Sag was*, schrie ihm eine Stimme zu, aber er brachte kein Wort heraus. Schweigend gingen sie in die

Küche. Vor dem Fenster hing eine Wolldecke. Im Abwasch stapelte sich schmutziges Geschirr.

Jasmin blieb vor dem Tisch stehen, und als sie mit abgewinkeltem Arm eine Hand hob und sie an die Stirn legte, konnte er an ihrer ausrasierten Achselhöhle vorbei ihre rechte Brust sehen: weiß, prall, warm. »Mir ist so komisch«, sagte Jasmin.
»Wie komisch?«
Sie drehte sich um, ein eigentümliches Glitzern in den Augen.
»Ich denke, du solltest bei mir mal Fieber messen.«
Er berührte scheu mit dem Handrücken ihre Stirn.
»Nein, nicht so.«
»Wie dann?«
Sie stellte den linken Fuß auf einen Küchenstuhl, schob mit einer Hand die Shorts und den Slip beiseite und sagte: »Beeil dich.«

71

Ihr war, als säßen nicht ihre Eltern, sondern entfernte Verwandte auf der Veranda. Louis trug einen schlichten grauen Anzug und eine Sonnenbrille – eines angeblichen Augenleidens wegen, für das er so lange im Krankenhaus gelegen hatte. Ob Oupa das Märchen glaubte, vermochte Sarah nicht zu sagen: Der alte Haudegen kratzte wortlos mit einem Nagel in seiner Pfeife herum.

Sarah musste sich eingestehen, dass der Anzug ihrem Vater besser stand als der Bademantel oder gar die verhasste Uniform. So hatte er weniger mit einem versoffenen Kolonel gemeinsam, der seine Tochter erst zur Abtreibung nach Holland geschickt und ihr anschließend befohlen hatte, seine Enkelin zur Adoption freizugeben. Er sah elegant aus, schlank, und vor ihm stand eine Tasse Tee auf dem Rohrtisch. Er rührte sie jedoch nicht an, sondern lutschte ein Pfefferminzbonbon nach dem anderen. Außerdem hatte er noch eine zweite, seltsame Angewohnheit angenommen. Er schüttelte regelmäßig kurz und ruckartig den Kopf, so als wollte er etwas loswerden. Es war der Geschmack von *Brandy & Coke* auf der Zunge und das imaginäre Rasseln von Eis in seinen Ohren ...

Elsie machte ebenfalls einen verjüngten Eindruck mit ihrem

sonnengebräunten Gesicht und der neuen Frisur. Sie hatte sich das dünne Haar noch kürzer schneiden lassen. Während sie an ihrem Tee nippte, blickte sie geistesabwesend auf den Garten hinaus, wo Sarah eine Decke auf dem Rasen ausgebreitet hatte. Auf der Decke lag Jessica. Ihre krähende Stimme vermischte sich mit dem Gezwitscher der Vögel. Es klang, als würde sie sich mit den Spatzen unterhalten. Sarah saß hinter ihrer Tochter unter einem Sonnenschirm und passte auf, dass Jessica nicht von der Decke rollte.

Ihr Großvater hatte sich auch verändert. Allerdings zum Nachteil: Sein Vollbart und die tief ins Gesicht gezogene Wollmütze ließen ihn wie einen alten, vergammelten Fischer aussehen. Er hielt den Blick stur auf die Pfeife gerichtet. Nur gelegentlich neigte er den Kopf zur Seite und lauschte auf das, was Ouma in der Küche machte: Geschirr spülen.

Zu Mittag hatte es Kartoffelpüree, gebratene Leber und süßen Kürbis gegeben, ohne Soße. Es war daher ebenso wenig gegessen wie gesagt worden. Nun setzte sich das Schweigen auf der Veranda fort, bis Louis es nicht mehr aushalten konnte.

»Heiß heute, was?«, fragte er, nachdem er sich geräuschvoll geräuspert hatte.

»Eher still, würde ich sagen«, muffelte Oupa. »Du kommst aus dem Krankenhaus, trommelst die Familie zusammen, setzt dich dann in meinen Garten und tust so, als hätten sie dir die Zunge rausgeschnitten.«

»Es tut mir Leid, Pa«, entschuldigte sich Louis.

»Was war überhaupt mit deinen Augen los?«

»Eine Infektion, Pa.«

»Und deswegen haben sie dich aus der Armee entlassen?«

Louis verkrampfte die Hände im Schoß. »Ja, Pa.«

»Und was ist mit deiner Frau? Die hat den ganzen Tag noch kein Wort gesagt.«

Elsie reagierte nicht. Ihr Blick wirkte wie aus Glas.

»Wir müssen geduldig sein, Pa«, raunte Louis seinem Schwiegervater zu. »Das dauert eben alles seine Zeit.«

»Was habt ihr vor?«, beharrte der Alte und langte nach seinem Tabaksbeutel. »Wollt ihr einen Laden in Kapstadt aufmachen, eine Weinfarm kaufen oder euch bis zum jüngsten Tag bei mir durchfressen?«

»Nein, danke«, sagte Elsie ins Nichts hinein.

»Was?« Der Alte beugte sich vor. »Was hast du gesagt?«
»Ich habe keinen Hunger, Pa.«
»Hä?«
»Ich habe es mir überlegt«, warf Louis ein. »Ich möchte eine Farm in Südwestafrika kaufen.«
Oupa ließ die gestopfte Pfeife sinken, Sarah schlug eine Hand vor den Mund, und Elsie klapperte mit den Augendeckeln.
»Die Farmen sind in Südwest heutzutage billig zu haben«, fuhr Louis fort. »Hinzu kommt, dass der Kauf vom Staat subventioniert wird, weil viele Farmer in die Städte abgewandert sind.«
»Warum wollt ihr euch ausgerechnet in der Wüste niederlassen?«, fragte Oupa.
»Südwest besteht nicht nur aus Wüste, Pa. Der Norden ist dicht bewaldet.«
»Warum lasst ihr euch nicht im Kapland nieder?«, konterte der Alte. »Hier regnet es wenigstens ab und zu.«
»Das Kap ist wunderschön«, pflichtete Louis ihm bei, »aber ich kann das viele Grün nicht mehr sehen.«
»Der Arzt hat Pfusch mit deinen Augen gemacht«, vermutete Oupa. »Du bist farbenblind, Mann!«
»Pa kennt Südwest nicht. Es ist ein herrliches Land, nicht wahr, Engel?«
Elsie hatte etwas im Gras entdeckt. Sie starrte es an, aber sie nickte zumindest, und Sarah richtete sich langsam auf.
Südwest! Der Name pulsierte in ihrem Kopf: *Südwest! Südwest! Südwest!*
»Ist das nicht zu gefährlich für euch?«
»Ach wo, Pa! Ich werde eine Farm in der Nähe von Kamanjab kaufen, dort, wo ich aufgewachsen bin. Dann haben wir die Etoscha-Pfanne wie eine Pufferzone zwischen uns und dem Ovamboland liegen. Und durch den Wildpark und die Löwen wagt sich so schnell kein Terrorist.«
»Warum sind die anderen Farmer dann abgewandert?«
»Weil sie keine Ahnung haben, was an der Grenze wirklich vor sich geht, Pa.«
»Weißt du überhaupt noch, was in deinem Land los ist? Premierminister Vorster will zum Jahresende Wahlen zur Nationalversammlung ausrufen.«
»Darüber mache ich mir im Moment keine allzu großen Sorgen, denn die SWAPO wird nicht an der Wahl teilnehmen, und

die Demokratische Turnhallen-Allianz ist gemischtrassig. Da haben wir immer noch ein Wörtchen mitzureden.«
»Wie lange noch?«
»Das ist eine andere Frage, aber ich vertraue darauf, dass uns Vorster nicht den Hyänen zum Fraß vorwirft.«
»Ich will, dass wir sie mitnehmen«, mischte sich plötzlich Elsie ein.
»Aber selbstverständlich nehmen wir Sarah und die Kleine mit.« Louis tätschelte ihren Arm, und Sarah bemerkte, wie ihre Mutter die Hand wegzog. »Ihr kommt doch mit, oder?«
Sarah biss sich auf die Unterlippe. Sie hatte ihre Eltern im vergangenen Monat nicht einmal besucht, denn Elsie lebte in einer Traumwelt, und Sarah war nicht entgangen, wie Louis in der Mountain-Village-Klinik bei Jessicas Anblick das Gesicht verzogen hatte. Jessica sah mit ihren dunklen Haaren und blauen Augen aus wie eine Hillmann ... »Das muss ich mir noch überlegen, Pa.«
»Ach was«, sagte er. »Du kannst deine Mutter doch nicht im Stich lassen.«
»Ich meine Esme«, murmelte Elsie, den Blick in die Ferne gerichtet. »Ich möchte Esme mitnehmen.«
Sarah und Louis wechselten einen schnellen Blick. »Also gut«, sagte er, »wir nehmen Esme mit und Paulus auch. Dann ist alles wieder beim Alten. Zufrieden?«
Elsie gab ihm keine Antwort. Sie starrte geistesabwesend ins Leere.
»Ich wusste gar nicht, dass du Landwirtschaft studiert hast«, brach Oupa das bedrückende Schweigen.
»Ich bin auf einer Farm aufgewachsen und obendrein noch Ingenieur, Pa. Das wird mir zugute kommen, denn auf einer Farm muss ständig improvisiert werden. Und was das Vieh angeht, nun, da kann ich zur Not immer noch einen Nachbarn um Rat fragen.«
»So du einen Nachbarn hast.«
»Und ob! Viele junge Burschen, die gerade die Landwirtschaftsschule hinter sich gebracht haben, werden sich im Norden niederlassen.«
»Verdammt weit vom Schuss«, maulte Oupa.
»So weit nun auch wieder nicht, Pa.«
Hoffentlich, dachte Sarah. Aber allein der Gedanke, dass sie nur mit dem Kopf zu nicken brauchte, um nach Südwestafrika zurückkehren zu können, erfüllte sie mit unbändiger Freude: weg

aus der Großstadt, den vielen Menschen, und fort von Jeff, der sie, wann immer sie ihn sah, an jene Nacht erinnerte, in der sie sich gegenübergestanden hatten und ihnen klargeworden war, dass zwischen ihnen eine Kluft war und keine Brücke über den Abgrund der Apartheid führte.

72

Patrick hatte den bitteren Geschmack von Kupfermünzen im Mund. Der Flug über die Baumkronen hinweg war turbulent gewesen, und ein an beiden Beinen verwundeter Soldat hatte sich, weil er auf einer Bahre festgeschnallt war und sich nicht aufrichten konnte, von oben bis unten vollgekotzt. Patrick hatte ihn daraufhin von seinen Fesseln befreit und war in den hintersten Winkel der Dakota zurückgewichen. Aber der Geruch hatte sich gleichmäßig im ganzen Laderaum ausgebreitet.

Jetzt stand Patrick auf dem hitzeflimmernden Rollfeld, blinzelte in die Sonne und atmete tief die sengende Luft ein, dann ging er in die Flughalle und setzte sich auf einen der vielen Plastikstühle. Vor dem Münztelefon standen Soldaten Schlange, junge Südafrikaner, die ihre Wehrpflicht in einem Land abrissen, für das sie nichts als Gleichgültigkeit oder Hass empfanden. An ihrer unbeschwerten Art erkannte Patrick, dass sie ebenfalls Urlaub hatten. Einer nach dem anderen schulterte nach einem kurzen Anruf seine Ausrüstung und ging durch die Glastür zur Dakota hinaus, die wie ein Pelikan mit ausgebreiteten Flügeln auf dem Rollfeld stand.

Patrick fischte ein Zehn-Cent-Stück aus seinem Portemonnaie, erhob sich und ging zum Telefon. Er konnte es plötzlich kaum noch abwarten, aus dem Flughafengebäude herauszukommen.

Martha war außer sich vor Freude, als sie seine Stimme erkannte. »Patrick!«, jubelte sie. »Ja, ist das denn möglich? Gut! Gut, danke! Und dir? Was, du bist gerade in Windhoek gelandet? Du hast Urlaub? Ja, ist das denn möglich?«

Zehn Minuten später ging es auf dem Parkplatz weiter. Martha stieg lachend aus dem Volkswagen, breitete die Arme aus und warf sie Patrick um den Hals. Dann rückte sie von ihm ab, um ihn begutachten zu können. Sie hatte ihn noch nie in Uniform gesehen. »Mein Gott, bist du groß geworden«, sagte sie. »Richtig breite Schultern hast du gekriegt! Und dann dieses Gewehr in deiner Hand.« Martha schüttelte den Kopf. Sie konnte sich nicht vorstellen, dass er damit je auf einen Menschen gezielt hatte. Nicht Patrick.

»Wo ist der Alte?«

Ihre Miene verdüsterte sich. »Im Büro«, sagte sie in einem flüsternden Tonfall. »Er ist seit Tagen auf hundertachtzig. Es hat anscheinend Ärger mit einem Kostenvoranschlag gegeben.« Plötzlich hellte ihr Gesicht sich wieder auf. »Aber jetzt bist du ja da, mein Junge.«

Patrick, der zum ersten Mal im Leben zur rechten Zeit an der richtigen Stelle war ...

»Lass uns nach Hause fahren, Mum.«

Martha fuhr wie der Teufel. Er saß neben ihr, stützte sich am Armaturenbrett ab und betrachtete seine Mutter, die beide Hände um das Lenkrad gekrallt und den Kopf zwischen die Schultern gezogen hatte. Sie wirkte fast mädchenhaft in ihrem luftigen, cremefarbenen Sommerkleid, und ihm fiel auf, dass sie kaum Falten im Gesicht hatte; es schien nicht seiner Mutter zu gehören, sondern einer anderen, jüngeren Frau ...

Als sie vor der Garage anhielten, kamen Sinna und Cracker aus der Villa. Der Schäferhund sprang japsend an ihm hoch, und Sinna umfasste Patricks Hand mit beiden Fäusten, wiegte lächelnd ihren Kopf hin und her und sagte immer wieder: »Och, mein kleiner Junge, der so groß geworden ist!«

Patrick würgte an einem Kloß, der in seiner Kehle steckte. Dass Sinna ihn, der gegen ihre Brüder und Schwestern in den Krieg gezogen war, auf diese Art willkommen hieß, verwirrte und berührte ihn gleichermaßen. Er löste seine Hand aus ihren Fäusten und umarmte Sinna. In ihrem gewaltigen Körper gab etwas nach, dann begann sie zu weinen. Das war zu viel für ihn, zumal seine Mutter jetzt auch noch zu schniefen anfing. Er hob seine Sachen auf, wandte sich brüsk ab und sah Erich in der Eingangstür stehen.

Patrick erschrak. Erich war spindeldürr geworden! Seine weißgraue Schuluniform hing wie ein Sack an ihm herunter. Und er schämte sich dafür, denn auf dem Rasen stand Patrick, das Gewehr in der einen, den Seesack in der anderen Hand: ein moderner John Wayne.

»Hee, Cowboy!«, rief Patrick und ging auf seinen Bruder zu, sich wohl bewusst, dass er eine gute Figur abgab. Und mit einemmal verstand er, weshalb Erich ihn anhimmelte – er himmelte sich selbst an! Er wollte, dass Arthur dort stünde und ihn bewunderte. Aber Arthur kam erst am Nachmittag heim.

»Na?«, war alles, was Hillmann sagte, als er ins Wohnzimmer trat.

Patrick war jedoch nicht der erstaunte Blick entgangen, das Erschrecken darüber, dass Patrick ihm in die Augen sehen konnte, ohne sich auf die Zehenspitzen stellen zu müssen. Er war erwachsen geworden. Das hatte der Alte erkannt. Und bald, das wusste er, würde ihm sein Sohn auf den Kopf spucken.

Arthur ließ sich in den schwarzen Ledersessel fallen und lockerte seine Krawatte. »Erzähl«, forderte er Patrick auf.

Patrick hatte den ganzen Nachmittag Erichs und Marthas Fragen beantwortet. Er war zu Erichs Freude nicht mal aus seiner Uniform herausgekommen. Deshalb sagte er nur: »Du weißt ja, wie es in der Armee zugeht.«

Arthur war zwei Minuten da, und schon hatte er wieder einen Grund, sich über Patrick zu ärgern: »Wir haben uns, verdammt noch mal, Sorgen gemacht. Du hättest wenigstens deiner Mutter schreiben können.«

»Ich war lange im Busch«, murmelte Patrick. Er zog eine Zigarettenschachtel aus der Brusttasche und merkte, wie alle den Atem anhielten. Er legte die Packung auf den Tisch, lehnte sich im Sofa zurück und fragte: »Wie gehen die Geschäfte?«

»Seit wann interessierst du dich für meine Geschäfte?«

»Ich habe gehört, dass Engelbrecht befördert und von einem Giftzwerg abgelöst worden ist. Arbeitest du jetzt mit dem zusammen?«

Arthur kniff die Augen zusammen. »Woher weißt du das?«

»Gerüchte«, antwortete Patrick. Er schlug die Beine übereinander und wippte mit dem Fuß. Die gewienerte Stiefelspitze glänzte wie poliertes Holz. »Wir leben dort oben von Gerüchten.«

Arthur kämmte sich mit abgespreizten Fingern durch das Haar. Es war an den Schläfen grau geworden. »Giftzwerg ist gut«, murmelte er und warf einen Blick in die Richtung, in der sein Büro lag. »Ich muss noch was tun.« Er stand auf. »Wir sehen uns dann zum Abendbrot.«

»Ich werde mich solange frisch machen.«

»Tu das«, sagte Arthur, und Martha atmete erleichtert auf.
Als Patrick aus dem Badezimmer kam, stand ein Aschenbecher auf seinem Nachttisch. Dort hatte früher Sarahs Foto gestanden. Er ging an den Schrank. Das Foto lag unberührt unter dem Wachstuchpapier, mit dem die Schrankfächer ausgeschlagen waren. Er betrachtete Sarahs Gesicht. Kein Herzklopfen, nur ein Gefühl des Bedauerns.
Während er das Foto betrachtete, dachte er an Jasmin. Sie hatten es in der Küche getrieben und dann später noch einmal unter einem Zitrusbaum. Patrick vermisste sie. Er schob das Foto unter das Wachstuchpapier und schloss leise die Schranktür, ganz so, als wollte er niemanden wecken.

73

Als die Spuckschlange in Ondjandjes Hütte kroch, schlief Kondjouras Mutter tief und traumlos. Sie lag auf dem Rücken, flach hingestreckt unter einem Ochsenfell. Ihr Atem ging ruhig. Sie hatte lange wach gelegen und sich gefragt, ob die Ahnen wirklich wollten, dass Kondjoura eine andere Frau an sein Feuer holte – Kondjoura war nämlich tags zuvor ohne Rinder und Tjizire zurückgekehrt, und am Abend hatte er sich mit Ngaturipure gestritten:
»Lass mich noch einmal zehn Rinder nach Swartbooisdrift treiben, ehe unser Vieh in der Dürre verendet oder im Kunene ertrinkt, Vater.«
»Nein. Die Zeichen der Ahnen sprechen dagegen.«
»Aber die Ngambwe haben geträumt, dass die Dürre ...«
»Das sagt Uasuta nur, weil du der Einzige bist, der bereit ist, zwanzig Rinder für Tjizire zu opfern.«
»Warum fragen wir die Ngambwe nicht selber? Vielleicht wollen uns die Ahnen etwas ganz anderes sagen.«
»Was?«
»Das weiß ich nicht. Ich weiß bloß, dass ich durch das Kaokoland gereist bin und Hunderte von Mädchen gesehen habe, aber nicht eine konnte Tjizire aus meinem Herzen verdrängen.«

»Dein Stolz hat dich blind gemacht. Wenn die Ahnen wollten, dass du Tjizire an dein Feuer holtest, wärst du mit den Rindern zurückgekommen.«

»Ich werde morgen in das Ovamboland aufbrechen.«

»Warum musst du die Ahnen immerzu herausfordern? Eines Tages wirst du noch großes Unheil über meinen Kral bringen!«

Der letzte Satz hatte Ondjandje wachgehalten. Jetzt schlief sie, und die Kobra kroch züngelnd auf sie zu. Die Schlange war etwa eineinhalb Meter lang, braungelb gestreift und so dick, dass Ondjandje sie nicht mit einer Hand hätte umfassen können.

Die Spuckschlange hatte den Winter in einer verlassenen Feldhasenhöhle verbracht. Auch als es wärmer geworden war, hatte die Kobra sich nicht gerührt. Doch dann war eine Rinderherde über den Bau hinweggetrampelt, und die Schlange war aus ihrem Unterschlupf gekrochen und hatte sich von ihrem Instinkt zum Kornspeicher in Ngaturipures Kral führen lassen. Dort hatte sie, wie im Vorjahr, eine Baumratte erwischt. Nun suchte sie einen sicheren Platz, wo sie die Ratte verdauen und sich häuten konnte.

Die Hütte behagte der Kobra nicht. Sie spürte zwar die Wärme, die von den Ochsenfellen und der Glut des heiligen Feuers ausströmte, aber gleichzeitig witterte sie auch gegorene Milch, ranziges Fett und die Ausdünstung eines schlafenden Menschen – Ngaturipure hockte links neben der Hütte am flackernden Herdfeuer und starrte grübelnd zu den Sternen auf.

Als die Schlange auf dem Weg zu einer spaltbreiten Fuge in der Lehmwand über Ngaturipures verlassenen Schlafplatz kroch, wälzte sich Ondjandje auf die Seite.

Die Kobra richtete sich fauchend einen halben Meter hoch auf, und aus ihren gebogenen Fängen schossen zwei Giftstrahlen, die perlend durch die Luft spritzen.

In Ondjandjes Gesicht zuckte es. Sie träumte, sie wäre von einem plötzlichen Regenguss überrascht worden und fände nirgends Schutz.

Die Spuckschlange ließ sich langsam wieder auf den Boden sinken, nur um Sekunden später erneut hochzuschnellen, denn Ondjandje hatte sich im Traum das Wasser aus dem Gesicht gewischt. Und diesmal biss die Kobra ohne Vorwarnung zu.

Ondjandje fuhr schreiend hoch. Im ersten Moment glaubte sie, sie hätte ins Ahnenfeuer gefasst. Da durchzuckte sie abermals ein Schmerz, siedend heiß, so als hätte ihr jemand ein glühendes Messer in den rechten Unterarm gerammt, und im roten Schein der Glut sah sie einen langen, biegsamen Schatten zurückschnellen.

Fast gleichzeitig stieß Ngaturipure einen brennenden Ast durch den Hütteneingang. Dahinter sah sie sein bestürztes Gesicht. Erst jetzt wurde ihr bewusst, dass sie noch immer schrie. Die Bisswunden brannten wie Feuer, und sie versuchte die Schmerzen mit ihrer linken Hand abzustreifen.

»Raus!«, brüllte Ngaturipure. »Schnell!«

Sie robbte an ihm vorbei ins Freie. Draußen hatte sich inzwischen ihre schlaftrunkene Familie vor der Hütte versammelt.

»Schlange«, stammelte sie. »Sie hat mich in die Hand und in den Arm gebissen.«

Während Ondjandje sich vor Schmerzen im Staub wälzte und ihre Mutter davoneilte, um einen Medizinbeutel zu holen, ertönten in der Hütte dumpfe Schläge, so als schlüge jemand wie wahnsinnig auf ein Ochsenfell ein. Kurz darauf kam Ngaturipure aus der Hütte. Er zog die Schlange am Schwanzende hinter sich her, richtete sich auf und ließ die Kobra mit einem angeekelten Gesichtsausdruck fallen.

Kondjoura wagte nicht, seinem Vater in die Augen zu sehen. Stattdessen blickte er sich nach Ondjandje um. Sie wurde von mehreren Frauen festgehalten, während ihre Mutter die Bissstellen mit einem scharfgeschliffenen Knochensplitter aufschlitzte. Dann nahm sie zwei abgesägte Ochsenhörner, deren Enden durchbohrt waren, und stülpte sie über die blutenden Wunden. Die Alte begann mit aller Kraft an der einen und Ngaturipure an der anderen Hornspitze zu saugen.

Kondjoura hatte einmal einen Mann gesehen, der von einer Spuckschlange in den Schenkel gebissen worden war. Er erschauerte, als er an die Wunde dachte. Sie war so groß gewesen, dass Kondjoura seine Faust in die weggefaulte Höhle hätte legen können ...

74

»Jetzt mal ehrlich, Patrick: Wie viele Terroristen hast du umgelegt?«
»Keinen.«
»Nicht einen?«
»Nein!«
»Was hast du dann an der Grenze gemacht?«
»Zum hundertsten Mal, Erich: Ich bin als Sanitäter durch das Kaokoland gefahren und habe nebenbei Otjiherero sprechen gelernt.«
»Das sagst du bloß so daher, Mann.«
»Du glaubst doch nicht im Ernst, dass jeder Soldat eine Knarre in die Hand gedrückt bekommt und dann alles über den Haufen schießt, was ihm vor die Flinte läuft?«
»Nicht? Wer killt denn dann die Terroristen, die jeden Tag in den Nachrichten erwähnt werden?«
»Eine Handvoll Leute. Die anderen leisten Sozialarbeit, hocken in Büros herum, schieben Wache und warten auf den Tag, an dem sie ihre Uniform an den Nagel hängen können.«
»Wichser.«
»Hör zu: Wenn du fünfzig Liegestütze machen kannst und das Denken einem anderen überlässt, dann bist du in der Armee gut aufgehoben.«
»Weißt du, was ich tun werde? Ich werde mich freiwillig bei einer Spezialeinheit melden«, sagte Erich und fuhr sich mit dem Zeigefinger über die Kehle.
Sie standen vor dem Odeon-Theater. Gezeigt wurde *The deerhunter* mit Robert de Niro. »Das ist ein geiler Vietnam-Film«, hatte Erich geschwärmt. »Den müssen wir uns unbedingt ansehen.«
»Ohne mich.«
»Bitte, Mann. Danach können wir noch einen zischen. Nur du und ich.«
»Na schön ... Okay.«
»Ziehst du deine Uniform an?«
»Ich bin doch nicht verrückt!«
»Wieso nicht, Mann? Dann haben die Babys was zu staunen.«
Die *Babys* waren Erichs Klassenkameraden. Und sie glotzten Patrick auch ohne Uniform wie einen Massenmörder an. Wusste der Teufel, was Erich ihnen alles erzählt hatte ...

Als die Nachmittagvorstellung vorüber war, gingen sie in das Hotel »Groß Herzog«, einen zischen, wie Erich es genannt hatte. Sie setzten sich auf die Terrasse. Über ihnen färbte sich der Himmel grau. Um diese Zeit fielen draußen in der Wildnis gerade die Blutschnabelweber zu Tausenden an den Wasserstellen ein. Patrick hatte die lärmenden, umherwirbelnden Wolken oft beobachtet, fasziniert von ihren Flugkünsten und mit der Gewissheit, dass diese Vögel keine Einsamkeit kannten. Doch jetzt, hier, umgeben von leutseligen Menschen, Lichtern und Autos, vermisste er den klatschenden Flügelschlag einer Taube, den Geruch eines Feuers, sehnte er sich nach dem Krakeelen eines Frankolins und dem Anblick des im Abendlicht tanzenden Staubes.

»Mal ehrlich, Erich«, sagte Patrick, nachdem ein schwarzer Kellner zwei Bierflaschen vor ihnen abgestellt hatte, »warum bist du so dünn geworden?«

»Das bisschen, was ich esse, kann ich auch trinken.«

»Red keinen Mist!«

Erich trank einen Schluck, stieß auf und sagte dann: »Der Alte hat ständig an mir herumgenörgelt. Ich konnte es einfach nicht mehr ertragen. X-beinige Qualle hat er mich genannt. Das hat mir den Appetit auf Lebenszeit verdorben.«

»Und kommst du jetzt besser mit ihm aus?«

»Jetzt übersieht er mich und die Alte gleich dazu. Der spinnt, sag ich dir. Seit Onkel Louis weg ist, stinkt es, weil ihm der neue Typ andauernd vor den Koffer scheißt.«

»Souter?«

Erich nickte. »Einmal hat Souter seine Tochter zu einer Party mitgebracht. Für mich zum Spielen, verstehst du? Aber so was von einer Schnepfe hast du in deinem Leben noch nicht gesehen. Ich habe sie angequatscht, gefragt, wie sie heißt und so. Weißt du, was die zu mir gesagt hat? Fick dich selber!«

»Nein!«

»Doch! Das hat ihr Vater mitgekriegt. Da musste die Schreckschraube dann dreißig Liegestütze auf dem Rasen machen, und Souter hat laut mitgezählt. Eins, zwei, drei ... Mann, war uns das peinlich, aber die hätte am liebsten fünfzig hingelegt, die blöde Kuh. Die will Hubschrauberpilot werden. Stell dir das mal vor!«

»Souter scheint eine harte Nuss zu sein, was?«

Erich nickte. »Eine stahlharte. An dem wird der Alte sich die Zähne ausbeißen.«

»Das bezweifle ich. Aber wenn der Alte denkt, dass ich nach dem Militärdienst für ihn aufs Gerüst steige, dann hat er sich getäuscht.«
»Weißt du schon, was du mal werden willst?«
»Keine Ahnung. Auf jeden Fall möchte ich so weit wie möglich von Windhoek wegziehen.«
»Ich soll in Deutschland eine Maurerlehre machen«, maulte Erich. »In den Winterferien war ich mit der Alten drüben. Der haben sie in München das Fell über die Ohren gezogen.«
»Wie bitte?«
»Guck dir mal der ihr Gesicht an. Die sieht nach dem Facelift oder wie das heißt aus wie eine Barbiepuppe. Das steht ihr überhaupt nicht, aber ich nehme an, dass den Alten ihre Falten gestört haben. Der braucht eine zum Vorzeigen.«
»Jetzt wird mir einiges klar.« Patrick blickte sich nach dem Kellner um. Am Nebentisch saßen drei aufgeschwemmte Burschen in Khakianzügen. Der eine kratzte gerade sein linkes Ohr mit einem Teelöffel aus. Als Patrick die Stirn runzelte, öffnete der Typ den Mund und ließ sein Gebiss klappern. Patrick wandte sich schnell ab. »Wie hat es dir in Deutschland gefallen?«
»Gar nicht«, murmelte Erich. »Ich gehöre nach Südwest.«
»Geh in Südafrika auf die Uni und studier was Gescheites. Medizin, irgendwas in dieser Richtung.«
Erich winkte ab. »Ich bleibe in diesem oder im nächsten Jahr garantiert sitzen. Aber das ist mir egal. Ich will zur Armee. Und wenn der Alte mich nicht gehen lässt, sorge ich dafür, dass ich von der Schule fliege.«
»Du spinnst wohl?«
»Nein, ich werde es dem Alten schon zeigen.«
Patrick blickte seinen Bruder an. Erich beobachtete die Perlen, die an dem beschlagenen Bierglas herunterliefen und im Untersetzer versickerten. Sein flaches Gesicht war ausdruckslos, doch in seinen Augen schimmerte ein fiebriger Glanz. »Du brauchst niemandem etwas zu beweisen, Erich.«
»Nicht?«, stieß sein Bruder hervor. »Ich bin doch bloß der kleine, blöde Erich.«
»Jessas! Und ich dachte, du wärst John Wayne?«
Erich schüttelte lächelnd den Kopf. »De Niro«, sagte er. »Der macht alle kalt.«

Liebster Ricky,

in Kapstadt hält mich nichts mehr fest. Ich habe mich daher entschlossen, mit Jessy und meinen Eltern nach Südwest zurückzukehren. Ich kann ohne das Land nicht leben. Vielleicht liegt es daran, dass du ein Teil des Landes bist. Ich sehe dich als einen Berg, der in der Ferne vor mir aufragt, aber der kein Echo zurückwirft, wenn ich nach dir rufe. Warum antwortest du mir nicht? Ich gehe jeden Tag mindestens zweimal zum Postkasten, doch bisher habe ich noch keinen Brief von dir erhalten. Was ist los, Ricky? Willst du nichts mehr von mir wissen? Dann sag es mir, aber lass mich bitte, bitte, bitte nicht länger im Ungewissen.

Meine Gefühle für dich haben sich nicht geändert. Du fehlst mir so sehr, dass ich manchmal glaube, den Verstand zu verlieren. Dann denke ich Tag und Nacht nur an dich, und wenn ich aufwache, erscheint mir die Wirklichkeit wie ein Traum. Schlimm ist vor allem für mich, dass ich hier so gut wie nichts erreicht habe. Meine Feder ist stumpf geworden, denn ich habe erfahren, dass ich im Herzen noch nicht reif für einen derart gravierenden Sinneswandel bin.

Jessica dagegen macht große Fortschritte. Sie wirkt auf mich bereits wie eine Erwachsene. Ich möchte, dass sie auf einer Farm oder in einem kleinen Ort aufwächst, wo ihr die negativen Einflüsse unseres Systems nicht ständig vor Augen geführt werden. Oh, ich wünschte, du könntest sie sehen und in deine Arme schließen. Vielleicht wäre dann zwischen euch noch ein kleiner Platz für mich frei ...

Ich liebe dich,

Sarah

PS: Sobald ich in Windhoek angekommen bin, werde ich einen Brief mit meiner neuen Anschrift im Hauptquartier hinterlassen.

PPS: Bitte, antworte mir!

76

Arthur sagte: »Die Armee hat aus dem Jungen einen Mann gemacht. Der kann einem jetzt direkt in die Augen gucken.« Hillmann selbst blickte in sein Whiskyglas, drehte es hin und her, und Martha ahnte, dass er Patrick nur erwähnt hatte, um ein Gespräch in Gang zu bringen. Nun, ihr war das recht. Des Friedens willen würde sie sogar mit ihm schlafen. Martha wusste, dass er Souter Engelbrechts Landcruiser geschenkt hatte – als Melissa ihre dreißig Liegestütze auf dem Rasen gemacht hatte, waren die Souters in dem Geländewagen vorgefahren. Aber irgendwas war schiefgelaufen. Sie erinnerte sich noch lebhaft an den Freitagabend, als sie zum ersten Mal richtig Angst vor Arthur gehabt hatte. Da war er wie ein Irrer durch das Haus getobt; wortlos, mit wutverzerrtem Gesicht und hassfunkelnden Augen hatte er die Türen zugeknallt und die Möbel bearbeitet. Jetzt saß er angespannt, doch friedlich im schwarzen Ledersessel und blickte ins Glas.

»Patrick redet nicht gern über seine Arbeit«, sagte Martha. »Ich weiß im Grunde gar nicht, was er im Kaokoland treibt.«

Hillmann sah blinzelnd auf. Er hatte an etwas anderes gedacht. »Wenn ich Engelbrecht richtig verstanden habe, soll Patrick die Himba auf unsere Seite ziehen«, murmelte er.

»Ich kann mir das von Patrick gar nicht vorstellen. Er ist ein verschlossener Typ, der nicht ohne weiteres auf Fremde zugeht.«

»Und er ist ein Träumer«, setzte Hillmann hinzu. »Wenn man den Jungen nicht an die Kandare nimmt, wird er bald selbst ein Himba.« Er seufzte. »Engelbrecht hat ihn völlig falsch eingeschätzt. Aber das konnte der Mann noch nie – Menschen richtig einschätzen.«

»Ich möchte wissen, wo Elsie und Louis stecken.«

»Die saufen sich im Kapland die Weinroute hoch und runter, was sonst?«

»Vermisst du Louis manchmal?«

»Seine Dummheit, ja«, sagte Arthur. »Wenn Souter nur halb so naiv wäre, hätte ich keine Probleme. Aber er hält sich einfach nicht an die Spielregeln.« Eis rasselte. Hillmann war bei seinem Thema angelangt: »Souters Frau hat eine Baufirma gegründet, DENSOU und Konsorten.«

Martha tastete nach ihrem Sherryglas.

»Ich muss mir was einfallen lassen«, sagte Arthur, in der Hoffnung, dass Martha, wie schon so oft, eine rettende Eingebung hatte. Doch sie trank mit in den Nacken gelegtem Kopf ihren Sherry. »Bis zum Jahresende habe ich alle Projekte abgewickelt. Dann stehe ich ohne Auftrag da.«

Martha setzte das Glas ab und fuhr sich mit dem Handrücken über ihren Mund. »Warum lässt du den Staat nicht sausen und kümmerst dich um Privataufträge?«

»Darum geht es nicht. Souter hat meine Leute abgeworben, verstehst du? Ich muss ihm einen Denkzettel verpassen.«

Martha schenkte sich einen neuen Sherry ein. Sein Blick gefiel ihr nicht. Etwas Heimtückisches lag darin.

»Ich hätte damals auf dich hören sollen«, sagte er zu ihrem Erstaunen. »Souter ist der Safe und Denise der Schlüssel, mit dem man ihn knacken kann.«

Martha nickte und ließ ihren Blick durch das Wohnzimmer wandern, um Arthur nicht ansehen zu müssen.

»Tust du mir einen Gefallen?«

»Sicher«, erwiderte Martha. Sie dachte, sie solle sich wieder bei Denise einschleichen. Deshalb dauerte es eine Weile, ehe sie begriff, was er mit sanfter Stimme von ihr verlangte. »Das ist doch nicht dein Ernst!«

»Nur so tun, als ob«, beharrte er. »Alles, was ich will, ist ein Foto von Souter, wie er am Schwimmbecken steht und vor dir die Hosen runterlässt. Mehr nicht.«

»Aber Arthur ...«

»Du brauchst nur einmal kurz an der flachen Seite aufzutauchen, damit Denise später auf dem Foto sieht, dass du keinen Badeanzug anhast. Dann kannst du von mir aus um Hilfe rufen. Ja, mach das! Sobald er ins Becken steigen will, brüllst du um Hilfe. Dann komme ich raus und reiße ihm den Kopf ab.«

Martha hatte Angst. Ihre Augen waren voller Entsetzen auf Hillmann gerichtet, während sie an ihren Fingernägeln knabberte. Es sah aus, als wollte sie sich die ganze Hand in den Mund stopfen.

»Hör zu«, sagte Hillmann. »Ich lade Souter zu einem Drink ein. Wenn er kommt, springst du ins Schwimmbad und sagst ihm, dass ich nicht vor einer Stunde aus dem Büro komme. Dann zeigst du ihm, was du zu bieten hast, und fragst ihn, ob er sich ein bisschen abkühlen will. Die Gelegenheit wird er sich nicht entgehen lassen. Denise ist hochschwanger. Der hat seit Wochen nichts mehr gekriegt, verstehst du? Und denk immer daran, dass ich mit dem Fotoapparat am Badezimmerfenster stehe. Dir kann also nichts passieren.«

Martha schüttelte heftig den Kopf. »Verlang das bitte nicht von mir, Arthur«, flüsterte sie. »Bitte, bitte nicht.«

»Verdammt!«, schrie er. »Soll ich vielleicht Denise verführen?« Er sah, wie sie das Gesicht verzog. »Willst du das?«, hakte er nach. »Soll ich die Schlampe vernaschen, ha?«

Martha stand auf und verließ fluchtartig das Wohnzimmer. Er hörte ihre Schritte auf der Treppe, dann schlug oben eine Tür zu. Arthur grinste, denn er wusste, dass Martha letztendlich alles tun würde, was er von ihr verlangte.

77

Der Fahrtwind, der durch das Seitenfenster hereinwirbelte, zupfte an seinen kurz geschnittenen Haaren und schlug ihm dröhnend an das rechte Ohr. Patrick kurbelte das Fenster jedoch nicht hoch, denn der Wind und der von der Schotterstraße emporwallende Staub vermittelten ihm ein Gefühl von Freiheit. Raus aus dem Kasernenhofmief. Weg von seiner Familie. Hin zu einem Ort, der auf kaum einer Landkarte eingezeichnet war: Okongwati!

Patrick lehnte sich im Landroversitz zurück und ahmte den Ruf des großen, grauen Lärmvogels nach: »Kwä!«

Genauso nervtötend hatte sich der Krach angehört, den seine Eltern vom Zaun gebrochen hatten, als Erich und er im Kino gewesen waren. Der Alte war zwei Tage lang wie ein Donnerwetter durch das Haus getobt, hatte jedoch am dritten Tag darauf bestanden, Patrick zum Flughafen zu bringen.

»Ich habe den verdammten Mist bis oben hin satt«, hatte der Alte gesagt, während Martha, Erich und Sinna im Rückspiegel immer kleiner geworden und schließlich aus Patricks Blickfeld verschwunden waren. Es war wie ein Abschied für immer gewesen. Sie hatten mit herabbaumelnden Händen auf dem Rasen gestanden und ihm nachgeschaut. Und er hatte den Alten nicht gefragt, welchen Mist er bis oben hin satt hatte, obwohl Arthur die ganze Fahrt über auf die Frage gewartet hatte.

»Auf Wiedersehen, Paps.«
»Sag Bescheid, wenn du was brauchst, Junge.«
»Mach ich.«

Eine leere Versprechung, ein flüchtiger Handschlag, dann war Patrick über das Rollfeld davongegangen, ohne sich noch einmal umzudrehen und sich zu vergewissern, ob tatsächlich Tränen in den Augen des Alten geschimmert hatten.

Patrick blinzelte, um das Bild loszuwerden. Es war nicht seine Schuld. Sie hatten ihn in die Wüste geschickt. Dennoch machte er sich Vorwürfe: Louis war entlassen worden, Elsie hatte Tabletten geschluckt, Arthur bekam keine Aufträge mehr, und Martha konnte nur hilflos mit ansehen, wie ihre Familie zerbrach; Wrackteile, die langsam auseinander drifteten ...

Patrick schüttelte den Kopf und versuchte, an Jasmin zu denken, an ihren geschmeidigen Körper, an ihr dunkles Lachen. Stattdessen stieg Sarahs Gesicht aus dem Kies der Schotterstraße. Er hatte ihr Foto mehrmals am Tag unter dem Wachstuch hervorgeholt und vor der Abfahrt in die Brusttasche gesteckt. Gesund war das nicht, aber er hoffte, dass er das Foto eines Tages mit einem gleichgültigen Blick würde betrachten können ...

Patrick nahm den Fuß vom Gaspedal, denn hinter dem nächsten Hügel quoll eine Staubwolke in den blassen Himmel. Der Wind verteilte sie über die Mopanebäume neben der breiten Schotterstraße. Zwischen den Stämmen wuchs kein Grashalm. Patrick war dennoch auf der Hut: Es gab im Kaokoland nichts Unangenehmeres, als in eine Rinder- oder Ziegenherde zu rasen. Die Himba würden, wenn sie ihn nicht erschlugen, eine sechsfache Entschädigung verlangen – ein Rind, um das überfahrene Tier zu ersetzen, und fünf zum Zeichen, dass er ihnen eine Hand der Versöhnung reichte.

Als Patrick über den Hügel kam, sah er, wie sich ein mit Tarnfarbe angestrichener Straßenhobel durch das Geröll im Tal wühlte. Der Fahrer war hinter den getönten Panzerglasscheiben nicht zu erkennen. Patrick schaltete kurz die Scheinwerfer an. Sofort leuchteten die Bremslichter am Straßenhobel auf, dann kletterte Demmler aus dem Führerhaus, ein breites Grinsen auf dem hochroten Gesicht. Sein Overall war schweißgetränkt, die Wimpern staubgepudert. Er gab Patrick die Hand. »Na, wie war dein Urlaub?«

»Schön.« Patrick hatte keine Lust, näher auf die Frage einzugehen. »Du hast gute Arbeit geleistet, Hartmut. Die Straße fährt sich wie eine Rutschbahn.«

»Die Strecke ist ein Kinderspiel«, wehrte Demmler ab. »Schwierig wird das Stück hinter Okongwati bis zum Kunene hoch. Ich bin neulich mit Webster die Gegend abgeflogen. Mein lieber Mann, nichts als Berge. Und die Straße muss breit genug für unsere Panzer sein. Das ist ja die Scheiße: Die Nordgrenze ist grob geschätzt etwa 1500 Kilometer lang. Wir können immer nur Stützpunkte errichten und zusehen, wie die Terroristen links und rechts an uns vorbeimarschieren.« Demmler zog mit den Zähnen den Korken aus dem Wassersack, der am Außenspiegel hing. Er nahm seinen Schlapphut ab, goss Wasser hinein und setzte ihn wieder auf. »Bist du auf dem Weg zum Kunene?«, fragte er, während ihm das Wasser wie ein Sturzbach über das Gesicht lief.

»Nein. In Okongwati wird eine Klinik errichtet. Ich soll mich schon mal dort sehen lassen, damit die Himba sich an weiße Medizinmänner gewöhnen.«

»Schön, dann sehen wir uns irgendwann in Okongwati. Sag dem Minister für Schlaglöcher einen schönen Gruß. Der ist gerade mit seinen Leuten dabei, die Straße zum Kunene zu vermessen.«

»Bis dann, Hartmut.«

»Viel Glück.« Ehe Demmler in dem Führerhaus verschwand, drehte er sich auf der Leiter noch einmal um. »Stimmt es, dass du Jasmin in Leons Garten flachgelegt hast?«

Patrick hüstelte. Die Frage war ihm peinlich. »Stadtgespräch?«

Demmler nickte. »Ich wollte mich an dem Abend an Susan ranmachen, aber, ha-ah ...«, er schüttelte den Kopf, »ich war sternhagelvoll. Dabei habe ich gehört, dass die wie 'n Fisch fickt. Verdammter Mist!«

»Pass auf dich auf«, sagte Patrick und wandte sich ab. Er wollte sich von Demmler nichts kaputtmachen lassen.

* * *

Als Patrick nach Okongwati kam, wurde er schon vom säbelbeinigen Dorfältesten erwartet. Der Alte stand unter einem Mopanebaum, hielt sich mit einer Hand an einem Ast fest und schwankte leicht hin und her. Er hatte die Augen zu schmalen Schlitzen zusammengekniffen, so dass drei Münder in seinem braunen Gesicht zu lächeln schienen.

Patrick biss sich auf die Lippe. Unter demselben Baum hatte damals Engelbrecht gestanden und ihm gesagt, dass Sarah geheiratet hatte. Er stieg aus, gab dem Alten die Hand und sprach ihn mit Häuptling an: »Hast du den Tag verbracht, *Omuhona*?«

Die Bezeichnung gefiel dem Alten. »Ja, hast du auch den Tag verbracht?«, fragte er lächelnd. Unter seinem Lederturban quollen weiße Haarbüschel hervor.

»Ja, ich habe den Tag verbracht.« Patrick wollte dem Alten eine Zigarette anbieten, doch der Dorfälteste ließ den Ast los und wies auf die von einer Segelbahn verhüllte Ladefläche. »Mit was hast du deinen Esel beladen?«

»Mit Medizin, *Omuhona*.«

»Brandy?«

»Nein.«

»Wein?«

Patrick schüttelte den Kopf.

»Bier?«

»Tut mir Leid, Väterchen.«

»Keine *Omaekende*?«

»Nein, *Omuhona*, keine Flaschen, nur Medizin.«

Der Alte spuckte aus, wischte sich mit dem Daumenballen über die dünnen Lippen und streifte den Speichel an seinem Lendenschurz ab. Das Leder glänzte speckig. »Ich habe in den vergangenen Tagen mehr weiße Heiler gesehen, als Haare auf meinem Kopf wachsen. Und es werden immer mehr. Was denken die Weißen?«, fragte er. »Denken sie, dass alle Himba in Okongwati krank sind?«

»Nein, aber die Leute, die eine Straße zum Kunene bauen wollen, sind wehleidige Kinder«, behauptete Patrick. Er hasste sich für diesen Satz, zumal ihn der Alte aus seinem zahnlosen Mund anlächelte. Er wurde jedoch rasch wieder ernst:

»Ist es wirklich wahr, dass die Straße bis zum Kunene führen soll?«

»Ja, Väterchen, und die Himba werden ohne Mühe auf ihr gehen können.« Patrick hasste sich auch dafür. Er warf einen Blick in die Runde. »Wo kann ich meine Hütte errichten, *Omuhona*?«

Der Dorfälteste deutete auf den Boden zu seinen Füßen. Patrick klatschte zum Dank dreimal in die Hände, dann ging er zum Landrover, holte einen Tabaksbeutel und eine Pfeife hervor und überreichte sie dem Alten. »Ich möchte den Tabak gegen Feuerholz eintauschen.«
Der Alte nickte. »Ich werde dir ein paar kräftige Hände schicken.«
Eine halbe Stunde später war er von halb nackten Himba umringt. Einige hackten mit ihren Buschmessern trockne Äste von den Bäumen, andere halfen ihm beim Abladen, doch als es daranging, die Zelte aufzustellen, zogen sich die Männer kopfschüttelnd zurück. Das sei Frauenarbeit, sagten sie, und die Frauen, die im Kreis um seinen Lagerplatz herumgesessen und jeden fremden Gegenstand lauthals bestaunt hatten, hoben daraufhin abwehrend die Hände. Patrick war ihnen unheimlich, weil er keine Familie hatte, keine Rinder, keine Ziegen, nicht mal einen Hund, von einem Ahnenfeuer ganz zu schweigen. »Das ist kein guter Platz«, behaupteten sie. »Nachts singen die Geister des Windes in den Bäumen ...«
In Wirklichkeit war es ein sehr guter Platz: weit genug vom Dorf entfernt und doch so gelegen, dass jeder, der nach Okongwati hereinkam, um den trocknen Omuhongafluss zu überqueren, an seinem Lager vorbeikommen und, sobald Demmler ihm geholfen hatte, das große Segeltuchzelt mit dem roten Kreuz darauf sehen würde.

78

Kondjouras Vater gehörte dem religiösen Gemeinschaftsverband des *Kudu* an. Das bedeutete, dass er nicht das Fleisch eines hornlosen Tieres essen durfte. Er wollte nicht einmal auf einem reiten. Und so musste Kondjoura zum Nachbarkral laufen und Vejarukas Vater um einen Esel bitten. »Ondjandje stirbt«, sagte er.
Dasselbe hatte Ngaturipure gesagt, jedoch nichts dagegen unternommen. Es war, als hätten diese zwei Worte ihn gelähmt,

während sie Kondjoura zur Eile antrieben: Obwohl niemand mit dem Finger auf ihn gezeigt hatte, wusste er, dass es seine Schuld war. Er hatte die Ahnen herausgefordert und damit Unheil über Ngaturipures Kral gebracht.

Dass die Ahnen ausgerechnet seine Mutter als Opfer auserwählt hatten, war für ihn ein böses Omen. Er hätte den Schlangenbiss überlebt, und die Schmerzen wären irgendwann in Vergessenheit geraten. Doch die Schuldgefühle seiner Mutter gegenüber würden ewig bleiben, ewig schmerzen und ihn an den Zorn der Ahnen erinnern ...

Kondjoura schonte weder sich noch den Esel. Seine Mutter bekam von dem Gewaltmarsch nach Okongwati kaum etwas mit. Sie saß vornübergesunken auf dem Esel. Ihr Gesicht war schweißüberströmt. Sie klapperte mit den Zähnen und zitterte am ganzen Körper, und ihr rechter Arm baumelte wie ein schwarzer, aufgequollener Baumstumpf herunter. Aus den Bissstellen suppte Wundwasser.

Kondjoura hatte ihre Füße unter dem Bauch des Reittieres zusammengebunden, damit sie nicht herunterrutschte. Und er stützte sie mit einer Hand, während er neben dem Esel her einem Elefantenpfad über die glühenden Berge folgte.

Er stieß Ondjandje an, immer wieder, damit sie ihn nicht verließ, und rief ihren Namen. Dann wandte sie den Kopf suchend hin und her, bis ihre umwölkten Augen ihn fanden.

Er war sich nicht sicher, ob sie ihn erkannte. Aber sie lebt, dachte er und wiederholte diesen Satz im Rhythmus seiner Schritte: Sie lebt! Sie lebt! Sie lebt!

Gelegentlich entdeckte er einen umgekehrten, mit Sand überkrusteten Stein, den Patrick vor Monaten aus dem Weg gerollt hatte, oder Kratzspuren, die das Differential des Landrovers in die Felsen geschrammt hatte; erloschene Lagerfeuer säumten in unregelmäßigen Abständen den Weg, und einmal fand er ein zusammengeknülltes Stück Papier. Er rührte es nicht an, sondern tat so, als hätte er es nicht gesehen. Denn die Ahnen beobachteten ihn, warteten darauf, dass er wieder einen Fehler machte ...

Zwei Tage nach seiner Abreise traf er auf einen rothaarigen Weißen und einen Ovambo in einem orangegelben Overall. Der Weiße spähte durch ein seltsames Ding, das auf einem Dreifuß stand, und der Ovambo hielt eine Stange umklammert und krebste damit seitwärts ein paar Zentimeter nach links. »Stopp!«, rief der Weiße. Dann wandten sie sich nach Kondjoura um, und ihre Augen widerspiegelten sein eigenes Entsetzen.

»Soll mein Baas die Frau nach Opuwo bringen?«, fragte der Ovambo.

Kondjoura schüttelte den Kopf.

»Siehst du nicht, dass sie stirbt?«

»Sie lebt«, erwiderte Kondjoura und ruckte am Halfter.

Der Ovambo rief etwas auf Afrikaans. Daraufhin starrte ihn der Weiße sprachlos an. Kondjoura spürte seinen Blick noch im Rücken, als er am dritten Tag den Omuhongafluss überquerte und oberhalb des anderen Ufers die umgepflügten Maisfelder und dahinter die Hütten von Okongwati liegen sah.

»Mutter!«, rief Kondjoura. Sie hatte kaum noch die Kraft, ihren Kopf zu heben. Er wollte ihr sagen, dass sie da waren, unterließ es jedoch, weil er Angst hatte, dass sie sich dann fallenlassen und sterben würde. Stattdessen blickte er sich nach jemandem um, der ihm erklären konnte, wo der Heiler wohnte. Es gab einen in Okongwati. »Er ist ein Ngambwe«, hatte Vejarukas Vater voller Ehrfurcht gesagt. Und er musste es wissen, denn er hatte lange in Okongwati gelebt, ehe er wie ein Bettler zum Kunene aufgebrochen war und Ngaturipure um Weideland für seine mageren Rinder und Ziegen angefleht hatte.

79

Warten. Auf Demmler. Auf den Minister für Schlaglöcher. Darauf, dass jemand seine Hilfe brauchte. Aber es kam niemand. Die Himba hatten das Interesse an ihm verloren. Wenn er morgens mit wirren Haaren und nacktem Oberkörper aus dem Zweimannzelt trat, hockten draußen meist nur ein paar halbwüchsige Mädchen, die kichernd zusahen, wie er sich die Zähne putzte und, über eine Emailleschüssel gebeugt, das Gesicht wusch.

Er unternahm lange Spaziergänge, um seine Notdurft zu verrichten, Vögel zu beobachten, die Zeit totzuschlagen. Er hörte Radio und blätterte gelangweilt in den Büchern, die er mitgebracht hatte: Botanik und Ornithologie. Er unterhielt sich mit dem

Handwerker, dessen Leute dabei waren, einen schachtelförmigen Bungalow auf Stelzen zu errichten – die Klinik. Als der Handwerker jedoch mitbekam, wer Patrick war, sagte er: »Arthur Hillmanns Sohn? Dann will ich dir mal was flüstern, Junge. Dein Alter hat mich zehn Jahre lang übers Ohr gehauen. Glaub also bloß nicht, dass du von mir noch 'n Bier kriegst. Und jetzt mach, dass du wegkommst, du Windei.«

Er ließ sich einen Schnurrbart wachsen, beobachtete, wie er ihm allmählich über die Oberlippe wuchs. Er sah den Frauen bei der Arbeit auf den Maisfeldern zu und bemerkte im Flussbett einen Esel, auf dem eine vornübergesunkene Frau saß. Besoffen, dachte er und wünschte, er wäre es auch.

Nachts lag er im Schlafsack, hörte die Geister des Windes in den Bäumen singen und dachte daran, dass noch mehr als vierhundert Tage vor ihm lagen, ehe er aus der Armee entlassen wurde. Er hörte auf, sich zu waschen, und fing an, Selbstgespräche zu führen: »Was gibt's heute? Spaghetti in Tomatensoße mit Buletten. Nein, lieber Buletten mit Spaghetti in Tomatensoße, denn Spaghetti in Tomatensoße mit Buletten hatten wir doch gestern – hahaha! Wollen doch mal sehen, wo der Büchsenöffner ... Was ist denn das für 'n komischer Kerl?«

Der Mann, der unter einem Balsamstrauch saß und Patrick aus schillernden Augen anstarrte, hatte eine dunklere Hautfarbe als die Himba. In seinen zottigen Haaren steckten Muscheln. Ansonsten trug er nur einen Lendenschurz, und sein ausgemergelter Körper war mit ungezählten wulstigen Narben übersät. Jetzt umklammerte der Mann seinen linken Daumen und drehte daran, so als wollte er jemandem das Genick brechen. »Hee, Alter, hat dich mein Vater auch übers Ohr gehauen, oder was ist los?« Der Mann stieß ein eigentümliches Fauchen aus, warf eine Handvoll Sand in Patricks Richtung und verschwand. »So ist es recht: Verpiss dich.« Er setzte sich vor das Zelt auf einen Klappstuhl und betrachtete das Foto. »Sarah«, sagte er.

»Pa-Trick.«

Er blickte hoch und bekam einen Schreck: Im Schatten des Mopanebaums stand ein Himba, dem jemand mit einem scharfen Gegenstand die Haut an der rechten Hand und Schulter aufgeritzt hatte.

»Kondjoura!« Patrick sprang auf. »Jesus, wie siehst du denn aus?«

»Geh fort, Pa-Trick«, sagte Kondjoura in einem müden Tonfall. »Geh zum Platz der vielen Hütten zurück und nimm den Fluch der Weißen mit.«
»Welchen Fluch? Von was redest du?«
»Meine Mutter ist von einer Kobra gebissen worden. Der Heiler sagt, dass sie sterben wird, wenn du nicht fortgehst.«
»Ein Mann mit vielen Narben?«
»Ja.«
»Ich habe euch nicht verflucht, Kondjoura! Warum sollte ich so etwas tun?«
»Geh, Pa-Trick.«
»Das kann ich nicht: Mein Oberhaupt in Opuwo hat mich nach Okongwati geschickt. Ich darf nicht ohne seine Erlaubnis fortgehen. Ich muss hierbleiben, bis er mich zurückruft.«
»Dann wird meine Mutter sterben.«
»Nein, Kondjoura, nicht, wenn du sie zu mir bringst. Ich kann ihr helfen.«
»Der Heiler sagt, dass du ihre Seele stehlen willst.«
»Das ist nicht wahr, Kondjoura! Der Heiler hat das bloß gesagt, weil er nichts für deine Mutter tun kann. Und weil er mich loswerden will.«
»Wir alle wollen, dass ihr fortgeht. Denn ihr bringt großes Unheil über das Kaokoland. Geh fort.«
»Lass mich mit meinem Oberhaupt sprechen«, bat Patrick.
»Ja, geh zu ihm.«
Stattdessen ging Patrick zum Landrover und schaltete das Sprechfunkgerät an. »Zulu an Tango, bitte kommen.« Wie durch ein Wunder meldete sich Sergeantmajor Webster bereits nach dem ersten Versuch. »Ich habe ein Problem, Sa'major«, rief Patrick ins Mikrophon und erklärte Webster in knappen Sätzen, was vorgefallen war. Und wie durch ein zweites Wunder überblickte Webster aus der Ferne die Situation: »Wenn der Heiler die Frau durchbringt, können wir einpacken. Wenn nicht, wird er uns die Schuld in die Schuhe schieben.«
»Was soll ich tun, Sa'major?«
»Zieh dich in Demmlers Camp zurück«, befahl Webster. »Demmler dürfte nicht mehr allzu weit von Okongwati entfernt sein. Und denk daran: Ein Schlangenbiss lässt sich nicht wegzaubern.«
»Verstanden, Sa'major.«

Als er sich umdrehte, hockte Kondjoura kopfschüttelnd am Boden. »Es gibt Dinge, die ich nicht begreife«, sagte er. »Wie kann dein Oberhaupt in so einem kleinen Kasten wohnen?«

»Das kann ich dir nicht erklären«, bedauerte Patrick. »Ich verstehe es selbst nicht. Aber eins musst du dir merken, Kondjoura: Wenn du meine Hilfe brauchst, wirst du mich in deiner Nähe finden.«

* * *

Zwei Tage später stürmte Kondjoura in Demmlers Camp.

Patrick hockte am Feuer und war gerade dabei, Kaffeepulver in den Kessel zu schütten, als Kondjoura, den Esel im Schlepp, zwischen den Zelten auftauchte. Patrick stellte die Kaffeedose ab, erhob sich und starrte Ondjandje an. Sie lag wie tot auf dem Esel. Die Bisswunde an ihrer Hand war aufgeplatzt. Darunter kam gelbrotes Fleisch zutage.

»Du hast ihre Seele gestohlen«, rief Kondjoura. »Gib sie ihr wieder, sonst wird mein Vater alle Häuptlinge um sich versammeln und sie auffordern, jeden Weißen aus dem Kaokoland zu jagen!«

»Jesus!« Demmler war seit Sonnenaufgang mit dem Straßenhobel unterwegs. Patrick konnte die Maschine in der Ferne brummen hören. Er hob die Hände. »Ich habe ihre Seele nicht gestohlen, Kondjoura. Wie könnte ich das? Ich habe deine Mutter nicht angerührt.«

»Wie kann dein Oberhaupt in diesem kleinen Kasten wohnen?«

»Hör zu, Kondjoura: Ich bin nicht hier, um Unheil über das Kaokoland zu bringen. Ich bin hier, um euch zu helfen. Und deine Mutter braucht dringend Hilfe.«

»Die Ahnen wollen nicht, dass du ihr hilfst.«

»Wollen sie, dass deine Mutter stirbt?«

Kondjoura hockte sich an den Straßenrand und schlug die Hände vor das Gesicht. Hinter ihm scharrte der Esel im Schotter. »Bring sie in den Schatten«, hörte er Patrick sagen. Er blieb sitzen. Er wusste nicht, was er tun sollte. Der Heiler hatte seiner Mutter eine grünliche Flüssigkeit eingeflößt. Kurz darauf war sie in einen tiefen Schlaf gesunken und nicht mehr aufgewacht. »Der Weiße hat ihre Seele mitgenommen«, hatte der Heiler gesagt. Aber in Patricks Augen wohnte keine Lüge ...

»Erinnerst du dich noch an die große Libelle, die eines Nachts über unsere Köpfe hinweg nach Angola geflogen ist?«, fragte Patrick und ließ seinen erhobenen Zeigefinger durch die Luft sausen: »Chopp-chopp-chopp!«

Kondjoura nickte.

»Lass uns deine Mutter mit dieser Libelle nach Oshakati zu einem Arzt bringen.«

Kondjoura ließ die Hände sinken. Der Wind strich kühlend über seine feuchten Wangen. Er schüttelte den Kopf.

»Wer hat dir gesagt, dass du meine Hilfe nicht annehmen sollst? Der Mann, der deinen rechten Arm verstümmelt hat?«

»Ja, der Heiler.« Kondjoura betrachtete die verschorften Einschnitte, aus denen sein fluchverseuchtes Blut geflossen war. »Und die Ahnen haben meinem Vater wahrsagende Zeichen gegeben.«

»Vita war ein großer Häuptling«, entgegnete Patrick. »Er hat die Himba mit Hilfe fremder Gewehre zu einem stolzen Volk gemacht. Warum haben die Ahnen keine Schlange in seine Hütte kriechen lassen?« Darauf wusste Kondjoura keine Antwort. Patrick setzte sich neben ihn. »Und warum sind wir uns in der Einöde begegnet?«

»Weil die Ahnen mich prüfen wollen.«

»Das sagt deine Zunge, aber dein Herz weiß, dass deine Mutter sterben wird, wenn wir nichts unternehmen. Du bist nicht dein Vater, Kondjoura! Vielleicht haben die Zeichen für dich und deine Mutter eine ganz andere Bedeutung?«

Kondjoura erschrak. Dasselbe hatte er sich immer und immer wieder gefragt. Was hatte das zu bedeuten? Was wollten die Ahnen ihm damit sagen?

»Soll ich die Libelle rufen?«, fragte Patrick.

Kondjoura blickte sich um. Er konnte zwischen den Mopanestämmen kein Warnzeichen entdecken. Alles döste in der Mittagsglut. Selbst der Esel stand reglos mit hängendem Kopf da. Kondjoura seufzte. »Ich bin am Ende des Weges angelangt«, sagte er. »Wenn meine Mutter stirbt, werde ich mit ihr sterben.«

»Das werde ich nicht zulassen.«

Kondjoura sah, wie Patrick zum Landrover ging, und hörte ihn mit dem Mann im Kasten reden. Er führte den Esel in den spärlichen Schatten eines Mopanebaums, der seine Blätter in der Hitze zusammengerollt hatte. An den Zweigen hingen Overalls,

Strümpfe und Unterhosen. Die Wäschestücke ließen ihn an körperlose Menschen denken. Er zerrte den Esel unter einen anderen Baum und begann die Fesseln an den Fußgelenken seiner Mutter zu lösen. Seine Hände zitterten. Er hatte Angst. Aber die Angst, dass seine Mutter stürbe, wenn er jetzt fortginge, war noch größer.

80

Louis Engelbrecht hätte am liebsten an Hillmanns Tür geklopft, ihm den Kaufvertrag unter die Nase gehalten und gesagt: »Da, du Arsch, ich hab's auch ohne dich zu einer Farm gebracht. Und, nein danke, ich will keinen Drink!«
Aber der Direktor der Landesbank in Windhoek ließ ihn nicht aus den Klauen, bis alle Dokumente unterschrieben waren, und sein Flug ging um zwölf Uhr nach Kapstadt ab. Doch ganz ohne seine Neugierde zu befriedigen, wollte Louis nun auch wieder nicht abreisen. Und so fragte er Souter übers Telefon, ob er ihn im Thüringer Hof Hotel abholen und die vierzig Kilometer zum J.-G.-Strijdom-Flughafen rausbringen könnte: »Die verdammten Jumbos landen leider nicht auf Eros.«

»In Ordnung, Kolonel.«

Souter kam im roten Datsun vorgefahren. »Den habe ich meiner Frau geschenkt«, sagte er, damit Engelbrecht nicht auf den Gedanken käme, er wäre in seine Fußstapfen getreten.

»Und ich habe mir eine Farm gekauft«, prahlte Louis. »Sie heißt Makalani, ist 5000 Hektar groß, hat ein hübsches, altes Farmhaus, einen Sicherheitszaun drum herum, gutes Wasser und liegt ganz in der Nähe von Kamanjab.«

»Gratuliere, Kolonel.«

»Sie sind jederzeit herzlich eingeladen. Kommen Sie im Winter raus. Dann machen wir Trockenwurst. Dort oben gibt es Kudu- und Oryxantilopen in rauen Mengen. Manchmal sogar Löwen und Elefanten.«

»Danke, Kolonel.« Souter zog die Nase hoch, aber Engelbrecht fragte ihn nicht, ob er eine Grippe habe oder allergisch gegen Katzenhaare sei, sondern stellte bloß mit besorgter Stimme fest:

»Sie sehen angespannt aus, Kommandant.«
»Die Straße ist eine Achterbahn«, murmelte Souter.
Das stimmte. Sie schlängelte sich in gefährlichen Kurven durch schwarzverbrannte Berge gen Osten, vorbei an Kleinsiedlungen und altertümlichen Farmen. Louis wollte jedoch etwas anderes hören: »Wer hat meinen neuen Posten übernommen?«
»Niemand. Brigadier Bix und ich teilen uns die Arbeit.«
»Ich verstehe.« Engelbrecht lehnte sich zurück und verschränkte die Arme vor der Brust. »Sagen Sie, hat meine Tochter dem jungen Hillmann geschrieben?«
»Regelmäßig, Kolonel.«
»Und?«
»Ich habe die Briefe vernichtet, wie Sie es mir aufgetragen haben. Deswegen haben Sie mich doch damals angerufen, oder?«
»Stimmt, Kommandant. Ich wollte keine Perlen vor die Säue ... Vorsicht, dort vorn sind Paviane.«
Souter ging mit der Geschwindigkeit runter. Die Paviane hockten neben der Straße auf den Farmzäunen, und ein großes, schiefergraues Männchen thronte auf einem Telefonmast und zeigte ihnen seine fingerlangen Zähne.
»Saubande«, murmelte Souter. In Wirklichkeit machten ihn nicht die Affen, sondern Engelbrechts Fragen nervös. Als sie an den Pavianen vorüber waren, wollte Louis prompt wissen, ob der deutsche Gorilla noch im Geschäft sei. »Meneer Hillmann ist nicht mehr ganz so stark vertreten wie damals«, erwiderte Souter.
»Wieso nicht? Er hat uns doch immer faire Angebote gemacht.«
»Damals, ja, aber jetzt scheint er das Fingerspitzengefühl verloren zu haben.«
Louis steckte sich ein Pfefferminzbonbon in den Mund, schob es mit der Zunge in die Backentasche und fragte, den Blick auf die Straße geheftet: »Hat er jemals versucht, Sie zu bestechen?«
»Klar«, gab Souter zu. »Mehrmals sogar.«
»Und?«
»Ich bin natürlich nicht darauf eingegangen.«
Louis nickte. »Bravo. Hillmann ist ein sehr gefährlicher Mann.«
»Nicht, wenn man ihn mit seinen eigenen Waffen schlägt«, widersprach Souter.
»Wie meinen Sie das?«

»Meine Frau hat eine Baufirma gegründet.«
Louis riss den Kopf herum. Doch Souter ließ sich nichts anmerken. Kein Lächeln, kein Funkeln in den Augen verriet seinen Triumph über Arthur Hillmann. Er starrte mit unbewegtem Gesicht nach vorn und fragte in einem gleichgültig klingenden Tonfall: »Wie geht es Ihrer Frau, Kolonel?«
»Scheiße«, murmelte Engelbrecht und sagte bis zum Flughafen kein Wort mehr.

81

Ondjandje lag neben der Straße auf einer Zeltbahn. Nur ihr Kopf schaute unter der Decke hervor, die Patrick über sie ausgebreitet hatte. Kondjoura saß mit dem Rücken zu ihr auf einem Stein und beobachtete, wie Demmler und Patrick im Camp die Zelte mit Seilen verankerten und das Feuer löschten. Er wusste nicht, warum sie das taten. Er wusste auch nicht, warum der Landrover und der Straßenhobel sich auf der Straße gegenüberstanden.

Nachdem Demmler seine Wäsche vom Mopanebaum gepflückt und im Zelt verstaut hatte, kamen die beiden Weißen auf ihn zu. Patrick trug in der einen Hand seine Arzneitasche und in der anderen das Gewehr, während Demmler einen Seesack auf der rechten Schulter balancierte.

»Hast du das schon mal gemacht, Patrick?«
»Nö.«
»Mann, willst du dann nicht lieber auf den Arzt warten?«, fragte Demmler. »Lange kann das doch jetzt nicht mehr dauern.«
»Ich muss ihr eine Infusion geben, sonst klappt sie zusammen, ehe der Hubschrauber kommt.«
»Mann, du, ich weiß nicht – ich kann kein Blut sehen.«
»Ich aber.«
Kondjoura verstand nicht, was sie sagten. Er bemerkte jedoch, dass die beiden nervös waren; vor allem der stämmige Weiße, dem vorn schon die Haare ausfielen, obwohl er noch jung war. Immer wieder legte er die Hand flach auf den Kopf, so als wollte er sich

vergewissern, dass ihm noch ein paar Locken geblieben waren. Er ließ den Seesack auf den Boden fallen; Patrick lehnte das Gewehr dagegen, dann hockte er sich mit dem Arzneikoffer vor Kondjoura und bot ihm eine Zigarette an. »Lass uns reden.« Kondjoura klatschte in die Hände. »Sprich«, sagte er und steckte sich die Zigarette zwischen die Lippen. Er fror und schwitzte zugleich.

»Darf ich deiner Mutter Medizin geben?« Patrick klopfte an die schwarze Tasche. »Gute Medizin.«

»Weiße, runde Medizin gegen Kopfschmerzen?«

»Nein, deine Mutter ist bewusstlos. Sie kann keine Medizin schlucken. Ich muss ihr die Medizin deshalb auf eine andere Art einflößen, die dich vielleicht erschrecken wird. Aber ich will deiner Mutter kein Leid antun. Das musst du mir glauben.«

Kondjoura kniff die Augen zusammen. Er wollte nichts sehen, nichts hören. Er wollte, dass die Ahnen ihm ein Zeichen gaben. Er öffnete die Augen, doch von dem rotgoldenen Licht, das durch die Bäume sickerte, und selbst von den länger werdenden Schatten, die über die Straße krochen, ging keine Bedrohung aus. Das Einzige, was ihn ängstigte, war Ondjandjes hechelnder Atem ...

»Binde deinen Esel im Wald an, damit er nicht vor der Libelle davonläuft«, sagte Patrick. »Ich kümmere mich solange um deine Mutter.«

Im Wald war es so still, dass Kondjoura sein Herz laut an die Rippen pochen hörte. Er hatte zwei Schritte gemacht, die Ngaturipure nie getan hätte: die Libelle gerufen und Ondjandje einem weißen Medizinmann anvertraut ... Kondjoura presste seine Stirn an einen Baumstamm, atmete tief den würzigen Duft des Harzes ein und wartete auf einen Schrei, einen Schlag, der ihn von den Beinen riss.

Nichts geschah.

Als er zurückkam, sah er Demmler mit kalkweißem Gesicht am Landrover lehnen. Kondjoura blieb wie angewurzelt stehen: Ein dünner, langer, durchsichtiger Wurm baumelte von einem Beutel, der an einem Ast hing, herab und verschwand in Ondjandjes rechtem Handrücken. Patrick kniete neben ihr.

»Guck mal, wer da ist«, keuchte Demmler.

Patrick wandte den Kopf. Zu Kondjouras Erstaunen lächelte er, und in seinen Augen war ein stolzes Funkeln. »Komm, Kondjoura!«, rief er und klebte den durchsichtigen Wurm auf Ondjandjes

Handrücken mit Heftpflaster fest. »Ich will dir erklären, was ich gemacht habe.«

Kondjoura rührte sich jedoch nicht von der Stelle. »Ist sie tot?«

»Nein, Kondjoura, sie lebt! Sieh mal, deine Mutter hat lange nichts getrunken, und diese Medizin ist wie Wasser.«

Kondjoura setzte sich auf einen Stein und schirmte den dünnen, durchsichtigen Wurm mit einer Hand ab. Wie kann jemand mit der Hand Wasser trinken, fragte er sich. Wie kann jemand in einem kleinen Kasten wohnen und eine Libelle rufen, die so groß ist, dass sie Menschen in ihrem Bauch nach Oshakati bringen kann? Wie ...

»Kaffee?«

Kondjoura nickte. Sein Mund war ausgedörrt.

Sie saßen nebeneinander, tranken bitteren Kaffee aus Thermobechern, rauchten und sahen zu, wie die Sterne am Himmel erglühten und die Nacht das letzte Sonnenlicht mit einem schwarzen Tuch vom Himmel wischte.

* * *

Kondjoura vernahm zunächst nur ein fernes Summen, das Sekunden später vom Pochen seines ängstlichen Herzens übertönt wurde. Doch das Summen schwoll rasch zu einem kräftigen Knattern an. Ehe er Patrick fragen konnte, ob die Libelle im Anflug war, sprangen die Weißen auf und rannten zu ihren Fahrzeugen. Im nächsten Moment war die Straße zwischen den Fahrzeugen plötzlich taghell erleuchtet. Das Licht strömte aus den Augen der Fahrzeuge, viel heller als der armdicke Strahl, der in Patricks Hand aufgeflackert war, als er einmal nach Ondjandje gesehen hatte.

Kondjoura wehrte das Licht mit einer Hand ab. Da sah er voller Entsetzen einen grün, rot und weiß schimmernden Stern auf sich zurasen. Kondjoura kippte hintenüber, rappelte sich auf und ergriff die Flucht. Er rannte zu seiner Mutter und wollte sie gerade hochheben, als Patrick ihn am Arm packte. Kondjoura fuhr herum und erstarrte mitten in der Bewegung. Der Stern schwebte über der Straße; ein heulendes Ungeheuer, das sich schaukelnd dem Boden näherte und schließlich in einer explodierenden Staubwolke zwischen den beiden Fahrzeugen aufsetzte.

Kondjoura wurde von einer Windhose erfasst. Sand spritzte ihm wie Regen ins Gesicht. »Runter!«, brüllte Patrick. Kondjoura ließ sich fallen. Winzige Steinchen fegten über ihn hinweg. Durch einen Tränenschleier sah er einen Mann in einem weißen Umhang aus dem Bauch der Libelle springen. Demmler wies in ihre Richtung, dann kamen die Männer tief geduckt heran.

»Komm!« Patrick zog Kondjoura auf die Füße. Er spürte Patricks Faust im Nacken, die seinen Kopf nach unten drückte, ihn über die Straße und in den Bauch der Libelle stieß. »Setz dich!« Kondjoura gehorchte. Er war vor Angst wie gelähmt.

Demmler und der Mann mit dem weißen Umhang hievten Ondjandje herein, und kaum hatte Patrick seine Sachen eingeladen und sich neben ihn gesetzt, hob die Libelle ab.

Kondjoura sah, wie die Lichter der beiden Fahrzeuge unter ihm immer kleiner wurden, wie der Mann im weißen Umhang sich über Ondjandje beugte, die Nase rümpfte und ihr mit einem Stab in die Augen leuchtete; er hörte die Libelle singen, und er spürte, wie das Blut in seinen Adern gefror. Er legte die Arme schützend über den Kopf, presste die Lider zusammen und wartete darauf, dass die Libelle mit einem Stern zusammenstieß.

* * *

Sie saßen im mannshohen Bunker auf einem Bett, ganz hinten an der bogenförmigen Wand, wo kaum Licht hinkam, und weit von den vier gefangenen Guerillas entfernt, die wie Mumien vorn am Eingang lagen und von einem jungen Soldaten bewacht wurden.

Der Soldat, der darauf zu achten hatte, dass die Gefangenen sich nicht unterhielten, wäre gern nach hinten gegangen und hätte den Weißen gefragt, wo er die beiden Wilden aufgegabelt hatte. Aber er blieb auf seinem Stuhl sitzen, denn Leute, die nachts eingeflogen und im hinteren Teil des Bunkers untergebracht wurden, waren meist Einzelkämpfer, und sein Vorgesetzter hatte gesagt: »Ein Wort von dir und ich reiße dir den Arsch auf, verstanden?«

Er erinnerte sich daran, wie sie vor drei Stunden hereingekommen waren: der Arzt auf der einen, der schmuddelige Weiße auf der anderen Seite der Bahre, zwischen ihnen die bewusstlose Frau und am Fußende der Wilde, halb nackt, so als hätten sie ihn mitten in der Nacht vom Baum heruntergeholt. Der Wilde hatte vor Angst gezittert ...

Mit Angst kannte der Soldat sich aus: Er hatte sie oft in den Augen der Guerillas gesehen, wenn sie aus dem Norden hereingebracht oder in den Süden des Landes zum Gefangenenlager abtransportiert worden waren. Der ganze Bunker roch nach Angst, ein süßlicher Geruch, der sich mit dem ranzigen Gestank des Wilden vermischte.

Wegen des Gestanks hatte es Ärger gegeben. »Warum ist die Frau nicht gewaschen worden?«, hatte der Chirurg gefragt.

»Wir kommen aus dem Busch, Kolonel«, hatte der Weiße mit einem deutschen Akzent gesagt. »Außerdem waschen Himbafrauen sich nie.«

»Wie bitte?«

»Wenn eine Frau sich wäscht und europäische Kleider trägt, ist sie keine Himba mehr, sondern eine Ausgestoßene. Sehen Sie, Kolonel, die Butter, mit der sie sich einreiben, wird aus der Milch heiliger Kühe ...«

»Erzähl mir keine ethnologischen Märchen, Mann! Los, Leute, bringt die Frau in die Kammer 13. Ich kann doch eine Frau nicht operieren, die sich zentimeterdick mit Fett eingeschmiert hat. Ich glaub, ich spinne.«

Kammer 13 war das Obduktionszimmer, und der Soldat stellte sich vor, wie sie die Frau auf den Seziertisch gelegt, sie mit einem heißen Strahl abgespritzt und das Ocker aus ihren Haaren gespült hatten.

Ohne Handschuhe hätte ich die Maid auch nicht angefasst, dachte er. Aber dem Deutschen schien es nichts auszumachen, mit stinkenden Wilden auf einem Bett zu hocken ...

Der Soldat warf einen Blick in den hinteren Teil des Bunkers. Der Deutsche redete beruhigend auf den Himba ein. Jetzt bot er ihm auch noch eine Zigarette an, dieser *Kaffernboetie*! Der Soldat öffnete den Mund, denn Rauchen war im Bunker strengstens verboten, doch als das Streichholz aufflammte, wandte er den Kopf ab. Scheiß drauf, dachte er.

Aus den Augenwinkeln bemerkte er, wie der Deutsche sich erhob und herangeschlendert kam. Er tat so, als würde er ihn nicht sehen, starrte seine spiegelnden Stiefelspitzen an.

»Könntest du dafür sorgen, dass die Himba morgen Milch bekommen?«

Der Soldat blickte ihn von unten herauf an: Der Deutsche trug eine ganz gewöhnliche Uniform. Also war er kein Söldner, vielleicht nicht mal ein Einzelkämpfer, sondern bloß ein kleiner, dreckiger Schütze. Aber warum hatten sie ihn dann im Bunker untergebracht?

»Kein Problem«, sagte der Soldat. »Wir kriegen jeden Tag drei Milchkannen geliefert, und der Rest wird sowieso weggeschüttet, damit die schwarzen Angestellten keine Waffen in der Milch versenken und aus der Kaserne schmuggeln können.«

»Gut, dass Demmler das nicht hört.«

»Bitte?«

»Nichts. Ich wollte dir bloß sagen, dass unser Fraß den Himba nicht behagt.«

»Mir auch nicht.«

Der Deutsche lächelte, und das Lächeln ließ ihn mit einemmal freundlich aussehen. »Wer sind diese Leute da?«, fragte er.

»Terroristen.«

»Sind die schon lange hier?«

»Ja, drei bis vier Wochen. Nur der kleine Bombenleger im zweiten Bett wurde erst gestern eingeliefert. Wir haben ihn in der Nähe von Ombalantu erwischt, als er mit einem Huhn und einem Sack Maismehl über die Grenze nach Angola fliehen wollte. Der wäre unbemerkt an unserem Camp vorbeigekommen, wenn das Huhn nicht plötzlich gegackert hätte: pok-pok-poook! Und was macht der Idiot? Lässt das Huhn fallen und schmeißt uns eine Handgranate in den Schoß. Da haben wir ihn natürlich beharkt.«

Er redete zu viel, aber er wollte nicht, dass der Deutsche dachte, er sei ein Waschlappen, weil er auf dem Stuhl lümmelte und zusammengeschossene Krüppel bewachte.

»Habt ihr ihn verhört?«

»Nein, dem wachsen schon Flügel. Seine Leber hat was abgekriegt. Fest steht auf jeden Fall, dass in der Nähe von Ombalantu ein Schweinehund sitzt, der Terroristen durchfüttert.«

Der Deutsche nickte. In dem Moment kam die Bahre mit der Frau zurück. Ja, sie hatten sie abgespritzt: Sie roch nach Gel-Seife, und der Verband an ihrem rechten Armstummel hob sich schneeweiß von ihrer dunklen, seidigen Haut ab ...

»Jessas!«, entfuhr es dem Deutschen. »Was habt ihr mit ihr gemacht?«

»Gangrän«, sagte der Sanitäter. »Jetzt kann sie nicht mehr klauen.«

»Halt dein dreckiges Maul, du gottverdammter Hurensohn!«,

brüllte der Deutsche, und der Soldat war froh, dass er nichts gesagt hatte, als der Deutsche sich eine Zigarette angezündet hatte: Der *Kaffernboetie* hätte ihn glatt umgebracht, wie er so da stand und den Sanitäter mit einem eisigen Blick aus dem Bunker scheuchte.

82

Kurz nach Sonnenaufgang huschte der Schatten eines tieffliegenden Puma-Helikopters über Paulus hinweg und verstreute seine Ziegenherde in alle Himmelsrichtungen. Das war nichts Ungewöhnliches. Trotzdem wurde Paulus das Gefühl nicht los, dass seinen beiden Brüdern etwas zugestoßen war, denn in der offenen Tür des Pumas hatte ein runzeliger, gelber Zwerg gesessen, der sich hinausgelehnt und ihn aus seinen mandelförmigen Augen prüfend angestarrt hatte.

Als Paulus am Nachmittag zum Kral zurückkehrte und es seinem Vater erzählte, erschrak der Alte. »Bist du dir sicher, dass es ein Buschmann war?«

Paulus wollte, es wäre ein Nama oder Damara gewesen, doch wie alle anderen im Ovamboland wusste er, dass die *Makakunya* vorwiegend die von den Guerillas gefürchteten Zhu/twasi einsetzten, wenn es darum ging, Menschenspuren zu verfolgen: Die Zhu/twasi sind die besten Fährtenleser der Welt ... »Ja, Vater.«

Der Alte stützte sich mit beiden Fäusten auf seinen Stock und blickte in die Richtung, in der Ismael und Johannes vor zwei Nächten mit einem Huhn und einem Sack Maismehl davongegangen waren. »Sag deiner Mutter nichts davon«, murmelte er. »Sie würde sich nur unnötige Sorgen machen.«

Paulus nickte. »Sie sind bestimmt hinter einer anderen Gruppe her, die gestern Nacht über die Grenze gekommen ist.«

»Ja, das glaube ich auch.«

Aber sie machten sich Sorgen: Paulus hatte in Ombalantu Militärfahrzeuge gezählt. Vielleicht hatte ihn der Zhu/twasi am Zaun herumstromern sehen und sich seine Fußspuren eingeprägt? Er hatte sich mit Usumane, dem Eigentümer des *Cuca-Shops*, angefreundet, und der hatte ihm einmal einen Brief für Johannes mitgegeben. War der Mann mit der dunklen Sonnenbrille wirklich ein Freund? Und Paulus' Vater konnte nicht stillsitzen – er schlurfte gebückt durch das Labyrinth, um sich zu vergewissern, dass seine Frau alle verräterischen Spuren auf dem Kralboden mit einem Palmenwedel verwischt hatte.

»Was ist mit euch los?«, keifte die Alte. »Ihr zieht Gesichter, als sei ich gestorben.«

Paulus lächelte verkrampft. »Ich bin müde, Mutter.«

»Dann geh doch schlafen und lass deine arme alte Mutter schuften, bis sie tatsächlich tot umfällt.«

»Was kann ich für dich tun?«

»Hol Wasser! Sonst muss ich den Maisbrei mit Spucke kochen. Und du ...«, sie wandte sich an den Alten, der den Boden rund um die Feuerstelle herum nach Spuren absuchte, »du setzt dich auf deinen Stuhl und ruhst dich aus. Ich habe keine Lust, mir die ganze Nacht dein Gejammer über wunde Füße anzuhören.«

Paulus machte sich missmutig auf den Weg. Jedes Mal, wenn er zum Wasserhahn kam, standen dort schwatzende Frauen, die sich grinsend anstießen, weil er keine Gefährtin, keine Tochter, ja noch nicht einmal eine Schwester hatte, die für ihn Wasser schleppte. Diesmal war die Frau dabei, die er vor Monaten im Gebüsch vernascht hatte. Er bezweifelte, dass sie ein Kind von ihm erwartete. Die beiden anderen, mit denen er in Ombalantu geschlafen hatte, waren auch nicht schwanger geworden. Die Frau am Wasserhahn beachtete ihn nicht, und als er gedemütigt den Heimweg antrat, schwebte die Sonne eine Handbreit über den Bäumen.

Es war still bis auf das Knirschen seiner Schritte, dem Glucksen des Wassers im Eimer und dem Keuchen seines Atems. Der Henkel des Eimers, der wie ein stumpfes Messer in seine Handfläche schnitt, ließ ihn an Missus Engelbrecht denken: »Nimm in jede Hand einen Eimer, sonst kriegst du einen schiefen Rücken, *hoor jy*?«

»Dumme Ziege«, stieß er zwischen den zusammengepressten Zähnen hervor. Und die dumme Ziege erinnerte ihn prompt an Esme, an gebügelte Overalls, eine hübsche Wohnung mit fließendem Wasser und ein geregeltes Einkommen. Was hatte er jetzt? Nichts als Wut und Angst im Bauch!

Wut auf die Hillmanns und Engelbrechts, aber auch auf Ismael und Johannes, die ihn nicht nach Angola mitnehmen wollten, obwohl er dort Besseres zu tun gehabt hätte, als Ziegen zu hüten,

Fahrzeuge zu zählen, Wasser zu holen und Mahango zu pflanzen. Und Angst hatte er vor den Weißen und Schwarzen gleichermaßen und vor den Träumen, die ihn Nacht für Nacht in ein Gefangenenlager schickten, entweder zu Philemon oder zu den Guerillas, die von den *Makakunya* erwischt worden waren …

»Halt!«

Paulus ließ vor Schreck den Eimer fallen. Noch ehe das Gefäß auf den Boden krachte und umstürzte, sah er den faltenzerfurchten Zhu/twasi hinter einem Baumstamm hervortreten, das Gewehr im Anschlag, die Augen zusammengekniffen. Jetzt tauchten links und rechte mehrere weiße Soldaten auf. Sie waren seinen Spuren gefolgt!

»Wer bist du, *Wambu*?«, fragte der Zhu/twasi auf Afrikaans. Er trug dieselbe Uniform wie die Weißen: braune in Stiefelschäfte gesteckte Hosen, einen grünen, mit Munitionstaschen und Wasserflaschen behängten Gürtel, ein Buschhemd und auf dem Kopf einen Schlapphut.

»Paulus Natangwe.«

»Was hast du in den Hosentaschen?«

Paulus klopfte sie ab. »Nichts.«

»Dich kenne ich, *Wambu*«, sagte der Zhu/twasi. »Du bist doch derjenige, der die Ziegen über die Fährten der beiden Hunde getrieben hat?«

Paulus schüttelte den Kopf. Er brachte keinen Ton hervor.

»Das hättest du nicht tun sollen, *Wambu*: Die Ziegen haben die Spuren nicht zertrampelt, sondern mich direkt zum Kral deines Vaters geführt.«

»Gehen wir!«, befahl einer der Weißen, der zwei V-förmige Streifen auf den Ärmeln trug.

Paulus wollte den Eimer aufheben. »Nee, nee, nee«, sagte der Zhu/twasi. »Lass ihn liegen, *Wambu*, und Hände auf den Kopf.«

Obwohl der Zhu/twasi neben ihm herging, vernahm Paulus kein Geräusch. Der Mann bewegte sich mit seinen klobigen Stiefeln wie ein Schatten durch den Wald. Paulus sah schon von weitem, dass Soldaten den Kral seines Vaters umzingelt hatten. Vor dem Eingang stand ein gepanzerter Truppentransporter. Ob es sich dabei um einen Casspir oder Buffel handelte, vermochte Paulus nicht zu sagen. Ein Leutnant saß hinter dem aufmontierten Maschinengewehr und blickte über den Palisadenzaun hinweg auf den Versammlungsplatz.

»Wir unterhalten uns gerade mit deinen Eltern«, sagte der Zhu/twasi. »Stell dich vor den Büffel, damit der Leutnant dich sehen kann.«

Es war das erste Mal, dass Paulus so dicht vor einem Büffel stand. Er brauchte bloß die Hand auszustrecken, um sich an der Stoßstange festzuhalten. Und er dachte daran, wie Johannes und Ismael einen Schuss nach dem anderen auf den Stahlkoloss abgefeuert und die Geschosse nichts als spinnennetzförmige Flecken auf dem getönten Panzerglas hinterlassen hatten und wie sie davongerannt waren, bis der Leutnant sie mit dem Maschinengewehr zersägt hatte. Paulus senkte den Kopf. Der Leutnant hatte flaschengrüne Augen. Sie musterten ihn.

»Wie viele Hühner habt ihr?«, fragte der Zhu/twasi unvermittelt.

»Sieben.«

»Sechs«, sagte der Zhu/twasi. »Vor ein paar Tagen waren es noch sieben, aber dann kamen zwei Hunde und haben euch eins gestohlen. So war's doch, oder?«

»Ich weiß es nicht. Ich habe sie nicht gezählt.«

Der Zhu/twasi entblößte seine kleinen, weißen Zähne. »Ich habe eine gute Nachricht für dich: Wir haben einen der beiden Hühnerdiebe erwischt, den kleinen.«

Paulus versuchte, sein Entsetzen zu verbergen, denn er wusste, dass der Zhu/twasi und der Leutnant ihn beobachteten.

»Der andere ist leider über die Grenze entkommen«, fuhr der Zhu/twasi fort, »aber auch das macht nichts. Ich habe das Huhn im Busch gefunden und euch zurückgebracht. Es sitzt jetzt wieder auf seinem Nest.«

Paulus schloss die Augen. Im Hintergrund konnte er seine Mutter weinen hören. »Nein!«, schrie sie plötzlich. »Nehmt ihn bitte nicht mit, nein!« Paulus spürte, wie sich seine Nackenhaare sträubten. »Bitte, er ist doch nur ein alter Mann. Was hat er euch denn getan? Bitte!« Die Stimme seiner Mutter schrillte in seinen Ohren. Sie wollten den Alten zum Verhör nach Ombalantu mitnehmen, und er wusste, dass sein Vater zusammenbrechen würde, und mit einem Mal gab etwas in ihm nach, und er riss die Arme hoch, betete den Leutnant an, und rief: »Baas! Lass mich dem Baas meine Papiere zeigen! Ich habe viele Jahre für den Baas sein Baas gearbeitet! Baas Kommandant Engelbrecht! Sieh in deinen Papieren nach, Baas! P. Natangwe! Das bin ich, Baas!«

83

Ondjandje schlug die Augen auf. Sie wusste nicht, wo sie war, und sie konnte sich nur an Bruchstücke erinnern: an eine Schlange, Schmerzen, Angst, Übelkeit, einen Esel, Berge, entsetzte Augen, Gestank, Narben, Wortfetzen, und jetzt schwebte sie im Dämmerlicht.

Sie wandte blinzelnd den Kopf. Kondjoura schlief zwei Schritte neben ihr auf einem hüfthohen Gestell. Er hatte sich mit einem weißen Fell zugedeckt. Auch sie lag auf etwas Weißem, das sich weich und angenehm anfühlte. Sie streckte die Linke nach ihrem Sohn aus. Da bemerkte sie den durchsichtigen Wurm, der sich auf ihrem Handrücken festgebissen hatte. Sie versuchte ihn abzuschütteln, doch es ging nicht, und als sie den rechten Arm hob, um den Wurm abzustreifen, fasste sie mit ihrem verbundenen Stumpf ins Leere ...

Ondjandje schrie, bis ein Mann in einem weißen Umhang kam und ihr einen silbernen Dorn in den linken Arm stach; dann glitt sie aus dem Dämmerlicht wieder in die gnädige, alles auslöschende Dunkelheit zurück. Doch irgendwann wachte sie abermals auf, und der Wurm war immer noch da und ihr Unterarm immer noch weg.

Kondjoura presste sie an den Schultern auf das Gestell zurück und erklärte ihr, dass sie von einem Freund der Himba nach Oshakati gebracht worden war und dass ein weißer Heiler ihren Unterarm abgetrennt hatte, weil sie sonst an Wundbrand gestorben wäre.

»Er hat ihn nicht abgehackt, sondern bloß weggezaubert. Ich kann meine Hand spüren, jeden einzelnen Finger«, beharrte Ondjandje. »Frag den Heiler, wie viele Rinder er haben will, damit er mir den Arm wieder dranzaubert.«

»Ich habe es auch nicht geglaubt, Mutter. Aber es ist wahr. Der Heiler hat mir deinen Arm gezeigt. Er lag in ...« Kondjoura sprang auf, rannte auf den bogenförmigen Eingang zu und kotzte dem Soldaten vor die Füße.

Während Kondjoura ins Sonnenlicht hinauswankte und der Soldat nach einem Sanitäter brüllte, blickte Ondjandje an sich herunter: Die Weißen hatten mehr als ihren Arm abgehackt; sie hatten zudem das Butterfett der heiligen Kuh von ihrem Körper

geschabt, das Ocker aus ihrem Haar gespült, ihren Schmuck gestohlen, die Lendenschurze gegen einen grünen Umhang ausgewechselt, und sie trug eine weiße Haube auf dem Kopf, wie ein Mann. Ondjandje begann zu weinen, denn sie war keine Himba mehr, sondern nur noch ein namenloses Wesen, das von einem durchsichtigen Wurm gefüttert wurde ...
Am nächsten Tag kam der weiße Heiler und behauptete, er könne ihr einen neuen Arm geben. Und er zeigte ihn ihr: eine rosafarbene, unbewegliche Klaue!
Ondjandje bäumte sich voller Grauen auf, und der Heiler warf die Klaue fort, so wie er ihren Arm weggeworfen hatte, und Ondjandje schrie, bis ihr der Heiler wieder einen silbernen Dorn in den gesunden Arm rammte und sagte: »Schafft sie um Gottes willen dorthin, wo sie hergekommen ist. Die macht mich noch ganz verrückt, Mann.«

* * *

»Hör auf, dir Selbstvorwürfe zu machen«, sagte Sergeantmajor Webster. »Wenn wir Ondjandje nicht nach Oshakati geflogen hätten, wäre sie jetzt tot.«
»Ich glaube, das wäre Kondjoura lieber gewesen«, entgegnete Patrick. »Als er gesehen hat, was wir mit seiner Mutter gemacht haben, ist er wie ein Irrer mit dem Kopf gegen die Wand gerannt. Der Arzt musste ihm eine Beruhigungsspritze geben.«
»Niemand hat damit gerechnet, dass sie ihr gleich den Arm amputieren würden«, gab Webster zu. »Aber, verdammt, hätten wir dem Heiler in Okongwati einen Gefallen tun und zusehen sollen, wie sie stirbt?«
Patrick erhob sich vom Barhocker und trat an die Brüstung. Draußen flimmerte die Luft; träge wie die öligen Wirbel, die sich in Websters Brandyglas bildeten, als er einen kräftigen Schluck nachschenkte. Die Bierflasche in Patricks Hand war lauwarm – der Kühlschrank kam gegen die Hitze nicht an.
»Wir haben unsere Pflicht getan«, fuhr Webster fort, »und es war richtig, dass du gleich nach der Operation zurückgekommen bist, denn Ondjandje wäre wahrscheinlich durchgedreht, wenn sie dich an ihrem Bett gesehen hätte. Erst überschreitest du die heilige Schneise, und dann hackst du ihr auch noch den Arm ab.«

Ein Schweißtropfen löste sich aus Patricks Achselhöhle und klatschte auf den Bretterboden. Patrick zerrieb ihn mit der Stiefelspitze. »Wie soll es jetzt weitergehen, Sa'major?«

»Kondjouras Mutter wird so lange in Orumana in der Klinik bleiben müssen, bis der Stumpf verheilt ist. Dann lasse ich die beiden von Demmler nach Okongwati zu ihrem Esel bringen.« Webster erschlug mit der flachen Hand eine Fliege, die sich einer Bierpfütze auf der Theke nähern wollte. »Mission erfolgreich beendet.«

»Kondjouras Vater ist nicht gerade gut auf uns zu sprechen«, warf Patrick ein.

»Na, hör mal, seine Frau lebt, obwohl sie tot sein müsste! Das ist selbst in meinen Augen ein kleines Wunder.« Webster senkte seine Stimme zu einem vertraulichen Flüstern herab. »Sobald der Alte einsieht, dass er uns das Wunder zu verdanken hat, wird er seine Meinung den Weißen gegenüber ändern. Und dann kann der Heiler in Okongwati seinen Laden dichtmachen.«

* * *

Die Hunde kläfften. Kurz darauf rief Rijamekee: »Sie kommen, Vater!«

Ngaturipure eilte aus dem Schatten des Weißstammbaums zum Ausgang des Krals, kniff die Augen zusammen und sah zwei Gestalten, die mit wehenden Lendenschurzen über die Schuttebene stolzierten. Ja, sie waren es, unverkennbar. »Hol die Milchkalebassen«, befahl Ngaturipure seiner Tochter.

Rijamekee rannte zur großen Hütte. Als sie mit den Flaschenkürbissen zurückkam, lief Ngaturipure seinem Sohn und seiner Gefährtin bereits entgegen. Er hatte nicht damit gerechnet, Ondjandje je lebend wiederzusehen, denn Gerüchte von seelenraubenden Weißen und einarmigen Geistern waren ihm zu Ohren gekommen. Und jetzt näherte Ondjandje sich dem Kral, aufrecht, wie es sich für eine Himba gehörte!

Rijamekee lächelte: Bald würde ihre Mutter am Herdfeuer sitzen, und dann könnte sie ihr endlich erzählen, dass Vejaruka sie an sein Feuer holen wollte – Vejarukas Vater hatte Ngaturipure zehn Rinder und zwanzig Ziegen zum Tausch angeboten, und Ngaturipure war mit dem Brautpreis einverstanden gewesen ...

Plötzlich verharrte Ngaturipure mitten im Schritt. Auch Rijamekee blieb stehen und starrte Ondjandje an. Das war nicht ihre Mutter. Ondjandje sah mit ihrem traurigen Gesicht, dem zwischen die Schultern gezogenen Kopf und der Flosse, die einmal ihr rechter Arm gewesen war, aus wie eine Schildkröte!

Rijamekee ließ die Kalebassen fallen. »Vater …«

»Bring deine Mutter zum Kral«, sagte er und wandte den Kopf ab. Er konnte Ondjandjes Anblick nicht ertragen, mehr noch: Der Armstumpf erfüllte ihn mit Entsetzen, und als Kondjoura ihm sagte, dass ein weißer Heiler sie vor dem sicheren Tod gerettet hatte, schlug er die Hände über dem Kopf zusammen.

»Ich musste die Hilfe der Weißen annehmen«, verteidigte Kondjoura sich. »Ondjandje wäre sonst gestorben, denn der Heiler in Okongwati konnte nichts für sie tun.«

»Begreifst du nicht, was die Ahnen uns sagen wollen?«, lamentierte Ngaturipure. »Jedes Mal, wenn du dich an einen Weißen wendest, nimmt er dir etwas weg!«

»Ondjandje lebt, Vater!«

»Ist deine Mutter froh, dass sie lebt?«, konterte er. »Sie kann mit einer Hand nicht arbeiten.«

»Dann hol eine Zweitfrau an dein Feuer.«

»Das werde ich tun«, sagte Ngaturipure. »Und ich werde mit ihr einen Sohn zeugen, der die Ahnen respektiert. Geh du zu den Weißen und lass dich Stück für Stück auffressen, bis nichts mehr von dir übrig ist. Geh fort, Kondjoura!«

Zweiter Teil

10. KAPITEL

84

Am 29. September 1978 wurde vom Sicherheitsrat die UNO-Resolution 435 verabschiedet. Darin hieß es unter anderem, dass Südafrikas illegale Verwaltung Namibias zu entfernen und die Übertragung der Macht an die Bevölkerung Namibias unter Beistand der Vereinten Nationen zu gewährleisten sei.

Während die UNO überlegte, wie sie Südafrika in die Knie zwingen und Namibia in die Unabhängigkeit entlassen könnte, fand im Land selbst der Wahlkampf zur Nationalversammlung statt.

Im Oktober fiel das Handwerkerfest in der Heinitzburgstraße flach. Nicht ein Subunternehmer hatte Hillmanns Einladung angenommen. Während Hillmann Rachepläne schmiedete, erreichte Kondjoura nach langem Umherirren den Kral seines Onkels.

Kondjoura war betrübt, denn die Himba, die ihn auf seiner ziellosen Reise für eine Nacht aufgenommen hatten, waren froh gewesen, als er am nächsten Tag weitergezogen war – sie hatten Angst, dass sich der Zorn der Ahnen auf sie übertragen hätte, wenn Kondjoura länger geblieben wäre. Daher erstaunte ihn das Lächeln, mit dem sein Onkel ihn empfing.

Die Ähnlichkeit zwischen seinem Onkel und Ondjandje war unverkennbar: Er hatte das gleiche runde, freundliche Gesicht und den gedrungenen Körperbau seiner Mutter. »Wir haben auf dich gewartet«, sagte er und führte Kondjoura unter einen Weißstammbaum, wo ihn seine Tante mit einer Milchkalebasse erwartete. Kondjoura bemerkte, dass auch seine Tante und seine zahlreichen Nichten und Neffen lächelten.

Während Kondjoura aus dem Flaschenkürbis trank, sagte sein Onkel: »Als du zehn Ochsen nach Swartbooisdrift getrieben hast, sang mein Herz, denn es wusste, dass dir ein schönes Mädchen begegnet ist, und als du mit leeren Händen zurückgekommen bist, weinte mein Herz. Doch jetzt jubelt es wieder, denn du hast meiner Schwester das Leben gerettet.«

Kondjoura ließ die Kalebasse sinken. »Die Weißen haben ihr den Arm abgehackt!«

»In Angola hat der Krieg ungezählten Menschen die Glieder abgehackt«, konterte sein Onkel. »Aber du wirst dort nicht einen finden, der sich darüber beklagt, dass er am Leben ist.« Er hockte sich hin. »Die neuen Dinge rücken immer näher«, murmelte er, den Blick in die Ferne gerichtet. »Wir können sie nicht aufhalten, denn sie sind wie Sommer und Winter, aber wir können lernen, die guten von den schlechten Dingen zu unterscheiden.«

»Sprich mit meinem Vater«, flehte Kondjoura ihn an, doch sein Onkel schüttelte den Kopf.

»Ngaturipure muss selbst herausfinden, was die Ahnen ihm sagen wollen.«

»Dann bin ich verloren.«

»Wie kannst du so etwas behaupten?«, fragte sein Onkel. »Als du geboren wurdest, bist du im Patriclan deines Vaters aufgenommen worden, und du wirst für den Rest deines Lebens dem Clan des *Kudu* angehören. Denn nur die Frauen müssen später entweder in den religiösen Gemeinschaftsverband ihres Gefährten hinüberwechseln oder einen Mann finden, der denselben Speisegesetzen unterworfen ist wie sie. Das hat deine Mutter getan, als sie Ngaturipures Herz stahl.« Kondjouras Onkel erhob sich und legte ihm beide Hände auf die Schultern. »Du bist nicht verloren«, sagte sein Onkel mit eindringlicher Stimme. »Am Tag deiner Geburt wurdest du gleichzeitig im Matriclan deiner Mutter aufgenommen. Das bedeutet, dass Ondjandje, du und auch ich dem Matriclan der Schwiegertochter des Schlammes angehören. Und darum wirst du und nicht eines meiner Kinder, die dem Matriclan deiner Tante angehören, meine Rinder und Ziegen erben.«

»Aber nur mein Vater kann mir die Würde vererben, am Opferaltar mit den Ahnen reden und über die heiligen Rinder wachen zu dürfen.«

»Tu das, was Ngaturipure von dir verlangt hat«, beschwor ihn sein Onkel. »Geh zu den Weißen und züchte Papierrinder. Dann kannst du bald Uasutas Tochter an dein Feuer holen und wieder das Leben eines wahren Himba führen.«

»Mein Vater will nicht, dass ich Tjizire an mein Feuer hole.«

»Man weint nie lange um die Frau, die einen verlassen hat, aber um die, die man nicht besessen hat, weint man bis an das Ende seiner Tage. Hol sie an dein Feuer, Kondjoura. Ihr Anblick wird Ngaturipures Augen erfreuen und ihn die Vergangenheit vergessen lassen.«

Am 7. November legte John Vorster sein Amt nieder. Während Pieter Willem Botha in Südafrika zum neuen Premierminister gewählt wurde, landeten Sarah, Jessica, Elsie und Louis auf dem J.-G.-Strijdom-Flughafen. Dort überreichte ihnen der ehemalige Farmeigentümer die Schlüssel zum Haus und zu einem beigen Dodge, wünschte ihnen viel Glück und verschwand eilig wieder in der Abflughalle, um seine Reise in ein neues Leben anzutreten.

Die Engelbrechts übernachteten in Windhoek im Hotel Thüringer Hof, holten am nächsten Morgen Esme, die sie zuvor telefonisch engagiert hatten, vom Altersheim ab und fuhren dann schnurstracks nach Norden.

Sarah konnte sich an den Dornbüschen, Kameldornbäumen und blau schimmernden Bergen nicht satt sehen, Louis kaute Pfefferminzbonbons, Elsie döste, Jessica war auf Sarahs Schoß eingeschlafen, und Esme hockte hinten auf der Ladefläche zwischen Kartons, Kisten und Koffern und fragte sich, ob sie nicht einen großen Fehler gemacht hatte.

Dasselbe fragte sich Kondjoura. Pa-Tricks Oberhaupt hatte ihn sofort als Kundschafter eingestellt und ihn bei einem Himba untergebracht, der Afrikaans sprechen konnte und dem Minister für Maul- und Klauenseuche als Dolmetscher zur Seite stand. »Dafür kriege ich einen Haufen Geld«, prahlte er. Doch Opuwo behagte Kondjoura nicht: zu viele Menschen, Häuser, Zäune, Maschinen, Lichter, zu viel Lärm und zu wenig Bewegung. Er vermisste seine Familie, Tjizire, das Blöken von Rindern und den Geschmack von in Flaschenkürbissen gegorener Milch.

Paulus erging es ähnlich, nur dass er die Abgeschiedenheit des Krals verfluchte. Und dennoch konnte er keinen unbeobachteten Schritt mehr tun. Seine Eltern verstanden kein Afrikaans. Sie hatten also nicht mitgekriegt, was es mit Engelbrechts Freibrief auf sich hatte, aber sie wunderten sich, weshalb die Soldaten plötzlich so freundlich gewesen waren, als er ihnen den Brief gezeigt hatte. »Ich habe einfach behauptet, dass ich der P. Natangwe sei, der in ihren Papieren steht«, hatte er seinen Eltern erklärt. »Und in meinem Papier steht, dass ich für einen Mann gearbeitet habe, der Mais für die Armee anpflanzt, und dessen Freund ist dieser Engelbrecht, von dem ich euch erzählt habe.«

Er glaubte nicht, dass sie ihm glaubten. Noch schlimmer war, dass die Soldaten jetzt andauernd kamen und ihm Maismehl und Corned Beef zum Tausch gegen Informationen anboten.

Vom 2. bis 4. Dezember führte Südafrika in Namibia landesweit unter der Aufsicht von über 350 internationalen Beobachtern freie Wahlen zur Nationalversammlung durch. Die Wahlbeteiligung betrug einundachtzig Prozent. Von den 50 Mandaten erhielt die gemischtrassige Demokratische Turnhallen-Allianz 41 Sitze. Die Aktion für die Aufrechterhaltung der Turnhalle-Prinzipien stellte sechs Abgeordnete. Die Herstigte Nasionale Partei, die Christlich Demokratische Partei Namibias und die Befreiungsfront erhielten je einen Sitz. Doch die UNO nahm keinerlei Notiz von dieser Wahl, da die SWAPO nicht daran teilgenommen hatte.

Am 20. Dezember trat die Nationalversammlung in der Turnhalle zusammen und sprach sich für eine Zweitwahl unter UNO-Aufsicht aus. Zehn Tage später explodierte in Swakopmund eine Bombe in der Konditorei Putensen.

Als Erich im Radio hörte, dass 37 Menschen verletzt worden waren, fragte er seinen Vater, ob er zur Armee gehen dürfe, um, wie er sagte, es den Terroristen heimzuzahlen.

»Du kannst es dir aussuchen, Junge. Entweder du machst im nächsten Jahr dein Abschlussexamen, oder ich enterbe dich.«

»Ach ja, das Abschlussexamen«, erwiderte Erich, »das hatte ich ganz vergessen.«

85

Makalani.

Die Farm verdankte ihren Namen einer windschiefen Palme, die mitten auf dem Hof stand und rauschend über das alte Kalksteinhaus wachte. Unter dem schräg abfallenden Wellblechdach verbargen sich zwei Schlafzimmer, ein Bad, die Küche, das Wohnzimmer und nach Süden hin eine Veranda. Tagsüber herrschte in den Räumen ein diffuses Dämmerlicht, weil Engelbrecht die Fenster mit einer Maurerkelle in handbreite Schießscharten verwandelt hatte. Die Außenwände waren dreißig Zentimeter dick. »Da kommt keine Kugel durch«, sagte er.

Jenseits der Palme standen eine Scheune, eine Garage und die ehemalige Werkstatt, in der Esme hauste. An ihre Kammer lehnte sich ein Hundezwinger. Die beiden Dobermänner, die Engelbrecht neben einhundertzwanzig Rindern, einem Traktor, dem Dodge, einem Lastkraftwagen und einem Hilfsarbeiter vom Farmer übernommen hatte, wurden nur nachts herausgelassen. Esme fütterte sie, damit die Hunde sich an sie gewöhnten und sie nicht zerfleischten, wenn es einmal Alarm geben sollte und Esme den Hof überqueren musste ...

Die Gebäude und die Palme wurden von einem Windmotor überragt, der das Wasser aus der Tiefe in ein Bassin pumpte und Louis gelegentlich als Ausguckturm diente. »Sie sind da«, behauptete er. »Man sieht die Terroristen bloß nicht.«

Ein drei Meter hoher Sicherheitszaun umschloss den Hof. Elsie hatte längs des Zaunes ungezählte Rosenstöcke gepflanzt. Doch dahinter war das Gelände in einem Umkreis von dreihundert Metern abgeholzt worden, damit die Engelbrechts freies Schussfeld hatten. An den Wochenenden begaben sich Louis und Sarah auf den Schießstand und feuerten ihre Pistolen, Revolver und Gewehre auf Konservendosen ab.

Jeder trug eine Trillerpfeife an einer Schnur um den Hals, und zwei- bis dreimal in der Woche gab Louis Probealarm. Dann mussten sie alles stehen und liegen lassen, ins Haus stürmen und die Schießscharten besetzen, während Esme die Stahltür verriegelte. »Fünfundvierzig Sekunden! Das ging nicht schnell genug, und – hei, wo zum Teufel ist die Missus?«

Elsie zog ständig quer. Wenn Louis Alarm gab, beachtete sie das Trillern nicht und wandelte stattdessen verträumt durch den Rosengarten. Sie nahm nicht am Farmleben teil, verrichtete im Haus keinen Handschlag, lag morgens bis um zehn im Bett, ließ sich von Esme das Frühstück bringen und von Jessica die Ohren vollplappern, setzte dann einen großen, roten Sonnenhut auf und ging raus zu ihren Rosen. »Guten Morgen, meine Lieben. Habt ihr gut geschlafen?«

Louis hatte einen Generator installiert, neue Lampen und Bambusrohrmöbel gekauft, die Wände mit Pastellfarben gestrichen, das Badezimmer renoviert und Elsie anschließend gefragt: »Na, wie gefällt dir das Haus, Engel?«

»Meine Rosen haben die Rote Spinne«, hatte sie geantwortet.

An dem Tag hatte Sarah ihren Vater mit Tränen in den Augen

und einer Pistole in der Hand auf der Veranda sitzen sehen. Sie war zu ihm gegangen. »Tu's nicht, Pa.«

»Ma hat die Tür zugemacht und den Schlüssel weggeworfen.«

»Ma ist glücklich: Sie hat ihre Rosen.«

Nach einer Weile hatte er genickt und die Pistole weggesteckt. Esme musste sich um Haus und Hof kümmern, und Sarah konnte ihr nicht dabei helfen, denn Louis hatte sie zu seinem neuen Handlanger auserkoren. Der ehemalige Farmarbeiter war gleich am ersten Tag entlassen worden. »Der steckt mit den Terroristen unter einer Decke.«

Anfangs wagten sie kaum, einen Schritt vor das Tor zu setzen, doch mit der Zeit gewöhnten sie sich an die Gefahr, so wie sie sich an das Gewicht der Pistolen im Halfter gewöhnt hatten, und sie begannen Zäune zu reparieren, Brandschneisen zu ziehen, Wasserleitungen zu legen, Viehtränken aufzustellen und die Kälber zu enthornen, zu kastrieren und mit Brandzeichen zu versehen.

Die Arbeit war hart, aber Sarah beklagte sich nicht. Die Hitze, der Staub, die Fliegen, der undurchdringliche Busch und selbst die Angst vor Landminen waren ihr lieber, als im finsteren Haus zu hocken und ihre Mutter wie eine Schlafwandlerin durch den Rosengarten geistern zu sehen.

Jessica tat ihr Leid. Niemand hatte für sie Zeit, Elsie nicht und Esme schon gar nicht. Außerdem standen im Haus überall geladene Gewehre herum, und die Rosen waren voller Dornen. Eines Tages nahm Sarah ihre Tochter mit.

»Hei«, sagte Louis, »wenn die Terroristen uns draußen im Busch angreifen, ist die Kleine geliefert.«

»Zu Hause ist sie auch nicht besser aufgehoben. Esme kann nicht mal schießen.«

»Trotzdem.«

Er machte sich Sorgen – Jessica hatte sich mit ihrer Lebenslust und kindlicher Sorglosigkeit in sein Herz geschlichen –, und ihr Verhältnis besserte sich: Sarah reichte ihm eine Kippe; er bot ihr ein Pfefferminzbonbon an. Sie blätterten gemeinsam durch das Handbuch *Landwirtschaft für Anfänger*, arbeiteten Seite an Seite, gingen auf die Jagd und fuhren einmal im Monat nach Kamanjab zum Einkaufen. Aber sie sprachen nie über die Vergangenheit.

Sarah wusste, dass ihr Vater einsam und unglücklich war, denn Ma hatte die Tür zugemacht, und ohne Elsie konnte er keinen Anschluss finden, weder in Kamanjab noch auf den Nachbarfarmen.

Sarah fühlte sich auch einsam, doch sie war nicht unglücklich. O wie hatte sie dieses Land vermisst, das gelbe Gras, den Honigduft der blühenden Hakendornakazien, die Kameldornbäume, den blauen Himmel, die heiße diesige Luft, die Ricky atmete ... Wenn ihre Tochter sie ansah, blickte Sarah in Patricks Augen, und wenn sie schlaflos im dunklen Zimmer lag und dem Rauschen der Palme lauschte, fragte sie sich, ob er sie inzwischen vergessen hatte. Sie musste ihn irgendwie in diesem weiten Land aufspüren, ohne dass Louis oder Arthur etwas davon erfuhren, aber sie wusste nicht, wie sie das anstellen sollte.

In Windhoek hatte sie für einen kurzen Moment geglaubt, seinen Bruder gesehen zu haben, aber der Junge war viel schlaksiger als Erich gewesen, regelrecht mager, und sie hatte ihn nicht angesprochen. Später war sie dann aus ihrem Hotelzimmer geschlichen und hatte von einer Telefonzelle aus bei Hillmanns angerufen, hoffend, dass Sinna antworten würde.

»Ja?«

Sie hatte aufgelegt, ehe Arthur noch etwas sagen konnte.

Das Farmtelefon war für Geheimgespräche ungeeignet. Sechs Farmer mussten sich eine Linie teilen; jeder hatte ein bestimmtes Klingelzeichen. Engelbrechts Zeichen lautete: kurz, kurz, lang! Wenn man in Windhoek anrufen wollte, musste man erst die Zentrale mit Hilfe einer Kurbel anwählen und durfte versichert sein, dass am Monatsende das Gespräch auf der Rechnung erscheinen würde. Louis telefonierte nie mit Windhoek, und wenn jemand anrief, dann waren es bloß die Nachbarn, Manus Cloete oder Stoffel Althagen, die wissen wollten, ob sie noch lebten.

Sarah saß auf Makalani fest ...

86

Patrick und Kondjoura mieden den Norden des Kaokolandes, denn der Heiler aus Okongwati hatte die Himba davor gewarnt, dass Patrick ihnen mit seiner Medizin die Glieder einzeln fortzaubern könnte. »Seht euch die Frau des mächtigen Ngaturipure an«, forderte er sie auf. »Seht sie euch an!« Und die Himba erschauerten, als sie daran dachten, was wohl geschehen würde, wenn sich jemand von Patrick Medizin gegen Kopfschmerzen aufschwatzen ließe ...

Zunächst unternahmen Kondjoura und Patrick nur kurze Ausflüge, die sie in das zentrale Kaokoland führten. Kam ein Kral in Sicht, hielten sie in respektvoller Entfernung unter einem Baum und warteten, bis sie von den Himba begrüßt wurden. Dann erkundigte Kondjoura sich, ob alle wohlauf seien. In neun von zehn Fällen litten die Himba unter entzündeten Augen. Schuld daran war der mit Staub vermischte Dung, den der Wind in den Rindergehegen aufwirbelte. Während Patrick Augentropfen verteilte, wurde Kondjoura von den Himba gefragt, wer er sei, woher er komme und weshalb er für einen *Otjirumbu* arbeite, obwohl er die Lederkleidung eines Himba trug?

»Ich bin der Sohn des mächtigen Ngaturipure, der über das Weidegebiet südlich der Epupafälle herrscht, und ich züchte Papierrinder, weil ich die Tochter des mächtigen Uasuta an mein Feuer holen will«, antwortete Kondjoura, und Patrick sah, wie die Mädchen ihm bewundernde Blicke zuwarfen.

Wenn sie in der Nähe eines Krals übernachteten, geschah es gelegentlich, dass Kondjoura in eine der Jungfrauenhütten verschwand. Dann lag Patrick neben dem Landrover und trieb es im Traum mit Sarah.

»Was bist du?«, fragte Kondjoura ihn eines Tages, als Patrick am Feuer saß und Maiskolben in der Glut röstete, »ein Kind oder ein Mann?«

»Ein Mann.«

»Du hast keine Frau!«

»Doch«, widersprach Patrick. »Ich habe sogar zwei Frauen. Eine ist die Schwarzhaarige, die deine Mutter gepflegt hat, und die andere sieht so aus ...« Patrick zog das Foto aus der Brusttasche und zeigte es dem Himba. »Sie heißt Sarah.«

Kondjoura kratzte sich am Hinterkopf. »Die eine ist aus Papier, und für die andere hast du einen hohen Brautpreis gezahlt, obwohl du nicht mit ihr schläfst.«

»Was?«

»Ich habe in Orumana keine weißen Kinder gesehen.«

Patrick wollte ihm schon erklären, dass Jasmin die Pille nahm, verzichtete jedoch im letzten Moment darauf – Medizin, die Kinder wegzauberte! Die Erklärung hätte Kondjouras Vertrauen in die

Heilkraft der Weißen schlagartig zerstört.« »Wer soll eines Tages deine Rinder und Ziegen hüten?«, hakte Kondjoura nach.

Patrick machte ihm klar, dass es zwar Weiße gäbe, die Rinder aus Fleisch und Blut besäßen, doch die meisten würden in Dörfern leben und Papierrinder züchten.

»Besitzt dein Vater auch keine Rinder?«

»Nein, er baut Straßen und Steinhütten, die viel größer sind als die, die in Opuwo stehen.«

Kondjoura winkte ab. »Das ist Frauenarbeit«, sagte er.

* * *

Nachdem sie das zentrale und östliche Kaokoland abgeklappert hatten und Patrick zum Korporal befördert worden war, schickte Sergeantmajor Webster sie auf eine Erkundungsfahrt in den Westen.

Das Hochland fiel steil zum Meer hin ab; das Gelände wurde flacher und karger und das Gebüsch gedrungener, so als ducke sich alles unter dem schmirgelnden Wind.

Sie fuhren über Kaoko Otavi zur Wasserstelle Orupembe und tasteten sich dann bis an den Rand der sturmumtosten Skelettküste vor. Dort kam nachts der Nebel vom Atlantik so dicht herein, dass er ihnen das Atmen schwer machte. Und am nächsten Morgen lag die Wüste wie in Watte gepackt vor ihnen, und sie mussten warten, bis die Sonne die wogenden Schwaden aufgelöst hatte, ehe sie nach Orupembe zurückfahren konnten.

Sie folgten erst dem Khumib und später dem sporadisch fließenden Hoarusib in südlicher Richtung, überquerten die riesige Giribisfläche, bewunderten die magischen Zirkel, in denen aus bisher unerklärlichen Gründen kein Gras wuchs, und erforschten schließlich das Flussbett des Hoanib, der die Grenze zwischen dem Damara- und Kaokoland bildet.

Im Westen und Süden des Kaokolandes lebten nur wenig Menschen; dafür wimmelte es in der Wüstenregion von spießhörnigen Oryxantilopen und graziösen Springböcken, die wie ein Heuschreckenschwarm die Flächen bevölkerten. Dazwischen tanzten Strauße wie schwarze Federbüschel, und Giraffen wuchsen in der flimmernden Luftspiegelung zu geisterhaft schwebenden Dinosauriern heran.

Sie sahen keine Löwen, doch nachts schreckten sie manchmal

hoch, und obwohl sie kein Geräusch hörten, wussten sie, dass eine tief verwurzelte Angst sie geweckt hatte, und wenn sie im Morgengrauen aufstanden, fanden sie nur wenige Schritte vom Lagerplatz entfernt die handtellergroßen Spuren im Sand. Südlich und nördlich des Hoanib gab es auch Spitzmaulnashörner, und im Flussbett selbst waren die Wüstenelefanten zu Hause. Tagsüber saßen Patrick und Kondjoura im Hoanib hinter einem Löwenbusch und beobachteten, wie die Elefanten die geringelten Früchte der Anabäume von den Ästen pflückten, sie ins Maul stopfen und mit genussvoll geschlossenen Augen zerkauten; oder sie zählten von einer Hügelkuppe aus die wilden Tiere, die über die Giribisfläche zogen. Und nachts bewunderten sie die Sterne, die wie Diamantensplitter am schwarzen Himmel funkelten, und wenn das Feuer zu einem knackenden Gluthaufen heruntergebrannt war, erschienen ihnen die Sterne so nahe, dass Patrick wünschte, sie mit der Hand aus dem All schöpfen und Kondjoura geben zu können, damit der Himba endlich zu seinen Leuten zurückkehren und eine eigene Familie gründen konnte. Und wenn der Mond schien, konnten sie mit bloßen Augen die Mare auf der Oberfläche erkennen, und sein silbriges Licht übergoss die Landschaft mit einem klaren, kalten Schein, der ihnen das Gefühl gab, in einer Unterwasserwelt zu leben.

»Die Spuren, die wir heute Morgen gefunden haben, stammen gar nicht von Löwen, sondern von Fröschen«, sagte Kondjoura kichernd, und sie fingen an herumzualbern, und als Patrick sagte: »Hast du gewusst, dass Menschen auf dem Mond gelandet sind«, lachte Kondjoura so, dass er einen Schluckauf bekam.

87

Souters Bruder Ken, der Mitglied des Parlaments war und an der Grenze zum Krüger National Park eine Wildfarm besaß, kam im August nach Südwestafrika, um sich seine neugeborene Nichte Samantha anzusehen. Souter wusste, dass sein Bruder ihn aus einem ganz anderen Grund besuchte, denn Ken konnte Kinder ebenso wenig ausstehen wie Frauen. Das Einzige, was ihn interessierte, war seine Arbeit. Er hatte welche mitgebracht, in einem Aktenkoffer, der mit einer Kette an seinem linken Handgelenk befestigt war.

Nachdem er einen flüchtigen Blick in das Kinderbett geworfen hatte, drängelte er Souter ins Wohnzimmer zurück und fragte ihn, wo sie sich ungestört unterhalten könnten: »Keine Wanzen, nur du und ich.«

Der Garten behagte ihm nicht, und so fuhr Souter aus der Stadt heraus und parkte den Landcruiser auf einem Rastplatz direkt neben der Straße, die nach Okahandja führte. Ken nahm jedoch nicht auf der überdachten Betonbank Platz, sondern setzte sich hundert Schritte vom Wagen entfernt unter einen Kameldornbaum.

Souter lehnte sich mit dem Rücken zur Straße an den verkrüppelten Baumstamm und betrachtete seinen Bruder. Das blonde Haar klebte an Kens Kopf, sein pausbäckiges Gesicht war gerötet, und auf seinem Safarianzug zeichneten sich Schweißflecken ab. »Du bist fett geworden«, stellte Souter fest. »Als ich dich das letzte Mal auf Melissas Konfirmation gesehen habe, hast du noch durch eine Panzerluke gepasst.«

Ken beachtete ihn nicht. Er schloss schnaufend den Aktenkoffer auf, holte einen Schnellhefter hervor, klappte den Koffer wieder zu und legte den Hefter auf den Deckel. »Kennst du einen Arthur Hillmann?«, fragte er.

Souter stieß sich vom Stamm ab. »Ja, wieso?«

»Chuck Palmer, der in Ruacana stationiert ist, hat meiner Regierung vor zwei, drei Jahren Pläne für einen Staudamm an den Epupafällen vorgelegt.« Ken pochte auf den Hefter. »Brillant durchdacht, aber undurchführbar, solange die Kommunisten in Angola am Ruder sind. Wir wollen schließlich keine Perlen vor die Säue werfen. Außerdem sind wir gerade dabei, diese ausgelaugte Wüste Schritt für Schritt in die Unabhängigkeit zu entlassen.«

»Ich weiß«, murmelte Souter. »Erst wurden freie Wahlen ausgerufen, und im Juni ist die Apartheid in städtischen und öffentlichen Einrichtungen durch die Nationalversammlung abgeschafft und vom Administrator bestätigt worden.«

»Wir haben diese Zugeständnisse gemacht, um uns die Liberalen eine Weile vom Hals zu schaffen, zweitens wollten wir sehen, ob eine gemischtrassige Partei sich in Afrika überhaupt durchsetzen kann. Und siehe da: Elf verschiedene Volksgruppen haben die DTA fast einstimmig zum Sieger gewählt.«

»Die SWAPO hat nicht daran teilgenommen.«

»Das spielt keine Rolle. Wir haben der Welt unseren guten Willen gezeigt. Da können wir jetzt natürlich niemanden brauchen, der sein eigenes Nest beschmutzt.«

»Arthur Hillmann?«

Ken nickte. »Der Mann ist in die Schweiz geflogen und hat dort Kontakt zu einer Firma aufgenommen, die Atommüll entsorgt. Kurz darauf bekamen wir merkwürdige Anfragen. Wir haben Nachforschungen angestellt, und bei diesen Nachforschungen tauchte plötzlich dein Name auf: Souter.« Ken starrte seinen Bruder an. »Das ist auch mein Name.«

»Hillmann hat nur ein paar kleine Projekte fürs Militär abgeschlossen.«

»Trotzdem«, beharrte Ken. »Wir dürfen nicht zulassen, dass ein verrückter Deutscher unseren Namen mit Atommüll in Verbindung bringt. Ich bin Abgeordneter, verstehst du?«

»Was hat Hillmann der Firma in der Schweiz vorgeschlagen?«

»Die politischen Veränderungen lassen Hillmann wohl hoffen, dass hier bald eine neue Regierung an die Macht kommt. Und ein unabhängiges Namibia bräuchte dringend ausländische Devisen. Aber im Westen hat niemand Interesse, in ein kriegszerrüttetes Land zu investieren, und die Kommunisten sind pleite.« Ken schüttelte den Kopf. »Da kam Hillmann doch wahrhaftig auf die Idee, den Müll entweder in der Namibwüste, in den Salzseen der Skelettküste oder eben in einem Staudamm an den Epupafällen zu versenken. Du verstehst: eine Lage Müll, eine Lage Beton und dann Schwamm drüber.«

»Jessas!«

»Namibia bräuchte für den Staudamm keinen Schuldenberg auf sich zu laden, könnte Strom in die Nachbarländer exportieren, Wasserleitungen ins Inland verlegen, Hotels am Ufer errichten, und kein Tourist käme auf die Idee, dass unter seinem Hausboot eine Atombombe tickt.«

»Aber wir wissen Bescheid.«

»Eben.« Ken stand schwerfällig auf und klopfte sich den Staub vom Hosenboden. »Du musst Hillmann loswerden.«

»Ja-nee«, sagte Souter.

88

Mittags, wenn die Rosen mit hängenden Köpfen in der Sonne dösten und Louis, Elsie und Jessica von der Hitze wie betäubt in ihren abgedunkelten Zimmern schliefen, saßen Esme und Sarah oft auf der Veranda und unterhielten sich so leise, dass ihre Stimmen sich mit dem trägen Summen der Fliegen zu einem eintönigen Singsang vermischten.

Esme hatte Heimweh. Ihre Mutter schrieb ihr regelmäßig, und jeder Brief erinnerte sie an ihre hübsche Wohnung und die Alten im Heim, die Esme in ihrer Einsamkeit wie eine Tochter ins Herz geschlossen und ihr manchmal sogar etwas vermacht hatten. Sie wollte dorthin zurück, aber Sinna drängte darauf, dass sie auf Makalani blieb, denn ihr Vater hockte meist in Windhoek herum, frustriert und schlecht gelaunt, weil Hillmann keine Arbeit für ihn hatte.

Mister Hillmann sagt, die Zeiten sind schlecht, schrieb sie, *und wenn das so weitergeht, muss er deinen armen Vater entlassen. Sorg also dafür, dass dein Mann zu dir zurückkommt! Dann habt zumindest ihr einen festen Arbeitsplatz. Außerdem könnt ihr dort draußen im Busch nicht so viel Geld ausgeben wie in Windhoek. Gott weiß, ob wir es nicht schon bald bitter nötig haben ...*

»Liebst du Paulus noch?«, fragte Sarah.

»Ja, ich liebe ihn so sehr, wie Kleinmissus den Kleinbaas liebt.«

»Warum fährst du dann nicht ins Ovamboland?«

»Aus demselben Grund, aus dem Kleinmissus nicht ins Kaokoland fährt.«

Sarah erstarrte auf ihrem Korbstuhl. »Woher weißt du, dass Patrick im Kaokoland ist?«

»Meine Mutter ...«

»Herrgott noch mal! Warum hast du mir das nicht gesagt?«

»Wenn Kleinmissus wirklich wissen wollte, wo der Kleinbaas steckt, hätte Kleinmissus meiner Mutter schon längst geschrieben.«

»Patrick hat nie auf meine Briefe geantwortet«, verteidigte sich Sarah. »Und Sinna muss ihm doch gesagt haben, wo ich bin.«

»Ich habe auch Angst, dass Paulus mich davonjagt«, jammerte Esme. »Ich habe ihm schreckliche Dinge unterstellt.«

»Auf Makalani wirst du nie erfahren, was in seinem Kopf vorgeht. Vielleicht wartet er nur darauf, dass du ihn holst?«
»Er hat sich nicht bei meiner Mutter gemeldet.«
»Aber er hat sich auch nicht von dir scheiden lassen.«
Im Oktober hielt Esme die Ungewissheit nicht mehr länger aus. Sie nahm einen Bus nach Ombalantu. Von dort ging sie zu Fuß zum Kral des Alten. Paulus' Eltern waren keineswegs erfreut, sie zu sehen. Der Alte verschwand wortlos in seiner Hütte. Die Alte goss eine Konservendose voll Tee, kratzte einen Klumpen Maisbrei aus dem Dreifußtopf, überreichte Esme beides mit einem feindseligen Gesichtsausdruck und fragte: »Was willst du?«
»Ich möchte mit Paulus sprechen.«
»Worüber?«
»Ich habe eine gute Arbeitsstelle für ihn gefunden.«
»Bei den *Makakunya*, die seinen Bruder Ismael ermordet haben?«
Die Konservendose fiel Esme aus der Hand.
»Verschwinde«, zischte die Alte. »Lass uns in Frieden.«
Esme verließ tränenüberströmt den Kral. Als sie nach Einbruch der Dunkelheit in Ombalantu ankam, parkte Timons Bus zu ihrer Erleichterung vor dem *Cuca-Shop*. Sie legte sich unter den Bus und fuhr am nächsten Morgen mit schmerzenden Gliedern und verquollenen Augen nach Kamanjab zurück.
»Und?«, fragte Sarah, als sie Esme an der Tankstelle abholte. »Hast du mit Paulus gesprochen?«
Esme schüttelte den Kopf und sagte: »Kleinmissus und ich werden eines Tages ohne unsere Männer auf Makalani sterben.«

89

»Ho-hohoho!« Uasuta schaufelte das Geld mit beiden Händen aus dem Lederbeutel, küsste das schmierige Bündel und stopfte es in den Beutel zurück. »Diesmal habt ihr mir kein Ziegenfutter vorgesetzt!«
»Aber man kann die Papierrinder nicht essen«, warf Kondjouras Onkel ein. »Deshalb hat euer zukünftiger Schwiegersohn euch

diese Geschenke mitgebracht.« Er wies zum Rindergehege hinüber, in dem ein Hammel, zwei Ochsen, eine Färse und zwei Mutterschafe standen. Die Färse und die Schafe sollten Tjizires Reinheit und ihre Fruchtbarkeit symbolisieren.

»Kondjoura ist ein freizügiger Mann«, pflichtete ihm Uasuta bei, und nach kurzem Zögern wählte er fünf Opferochsen aus seiner eigenen heiligen Herde aus, »damit unsere Gäste nicht Hunger leiden müssen und sich immer an den Tag erinnern, an dem Kondjoura meine Tochter an sein Feuer geholt hat.«

»Auch ihr werdet diesen Tag in guter Erinnerung behalten«, bekräftigte Kondjouras Onkel. »Mein Neffe hat ein großes Herz.«

Uasuta nickte. »Wir haben aufgehört, um unsere Tochter zu weinen.«

Während die Männer Palmenwein tranken, erhob Kondjouras Tante sich vom Gemeinschaftsfeuer und verließ mit einer Milchkalebasse den Kral. Draußen war Uasutas Frau dabei, aus biegsamen Mopaneästen eine Hütte für Kondjoura zu errichten. Kondjouras Tante winkte ihr zu, lobte ihre geschickten Hände und ging dann weiter zum Plateaurand, wo Kondjoura auf einem Felsbrocken saß und zum schmalen, graugrünen Band des Kunene hinunterstarrte.

Das Wasser war zurückgegangen. Die Stelle, an der Tjizire gekniet und den Flaschenkürbis gefüllt hatte, lag zwei Schritte vom Ufer entfernt im Schilf verborgen, und die beiden Felsen, zwischen denen er gesessen hatte, ragten wie schwarze Buckel aus dem Sand.

Seine Tante stellte die Kalebasse neben ihm ab. »Wir haben uns geeinigt«, sagte sie. »Tjizire gehört dir.«

Kondjoura schloss die Augen. Als er mit dem Geldbeutel und dem Vieh in Uasutas Kral aufgetaucht war, hatte er insgeheim gehofft, dass Uasuta ihn abermals abweisen würde, weil ihn nicht Ngaturipure und Ondjandje, sondern sein Onkel und seine Tante begleitet hatten. Doch die Papierrinder und die Anzeichen einer heraufziehenden Dürre hatten Uasutas Herz erweicht …

»Zeige Demut und Respekt vor deinen zukünftigen Schwiegereltern«, bat ihn seine Tante.

Kondjoura zog sich den Fellumhang über den Kopf. »Ich bin voller Demut und Respekt«, sagte er, »aber wie soll ich meinen Vater davon überzeugen, dass ich die richtige Entscheidung getroffen habe? Sieh, der Fluss hat seine Kraft verloren, und das Gras verdorrt in der Hitze. Wenn es nicht bald regnet, wird die Dürre das Vertrauen zwischen Ngaturipure und mir vollends zerstören.«

»Tjizires Anblick wird seinen Zorn besänftigen.«

Kondjoura schüttelte den Kopf. »Vejaruka wollte meine Schwester Rijamekee an sein Feuer holen, doch Ngaturipure hat ihn fortgeschickt, weil seine Eltern mir den Esel ausgeliehen haben, der meine Mutter zum weißen Heiler getragen hat.«

»Warum bist du dann hier?«

»Weil mein Herz singt, wenn ich Tjizire sehe.«

»Das ist ein gutes Zeichen«, sagte seine Tante. »Deine Liebe zu Tjizire ist stärker als deine Angst vor Ngaturipures Zorn.«

* * *

Die Brautjungfern hatten Tjizires Haut mit Balsamharz, Ocker und Butterfett eingerieben. Selbst ihre schulterlangen Zöpfe und ihr vorderer Lendenschurz glänzten rotgolden in der Sonne. Sie saß vor ihrer Hütte und beobachtete, wie die Abhäuter die Messer wetzten.

»Seht euch die Färse an, die Kondjoura Uasuta geschenkt hat«, sagte einer. »Ihr Fell schimmert wie Tjizires Haut. Und die beiden Mutterschafe sind genauso fett wie der Hammel, den wir heute Morgen erdrosselt haben.«

»Ja, ich kann sein nahrhaftes Fleisch riechen«, erwiderte ein anderer, »und sobald es gar ist, werden unsere Klingen das Fett der anderen Opfertiere kosten.«

Tjizire lächelte geschmeichelt. Uasuta hatte fünf seiner besten Opferochsen ausgewählt, damit die Gäste, die aus der ganzen Umgebung herbeigeeilt waren, nicht behaupten konnten, er sei ein geiziger Aasfresser. Uasuta hatte sich sogar dazu herabgelassen, zwei Schafe und eine Kuh zu Kondjouras abgelegener Hütte zu schicken, so dass auch er gut versorgt war und das Fleisch und die Milch mit denen teilen konnte, die ihn besuchten, um ihm über die Einsamkeit und das Warten auf den großen Tag hinwegzuhelfen.

Tjizire hatte ihren ältesten Bruder gebeten, Kondjoura drei große Milchkalebassen zu bringen. Als er nach einem halben Tag zurückgekommen war, hatte er gesagt: »Kondjoura ist ein kluger, mutiger und gutherziger Mann.« Alle versicherten ihr das. Auch die Brautjungfern, die gerade den Eingang von Tjizires Hütte mit

Mopanezweigen schmückten, priesen ihn: »Er bewegt sich wie ein Leopard und hat den Blick eines Löwen«, sagten sie. »Er wird dem Kaokoland starke Söhne schenken und wie ein Falke über die Herde seines Onkels wachen.«

Aus den Augenwinkeln bemerkte Tjizire, wie ihre Eltern und Kondjouras Onkel und Tante unter dem überdachten Palaverplatz in die Sonne hinaustraten. Uasuta trug seine schwarze Melone, Lendenschurze aus dunklem Kalbsleder und an den Füßen polierte Schuhe, die tief in seine geschwollenen Fußgelenke einschnitten. Ihre Mutter hatte einen Lederumhang unter ihrem Kinn verknotet und watschelte mit schlingerndem Gesäß und schaukelnden Brüsten neben Uasuta her. Kondjouras Tante und Onkel sahen dagegen wie stolzierende Störche aus. Hager und würdevoll folgten sie Tjizires Eltern zum flackernden Ahnenfeuer. Dort setzten sie sich im Halbkreis auf flache Steine.

Tjizire wandte den Kopf und sah Kondjoura im Eingang des Krals stehen: stolz, den Kopf hochmütig ein wenig nach hinten geneigt. Er blickte sie an. In seinen Augen war ein zärtlicher Ausdruck, und er verzog die Lippen zu einem Lächeln, das nur ihr allein galt.

»Der Sohn, der von der Stammmutter des Schlammes abstammt, ist gekommen!«, rief Tjizires Bruder. Jubel brandete auf. Sie sah, wie sich die Muskeln unter seiner dunklen Haut bewegten, als er auf sie zukam, und ein Schauer rieselte ihr über den Rücken: Bald würde dieser Mann ihr gehören! Die Arbeit unter den Weißen hatte ihn keineswegs gedemütigt, sondern weise gemacht. Er wusste fast mehr über die Weißen als ihr Vater, der einst mit den Portugiesen und, seitdem der Bürgerkrieg ausgebrochen war, mit jedem dahergelaufenen Diamanten- und Elfenbeinschmuggler Handel trieb. Gerade gestern Nacht war Kondjoura wieder, in ein Ochsenfell gehüllt, in ihre Hütte geschlichen und hatte ihr märchenhafte Geschichten über Pa-Trick erzählt, den jungen Weißen, der den Platz der Stille liebte, doch keinen Blick für Rinder hatte ...

Kondjoura setzte sich neben Tjizire auf den Boden. Ein säuerlicher Geruch stieg ihr wohltuend in die Nase: Er hatte sich und seine Lendenschurze mit Dickmilch gewaschen. Während sie schweigend nebeneinander saßen, ging Tjizires Bruder zum Gemeinschaftsfeuer seiner Mutter. In den Flammen links neben der großen Hütte stand ein brodelnder Topf. Ihr Bruder fischte mit zwei Stäben kleingeschnittene Stücke Hammelfleisch aus dem Topf und warf die Brocken in eine Holzschale. Zwei seiner Freunde trugen die Schale dann zu Tjizire und Kondjoura, und nachdem sie sich vorgebeugt und ihren Atem über das dampfende Fleisch gehaucht hatten, wurden die fettigen Stücke an die kinderreichen Paare verteilt – die Jungfrauen würden sich später mit den Schulterblättern der Opferochsen begnügen müssen, und Kondjoura würde leer ausgehen ...

Als das Hammelfleisch verspeist war, erhoben sich Kondjoura und Tjizire und machten einen Rundgang durch den Kral. Sie verharrten kurz vor jeder Hütte, ließen sich von Uasutas Familie und den Gästen bewundern und knieten schließlich vor dem Ahnenfeuer nieder.

»Ich grüße dich, meine Tochter«, sagte Uasuta, ohne Kondjoura zu beachten. Er hob eine Schale an seine Lippen, stand schwerfällig auf und spuckte einen Strahl Weihwasser über Tjizire aus. Daraufhin eilten die Abhäuter zum Gehege, und im nächsten Moment zog der Staub in dichten Schwaden über das Ahnenfeuer.

Kondjoura drehte sich blinzelnd um. Die Abhäuter hatten die Opfertiere auf den Boden geworfen und erdrosselten sie, indem sie ihre Knie in die verdrehten Hälse der Tiere rammten. Als das Grunzen, Schnaufen und klägliche Blöken endlich erstarb, verließ Kondjoura den Kral und ging zu seiner Hütte, um sich vor den Blicken seiner Schwiegereltern zu verbergen.

* * *

Tjizire konnte sich nicht daran erinnern, jemals so viel Fleisch gegessen und Palmenwein getrunken zu haben. Sie saß auf einem Ochsenfell hinter der großen Hütte ihrer Mutter, wo sie die Nacht mit den Brautjungfern verbracht hatte, und sie wollte, dass die Mädchen aufhörten, ihre Haut mit Butterfett und Ocker einzureiben, denn ihr war übel. In ihrer Nase brannte der Geruch von fettigem Kochfleisch, und das Stück Bauchfell des Hammels, das ihr die Jungfrauen als Brautkrone ins Haar geflochten hatten, lag wie eine verweste, fliegenumschwirrte Schlange auf ihrem Kopf.

Endlich ließen die Mädchen von ihr ab. Sie stand auf. Ihre Fußsohlen brannten. Sie hatte fast die ganze Nacht hindurch rhythmisch den Boden gestampft, und ihre Handflächen brannten vom Klatschen, mit dem sie den rasenden Takt angegeben hatte.

»Deine Schönheit wird Kondjouras Augen zum Leuchten bringen«, sagte eine der Brautjungfern.

»Lebt wohl, meine Schwestern«, erwiderte Tjizire und humpelte hinter der Hütte hervor. Die heilige Schneise, die das Rindergehege, das Ahnenfeuer und die große Hütte wie eine unsichtbare Nabelschnur verband, führte Tjizire geradewegs zum Opferaltar. Dort wurde sie bereits von ihren Eltern und Kondjouras Onkel und Tante erwartet. Auch sie sahen übernächtigt aus. Ihre Mutter erhob sich grunzend, streckte ihr die Arme entgegen und entfernte die ranzige Brautkrone. Dann holte sie aus ihrer Hütte eine lederne Frauenhaube und stülpte sie Tjizire über den Kopf. Die Kappe bestand aus einer ungegerbten Lederschale, an der drei lanzenförmige Spitzen befestigt waren. Sie standen wie Ananasblätter von Tjizires Kopf ab, und über ihrer Stirn lag eine Lederrolle, die Tjizire herabließ, um ihr Gesicht zu verhüllen, denn jetzt war sie an der Reihe, Respekt und Demut vor Kondjouras Familie zu zeigen ...

Tjizire konnte nur ihre Zehenspitzen sehen. Sie wartete angespannt, bis ein zweites Paar Füße neben ihr auftauchte. »Ich bin gekommen, um eure Tochter an mein Feuer zu holen«, sagte Kondjoura an ihrer Seite.

»Wir haben den Brautpreis akzeptiert«, murmelte Uasuta. Es klang, als würde es ihm im Nachhinein Leid tun. Und seine Gefährtin nahm das Hammelfell, das Kondjoura für sie in seiner Hütte gegerbt hatte, mit einem verächtlichen Schnauben entgegen. »Vergiss nie, dass wir ewig um Tjizire weinen werden.«

»Ich werde es nicht vergessen, Schwiegermutter.«

»Dann geh!«, keifte sie.

90

Patrick hatte den Seesack und die Stiefel oben in den Einbauschrank gestopft und sich geschworen, die Tür erst wieder zu öffnen, wenn ihn Sergeantmajor Webster zu einer Wehrdienstübung einteilte. Bis dahin würde mindestens ein Jahr vergehen, und wie er Webster kannte, würde der Sergeantmajor dafür sorgen, dass er seinen Dienst im Kaokoland leisten konnte. Dann bräuchte er seine Elefantenbüchse lediglich gegen ein Schnellfeuergewehr einzutauschen ... Er wollte jetzt nicht daran denken. Jetzt wollte er in Jeans und T-Shirt auf dem Bett liegen und seine Freiheit genießen.

Sein Bruder ließ ihn jedoch nicht zur Ruhe kommen: Erich tigerte im Zimmer auf und ab. Er war aufgeregt, weil sein Zug in drei Tagen nach Pretoria abfuhr. »Die Schwachköpfe haben mich der Infanterie zugeteilt«, sagte er. »Aber die werden nicht viel Freude an mir haben, denn sobald ich ankomme, melde ich mich freiwillig zum Reconnaissance-Regiment. Die *Recces* sind doch die beste Elitetruppe in ganz Afrika, oder?«

»Die sind verrückt, wenn du mich fragst.«

Erich verzog die Lippen zu einem schiefen Lächeln, das seine Augen nicht erreichte. Er hatte vor dem Spiegel den kalten Blick geübt. Er beherrschte ihn perfekt ...

»Sag mal, wie hast du eigentlich in der Schule abgeschnitten?«

»Für die Uni wird's nicht reichen«, vermutete Erich. »Aber was soll's? Um Terroristen den Arsch aufzureißen, brauche ich keinen akademischen Grad.«

»Mit deiner Einstellung wirst du es bei den *Recces* nicht weit bringen.«

»Mich kriegt keiner klein«, beharrte Erich. »Ich bin fit wie 'n Turnschuh.«

»Du bist mager wie 'n Hund«, entgegnete Patrick. »Und zwischen deinen Ohren hast du nichts als Mordgedanken.«

»Der Alte glaubt auch nicht, dass ich's schaffe. Aber ich werd's euch allen zeigen.«

»Mir brauchst du weiß Gott nichts zu beweisen, Erich. Und Mum auch nicht.«

»Jaja.« Er ging ans Fenster und blickte zur Einfahrt hinunter. Sein kurz geschorenes Haar schimmerte grau wie das eines alten Mannes. »Hast du dir schon überlegt, was du werden willst?«, fragte er. »Du kannst nicht ewig auf dem Bett liegen bleiben.«

»Du wirst es nicht glauben: Ich habe mich beim Naturschutz beworben und bin prompt angenommen worden.«

Erich wandte sich langsam um. »Ist das dein Ernst?«

»Ja! Leon wird nach Khorixas ins Damaraland versetzt, und ich übernehme seinen Posten im Kaokoland. Das Gute daran ist, ich brauche nicht aufs College, sondern kann mich per Fernunterricht weiterbilden.«

»Weiß der Alte Bescheid?«

»Nein, aber ich muss es ihm bald sagen, denn ich fange schon am ersten Februar an.«

»Wildhüter ...« Erich schüttelte den Kopf. »Das wird dem Alten nicht schmecken.«

»Wenn der Alte Ärger macht, packe ich meine Sachen und verschwinde. Mich hält nichts in Windhoek. Im Gegenteil: Je eher ich aus der Stadt herauskomme, desto besser.«

* * *

Zum Erstaunen aller machte Arthur keinen Ärger. Er hatte lediglich einen Einwand, den er mit ruhiger Stimme äußerte, während er am Rost stand und Antilopensteaks grillte: »Neulich ist einem Safariunternehmer das Damaraland als Jagdkonzession zugesprochen worden. Von dem könntest du was lernen und dir später das Jagdrecht im Kaokoland sichern. Die Trophäenjäger sind bereit, eine Menge Dollars für einen Elefanten oder Löwen zu zahlen.«

»Im Kaokoland ist das Wild von den Rindern verdrängt worden«, erklärte Patrick. »Jetzt hat die Regierung zu allem Überfluss auch noch einen Veterinärzaun quer durch das Damaraland gezogen. Wenn es in diesem Jahr nicht regnet, werden die Tiere verhungern und mit ihnen die Berufsjäger.«

»Dann organisiere Fotosafaris! Ich meine, wo kann man heutzutage noch eine halb nackte Wilde fotografieren?«

»Genau das möchte ich verhindern: Touristen, die den Himba nutzlosen Plunder andrehen und ihnen am Wegesrand das Betteln beibringen.«

»Die Zeiten ändern sich, Patrick. Freie Wahlen! So was hat es unter der südafrikanischen Regierung noch nie gegeben. Kurz darauf ist die Apartheid größtenteils abgeschafft worden. Den Schwarzen stehen heute alle Türen offen! Bald wird es keine Reservate mehr geben. Dann sind wir eine Nation, und die Himba werden dazugehören, ob sie es wollen oder nicht.« Arthur wendete die Steaks mit einer Fleischgabel. »Das Kaokoland ist wie eine exotische Frucht, Patrick. Pflücke sie, ehe es ein anderer tut.«

»Im Moment ist das Kaokoland ein Pulverfass«, konterte Patrick.

»Also gut, dann werde von mir aus Naturschutzbeamter.« Er lächelte seinen Sohn über den Grillrost hinweg an; ein Lächeln, das Patrick beunruhigte. »Solange du einen Fuß in der Tür behältst, soll es mir recht sein. Und sag Bescheid, wenn du meine Hilfe brauchst, hörst du?«

91

Von der schützenden Dornenhecke, den Rinder- und Ziegengehegen, den Speichern und Hütten war nichts mehr zu sehen – die Termiten und der Wind hatten alles davongetragen. Nur ein mit Steinen beschwertes Grab erhob sich buckelig aus dem Sand, und am Kopfende ruhte das gewundene, armdicke Gehörn einer Kuduantilope, damit jeder, der das Grab besuchte, sah, dass Ngaturipures Vater dem Patriclan des *Kudu* angehört hatte.

Ngaturipure hatte seinen Vater so beerdigt, dass der Alte in die nordöstliche Richtung blickte; in die Richtung, aus der die Vorfahren der Himba in das südliche Afrika vorgedrungen und schließlich im Kaokoland eine neue Heimat gefunden hatten.

Wenn der Wind aus Nordosten blies, konnte man im ehemaligen Kral das ferne Rauschen der Epupafälle hören. Das Geräusch hatte Ngaturipure stets daran erinnert, dass eine neue Regenzeit angebrochen war. Doch seit Monden kam der Wind aus dem Westen und drängte die Wolken in das Landesinnere zurück. Und gestern war Kondjoura mit Ondjandjes Bruder in seinem Kral aufgetaucht und hatte gesagt: »Ich bin gekommen, um euch meine Braut Tjizire vorzustellen.«

Ngaturipure kniete sich neben das Grab. »O *Tate*«, flüsterte er. »O Vater.« Er legte eine Hand auf den Grabhügel. »Als Ondjandje von der Schlange gebissen wurde, glaubte ich, dass Kondjoura endlich zur Vernunft kommen und Tjizire vergessen würde. Aber Ondjandjes Arm begann zu verfaulen. Da wusste ich, dass Tjizire noch immer in seinem Herzen wohnte. Und Ondjandje wurde immer schwächer. In seiner Verzweiflung borgte Kondjoura sich von Vejarukas Vater einen Esel und brachte seine Mutter zu einem Heiler nach Okongwati. Der Heiler konnte jedoch nichts für Ondjandje tun, denn in Okongwati saß ein weißer Heiler, der sie verflucht und ihre Seele gestohlen hatte. Anstatt ihn zu töten, ritt Kondjoura mit seiner Mutter in die Arme der Dämonen ...« Ngaturipure ließ sich vornüberfallen und schaufelte sich mit beiden Händen Sand über den Kopf. »O Vater«, wimmerte er. »Sie haben ihr den Arm abgehackt. Ich kann sie nicht ansehen, ohne dass ich mich frage, wann die Dämonen kommen und mich fällen werden wie einen alten Baum.« Ngaturipure richtete sich auf. Tränen strömten über seine staubgepuderten Wangen. »Ich habe Kondjoura zu den Dämonen geschickt, und gestern kam er mit seinem Onkel in meinen Kral, um mir Tjizire vorzustellen. Ihre Schönheit zerriss mir das Herz. Ich habe mit Kuhfladen nach ihr geworfen und sie wie einen Hund aus dem Kral gejagt.« Er schluchzte. »Wenn ich sterbe, wird das Feuer des Ngaturipure erlöschen, und die Löwen werden über die heiligen Rinder herfallen, denn ich habe keinen Sohn mehr, der unsere Ahnenstäbe erben könnte.« Er presste sein rechtes Ohr an den Grabhügel. »War es das, was ihr mir sagen wolltet?«, wisperte er. »Wird es nach mir keinen Hüter des heiligen Feuers mehr geben?«

Ngaturipure schloss die Augen, doch alles, was er spürte, war die Sonne auf seinem Rücken, und alles, was er hörte, war das Knistern von spröden, im Wind zitternden Gräsern.

92

„Kakao, Patrick. Mit Sahne und drei Löffel Zucker.«
»Danke, Sinna.«
»Trink.«
Obwohl er keinen Kakao mochte, tat er ihr den Gefallen. Denn sie wussten beide, dass es das letzte Mal sein würde: Wenn er wieder nach Hause käme, wäre er selbst in ihren Augen kein Kind mehr. Dann würde Sinna ihm Kaffee oder Tee bringen. Sie blieb neben dem Bett stehen, die Hände unter dem großen Busen

gefaltet. »Erich ist fort«, bedauerte Sinna – sie hatten ihn vor zwei Wochen zum Bahnhof gebracht. »Und jetzt willst du uns auch noch verlassen.«

»Ich kann nicht länger in Windhoek bleiben, Sinna. Ich werde im Kaokoland gebraucht.«

»Das freut mich für dich, Patrick. Josef sitzt den ganzen Tag in der Wohnung und guckt seine Hände an. Sie sind wie gelähmt, denn der Mister hat keine Arbeit für ihn.« Sinna schüttelte seufzend den Kopf. »Die Zeiten werden immer schlechter.«

»Sobald es regnet, wird sich alles wieder zum Guten wenden.« Sinna glaubte nicht daran. »Schreib deiner Mutter so oft du kannst«, bat sie ihn. »Ohne die Briefe meiner Tochter wäre ich in diesem Haus schon längst verrückt geworden.«

»Wo ist Esme überhaupt?«, fragte Patrick. »Ich habe sie seit Jahren nicht mehr gesehen.«

Sinna zögerte einen Moment, dann ging sie zur Tür, verriegelte sie und kam an das Bett zurück. »Ich weiß, wo Sarah steckt«, flüsterte sie.

93

Kondjouras Onkel hatte ein Schaf erdrosselt, das Fleisch gekocht und es neben dem Opferaltar auf Mopanezweige gebettet. Jetzt stellte er rings um das heilige Feuer herum die Ahnenstäbe seiner Vorfahren auf. Es waren fünf, aus wilden Selleriezweigen geschnitzte Feuerquirle, mit denen die Ahnen einst ihre heiligen Feuer entfacht hatten. Dann begann Kondjouras Onkel murmelnd auf die Stäbe einzureden: »Tjizire hat einen Mond in ihrer Hütte verbracht und sie nur verlassen, wenn meine Gefährtin ihr eine Arbeit zugeteilt hat. Seht sie euch an: Sie hat ihre Haut und das Haar vom alten Butterfett und Ocker gereinigt und eine neue Schicht aufgetragen, die meine Gefährtin für sie zusammengestellt hat. Ich flehe euch an: Nehmt Tjizire und Kondjoura in unserer Gemeinschaft auf. Ihre Herzen irren umher. Sie wissen nicht, wo sie hingehören, denn sie haben beide ihre Väter verloren.«

Kondjouras Onkel lauschte in sich hinein, und als ihn das Gefühl überkam, dass die Ahnen mit seinem Vorhaben einverstanden waren, hob er den Kopf und musterte das Brautpaar, das zu seiner Linken am heiligen Feuer kniete.

Kondjoura wirkte um Jahre gealtert: Er trug jetzt zum Zeichen dafür, dass er eine Frau an sein Feuer geholt hatte, einen kalbsledernen Turban auf dem Kopf, und zwischen seinen Schulterblättern baumelte ein kreuzförmiges Schmuckstück.

Kondjouras Onkel konnte Tjizires Gesicht hinter dem heruntergelassenen Lederschleier nicht sehen, doch er hatte sie oft weinen gehört, und Kondjouras Augen verrieten ihm, dass auch er gekränkt und unglücklich war, weil Ngaturipure sie verstoßen hatte.

Ngaturipure war wie von Dämonen besessen gewesen. Nicht einmal Kondjouras Onkel hatte ihn zur Vernunft bringen können. Jetzt musste seine Schwester Ngaturipures Zorn erdulden, und wenn Ngaturipure seine Ansichten nicht änderte, würde Kondjoura nie von ihm die Häuptlingswürde erben ...

Kondjouras Onkel neigte sich zur Seite und legte Tjizire eine Hand auf die Schulter. Er spürte, wie sie zusammenzuckte. »Du wurdest in den Patriclan des *Orotjiporo* hineingeboren«, sagte er mit sanfter Stimme. »Alle Angehörigen dieses Patriclans verabscheuen graue Rinder und graue Hunde. Nun hat dich Kondjoura an sein Feuer geholt, und du wirst in den Patriclan des *Kudu* hinüberwechseln. Denk immer daran, dass die Angehörigen dieses Clans das Fleisch aller ungehörnten Tiere verschmähen.«

Tjizire nickte.

»Der Zauberer, der den Patriclan des *Orotjiporo* geschaffen hat, weint, denn Kondjoura hat ihm eine Tochter geraubt«, sagte er. »Doch der Zauberer, der den Patriclan des *Kudu* geschaffen hat, lacht, denn Kondjoura hat ihm eine Tochter geschenkt.« Er stand auf, hob eine Schafskeule von den Mopanezweigen auf und hielt sie dem Brautpaar hin. »Befreit das Fleisch von allen Tabus.«

Da weder Kondjoura noch Tjizire das Recht hatten, am heiligen Feuer zu zaubern, ergriffen sie einen der Ahnenstäbe und berührten mit der verkohlten Spitze das Fleisch. Dann trat Kondjouras Onkel hinter sie, hielt ihnen die Keule an die Zehen und sagte: »Lass uns das Schaf des Feuers essen.«

Nachdem Kondjoura und Tjizire ein paar Bissen gegessen hatten, machten sie einen Rundgang durch den Kral, um sich Kondjouras Verwandten vorzustellen und die Milchkuh zeigen zu lassen, die Kondjouras Onkel für Tjizire aus der heiligen Herde auserwählt hatte. Es war ein rotbraunes Tier mit armlangen Hörnern und einem prallen Euter.

Tjizire klatschte dankend in die Hände. Anschließend zog sich das Brautpaar in die neue Hütte zurück. Sie lag im Süden des Krals, und im Inneren roch es nach Leder und frischem Kuhdung. Tjizire rollte ihren Schleier hoch und blickte sich um.

»Gefällt sie dir?«, fragte Kondjoura.

Tjizire rüttelte am Stützpfeiler. »Deine Tante hat gute Arbeit geleistet«, erwiderte sie. »Und dein Onkel hat eine schöne Kuh für mich auserwählt.«

»Die Hütte wird dich vor Sonne und Regen und die Milch der Kuh vor Hunger und Durst schützen«, pflichtete er ihr bei. »In diesem Kral wohnt das Glück.«

Tjizire lächelte. Es war ein verheißungsvolles Lächeln, das ihn Ngaturipures Zorn für einen Augenblick vergessen ließ. Er streckte eine Hand aus und berührte sie an der Schulter. Ihre Haut fühlte sich glatt und kühl an. »Jetzt gehören wir zusammen«, sagte er.

»Ich habe auf diesen Tag gewartet«, antwortete sie und spürte, wie seine Hand über ihre linke Brust glitt, an ihrem Bauch entlang zu ihrem Schoß wanderte und dort, zwischen ihren Beinen, auf dem Lendenschurz zur Ruhe kam.

Ohne den Blick von seinem Gesicht abzuwenden, zog Tjizire die Beine an, kniete sich auf den Boden und stemmte ihre rechte Schulter an den Stützpfeiler. Während sie ihn über die Schulter hinweg beobachtete, sah sie, wie er sich zwischen ihre abgespreizten Beine schob. Mit der einen Hand entblößte er ihr Gesäß, mit der anderen fegte er seinen eigenen Lendenschurz beiseite.

Tjizire hielt den Atem an, denn etwas Großes, Hartes drang nun behutsam in sie ein, füllte sie aus und bohrte sich mit sanften Stößen immer tiefer in sie hinein. Tjizire verspürte mit einemmal einen stechenden Schmerz, der jedoch kurz darauf von einem sich steigernden Lustgefühl übermannt wurde. Aus ihrem Mund kam ein Keuchen; mit jedem Herzschlag wurde es lauter und schwoll schließlich zu einem Stöhnen an. Kondjoura bewegte sich wie ein Stier. Auch er stöhnte. Und Tjizire wollte, es würde niemals enden.

94

»Mami!«

Die Stimme des Kindes war wie ein Schmerz, der in Sarahs Ohren wühlte; unerträglich und so intensiv, dass Sarah die Fäuste ballte.

»Mami!«

»Was ist?«, schrie Sarah.

»Guck, Mami.«

»Ich kann jetzt nicht, verdammt!«

»Mami!«

Sarah verdrehte die Augen: Jessicas Stimme war unerträglicher als Elsies leerer, blöder Blick oder Esmes weinerliche Art, von Louis' irritierendem Kopfschütteln und krachenden Pfefferminzbonbons ganz zu schweigen.

»Mami!«

Etwas in ihrem Kopf explodierte. Sie sprang auf, riss die Jeans hoch, stürzte an die Badezimmertür und stieß sie auf. Sie vernahm einen Knall, spürte, wie die Tür in ihrer Hand zurückfederte, gleichzeitig ertönte ein dumpfer Schlag, dann sah sie das Kind am Boden liegen und erschrocken zu ihr aufblicken.

»Mami, ich ...«

»Lass mich in Ruhe, hörst du? Lass mich in Frieden!«

Sie knallte die Tür zu und setzte sich wieder auf die Toilette. In dem Moment fiel ihr ein, dass Jessica eine Blume in der Hand gehalten hatte. Jessy hatte ihr einen Morgenstern zeigen, nein, schenken wollen!

Sarah erhob sich und ging in ihr Zimmer. Jessica war fortgegangen, doch die gelbe Blume war noch da. Sie lag auf dem Boden, von einem Kinderschuh zerquetscht.

Sarah kniete sich hin und versuchte, die Blume aufzuheben; die Sohle hatte die Blütenblätter jedoch in die Poren des Zementfußbodens gepresst.

Sarah legte sich auf das Bett, denn sie wusste, dass Jessica zu ihrem Opa gerannt war, und wenn sie jetzt auf die Veranda käme, würde Louis ihr seinen Hundeblick zuwerfen, mit dem er sie strafte, wann immer sie Jessica anbrüllte ...

Ich muss hier weg, dachte sie, ich halte es auf der Farm nicht mehr aus!

Ihre Haut fühlte sich wie Leder an, ihre von Hitze, Staub und Durst ausgedörrten Lippen waren aufgeplatzt und ihre Fingernägel abgebrochen; ihre Haarspitzen waren gespalten, ihre Handflächen voller Schwielen und ihre Ellbogen rau. Und das Haus war kein sicherer Unterschlupf mehr, sondern eine finstere Zelle, und draußen kroch der undurchdringliche Busch immer näher an sie heran, während ihre Eltern, Esme, Jessica und auch Patrick sich immer weiter von ihr entfernten ...

95

Im April begannen die wilden Tiere zu wandern, denn es hatte den ganzen Sommer über nicht im Damaraland geregnet, und ihr Instinkt sagte ihnen, dass sie im Osten auf den angrenzenden Farmen Weide und Wasser finden würden. Doch die Springböcke, Oryxantilopen, Kudus und Bergzebras kamen nicht weit. Schon nach wenigen Tagen standen sie vor dem neu errichteten Veterinärzaun, der sich quer durch das Damaraland streckte und ihre jahrtausendealten Wanderwege versperrte.

Die Tiere warteten mit gesenkten Köpfen auf den Regen, der nicht kam. Schließlich wich ein Teil des Wildes in den Norden aus. Gleichzeitig aber stießen die Himba mit ihrem Vieh aus dem Kaokoland gen Süden vor und trieben die Gazellen, Antilopen und Zebras in das ausgedörrte Damaraland zurück.

»Das gibt eine Katastrophe«, prophezeite Leon. Und er sollte Recht behalten: Die Sonne brannte auf die rostroten Kegelberge herab, saugte den letzten Rest Feuchtigkeit aus dem Boden, ließ Quellen versiegen und das Gras und die nahrhaften Blätter zu Staub zerfallen. Im Juni begann dann das große Massensterben. Hunderte von Kudus und Tausende von Zebras verendeten. Während Leon die Kadaver aus den ausgetrockneten Wasserlöchern zerrte und verbrannte, reiste Patrick von einem Himbakral zum anderen. Doch die Himba dachten nicht daran, einen Teil ihrer Herden zu verkaufen:

»Bist du in das Kaokoland zurückgekehrt, um aus uns Bettler zu machen?«, fragten sie.

»Nein«, beteuerte er, »ich will die Elefanten, Nashörner, Antilopen und euer Vieh vor dem Aussterben bewahren.«
»Dann verkauf die Antilopen. Sie sind völlig unnütz, denn man kann sie ebenso wenig melken wie Papierrinder, außerdem fressen sie unserem Vieh das Gras weg, und die Elefanten und Nashörner zerstören unsere Maisfelder.«
Aber er konnte das Wild nicht verkaufen. Die Naturparks im südlichen Afrika waren überfüllt, und kein Wildfarmer war an Tieren jenseits des Veterinärzauns interessiert. Das hatte ihr Boss, der Direktor der Naturschutzbehörde in Windhoek, behauptet, als Leon und Patrick ihn auf die herannahende Katastrophe hingewiesen hatten.

Am Monatsende fuhr Patrick nach Kamanjab und betrank sich aus lauter Frust mit Frikkie Steyn, der neben einer Tankstelle einen hoch umzäunten Spirituosenladen besaß. Frikkie war erst dreißig, sah aber mit seiner Halbglatze und dem runzeligen, von der Sonne verbrannten Gesicht aus wie fünfzig. »Mann«, sagte er, »warum habt ihr euch nicht an Dannie gewendet?« Frikkies Bruder gehörte die Metzgerei in Kamanjab ... »Wenn Dannie erfährt, dass ihr die Hyänen und Geier mit Antilopenfleisch füttert, hängt der sich im Kühlraum auf.«

»Wir müssten die Hälfte des Wildes dezimieren, damit wenigstens die andere Hälfte eine Überlebenschance hat. Aber mach das mal den Tierfreunden klar. Die würden uns glatt für verrückt erklären.«

»Scheiß auf die Vegetarier, Mann! Ihr braucht bloß wegzugucken, dann kommt Dannie ins Damaraland und räumt eigenhändig auf. Der – he, wo willst du hin?«

»Einkaufen«, murmelte Patrick.

»Das kann warten. Komm, lass uns noch einen Brandy trinken.«

»Nein, danke, Frikkie.«

»Auf einem Bein kann man nicht stehen«, beharrte Frikkie.

»Ich muss noch fahren.«

Frikkie warf ihm einen listigen Blick zu. »Dein Auto hat vier Räder und zwei Ersatzreifen. Das macht sechs Drinks.«

»Tut mir Leid. Jasmin gibt heute Abend ihre Abschiedsparty – sie wird nach Pretoria versetzt.«

»Na schön, dann mach, dass du wegkommst. Aber sprich mit Dannie, hörst du? Er wird euch zeigen, wie man nebenbei ein Vermögen verdient.«

»Jaja«, sagte Patrick.

Draußen unter dem Vordach saßen ein paar zerlumpte Gestalten. Der Anblick der Arbeitslosen schürte Patricks Zorn, denn in Kamanjab lebten die meisten Menschen von der Hand in den Mund, während nördlich des Veterinärzaunes die Kadaver der verendeten Tiere in der Sonne verfaulten ...

Patrick fuhr mit Vollgas vom Hof auf die öde, verlassene Schotterstraße hinaus. An der Kreuzung bog er nach Osten ab und hielt auf ein vergittertes Gebäude links neben der Straße zu.

Ein schwarzhaariges Mädchen hockte vor dem Lebensmittelladen im Staub. Patrick hatte das Kind noch nie zuvor gesehen. Dannies Frau gehörte es nicht. Ella hatte drei verwilderte Söhne, die die Gegend um Kamanjab herum mit Luftbüchsen unsicher machten. Vielleicht war Dannies Schwester zu Besuch ... »Hallo!«

Das Mädchen erwiderte seinen Gruß, ohne aufzublicken, dann schob es wieder prustend einen Stein durch den Straßenstaub.

Niedliches, kleines Ding, dachte er und trat aus dem grellen Sonnenlicht in den Laden. Hinter der Theke stand eine Frau. Aber es war nicht Ella – die war mindestens zweimal so breit –, und als sich seine Augen an das Halbdunkel gewöhnt hatten, bemerkte er, dass die Frau ihn anstarrte. Im nächsten Moment blieb er wie angewurzelt stehen. »Sarah!«

Sie blickte ihn wortlos an. Ihr Gesicht war bleich. Sie hatte nicht erwartet, dass er eines Tages durch diese Tür hereinplatzen würde, mit windzerzausten Haaren, einem glasigen Blick und schwarzen Bartschatten auf den Wangen. Doch jetzt war er da, und kein Arthur Hillmann oder Louis Engelbrecht konnte sie daran hindern, dass sie sich in die Arme fielen, wie sie es tausendfach in ihren Wunschträumen getan hatten. Sie taten es dennoch nicht, sondern blickten einander an, bis Patrick den Kopf vorstreckte und fragte: »Was machst du denn hier?«

»Wir haben ganz in der Nähe eine Farm«, sprudelte es aus ihr hervor, und sie fegte mit der rechten Hand eine Haarsträhne aus ihrem Gesicht. Er erinnerte sich daran, dass sie sich damals, wenn sie verlegen gewesen war, auch immer das Haar aus dem Gesicht gestrichen hatte. »Mein Vater hat all seine Ersparnisse in die Farm gesteckt. Die Dürre ...« Sie schüttelte den Kopf, gleichzeitig trat ein Glanz in ihre Augen. Sie freute sich, ihn zu sehen. »Und wo kommst du so plötzlich her?«

»Ich arbeite für den Naturschutz im Kaokoland.« Er steckte die Hände in die Taschen seiner zerknitterten Khakihose. Das schwarze, ärmellose Kleid mit den weißen Sternen darauf ließ Sarah älter erscheinen, als sie war, reifer irgendwie. Und er konnte sich nicht an die steile Falte zwischen ihren Augenbrauen erinnern. »Wie geht es dir?«

»Gut«, behauptete Sarah und rieb sich mit den Knöcheln ihrer rechten Hand die Stirn. Als sie die Hand sinken ließ, war die Falte immer noch da. »Hast du meine Briefe bekommen?«, fragte sie.

Er schüttelte den Kopf.

»Nicht?«

»Nein!«

»Das verstehe ich nicht«, sagte sie. »Ich habe sie ins Hauptquartier geschickt.«

»Dann sind sie wahrscheinlich nicht weitergeleitet worden.«

»Schade ...« Sie lächelte verkrampft. »Du siehst gut aus, Ricky.«

Er war schmutzig und betrunken. Von einer Sekunde zur anderen stieg Wut in ihm hoch: Warum hatte sie das gesagt? Und warum hatte sie ihm geschrieben? Sie war verheiratet, und zehn zu eins gehörte ihr das Gör dort draußen, und gleich würde die Hintertür aufgehen und ihr gottverdammter Ehemann hereinplatzen ...

»Ich muss gehen«, sagte er mit erstickter Stimme und stürmte aus dem Laden.

Als Sarah die Gazetür aufriss, saß er bereits im Landcruiser und brauste davon.

96

Esme hätte am liebsten ihre Koffer gepackt und wäre nach Windhoek zurückgekehrt. Doch seit Kleinmissus Sarah vor ein paar Monaten mit Tochter nach Kamanjab gezogen war und dort im Laden arbeitete, kamen ihr Missus und Baas Engelbrecht wie jene Rentner vor, die sie einst im Altersheim gepflegt hatte. Sie musste sich um alles kümmern, und abends brachte sie Missus

Engelbrecht wie ein Kind ins Bett. Die Missus war völlig abgetreten, weil es an Wasser mangelte und ihre Rosen allmählich eingingen. Sie schien noch nicht einmal richtig mitbekommen zu haben, dass ihre Tochter und Enkelin fortgegangen waren. Und der Baas litt an Depressionen.

Meist saß er auf der Veranda, zermalmte Pfefferminzbonbons, schüttelte in regelmäßigen Abständen ruckartig den Kopf und führte Selbstgespräche. »Was mach ich?«, hörte sie ihn oft murmeln. »Was mach ich bloß?«

Er war ebenfalls dabei, den Verstand zu verlieren. Daran gab es keinen Zweifel. Wenn Esme ihm keine frische Wäsche herauslegte, lief er tagelang in denselben Klamotten herum, und waschen tat der Baas sich nur, wenn er nach Kamanjab zum Einkaufen fuhr oder Kleinmissus Sarah übers Wochenende zu Besuch kam – also etwa ein- bis zweimal im Monat.

Manchmal schüttelte der Baas nicht den Kopf und kaute keine Pfefferminzbonbons. Das war aber für Esme keineswegs beruhigend, denn dann wusste sie, dass er wieder getrunken hatte, heimlich, irgendwo dort draußen im Busch, wo er seine Flasche vergraben hatte. Und nachts hörte sie ihn dann schluchzen und Gott um Gnade anflehen.

Der Baas tat ihr Leid. Er war ein einsamer, kranker Mann. Und als der Baas das nächste Mal zu jammern anfing, stieg Esme aus dem Bett, überquerte den Hof und blieb vor der Gazetür, die auf die Veranda führte, stehen.

Engelbrecht saß im Bademantel auf einem Korbstuhl, den Oberkörper weit nach vorn geneigt. »Lass sie bitte nicht sterben«, flehte er und schlug sich dabei mit den Fäusten an die Schläfen.

Esme zögerte kurz, dann öffnete sie die Tür. »Baas ...«

Engelbrecht riss den Kopf hoch, gleichzeitig ließ er die Fäuste fallen, griff mit der Rechten in die Manteltasche und hatte plötzlich eine Pistole in der Hand.

»Ich bin's«, rief sie. »Esme.«

Er starrte sie blinzelnd an. Sie ging auf ihn zu und legte ihm beide Hände auf die Schultern. »Baas?«

»Och, Esme«, brach es aus ihm hervor.

Sie zog seinen Kopf an ihre Brust. Esme hatte nicht viel an, bloß ein luftiges Nachthemd, und sie spürte sein tränennasses Gesicht zwischen ihren Brüsten. »Is' alles okay«, flüsterte sie, während sie ihm tröstend über das schüttere Haar strich.

Engelbrecht stand auf, sein Bademantel klaffte auseinander. Er klammerte sich an Esme. Die Wärme seines Körpers drang durch ihr dünnes Nachthemd, und sie verschloss die Augen vor der Welt.

97

Ella Steyn machte sich Sorgen: Seit geraumer Zeit stimmte der Betrag in der Kasse oft nicht mit dem Kontrollstreifen überein. Ella glaubte allerdings nicht, dass Sarah Engelbrecht zu der Sorte Verkäuferinnen gehörte, die sich anfangs ein Bein ausreißen und dann aus dem Vollen schöpfen. Nein, Sarah bewegte sich eher wie eine Schlafwandlerin durch den Laden, und wenn man sie fragte, was ihr fehlte, sagte sie: »Nichts.«

Ella Steyn gab sich mit der Antwort jedoch nicht zufrieden. Sie watschelte in ihr Büro, stützte ihr Doppelkinn auf die gefalteten Hände und versuchte, sich die vergangenen Wochen ins Gedächtnis zurückzurufen. Viel war in Kamanjab nicht passiert. Doch mit einemmal sah sie vor ihrem inneren Auge Patrick Hillmann in den Landcruiser springen.

An dem Tag hatte sie Kuchen gebacken, und als sie am offenen Fenster ein wenig frische Luft geschnappt hatte, war Hillmann wie eine Furie aus dem Laden gestürzt. Nanu, hatte sie gedacht, der Junge hat doch hoffentlich nichts geklaut! Kurz darauf war Sarah auf die Straße gerannt und hatte minutenlang der aufgewirbelten Staubwolke nachgeblickt ... Ella schlug mit der flachen Hand auf den Schreibtisch: Jessica! Ihr schwarzes, gelocktes Haar, die blauen Augen!

Ella entschloss sich, Sarah beiläufig eine Frage zu stellen: »Kennst du eigentlich den jungen, na, wie heißt der noch, den Patrick Hillmann?«

Sarah, die mit einem gleichgültigen Gesichtsausdruck an der Kasse gestanden hatte, fuhr herum und starrte Ella an.

»Er hat vor Monaten Hemden bestellt und sie immer noch nicht abgeholt«, murmelte Ella. »Dabei bilde ich mir ein, ihn neulich gesehen zu haben.«

Sarah wandte sich ab, verbarg ihr Gesicht hinter einer Flut schwarzer Haarsträhnen. »Er war hier«, sagte sie mit einer tonlosen Stimme, die Ella verriet, dass sie auf dem richtigen Weg war.
»Ach, dann kennst du ihn also doch?«
»Ja, wir sind zusammen zur Schule gegangen.«
»Ein verrückter Hund«, sagte Ella und schüttelte den Kopf. »Den ersten Samstag eines jeden Monats veranstalten er und Leon Ellison in Opuwo immer ein gewaltiges Grillfest. Du, ich habe Dinge gehört, da fallen einem die Ohren ab.«
»Was?«
»Warum fährst du nicht mal hin und siehst dir die Sache aus der Nähe an?«
»Und was, wenn er mich nicht sehen will?«
»Unsinn! In diesem Land müssen die Frauen die Initiative ergreifen, denn die Männer sind den größten Teil ihres Lebens damit beschäftigt, ihre Muskeln mit heißer Luft aufzupumpen. Fahr hin, mein Schatz! Ihr habt euch sicherlich viel zu erzählen, ihr beiden ...«
Fast hätte Ella *Turteltäubchen* gesagt.

11. KAPITEL

98

Palmfontein war einst eine palmenüberschattete Oase gewesen, mit Quellen, die sich wie eine grüne Perlenkette den sonst trocknen Flusslauf hinabgeschlängelt hatten. Jetzt brannte der Geruch von sumpfigem Morast und verfaultem Fleisch in Patricks Nase, und die Luft war erfüllt vom Summen metallisch schimmernder Schmeißfliegen und dem Krächzen und Fauchen der Ohrengeier, die zu Dutzenden auf den verendeten Zebras hockten.

Leon Ellison schien den Gestank nicht wahrzunehmen. Er saß hinter einem Felsvorsprung im Landcruiser, die Arme über dem Lenkrad verschränkt, und beobachtete, wie eine Elefantenkuh das Flussbett heraufkam. Obwohl sie noch jung war, zeichnete sich ihr Skelett deutlich unter der staubgepuderten, faltigen Haut ab.

»Hast du sie schon mal gesehen?«, flüsterte Patrick.

Leon nickte. »Sie hat vor einer Woche ihr Kalb verloren.« Er wies mit dem Kinn zu einem Knochenhaufen hin, der unter einer Palme am gegenüberliegenden Ufer lag.

Als die Elefantenkuh an den Geiern vorüberschlurfte, schlug sie mit dem Rüssel um sich und schüttelte den Kopf, so dass ihre Ohren an die Schultern klatschten, doch die Geier hopsten nur mit abgespreizten Flügeln ein paar Schritte zur Seite – sie waren zu vollgefressen, um davonfliegen zu können.

Die Elefantenkuh ging nicht ans Wasser, sondern näherte sich zielstrebig dem Knochenhaufen unter der Palme. Dort streckte sie den Rüssel aus und begann die kalkweiß gesprenkelten Überreste ihres Kalbes abzutasten. Dann stieß sie das Kalb mit ihren Stoßzähnen an, so als wollte sie ihm auf die Beine helfen.

Der Anblick des trauernden Elefanten schnürte Patrick die Kehle zu. Er drehte den Kopf weg und sah, wie der rote, nackte Hals eines Geiers im Maul eines verendeten Zebras verschwand. Als er sich angewidert abwandte, ließ die Elefantenkuh gerade trocknes Laub und Zweige auf ihr Kalb herabregnen. »Sie beerdigt es«, wisperte er.

»Gott sei Dank«, erwiderte Leon ebenso leise. »Wenn die Kuh

sich nicht bald wieder ihrer Herde anschließt, wird sie verhungern.«

»Das wird sie sowieso«, flüsterte Patrick, ohne die Kuh aus den Augen zu lassen. Sie stand vor ihrem Kalb, fächerte sich mit ihren Ohren Kühlung zu und wiegte sich hin und her. »Die Himba denken nicht daran, ihr Vieh zu verkaufen. Stattdessen werden sie das Wild aus den Trockenflüssen vertreiben und die Anaschoten an ihre Ziegen verfüttern.«

Leon erwiderte nichts darauf. Wortlos kramte er einen Tabaksbeutel aus dem Handschuhfach, und während er seine Pfeife stopfte, warf er immer wieder einen Blick zur Elefantenkuh hinüber. Sie stand jetzt reglos da und hatte den Kopf so weit gesenkt, dass ihre Stoßzähne den Boden berührten.

»Ich wünschte, wir könnten etwas für sie tun«, sagte Patrick. In dem Moment hob die Elefantenkuh ihren Kopf, schwenkte herum und steuerte einen Wildpfad an, den Tausende von Zebras in die gegenüberliegende Uferböschung getrampelt hatten.

»Na, wer sagt's denn«, triumphierte Leon. »Sie zieht gen Norden!«

»Meinst du? Sie hat nichts gesoffen.«

»Das Wasser ist verseucht.«

»Die Kuh kann sich doch unmöglich, ohne Wasser geschöpft zu haben, bis zum Hoanibfluss durchschlagen.«

»Das lass ihre Sorge sein, Patrick. Hauptsache ist, dass sie Palmfontein verlässt.«

Der Aufstieg machte der Elefantenkuh jedoch zu schaffen. Sie quälte sich schwerfällig den steilen Hang hinauf, und als sie endlich oben angelangt war, gab plötzlich die Lehmkante unter ihrem Gewicht nach. Die Kuh rutschte in einer Kaskade aus emporwirbelndem Staub und rieselndem Sand ins Flussbett zurück, rollte sich auf die Seite und blieb steifbeinig liegen.

»Jesus!«, stammelte Patrick. »Hast du das gesehen?«

Leon griff nach seinem Gewehr, das neben ihm am Sitz lehnte. »Das ist das *fucking* Ende«, sagte er.

Gleichzeitig war es der Anfang eines Weidekrieges, der im Süden des Kaokolandes unter den Himba ausbrach und sich bis zum Kunene ausbreitete.

* * *

Ondjandje kam mit dem Armstumpf besser zurecht, als sie erwartet hatte. Die Wunde war verheilt, und sie hatte gelernt, den Stumpf ohne Scheu zu gebrauchen. Sie jubelte innerlich, wenn ihr eine Arbeit gelang, die selbst ihrer Tochter Rijamekee, die zwei geschickte Hände hatte, schwergefallen wäre. Aber die Freude hielt nie lange an, denn der Anblick des vernarbten Stumpfes erinnerte sie an Ngaturipures Augen, in denen sich Entsetzen und Ekel spiegelten, wann immer er sie ansah. Nachts träumte sie von Spuckschlangen, unterirdischen Bunkern, weißen Heilern und dünnen, durchsichtigen Würmern, die sich in ihren Handrücken bohrten, und tagsüber sehnte sie sich nach Kondjoura und Tjizire, die Ngaturipure davongejagt hatte wie Hunde, und sie verfluchte den Esel, der sie zu den weißen Dämonen getragen und Vejaruka daran gehindert hatte, Rijamekee an sein Feuer zu holen.

Manchmal wünschte Ondjandje, sie wäre tot. Dann hätte Ngaturipure vielleicht nicht seine heiligen Rinder auf das Weidegebiet getrieben, das er einst Vejarukas Vater zugesprochen hatte. Ja, vielleicht wäre er dann in den Westen oder Süden ausgewichen, anstatt einen neuen Kral in der Nähe des Kunene zu errichten. Vejaruka war aber nicht sein Schwiegersohn, und so machte Ngaturipure ihm die Weide streitig, hoffend, dass seine Nachbarn dorthin zurückkehren würden, wo sie hergekommen waren – nach Okongwati.

Vejarukas Vater war ein friedliebender Mann. Zwei Wochen verstrichen, ehe die Hunde anschlugen, und als Vejarukas Vater über die Flussebene herankam, bemerkte Ondjandje aus den Augenwinkeln, wie Ngaturipure sich von der Feuerstelle erhob und in der großen Hütte verschwand.

Ondjandje blickte sich um. Sie war allein. Rijamekee sammelte Holz, und die anderen Frauen waren mit ihren Männern in die Berge gezogen, wo es noch ausreichend Weide für das Vieh gab. Also ging Ondjandje Vejarukas Vater entgegen, führte ihn zum Schattenbaum und kroch anschließend in die Hütte, um die für Gäste bestimmte Milchkalebasse zu holen.

Ngaturipure saß mit verschränkten Beinen auf seinem Ochsenfell. »Er ist da«, sagte sie, während sie auf den Knien zu dem Flaschenkürbis rutschte, der an der hinteren Hüttenwand stand. Ngaturipure rührte sich nicht. »Er will mit dir reden«, fügte Ondjandje hinzu, doch Ngaturipure warf ihr bloß einen finsteren Blick zu und blieb sitzen.

»Was soll ich ihm sagen?«

»Nichts«, zischte er.

Ondjandje brachte Vejarukas Vater die Kalebasse. »Er schläft«, behauptete sie und sah an seinem Gesichtsausdruck, dass ihre Lüge ihn gekränkt hatte. Dennoch lächelte er sie an und bedankte sich im Flüsterton für die Milch. Dann hockten sie sich in den Schatten, und in ihr bedrückendes Schweigen mischte sich das Summen der Fliegen, die Vejarukas Vater umschwärmten. Sein Gesicht und seine Brust waren schweißnass. Ondjandje ahnte, dass ihn der Marsch über die glühenden Berge und durch die trostlosen Täler erschöpft hatte, doch in seinem Blick schimmerte eine wilde Entschlossenheit. Während sie warteten, behielt er die große Hütte im Auge, und als Ngaturipure endlich erschien, sprang er auf und näherte sich ihm mit energischen Schritten.

Ngaturipure blieb verunsichert stehen und streckte ihm die Hand hin. Vejarukas Vater schüttelte sie kurz, dann sagte er ohne Umschweife: »Die Ngambwe hatten Recht. Das Gras schmilzt in der Sonne. Wir werden uns bald in Eidechsen verwandeln und uns auf der Jagd nach Schatten unter den Steinen verkriechen.«

Anstatt Vejarukas Vater einen Platz am Herdfeuer anzubieten, fragte Ngaturipure schroff: »Was willst du?«

»Eine Antwort!«, rief Vejarukas Vater. »Deine Hirten haben meine Rinder aus den Bergen vertrieben. Ich sagte nichts, denn du gabst mir Land, als ich wie ein Bettler zu dir kam. Dann hörte ich, dass deine heiligen Rinder längs des Kunene weiden. Ich sagte immer noch nichts, denn ich besaß das Herz des Landes. Aber dann kamen deine Rinder und fraßen es auf.«

»Ich habe dein Vieh fortgetrieben, weil ich das Gebrüll hungernder Rinder nicht ertragen kann«, entgegnete Ngaturipure.

»Was soll ich tun?«, jammerte Vejarukas Vater. »Meine Rinder sterben!«

»Verkauf sie an die weißen Dämonen.«

»Dazu ist es zu spät! Meine Rinder würden unterwegs zusammenbrechen ... Aah, die Weißen haben ein wahres Wort gesprochen«, sagte er. »Wir hätten beide einen Teil unserer Herden verkaufen sollen. Dann würden unsere Rinder jetzt friedlich nebeneinander grasen.«

»Man kann Papierrinder nickt melken. Außerdem will ich mein Vieh am Morgen an mir vorüberziehen sehen. Und wie sollen die Leute wissen, dass ich ein Patriarch bin, wenn ich keine Rinder auf der Weide, sondern Tragetaschen voller Papier habe?«

»Uasuta hat den Rat der Weißen angenommen«, konterte Vejarukas Vater. »Jetzt ist er der einzige Himba, der sich keine Sorgen um die Zukunft machen muss.«

»Die Weißen haben ihm gesagt, dass die Zukunft vor uns liegt. Wie ist das möglich? Dann müsste ich die Zukunft doch sehen. Doch alles, was ich sehe, sind Leute, die die Vergangenheit hinter ihren Rücken verstecken. Und genau das wollen die Weißen. Sie wollen, dass wir unsere Vergangenheit vergessen.«

Vejarukas Vater wagte einen letzten Versuch: »Hast du vergessen, dass ich dir damals zwanzig Rinder für deine Tochter angeboten habe?«

»Ich erinnere mich sehr gut daran, aber ich habe bereits mehr Rinder, als Gras auf den Bergen wächst. Und sagtest du nicht, dass dein Vieh schwach ist?«

»Hol eine meiner Töchter als Zweitfrau an dein Feuer«, flehte Vejarukas Vater. »Sie könnte deiner Gefährtin bei der Arbeit helfen.«

»Und dafür soll ich dir zehn Rinder geben, die du dann an die weißen Dämonen verkaufst?« Ngaturipure schüttelte den Kopf.

»Dein Herz ist aus Stein«, klagte Vejarukas Vater. »Ich bin als Bettler hergekommen, und ich werde als Bettler nach Okongwati zurückkehren.«

»Dein Esel hat meine Gefährtin zu den weißen Dämonen gebracht, die ihr den Arm abgehackt haben. Und jetzt kommst du zu mir und beschwerst dich?« Ondjandje senkte beschämt den Kopf, und sie hörte Ngaturipure sagen: »Meine Rinder werden wie Heuschrecken ausschwärmen und das Land von den Kindern der Dämonen reinigen, die die Zeichen der Ahnen missachtet haben.«

99

Aus der Luft sah es aus, als hätte es im Damaraland geschneit: Tausende Gerippe lagen über die Berge und Täler verstreut. Patrick versuchte die sonnengebleichten Schädel zu zählen. Nach einer Weile gab er es auf, denn es waren zu viele. Nur wenn sie einen verendeten Elefanten oder ein Nashorn entdeckten, landeten sie, sammelten die Stoßzähne und Rhinozeroshörner ein und luden sie in den Hubschrauber, den Webster ihnen zur Verfügung gestellt hatte.

Patrick musste sich eingestehen, dass er das Ausmaß der Dürre unterschätzt hatte. Im Damaraland schien alles Leben ausgelöscht worden zu sein; selbst die Geier waren fort. Hin und wieder tanzten Windteufel über die Einöde, und einmal entdeckte Leon ein Löwenrudel, das sternförmig eine Quelle belagerte. Ansonsten regte sich nichts in der Tiefe, obwohl die Raubtiere sich zu Beginn der Trockenheit explosionsartig vermehrt hatten.

Patrick vermutete, dass die anderen Löwen bereits unter dem Veterinärzaun hindurchgekrochen und auf den angrenzenden Farmen über das Vieh hergefallen waren. Oder sie waren den Geiern in das Kaokoland gefolgt und hatten dort den Tod gefunden. Bisher hatten die Himba ihre Herden erfolgreich mit Gewehren, Speeren und Wurfkeulen verteidigt. Doch gegen die Dürre konnten die Hirten nichts ausrichten ...

Leon signalisierte dem Piloten, dass er nach Opuwo zurückfliegen sollte. Sie hatten genug gesehen, und der Verwesungsgeruch im Hubschrauber war kaum noch auszuhalten.

Patrick hatte ein flaues Gefühl im Magen. Sein Unwohlsein rührte allerdings weniger vom Gestank und dem kurvenreichen Flug her. Der Anblick seines Gebietes machte ihn krank. Er kannte das südliche Kaokoland als wildreiches Paradies. Jetzt überflogen sie eine mit Viehkadavern gesprenkelte Wüste. Kein Mensch war zu sehen. Die Himba hatten ihre Runddörfer verlassen und waren zu den Siedlungen gezogen, in denen die Armee, das Rote Kreuz und andere Hilfsorganisationen Sammellager errichtet hatten.

Als sie in Opuwo landeten, brachte Webster Leons Landcruiser zum Flugfeld. Er wollte etwas sagen, doch als er die Stoßzähne und Rhinozeroshörner erblickte, zwirbelte er seinen Schnauzbart hoch, wandte ihnen den Rücken zu und wartete, bis Leon und Patrick die grausige Beute auf der Ladefläche verstaut hatten. Dann fuhr er mit ihnen zur Kaserne hinauf, führte sie schnurstracks in die Bar und füllte drei Wassergläser mit Brandy.

Patrick schlenderte an die Brüstung. Er sah zur Landepiste hinüber und dachte daran, wie Hartmut Demmler am Tag seiner Entlassung auf der Piste gestanden und besorgt zum weißglühenden Himmel hinaufgestarrt hatte. Er war nicht der Einzige gewesen, der gewusst hatte, dass es in diesem Jahr nicht regnen würde. Doch sie hatten alle bloß zum Himmel aufgeschaut und auf ein Wunder gehofft – er, die Regierung und die Himba, die jenseits der Straße in armseligen Hütten hausten.

»Was soll mit dem Elfenbein und den Rhinohörnern geschehen?«, fragte Webster.

»Das Zeug muss wegen des Veterinärzaunes für einen Monat unter Quarantäne gestellt werden, ehe wir es nach Windhoek schaffen können«, erklärte Leon. »Dort wird es dann versteigert, und das Geld fließt in die Kasse der Naturschutzbehörde zurück.«

Patrick drehte sich an der Brüstung um. »Das macht zur Abwechslung einmal einen Sinn«, sagte er.

Die beiden Männer blickten von der Theke auf. »Was willst du damit sagen?«, fragte Leon.

»Im Kaokoland verenden täglich Hunderte von Rindern, und das Fleisch und die Felle verfaulen in der Sonne. Macht das Sinn?«

»Natürlich nicht«, gab Leon zu, »aber wir haben keinen geländegängigen Kühlwagen. Außerdem würden die Himba nicht zulassen, dass wir ihre heiligen Rinder an die Leute hier verfüttern. Nicht einmal dann, wenn die Tiere verendet sind.«

»Ich denke an die Felle der anderen Rinder«, beharrte Patrick.

»Wer würde sich schon dafür interessieren?«

Patrick stellte sein Glas auf der Theke ab. »Entschuldigt mich bitte.«

»Wo willst du hin?«, rief Webster.

»Telefonieren, Sa'major.«

Das war gar nicht so einfach: Zunächst musste er im Büro sein Sprechfunkgerät einschalten und Kontakt mit der Zentrale in der Hafenstadt Walfischbucht aufnehmen, dann geduldig warten, bis alle anderen, die vor ihm Gespräche angemeldet hatten, endlich fertig waren, dann musste er Lizy Badenhorst über Hunderte von Kilometern hinweg anflehen, ihm Engelbrechts Nummer herauszusuchen, und dann nochmals warten, bis die Verbindung zustande kam.

Zu seinem Erstaunen meldete sich Sarah. Im selben Moment fiel ihm ein, dass Samstag war, der erste im August. Und er hatte noch keinen Hammel organisiert ...

»Hallo«, stammelte er, »ich bin's. Ricky.« Er ließ die Sprechtaste los. Ein paar Herzschläge lang rauschte es im Lautsprecher, dann fragte Sarah: »Wie geht's?« Ihre Stimme klang wie der ferne Ruf eines kleinen, zittrigen Vogels. Patrick schloss die Augen und sah Gerippe, die sich schneeweiß von den roten Felsen abhoben; nebenan hörte er Leon im feuerfesten Quarantänedepot mit den Stoßzähnen hantieren, und bei jedem Atemzug stieg ihm der Pesthauch des Todes in die Nase. »Gut«, sagte er, »und dir?«

»Was ist los?«, wollte Sarah wissen. Seine Stimme hatte ihr verraten, dass er unglücklich war.

Patrick presste die Sprechtaste, doch anstatt ihr sein Herz auszuschütten, fragte er: »Ist dein Vater da?«

Die Frage verwirrte sie. »Ja ... ich meine, nein. Er ist draußen bei seinen Rindern.«

»Sag ihm, dass er sich am nächsten Wochenende bei mir in Opuwo melden soll.«

»Bei dir?« Jetzt war sie ganz durcheinander. »Wieso ... Hör mal, das geht nicht. Er kann nicht weg: Seine Rinder verrecken wie die Fliegen.«

»Ich habe Arbeit für ihn.« Wieder war es still, und ehe sie etwas sagen konnte, rief er ins Mikrofon: »Er soll einen Lastwagen, zwei Tonnen Maismehl, ein Zelt und Proviant für einen Monat mitbringen.«

»Okay ...« Sie rang nach Worten. »Ich werd's ihm ausrichten.«

»Mach's gut, Sarah«, sagte Patrick und schaltete das Sprechfunkgerät aus.

Leon war noch immer im Nebenraum beschäftigt. Er hatte die Stoßzähne in Zinkwannen gelegt und war gerade dabei, die Behälter mit einem Gartenschlauch, den er von draußen hereingeholt hatte, aufzufüllen: In wenigen Tagen würde sich das verfaulte Fleisch vom Elfenbein lösen. »Na«, fragte er, ohne seine Pfeife aus dem Mund zu nehmen, »hat's geklappt?«

»Ja.«

Leon war der triumphierende Tonfall in Patricks Stimme nicht entgangen. Er drehte den Kopf und blickte schräg zu Patrick auf. »Was gibt's da zu grinsen, *Ricky*?«

»Habe ich gegrinst?«

»Wie ein *fucking* Zuhälter.« Leon kniff die Augen zusammen. »Du bist hinter Engelbrechts Tochter her, nicht wahr?«

»Du spinnst wohl? Sarah ist verheiratet!«

»*Bullshit!*«
»Ihr Vater hat es mir doch selber gesagt!«
»So?« Leon paffte Rauchwolken in die Luft. »Vielleicht war sie mal verheiratet«, murmelte er schließlich. »Jetzt ist sie frei wie ein Vogel.«
Patrick starrte ihn an.
»Ich habe mich neulich bei ihr erkundigt«, gab Leon errötend zu, »und ich frage mich, wie du ausgerechnet auf Engelbrecht gekommen bist. Du hättest ja auch Frikkie oder Dannie Steyn einspannen können.«
»Sarah hat mir erzählt, dass es ihrem Vater finanziell nicht gutgeht.«
»Und da wolltest du dich bei ihr einschleichen, trotz Ehemann?«
»Nein.«
»Du bist in sie verknallt«, beharrte Leon. »Das sehe ich dir doch an, Mann.«
»Nein, verdammt! Ihr Vater ist von meinem Alten aufs Kreuz gelegt worden.«
»Wie denn das?«
»Ich will jetzt nicht darüber reden.«
»Dann lass es bleiben!«
»Du, sag mal ...« Patrick räusperte sich. »Wo kriegt man um diese Jahreszeit einen fetten Hammel her?«
»Vergiss es!«
»Ich muss mir was einfallen lassen, Leon. Ich habe das halbe Kaokoland eingeladen, denn gestern sind die beiden neuen Krankenschwestern in Orumana eingetroffen.«
»Ich weiß. Ich habe sie mir angesehen.« Leon winkte ab. »Die können weder Susan noch Jasmin das Wasser reichen. Und der kleinen Engelbrecht schon gar nicht.«
»Na und? Es sind immerhin Frauen.«
»Das stimmt«, sagte Leon und warf den wassersprühenden Gartenschlauch aus der Tür. »Dann werden wir wohl oder übel ein paar *fucking* Hühner oder Ziegen überfahren müssen, was?«

100

Ein dumpfes Brummen schreckte Uasuta aus dem Schlaf. Er wälzte sich auf den Bauch, stemmte sich mit beiden Armen hoch und lauschte. Uasuta hörte sein Herz pochen, das Blut in seinen Ohren rauschen und seine Gefährtin schnarchen. Er boxte ihr in die Rippen. In der kurzen Pause, in der sie gurgelnd Luft holte, um erneut loszuprusten, vernahm er ganz deutlich das Singen von Rotorblättern.

Uasuta kroch aus der Hütte, und während er sich schlaftrunken am Hintern kratzte, suchte er den Nachthimmel ab. Er entdeckte nichts, obwohl der Mond wie eine Münze am Himmel klebte und es draußen so hell war, dass er die schmale, schwarze Gestalt seines Spähers am Rande des Plateaus ausmachen konnte. Auch der Späher verrenkte sich den Hals. Uasuta sah, wie er verwundert den Kopf hin und her drehte, denn gewöhnlich kamen sie bei Neumond, wenn es stockdunkel war und man die Hand nicht vor den Augen sehen konnte.

Das Knattern war inzwischen so nahe herangekommen, dass es von der Steilwand des Berges widerhallte. Der Boden unter Uasutas Füßen erbebte und die Luft vibrierte, zumindest fühlte es sich so an, und er gab die Hoffnung auf, dass sie ein anderes Ziel hatten. Gleichzeitig wurde ihm klar, dass sich sein Leben in wenigen Minuten grundlegend ändern würde ...

Der Hubschrauber tauchte wie aus dem Nichts am Himmel auf. Der Mond spiegelte sich kurz in der Plexiglasscheibe, dann strich der Schatten des Helikopters über den Kunene hinweg, schwebte über das Plateau auf Uasuta zu, verdunkelte einen Moment das Ahnenfeuer, wendete und setzte schließlich hinter dem Kral auf. Sand und Staub prasselten wie Regen an die Dornenhecke, der Luftdruck riss an den Fellumhängen der Himba, die erschrocken aus ihren Hütten gekrochen waren, und ließ Uasutas Shorts flattern.

Er kniff die Augen zu und wartete, dass die Rotorblätter zum Stillstand kommen würden, so wie sie es immer getan hatten, doch diesmal nahm der Wirbelsturm kein Ende. Und die beiden Männer, die aus dem Helikopter sprangen, schienen ebenfalls in Eile zu sein. Den einen erkannte Uasuta an der Sonnenbrille; den anderen, einen blonden, schlaksigen Weißen in Tarnuniform,

hatte er jedoch noch nie zuvor gesehen. Er war viel jünger als der Rotschopf, mit dem er sonst immer verhandelt hatte ...
Der Blinde begrüßte ihn mit einem fahrigen Handschlag. Er war nervös. Seine Handfläche fühlte sich feucht an. Der Weiße gab ihm nicht die Hand, sondern steckte sie in die Hosentasche. In der Linken hielt er eine AK-47 mit zwei aneinandergeklebten Magazinen. Das Schnellfeuergewehr schimmerte ölig im Mondlicht. »Wer ist das?«, fragte Uasuta auf Portugiesisch, in der Hoffnung, dass der Weiße sich vorstellen würde. Aber der Soldat blickte ihn lediglich mit einem schiefen Grinsen an.
»Die SWAPO-Guerillas haben den Rotschopf aussortiert«, sagte der Blinde.
Uasuta wusste, was das bedeutete. Von einem Lidschlag zum anderen überfiel ihn tiefes Bedauern, denn er hatte den Rothaarigen gemocht, und ihm war, als hätte der Mann die alten, unbeschwerten Zeiten für immer mit ins Grab genommen. »Was ist passiert?«, fragte Uasuta.
»Der Krieg ist in den Westen übergeschwappt«, erklärte der Blinde. »Bald wird es in dieser Gegend von Guerillas wimmeln.«
Das Gleiche hatte sein Lieferant behauptet, als er vor vier Tagen mit leeren Händen im Kral aufgetaucht war. Uasuta hatte die Schreckensmeldung zunächst für ein Gerücht gehalten, aber jetzt waren die Südafrikaner da. »Willst du mir sagen, dass die Himba und Ovambo sich im Kampf gegen die *Makakunya* zusammengetan haben?«
»Nein«, erwiderte der Blinde, und der blonde Soldat verzog die Lippen erneut zu einem schiefen Grinsen. Er hatte verstanden, was sie gesagt hatten. »Die Südafrikaner haben das Ovamboland abgeriegelt«, fuhr der Blinde fort. »Außerdem sind die Guerillas, sobald sie die Grenze überschreiten, auf Wasserstellen angewiesen. Im Ovamboland hat es aber im vergangenen Sommer nicht geregnet, und die Wasserstellen sind ausgetrocknet. Jetzt versuchen die Guerillas, im Westen durchzubrechen.«
»Die Himba werden sie aus ihrem Land jagen.«
»Nicht, wenn sie die Häuptlinge unter Druck setzen.«
Uasuta verspürte einen Stich in der Herzgegend. Er war ein Patriarch, und jedes Kind wusste, dass er mit ein paar korrupten, südafrikanischen Offizieren Handel getrieben hatte.
»An deiner Stelle würde ich mein Geld schnappen und in den

Hubschrauber steigen«, sagte der blonde Soldat auf Portugiesisch. »Wenn die Guerillas kommen, bist du erledigt.«

Uasuta starrte ihn an. Das Grinsen des Mannes behagte ihm nicht. Es wirkte unecht, so als hätte der Soldat es vor dem Spiegel eingeübt, bis es sich wie ein schräger, abfälliger Strich in sein Gesicht gegraben hatte.

»Er hat Recht«, sagte der Blinde. »Du schwebst in Lebensgefahr.«

Uasuta wandte den Kopf und sah die bunte Krawatte des Blinden im Luftstrom flattern. *Du schwebst in Lebensgefahr!* Was hatte der Blinde damit gemeint? »Seid ihr bloß hergekommen, um mich in Sicherheit zu bringen?«

»Wir müssen die Beute aus dem Versteck holen, ehe sie in die Hände der Guerillas fällt«, wich der Blinde seiner Frage aus.

»Ich habe weder Elfenbein noch Diamanten eingekauft«, beteuerte Uasuta. »Ihr wolltet erst in zwei Wochen wiederkommen.«

»Wir werden nie wiederkommen«, sagte der Blinde. »Es ist vorbei, verstehst du?«

Mit einemmal glaubte Uasuta zu wissen, weshalb sie den blonden Mann mitgeschickt hatten: Sie wollten ihn aussortieren! Er wusste zu viel! Der Soldat würde es aber nicht in Uasutas Kral tun, sondern abwarten, bis sie über den unwegsamen Bergen jenseits des Kunene waren ...

»Was soll aus meiner Familie werden?«, fragte Uasuta. Er erkannte seine eigene Stimme nicht wieder.

»Nimm sie mit«, schlug der Soldat vor. »Im Hubschrauber ist viel Platz.« Er wollte sie alle aussortieren, die ganze Familie!

Der Gedanke erfüllte Uasuta mit Entsetzen. »Und meine Rinder und das Feuer?«, stotterte er.

»Was hat er gesagt?«, fragte der Soldat.

»Er kann ohne seine heiligen Rinder und dem Ahnenfeuer nicht in einem fremden Land leben«, erklärte der Blinde.

»Das kommt überhaupt nicht in Frage«, rief der Soldat. »Im Hubschrauber wird kein Feuer gemacht, und Rinder werden darin auch nicht verladen.«

»Du musst dich entscheiden«, drängte der Blinde. »Wir haben es eilig.«

Uasutas Gedanken rasten. Schließlich schüttelte er zögernd den Kopf. Der Soldat riss die AK-47 hoch. Die Mündung zeigte auf Uasutas Magen. Er spannte die Bauchmuskeln an, als könnte er so die Kugel abwehren. Der Soldat grinste, dann streckte er plötzlich die Hand aus und reichte Uasuta die Waffe. »Pass gut auf dich auf«, sagte er.

Eine Minute später waren sie fort und ließen nichts als Angst zurück.

101

Louis Engelbrecht schämte sich. Doch er steckte in zu großen Schwierigkeiten, als dass ihn sein Stolz daran gehindert hätte, Patricks Angebot abzulehnen. Er hatte zu viel in die Farm gesteckt, seine Herde war auf achtzehn magere Rinder geschrumpft, er trank wieder, nicht heimlich, sondern in aller Öffentlichkeit, so dass selbst Elsie ihn des Öfteren mit gerunzelten Augenbrauen angesehen hatte, und dann war da noch Esme, die wie eine Klette an ihm hing ... Ja, der Anruf hatte ihm aus der Klemme geholfen, und er fing fast an zu flennen, als er Patrick die Hand schüttelte und ihm für den Auftrag dankte.

Dem Jungen war das peinlich. Er trat einen Schritt zurück und begutachtete die Benzinfässer, die Proviantkisten und das Maismehl, das sich in Säcken abgepackt auf der Ladefläche stapelte. »Ich würde vorschlagen, dass wir fünf Rinderfelle gegen einen Sack Maismehl eintauschen«, sagte Patrick. Er vermied es, Engelbrecht mit Oom Louis anzureden. Er vermied es selbst, ihn anzusehen.

Louis wusste, dass er einen schlechten Eindruck machte, vor allem auf diejenigen, die ihn lange nicht mehr gesehen hatten. Sein bärtiges, aschgraues Gesicht war aufgedunsen. Er hatte wässerige Augen und roch aus dem Mund. Irgendwas war mit seinem Magen nicht in Ordnung. Der junge Hillmann dagegen sah gut aus. Wie Arthur, als er ihn damals an der Bar kennengelernt hatte. Louis erinnerte sich, dass er damals auch keinen guten Eindruck gemacht hatte. Er versuchte auszurechnen, was ihm fünf Felle pro Sack einbringen würden. Nach einer Weile gab er es auf. Viel würde es nicht sein, davon war er überzeugt. Aber er durfte sich nicht beklagen. Patrick hatte ihm eine Chance gegeben.

Warum eigentlich, fragte er sich. Klar, der Junge hatte nicht ihm, sondern Sarah einen Gefallen getan.

Louis überlegte, ob er den Jungen darauf ansprechen sollte. Sarah war ganz aufgeregt gewesen, als er nach Hause gekommen war, aufgeregt und niedergeschlagen zugleich. Sie liebte ihn noch immer, und jetzt bot sich eine gute Gelegenheit, dem Jungen die Wahrheit zu sagen, dass Sarah nicht verheiratet war und das Kind behalten hatte. Er machte den Mund auf: »Einverstanden«, sagte er. »Fünf Felle pro Sack.«

»Ich würde es in Okongwati oder Ruacana versuchen«, murmelte Patrick. »Die Felle müssen allerdings für einen Monat unter Quarantäne gestellt werden, ehe wir sie an eine Gerberei verkaufen können.«

»In Ordnung.«

»Wir werden sie solange im Depot lagern.«

»Danke.«

»Sonst noch was?«

»Nein, ich komme schon zurecht.« Louis steckte sich ein Pfefferminzbonbon in den Mund.

»Wer sieht nach der Farm?«, wollte Patrick wissen.

»Esme. Und meine Frau«, fügte er rasch hinzu. »Ich habe ihnen das Schießen beigebracht und ein Sprechfunkgerät installiert. Falls etwas passieren sollte, können sie jederzeit Kontakt zu einem unserer Nachbarn aufnehmen.«

»Dann bin ich beruhigt.«

»Nochmals danke.« Louis wollte ihm die Hand geben, zog sie jedoch wieder zurück, denn Patrick hatte sich abgewendet und ging ins Büro zurück. Louis sah, wie der Junge erschauderte, so als würde er sich vor etwas ekeln.

102

Wann immer Kondjoura durch die ausgedörrten Schuttebenen schlenderte und nach Vogelnestern suchte, die er an die Ziegen seines Onkels verfüttern konnte, erkannte er die eine oder andere heilige Kuh an ihrem Gehörn wieder. Dann blieb er stehen und sah sie im Geiste an sich vorüberziehen mit einem glänzenden Fell und prallem Euter. Doch sobald er die Augen öffnete, grinste ihn ein ausgeblichener Totenschädel an, und nachts, während er schlaflos Tjizires unruhigen Atemzügen lauschte, fragte er sich, wie lange es noch dauern würde, bis die Dürre seinen Onkel zwingen würde, nach Okongwati zu ziehen.

Alle Hirten, die sein Onkel vor Monden ausgeschickt hatte, waren inzwischen ohne Rinder zurückgekehrt – in den Bergen wuchs kein Halm mehr; selbst längs des Kunene hatten die Ziegen das Gras bis auf den Lehmboden heruntergefressen. Jetzt waren sie dürr wie Gestrüpp, und bald würde ihr mageres Fleisch nicht mehr ausreichen, um den Clan seines Onkels zu ernähren.

Kondjoura machte sich auch Sorgen um seine Familie. Ein Gerücht behauptete, dass Ngaturipure Vejarukas Vater von seinem Weideland vertrieben und das Gebiet östlich der Epupa-Wasserfälle in eine Steinwüste verwandelt hatte. Sollte das stimmen, dann bliebe Ngaturipure nur der Trost, dass nicht er, sondern diejenigen, die Papierrinder gezüchtet hatten, schuld am vernichtenden Zorn der Ahnen waren. Aber von was sollten Ngaturipure und seine Familie leben, wenn ihre Rinder ebenfalls verendet waren? Ngaturipure war nicht der Mann, der die Weißen in Okongwati um eine Handvoll Maisbrei anbetteln würde …

Kondjoura spielte mit dem Gedanken, Pa-Trick in Opuwo aufzusuchen. Pa-Trick hatte ihm damals gesagt, dass er eines Tages in das Kaokoland zurückkehren würde. Kondjoura hatte ihn an Tjizires Seite nicht vermisst, denn sie hatte ihm die Möglichkeit gegeben, das Leben eines stolzen Himba zu führen. Doch die Dürre hatte alles verändert. Hinzu kam, dass Scharen von Himba über den Kunene geflohen waren, aus Angst vor den Guerillas, die sich im Südwesten Angolas eingegraben hatten. Bisher war der Krieg eine blutige Angelegenheit zwischen den Südafrikanern und den Ovambo gewesen. Jetzt saßen die Himba zwischen zwei Feuern, und ihnen wurde klar, dass der Kunene nicht nur ein Fluss, sondern eine Grenze war, die mitten durch ihr Land ging und ihre Handelsstraßen und Familienverbände zerschnitt.

Tjizire bangte um ihre Eltern, Schwestern und Brüder, denn keiner der Flüchtlinge hatte sie gesehen, niemand konnte ihr sagen, ob sie wohlauf waren. Tjizire wäre am liebsten nach Angola gereist und hätte Uasuta gewarnt. Doch Kondjoura wollte sie der Guerillas wegen nicht gehen lassen. Außerdem ahnte er im Gegensatz zu Uasutas Neidern nichts von dem Hubschrauber, der regelmäßig bei Neumond in der Nähe des Krals gelandet war, und von den Stoßzähnen, Diamanten und Informationen, die Tjizires Vater gegen Geld eingetauscht hatte. Und Tjizire behielt es für sich, um ihren Vater zu schützen.

* * *

Uasuta rechnete mit einem Überfall im Morgengrauen. Und so verteilte er sein Geld auf ein halbes Dutzend Tragetaschen, stellte Wachen auf, besetzte die Bäume mit Spähern und beauftragte die Hirten, nach fremden Spuren Ausschau zu halten. Sie kehrten jeden Abend zurück, ohne das geringste Anzeichen eines Guerillas entdeckt zu haben.

Als die Guerillas schließlich doch auftauchten, war Uasuta am wenigsten darauf vorbereitet, denn sie kamen am hellichten Tag, in der Mittagsstunde, als er unter dem überdachten Palaverplatz im Schatten döste.

Seine Gefährtin stieß ihn an. Er riss erschrocken die Augen auf und sah sie im Eingang des Krals stehen, drei Männer in Tarnanzügen. Zwei hielten Schnellfeuergewehre quer vor der Brust; der Mann, der zwischen ihnen stand, war älter als die anderen und hatte eine Mokorov-Pistole im Hosenbund stecken. Uasutas eigene AK-47, die ihm der weiße Soldat überreicht hatte, lag in der Hütte unter einem Ochsenfell versteckt. Er wollte, er hätte die Waffe vergraben.

Die drei Männer setzten sich in Bewegung. Uasuta spürte, wie ihm das Blut aus dem Gesicht wich. Sie schlenderten geradewegs auf ihn zu, unbekümmert, wie es schien, so als hätten sie nichts von seinen Spähern und Wachen zu befürchten. Es mussten mehr sein; eine Kompanie, eine Brigade, ein ganzes Heer ...

»Was sollen wir tun?«, flüsterte seine Gefährtin.

Uasuta verharrte reglos auf seinem Baumstamm. Er wusste nicht, was sie machen sollten, besser, Uasuta konnte nichts unternehmen, er war vor Angst wie gelähmt.

Die drei Männer blieben vor dem Palaverplatz stehen. Der älteste wischte sein schweißnasses Gesicht am Ärmel ab. Dann sagte er auf Ovambo: »Durst.«

Uasuta schluckte. Auch sein Mund war ausgedörrt. »Hol Wasser«, krächzte er.

Seine Gefährtin wiegte sich mehrmals vor und zurück, ehe sie mit einem Schwung auf die Beine kam. Der Anführer nickte seinen Begleitern kurz zu. Während der eine Uasutas Gefährtin folgte, holte der andere die Frauen und Kinder aus den Hütten und trieb sie in das Rindergehege.

Uasuta hätte am liebsten die Augen zusammengekniffen und die Hände auf die Ohren gepresst. Doch er hörte die Frauen und Kinder weinen und sah, wie der Guerilla achtlos über die heilige Schneise latschte. Als Uasutas Gefährtin sich hinkniete, um in die große Hütte zu kriechen, schob der Guerilla ihren Lendenschurz mit dem Gewehrlauf beiseite und trat ihr in den nackten, schwabbeligen Hintern.

Uasuta verfluchte sich, weil er ihnen nicht entgegengelaufen war, als sie im Eingang gestanden und zu ihm herübergeblickt hatten. Dann wäre er mit ihnen einig geworden. Aber er hatte gleichzeitig das beklemmende Gefühl, dass sie Bescheid wussten, und es hätte ihn nicht verwundert, wenn der Blinde an ihrer Seite gewesen wäre.

Der Anführer beobachtete ihn. Seine Augäpfel waren gelb und die Iris so dunkel, dass sie sich kaum von den Pupillen unterschieden. Uasuta hatte noch nie zuvor solch einen gleichgültigen Ausdruck in den Augen eines Menschen gesehen. Selbst als in der großen Hütte ein metallisches Geräusch ertönte, wandte der Anführer nicht den Blick von ihm ab.

Uasuta war zusammengezuckt. Der junge Guerilla hatte die Blechkiste gefunden! Er wünschte, er hätte weniger Monopolygeld und mehr Randscheine und Dollarnoten in die Kiste getan. Denn die Guerillas wussten, dass er sein Geld in der Hütte aufbewahrte. Jemand hatte ihnen einen Tipp gegeben. Davon war er felsenfest überzeugt, und wie zur Bestätigung kam seine Gefährtin weinend aus der Hütte gekrochen, dicht gefolgt von dem jungen Guerilla, der die Kiste an einem Henkel ins Freie zerrte.

Uasuta hielt den Atem an und ließ ihn erst wieder entweichen, als der junge Guerilla sich feixend auf die Kiste setzte. Der Anführer verzog keine Miene. Wortlos nahm er den Flaschenkürbis entgegen, trank einen Schluck und fragte dann unvermittelt: »Wann waren die Südafrikaner hier?«

»Gar nicht«, behauptete Uasutas Gefährtin. Sie zitterte am ganzen Körper.

Der Anführer schnalzte missbilligend mit der Zunge.

»Vor fünf Tagen«, sagte Uasuta. Seine Worte waren noch nicht verklungen, da explodierte auch schon die Kalebasse im Gesicht seiner Gefährtin. Er sah sie in einer Wolke zerstäubenden Wassers und zerberstender Kürbisschalen zu Boden sinken. Der Anführer stieg über sie hinweg, ging zum Ahnenfeuer, knöpfte seine Hose auf und pinkelte in die Glut. Uasuta schloss die Augen. Er war tot, abgeschnitten von den Ahnen, die er um Beistand hätte bitten können. Doch selbst wenn der Anführer nicht ins Feuer gepinkelt hätte, wäre Uasuta so gut wie tot gewesen. Sobald die Guerillas das Monopolygeld fanden, würden sie zurückkehren, den Kral anzünden, die Männer töten, die Frauen vergewaltigen und die Kinder, Ziegen und die wenigen heiligen Rinder, die ihm geblieben waren, mitnehmen.

103

Arthur saß auf einem Hocker am Badezimmerfenster. Der Wind blies ihm durch einen Spalt warme Luft ins Gesicht. Von unten drangen Radiomusik und Geplätscher zu ihm herauf. Er schob den Kopf ein wenig vor, hob seine Kamera ans Auge und drehte am Objektiv, bis Martha sich gestochen scharf im Sucher abzeichnete. Sie sah verführerisch aus mit ihren nassen Haaren, die in Strähnen auf ihre nackten Schultern fielen, zu kurz, um ihre prallen, weißen Brüste zu verdecken. Doktor Langehaans war wirklich ein Genie. Man musste schon ganz genau hinsehen, um die Narben zu erkennen. Als Arthur das Zoom betätigte, sah er einen Wassertropfen auf ihrer linken Brustwarze schimmern. Er ließ die Kamera sinken und warf einen Blick auf die Armbanduhr: 17 Uhr. Souter musste jeden Augenblick kommen ...

Arthur ging in Gedanken noch einmal alles durch: Er hatte den Mercedes in die Garage und den Schäferhund in die Küche gesperrt, das Eingangstor stand offen, in den beiden Kameras, die vor seiner Brust baumelten, steckten lichtempfindliche Filme, und Sinna und Josef waren in Urlaub gefahren – er hatte ihnen einhundert Rand in die Hand gedrückt und gesagt, dass sie für einen Monat verschwinden sollten. Nun hing alles von Souter ab.

Arthur hatte ihn angerufen und sich kleinlaut bei ihm entschuldigt: Es täte ihm Leid, dass er so überempfindlich reagiert habe. Er sei durchaus gewillt, mit DENSOU & Co an einem Strang zu ziehen, und würde sich selbst mit kleinen Aufträgen zufriedengeben, solange sie nur wieder zusammenarbeiten könnten. Schließlich habe ihre Freundschaft so vielversprechend begonnen ...

Er wusste, dass Souter nicht kommen würde, um mit ihm einen Kompromiss zu schließen. Nein, Souter wollte Arthur Hillmann auf den Knien sehen und ihm dann einen Gnadenschuss verpassen. Wie Souter reagieren würde, wenn ihm Arthur zusätzlich Martha auf einem Silbertablett servierte, war eine andere Frage. Fest stand, dass sich im Schlafzimmer der Souters seit Monaten nichts getan hatte. Die Tonbänder eines Privatdetektivs hatten Hillmann den Beweis dafür geliefert: Gutenachtwünsche, dann leises Schnarchen, dann plötzlich Kindergeschrei oder das Fauchen einer Katze, schlaftrunkenes Gemurmel, Geflüche, Schritte, dann wieder schlürfende Atemgeräusche. Und das Nacht für Nacht ...

Martha würde ihm keine Schwierigkeiten machen. Er hatte ihr die Pistole auf die Brust gesetzt: »Entweder du spielst mit oder du gehst, und zwar ohne die Kinder.« So einfach war das gewesen. Martha hatte allerdings eine halbe Flasche Sherry getrunken, ehe sie ins Schwimmbecken gestiegen war.

Er beobachtete, wie sie sich auf die Luftmatratze hievte und den Kopf nach hinten sinken ließ. Ihr war schwindelig von dem Sherry. Dreh dich auf den Bauch, riet er ihr im Stillen, und da machte sie es auch schon. »Braves Mädchen«, murmelte er. In dem Moment klingelte Souter an der Haustür.

Hillmann duckte sich instinktiv und neigte lauschend den Kopf. Wieder ertönte unten die Glocke. Diesmal hielt Souter den Daumen etwas länger auf der Klingel. Arthur warf einen Blick über das Fensterbrett. Martha hatte der lauten Radiomusik wegen nichts mitbekommen. Sie lag auf der Luftmatratze, die Arme unter der rechten Wange verschränkt. Er hoffte, dass die Musik laut genug war, um Souter in den Garten zu locken. Sie war es. Nach einer Weile bog Souter um die Hausecke und ging über den Rasen auf das Schwimmbecken zu. Plötzlich stockte er, machte noch einen Schritt und blieb schließlich verunsichert stehen. Er hatte weiße, lange Hosen und ein Polohemd an. Er sah verschwitzt aus. Wahrscheinlich war er direkt vom Kricketplatz hergefahren.

Hillmann tauchte hinter das Fensterbrett und hob den Kopf erst wieder, als er Marthas Stimme vernahm. Souter hatte sich nicht von der Stelle gerührt. Er stocherte mit einer Turnschuhspitze im Rasen herum, kratzte sich dabei am Hinterkopf und blickte über das Becken hinweg zum Radio, das unter dem Rietdach stand und ihn zwang, seine Frage zu wiederholen: »Sie sagten, er sei nicht da?«

»Nein«, rief Martha. »Hat er Sie nicht angerufen und Ihnen gesagt, dass Sie zwei Stunden später kommen sollen?«

»Tut mir Leid.«

»Hören Sie, er war in Eile – auf einer Baustelle ist irgendwas schiefgelaufen.« Martha glitt von der Luftmatratze ins Wasser und stieß die Gummiwulst wie ein Schutzschild vor sich her, während sie dem flachen Ende des Schwimmbeckens zustrebte. »Was haben Sie gesagt?«, fragte Martha, obwohl Souter gar nichts gesagt hatte. »Sie müssen ein bisschen lauter reden. Oder seien Sie so gut und schalten Sie das Radio aus.«

Arthur hob die Kamera und schraubte Souters Gesicht mit dem Teleobjektiv zu sich heran. Souter hielt den Kopf gesenkt, doch die Kamera verriet Hillmann, dass der Kommandant Martha unter den Brauen hervor anblickte. »Beweg dich«, flüsterte Hillmann. Alles, was er brauchte, war ein Foto, auf dem Souter am Schwimmbecken stand und Martha mit diesem geilen Ausdruck in den Augen angaffte. »Nun mach schon.«

Als Souter seinem Wunsch nachkam, schwenkte Arthur die Kamera zum Schwimmbecken. Martha kauerte im Wasser. Er glaubte, hektische rote Flecken auf ihren Wangen zu sehen, und der Ausdruck in ihren Augen beunruhigte ihn, denn der Blick war ihm aus fernen, glücklichen Tagen bekannt.

Arthur schob das Bild so weit von sich, bis Souter am Rand des Suchers erschien. Anstatt das Radio abzustellen, zog Souter sein Polohemd aus. Er war wie ein Gorilla gebaut mit einem breiten, haarigen Brustkorb und muskulösen Armen. Jetzt begann er an seiner Hose herumzufummeln …

Arthur musste die Kamera auf dem Fensterbrett abstützen, so sehr zitterten seine Hände. Martha war aufgestanden. Das Wasser rieselte über ihre nackte Haut wie der Schweiß, der Arthur mit einemmal aus den Poren brach, als Souter, nur mit einer knappen, gelbschwarz gestreiften Unterhose bekleidet, ins Wasser sprang.

Was sich nun vor Hillmanns Augen wie ein Stummfilm abspielte, war so unwirklich, dass er sich für den Rest seines Lebens fragen sollte, ob es tatsächlich geschehen war. Martha schwamm an den Beckenrand, drehte sich auf den Rücken und hielt sich mit ausgebreiteten Armen an der Kante fest. Ihre Brüste hoben sich weiß von der blauen Oberfläche des Wassers ab. Souter tauchte ein paar Schritte von ihr entfernt auf und wandte sich nach ihr um. Während sie einander anstarrten, schob er die Luftmatratze quer vor sich her auf Martha zu, näher und immer näher an sie heran, bis ihr die Wulst ans Kinn stieß. Dann stand mit einemmal die Zeit still.

Auf achtundzwanzig hintereinander folgenden Fotos schienen Martha und Souter sich nicht zu bewegen. Beide hatten den Mund geöffnet. Aber sie sagten kein Wort. Sie blickten einander bloß eindringlich an.

Arthur fluchte. Er konnte Souters Hände nicht sehen. Die Luftmatratze versperrte ihm die Sicht. Er griff nach der Ersatzkamera, um in rascher Reihenfolge ein Dutzend Fotos schießen zu können. Als er sie endlich scharf eingestellt hatte, sah er, wie Souter in seiner gelbschwarzen Unterhose aus dem Schwimmbecken stieg.

Arthur ließ seine Stirn an das Fensterbrett sinken. Er konnte nicht mit Sicherheit sagen, was sich dort unten zwischen den beiden abgespielt hatte. Doch er wusste, dass er Martha nie mehr vertrauen würde; nicht, nachdem sie sich auf diese eigentümliche Art angesehen hatten.

Unten sprang ein Wagen an. Kurz darauf kam Martha ins Badezimmer. »Ich soll dir ausrichten, dass er nicht warten kann«, sagte sie. »Er hat eine wichtige Verabredung.« Ohne eine weitere Erklärung abzugeben, stellte sie sich unter die Dusche und zog den Vorhang zu.

»Martha ...«

»Was ist?«, fragte sie in einem herausfordernden Tonfall.

Er blickte auf das Schwimmbecken hinunter. Die Luftmatratze trieb wie eine verlassene Insel auf dem Wasser. »Nichts«, sagte er.

104

Kaum waren die Guerillas mit der Kiste voller Monopolygeld im Gebüsch verschwunden, da schlitterte Uasuta auch schon den Abhang zum Fluss hinunter, gefolgt von seiner ängstlichen Familie und einem Rattenschwanz verstörter Späher und Wächter, die während des Überfalls in drohend auf sie gerichtete Gewehrmündungen geblickt hatten. Es waren insgesamt mehr als zwei Dutzend Guerillas gewesen ...

Obwohl der Wasserspiegel des Kunene rapide gesunken war, wagte Uasuta nicht, den Fluss an der Stelle zu überqueren, an der Kondjoura damals hinübergewechselt war. Seine Sorge galt dabei weniger dem Wohl des Clans als dem Inhalt der Tragetaschen. Er hatte, vom Geld abgesehen, nicht viel mitgenommen. Die Jungen trieben neun Ziegenlämmer vor sich her, die Mädchen mühten sich mit Flaschenkürbissen und die Frauen mit ihren Säuglingen ab, die Späher und Wächter wankten unter der Last gegerbter Ochsenfelle, seine beiden Söhne schleppten die prallen Geldbeutel, seine Gefährtin trug die mit Kalbsfell umwickelten Ahnenstäbe seiner Vorväter unter dem Arm, und Uasuta hielt sich an der AK-47 fest. Alles andere hatte er im Kral zurückgelassen. Und weil er den Rest nicht auch noch verlieren wollte, führte er den Clan in östlicher Richtung den Fluss hinauf, angetrieben von der Angst, dass die Guerillas die Monopolyscheine unter der dünnen Geldschicht schon entdeckt hatten, und gleichzeitig gehemmt von seiner Leibesfülle und dem Gejammer seiner Gefährtin, die ihrerseits über Herzbeschwerden, Atemnot, Kopfschmerzen, Hunger und Durst klagte.

Am zweiten Tag kamen sie nur noch schrittweise voran. Der Kunene dünstete schwüle Luft aus, über ihnen stand eine weißglühende Sonne, und der Fluchtweg durch die Geröllwüste war mit kopfgroßen Steinen und ausgeblichenen Knochen übersät. Uasuta musste immer wieder eine längere Pause einlegen, die er trotz seiner schmerzenden Füße dazu nutzte, um den Inhalt der Tragetaschen zu überprüfen. Er hatte seine Söhne im Verdacht, dass sie mit dem Gedanken spielten, unterwegs Ballast abzuwerfen, denn auch sie hatten zu murren begonnen. Er beschimpfte sie als zahnlose Köter. Dabei wünschte er sich selbst nichts sehnlicher, als oben auf dem Plateau unter dem überdachten Palaverplatz zu hocken und mit den Guerillas Palmenwein zu trinken. Aber die Möglichkeit war vertan, und zwar endgültig, wie er bald erfahren sollte.

Am dritten Tag wurden sie von den Hirten eingeholt, die Uasuta mitsamt den heiligen Rindern zurückgelassen hatte. Und die Hirten erzählten ihm, dass die Guerillas den Kral angezündet und die Rinder fortgetrieben hatten. Daraufhin fing seine Familie wie aus einem Mund an, ihn mit Vorwürfen zu überschütten.

Als er am fünften Tag endlich sein Ziel erreichte, war Uasuta so erleichtert, dass er am Ufer vor Dankbarkeit auf die Knie fiel. Hinter ihm brach seine Gefährtin aufstöhnend zusammen und riss ihre Töchter, die sie gestützt hatten, mit sich zu Boden. Uasuta beachtete sie nicht. Seine Aufmerksamkeit galt allein den beiden Lederriemen, die sich quer über den Kunene spannten.

In der Mitte des Flusses ragte eine Felsenbank kniehoch aus dem Wasser, doch der Strom floss zu beiden Seiten des Felsens vorüber und bildete dahinter einen milchig grünen Strudel. Während Uasuta den schlürfenden Strudel betrachtete und dabei zweifelnd an seiner Unterlippe nagte, trat ein Tjimba aus dem Schatten der Bäume. Gleichzeitig erschien am anderen Ufer die dürre Gestalt seines Bruders.

Uasuta kannte die beiden Tjimba vom Hörensagen. Es hieß, dass sie einmal sogar das Auto eines Portugiesen über den Fluss bugsiert hätten. Aber das war zu Beginn des angolanischen Bürgerkrieges gewesen, und Uasuta fragte sich, ob die Riemen seither je erneuert worden waren. Er musterte den Tjimba, der wortlos neben ihm stehengeblieben war. Vertrauensvoll sah der Kerl nicht gerade aus. Er trug knielange, rote Shorts und ein schwarzes, netzartiges Unterhemd. Sein zottiges Haar stand nach allen Seiten vom Kopf ab, und in seinem linken Mundwinkel steckte eine bis auf den Holzstiel abgenagte Pfeife. Als der Tjimba schmatzend daran sog, sah Uasuta, dass er vorstehende Zähne hatte; eine Flussratte, die ihn mit müdem Blick abschätzte, so als habe ihn das ewige Murmeln des Kunene schläfrig gemacht.

Uasuta erhob sich schwerfällig. »Wie viel?«, fragte er.

Der Tjimba blickte über die Schulter und zählte Uasutas Familie mit seinen trägen Augen ab. »Vier Ziegen und dein Gewehr.«

»Das Gewehr kann ich dir nicht geben! Und wovon soll ich auf der anderen Seite leben?«

Der Tjimba zuckte die Achseln.

»Ich habe ein bisschen Geld dabei«, lenkte Uasuta ein.
»US-Dollar?«
»Nein, südafrikanische Rand.«
Der Tjimba hob den rechten Mundwinkel und spuckte Uasuta einen Speichelklumpen vor die Füße. »Zehn Rand pro Kopf.«
»Willst du mich ruinieren?«, rief Uasuta. Er hatte mit fünf Rand pro Person gerechnet. Mehr war das Pack, das stumpfsinnig im Schatten hockte, nicht wert.
»In der Gegend wimmelt es von rachsüchtigen Guerillas«, antwortete der Tjimba. »Sie suchen einen Dicken, der viel Geld mit sich herumschleppt.«
Uasuta fuhr herum. »Was kann ich dafür, dass mein Bruder die Guerillas betrogen hat?«, kreischte er. »Ich habe mit der ganzen Sache nichts zu tun.«
»Überleg's dir«, entschied der Tjimba. »Lange werden wir nicht mehr Leute über den Fluss schaffen können. Vielleicht sind wir morgen schon weg.«
»Warte!«, rief Uasuta und hob beschwichtigend die Hände, denn der Tjimba hatte sich von ihm abgewendet. »Ich habe dich verstanden: zehn Rand pro Kopf und noch einmal fünfzig dazu, wenn ihr mich nie gesehen habt.«
Der Tjimba lächelte. »Abgemacht.«
»Aber ich werde erst zahlen, wenn ich auf der anderen Seite bin«, sagte Uasuta. »Ich traue den Riemen nicht.«
»Dann lass doch deine Gefährtin vorangehen.« Der Tjimba zwinkerte ihm zu, und zum ersten Mal seit fünf Tagen huschte ein Lächeln über Uasutas Gesicht.
Seine Gefährtin war von dem Vorschlag keineswegs begeistert. Sie sträubte sich. Während Uasuta sie mit geheuchelter Zuversicht dazu überredete, durch den Fluss zu waten, löste der Tjimba einen der beiden Riemen vom Stamm des Balsambaums. In der Mitte des langen Riemens war ein Gürtel festgeknotet, den der Tjimba um den Leib der jammernden Frau schlang. Dann nahm er die Pfeife aus dem Mund, formte mit den Händen einen Trichter und rief seinem Bruder am anderen Ufer etwas in einer Geheimsprache zu, die sie eigens für korpulente, zahlungskräftige Kunden kreiert hatten: »Vorsicht – ein fettes Nilpferd!«
Fette Nilpferde neigten dazu, sich gegen den Zug des Riemens zu stemmen, mitten im Fluss stehenzubleiben oder gar ins Wasser zu fallen. Und so bohrte der Bruder die Fersen in den Sand und

zerrte Uasutas Gefährtin ins Wasser, über die Felsenbank hinweg und durch den dahinterliegenden Graben ans Ufer.

Das ging so schnell und reibungslos, dass Uasuta die Tragetaschen und das Gewehr wagemutig über die Schultern warf. Unterdessen hatte der Tjimba den Gürtel wieder Hand über Hand eingeholt. Uasuta legte ihn an, klammerte sich an den zweiten, über seinem Kopf schwebenden Riemen und sagte: »Ich bin bereit.«

»Vorsicht!«, rief der Tjimba seinem Bruder zu. »Ein großer Elefant!«

Uasuta verspürte einen Ruck, der ihn fast von den Beinen riss. »Hee, langsam!«, brüllte er. Er machte ein, zwei taumelnde Schritte, dann landete er im Wasser. Bald reichte es ihm bis an die Brust und zerrte an ihm wie der Tjimba. Verbissen hangelte Uasuta sich am straff gespannten Lederriemen entlang auf die Felsenbank zu. Dort wollte er eine kurze Verschnaufpause einlegen, lang genug, um den Inhalt der Tragetaschen zu überprüfen. Doch als Uasuta auf der Felsenbank stand und den Riemen losließ, begann der Tjimba mit aller Kraft zu ziehen. Uasuta verlor das Gleichgewicht und stürzte in den Fluss. Der Strudel, den er besorgt betrachtet hatte, erfasste ihn und wirbelte ihn im Kreis herum. Uasuta klammerte sich an den Riemen. Er hörte das Wasser rauschen und im Hintergrund das Pack lachen und sich kreischend auf die Schenkel schlagen.

Die beiden Tjimba verständigten sich nicht mehr in ihrer Geheimsprache; jetzt redeten sie Klartext: »Zieh«, rief der eine, »das fette Schwein säuft ab«, und der andere brüllte Uasutas Gefährtin an: »Was gibt es da zu lachen? Hilf mir, du nutzloses Weib!«

Uasuta spürte, wie er durch das Wasser gezerrt und ans Ufer geschleift wurde. Keuchend rappelte er sich auf. Die Tragetaschen waren voller Wasser und hingen wie Bleigewichte an ihm herunter. Als er einen Geldbeutel nach dem anderen ausleerte, bemerkte er, dass er eine Tragetasche verloren hatte. Und das Pack am anderen Ufer amüsierte sich noch mehr. Einer der Hirten äffte ihn sogar nach, und er sah sich mit strampelnden Beinen und Armen auf dem Rücken liegen, hilflos wie ein schwarzer, dicker Käfer …

Uasuta löste den Gürtel und ließ ihn achtlos fallen. Sofort wurde der Gürtel wieder von dem anderen Tjimba durch den Fluss gezogen. Doch Uasuta schüttelte den Kopf. »Ihr kriegt von mir keinen Cent«, sagte er. »Ihr wolltet mich ertränken wie eine Ratte.«

Vielleicht entsprach das der Wahrheit. Vielleicht hinderte

auch das Gewehr in Uasutas zitternden Fäusten den Tjimba daran, eine Widerrede zu geben. Am anderen Ufer war es ebenfalls still geworden – niemand wollte herausfinden, ob es stimmte, dass man eine Ak-47 in ein Schlammloch tauchen und danach ohne Bedenken abfeuern konnte.

»Was soll aus unseren Kindern werden?«, jammerte Uasutas Gefährtin.

»Ich habe einen Beutel verloren«, rief Uasuta. »Sucht ihn, wenn ihr Geld braucht.«

Während die beiden Tjimba stromabwärts eilten und Uasutas Clan vor Schreck erstarrt am anderen Ufer stand, machte sich Uasuta auf die Suche nach einer sonnigen Lichtung, die er mit nassen Geldscheinen pflastern wollte.

105

Die Fotos, die der Privatdetektiv entwickelt hatte, waren gestochen scharf. Hillmann ertappte sich immer wieder dabei, dass er Martha mit demselben Blick anstarrte, mit dem Souter ihr bestätigt hatte, dass sie eine begehrenswerte Frau war. Aber Martha erwiderte seinen Blick nicht, im Gegenteil: Sie übersah ihn und ließ ihn somit im Unklaren, was zwischen ihr und Souter vorgefallen war! Und so wurde sein Vorhaben, die Fotos im Tresor zu verschließen und zu vergessen, schließlich von dem sadistischen Wunsch übermannt, jedermanns Glück zu zerstören.

Hillmann wartete eine Woche ab, ehe er Souter anrief und ihn zu einem Drink einlud. Souter kam eine halbe Stunde zu spät. Obwohl Arthur die besseren Karten hatte – sie steckten in einem gelben Umschlag –, ärgerte er sich. Entgegen seiner Gewohnheit schenkte er sich einen dreifachen Whisky ein, und als Souter endlich erschien, war Hillmann bereits beim zweiten Drink. Er saß in kurzen Hosen auf der Terrasse, das geblümte Hemd bis zum Bauchnabel aufgeknöpft. »Sie sind spät dran«, sagte er zur Begrüßung.

»Ich weiß«, antwortete Souter, dann setzte er sich auf seine steife Art in einen Korbsessel, nahm die Offiziersmütze ab und legte sie auf den runden Tisch. Er wirkte nicht im Geringsten nervös oder befangen, obgleich Martha ihn durch das Wohnzimmer auf die Terrasse geführt hatte. »Was kann ich für Sie tun?«, fragte er.

»Sie könnten mir einen großen Auftrag im Kaokoland verschaffen«, schlug Hillmann vor. »Wie ich gehört habe, geht's dort oben jetzt rund.«

»Da wenden Sie sich am besten an Brigadier Bix«, erwiderte Souter. »Ich habe mit der Bauabteilung nichts mehr zu tun.«

Arthur neigte sich vor. »Soll das ein Witz sein?«

»Nein, ich bin zum Sicherheitsdienst gewechselt«, erklärte Souter. »Ich konnte nicht länger in der Bauabteilung bleiben, sonst hätte doch jeder gedacht, dass ich meiner Frau die Aufträge zuschustere. Und das wäre für DENSOU & Co keine gute Reklame gewesen.«

»Sie werden sich trotzdem etwas einfallen lassen müssen«, sagte Hillmann. Er zog den gelben Umschlag unter seinem Gesäß hervor und schob ihn Souter über den Tisch zu. »Sehen Sie sich das mal an.«

Während Souter den Umschlag mit gerunzelten Brauen öffnete, beobachtete ihn Hillmann. Er wollte sehen, wie dieser Sauhund, der ihn aufs Abstellgleis geschoben hatte, vor Schreck erblasste ... Da! Souter war beim Anblick der Fotos zusammengezuckt, als hätte ihm Hillmann einen Peitschenhieb verpasst. Aber sein Gesicht verriet kein Entsetzen. Souter verzog lediglich den Mund, wie jemand, der in eine Zitrone gebissen hat, und als Souter den Kopf hob und Hillmann anblickte, war Arthur es, dem eine eisige Hand über den Rücken strich. Souters Augen sagten ihm, dass er imstande war, ihn zu töten. »Haben Sie die Fotos gemacht?«

»Sie glauben doch nicht im Ernst, dass ich mir seelenruhig mit angesehen hätte, wie Sie meine Frau vernaschen?«

Souter nickte. »Es sind sehr schlechte Fotos«, urteilte er, nachdem er den ganzen Stapel flüchtig durchgesehen hatte. »Man kann kaum etwas erkennen, schon gar nicht, dass ich es – wie Sie mir unterstellen – mit Ihrer Frau getrieben habe.«

»Was haben Sie denn sonst gemacht?«

»Ich habe sie bloß angeschaut, so wie Sie Denise immer angeschaut haben, wenn Sie bei uns zu Besuch waren.« Arthur umklammerte sein Whiskyglas. »Sie haben eine sehr schöne Frau«, fuhr Souter fort. »Sie sollten sich mehr um Martha kümmern, sonst läuft sie Ihnen eines Tages davon.«

»Kümmern Sie sich lieber um Denise, denn das ...«, Hillmann pochte auf den Umschlag, »wird ihr garantiert nicht gefallen.«
»Sie haben Recht«, pflichtete ihm Souter bei und erhob sich. »Ich werde sehen, was ich machen kann.«
»Nehmen Sie die Fotos zur Erinnerung mit«, ermunterte Hillmann ihn.
»Nein, danke«, erwiderte Souter mit einem spöttischen Lächeln. »Ich schaue mir Ihre Frau lieber in natura an.«

106

Sarah wünschte, sie wäre in Kamanjab geblieben, denn im Dschungel wimmelte es von Leuten, die sie nicht kannte und die, bis auf ein paar herumschleichende Minister, keine Anstalten machten, sich vorzustellen. Die Mädchen trugen Glasperlen im Haar und T-Shirts, auf denen stand, dass sie entweder Wale, Rhinos, Robben, Wälder oder gar die ganze Welt vor dem Untergang retten wollten. Den Männern dagegen schienen Wale, Rhinos, Robben, Wälder und selbst der blaue Planet an jenem Samstagabend ziemlich egal zu sein, denn sie trugen verblichene Khakihemden, umklammerten Bierflaschen, sagten »Hi« und »Nee, ich weiß nicht, wo er steckt« und blickten Sarah sehnsüchtig nach, während sie ziellos durch Leon Ellisons Garten irrte.

Sarah hatte lange gezögert, ehe sie nach Opuwo gefahren war. Patrick hatte sie im Laden stehengelassen und sich seit dem Anruf auf der Farm nicht wieder gemeldet. Hinzu kam, dass der Anruf nicht ihr, sondern ihrem Vater gegolten hatte. Aber Ella hatte Sarah ihren Wagen förmlich aufgedrängt: »Ach was, wer braucht in dieser Gegend schon einen Führerschein? Ich kurve seit dreißig Jahren ohne Lappen durch Kamanjab und bin wegen so einer Lappalie noch nie von der Polizei belästigt worden. Und wenn du das Ding zu Schrott fährst, macht das auch nichts, mein Schatz: Dann kriege ich endlich einen neuen Wagen! Und um Jessica brauchst du dir gleich gar keine Gedanken zu machen. Ich habe nämlich Augen am Hinterkopf, verstehst du?«

»Ich würde Jessy aber gern mitnehmen.«

»Das kommt überhaupt nicht in Frage! Wie soll das Kind bei dem Krach schlafen? Und morgen nörgelt es dann den ganzen Tag rum. Nee, mein Schatz, steig ein und gib Gas!«

»Ich weiß nicht, was ich anziehen soll.«

»Ein Kleid, was denn sonst? Am besten das schwarze mit den weißen Sternen. Das passt gut zu einer Fete unter freiem Himmel.«

Jetzt stand Sarah vor Leons Fertighaus. Aus den Fensterluken quollen Rauchschwaden, Gelächter und dröhnende Musik: Dire Straits' *Sultans of swing*. Ihr Gefühl sagte ihr, dass sie Patrick nicht im Haus vorfinden würde. Sie wandte sich ab und nahm Kurs auf den flackernden Feuerschein, der hinter einer Wand aus verfilztem Gestrüpp kaum zu erkennen war. Als sie sich durch das Gewirr von Zweigen, Laub und Dornen gekämpft hatte, betrat sie eine Lichtung und sah Patrick und Leon nach Eingeborenenart auf den Hacken am Feuer hocken. Sie blieb verunsichert stehen. Leon und Patrick waren in ein Gespräch vertieft. Patrick nahm oft seine linke Hand zu Hilfe, um seine Worte zu unterstreichen, eine Eigenart, die ihr an ihm bisher noch nicht aufgefallen war.

»Hallo«, sagte sie.

Um ein Haar wären Leon und Patrick vor Schreck hintenübergekippt. Sie taumelten auf die Füße. Leon bückte sich und hob seine Pfeife auf, die ihm aus dem Mund gefallen war, und Patrick versuchte, sein Haar mit abgespreizten Fingern zu kämmen.

»Jee-sus«, stammelte Leon, und Patrick stotterte: »Möchtest du etwas trinken?«

»Bier, Wein, Soda?«, hakte Leon nach.

Sarah entschied sich für Bier.

»Kommt sofort«, sagte Leon.

»Lass nur, ich kümmere mich darum.«

»Nein, nein, ich muss sowieso noch was im Haus erledigen.«

Und dann gingen sie beide fort und ließen Sarah allein am Feuer zurück. Auf dem Rost lagen fünf Fleischklumpen, die sich bei genauerer Betrachtung als magere Hähnchen entpuppten. Sarah blickte sich um. Aus dem dschungelartigen Garten drang Gekicher, aber nirgendwo war ein Mensch zu sehen. Die meisten hatten sich ins Haus verzogen. Sarah überlegte gerade, ob sie ebenfalls verschwinden sollte, als Patrick mit einem Sechserpack ans Feuer trat. Er reichte ihr eine Bierdose. »Brauchst du ein Glas?«

»Nein, danke.«

Er wendete die Brathähnchen mit den Fingern, dann hockte er sich so ans Feuer, dass die Flammen zwischen ihnen auflodderten. Seine Arme ruhten auf den Knien, in der einen Hand hielt er den Rest des Sechserpacks, in der anderen eine Dose Bier.

»Wo kommen all diese Leute her?«, fragte Sarah.

»Die meisten sind Beamte, Stammgäste«, sagte Patrick und nippte an seinem Bier. Er vermied es, Sarah dabei anzuschauen.

»Ella hat mir erzählt, dass ihr regelmäßig ein Grillfest veranstaltet.«

Er ließ die Bierdose sinken und sagte: »Viel mehr hat Opuwo nicht zu bieten.«

»Aber die Arbeit macht dir trotzdem Spaß, oder?«

Er nickte, und mit einem ins Feuer gerichteten Blick begann er von Elefanten, Löwen und Nashörnern zu reden. Seine Stimme war so leise, dass Sarah sich nach einer Weile neben ihn in den Sand setzte. Und diesmal rückte er nicht von ihr ab.

Je länger Patrick sprach, desto vertrauter wurde ihr seine Stimme; bald fühlte sie sich in seiner Nähe wohl, und als Leon die *fucking chicken* vom Rost holte und später ein Minister nach dem anderen den Dschungel verließ und Patrick beharrlich neben ihr am Feuer hocken blieb, ahnte sie, dass in den vergangenen Jahren nicht alles verlorengegangen war. Sie hielt sich jedoch zurück und ließ ihn das Damara- und Kaokoland in allen Einzelheiten schildern.

Kurz nach Mitternacht ging ihnen das Bier aus. Patrick wandte sich zu Sarah um und fragte: »Soll ich noch einen Sechserpack holen?«

»Nein, danke«, wehrte Sarah ab. »Ich bin müde.«

»Wenn du willst, kannst du in meinem Haus übernachten«, sagte er zu dem zusammengefallenen Gluthaufen. »Das Gästezimmer steht leer.«

»Danke. Ich würde sonst im Auto schlafen.«

Partrick erwiderte nichts darauf. Er führte Sarah durch den Dschungel auf das Nebengrundstück und öffnete die Eingangstür. Im Haus war es finster. Als Patrick nach dem Lichtschalter tastete, berührte er Sarah aus Versehen an der Schulter. »Entschuldige«, sagte er und wollte seine Hand zurückziehen, doch Sarah packte ihn am Arm, hielt ihn fest und blickte wortlos zu ihm auf. Sein Gesicht war in der Dunkelheit ein verschwommener Fleck, der sich ihr zögernd näherte. Sie ließ Patrick los, legte die Arme um seinen Hals und zog ihn an sich.

»Sarah ...«

»Nicht jetzt«, flüsterte sie und presste ihre zitternden Lippen auf seinen Mund.

* * *

Als Sarah am nächsten Morgen aufwachte, war Patrick fort. Sie durchsuchte das ganze Haus, doch er hatte keine Nachricht für sie hinterlassen. Sie duschte, zog das zerknitterte Kleid an und begab sich in den dschungelartigen Garten. Alles, was sie dort aufstöberte, war ein verkaterter Leon Ellison, der mit leeren Bierdosen nach einer Mülltonne warf.

»Guten Morgen, Leon.«

»Tag.« Er blinzelte sie aus verquollenen Augen an. »Alles in Ordnung?«

»Hast du Patrick gesehen?«

»Er ist auf Patrouille.«

»Was? Am Sonntag?«

»Damit rechnen die Wilderer auch nicht.«

»Und warum bist du nicht auf Achse?«

»Nicht auf Achse?« Leon machte eine weit ausholende Armbewegung. »Wer, glaubst du, räumt diesen *fucking* Saustall auf? Die Heinzelmännchen?«

»Es tut mir Leid, Leon. Ich ...«

»Vergiss es, und – hör zu – mach dir keine Sorgen: Ich habe Patrick noch nie mit so einem breiten, unverschämten Grinsen wegfahren sehen.«

»Was soll das heißen, Leon?«

»Das heißt, dass er dich bald in Kamanjab besuchen wird.«

»Hat er denn keine Freundin?«

»Patrick?« Leon schüttelte den Kopf. »Der Vogel ist doch so hässlich wie die Nacht.«

»Ach ja? Dann hätte ich gern gewusst, ob du noch zu haben bist.«

»Tut mir Leid«, sagte Leon und kratzte sich an der Brust. »Ich habe mich gestern mit einer Krankenschwester aus Urumana verlobt.«

107

Als Uasuta auf wunden Füßen in Ngaturipures Kral humpelte, wehte ihm der Wind den Geruch von gekochtem Fleisch entgegen. Er blieb stehen und blickte sich um. Ngaturipures Kral unterschied sich kaum von der Einöde, die Uasuta gerade durchquert hatte. Die Hütten und Dornenhecken waren teilweise eingestürzt, und außer Ngaturipure, der zusammengekauert unter dem Schattenbaum hockte, war niemand zu sehen. Aber der Duft, der Uasuta verlockend in die Nase stieg, war da und ließ ihn hoffen, dass Ngaturipure noch ein paar Ziegen besaß.

Uasuta näherte sich zögernd dem Schattenbaum, denn Ngaturipure blickte ihn aus stumpfen Augen an. Er war mager und sein Haar aschgrau geworden; seine Nase sprang wie ein Schnabel aus seinem schmalen, ausgemergelten Gesicht hervor, und sein Fellumhang umgab ihn wie das struppige Gefieder eines Geiers. Er schien weder erstaunt noch erfreut zu sein, Uasuta zu sehen.

»Bist du aufgestanden?«, fragte Uasuta.

»Ich habe heute meinen letzten Hund geschlachtet«, erwiderte Ngaturipure mit tonloser Stimme. »Und morgen wird die Dürre mich zwingen, meinen Fellumhang zu essen.«

Uasuta erschrak. Dass Ngaturipure hornlose Tiere aß, dazu noch Hunde, bedeutete, dass er so verarmt war wie das Land, das ihn umgab. Uasuta lehnte das Gewehr an den Baum und ließ die fünf Tragetaschen auf den Boden fallen. »Großes Unheil ist über uns gekommen«, murmelte er.

Ngaturipure nickte. »Die Kinder der Dämonen haben mir fast alle meine heiligen Rinder geraubt«, behauptete er. »Nachts schlichen sie sich in meine Träume, und ich sah, wie ihr Vieh meine Weidegründe abgraste, bis der Kunene sich wie eine grüne Schlange durch die Wüste wand.«

Uasuta hatte etwas anderes gehört. Hungernde Hirten, die auf der Suche nach Eidechsen und Schlangen über die Geröllebenen gekrochen waren, hatten ihm erzählt, dass Ngaturipures Rinder dabei waren, das Land zu verwüsten ...

Uasuta setzte sich auf die Tragetaschen. Er war erschöpft. »Wo ist deine Familie, Ngaturipure?«

»Fort«, sagte er, den Blick auf Uasutas verschrammte Schuhe gerichtet. »Sie konnten meine Tränen nicht länger ertragen, denn ich habe um jedes verendete Rind geweint. Aber als sie fortgingen, blieben meine Augen trocken.« Er lächelte schwach. »Meine Gefährtin ist die Einzige, die bei mir geblieben ist, die Einarmige, die den kümmerlichen Rest meiner heiligen Herde hütet.«

»Weißt du, wo meine Tochter ist?«

Ngaturipure zuckte die Achseln, ohne Uasutas Schuhe aus den Augen zu lassen. »Ich habe Kondjoura verstoßen«, sagte er. »Die Ahnen gaben uns Zeichen. Sie wollten nicht, dass Kondjoura die Tochter eines Papierrinderzüchters an sein Feuer holt. Aber Tjizire hatte sich in sein Herz geschlichen und ihm die Augen ausgestochen.« Ngaturipure hob den Kopf und sah Uasuta herausfordernd an. »Bist du gekommen, um mich mit Papierrindern zu füttern?«

»Der Krieg hat meinen Kral zerstört und mein Ahnenfeuer gelöscht«, jammerte Uasuta. »Ich musste fliehen, und meine Familie ist wie Laub in alle Richtungen verstreut worden.«

In Wirklichkeit hatte er sich abgesetzt. Seinen beiden Söhnen war es gelungen, sich über den Fluss zu hangeln, dann hatten die Tjimba, weil sie den Geldbeutel nicht finden konnten, das Seil gekappt und sich vor dem aufgebrachten Clan in Sicherheit gebracht – als Uasuta das letzte Mal seine Gefährtin gesehen hatte, war sie, auf ihre Söhne gestützt, seinen Fußspuren durch ein trocknes Flussbett gefolgt. Das war vor zwei Tagen gewesen …

»Ich habe alles verloren, Ngaturipure. Und ich bin zu dir gekommen, weil ich hoffte, dass meine Tochter in deiner Nähe ist.«

»Sieh dich in Okongwati um«, riet Ngaturipure ihm. »Dort haben sich die Kinder der Dämonen versammelt.«

Das war eine Beleidigung, doch Uasuta schielte zum Kochfeuer vor der großen Hütte hinüber, wo das Vorderbein des Hundes aus dem brodelnden Tontopf ragte. »Ich habe Hunger«, sagte er.

»Ich nicht«, erwiderte Ngaturipure. »Wenn alle meine heiligen Rinder mir vorausgegangen sind, werde ich ihnen in den Himmel folgen.«

»Du darfst nicht sterben!«, rief Uasuta, denn er war auf Ngaturipures Einfluss angewiesen. Uasuta konnte nicht abschätzen, wie lange der Krieg andauern würde. Ja, vielleicht konnte er nie wieder in seinen Kral hoch oben auf dem Plateau zurückkehren. Dann brauchte er jemand, der ihm ein Stück Land südlich des Kunene zuteilte … »Sieh, ich habe ein Gewehr mitgebracht«, sagte Uasuta. »Gewehre haben die Herero schon mehrmals vor dem

Untergang gerettet«, fügte er hinzu, als Ngaturipure nicht reagierte. Jetzt runzelte er die Stirn.

»Ich glaube, das Gewehr war von Anfang an nicht für mich, sondern für dich bestimmt, damit du auch weiterhin das Leben eines wahren Himba führen kannst und nicht nach Okongwati ziehen musst.«

»Soll ich die Dämonen töten?«

»Nein«, rief Uasuta, »die Weißen füttern unsere unwissenden Kinder, und das Gewehr wird deine heiligen Rinder am Leben erhalten.«

»Wie?«, fragte Ngaturipure.

Uasuta neigte sich vor und sagte es ihm.

108

Josef und Sinna waren mit dem alten VW-Bus, der plattfüßig auf dem Hinterhof der Tankstelle gestanden hatte, ins Ovamboland gereist. Im Nachhinein war ihnen, als hätten sie ein Land aus ihren Alpträumen besucht. Ihre Verwandten und Bekannten waren ihnen fremd geworden; und alle hatten Josef angebettelt, ihn, der seit Monaten in Windhoek herumlungerte und auf seine Entlassung wartete; und wohin sie gekommen waren, hatten die Menschen von nichts anderem als Dürre, Arbeitslosigkeit und Krieg gesprochen. Sie hatten das Ovamboland daraufhin fluchtartig verlassen und waren über Ruacana nach Kamanjab gefahren. Jetzt standen sie vor einem drei Meter hohen Maschendrahtzaun, und Josef war deprimierter denn je. Das verschlossene Haus, die Schießscharten, die beiden Dobermänner, die zähnefletschend am Tor hochsprangen, der verlassene Farmhof, die dornigen Rosen, die längs des Zaunes ihre Köpfe hängen ließen, all das gab ihm das Gefühl, dass er nicht willkommen war. »Ich kann nicht glauben, dass Esme hier arbeitet«, sagte er.

»Auf dem Schild neben dem Eingangstor stand Makalani«, beharrte Sinna. Sie pochte mit dem Zeigefinger an die Windschutzscheibe: »Und da – siehst du sie? – steht die einzige Palme weit und breit.«

»Trotzdem ...« Josef schüttelte seinen kahlen, mit Schweißperlen benetzten Kopf. »Unser armes Kind.«
»Ach was! Steig aus und mach dich bemerkbar.«
»Vielleicht solltest du lieber aussteigen? Die Schießscharten gefallen mir nicht, und die Hunde ...«
»Mann, Mann, Mann!« Sinna stieß die Beifahrertür auf. Das knarrende Geräusch brachte die Hunde in Rage, und als sie Sinna in voller Breite neben dem Bus stehen sahen, stimmten sie ein dermaßen wütendes Geheul an, dass Esme, die aus dem Haus gestürzt war, einen Schreckschuss abgeben musste, ehe die Dobermänner vom Tor abließen und sich unter dem verbeulten Dodge auf die Lauer legten.

Josef saß wie erstarrt im Wagen, die Augen vor Schreck aufgerissen, und Sinna starrte den Revolver an, der schwer und klobig wie eine Axt in Esmes zierlicher Faust lag.

Esme öffnete das Tor einen Spalt, schlüpfte hindurch und verriegelte es sorgfältig, ehe sie in die ausgebreiteten Arme ihrer Mutter fiel und zu weinen begann. Schon waren die Hunde wieder am Zaun. »Lass uns fahren«, schluchzte Esme.

Die Frauen setzten sich auf die Rückbank. Josef wusste mit ihren Tränen und dem Revolver, den Esme auf den Beifahrersitz geworfen hatte, nichts anzufangen. »Och!«, sagte er. »Och, och, och!«

»Fahr endlich«, keifte Sinna.

»Wohin?«

»Mann, irgendwo hin, wo wir uns in Ruhe unterhalten können!«

Josef legte einen Kilometer im Rückwärtsgang zurück, dann hielt er auf Sinnas Befehl hin unter einem Kameldornbaum. Er drehte sich nicht zu den Frauen um, sondern umklammerte das Lenkrad, jederzeit bereit, loszufahren und dem Land der Tränen den Rücken zu kehren. Im Rückspiegel sah er, wie Sinna und Esme sich an den Händen hielten. Das Bild brach ihm das Herz. Er hatte gehofft, unterwegs auf andere Gedanken zu kommen, doch auf der ganzen Reise waren Tränen geflossen und aus einst unbekümmerten Kindern traurige Greise geworden. Selbst Kleinmissus Sarah, bei der sie in Kamanjab ein paar Süßigkeiten und Cola gekauften hatten, war niedergeschlagen gewesen. Zu allem Überfluss flehte Sinna ihre Tochter jetzt auch noch an: »Nicht weinen, mein Kind.« Das Ergebnis war, dass Esme erneut in Tränen ausbrach, die erst versiegten, als der Wind abgestorbene

Zweige und eine Handvoll Kameldornschoten auf das Wagendach regnen ließ. Mitten in das Gepolter hinein griff Esme über den Sitz hinweg nach dem Revolver und jagte ihren Eltern einen zusätzlichen Schrecken ein.

»Leg das Ding weg!«, rief Josef. »Du bringst heute noch jemand damit um.«

Sinna zog ihre Tochter an sich. »Was ist los, mein Kind?«, fragte sie. »In den Briefen hast du mir immer geschrieben, dass du glücklich bist. Aber was sehe ich? Tränen! Und was höre ich? Gejaule!«

»Ich habe solche Angst«, schluchzte Esme. »Der Baas ist weg, und die Missus spinnt, jaa-a.«

»Was ist mit der Missus? Behandelt sie dich schlecht?«

»Nein, Mutter. Seitdem die Rosen verdorrt sind, liegt die Missus nur noch im Bett und guckt vor sich hin, und der Baas ist weggelaufen.«

»Das ist nicht wahr«, tröstete Sinna ihre Tochter. »Kleinmissus Sarah hat uns erzählt, dass Mister Engelbrecht Arbeit im Kaokoland gefunden hat.«

Esme blieb hartnäckig: »Er ist weggelaufen. Als Kleinbaas Patrick hier angerufen und dem Baas Arbeit versprochen hat, ist der Baas durch das Haus getanzt. Aber die Kleinmissus Sarah hat geweint. Da wusste ich, dass Kleinbaas Patrick auch weggelaufen ist. Das tun alle Männer, jaa-a. Und jetzt sitze ich hier mit der verrückten Missus und habe Angst, dass sie eines Tages kommen und mich umbringen, weil ich für einen *Ekakunya* arbeite.«

»Niemand wird dich umbringen, mein Kind.«

»Ich bin schwanger!«, brach es plötzlich aus Esme hervor.

Josef fuhr herum. »Paulus?«

Esme schüttelte nach kurzem Zögern den Kopf.

»Wer?«

»Ein anderer ... einer ... jemand aus Kamanjab.«

Und wieder strömten die Tränen und bohrte sich das herzzerreißende Schluchzen in Josefs Ohr. Er drehte sich um und drosch auf die Hupe. Das blökende Geräusch erschreckte alle, diejenigen, die im Bus saßen, und die Kapturteltauben, die mit klatschendem Flügelschlag davonflogen.

»Stammt er vom Volk der Kwanyama ab?«, fragte Sinna hoffnungsvoll.

»Nein«, plärrte Esme. »Es ist ... ach, ich weiß nicht.«

Die Hupe blökte gleich mehrmals hintereinander. Sinna ließ ihren Mann gewähren, wusste sie doch, dass er nicht auf Esme, sondern auf sich selbst wütend war, weil Esme seinetwegen auf Makalani arbeitete und weil er sie nicht vor dem Fehltritt hatte bewahren können.
»Hast du dich von Paulus scheiden lassen?«, fragte Sinna.
»Nein, wie denn?«
»Du wirst den anderen trotzdem heiraten, hörst du?«, sagte Sinna mit Nachdruck.
»Er wird mich nicht heiraten«, entgegnete Esme. »Er ist davongelaufen wie Kleinbaas Patrick.«
Während Josef mit seiner Faust die Hupe bearbeitete, stieg in Sinna jäh eine schreckliche Ahnung hoch.

109

Der Qualm aus ungezählten Feuern hatte sich über Okongwati zu einer dichten Rauchwolke vereint. Darunter säumte eine Kette armseliger Hütten das Ufer des Omuhongaflusses. Die Hütten waren nicht mit dem üblichen Gemisch aus Lehm und Rinderdung verputzt, sondern notdürftig mit plattgewalzten Blechkanistern, Kistenbrettern und Pappkartons abgedichtet worden. Überall lagen Papierfetzen und leere Konservendosen herum, und zwischen den Mopanebäumen huschten Kinder umher, geisterhaft wie Kobolde, die im Dunst schwebten und Uasuta aus großen Augen anstarrten.

Uasuta erschauerte. Er hatte in seinem ganzen Leben noch nie so viele ausgemergelte Gestalten auf einem Haufen gesehen. Unheimlich aber war ihm vor allem die Stille: Kein Gelächter begrüßte ihn, als er durch das Flussbett stapfte, nirgendwo ertönte ein Fluch, der sich gegen das Schicksal auflehnte – in Okongwati herrschte resigniertes Schweigen.

Hinter den Hütten konnte Uasuta einen langgestreckten Bau auf Stelzen mit einem roten Kreuz darauf ausmachen. Vor dem Eingang bildeten Frauen, Kinder und altersschwache Himba eine lange Schlange, die sich nur langsam voranbewegte.

Während Uasuta zwischen den Hütten umherging, kam er sich mit seinem dicken Bauch völlig fehl am Platz vor, wie ein Hammel unter ausgehungerten Schakalen etwa. Die Männer an den Feuerstellen waren aus ihrer Lethargie erwacht und beobachteten ihn mit unverhohlener Neugierde.

Er war froh, dass er seine Gefährtin mit den Tragetaschen am anderen Ufer zurückgelassen hatte. Sie würde sich nicht aus dem Staub machen, nicht nach den Strapazen, die hinter ihr lagen, und seine Söhne hatte er mit Ondjandje und Ngaturipures heiligen Rindern nach Ombalantu zum Blinden geschickt. Er brauchte dringend Maismehl für Ngaturipure und Patronen für die AK-47 ...

Uasuta fand seine Tochter am Rande des Slums. Dort bewohnte Tjizire mit Kondjouras Onkel und Tante ein paar windschiefe Hütten. Nichts erinnerte mehr daran, dass Tjizire die Tochter eines Patriarchen war. Sie fühlte sich federleicht in seinen Armen an, und ihre Haut war rau und ohne Glanz. Über ihre knochige Schulter hinweg sah er Kondjouras Onkel an einem Baum lehnen. Seinem Gesichtsausdruck nach zu urteilen, hatten sie alles verloren.

»Wo ist dein Gefährte?«, fragte Uasuta seine Tochter, denn er konnte Kondjoura nirgendwo entdecken. »Hat er dich verlassen?«

Tjizire löste sich kopfschüttelnd aus seinen Armen. »Kondjoura hat sich auf den Weg nach Opuwo gemacht, um den Mann zu suchen, der das Land liebt, aber keinen Blick für Rinder hat«, sagte sie, und ihre Stimme verriet ihm, dass die Dürre zumindest ihren Stolz und ihre Liebe zu Kondjoura nicht zerstört hatte.

Und das war gut so: Kondjoura würde arbeiten, Geld verdienen und bald selbst für seine Verwandten sorgen. Er hatte viele Verwandte, wie Uasuta mit einem Rundblick feststellte. Dabei fiel ihm ein Mädchen auf, das allein auf einer Lichtung in der Sonne saß, die Beine von sich gestreckt und den Blick in die Ferne gerichtet. Es war ein sehr schönes und vor allem noch lediges Mädchen.

»Das ist Rijamekee«, sagte Tjizire. »Sie ist Kondjouras Schwester.«

»Hat sie einen Liebhaber?«

»Ja.« Tjizire wies auf einen jungen Mann, der ihn vom Ufer aus beobachtet hatte und ihn nun feindselig anstarrte.

Uasuta lächelte. Vejaruka war so arm, dass er auf einem Stück Leder herumkaute, um seinen Hunger zu unterdrücken. Die Tragetaschen dagegen versprachen einen vollen Magen und eine sichere Zukunft. Je schlechter es den Himba ging, desto mehr Macht würde er über sie haben, sobald er sich in Okongwati eingerichtet hatte; nicht hier zwischen den erbärmlichen Buden, sondern am gegenüberliegenden Ufer, wo es nicht von Fliegen, Bettlern und Unrat wimmelte. Gut, die Himba hatten außer ihren Töchtern nicht viel zu bieten, aber hinter der Klinik stapelte sich Baumaterial für einen neuen Stützpunkt. Und mit den südafrikanischen Soldaten würde die Nachfrage kommen ...

Jetzt musste er erst einmal seine Tochter aus dem Slum herausholen, weg von diesen Elendsgestalten, deren Armut sich schon auf sie abgefärbt hatte, und dann musste er Tjizire klarmachen, dass die Strapazen und die Anspannung der vergangenen Wochen zu viel für ihre Mutter gewesen waren. Man durfte nicht alles glauben, was sie erzählte; zum Beispiel, dass er seinen Clan einfach im Stich gelassen hatte ...

110

Ngaturipure genoss das Spiel seiner Muskeln. Er war wieder ein Nomade mit einem Ziel vor Augen und dem todbringenden Stillstand im Rücken. Ungewohnt war für ihn nur, dass er kein Vieh vor sich her trieb. Stattdessen war er wie ein Packesel beladen. Über seine Schultern liefen zwei Lederriemen, an deren Enden vier Tragetaschen voller Maismehl geknotet waren, in der rechten Faust hielt er ein Gewehr mit lockerem Griff umfasst, und in seinem Gürtel steckten sechs Ersatzmagazine.

Er hatte darüber nachgedacht und war zu dem Schluss gekommen, dass es für ihn ungefährlicher war, in der Not gemahlenes Korn als hornlose Tiere zu essen. Und er war inzwischen davon überzeugt, dass die Ahnen Uasuta mit dem Gewehr zu ihm geschickt hatten. Denn war er nicht am Verzweifeln gewesen, als Uasuta plötzlich aufgetaucht war, so als hätten die Ahnen ihn aus dem Boden gezaubert? Ja, es stimmte: Die Gewehre der Dämonen hatten die Herero schon mehrmals vor dem Untergang bewahrt. Und dieses Gewehr würde ihn von Okongwati fernhalten und den kümmerlichen Rest seiner heiligen Rinder vor dem Hungertod retten.

Ngaturipure folgte dem Kunene einhundert Kilometer stromabwärts. Der Weg über die zerklüfteten Berge war ihm bestens vertraut. Er hatte ihn vor gar nicht so langer Zeit schon einmal zurückgelegt, und die erloschenen, vom Wind halb zugewehten Feuerstellen erinnerten ihn jedes Mal schmerzlich daran, dass er zehn Ochsen gegen Ziegenfutter eingetauscht und sich daraufhin aus Scham mit seinem Sohn an der Skelettküste in einer unterirdischen Höhle verkrochen hatte.

Auf seiner mühseligen Reise beschlich ihn gelegentlich das Gefühl, dass Kondjoura ihn begleitete, und er wollte, er würde sich das nicht nur einbilden, denn sein Sohn hatte von ihm den ehrfürchtigen Blick für Rinder geerbt, ein Blick, der einen guten Viehzüchter und würdigen Nachfolger ausmachte. Dann aber hatte Tjizires Schönheit ihn geblendet, und er war blind geworden.

Hin und wieder war selbst Ngaturipure sich nicht sicher gewesen, ob er die Zeichen der Ahnen richtig gedeutet hatte. Jetzt gab es für ihn jedoch keinen Zweifel mehr, dass die Dürre letztendlich nichts weiter als eine Strafe war. Die Ahnen hatten die Himba geprüft, und die Himba hatten versagt, allen voran Uasuta, dessen heilige Rinder von den Guerillas fortgetrieben worden waren – wenn Uasuta stürbe, würde er mit leeren Händen zu den Ahnen in den Himmel steigen und ewig Hunger leiden!

Ngaturipure hoffte, dass Uasuta noch so lange leben würde, bis der Regen wieder einsetzte. Dann bräuchte er ihn nicht mehr. Ja, dann wäre er der einzige Patriarch längs des Kunene, der heilige Rinder besaß und dessen Ahnenfeuer noch brannte. Vielleicht, so hoffte er, würde sein Sohn dann endlich zur Vernunft kommen und sich von den Kindern der Dämonen trennen.

Sechs Tage, nachdem Ngaturipure seinen Kral verlassen hatte, erreichte er den Otjinjange, einen Nebenfluss des Kunene, der sich durch ein weitläufiges Tal schlängelte. Dort hatte er damals die Fährte eines Spitzmaulnashorns entdeckt ...

111

Obwohl Patrick sich immer noch nicht in Kamanjab hatte blicken lassen, stimmte die Kasse wieder mit dem Kontrollstreifen überein, und gelegentlich summte Sarah sogar bei der Arbeit vor sich hin.

Armes Ding, dachte Ella und sagte auf ihre hinterlistige Art: »Ich bin gespannt, wann der junge Hillmann seine Hemden abholt.«

»Bald«, erwiderte Sarah.

»Das hoffe ich«, entgegnete Ella. »Männer sind nämlich ziemlich schusselig. Meinem Schwager Frikkie ist neulich erst in Kamanjab aufgefallen, dass er seine Freundin an einer Tankstelle in Johannesburg vergessen hat.«

Sarah war jedoch felsenfest davon überzeugt, dass Patrick sie niemals vergessen würde. Sie hatten sich geliebt, erst leidenschaftlich, dann zärtlich. Es war noch schöner als auf dem Waterberg gewesen. Er hatte sich sehniger angefühlt, männlicher, und obgleich sie sich noch nicht ausgesprochen hatten, verspürte Sarah zum ersten Mal in ihrem Leben das Gefühl, dass sie und Jessica endlich in Sicherheit waren.

112

Tagsüber war es im Zelt so heiß, dass Louis Engelbrecht sich nur draußen aufhalten konnte. Und dort, unter dem Schattenbaum, mit den Füßen im träge fließenden Wasser, zog er die Bettler aus Swartbooisdrift wie Fliegen an. »Gib mir was zu essen! Gib mir Tabak! Gib mir Zucker«, forderten die Himba immerzu, denn er besaß einen mit Maismehlsäcken und Fellen beladenen Lastwagen. Das machte ihn in der Zeit der Dürre zu einem wohlhabenden Mann. Nur Louis wusste, dass er in Wirklichkeit ein armer Schlucker war, der nachts unter den dünnen Decken vor Kälte mit den Zähnen klapperte, während Sergeant Lombard wie ein selbsternannter General im Bungalow hauste.

An dem Tag, als Louis sein Zelt am Kunene aufgeschlagen hatte, war der Brandy in Strömen geflossen, und Louis hatte die magere Ziege, die Lombard über dem offenen Feuer gegrillt hatte, ohne zu murren bei dem zuständigen Patriarchen gegen drei Säcke Maismehl eingetauscht. Aber bereits am nächsten Tag hatte Sergeant Lombard ihn spüren lassen, dass er ihn verachtete; wahrscheinlich, weil Louis aus der Armee ausgetreten war und sich hemmungslos betrunken hatte. Vielleicht hatte er auch im Suff etwas gesagt, was er besser für sich behalten hätte? Zum Beispiel, dass es absoluter Schwachsinn sei, Babysitter für die toten Kinder der längst verstorbenen Treckburen zu spielen. Oder dass Lombards Bullterrier eine gewisse Ähnlichkeit mit einem getigerten Schwein hatte ...

Vor ein paar Jahren hätte Louis den Köter erschossen und Lombard mit einem Fußtritt aus dem Bungalow ins Zelt verfrachtet. Doch das war vorbei. Jetzt hockte er am Ufer, sehnte sich nach einem Drink, einem schönen steifen, und beobachtete, wie Whisky das Bein hob und an die Reifen des Lastwagens pinkelte.

Der Bullterrier hatte was gegen ihn. Nachts kam der Hund regelmäßig ans Zelt und fraß die Überreste aus Engelbrechts Töpfen, und wenn Louis ihn fortscheuchen wollte, knurrte der Köter ihn an.

Louis bedauerte, dass er kein Strychnin dabeihatte. Er bedauerte so vieles. Er wollte, er hätte die Farm nicht gekauft, dann wäre er unter Umständen trocken geblieben und hätte nicht mit Esme geschlafen, und er wünschte, er wäre beim Militär geblieben, denn seine Entlassung hatte Arthur Hillmann keineswegs das Genick gebrochen. Im Gegenteil: *Hillmann Construction* war dabei, in Okongwati einen neuen Stützpunkt zu errichten. Aus dem Grund war Louis nach Swartbooisdrift gezogen. Er wollte Hillmann nicht noch einmal begegnen.

Als Hillmann das Baumaterial in Okongwati hinter der Klinik abgeladen hatte, waren sie sich zufällig begegnet. Arthur hatte sich richtig gefreut, Louis zu sehen. Engelbrecht erinnerte sich gut daran, wie Hillmanns Augen geleuchtet hatten. Aber das Leuchten war kurz darauf von einem herablassenden Blick verdrängt worden. Es war dieser Der-Mann-ist-erledigt-Blick gewesen, den Louis inzwischen kannte und fürchtete. Und dann hatte Louis sich auch noch dazu herabgelassen, eine Flasche Whisky mit Hillmann zu trinken.

Louis hasste Swartbooisdrift, aber auf die Farm wollte er auch nicht zurück. Esme war unglaublich dick geworden. Bisher hatte sie noch nichts verlauten lassen, doch manchmal keimte in ihm der Verdacht, dass sie schwanger war. Ein Bastard auf Makalani! Das wäre der Untergang! Er wagte gar nicht daran zu denken, was dann passieren würde. Elsie lag zwar meist im Bett und unterhielt sich mit irgendwelchen Typen aus ihrer Traumwelt, aber einen Bastard in ihrer Mitte würde selbst sie bemerken. Und was würden Sarah und die Nachbarn dazu sagen? Oder Josef und Sinna, die Großeltern seines zukünftigen Kindes? Mein Gott, dachte er: Wie sollte er den Leuten weismachen, dass ihm die Einsamkeit den Verstand geraubt hatte? Das war unmöglich! Er musste den Bastard abschaffen. Das war's: Er musste ihn in einem Erdferkelbau verschwinden lassen und Esme am besten gleich dazu! Aber sie hatte ihm das Leben gerettet. Ohne ihre Wärme und Liebe wäre er erfroren ...

»Tag!«

Louis wandte den Kopf. Er hatte den Mund schon geöffnet, um den Bettler, der ihm einen Schrecken eingejagt hatte, zum Teufel zu schicken, da registrierte er, dass der Schwarze einen Anzug trug. Und nicht nur das. Der Ovambo hatte eine riesige Sonnenbrille auf! Die Gläser reflektierten den Fluss, das Zelt und Louis, der am Ufer saß und die Füße ins Wasser baumeln ließ. Louis kannte den Schwarzen. Er hatte ihn irgendwo schon einmal gesehen. Nur wo?

»Was machen die Geschäfte?«, fragte der Ovambo auf Afrikaans.

»Das geht dich einen feuchten Dreck an«, erwiderte Louis. Er wollte nicht palavern, sondern in Ruhe überlegen, wie er seinen Kopf aus der Schlinge ziehen konnte.

Der Ovambo lächelte. Louis bemerkte, dass er kleine Zähne im Vergleich zu seinem wulstigen Mund hatte – Haifischzähne, weiß und spitz, so als hätte er sie zurechtgefeilt. Er machte einen gepflegten Eindruck, und an jedem seiner Finger funkelte ein Ring. Plötzlich sah Louis im Geiste eine beringte Hand auf sich zuschweben, und zwischen dem Daumen und Zeigefinger baumelte ein Beutel, randvoll mit Rohdiamanten. »Verschwinde«, murmelte Louis. »Du bist bei mir an der falschen Adresse.«

Der Ovambo zündete sich eine Zigarette mit einem silbernen Zippo an. »Ich habe zwei Rhinozeroshörner gefunden«, sagte er.

»Na und?«, blaffte Louis. Er hätte gern eine Zigarette geraucht und einen Schluck getrunken.

»Rhinohörner bringen viel Geld«, hakte der Ovambo nach. »Ich könnte dir regelmäßig welche besorgen.«

»So? Und was lässt dich denken, dass ich Interesse an Rhinozeroshörnern habe?«

»Du bist weiß, aber du bist arm.«

Louis ärgerte sich über die unverblümte Antwort, doch am meisten ärgerte ihn, dass der Ovambo Recht hatte. »Pass auf, dass ich nicht zum Naturschutz gehe und dich anzeige«, drohte Engelbrecht. »Die Beamten würden mir für den Tipp eine Menge zahlen.«

»Dann wärst du immer noch ärmer dran, als wenn du die Rhinozeroshörner verkaufen würdest«, konterte der Ovambo.

»Ich habe kein Geld, verdammt!«

»Wer redet von Geld? Schaff eine Fuhre Heu nach Ombalantu. Dann sehen wir weiter.«

»Weißt du was?« Louis ließ einen flachen Stein über den Fluss hüpfen. »Steck dir die Rhinohörner in den Arsch.«

113

Nur wenn Kondjoura betrunken war, konnte er das Leben in Opuwo ertragen, die Einsamkeit, den Anblick der Elendsgestalten in den Slums, das ungewohnte Kratzen von Stoff auf seiner Haut, die klobigen Stiefel, das karge Zimmer, die Dosenmilch und die Menschen, die Tür an Tür hausten wie lärmende Siedlerweber in einem riesigen Nest. Doch jedes Mal, wenn Kondjoura betrunken zur Arbeit kam, wurde Pa-Trick wütend: »Du kriechst durch das Leben wie eine Schlange«, schimpfte er. »Steh endlich auf, Mann! Sei ein Löwe! Die Löwen haben sich angepasst, verstehst du? Das müssen die Himba auch tun, sonst werdet ihr allesamt untergehen.«

Kondjoura versuchte ein Löwe zu sein, aber die Arbeit beim Naturschutz machte ihm keinen Spaß, denn draußen in der Wildnis war die Dürre noch allgegenwärtiger als in Opuwo, wo man im Alkohol und in den Geschichten aus vergangenen Tagen Vergessen finden konnte. Draußen dehnte sich das rinderlose und menschenleere Land nach allen Seiten bis zum Horizont aus. Hin und wieder sahen sie eine Antilope. Dann trat Pa-Trick auf die Bremse, beobachtete das Tier durch sein Fernglas und schrieb anschließend etwas mit einem Bleistift in die Kladde, die griffbereit zwischen ihnen auf dem Sitz lag.

»Warum tust du das?«

»Ich möchte herausfinden, wie viele Antilopen die Dürre überlebt haben.«

Obwohl Kondjoura nicht verstand, weshalb Pa-Trick das wissen wollte, verzichtete er darauf, ihn danach zu fragen, weil jede Antwort unweigerlich eine neue Frage aufgeworfen hätte.

Pa-Tricks größte Sorge galt den Elefanten und Spitzmaulnashörnern. Er fertigte Zeichnungen an, vermaß die Fährten und notierte sich ihre besonderen Merkmale. Bald kannten sie jedes Tier im Westen des Kaokolandes beim Namen.

Kondjoura war weder auf die Kladde noch auf das Maßband angewiesen. Er hatte sich die Trittsiegel der Elefanten und Nashörner eingeprägt. Und als sie das Rhinozeros oben im ausgetrockneten Otjinjangefluss entdeckten, wusste er sogleich, dass es sich bei dem toten Bullen um Pinocchio handelte.

»Bist du dir sicher?«, fragte Pa-Trick, denn jemand hatte dem Bullen die armlangen Rhinozeroshörner mit einer Axt oder einem Buschmesser abgeschlagen.

Kondjoura nickte. »Pinocchio hat am linken Vorderfuß eine schlecht verheilte Schnittwunde.«

»So?«

Die Weißen glaubten einem nie etwas. Während Pa-Trick die Fußsohlen des Nashorns vermaß, schlenderte Kondjoura lustlos umher. Dabei entdeckte er am Rande des Flussbetts eine Sandalenspur. Er beugte sich hinunter. Im nächsten Moment verkrampfte sich sein Magen. Die vom Wind fast ausradierte Spur war ihm so vertraut wie seine eigene ...

»Du hattest Recht«, rief Pa-Trick. »Es ist Pinocchio.«

Kondjoura richtete sich hastig auf und entfernte sich ein paar Schritte von der Sandalenspur. Pa-Tricks Gesicht war bleich. Das Spitzmaulnashorn lag mit eingeknickten Vorderläufen mitten im Flussbett. Die Kugeln aus einem Schnellfeuergewehr und die Schnäbel der Geier hatten fächerförmig vier faustgroße Löcher in der bretterharten, mumifizierten Haut des Nashorns hinterlassen.

»Wer könnte das getan haben?«
Kondjoura zuckte die Achseln.
»Es muss ein Anfänger gewesen sein«, vermutete Patrick und wies auf den verunstalteten Kopf des Nashorns. »Er hat die Hörner wie Bäume gefällt.«
»Warum?«, wollte Kondjoura wissen. Seines Erachtens besaßen Rhinohörner keinen Wert. Doch Patrick erklärte ihm, dass Männer in einem fernen Land pulverisierte Rhinozeroshörner aßen, um ihre schlaffen Säcke in Bullenhoden zu verwandeln.
Kondjoura starrte Pa-Trick verwundert an. Er konnte zwischen der Sandalenspur und den Menschen im fernen Land keine Verbindung herstellen.
»Wie wär's, wenn du dich ein bisschen umsehen würdest?«
»Der Wind hat alle Spuren verwischt.«
»Dann halte nach Patronenhülsen Ausschau«, sagte Patrick. »Ich kümmere mich solange um die Kugeln. Wenn wir herausfinden, mit welcher Waffe das Nashorn getötet worden ist, finden wir auch den Wilderer.«
Sie fanden nichts. Das heißt, Kondjoura stieg über die Patronenhülsen, die unter einem Mopanebaum lagen, hinweg, und Patricks Messerklinge zerbrach, als er die Kugellöcher in der bretterharten Nashornhaut vergrößern wollte.
Auf dem Rückweg war Pa-Trick gereizt. Er meckerte an allem herum: Tagsüber war es ihm zu heiß und nachts zu kalt, das Essen schmeckte ihm nicht, und was Kondjoura auch tat, er machte alles falsch.
Ihm fehlt eine Frau, dachte Kondjoura. Eines gewilderten Nashorns wegen benahm sich kein Mann wie ein nörgelndes Kind. Spitzmaulnashörner waren nämlich unnütze und obendrein auch noch aggressive Tiere, die jedem, der ihnen in die Quere kam, einen Schrecken einjagten. Es gab im Kaokoland mehr als genug von diesen Bestien. An weißen Frauen dagegen mangelte es im Kaokoland. Trotzdem zeigte Pa-Trick an den beiden Frauen, die in Orumana lebten, keinerlei Interesse. Dabei besuchten sie ihn regelmäßig, und Kondjoura, der das Fleisch grillen musste, hatte an ihren Blicken bemerkt, dass sie mit Pa-Trick schlafen wollten. Stattdessen schliefen sie mit den anderen frustrierten Männern, weil Pa-Trick meist schon vor dem Essen in seiner Kammer verschwand. Kondjoura nahm allen Mut zusammen und fragte: »Wo ist die schwarzhaarige Frau, die meine Mutter gepflegt hat?«

»Weg«, sagte Patrick und bog in östlicher Richtung auf eine zweispurige Piste ab. Sie hielten nun geradewegs auf Kaoko Otavi zu. In zwei Tagen würden sie wieder in Opuwo sein, dem Ort des Vergessens.

»Sie ist eine begehrenswerte Frau«, schwärmte Kondjoura, obwohl weiße Frauen ihn immer ein wenig an Maden erinnerten. Aber er hatte nie vergessen, was Jasmin für seine Mutter und für Pa-Trick getan hatte. Pa-Trick war damals viel zugänglicher gewesen. »Warum hast du sie fortgeschickt?«

»Sie ist von allein gegangen.«

»Ist die Frau, die du auf dem Papier mit dir herumträgst, auch von allein gegangen?«

»Nein, sie … Ach, das verstehst du nicht.«

»Aber die anderen beiden Frauen aus Orumana …«, setzte Kondjoura neu an, doch Pa-Trick schnitt ihm mit einem verärgerten Knurren das Wort ab, und sie schwiegen, bis sie auf das ausgetrocknete Bett des sporadisch fließenden Hoarusib stießen und im Nordosten Aasgeier kreisen sahen.

»Scheiße!«, entfuhr es Pa-Trick. Die Geier hatten sich nach dem Massensterben der Tiere zurückgezogen. Jetzt waren sie wieder da, und den vielen schwarzen Punkten am Himmel nach zu urteilen, war ein großes Tier oder gar eine Herde verendet.

Sie folgten dem Flussbett, stiegen dann aus dem Landcruiser und gingen querfeldein über eine trostlose Ebene. Mit einemmal blieb Kondjoura stehen, streckte den Zeigefinger aus und sagte: »Kleopatra und Cäsar.«

Diesmal zweifelte Pa-Trick nicht an seinen Worten. Diesmal stieß er einen Schrei aus, der Kondjoura an das Gebrüll eines Löwen erinnerte.

* * *

Und Sergeantmajor Webster erinnerte Patrick an ein aufgescheuchtes Warzenschwein, wie er mit seinem hochgezwirbelten Schnurrbart und kurzen, ruckartigen Schritten hinter der Theke auf und ab tigerte. Er trug seine Ausgehuniform: braune Schuhe, beige, mit messerscharfen Bügelfalten verzierte Hosen, und auf Websters Hemdsärmeln schimmerten polierte Rangabzeichen. Sonntags war die Bar für Normalsterbliche geschlossen. Dann gab es in Opuwo keinen besseren Platz, um ein ungestörtes Gespräch zu

führen. Webster verharrte plötzlich mitten im Schritt, wandte den Kopf und blinzelte Patrick an: »Achtzehn Schuss, sagtest du?«
»Ich habe achtzehn Patronenhülsen gefunden«, korrigierte Patrick ihn. »Davon haben elf Kugeln die Nashörner getroffen, sieben die Kuh und vier das Kalb.«
»Dass der Wilderer ein miserabler Schütze ist, beweist doch, dass er keine militärische Ausbildung genossen hat.«
»Schon, aber die Armee hat Gewehre unter die Himba verteilt, stimmt's?«
»Die Patriarchen, die auf unserer Seite stehen, sind nicht mit AK-47, sondern mit 303-Gewehren ausgerüstet worden!«
»Dann hat Kondjoura vielleicht doch Recht«, sagte Patrick. »Er vermutet, dass es sich bei dem Wilderer um einen Weißen handelt.«
»Wo ist Kondjoura?«
»Ich habe ihn nach Okongwati geschickt. Er soll sich dort umhören.«
»Schade, ich hätte ihn gern gefragt, wie er zu dieser absurden Vermutung gekommen ist.«
»Ganz einfach: Der Wilderer trägt Schuhe mit glatten Ledersohlen. Die Himba, die mit unserer Zivilisation in Kontakt gekommen sind und daher imstande wären, ein Gewehr abzufeuern, tragen meist Sandalen aus alten Autoreifen.«
»Vielleicht ist der Wilderer auch ein desertierter Guerilla?«
»Kein Guerilla wäre so verrückt und würde nebenbei wildern, Sa'major.«
»Und kein Weißer würde sich zu Fuß durch das Kaokoland bewegen. Du hast ja angedeutet, dass vermutlich alle drei Nashörner von ein und derselben Person erlegt worden sind. Die beiden Fundorte liegen aber fast zweihundert Kilometer voneinander entfernt. Und nichts weist darauf hin, dass der Wilderer einen Geländewagen hat?«
»Nein, ich weiß nur, dass wahrscheinlich alle drei Rhinos mit einem Schnellfeuergewehr erlegt und ihre Hörner dann auf bestialische Art mit einer Axt oder einem Buschmesser abgehackt worden sind.«
»Was sagt denn Leon dazu?«
»Leon tippt auf einen Soldaten, der die Gegend auf eigene Faust unsicher macht.«
»Es gibt garantiert immer noch korrupte Offiziere, die Elfen-

bein, Rhinohörner und Diamanten schmuggeln«, pflichtete Webster ihm bei. »Aber nicht in meinem Gebiet, Patrick, nicht im Kaokoland. Dafür lege ich meine Hand ins Feuer. Ich werde trotzdem den Sicherheitsdienst einschalten. Die Eulen sollen jeden Soldaten, der mit einer AK-47 ausgerüstet worden ist, überprüfen.«
»Danke, Sa'major.«
»Kann ich sonst noch etwas für dich tun?«
»Nein.«
»Ich glaube doch.« Webster schmunzelte. »Ich lade dich zum Mittagessen ein. Bei der Gelegenheit kann meine Frau dir die Haare schneiden.«

114

Uasuta hockte tagsüber meist auf einer rot bemalten Blechkiste, die er in Okongwati von dem weißen Bauunternehmer gekauft und mit einem Vorhängeschloss versehen hatte – der Schlüssel zu dem Schloss baumelte an einer Hundekette zwischen seinen fetten Brüsten. Selbst wenn er austreten musste, ließ er die Kiste, im Gebüsch kauernd, nicht aus den Augen, und nachts trug er sie in die Lehmhütte, die seine Gefährtin inmitten einer Baumgruppe errichtet hatte. Dann legte er sich zum Schlafen quer vor den Eingang, verstopfte ihn gewissermaßen mit seinem Körper, denn er hatte eine panische Angst davor, dass ihm jemand das Geld entwenden könnte und er sich dann in die immer länger werdende Schlange der Elendsgestalten aus Okongwati würde einreihen müssen.

Uasuta fühlte sich in Okongwati nicht wohl. Er sehnte sich nach dem Plateau am Kunene zurück, nach dem kühlen Wind, der sein Gesicht gestreichelt und die Fliegen und Moskitos ferngehalten hatte. Und ihm fehlten, neben seinen heiligen Rindern, ein paar ebenbürtige Geschäftsleute, mit denen er feilschen konnte. Mit dem Blinden konnte man nicht feilschen. Der Blinde jagte Uasutas Söhne durch das Kaokoland und zahlte für die Rhinohörner einen miserablen Preis. Und die Leute, die in Okongwati zu ihm kamen, hielten bloß die Hand auf. Zu Uasutas Leidwesen hatte sich seine Sippe inzwischen über den Kunene retten können. Allerdings war ein Kind ertrunken, als der Clan sich an den Händen gefasst und im Gänsemarsch durch den Fluss gewatet war. Jetzt machten sie ihn für den Tod des Kindes verantwortlich und straften ihn mit anklagenden Blicken und verschlossenen Gesichtern. Selbst sein Schwiegersohn zeigte sich nicht gerade freundlich, als er eines Tages im grünen Overall und Stiefeln in Okongwati auftauchte.

Anstatt Uasuta zu begrüßen, stellte Kondjoura sich ans Feuer und spuckte in die Glut. Uasuta bot ihm Tee aus einer Konservendose an, doch Kondjoura schüttelte den Kopf. Er war wohl Besseres von den Weißen gewöhnt, und dass Tjizire nicht von seiner Seite weichen wollte, schien Kondjoura lästig zu sein. Er kramte eine Münze aus der Tasche, warf Tjizire das Geld vor die Füße und sagte: »Hol mir eine Flasche Bier.«

Eine Flasche!

Tjizire wartete darauf, dass er etwas von zwei Flaschen oder Bonbons sagen würde, aber er winkte sie weg wie eine Fliege.

»Zählst du Sterne?«, fragte Uasuta ihn.

»Nein«, erwiderte Kondjoura in einem gereizten Tonfall.

»Dann nimm deine Nase runter«, blaffte Uasuta. »Glaub nicht, dass du, bloß weil du eine Hose am Arsch hast, keinen Respekt mehr vor deinem Schwiegervater zu haben brauchst!«

Kondjoura vergrub seine Hände in den Overalltaschen. Von Respekt keine Spur. »Wo ist mein Vater?«, fragte er.

Uasuta begnügte sich mit einem lahmen Achselzucken, während in seinem Kopf die Gedanken zu rasen begannen.

»Seine Spuren haben mir verraten, dass er neuerdings Nashörner züchtet«, sagte Kondjoura.

Uasuta schloss die Augen. Sein Bauch hing wie ein Beutel zwischen den Schenkeln herab und verdeckte seine kurze Hose. Er sah mit einem Mal völlig nackt aus, schutzlos.

»Ngaturipure ist in Gefahr«, setzte Kondjoura hinzu. »Die Weißen, für die ich arbeite, sind ihm auf den Fersen.«

Uasuta öffnete die Augen und klammerte sich an die Henkel der roten Kiste, so als wollte er sich selbst hochheben und aus der Gefahrenzone tragen. »Wissen die Weißen Bescheid?«

»Nein, noch nicht. Aber ich weiß Bescheid, denn ich kann mir nicht vorstellen, dass du unbewaffnet den Kunene überquert hast.«

»Ich habe Ngaturipure gesagt, dass es jenseits des Kunene von Guerillas wimmelt und dass sie bald über den Fluss kommen würden, und ich habe ihn angefleht, mit mir nach Okongwati zu ziehen. Aber dein Vater wollte nichts davon hören«, jammerte Uasuta. »Da habe ich ihm mein Gewehr gegeben.«
»Eine Ak-47?«
»Woher weißt du das?«
»Mein Vater hat die leeren Patronenhülsen neben den toten Nashörnern liegengelassen.«
»Oh!« Uasuta schlug theatralisch die Hände über dem Kopf zusammen. »Warum tut er das?«, jammerte er. »Warum tötet er Nashörner?«
»Wo ist meine Mutter?«
Uasuta blickte Kondjoura mit gespieltem Erstaunen an. »Ondjandje hütet die heiligen Rinder deines Vaters.«
»Ich bin am Kunene gewesen«, sagte Kondjoura. »Sie sind beide fort.«
»Ich weiß nicht, wo sie sich versteckt halten«, behauptete er. »Dein Vater ist ein Sohn des Windes.«
»Und wer bist du, Uasuta?«
»Einst war ich ein Patriarch«, antwortete Uasuta. »Jetzt bin ich ein Kind der Angst.«
»Wir müssen meinen Vater finden und ihm sagen, dass er einen Bogen um die Nashörner und Elefanten machen soll, sonst werden die Weißen ihn töten.« Kondjoura wies mit dem Zeigefinger auf seinen Schwiegervater. »Und dich werden sie in eine Hütte sperren, die keinen Ausgang hat.«

* * *

Tjizire beobachtete ihn, wie er, die Hände in die Hüften gestemmt, vor ihrem Vater stand und mit ihm redete wie mit einem Kind. Er ignorierte das Bier in ihrer Faust und damit seine Gefährtin, die ohne zu klagen in Okongwati auf ihn gewartet und einen Luftsprung vollführt hatte, als Kondjoura durch das trockene Flussbett des Omuhonga auf sie zugekommen war. Doch er hatte ihr Lächeln nicht erwidert. Stattdessen war er zu ihrem Vater geeilt und hatte ihr, da er sie loswerden wollte, eine Münze vor die Füße geworfen: *Hol mir ein Bier!* Jetzt drohte er Uasuta erneut mit dem Zeigefinger und sagte: »Der Anblick deiner Tochter hat mein

Herz zum Singen gebracht. Aber du hast für Tjizire nicht nur Papierrinder verlangt, sondern mir außerdem noch meinen Vater und meine Freiheit genommen!«

Tjizire stellte die Bierflasche in den Sand und ging mit gesenktem Kopf davon, damit niemand die Tränen sah, die ihr in die Augen stiegen. Die Dürre und das Elend in Okongwati hatten ihrer Liebe nichts anhaben können. Doch die Welt der Weißen hatte Kondjouras Herz vergiftet, und Tjizire konnte nichts dagegen tun, denn die Weißen waren noch mächtiger als ihr Vater ...

115

Kommandant Souter machte sich widerwillig an die Arbeit. Dass er für den jungen Hillmann Nachforschungen anstellen sollte, ging ihm gegen den Strich. Außerdem interessierten ihn Wilderer im Moment weniger als die Fotos, mit denen Arthur ihn gezwungen hatte, sich nachts in Brigadier Bix' Büro zu schleichen und die Kostenvoranschläge der anderen Bauunternehmer zu kopieren.

Dem Winkel nach zu urteilen, aus dem die Fotos geschossen worden waren, hatte der *Schütze* im oberen Stockwerk auf der Lauer gelegen. Ja, er war in der Villa gewesen, als Martha sich auf der Luftmatratze gerekelt hatte, und Souter war davon überzeugt, dass Hillmann den Fotografen auf ihn angesetzt hatte. Wahrscheinlich war es derselbe Schnüffler gewesen, dessen Fußspuren Souter eines Morgens im Garten unter seinem Schlafzimmerfenster entdeckt hatte. Blieb nur noch die Frage, ob Martha Bescheid gewusst hatte. Er konnte sich das nicht vorstellen. Gut, sie war ein wenig betrunken gewesen, aber ansonsten hatte sie sich so ungezwungen verhalten, als sei es die natürlichste Sache der Welt, nackt zu baden. Und wie sie ihn dabei angesehen hatte ... Jesus!

Als Hillmann nach Okongwati gefahren war, um den Bau des Armeecamps in Angriff zu nehmen, hatte jemand einige Male bei Souters angerufen, doch den Hörer sofort wieder aufgelegt, als Denise sich gemeldet hatte. Souter vermutete, dass es Martha gewesen war, oder besser: Er hoffte es. Am liebsten wäre er nach jedem mysteriösen Anruf aufgesprungen und zu ihr gefahren. Aber er hatte nicht den Mut dazu aufgebracht. Was, wenn wieder jemand im oberen Stockwerk hockte? Vielleicht sollte er die Villa beschatten und das Telefon abhören lassen? Das war eine gute Idee, denn er wusste nicht, woran er bei ihr war. Er wusste bloß, dass sie ihn mit ihren Augen ausgezogen hatte und seitdem wie Luft behandelte. Einmal hatte sie Denise besucht, wohl in der Hoffnung, ihn zu sehen, doch als er nach Hause gekommen war, hatte sie sich verabschiedet und war fortgegangen, ohne ihm ein Zeichen gegeben zu haben. Vielleicht wartete sie nur darauf, dass er Hillmann aus dem Weg räumte? Nun, den Gefallen würde er ihr mit Vergnügen tun. Aber ehe er sich den alten Hillmann vorknöpfte, musste er sich erst um den jungen kümmern.

Er rief Pretoria an und stellte den Antrag, alle erbeuteten AK-47 und deren Benutzer überprüfen zu dürfen.

Der General in Pretoria machte ihn darauf aufmerksam, dass jene Männer, die mit einer AK-47 ausgerüstet worden seien, allesamt Geheimmissionen durchführten. »Diese Leute sind für Sie tabu, Kommandant.«

»Es geht nur darum, dass im Kaokoland drei Spitzmaulnashörner gewildert worden sind, General. Vielleicht hat einer der Männer sein Gewehr verloren.«

Eine Weile rauschte es in der Leitung, dann lehnte der General Souters Gesuch mit der Begründung ab, dass alle Registrationsnummern ausgefeilt worden seien. »Es besteht aus Sicherheitsgründen auch keine Namensliste«, betonte der General.

»Soll ich das Ganze dann vergessen?«

»Richtig«, sagte der General. »Wir werden uns selbst darum kümmern.«

116

Usumane kniete im Sonnenblumenfeld hinter dem entblößten Gesäß einer einarmigen Frau. Sie war so betrunken, dass er sie festhalten musste. Ondjandje war zwar eine zähe Frau, immerhin hatte sie zu Fuß die Zebra- und Ehombaberge überwunden und

Ngaturipures Rinder Hunderte von Kilometer weit durch die Wildnis nach Ombalantu getrieben, aber sie war keinen Alkohol gewöhnt, und er hatte sie mit Weißwein abgefüllt, denn ihre abgemagerten Rinder fraßen das Heu, das er bezahlt hatte, und soffen sein Wasser, und sein Holz speiste ihr Ahnenfeuer, und ihr Gefährte machte seine Arbeit wie ein blutiger Anfänger, und der Verrückte, dem er die Rhinohörner angedreht hatte, war im Rückstand. Irgendwer musste dafür zahlen. Und da ihm die Frau nichts anderes als ihren nackten Hintern zu bieten hatte, musste er eben damit vorlieb nehmen.

Usumane wollte gerade in sie eindringen, da vernahm er eine melancholische Melodie. Sie hörte sich an wie das Tuten eines Dampfers. Er warf einen Blick über die Schulter und sah einen Soldaten im Tarnanzug an der Ecke des *Cuca-Shops* stehen. Usumane spürte, wie sein Penis schrumpfte. Es war der blonde *Ekakunya* mit dem schiefen Lächeln! Und der lehnte an der Ladenecke und blies in den Hals einer Colaflasche: »Huuuut-tuuuut!«

Usumane ließ die Frau los, zog seine Hose hoch und setzte, während er sich zögernd dem Soldaten näherte, die Sonnenbrille auf. Jetzt fühlte er sich sicherer. Jetzt war er wieder der Blinde. »Hallo«, rief er.

»Huuuut-tuuuut!«

Der Blinde rang die Hände. Die Art, wie der Soldat dort stand, ihn aus seinen hellen Augen anstarrte und in den Flaschenhals blies, machte ihm Angst. »Was kann ich für dich tun?«

Der Soldat ließ die Flasche sinken und sagte: »Wo steckt der fette Himba, den wir neulich in Angola besucht haben?«

»Der Elefant?«

»Huuuut-tuuuut.«

»Ich habe gehört, dass die Guerillas ihn überfallen und seinen Kral niedergebrannt haben.«

»Aber die Terroristen haben schlechte Arbeit geleistet. Ich konnte seine Leiche nirgendwo finden.«

»Vielleicht haben sie ihn entführt. Er wusste viel.«

»Du weißt auch viel«, sagte der Soldat. »Im Kaokoland redet eine AK-47. Sie behauptet, dass ich den Dicken zum Wildern animiert hätte.«

»Wie kommt sie darauf? Der Elefant ist zu fett, um zu jagen.«

»Dann muss er die AK-47 einem anderen gegeben haben.« Der

Soldat umfasste die Colaflasche mit beiden Händen, als wollte er ihr den Hals abdrehen. »Wem?«

»Das weiß ich nicht. Ehrlich nicht.«

»Scheiße«, sagte der Soldat auf Deutsch.

»Wie bitte?«

Der Soldat wies mit der Colaflasche auf das Sonnenblumenfeld. »Wer ist diese Himbafrau dort drüben?«

»Ich habe sie mitsamt den Rindern von einem Himba aus Swartbooisdrift gekauft«, behauptete der Blinde.

»Sie ist betrunken.«

Der Blinde zuckte die Achseln. »Was geht dich das an? Sie hat ein Loch«, sagte er. Im nächsten Moment strömte ihm das Blut aus der Nase. Der Soldat holte erneut aus und schlug ihm diesmal mit der Flasche auf den Mund. Dann ließ er sie fallen und murmelte im Weggehen: »Das Pfand hole ich mir, wenn ich wiederkomme, um dein Haus durchsuchen zu lassen.«

* * *

»Gibt's was Neues, Sa'major?«

»Ja, Pretoria nimmt die Angelegenheit sehr ernst. Sie haben einen Mann abkommandiert, der dich in Zukunft begleiten wird.«

»Bitte nicht«, flehte Patrick. »Mir langt es schon, dass ich Kondjoura durch die Gegend kutschieren muss. Er hat nicht das geringste Interesse an seiner Arbeit.«

»Keine Widerrede. Dort draußen ist ein Mann mit einer AK-47 und einem Buschmesser unterwegs. Außerdem graben sich immer mehr Guerillas am Kunene ein. Irgendwann überqueren sie die Grenze, und dann geht es dir an den Kragen.«

»Das wird der Junkie aus Pretoria auch nicht verhindern können.«

»Er ist kein Junkie. Darauf kannst du dich verlassen.«

»Kennt Sa'major ihn?«

»Nein, aber er ist ein *Recce* und heißt Erich Hillmann.«

* * *

Als Erich aus dem Hubschrauber sprang, schlug ihm ein heißer Windhauch entgegen. Der Sommer nahte und mit ihm die Hoffnung auf Regen. Erich blickte sich um. Eine in der Hitze flimmernde Landepiste, ein Hangar am Rande des Rollfeldes, daneben ein staubiger Landcruiser und vier Soldaten, die gelangweilt im Schatten des Hangars hockten. Genauso hatte er sich sein neues Einsatzgebiet vorgestellt. Dass Opuwo am Arsch der Welt lag, machte Erich nichts aus, denn er war schon auf weitaus einsameren Plätzen gelandet. Aber dort war wenigstens immer etwas los gewesen ...

Erich hörte eine Tür knarren. Dann stieg sein Bruder aus dem Landcruiser. Patrick sah verwegen aus mit seinem schwarzen Lockenkopf, dem Vollbart und der sonnengebräunten Haut, die sich kupferfarben von seiner Khakiuniform abhob. Erich schulterte seine Ausrüstung und ging ihm grinsend entgegen. Er konnte es nicht abstreiten: Er freute sich, seinen Bruder zu sehen. Und Patrick strahlte! Seine Hand fühlte sich kräftig an, doch seine Augen verrieten Erich, dass Patrick noch immer ein Weichei von einem Träumer war. »Na?«, sagte Erich.

Patrick stieß einen leisen Pfiff aus. Erich trug einen Tarnanzug, an den Füßen Segeltuchstiefel mit dicken Gummisohlen und auf dem Kopf einen Schlapphut, dessen Krempe er hochgeschlagen hatte, damit er besser hören konnte. Um seine rechte Wade war ein Messer geschnallt, am Koppel hingen vier Munitionstaschen, drei Wasserflaschen und ein Pistolenhalfter. In der linken Hand hielt er ein kurzläufiges R5-Schnellfeuergewehr, und über seiner Brusttasche und am Ärmel bezeugten aufgenähte Abzeichen, dass Erich ein Fallschirmjäger, Taucher und Scharfschütze in einer Person war. »Ich kann's nicht fassen«, murmelte Patrick. »Aber du bist es wirklich.«

»Klar«, sagte er. »Ich hab's geschafft.«

»Das sehe ich. Und wie geht's dir?«

»Ich kann nicht klagen.«

»Warum haben sie ausgerechnet dich abkommandiert?«

»Ich war gerade in der Nähe«, sagte Erich. Er übergab Patrick seine Ausrüstung. »Wer führt hier das Kommando?«, fragte er, während Patrick die Schlafrolle und den vollgestopften Tornister auf der Ladefläche verstaute.

»Sa'major Webster.«

»Warum ist er nicht mitgekommen, um mich zu begrüßen?«

»Webster ist ein lockerer Typ. Er wartet in der Bar auf dich.«

»Da kann er lange warten. Los, fahren wir.«

Patrick hatte in seinem Fertighaus das Gästezimmer für Erich zurechtgemacht. »Das war nicht nötig«, sagte Erich und ließ sich im Wohnzimmer in einen Sessel fallen. »Ich schlafe lieber im Freien.«

Patrick zündete sich kopfschüttelnd eine Zigarette an. Daraufhin verzog Erich angewidert das Gesicht. »Rauchen verdirbt den Geruchssinn.«

»Aber ein Bier kann nicht schaden, oder?«

»Gib mir eine Cola.« Erich entging nicht, wie sein Bruder sich gegen den Befehlston sträubte. »Damit das von Anfang an klar ist«, rief er Patrick nach. »Im Busch wird nach meiner Pfeife getanzt, hörst du? Ich habe keine Lust, mich deinetwegen von einem Wilderer umlegen zu lassen.«

Patrick steckte den Kopf aus der Küchentür. »Also ist es doch einer aus deiner Einheit?«

»Du darfst eines nicht vergessen«, sagte Erich. »Wir sind nicht an Rhinohörnern, sondern an Menschenohren interessiert.« Er grinste, als er den entsetzten Ausdruck in den Augen seines Bruders gewahrte. »Hey, war bloß 'n Scherz, Mann!«

»Sehr witzig.«

»Nimm's nicht so tragisch. Sag mir lieber, ob du in der Wüste schon mal über einen fetten Himba gestolpert bist?«

»Einen fetten Himba? Ich kenne nur einen. Der lebt in Okongwati und ist der Schwiegervater meines Gehilfen.«

Erich war mit einem Satz auf den Beinen. »Wie heißt er?«

»Keine Ahnung. Ich habe seinen Namen vergessen.«

»Stammt er aus Angola?«

»Ja.«

»Und besitzt er zufällig eine AK-47?«

»Nein, das heißt: Ich habe ihn noch nie mit einer Waffe gesehen.«

»Dann sollten wir ihn uns vorknöpfen.«

»Fehlanzeige, Erich! Der Fettsack kann sich kaum von der Stelle rühren.«

»Trotzdem!«, beharrte Erich. »Wo ist dein Gehilfe?«

»Ich habe Kondjoura in den Norden geschickt, damit er sich ein bisschen umhört.«

»Das war ein Fehler«, sagte Erich und sank in den Sessel zurück. »Verdammter Mist.«

»Kondjoura hat nichts mit den Wilddieben zu tun!«

»Das werden wir ja sehen.«

»Du weißt mehr, als du zugeben willst, stimmt's?«

»Ja. Ich weiß zum Beispiel, dass man keinem trauen darf.« Erich zog das Messer und begann seine Fingernägel zu reinigen. »Hör zu«, sagte er, ohne den Blick abzuwenden. »Ich bin im Ovamboland auf Paulus gestoßen. Erinnerst du dich noch an ihn? Er hat mal für den Alten gearbeitet. Jetzt hütet er die Ziegen seines Vaters und gibt Informationen an die Armee weiter. Gleichzeitig steht er unter Verdacht, dass er unsere Vorräte an Terroristen verfüttert. So sind sie doch alle, die Brüder. Aber zumindest hat Paulus seine Frau zum Teufel gejagt. Die ist mir damals schon mit ihrem ewigen *Jaa-a* gehörig auf den Geist gegangen.«

»Esme arbeitet immer noch für Engelbrecht. Wenn er nicht gerade den Hungerfarmer spielt, tauscht er im Kaokoland Maismehl und Heu gegen Rinderfelle ein.«

»Hast du eigentlich noch Kontakt zu ... Wie heißt sie?«
Patrick lehnte sich an den Türrahmen. »Sarah?«
»Richtig!«
»Sarah hilft in Kamanjab in einem Laden aus.«
»Und?«
»Nichts. Sie war verheiratet, hat ein Kind gekriegt und so weiter.«

Erich winkte mit dem Messer ab, ehe er es in die Scheide zurücksteckte. »Immer dieselbe Scheiße.«

Einen Augenblick sah es so aus, als wollte Patrick protestieren, doch dann verschränkte er die Arme vor der Brust und fragte: »Hast du eine Freundin?«

Erich schüttelte den Kopf. »Ich bin mit meiner Knarre verheiratet. Auf die kann ich mich verlassen.«

»Macht es dir nichts aus, Menschen zu töten?«
Erich seufzte. »Du siehst nur das Problem zwischen Schwarz und Weiß. Ich gucke über den Tellerrand und sehe die Rote Gefahr. Mann, was glaubst du, was geschieht, wenn wir den Krieg gegen die Kommunisten verlieren? Sie werden uns wie Ratten im Atlantik ersäufen.«

»Und wenn wir Pech haben, werden wir morgen auf den Alten stoßen«, wich Patrick vom Thema ab. »Er baut gerade in Okongwati ein Armeecamp.«

»Ich weiß. Mum hat es mir geschrieben.«
»Ihr schreibt euch?«
»Klar, sie ist schließlich meine Mutter!« Erich neigte sich vor. »Hey, sag bloß, du schreibst ihr nicht?«

»Selten. Ich weiß nie, was ich ihr schreiben soll.«

»Zum Beispiel, dass du sie vermisst. Das hören alle Mütter gern. Vor allem, wenn sie nächtelang an deinem Bett gesessen und dich getröstet haben, als es dir dreckig ging.« Erich rieb sich die Augen. »So, und jetzt hol mir eine Cola, ehe ich verdurste.«

* * *

Von Uasuta fehlte jede Spur.

Ein Himba, der sich als Kondjouras Onkel ausgab, sagte: »Mein Neffe hat schlechte Manieren von euch gelernt. Er kam eines Tages hier an, verlangte eine Flasche Bier und behandelte uns wie kleine Kinder. Am nächsten Morgen waren sie fort.«

»Wer?«, fragte Patrick.

»Alle: Tjizire, Kondjoura, Uasuta – die ganze Familie.«

»Was habe ich dir gesagt?«, rief Erich. »Dein Gehilfe weiß, wer der Wilderer ist! Er steckt mit der Saubande unter einer Decke!«

»Wo sind sie hingezogen?«

Kondjouras Onkel zuckte die Achseln. »Kleinen Kindern sagt man so was nicht.«

»Dann wird es verdammt schwierig sein, sie zu finden.«

»Das ist unmöglich«, pflichtete Erich seinem Bruder bei. »Wir müssen stattdessen herausfinden, wie die Beute aus dem Kaokoland geschafft wird.«

Patrick schnippte mit den Fingern. »Louis Engelbrecht ist neben dem Minister für Maul- und Klauenseuche der Einzige, der Kontakt zu den in der Wildnis lebenden Himba hat. Und er verlässt regelmäßig das Kaokoland mit einem vollgeladenen Wagen.«

»Das tut *Hillmann Construction* auch«, gab Erich zu bedenken.

Patrick schüttelte zweifelnd den Kopf. »Der Alte ist viel zu gerissen, als dass er sich vor meiner Nase an blutigen Rhinohörnern die Hände schmutzig machen würde.«

»Aber Engelbrecht traust du das zu?«

»Ja, dem schon. Der ist finanziell am Ende.«

* * *

»Können Sie mir verraten, was hier gespielt wird?« Webster hatte Souter einen Stuhl angeboten, doch der kleine Mann mit dem sorgsam gestutzten Schnurrbart war so aufgebracht, dass er, die

Hände hinter dem Rücken verschränkt, im Büro umherwieselte. »Ich wurde von Pretoria zurückgepfiffen wie ein Hund«, lamentierte er, »und das Nächste, was ich hörte, war, dass Erich Hillmann den Fall übernommen hat. Erich Hillmann!« Souter spuckte Webster den Namen förmlich über den Schreibtisch hinweg ins Gesicht.

»Man hat mir ausdrücklich befohlen, dem Jungen freie Hand zu lassen«, sagte Webster. Das hatte man Souter auch befohlen; daraufhin war er in die nächste Dakota gestiegen und nach Opuwo geflogen. »Er hatte noch nicht einmal den Anstand, sich vorzustellen«, fügte Webster gekränkt hinzu.

»Hillmann gehört einer Spezialeinheit an. Wo er sich aufgehalten hat, als die Nashörner abgeschlachtet worden sind, weiß nur sein Vorgesetzter. Und der hüllt sich in Schweigen. Aber ich kann zwei und zwei zusammenzählen, Sa'major: Patrick Hillmann wird Naturschutzbeamter, Arthur Hillmann setzt alles daran, um einen Auftrag im Kaokoland zu ergattern, und dann taucht plötzlich der Dritte im Bunde auf – Erich Hillmann, der die Waffen regelmäßiger wechselt als seine Unterhosen.«

»Der alte Hillmann lässt sich nur selten auf der Baustelle blicken«, gab Webster zu bedenken. »Außerdem verehrt Patrick die Nashörner geradezu, und Erich gibt sich große Mühe, den Wilderer dingfest zu machen.«

»Ach was, der jagt bloß seinen eigenen Schatten!« Souter schlug mit der Faust auf den Schreibtisch. »Das ist es, Sa'major: Erich und der Alte führen diesen Trottel von Naturschutzbeamten an der Nase herum!«

Webster hatte Zweifel, wagte jedoch nicht, sie laut zu äußern, denn er kannte Souter als einen Mann, den er einst mit einer präzise arbeitenden Maschine verglichen hatte. Jetzt drohte der Apparat aus ihm unbekannten Gründen zu explodieren.

»Wo stecken die beiden Brüder?«, wollte Souter wissen.

»Meine Leute haben mir gesagt, dass sie gestern Nacht mit einem Hubschrauber weggeflogen sind.«

»Nachts? Und wohin?«

»Keine Ahnung.«

»Verdammt«, schimpfte Souter. »Da tappt man doch wahrhaftig wie ein Blinder in seinem eigenen Gebiet herum!« Er verschränkte die Hände wieder hinter dem Rücken und begann auf seinen Fußballen auf und ab zu wippen. »Das war damals auch so, als die Lastwagen gen Süden rollten. Jedermann wusste, dass sie bis oben hin voller Elfenbein und Diamanten waren, aber niemand durfte sie anhalten oder gar durchsuchen. Das hat der Armee einen anrüchigen Namen gegeben.« Souters Hacken knallten auf den Linoleumboden, und er zupfte ein grünes Schnupftuch aus der Tasche. »Haben Sie einen Hund? Oder eine gottverdammte Katze?«

»Nein, Kommandant.«

Souter schneuzte sich, ließ das Tuch mit einer fließenden Handbewegung in der Tasche verschwinden und schwor: »Das sage ich Ihnen, Sa'major: Ich werde die Hillmanns keine Sekunde mehr aus den Augen lassen!«

* * *

Sie saßen auf der Polizeistation in einem spärlich eingerichteten Büro: Patrick, Erich, Leon Ellison und ein Konstabler namens Norman Fritz, der vor zehn Jahren nach Kamanjab versetzt worden war und seitdem vergebens auf eine Beförderung wartete. Niemand sagte ein Wort. Erich reinigte seine Fingernägel mit einem Messer, Leon sog an seiner röchelnden Pfeife, der Konstabler polierte das grün angelaufene Abzeichen auf seiner Dienstmütze mit Klopapier, und Patrick döste vor sich hin. Er war müde. Louis Engelbrecht hatte tags zuvor eine Fuhre Rinderfelle aus dem Quarantänedepot entgegengenommen und angedeutet, dass er am nächsten Morgen nach Windhoek fahren wollte. Daraufhin waren Patrick und Erich in einem Alouette nach Khorixas ins Damaraland geflogen, hatten Leon aus dem Bett getrommelt und waren im Morgengrauen in Kamanjab gelandet. Jetzt warteten sie darauf, dass Engelbrecht den Kontrollpunkt am Veterinärzaun passierte.

In den Zellen nebenan gähnte jemand lauthals. Das Geräusch erinnerte Patrick daran, dass Sarah keine zweihundert Schritte von ihm entfernt in einem kleinen Zimmer hinter dem Laden schlief, nicht ahnend, dass er ihrem Vater eine Falle gestellt hatte. Am liebsten wäre er zu ihr gegangen, hätte sie geweckt und ihr alles erklärt. Doch er blieb sitzen und hoffte inbrünstig, dass Engelbrecht unschuldig war, trotz der vielen Finger, die in seine Richtung zeigten: sein enger Kontakt zu den in der Wildnis ausharrenden Himba, die Tatsache, dass die Nashörner erst getötet worden waren, nachdem Engelbrecht in das Kaokoland gekommen war, seine finanzielle Notlage, der Lastwagen und die regelmäßigen Fahrten nach Windhoek, wo er möglicherweise noch Kontakte zu korrupten Offizieren hatte …

Das Sprechfunkgerät auf dem Tisch des Konstablers begann zu rauschen, dann rief jemand mit nuschelnder Stimme: »Zulu an Hotel! Baas Engelbrecht hat soeben den Kontrollpunkt passiert.«

Erich steckte das Messer weg. »Es geht los«, sagte er auf Afrikaans, da Norman Fritz ihm bei der Begrüßung anvertraut hatte, dass er weder ein Wort Deutsch noch Englisch verstehen, dafür aber fließend Nama sprechen konnte. »Engelbrecht wird in einer Stunde in Kamanjab eintreffen.«

Patrick warf einen Blick auf seine Armbanduhr: sieben Uhr dreißig! Sarah musste um acht im Laden sein. Was passiert, fragte er sich, wenn sie zufällig aus dem Fenster guckt und sieht, wie ich den Laster an der Kreuzung durchsuche? Oder Dannie Steyn käme in den Laden und sagte: »Du, Sarah, kannst du mir verraten, weshalb der Ranger deinen Alten durch die Mangel dreht?« Patrick nahm Erich beiseite: »Hast du was dagegen, wenn ich im Büro bleibe? Ich will nicht, dass Engelbrecht Verdacht schöpft.«

»Klar.« Erich grinste. »Du kannst dem Konstabler Gesellschaft leisten.«

Norman Fritz, der dem Abzeichen auf seiner Dienstmütze gerade den letzten Schliff gab, indem er es hingebungsvoll ableckte, blieb verdutzt am Schreibtisch hocken und beobachtete mit heraushängender Zunge, wie Leon und Erich aus dem Büro eilten und draußen in seinen vergitterten Streifenwagen stiegen.

* * *

Louis hatte sich mit dem Trinken zurückgehalten, denn vor ihm lag ein siebenhundert Kilometer langer Weg. Er hatte Opuwo am späten Nachmittag verlassen und kurz nach Sonnenuntergang seinen Schlafsack neben der Schotterpiste ausgerollt. Irgendwann in der Nacht war ein Hubschrauber hoch über ihn hinweggeflogen. Er hatte eine Weile wach gelegen und an die Nächte gedacht, als er selbst in einem Alouette gesessen und jeden Moment damit gerechnet hatte, dass ihn eine SAM-7-Rakete vom Himmel pflückte. Nee, da lag er lieber unter seinem Laster mit einer Flasche im Arm und der Gewissheit, dass er jederzeit den Deckel abschrauben und einen Schluck trinken konnte. Er trank einen Schluck, einen kleinen. Kurz darauf schlief er wieder ein.

Im Morgengrauen würgte er seinen Kaffee mit einem Schuss Brandy hinunter und fuhr los. Um die Zeit war die Luft kühl und die Piste wie leergefegt. Das würde sich bald ändern. Dann würden Esel und Ziegen die Schotterstraße kreuzen, und die Temperatur in der Kabine würde auf vierzig Grad ansteigen. Hinzu kam, dass der Laster klapperte. Hinten auf der Ladefläche schlugen bei jeder Unebenheit zwei Propangasflaschen an die Aufbaureling. Dabei hatte Louis die Gasflaschen mit Seilen und Gummiunterlagen an das Aufbaugitter gefesselt.

Das Scheppern und Klirren füllte seine Ohren aus, und als er am Veterinärzaun hielt, sah er für eine Weile nur, wie sich die Lippen des schwarzen Beamten bewegten, ehe er die ersten Bruchstücke von Sätzen verstehen konnte: »... sehe, dass Baas wieder Felle geladen ... viele verreckt ... Dürre ... kein Regen ...«

Louis hatte den Veterinärbeamten noch nie so redselig erlebt. Und der Alte fragte auch nicht danach, ob Louis Pflanzen, Milchprodukte, Fleisch oder gar Rhinohörner und Elfenbein an Bord hatte, sondern winkte ihn mit einem zahnlosen Lächeln durch das Tor.

Im Rückspiegel bemerkte er, wie der Beamte humpelnd in das Schildhäuschen eilte. Das kam ihm zwar merkwürdig vor, doch erst, als er eine Stunde später einen vergitterten Streifenwagen an der einzigen Kreuzung vor Kamanjab und auf der Straße einen Naturschutzbeamten und einen Soldaten stehen sah, wurde ihm klar, dass sie ihn auf dem Kieker hatten.

Er tastete auf dem Beifahrersitz nach der Brandyflasche, überlegte, ob er sie aus dem Fenster werfen sollte, entschied sich dagegen und verstaute die Flasche im Handschuhfach. Im selben Moment hob der Soldat im Tarnanzug auch schon die Hand. Engelbrecht trat auf die Bremse. Während der Laster ausrollte, ließ Louis den Soldaten nicht aus den Augen. Mit Leon würde er fertig werden. Aber dass sie einen *Recce* an der Kreuzung abgesetzt hatten, erfüllte Louis mit Unbehagen.

Aus den Augenwinkeln sah er, wie Leon die Pfeife aus dem Mund nahm und an das Führerhaus trat. »Morgen, Oom Louis«, rief er. Seine Stimme klang freundlich, doch der Soldat blieb mit schussbereiter Waffe im Hintergrund stehen und blickte ihn grinsend an. Das teilnahmslose Grinsen kam Louis irgendwie bekannt vor ... »Würde Oom bitte aussteigen?«

Louis stieß die Wagentür auf. »Hei, was geht hier vor, Leon?«

»Ach, nichts Besonderes, Oom«, beteuerte Leon. »Wir haben lediglich den Auftrag, alle Wagen zu durchsuchen.«

»Und wer ist das da?«

»Erich Hillmann.«

Engelbrecht fuhr herum und starrte den Soldaten an. Tatsächlich, dachte Louis, das ist er! Gleichzeitig schossen ihm drei Namen durch den Kopf: Erich, Patrick und Arthur! Und diese drei Namen formten sich zu einem gegen ihn gerichteten Komplott zusammen. Ohne dass es ihm bewusst geworden war, hatte er die Brandyflasche aus dem Handschuhfach hervorgeholt. Als er den Deckel abschraubte und die Flasche an seine trocknen Lippen setzte, kam Erich über die Straße und stieß ihm den Gewehrlauf in die Rippen. »Lass das«, sagte er in einem kalten Tonfall, »sonst muss ich dich auf der Stelle verhaften.«

Louis verschluckte sich und sprühte einen Mundvoll Brandy an die Windschutzscheibe. Er war schockiert. Und es kam noch schlimmer: Anstatt ihm nach all den Jahren einen guten Morgen zu wünschen, kletterte Erich auf die Ladefläche und begann die getrockneten Rinderfelle auf die Straße zu werfen. »Bist du verrückt geworden?«, brüllte Louis. Doch Erich ignorierte ihn. Er durchwühlte die Proviantkisten, und nachdem er Engelbrechts Zelt auseinandergefaltet hatte, drehte er beide Gasflaschen auf. Ein Zischen ertönte. »Sie sind voll«, sagte Erich und drehte die Düsen wieder zu. »Kann mir jemand erklären, aus welchem Grund ein Fellaufkäufer zwei volle Gasflaschen nach Windhoek transportiert?«

Engelbrecht sprang aus dem Führerhaus. Er sah in seinem ausgewaschenen Overall wie eine blaugraue Vogelscheuche aus. »Es war ein Versehen«, erklärte er mit schriller Stimme. »Dein Vater hat die beiden Gasflaschen durch einen bescheuerten Lieferanten nach Okongwati schicken lassen. Josef braucht aber Sauerstoff und Acetylen zum Schweißen.«

»Ach so«, sagte Erich grinsend, »ich dachte schon, du wolltest in Windhoek im Zoopark kampieren.«

Engelbrecht fingerte mit einer zitternden Hand an seinen Mundwinkeln herum. »Was habe ich dir getan, Erich?«

»Nichts. Wieso?«

»Wer soll jetzt die Rinderfelle wieder aufladen, häh?«

»Du«, sagte Erich und kletterte wie eine Katze an der Aufbaureling herunter.

»Ich werde Oom helfen«, versprach Leon. Er hatte unterdessen die Fahrerkabine durchsucht. Erich gab sich jedoch damit nicht zufrieden. Während Leon und Engelbrecht die Felle aufluden, öffnete er Engelbrechts Reisetasche und tastete den Hohlraum unter den Sitzen ab. Dann kroch er unter den Laster. Und dabei entdeckte er den zweiten Dieseltank, den man zu seiner Verwunderung aufklappen konnte. »Das ist ja komisch«, sagte Erich.

»Das ist gar nicht komisch«, brüllte Louis. »In diesem Fass transportiere ich mein Feuerholz!«

»Das Ding ist leer.«

»Ich habe auch nicht vor, in Windhoek im Zoopark zu kampieren!«

»Langsam, Oom«, raunte Leon.

»Ganz langsam«, fügte Erich hinzu. »Sonst zerlege ich deine Schrottkiste in Einzelteile.«

»Na schön.« Louis gab sich geschlagen. »Ich setze mich in den Wagen und halte den Mund, okay?«

»Das ist eine gute Idee«, sagte Erich.

Eine halbe Stunde später hielt Engelbrecht fünf Kilometer östlich von Kamanjab am Straßenrand. Sein Herz raste. Er brauchte einen Drink, einen schönen steifen. Er öffnete das Handschuhfach und griff ins Leere.

* * *

Souter balancierte auf der obersten Sprosse einer Leiter. Wenn er sich auf die Zehenspitzen stellte, konnte er über die Grundstücksmauer hinweg das Schwimmbecken und dahinter die hell erleuchtete Villa sehen. Das Licht widerspiegelte sich im Wasser und blendete ihn. Aber Souter war weniger auf seine Augen als auf sein Gehör angewiesen: Er trug Kopfhörer, und in der linken Hand hielt er ein Richtmikrofon.

Schräg unter ihm duckte sich ein Nebengebäude. Hillmanns Nachbar, der sich meist auf einer Rinderfarm im Nordosten des Landes aufhielt, hatte die Wohnung an einen pickeligen jungen Mann vermietet, nicht ahnend, dass der angebliche Student für den militärischen Geheimdienst arbeitete. Der vorige Mieter war fluchtartig ausgezogen, nachdem eine tote Siamkatze am Knauf der Eingangstür gebaumelt hatte. Souter versuchte, nicht an die Katze zu denken ... Pickelgesicht hatte ihn vor ein paar Minuten angerufen und ihm mitgeteilt, dass Hillmann Besuch von einem gewissen Louis bekommen hätte, der in einem Lastwagen vorgefahren sei. Engelbrecht!

»Gut. Ich komme sofort.«

Jetzt stand Souter auf der Leiter. Er konnte nicht sehen, was sich hinter den zugezogenen Gardinen abspielte. Dafür vernahm er im Kopfhörer ein Klirren, so als würde Eis in einem Glas kreiseln, dann fragte Martha: »Soll ich uns was kochen?«

Sie hatte nicht mit Engelbrechts Besuch gerechnet. Mehr noch: Ihre Stimme verriet Souter, dass sie überrascht war.

»Nein danke, Martha. Ich habe unterwegs schon gegessen.«

»Wie geht es Elsie? Gott, ich habe sie so lange nicht mehr gesehen.«

Souter schloss die Augen. Er liebte den warmen Klang ihrer Stimme.

»Bestens«, behauptete Louis. »Sie lässt schön grüßen.«

»Du musst sie das nächste Mal unbedingt mitbringen, hörst du?«

»Abgemacht.«

»Arthur hat mir gesagt, dass ihr eine Farm habt und dass du im Kaokoland Maismehl gegen Felle eintauschst.«

»Ja, wir hatten ein bisschen Pech. Die Farm war völlig heruntergewirtschaftet, ich habe mir meine Pension auszahlen lassen, und dann kam die Dürre. Aber ich darf mich nicht beklagen: Patrick hat mir den Job im Kaokoland vermittelt. Da habe ich natürlich nicht nein gesagt, als Art mich gebeten hat, ein paar Gasflaschen nach Windhoek zu transportieren.«

»Wie sieht es auf der Baustelle aus?«, mischte Arthur sich ein.

»Nun, ohne die Sauerstoff- und Acetylenflaschen ist Josef aufgeschmissen.«

»Tu mir einen Gefallen und nimm die Flaschen morgen auf dem Rückweg mit, ja?«

»Kein Problem, Art.«

»Danke ... Würdest du uns bitte einen Moment entschuldigen, Martha? Wir haben noch etwas zu erledigen.«

»Ich richte solange das Gästezimmer her«, sagte Martha. Sie hatte es längst aufgegeben, Fragen zu stellen ...

Souter hörte, wie sich Schritte entfernten, eine Tür fiel ins Schloss, dann vernahm er ein nichtssagendes Rauschen. Verdammt, sie waren in einen anderen Raum gegangen, wohin sein

Mikrofon nicht reichte. Souter nahm sich vor, Pickelgesicht gleich am nächsten Tag, als Telefontechniker getarnt, in Hillmanns Villa zu schicken, um ein paar Wanzen im Haus anbringen zu lassen. Er wandte sich auf der Leiter um und suchte den Himmel nach dem Kreuz des Südens ab. Das Sternbild war bereits untergegangen. Er wusste, dass er heute kein Glück mehr haben würde. Die Bestätigung kam zehn Minuten später.

Souter hörte unvermittelt einen Wagen anspringen. Er stellte sich auf die Zehenspitzen und sah den goldfarbenen Mercedes mit hoher Geschwindigkeit die Auffahrt hinunterrasen.

Souter sprang von der Leiter, riss im Fallen den Kopfhörer herunter, stürmte am Haupthaus vorbei auf die Straße und rannte zu seinem Wagen. Doch als er an der Kreuzung hielt, lag die Heinitzburgstraße verlassen vor ihm.

117

Im Morgengrauen riss das heisere Gebrüll eines Stieres Ngaturipure aus dem Schlaf. Von einer Sekunde zur anderen war er hellwach. Er lag, in seinen Fellumhang gewickelt, neben einem heruntergebrannten Feuer und lauschte angespannt: Im Schilf des Hoarusib wisperte der Wind, Lärmgeckos keckerten in ihren unterirdischen Höhlen, und er hörte das verlorene Summen eines Moskitos, der dicht über seinem Gesicht durch das Dämmerlicht surrte.

Wie damals, als er selbst in einer unterirdischen Höhle gehaust hatte, fühlte er sich einsam und verlassen, denn seit einem Mond strich er wie ein Raubtier durch die Etendekaberge im Südwesten des Kaokolandes, allein auf sich gestellt und immer in Deckung, weil ihm die Weißen auf den Fersen waren. Das hatte er von seinem Sohn erfahren: Als er in Otjiu, einer von Termiten zerfressener Siedlung am Hoarusib, seine Ration Maismehl holen und Uasutas Söhnen die Rhinohörner einer erbeuteten Nashornkuh hatte übergeben wollen, war plötzlich Kondjoura aus einer windschiefen Hütte gekrochen. Ngaturipure erinnerte sich nur ungern an die Begegnung. Sein Sohn hatte ihm zwar die Hand geschüttelt und ihn angelächelt, doch in seinen Augen waren Wut und Verzweiflung gewesen.

»Die Weißen haben in Okongwati nach Uasuta gefragt«, hatte Kondjoura gesagt. »Sie suchen das Gewehr, das du in den Fäusten hältst, und sie werden nicht eher ruhen, bis deine Hände gefesselt sind.«

Das wollte Ngaturipure nicht glauben, auch nicht, dass die Weißen die Nashörner mehr liebten als die Himba ihre Rinder. Und als er gehört hatte, dass Uasuta geflohen war und Kondjoura seine Arbeit niedergelegt hatte, um ihn zu warnen, hatte er seinen Sohn einen Dummkopf geschimpft: »Du hast die Dämonen auf meine Fährte gelockt!«

Letztendlich hatten sie sich wieder einmal im Streit getrennt. Uasutas Söhne waren jedoch nicht grußlos davongegangen. Sie hatten ihm gesagt, dass Uasuta unzufrieden mit ihm war, weil er die Patronenhülsen liegengelassen und seine Spuren nicht verwischt hatte und weil er so langsam und grob arbeitete. Außerdem hatten sie durchblicken lassen, dass sie es leid waren, seinetwegen durch das Kaokoland zu streifen. Denn ehe die Söhne die Rhinohörner entgegennehmen durften, mussten sie Ngaturipure erst einen mit komplizierten Knoten versehenen Lederriemen überreichen, zum Beweis dafür, dass seine heiligen Rinder wohlauf waren und das Ahnenfeuer noch brannte. Hätte Ondjandje nur einen einfachen Knoten in die Mitte des Riemens geschlungen, wäre Ngaturipure aufgebrochen und hätte Uasuta in seinem Versteck erschossen ...

Unvermittelt ertönte wieder das heisere Gebrüll des Stieres. Es war ein wundervoller Klang in der Zeit der Dürre, aber der Ruf war nicht aus Ngaturipures Herzen gekommen, sondern aus der Ferne zu ihm herübergeweht. Er stand auf und ließ seinen Blick über das schwarze Flusstal schweifen. Als die Sonne aufging, gab er die Hoffnung auf, dass die Ahnen ihm doch noch ein Zeichen geben würden.

Ngaturipure war in wenigen Minuten reisefertig und ging zum Fluss hinunter, um seinen Durst zu löschen. Er hinterließ nichts als ein sterbendes Feuer und undeutliche Abdrücke von Sandalen, die er aus dem Bauchfell eines Nashorns angefertigt hatte.

Als Ngaturipure sich zwischen das Schilf zwängte und eine Handvoll Wasser aus der Quelle schöpfte, entdeckte er am Ufer die Trittsiegel eines Elefanten. Sie waren so frisch, dass sich in den

Abdrücken eben erst Sickerwasser zu sammeln begann. Der Elefant stand wahrscheinlich ganz in der Nähe in einer Ansammlung von Löwenbüschen.

Was hat das zu bedeuten, fragte Ngaturipure sich: Genügten Rhinohörner nicht mehr, um seine Rinder durch die Dürre zu bringen? Musste er fortan auch Elefanten töten, wenn er eines Tages das Gebrüll seines eigenen Stieres hören wollte?

Er blickte sich unschlüssig um. Die Sonne war über die Etendekaberge gestiegen. Dort, wo er auf einer Anhöhe übernachtet hatte, schimmerte das Gestein rotgolden, und die Palmen standen wie brennende Fackeln im Flussbett. Sein Verstand drängte ihn, den Elefanten zu töten, dann könnte er mit den Stoßzähnen nach Otjiu zurückkehren und in der verlassenen Siedlung auf Uasutas Söhne warten. Doch gleichzeitig sagte ihm die Stimme seines Herzens, dass Elefanten Maisfelder verwüsten und die Himba so daran hindern, sesshaft wie die Weißen zu werden. Nashörner dagegen waren die nutzlosen Lieblinge der Dämonen ... Ngaturipure kehrte den Trittsiegeln entschlossen seinen Rücken zu und folgte dem ausgewaschenen Flussbett mit lockeren Schritten. Er fühlte sich befreit. Er hatte der Verlockung widerstanden.

Der Wind, der das Gebrüll des Stieres zu ihm hinaufgetragen hatte, blies ihm aus südwestlicher Richtung ins Gesicht. Er war schon merklich schwächer geworden. Bald würde er sich legen und der sengenden Sonne das Tal überlassen. Bei dem Gedanken, dass er noch zwei, drei Monde das Leben eines Jägers und Gejagten führen musste, ehe sich die ersten Wolken am Himmel zeigen würden, spürte er, wie sich das schwermütige Ungeheuer, das ihn im Traum häufig ansprang, auf seinen Schultern niederließ. Manchmal wurde er wach und glaubte, zu ersticken. Dann kauerte das Ungeheuer auf ihm und schlürfte seinen Atem, bis er es mit einem Schrei davonjagte. Aber tagsüber konnte er es nicht abschütteln. Tagsüber ritt es auf seinen Schultern und lenkte ihn durch eine trostlose Welt.

Das Leben in der Wildnis hatte seine Sinne geschärft. Und so witterte Ngaturipure die Rinder, ehe er sie sah. Er verharrte: Wo Rinder waren, waren meist auch Hirten in der Nähe. Als er eine halbe Stunde später weder eine Stimme vernommen noch den unverkennbaren Geruch eines Menschen erschnuppert hatte, legte er die Tragebeutel, den Fellumhang und die rußgeschwärzte Konservendose, die ihm als Kochtopf diente, am Stamm einer

Palme nieder und ging behutsam weiter. Das Gewehr in seiner Faust war längst zu einem Hirtenstab geworden und das leise Klappern der Ersatzmagazine ihm so vertraut wie das Knirschen seiner Schritte. Das Gebirge rückte immer näher an den Hoarusib heran, engte ihn ein, und an der nächsten Biegung sah Ngaturipure, dass der Fluss mit mannshohem Riet versperrt war.

Er kletterte die felsige Uferböschung zu seiner Linken hinauf. Immer darauf achtend, dass sich seine Silhouette nicht gegen den Himmel abzeichnete, bewegte er sich geduckt an der Steilwand entlang auf die Biegung zu. Dahinter zog der Hoarusib einen dunkelgrünen Strich durch die grauschwarze Felslandschaft, und über dem Tal hing ein von der Sonne erhitzter Dunstschleier.

Ngaturipure spähte in das Riet hinunter. Da sah er sie: drei ockerrote Stiere, die bis zu den Fesseln im Wasser standen und grasten. Der Anblick der Rinder ließ sein Herz höher schlagen, und er spürte, wie das schwermütige Ungeheuer von ihm abließ. Er liebkoste die Rinder mit seinen Augen, strich ihnen über das glänzende Fell und erkannte das Zeichen: Er musste mit seiner Gefährtin und den heiligen Rindern zum Hoarusib ziehen! Dann bräuchte er keine Rhinohörner mehr gegen Heu einzutauschen, denn im sporadisch fließenden Hoarusib wuchs süßes Gras, nicht viel, doch ausreichend für die Herde eines Patriarchen, der fast alle heiligen Rinder verloren hatte.

Plötzlich warfen die Stiere die Köpfe hoch und starrten in seine Richtung. Er war sich jedoch sicher, dass sie ihn weder gegen den Wind wittern noch gegen die schräg einfallende Sonne sehen konnten. Irgendetwas anderes musste sie erschreckt haben. Etwas, das im Fluss stand oder sich hinter ihm gegen den blassen Himmel abzeichnete!

Ngaturipure hockte wie versteinert an der Felswand. Das Gewehr lag quer über seinen Schenkeln. Er bewegte sich nicht, nur seine Augen schweiften über das Flussbett. Obwohl er keine Gefahr entdecken konnte, zogen sich die Stiere in das dichte Riet zurück. Es waren verwilderte Rinder. Ngaturipure erkannte es an der Art, wie sie reglos zwischen den Stauden standen und lauschten. Er atmete die Luft tief durch die Nase ein und roch die Rinder, das Riet, den Schlamm und das Wasser – sonst nichts. Also musste die Gefahr in seinem Rücken lauern! Er legte den Kopf in den Nacken und blickte in den wolkenlosen Himmel. Das Herz begann an seine Rippen zu pochen. Im selben Moment ertönte ein Schnauben. Ngaturipure sprang erschrocken auf und sah fünfzig Schritte von ihm entfernt ein Nashorn den Hang zum Fluss hinuntertrotten. Es war ein junger Bulle.

Was hatte das zu bedeuten? War es wieder eine Prüfung? Warum stellten sie ihn ständig auf die Probe? Plötzlich begriff er den Sinn: Der Mann, der seine Rinder fütterte, würde ihn nicht zum Hoarusib ziehen lassen, wenn er mit leeren Händen auftauchte ...

Ngaturipure zog das Gewehr an die Schulter, zielte kurz und feuerte.

* * *

Äußerlich sah Kondjoura wieder wie ein Himba aus: Er trug Sandalen, einen Lendenschurz und einen Lederturban, aber er ernährte sich wie ein Weißer von Maismehl, war launisch und machte Uasuta lauthals dafür verantwortlich, dass sie wie Tiere durch den Busch fliehen mussten.

Tjizire gab dennoch die Hoffnung nicht auf, dass sich irgendwann alles zum Guten wenden würde, denn sie waren auf der Flucht, fort von den Weißen.

Wenn Kondjoura mit ihr schlief, spürte Tjizire an der Art, wie er sich an sie klammerte, dass er verzweifelt war, nicht ihretwegen, sondern der Dinge wegen, die ihm in der Welt der Weißen begegnet waren und die sich jede Nacht in seine Träume schlichen und ihn schweißgebadet aufwachen ließen. Doch irgendwann, so hoffte Tjizire, würden sie auf der Flucht die Welt der Weißen so weit hinter sich zurücklassen, dass Kondjoura sich nicht mehr an sie erinnern konnte ...

118

Souter klopfte an die Eingangstür. Er brachte es nicht fertig, seine Hand auf den Knauf zu legen, an dem die Siamkatze gebaumelt hatte. Als Pickelgesicht öffnete, stürmte Souter an ihm vorbei in die Wohnung. Sie war karg eingerichtet: ein zerwühltes Bett, daneben ein mit schmutziger Wäsche behängter Stuhl, an der einen Wand ein Schrank und ein ausgeleiertes Sofa und an der anderen zwei Schreibtische, auf denen sich elektronische Geräte türmten.

Souter wandte sich um und blickte zu Pickelgesicht auf. Der strohblonde Kopf des Mannes schwebte in einer Rauchwolke, die in dichten Schwaden um die nackte Glühbirne kreiselte. »Warum haben Sie mich angerufen?«

»Hillmann hat Besuch von einem Naturschutzbeamten bekommen«, meldete Pickelgesicht. Er trug mit Schaffell ausstaffierte Pantoffeln, eine ungebügelte graue Hose, dazu ein weißes Hemd und eine blaue Krawatte, die wie eine lose geknüpfte Schlinge um seinen Hals lag. »Er spricht den Beamten mit Patrick an.«

»Das ist sein Sohn, Mann!« Souter eilte an einen der Schreibtische und stülpte die Kopfhörer über. Als Pickelgesicht hinter ihn trat, stieg Souter ein mit billigem Parfüm vermischter Schweißgeruch in die Nase. Der Geruch ekelte ihn an. Er winkte Pickelgesicht mit seinem Schnupftuch fort, schloss lauschend die Augen und hörte, wie Patrick sagte: »... persönlich dem Chef einen Bericht vorlegen.« Seine Stimme klang müde und gereizt. »Und wenn ich ins Kaokoland zurückkomme, hat der Wilderer inzwischen wieder ein paar Nashörner abgeschlachtet.«

»Hast du denn nicht die leiseste Idee, wer dahinterstecken könnte?«, fragte Martha.

»Nein.«

»Mein Angebot gilt nach wie vor«, murmelte Hillmann im Hintergrund. »Sag Bescheid, wenn du irgendwas brauchst.«

»Wir bräuchten jemand, der den Himba klarmacht, dass die Spitzmaulnashörner eine vom Aussterben bedrohte Spezies sind.«

»Vergiss es! Das werden die Wilden nie begreifen.«

»Wenn nur dieser Scheißkrieg und die gottverdammte Dürre nicht wären!«

»Patrick!«, empörte sich Martha. »So habe ich dich ...«

Ihre Stimme wurde von einem Schrillen unterbrochen. Aus den Augenwinkeln sah Souter, wie Pickelgesicht sich vom Sofa erhob, an den zweiten Schreibtisch stürzte und eine Hörmuschel an sein Ohr presste. Er lauschte mit offenem Mund. Zwischen seinen gelben Schneidezähnen und der wulstigen Unterlippe hing ein Speichelfaden. Pickelgesicht wandte plötzlich ruckartig den Kopf zur Seite. Sein Gesicht war bleich. Dadurch kamen die Pickel auf seiner Stirn mit erschreckender Deutlichkeit zur Geltung. »Er ist es«, flüsterte er und hielt Souter die Hörmuschel hin.

Es dauerte einen Augenblick, ehe Souter die Stimme am Telefon erkannte. Sie gehörte Louis Engelbrecht, der Hillmann in einem jovialen Tonfall erzählte, dass er soeben in Windhoek eingetroffen sei.

»Lass dich um Gottes willen hier nicht blicken«, sagte Hillmann. »Mein Sohn ist gerade hier.«

»Das habe ich mir gedacht«, erwiderte Engelbrecht. »Patrick ist kurz vor mir losgefahren.« Er machte eine Pause, dann fragte er: »Wo soll ich den Wagen abstellen?«

»Auf dem Hinterhof.«

»Wird gemacht.«

Ein Knirschen drang an Souters Ohren. Hillmann hatte aufgelegt.

»Was hat er gesagt?«, wollte Pickelgesicht wissen. Seine Augen glänzten.

»Rufen Sie bei Hillmanns an!«

»Wie bitte?«

»Sie sollen bei Hillmanns anrufen! Geben Sie sich als Naturschutzbeamter aus, der mit Patrick einen trinken will. Los, beeilen Sie sich!«

Pickelgesicht ging ans Telefon, wählte Hillmanns Nummer, straffte den Rücken und stammelte mit verstellter Stimme: »Guten Abend. Ja … äh … dürfte ich bitte mit Patrick sprechen? Ich … äh … Gallaghan am Apparat. Ich bin Naturschutzbeamter und … äh … danke, Frau Hillmann.«

Souter riss ihm den Hörer aus der Hand. »Überwachen Sie das Wohnzimmer«, befahl er. Ehe er den Telefonhörer ans Ohr legte, wischte er ihn mit seinem Taschentuch ab. Dann wartete er angespannt darauf, dass Schritte auf dem Parkettfußboden ertönten, und erschrak, als unvermittelt jemand sagte: »Hallo.«

Souter öffnete den Mund, zögerte jedoch mit der Antwort, denn Patricks Stimme hatte sich wie die des alten Hillmanns angehört.

»Hallo!«

»Patrick?«

»Ja! Wer zum Teufel spricht da?«

»Tun Sie mir bitte einen Gefallen«, flehte Souter. »Lassen Sie sich nichts anmerken. Haben Sie das verstanden?«

»Was ... Ja.«

»Mein Name ist Souter. Kommandant Souter. Ich muss ganz dringend mit Ihnen sprechen.«

»Okay.«

»Ich werde oben an der Ecke Heinitzburg- und Sperlingsluststraße in einem grauen Opel Kadett auf Sie warten. Kommen Sie bitte so schnell wie möglich. Ich habe Ihnen etwas Wichtiges mitzuteilen.«

»Ja.«

Souter legte auf und drehte sich zu Pickelgesicht um. »Was war im Wohnzimmer los?«

»Nichts. Die Hillmanns haben sich bloß über ihren Sohn unterhalten. Wie fertig der Junge mit den Nerven sei und so weiter.«

»Weg da!«, blaffte Souter. Er setzte die Kopfhörer auf, gerade rechtzeitig, um Hillmann fragen zu hören: »Ist was passiert?«

»Nein«, antwortete Patrick. »Es war nur ein Kollege, der mit mir um die Häuser ziehen will.«

»Tu das«, riet ihm Hillmann. »Ein Kneipenbummel wird dich auf andere Gedanken bringen. Außerdem muss ich nachher auch noch mal weg.«

»Gut«, sagte Martha, »dann essen wir heute etwas früher.«

Souter wusste nicht, ob die anderen es bemerkt hatten. Doch er hatte ganz deutlich die Enttäuschung aus Marthas Stimme herausgehört. Er schloss die Augen und ließ seinen Kopf auf die gefalteten Hände sinken.

* * *

Patrick parkte den Landcruiser hinter dem grauen Opel und schaltete die Scheinwerfer aus. Er hatte noch das Klirren des Bestecks auf Porzellan im Ohr, schrill wie Alarmglocken, und im Mund den Geschmack von Tomatensuppe und einem kleinen Happen Risotto. Mehr hatte er nicht hinunterwürgen können. Er war mit den Gedanken ständig bei dem Anruf gewesen und hatte sich kaum an dem ohnehin belanglosen Gespräch seiner Eltern beteiligt. Aber das war nicht weiter aufgefallen. Sie wussten, dass er frustriert war, und wie er, so war auch sein Vater darum bemüht gewesen, das Abendessen so schnell wie möglich hinter sich zu bringen.

Ehe Patrick den Motor abstellen konnte, stieg Souter aus dem

Opel und eilte mit fuchtelnden Armen auf ihn zu. Das war also der Mann, den Erich einst als stahlharte Nuss bezeichnet hatte. Als Patrick die Beifahrertür öffnete, machte Souter allerdings einen nahezu hysterischen Eindruck auf ihn.

»Abend«, haspelte Souter, verzichtete jedoch darauf, ihm die Hand zu reichen, sondern rutschte auf den Beifahrersitz und schlug die Tür zu. »Wissen Sie, wo Ihr Vater hingefahren ist?«, fragte er, den Blick auf die verlassene Heinitzburgstraße gerichtet.

»Nein, keine Ahnung. Er hat eine Verabredung.«

»Sagen Sie, wenn Ihr Vater von einem Hinterhof spricht – welchen meint er dann damit?«

»Wahrscheinlich den Hof, auf dem er seine Baumaschinen abstellt. Warum?«

»Wo liegt der Hof?«

»Im nördlichen Industrieviertel, direkt an der Straße, die nach Katutura führt.«

»Fahren Sie hin!«

»Hören Sie: Sie wollten mir etwas Wichtiges mitteilen.«

»Das erkläre ich Ihnen später. Geben Sie endlich Gas, Mann!«

Den ganzen Weg quer durch die Stadt klammerte Souter sich am Haltebügel über dem Armaturenbrett fest und blickte sich ständig um. Und als sie die Jannie-de-Wet-Brücke überquerten und unter ihnen die Eisenbahngleise hinwegglitten und vor ihnen das Staatskrankenhaus wie ein hell erleuchtetes Schiff in den schwarzen Himmel ragte, ließ Souter den Haltebügel los und sagte: »Verdammt, wir hätten den Opel nehmen sollen. Der Landcruiser ist zu auffällig.«

»Soll ich umdrehen?«

»Nein, biegen Sie an der Kreuzung auf die Okahandjastraße nach Norden ab.«

Patrick gehorchte.

»Und jetzt nehmen Sie die Jan-Marais-Straße. Ich schlage vor, dass Sie den Landcruiser in der Etienne-Rosseau-Straße abstellen, ja, dort drüben zwischen den beiden Straßenlampen.«

Patrick trat auf die Bremse. »Wenn mein Wagen geklaut wird ...«

»... kaufe ich Ihnen einen neuen. Kommen Sie!«

Sie gingen um den Block herum. Aus der Innenstadt hallte ein Hupkonzert zu ihnen herauf. Weiße und orangene Girlanden eilten durch den Bergkessel, kreuzten sich und bildeten ein funkelndes Lichtermeer – Windhoek lag wie eine versunkene Stadt zu ihren Füßen.

Patrick bot Souter eine Zigarette an. Obwohl Souters grauer Anzug und selbst sein sorgfältig zur Seite gekämmtes Haar nach Rauch stanken, schüttelte der Kommandant angewidert den Kopf. Dass vor dem Hinterhof eine Tankstelle stand, schien ihm ebenfalls zu missfallen. Es waren zwar keine Autos zu sehen, doch im Wärterhäuschen brannte Licht. »Verdammt«, sagte er, und dann in einem wispernden Tonfall: »Weitergehen, ganz ruhig weitergehen.«

Sie schlenderten an der Durchfahrt vorüber und sahen, dass ein Holztor den Hinterhof vor neugierigen Blicken abschirmte.

»Verdammt«, wiederholte Souter. »Ich hätte Pickelgesicht mitbringen sollen.«

»Wen?«

»Der hätte das Schloss mit links geknackt.«

Patrick blieb stehen. »Würden Sie bitte so freundlich sein und mir erklären, was hier vor sich geht?«

»Geduld, junger Mann. Wir gehen jetzt zurück und biegen unauffällig in die Passage ein.«

Als sie in der Durchfahrt standen, ohne dass der Tankwart sie angesprochen hatte, lehnte Souter sich an die Mauer und blickte zum Himmel auf, so als suche er nach einem bestimmten Stern.

»Und jetzt?«, fragte Patrick.

Souter wandte ihm das Gesicht zu. Es war schweißnass. »Jetzt werfen wir einen Blick auf den Hinterhof.«

»Durch das Schlüsselloch? Das Tor ist verriegelt!«

»Kommen Sie.« Souter stemmte seine rechte Schulter gegen das Holz und bildete mit verschränkten Händen eine Räuberleiter. »Rauf mit Ihnen«, sagte er.

Es war, als würde Patrick eine Felswand hinaufklettern; Souter wankte nicht einmal, als Patrick mit einem Fuß auf seine linke Schulter stieg und über das Tor spähte. Die Baumaschinen standen wie hingeduckte Ungeheuer auf dem Hof. Patrick kniff die Augen zusammen: Undeutlich zeichneten sich die Silhouetten einer Limousine und eines Lastwagens vor der weiß bemalten Wand des Lagerraumes ab.

»Können Sie was sehen?«, flüsterte Souter.

Patrick stemmte sich hoch und setzte sich auf die Kante des Tores. Dann ließ er eine Hand herunterbaumeln, wartete, bis Souter sie mit beiden Händen ergriffen hatte, und zog den Kommandanten hinauf. »Dort drüben stehen der Mercedes und Engelbrechts Laster«, wisperte Patrick.

»Was habe ich Ihnen gesagt?«, triumphierte Souter.

»Sie haben mir gar nichts gesagt. Und woher wussten Sie, dass mein Vater eine Verabredung auf dem Hinterhof hat?«

»Warten Sie hier.« Souter sprang in den Hof hinunter und huschte lautlos an den Baumaschinen vorbei zum Lagerraum. Patrick verlor ihn aus den Augen, doch nach wenigen Minuten war Souter wieder zurück. »Ziehen Sie mich hoch«, zischte er. »Schnell.«

Patrick tat es mit einem Ruck. »Und?«

»Sehen Sie sich das an«, stotterte Souter.

»Was? Haben Sie sich verletzt?«

»Nein.« Souter wies zum Lagerraum hinüber. Er war völlig außer Atem. »Mein Gott, das müssen Sie sich ansehen.«

* * *

Das Fenster an der Vorderfront des Lagerraumes war mit Segeltuch verhangen. Durch einen Spalt sickerte Licht und fiel auf Patricks Stiefel. Er kniete sich hin, spähte durch den Spalt und sah, wie Louis und Arthur eine Gasflasche auf eine Werkbank hievten. Sie schien schwer zu sein, denn die Sehnen traten an Hillmanns Hals hervor, und Engelbrechts Gesicht lief blutrot an. Nachdem sie die Gasflasche festgekeilt hatten, nahmen die Männer einen Schluck; Arthur aus einer Bierdose, Louis aus einer Brandyflasche. Dann griff Engelbrecht nach einer Trennschleifmaschine.

Patrick traute seinen Augen nicht, als Louis die Maschine anwarf und die rotierende Scheibe am Fuß der Gasflasche ansetzte. Patrick wich instinktiv zurück, doch statt einer Explosion drang nur das nervtötende Kreischen der Maschine, die sich durch Stahl fraß, an seine Ohren. Als das Kreischen verstummte, neigte er sich wieder vor und linste durch den Spalt. Der abgetrennte Fuß der Gasflasche lag auf der Werkbank. Rauch hing in dem von einer Glühbirne erleuchteten Raum. Arthur zerknüllte mit einer Hand seine Bierdose, während Louis in den Stahlzylinder griff und einen länglichen, nach oben hin spitz zulaufenden Gegenstand aus der Gasflasche zog.

Patrick hielt den Atem an: ein Rhinohorn! Er erkannte es sofort wieder. Es war das vordere Horn eines jungen Bullen, den Patrick im Hoarusib zwischen den Etendekabergen an einer Wasserstelle gefunden hatte. *Stompie* hatte das Rhinozeros seines kurzen Hornes wegen geheißen. Und trotzdem hatte der Wilderer es mit zwölf Kugeln niedergestreckt ...

Patrick richtete sich auf. Wann immer er vor einem toten Nashorn gestanden hatte, waren Wut und Hass in ihm hochgestiegen. Dann hatte er sich geschworen, dass er dem Wilderer die Zähne mit einer Drahtzange herausreißen, ihm die Ohren abschneiden und ihn kastrieren würde. Jetzt empfand er nichts als Trauer. Am liebsten wäre er in den Landcruiser geklettert und zu Hartmut Demmler auf die Farm gefahren. Dort, zwischen den Maisstauden, würde ihn niemand zwingen, an die Tür des Lagerraumes zu klopfen. Er blickte über die Schulter. Souter saß nicht mehr auf dem Tor. Er war zur Tankstelle gerannt, um ein Taxi zu rufen und die Polizei zu alarmieren. Wahrscheinlich standen die Bullen schon vor dem Tor ...

Patrick hämmerte an die Metalltür. Einen Augenblick herrschte lähmende Stille, dann ertönte Geflüster, Füße scharrten, eine Gasflasche wurde über den Zementfußboden gezerrt, und anschließend erlosch das Licht.

Patrick lauschte. Im Lagerraum regte sich nichts. Er klopfte erneut.

»Wer ist da?«, fragte Hillmann.

»Ich«, erwiderte Patrick.

»O Gott«, wimmerte Louis.

Ein Schlüssel knirschte im Schloss, die Tür öffnete sich knarrend, und sein Vater steckte den Kopf durch den Spalt. »Was machst du denn hier?«

»Ich habe alles gesehen.«

»O Gott«, tönte es wieder aus dem Lagerraum.

»Warum?«, fragte Patrick. »Warum ausgerechnet Nashörner? Warum nicht Diamanten?«

»Louis hat einen Hinweis bekommen«, sprudelte es aus Hillmann hervor. »Von einem Schwarzen. Wir wollten uns bloß vergewissern und dich dann einschalten.« Die Glühbirne flammte auf. »Komm, guck dir die Schweinerei an, die Josef vom Stapel gelassen hat.«

Patrick blinzelte. Engelbrecht saß mit aschfahlem Gesicht auf der Werkbank und hielt *Stompies* Horn an die Brust gepresst. Unter der Werkbank lagen noch weitere Rhinohörner, die Patrick bisher übersehen, die aber Kommandant Souter vorhin sofort ins Auge gefallen sein mussten.

»Hier ...«, sagte Hillmann und rüttelte an einer Gasflasche. »Josef hat die Flasche aufgesägt, die Rhinohörner darin versteckt, eine kleinere Gasflasche auf das Gewinde geschraubt und die Flasche dann wieder zugeschweißt und frisch angestrichen.«

»Josef?«

»Das hättest du Sinnas Mann nicht zugetraut, was? Ich ehrlich gesagt auch nicht. Doch dann bekam Louis den Hinweis und ...« Hillmann klatschte in die Hände: »Ka-bum!«

Patrick wollte, Josef wäre auf die geniale Idee gekommen oder irgendein anderer, nur nicht sein Vater und schon gar nicht Louis Engelbrecht, den er ins Kaokoland geholt hatte, um Sarah einen Gefallen zu tun. »Was soll Josef mit Rhinohörnern anfangen?«

»Ich nehme an, dass er mit irgendwelchen Gaunern vom Gaswerk unter einer Decke steckt.«

»Das wird sich herausstellen«, murmelte Patrick. Er fühlte sich müde, ausgebrannt. »Schließ bitte das Tor auf.«

»Wozu ... Hee, du willst die Rhinohörner doch nicht etwa der Polizei übergeben?«

»Die Polizei ist schon da.«

»O Gott«, sagte Louis.

Hillmann starrte Patrick an. »Wer hat dir eigentlich gesteckt, dass ich mich mit Louis hier treffen würde?«

Patrick zuckte die Achseln. »Ich habe einen Hinweis erhalten.«

»Du Rindvieh! Warum hast du uns nicht gewarnt?«

»Also wart ihr es doch.«

»Nein«, mischte Louis sich ein. »Ich war's. Ich habe Art die Rhinohörner ...«

»Halt den Mund!«, brüllte Hillmann. Er wandte sich an Patrick, und sein wutverzerrter Mund entspannte sich zu einem Lächeln. »Hör zu«, sagte er mit einschmeichelnder Stimme. »Wir müssen uns irgendwie einigen. Ich bin dein Vater. Du kannst mich nicht vor einen Richter schleppen, ohne deinen eigenen Namen durch den Dreck zu ziehen, verstehst du? Und durch eine Gerichtsverhandlung werden die Nashörner auch nicht wieder lebendig.« Er hob die Hände und legte sie vor seiner Brust zusammen, so als wollte er Patrick anbeten. »Denk an deine Zukunft,

Junge. Wenn du mich jetzt im Stich lässt, werden wir alles verlieren. Alles! Und denk an Sarah. Du liebst sie doch, oder? Was soll aus ihr werden, wenn du ihren Vater ins Gefängnis bringst?«

»O Gott«, sagte Louis.

Patrick musterte die Männer: Engelbrecht hockte schniefend auf der Werkbank, und Arthur betete. Sie widerten ihn an, vor allem sein Vater, der vor lauter Habgier immer skrupelloser und leichtsinniger geworden war ... »Solange ich zurückdenken kann, habt ihr mir Steine in den Weg gerollt«, sagte Patrick. »Und jetzt erwartet ihr von mir, dass ich euch aus der Scheiße hole?« Er schüttelte den Kopf.

Da sagte Louis unvermittelt: »Ich muss dir was beichten, Patrick.« Er tastete auf der Werkbank nach seiner Brandyflasche. »Sarah ist nie verheiratet gewesen«, fuhr er fort, während er sich mit dem Deckel abmühte, »und sie hat das Kind damals auch nicht abtreiben lassen. Jessica ist deine Tochter!«

Patrick spürte, wie das Blut aus seinem Gesicht wich. Im nächsten Moment zuckte ein schwarzer Blitz vor seinen Augen hoch, und als die Polizisten, die, von Engelbrechts Hilfeschreie angelockt, über das Tor geklettert waren, Patrick aus dem Lagerraum zerrten, hatte er Schnittwunden an den Armen und eine faustgroße Beule am Hinterkopf.

* * *

Souter ertappte sich dabei, wie er die Zungenspitze herausstreckte und sie mit den Lippen im Mundwinkel festklemmen wollte. Diese Angewohnheit hatte ihm in der Kindheit viel Spott eingebracht. Und so zog er die Zunge zurück und krümmte stattdessen die Zehen, um seiner Anspannung Herr zu werden.

Patrick war vor wenigen Minuten nach Hause gekommen. Martha wusste schon Bescheid. Arthur hatte sie von der Polizeiwache aus angerufen und ihr aufgetragen, den gottverdammten Rechtsanwalt aus dem Bett und ihren gottverfluchten Kretin von Sohn aus dem Haus zu werfen.

»Ogottogott«, brabbelte Martha, »was um Himmels willen ist passiert?«

»Mir ist die Faust ausgerutscht«, sagte Patrick.

»Was? Schon wieder?«

»Der Alte ist mit einem Messer auf mich losgegangen.«

Souter hörte, wie Patrick sich auf ein knarzendes Sofa setzte. Während Martha durch das Wohnzimmer stöckelte, erzählte er ihr, was vorgefallen war, und als er verstummte, entspannte Souter seine Zehen: Patrick hatte ihn lediglich als anonymen Anrufer bezeichnet.
»Was ist, wenn dein Vater die Wahrheit gesagt hat?«, fragte Martha. Sie klammerte sich an einen Strohhalm. »Vielleicht hat Engelbrecht tatsächlich einen Hinweis bekommen.«
»Warum haben sie mir dann nichts davon gesagt?«
»Mensch, Patrick, hättest du nicht ...«
»Was, Mum? Ihn warnen oder beide Augen zudrücken sollen?«
»Er ist immerhin dein Vater!«
»Falsch: Er war mein Vater.«
»Und wie soll es jetzt weitergehen?«
»Ich werde meine Sachen packen und verschwinden.«
Martha fing an zu weinen. Souter wollte die Lautstärke gerade herunterdrehen, da klingelte es an der Haustür.
»Ogottogott«, wisperte Martha. »Das ist er!«
Souter sprang auf. Im Wohnzimmer fiel ein Glas um.
»Ich verschwinde über die Veranda«, flüsterte Patrick.
»Beeil dich!«
Souter brüllte nach Pickelgesicht. Der junge Mann kam mit einer Tube Clerasil aus dem Badezimmer. »Ja?«
»Halten Sie sich bereit«, befahl Souter. Im Kopfhörer ertönte das Knirschen eines Schlüssels, der im Schloss herumgedreht wurde, dann rief Martha:
»Ach, Sie sind es!«
»Guten Abend, gnädige Frau«, sagte eine tiefe, trostspendende Stimme. Die Stimme eines Arztes oder Rechtsanwaltes. »Entschuldigen Sie bitte die Störung.«
»Nein, nein, kommen Sie rein, Herr Khan. Ogottogott, und ich dachte schon ...«
»So beruhigen Sie sich doch, Frau Hillmann. Das kriegen wir alles wieder in den Griff.«
»Sind Sie bei meinem Mann gewesen?«
»Natürlich! Ich bin sofort nach Ihrem Anruf zu ihm gefahren.« Der Rechtsanwalt räusperte sich. »Er ist fuchsteufelswild, weil ich ihn nicht gleich rauspauken konnte. Aber ich konnte zumindest verhindern, dass die Bullen das Haus heute Nacht noch auf den Kopf stellen.«

»Die wollen das Haus durchsuchen?«

»Meneer Engelbrecht hat leider ein paar Dinge gesagt, die er besser für sich behalten hätte.«

»Und was machen wir jetzt?«

»Ich gebe Ihnen einen Rat: Sobald ich draußen bin, nehmen Sie sich den Tresor vor und schaffen alles, was Ihren Mann belasten könnte, aus dem Haus.« Papier raschelte. »Hier, die Zahlenkombination.«

Souter riss den Kopfhörer herunter. »Übernehmen Sie«, rief er Pickelgesicht zu und rannte auf die Straße. Zu seiner Erleichterung stand der Landcruiser hinter dem Opel. Patrick saß im Führerhaus. Zwischen seinen Lippen steckte eine Zigarette. Er rauchte sie, ohne die verbundenen Arme zu gebrauchen. Sie lagen wie gelähmt auf seinen Schenkeln, und sein verzerrtes Gesicht verriet, dass er Schmerzen hatte. »Was wollen Sie?«

»Ich möchte, dass Sie raufgehen«, antwortete Souter. »Ihre Mutter ist nämlich dabei, eine Dummheit zu begehen.«

* * *

Die Nachricht, dass Louis Engelbrecht verhaftet worden war, schlug wie eine Bombe in Kamanjab ein.

Konstabler Fritz erhielt kurz vor Mitternacht einen Anruf. Zwei Minuten später fuhr er im Bademantel und der Dienstmütze auf dem Kopf zum Laden hinüber. Dort pochte Norman an die Tür des Häuschens, das an der Rückwand des Gemischtwarenladens klebte. Er musste eine Weile warten, ehe das Licht anging und Sarah öffnete. Sie trug einen dünnen Morgenmantel, und das Haar stand in wilden Locken von ihrem Kopf ab. Er hatte sie aus einem tiefen, traumlosen Schlaf gerissen. »Was gibt's?«, fragte sie blinzelnd.

Er teilte ihr mit, dass ein gewisser Khan am Apparat sei. »Er möchte Sie dringend sprechen.«

»Khan?«

»Rechtsanwalt Khan. Er sagt, es handele sich um Ihren Vater. Ein Unfall, nehme ich an.«

Auf der kurzen Rückfahrt bedauerte er, dass er nicht taktvoller vorgegangen war. Sarah hatte mit ihrer Tochter gesprochen und war dann einfach losgelaufen. Jetzt fuhr er im Schritttempo neben ihr her und redete auf sie ein, doch Sarah wollte nicht ums Verrecken einsteigen. Sie schien ihn überhaupt nicht zu hören. Er entschloss sich, Kaffee zu kochen. Die freundliche Geste würde alles wiedergutmachen ...

Während Sarah ans Telefon ging, begab Norman sich in die Kochnische. Gegen das Licht bemerkte er, dass Sarah unter dem Morgenrock nur einen Schlüpfer trug. Sie stand vornübergeneigt am Schreibtisch, in der einen Hand den Hörer, mit der anderen hielt sie sich an der Kante fest. Sie schwankte leicht. Norman zündete den Gaskocher an und stellte sich vor, er wäre mit Sarah verheiratet. Das wäre ein Ding!

»Norman!«

Er steckte die Hände in die Manteltaschen und drückte sein Glied herunter. »Ja?«

»Danke und gute Nacht.«

»Nicht so schnell!«, rief er. »Ich koche gerade Kaffee.«

Sarah gab ihm keine Antwort. Sie war fort. Norman wartete, bis seine Erektion nachgelassen hatte, dann rief er in der Telefonzentrale an. Und am nächsten Morgen schlug die Bombe ein.

* * *

Louis Engelbrecht redete wie ein Wasserfall, denn er brauchte einen Drink, einen schönen steifen. Das hatte zur Folge, dass Erich dem Blinden im *Cuca-Shop* die Pistole an den Kopf hielt, was tags darauf wiederum dazu führte, dass Uasuta vierzig Kilometer südöstlich von Okongwati, wo er sich mit seiner Familie am Flusslauf des Ondoto in der Nähe der Epembequelle verborgen gehalten hatte, unsanft aus dem Mittagsschlaf gerissen wurde.

Als Uasuta in die Pistolenmündung blickte und dahinter das Gesicht des blonden Soldaten sah, wusste er, dass alles vorbei war. Und seltsam: Die Handschellen vermittelten ihm ein Gefühl der Sicherheit. Ja, er war geradezu erleichtert, das entbehrungsreiche Vagabundenleben in der Wildnis endlich aufgeben zu können.

»Die AK«, sagte der blonde Soldat. »Wo ist das Gewehr?«

Uasuta rief einen seiner Söhne herbei und befahl ihm, in den Hubschrauber zu steigen und den blonden Soldaten unverzüglich zu Ngaturipures Versteck zu führen.

»Nix da, Freundchen«, sagte der Blonde. »Du kommst mit.«

»Ich?« Uasutas Erleichterung schlug in Entsetzen um: Der blonde Soldat wollte ihn aussortieren! Und wenn er es nicht tat, würde Ngaturipure es tun.

»Lass ihn lieber hier«, sagte da der andere Weiße, dessen Arme verbunden waren. »Sonst gibt es ein Blutbad.«

»Na schön.« Der blonde Soldat überreichte ihm seine Pistole. »Wenn der Dicke eine falsche Bewegung macht, drückst du ab, verstanden?«

Der Weiße nickte und ging zu Kondjoura hinüber, der mit grauem Gesicht an einem Baumstamm lehnte. Uasuta kannte den Weißen. Kondjoura hatte für ihn gearbeitet. Und es hieß, dass er die Nashörner mehr liebte als die Himba ihre Rinder. Uasuta setzte sich auf seine rote Kiste und beobachtete, wie Patrick zwei Zigaretten anzündete. Kondjoura nahm eine davon mit spitzen Fingern. Sie zitterten. »Du hast mich gefunden«, sagte er.

Patrick nickte. »Wo ist deine Uniform?«

»Ich habe sie verscharrt«, antwortete Kondjoura. »Sie hat mich immer daran erinnert, dass ich davongelaufen bin.«

»Du wolltest deinen Vater nicht verraten«, murmelte Patrick. »Das kann ich sehr gut verstehen. Aber wenn du es getan hättest, wäre nicht so viel Blut geflossen.«

Kondjouras Augen huschten über Patricks verbundene Arme. Er stellte jedoch keine Fragen. Sie rauchten eine Weile schweigend, bis Kondjoura das Wort ergriff: »Wird der blonde Soldat meinen Vater töten?«

»Wird dein Vater den blonden Soldaten töten?«, konterte Patrick.

»Ngaturipure ist müde«, erwiderte Kondjoura und fügte erklärend hinzu: »Seine Tragetaschen sind leer. Er wollte mit seinen heiligen Rindern zum Hoarusib ziehen, aber die anderen haben ihm angedroht, dass sie die Rinder schlachten würden, wenn er nicht weiter Jagd auf Nashörner macht.«

»Hör zu«, sagte Patrick. »Wir werden euch morgen nach Outjo bringen.«

»Outjo?«

»Das ist ein Dorf der Weißen. Und dort musst du dem Richter –, das ist ein Mann, der einen schwarzen Umhang trägt – alles erzählen, was du weißt. Und halte dich an die Wahrheit, sonst wird dein Vater die Sonne für eine lange Zeit nicht mehr über die Hügel steigen sehen.«

Uasuta klammerte sich an die Tragebügel der roten Kiste. Etwas sagte ihm, dass sie sich bald erheblich leichter anfühlen würde.

119

„Mami, wa'um gehn wir wech?«
»Weil Ouma sonst ganz traurig ist, wenn wir sie nicht besuchen.«
»Wenn wir aba wechgehn, is Tante Ella traurig.«
»Tante Ella ist aber nicht Ouma.«
»Schade«, sagte Jessica.
Es war wirklich schade. Das musste Sarah zugeben. Sie und Dannie Steyns Frau waren im Laden gut miteinander ausgekommen, obwohl Ella das Tratschen nicht seinlassen konnte.
Jessica versuchte auf einem Bein zu stehen. Während sie mit den Armen ruderte, fragte sie unvermittelt: »Wo is Oupa?«
»In Windhoek. Das weißt du doch.«
»Tante Ella hat aba Oom Dannie gesach, Oupa is'm Gepänknis, und alle machen so ...« Jessica ließ die Arme sinken, stellte den Fuß auf den Boden zurück und wies mit einem Zeigefinger auf Sarah. »Was is'n Gepänknis, Mami?«
Sarah wandte sich zu ihrer Tochter um. Das blaue Kleid mit den weißen Puffärmeln konnte nicht darüber hinwegtäuschen, dass Jessica ein ungestümes Kind war. Unter dem Spitzensaum waren ihre Knie mit Schürfwunden bedeckt, an den Schienbeinen hatte sie blaue Flecke, und in ihren Augen brannte ein wildes Feuer, das Sarah oftmals erschreckte. »Das erkläre ich dir später. Ich muss jetzt Koffer packen.«
»Ich frach Tante Ella, was'n Gepänknis is.«
»Nein!«
»Bitte, Mami! Tante Ella gebt mir imma'n Bonbon, wenn meine Finga sauba sin.«
»Pack deine Spielsachen zusammen! In einer Stunde holt uns Oom Dannie ab. Und putz deine Nase!«
Als Jessica in das Badezimmer ging und ein meterlanges Stück Klopapier abriss, klopfte es an der Tür. »Moment«, rief Sarah. Ehe sie ihr Haar ausschütteln und das T-Shirt in die Jeans stopfen konnte, stürmte Jessica aus dem Badezimmer, das Klopapier wie einen flatternden Schal um den Hals gewickelt, und riss die Tür auf.
»Hallo«, sagte jemand.
»Mami ...« Jessica wich erschrocken einen Schritt zurück. »Da is'n Oom.«

Sarah schluckte. Sie hatte ihn an der Stimme erkannt. »Ich komme«, sagte sie und verschwand im Badezimmer. Ihr Herz pochte. Sie musterte ihr Gesicht im Spiegel. Es war kreidebleich.

»Wie heiß tu?«, fragte Jessica.

»Patrick.«

»Mami!« Jessica kam aufgeregt ins Badezimmer. »Das is der Oom, der kein Angst vor'n Elepant hat!«

Sarah legte einen Zeigefinger auf ihre Lippen. »Pscht!«

»Den hat'n Löwe gebeißt«, flüsterte Jessica. »Sein Arme sin putt.«

»Geh in den Laden«, sagte Sarah. Im nächsten Moment fuhr sie herum. »Nein«, korrigierte sie sich. »Du sollst draußen spielen, hörst du?« Aber da war die Kleine bereits weg. »Verdammter Mist!«

»Sarah?«

Sie trat aus dem Badezimmer. Patrick stand im Türrahmen. Er wirkte hilflos, wie er da mit seinen verbundenen Unterarmen auf der Schwelle verharrte. Am liebsten wäre sie zu ihm gegangen, hätte die Arme um seinen Hals geschlungen und seinen Kopf an ihre Brust gepresst.

»Hallo«, murmelte er.

»Komm rein.« Als er einen Schritt nach vorn machte und die Tür hinter sich schloss, setzte Sarah sich auf das Bett. Ihr langes, dunkles Haar baumelte wie ein Vorhang vor ihrem Gesicht herab. Sie stützte ihre Ellbogen auf die Knie und faltete die Hände, unfähig, irgendetwas zu tun.

»Es tut mir Leid«, sagte er.

Sie schüttelte den Kopf. »Es ist nicht deine Schuld.«

»Ich bin davon überzeugt, dass mein Vater ihn dazu angestiftet hat.«

»Trotzdem. Du hast Pa geholfen, und …« Sie konnte nicht weitersprechen. In ihrer Kehle steckte ein Kloß. Sie starrte den roten, gebohnerten Estrich zwischen ihren Füßen an.

»Ella hat mir gesagt, dass du auf die Farm zurückkehren willst.«

Sarah nickte. »Ich muss.«

Er machte einen Schritt auf sie zu, blieb verunsichert stehen und ballte die Fäuste, ehe er sie mit gepresster Stimme fragte: »Soll ich mich in Opuwo nach einer Arbeitsstelle umsehen?«

Sie blickte auf und sah das Flehen in seinen Augen. Doch sie schüttelte den Kopf. »Meine Mutter ist allein«, sagte sie, »und Pa hat Angst, dass er für mehrere Jahre ...« Ihre Stimme versagte. Patrick trat noch einen Schritt vor, dann fühlte sie, wie sie an den Schultern hochgezogen wurde, und sie umarmte ihn und vergrub ihr Gesicht in seiner Halsbeuge. In dem Augenblick ging die Tür auf. Sarah und Patrick fuhren auseinander.

»Mami, guck mal, was Tante Ella mir ...« Jessica stockte. »Wa'um heult tu?«

Sarah wandte sich ab und flüchtete ins Badezimmer. Sie drehte die Hähne auf, und während das Wasser in das Becken plätscherte, hörte sie, wie die Wohnungstür geschlossen wurde.

»Was is, Mami?«

»Nichts«, sagte Sarah und konnte nur mit Mühe ein Schluchzen unterdrücken.

120

Die heiligen Rinder riefen nach ihm, aber er konnte ihnen nicht zu Hilfe eilen, denn der Weg, der aus der Zelle in die Weite des Kaokolandes hinausführte, war mit einer Gittertür versperrt.

Ngaturipure saß auf dem polierten Fußboden und blickte zum schmalen Rechteck des Fensters hinauf. Dahinter konnte er ein Stück des Himmels sehen. Und er dachte daran, wie der Himmel sich in der Wildnis über ihn gewölbt hatte: blau und schier grenzenlos.

Als eine Schwalbe am Fenster vorüberflog, schloss Ngaturipure rasch die Augen, um das Bild in seinem Herzen zu speichern, doch alles, was er sah, war ein Hubschrauber, der über der zerfallenen Siedlung schwebte, und alles, was er hörte, war das Heulen der Maschine, das mit jedem Herzschlag lauter wurde und schließlich das Brüllen seiner Rinder übertönte. Ngaturipures Brust begann sich zu heben und zu senken, seine Füße zuckten, und schon rannte er wieder ins Flussbett hinunter.

Er schwenkte nach Süden und hielt geradewegs auf eine Rietinsel zu, die wie eine grüne Wand im Hoarusib stand. Dort, so hoffte er, würde er den Hubschrauber abschütteln können, wie ein

Hase einen Raubvogel. Doch er fand keinen Schutz. Kaum war er im mannshohen Riet verschwunden, da brach plötzlich ein Wirbelsturm los, der die Stauden flachlegte und Ngaturipure aus seinem Versteck riss. Und dann sprang ein Mann aus dem schwebenden Hubschrauber, ein blonder, schwer bewaffneter Soldat. Er landete katzengleich, rollte sich ab und war einen Lidschlag später auf den Beinen und rannte brüllend auf Ngaturipure zu.

Ngaturipure ließ vor Schreck die AK-47 fallen und hob die Arme schützend über den Kopf. Der Soldat rammte ihm den Gewehrkolben in die Magengrube. Ngaturipure stürzte rücklings ins Wasser, und ehe er sich hochstemmen konnte, traf ihn eine Stiefelspitze an der Schläfe.

Als Ngaturipure wieder zu sich kam, waren seine Augen verbunden und seine Hände gefesselt. Er sah nichts. Er hörte nur das Knattern des Helikopters und das Brausen des Windes. Ngaturipure spürte, wie die Bodenplatten unter ihm schwankten, und er roch ein Gemisch aus Angstschweiß und Erbrochenem. Er war nicht allein. »Wer seid ihr?«, fragte er.

Niemand antwortete. Stattdessen drückte ihm jemand etwas Hartes zwischen die Rippen, das sich anfühlte wie ein Gewehrlauf, und er zog es vor zu schweigen.

Irgendwann hörte das Knattern, Brausen und Schwanken auf. Ngaturipure wurde aus dem Helikopter gezerrt und zu einem Wagen geführt. Der Boden unter seinen Füßen war hart und glatt, und er spürte die Wärme der Morgensonne auf seiner Haut. Jemand stieß ihn in den Wagen. Ein Brummen ertönte. Wieder geriet alles ins Schwanken, diesmal jedoch nur für eine kurze Zeit. Dann wurde Ngaturipure über einen mit Kies gepflasterten Hof geschleppt ...

»Hee, Buschmann!«

Ngaturipure warf erschrocken einen Blick über die Schulter. An der Zellentür stand ein schwarzer Polizist. Es war derselbe Polizist, der ihm die Augenbinde abgenommen, ihn mit Fragen bombardiert und anschließend seine Fingerkuppen und Daumen in eine schwarze Paste getaucht und auf ein vollgekritzeltes Papier gepresst hatte. Er warf Ngaturipure einen khakigrünen Overall durch die Gitterstäbe zu. »Zieh das an«, sagte er. »Du bist gleich dran.«

* * *

Ngaturipure betrat einen rechteckigen, holzgetäfelten Raum, der mit Bänken und Tischen vollgestopft war. Auf den hinteren Bänken saßen ein paar Schaulustige, Schwarze und Weiße, die vorsorglich durch einen Gang voneinander getrennt waren. Etwas weiter vorn saßen Weiße in Anzügen – einer davon war der Verrückte, der die heilige Schneise überschritten und ständig Kopfschmerzen hatte –, und ganz vorn, direkt an der Wand, thronte ein graubärtiger Weißer, der einen schwarzen Umhang trug. Er beobachtete mit gerunzelten Augenbrauen, wie Ngaturipure den Gang hinunterschritt.

Der schwarze Polizist öffnete ein hüfthohes Gatter und schob Ngaturipure auf eine Bank, auf der Kondjoura und Uasuta mit seinen Söhnen in khakigrünen Overalls kauerten. Ngaturipure beachtete sie nicht. Der Raum flößte ihm Angst ein. Es gab so viele Dinge, die er noch nie zuvor gesehen hatte. Das Mikrofon ragte wie eine züngelnde Spuckschlange vor ihm aus der Tischplatte, und über ihm rührte ein Ventilator in der stickigen Luft. Die hölzernen Flügel erinnerten ihn an den Hubschrauber.

»Warum trägt der Angeklagte noch immer seinen Lendenschurz?«, fragte der Mann mit dem schwarzen Umhang. Seine Stimme jagte Ngaturipure einen Schrecken ein, denn sie schien von allen Seiten auf ihn einzudringen.

»Er hat sich geweigert, den Overall anzuziehen, Hochwürden«, antwortete der Polizist. »Und ich wollte nicht kurz vor der Verhandlung noch Gewalt anwenden.«

Der Richter verdrehte die Augen. »Fangen wir an«, sagte er. »Frag den Angeklagten, ob er sich selbst verteidigen oder einen Anwalt zur Seite haben will.«

Ngaturipure blickte den dolmetschenden Polizisten erstaunt an. »Auf meinem Haupt liegt die Asche vieler Feuer.« Er hielt kurz inne, weil auch seine Stimme überlaut durch den Saal hallte. »Ich bin kein Kind«, fuhr er im Flüsterton fort. »Ich bin ein Patriarch. Ich kann für mich selber sprechen.«

»Also gut«, sagte der Richter. »Sie sind angeklagt, insgesamt sechs Spitzmaulnashörner gewildert zu haben und im illegalen Besitz einer AK-47 gewesen zu sein. Bekennen Sie sich zu der Anklage schuldig?«

Ngaturipure schüttelte den Kopf. »Seit ich verschleppt worden bin, stellt man mir Fragen«, sagte er und spürte, wie aufkeimender

Zorn seine Unsicherheit verdrängte. »Ich bin es leid, immer dieselben Fragen zu beantworten.«

»Haben Sie die Nashörner gewildert?«, rief der Richter. »Ja oder nein?«

»Man hat mir gesagt, dass die Weißen die Nashörner mehr lieben als die Himba ihre Rinder. Ich verstehe ihre Liebe zu den Nashörnern nicht, denn man kann sie weder melken noch züchten, und ihr Anblick erfüllt mich mit Angst. Rinder sind lebensnotwendig für mich, denn ohne Rinder bin ich nichts. Aber die Nashörner sind nicht lebensnotwendig für die Weißen.« Ngaturipure wandte den Kopf und starrte den Verrückten, der mit blassem Gesicht und verbundenen Armen auf einer Bank zu seiner Rechten hockte, an. »Hätte ich, nur weil die Weißen die Nashörner lieben, meine heilige Herde verhungern lassen und mit leeren Händen zu den Ahnen in den Himmel steigen sollen?«

»Sie geben also zu, sechs Nashörner ohne Erlaubnis der Regierung mit einer AK-47 getötet zu haben?«, fragte der Richter.

»Ja, ich habe sie getötet.«

»Dann verkündige ich das Urteil.« Der Richter wartete, bis alle aufgestanden waren. »Ich verurteile Sie zu zwölf Monaten Gefängnis oder zu einer Geldstrafe von zweitausend Rand.« Der Richter neigte sich vor. »Nehmen Sie das Urteil an?«

»Nein«, sagte Ngaturipure. Es wurde so still im Gerichtssaal, dass er den Richter durch die Nase schnaufen hörte. »Die Regierung nahm ein Stück Papier, zog Striche darauf und sagte: ›Das ist das Kaokoland. Das ist euer Land.‹ Aber die Regierung hat gelogen, denn immer mehr Weiße kommen in unser Land. Sie stehlen die Herzen unserer Kinder und schwören mit ihrem unnützen Plunder den Zorn der Ahnen herauf, und jetzt stehe ich hier an einem fremden Ort und werde für Dinge bestraft, die im Kaokoland geschehen sind. Auf dem Grund und Boden, der mir von der Regierung zugesprochen worden ist.«

»Sie haben vom Aussterben bedrohte Spitzmaulnashörner gewildert!«

»Die Regierung zeigte den Damara ein Stück Papier und sagte: ›Das ist das Damaraland. Das ist euer Land.‹ Aber die Regierung hat gelogen, denn sie zog einen Zaun durch das Damaraland und schnitt den wilden Tieren die Wanderwege ab. Und als die Dürre kam, verendeten die Tiere wie die Fliegen.« Ngaturipure blickte sich um. »Wo ist die Regierung? Warum steht nicht sie hier an dieser Stelle und wird für Dinge bestraft, die im Damaraland geschehen sind?«

»So kommen wir nicht weiter!« Der Richter räusperte sich, faltete die Hände und fragte in einem freundlichen Tonfall: »Was haben Sie für ein Rhinohorn bekommen?«

»Zehn Ballen Heu.«

»Hm«, machte der Richter. Er zupfte nachdenklich an seinem Bart, den Blick zur Decke gerichtet. Nach einer Weile setzte er sich wieder gerade hin und sagte: »Ihr Sohn hat dem Gericht erzählt, dass Sie nach dem vierten Nashorn mit dem Wildern aufhören wollten. Sind Sie sich Ihrer Schuld bewusst geworden?«

»Nein, ich wollte mit meinen Rindern zum Hoarusib ziehen«, entgegnete Ngaturipure.

»Warum haben Sie das nicht getan?«

»Weil die anderen mir angedroht haben, dass sie meine heiligen Rinder abschlachten würden, wenn ich nicht weiter auf die Jagd ginge.«

»Wer sind die anderen?«

Ngaturipure wies auf Uasutas Söhne.

»Das ist ein Missverständnis!«, rief Uasuta. »Usumane hat meinen Söhnen die Drohung mit auf den Weg gegeben!«

Der Richter seufzte. »Gut, dann bringt den Angeklagten Usumane herein.«

Als Ngaturipure den Kopf wandte und Usumane den Gang herunterkommen sah, tat der Mann etwas Unüberlegtes: Er griff in die Brusttasche, zog eine Sonnenbrille hervor und setzte sie auf, so als wollte er sich dahinter verstecken. Ngaturipure war mit einem Satz auf den Beinen. »Der Blinde!«, schrie er, und im nächsten Moment brach im Gerichtssaal ein Chaos aus.

121

So wie er im Gerichtssaal geschworen hatte, dass er die Wahrheit sagen würde, so schwor der Blinde auf der Heimreise blutige Rache. Bei dem Handgemenge mit Ngaturipure war seine Sonnenbrille zerbrochen, und der schwarze Anzug, den er sich eigens für die Verhandlung zugelegt hatte, war am Hosenboden und am Rücken aufgeplatzt. Gut, der Richter hatte Ngaturipure aus dem Gerichtssaal entfernen lassen, aber der Blinde hatte zweitausend Rand an den Wilden nachzahlen müssen. Und dann hatte der Richter ihm noch einmal eine Geldstrafe von dreitausend Rand aufgebrummt, weil er Ngaturipure durch Uasutas Söhne zum Wildern und Louis Engelbrecht zum Schmuggeln von Rhinohörnern angestiftet hatte.

Der Fellaufkäufer hatte letztendlich bloß eintausend Rand Strafe gezahlt. Er sei in seiner finanziellen Notlage ausgenutzt worden, hieß es, außerdem habe er Reue gezeigt, indem er der Polizei und dem Naturschutz seine Mitarbeit zugesichert habe. Mit anderen Worten: Engelbrecht hatte ihn verraten! Und die Armee hatte ihn fallengelassen, obwohl er ein paar einflussreiche Offiziere zu Millionären gemacht hatte.

Der Blinde lehnte sich im Beifahrersitz zurück. Draußen strich die abgeholzte Steppe des Ovambolandes am Microbus vorüber. »Ich werde dich bald wieder für eine Sonderfahrt einspannen«, sagte er in das Dröhnen des Motors hinein.

Timon verschluckte seine Kaffeebohne, denn er hatte allein auf dieser Sonderfahrt mehr als dreihundert Rand in den Sand gesetzt: Außer dem Blinden befand sich nämlich kein Passagier an Bord, weil Usumane darauf bestanden hatte, wie ein König durch das Ovamboland kutschiert zu werden. Und im Gerichtssaal hatte Timon dann mit ansehen müssen, wie der Wilde und der Richter seinen Bruder vom Thron gestürzt hatten. »Wo soll die Reise hinführen?«

»In das Kaokoland«, antwortete der Blinde.

»Dreh bloß kein krummes Ding«, bat Timon. »Du hast schon mit einer Arschbacke im Gefängnis gesessen.«

»Keine Sorge«, beruhigte ihn Usumane. »Diesmal werde ich mich im Hintergrund halten.«

»Und ich soll die Drecksarbeit machen?«

»Sei nicht undankbar, Timon. Ohne meine Beziehungen würdest du noch immer in einem Bergwerk die Schaufel schwingen. Das war Drecksarbeit.«

»Das weiß ich! Aber ich habe keine Lust, deinetwegen an einem Galgen zu baumeln.«

»Bist du verrückt geworden? Ich würde meinen eigenen Bruder doch nicht an den Galgen bringen!«

Das stimmte. Timon steckte sich eine frische Kaffeebohne in den Mund und begann darauf herumzukauen. Nein, das würde Usumane niemals tun ... Oder doch?

Der Blinde ließ sich vor dem *Cuca-Shop* absetzen. Er begab sich jedoch nicht in den Laden, sondern ging querbeet durch das Sonnenblumenfeld zur Hütte der Einarmigen und sagte Ondjandje, dass sie mitsamt den Rindern aus Ombalantu verschwinden sollte. »Heute noch«, fügte er hinzu, »sonst lasse ich die Viecher schlachten.«

* * *

Als der Hubschrauber, der Ngaturipure, Uasuta und ihn nach Okongwati gebracht hatte, wieder davonschwirrte, war es Kondjoura, als würde er aus einem Alptraum erwachen. Er setzte sich zu seinem Onkel ans Feuer und brach in Tränen aus. Sein Onkel schaute jedoch mit einem leeren Blick an ihm vorbei über das Flussbett des Omuhonga. Er hatte sich längst an Tränen und an die Gewissheit gewöhnt, dass er in seinem Leben kein Rind mehr besitzen würde. Auch seine Tante zeigte keine Regung. Sie beobachtete teilnahmslos, wie Ngaturipure mit vor Wut geballten Fäusten an Uasutas Seite durch das Flussbett stapfte. Tjizire und Rijamekee starrten Kondjoura erschrocken an. Aber er wusste nicht, wie er ihnen erklären sollte, was sich in Outjo abgespielt hatte.

Plötzlich fing Ngaturipure zu brüllen an. Seine Stimme hallte wie Donner über das Flussbett: »Wo? In Ombalantu? Du hast meine Rinder nach Ombalantu zum Blinden geschickt?«

Uasuta versuchte, ihn zu beruhigen: »Trink einen Tee, dann ...«

»Ich will keinen Dämonentee trinken!«, schrie Ngaturipure. »Ich will zu meinen Rindern!«

Ngaturipure machte sich sofort auf den Weg.

* * *

Zwei Wochen später kehrte er allein aus der Wildnis zurück. Kondjoura eilte der einsamen Gestalt im Flussbett entgegen. Ngaturipures Gesicht war aschgrau, und seine Augenlider flatterten. »Sie sind tot«, flüsterte er. »Sie sind alle tot.«

»Wo ist Mutter?«

Ngaturipure machte eine wegwerfende Handbewegung, dann schob er Kondjoura beiseite und ging mit schleppenden Schritten zu Uasuta, der vor seiner Hütte auf der roten Kiste hockte und gedankenverloren zusah, wie seine Gefährtin einen rechteckigen Bau außerhalb des Krals mit einem Gemisch aus Wasser und Lehm verputzte.

Uasuta hatte auf Anordnung des Richters dreitausend Rand Strafe für seine Söhne gezahlt. Dafür, so hatte er ihnen geschworen, würden sie bis an sein Lebensende zwischen Okongwati und Opuwo hin und her pendeln, um Ware heranzuschaffen. Er wollte nämlich – wie der Blinde – einen Laden eröffnen. Nun war der Stützpunkt fast fertig. Bald würden junge Soldaten eintreffen, und die würden so hungrig nach Frauen sein wie die Hirten nach Alkohol und Tabak; und die Himbamädchen nach Zucker, etwas, womit sie ihr erbärmliches Leben unter den schwitzenden Leibern der *Ekakunya* versüßen konnten ... Ja, wie der Ladenbesitzer Usumane in Outjo seine Brieftasche gezückt und das Bußgeld mit einem verächtlichen Lächeln auf den Lippen hingeblättert hatte, das war schon beeindruckend gewesen ...

Kondjoura, der hinter seinem Vater herlief, sah Uasuta von der roten Kiste aufspringen. Kondjoura blieb stehen, neigte lauschend den Kopf und hörte seinen Vater zu Uasuta sagen, dass er einen Tagesmarsch westlich von Ruacana auf seine Gefährtin gestoßen war: »Der Anblick der heiligen Rinder ließ mein Herz jubeln, doch in der Nacht wurden wir von vier Männern überfallen«, jammerte er. Sie haben uns zusammengeschlagen und die Rinder fortgetrieben.« Er breitete die Arme aus. »Seht her, ich habe alles verloren.«

* * *

Mit dem Elend hatten sich in Okongwati die Fliegen vermehrt. Sie krochen in schwarzen Trauben über die Gesichter der Himba und tranken ihre Tränen. Kondjouras Onkel und Tante waren seit zwei Tagen nicht mehr aus ihrer armseligen Hütte herausgekommen, Kondjoura betrank sich auf Uasutas Kosten, und Rijamekee saß mit angezogenen Beinen an der Uferböschung und wiegte sich hin und her.

Das Flussbett lag verlassen vor ihr, staubig und ausgedörrt wie ihre Haut. Über ihr sickerte die Sonne durch das verzweigte Geäst eines Mopanebaums, und im Rücken spürte sie Vejarukas Anwesenheit. Sie war dankbar, dass er sich still im Hintergrund hielt, denn sie wollte mit niemandem sprechen. Sie wollte sich nur hin und her wiegen und darauf warten, dass der Schmerz nachließ. Aber der Schmerz füllte ihr ganzes Sein aus: Ihr Vater hatte alles verloren, und ihre Mutter irrte durch die Wildnis.

Wie aus weiter Ferne hörte sie ihren Vater und Uasuta miteinander streiten. Es ging um zehn Ziegen, die ein Laster vor einer Woche hinter Uasutas Hütte abgeladen hatte. Uasuta wollte sie schlachten und das Fleisch an die Soldaten verkaufen. Ngaturipure aber wollte sie haben, um Okongwati verlassen zu können. Doch Uasuta blieb hartnäckig: »Die Weißen haben meine Kiste ausgehöhlt«, jammerte er. »Ich bin ein armer Mann!«

Kurz darauf sah Rijamekee ihren Vater durch das Flussbett auf sich zustürzen. Sein Gesicht war zu einer Grimasse verzerrt. »Komm mit«, befahl er. Als Rijamekee nicht gleich gehorchte, packte er sie am Handgelenk, zog sie auf die Füße und schleppte sie zu Uasutas Hütte. »Da«, sagte er und gab ihr einen Stoß, dass sie vor Uasuta auf die Knie fiel.

Kondjoura, der an Uasutas Herdfeuer eine Flasche Wein geleert hatte, taumelte auf die Füße. »Vater!«, rief er voller Entsetzen.

»Schweig!«, brüllte Ngaturipure. Er hatte Tränen in den Augen. »Du hast uns alle ins Unglück gestürzt, und jetzt willst du mich auch noch daran hindern, im Hoarusib das Leben eines wahren Himba zu führen?«

»Rijamekee ist deine Tochter!«

»Darum gebe ich sie einem wohlhabenden Mann.« Er wandte sich an Uasuta, der lächelnd auf Rijamekee herabblickte. »Wem gehören die Ziegen?«, fragte er.

»Dir«, murmelte Uasuta.

»Nein!«, schrie Kondjoura, und im selben Moment sprintete Rijamekee los.

Uasuta stieß einen Pfiff aus. Daraufhin kamen seine Söhne herbei. Der eine hetzte mit einem Lederriemen hinter Rijamekee her, und der andere nahm Kondjoura in den Schwitzkasten. Er war zu betrunken, um Widerstand leisten zu können. Und am gegenüberliegenden Ufer umklammerte Vejaruka den Mopanebaum mit beiden Händen und stieß seine Stirn an den Stamm, immer und immer wieder, bis ihm das Blut über das Gesicht strömte.

* * *

»Ich werde fortgehen«, sagte Kondjoura.

Tjizire blickte ihn ängstlich über das Feuer hinweg an. In den Flammen stand ein gusseiserner Topf, und der Geruch von brodelndem Maisbrei stieg ihr bei jedem Atemzug in die Nase. »Warum?«, fragte sie.

»Du hast gesehen, was geschehen ist«, antwortete er und zog den Topf aus dem Feuer. »Würdest du zulassen, dass deine Schwester einem Mann zugeteilt wird, den sie nicht liebt?«

»Nein, aber ich habe Angst, dass du dich eines Tages in der Welt der Weißen verirren und nie mehr zurückkommen wirst.«

Kondjoura schüttelte den Kopf. »Ich verachte Opuwo. Der Ort verwandelt Menschen in Bäume, die sich nach einer Weile nicht mehr von der Stelle rühren können. Aber sobald ich genug Papierrinder beisammenhabe, um Rijamekee aus den Klauen deines Vaters zu befreien, werde ich die Welt der Weißen abschütteln wie ein Baum seine Blätter und zu dir zurückkehren.«

»Versprichst du mir das?«

»Ja«, sagte er, »denn mein Herz sehnt sich jetzt schon nach dir.«

122

Souter schwitzte. Er gab Pickelgesicht mit Handzeichen zu verstehen, dass er die Fenster öffnen sollte. Pickelgesicht nickte, ohne seine qualmende Zigarette aus dem Mund zu nehmen. Souter wandte sich angewidert ab. Pickelgesicht trug eine mit Haarschuppen dekorierte Uniform. Und vor einer Viertelstunde hatte er unten an der Heinitzburgstraße auf die Klingel gedrückt und Hillmann einen braunen Umschlag überreicht. Jetzt vernahm Souter dumpfe Schritte, die ins Wohnzimmer eilten. Er zog den Kopf zwischen die Schultern.

»Lies das!«, brüllte Hillmann. Papier raschelte. »Das da ... durch den Gerichtsbeschluss für die südafrikanische Armee nicht mehr tragbar geworden! Und das ... leider müssen wir daher alle Aufträge für null und nichtig erklären! Und das ... in Zukunft von einer weiteren Zusammenarbeit absehen!« Papier flatterte durch die Luft. »Weißt du, was das heißt?«

»Ja«, antwortete Martha.

»Und?«, schrie Hillmann. »Bist du jetzt zufrieden?«

Martha räusperte sich. »Du hättest dich nicht mit Louis Engelbrecht einlassen dürfen.«

»Ich hätte mich nicht mit dir einlassen dürfen«, brüllte Hillmann. »Ich gebe dir den Auftrag, die Rhinohörner aus dem Tresor verschwinden zu lassen – und was machst du? Du gibst die Kombination treu und brav an deinen Herrn Sohn weiter!«

»Er wusste Bescheid!«

»Wie denn? Außer mir wusste niemand, dass Rhinohörner im Tresor liegen.«

»Ich kann mir das auch nicht erklären. Khan war kaum weg, da kam Patrick zurück und sagte, dass ich den Tresor nicht anrühren sollte. Es war ... ja, so als hätte er an der Tür gelauscht.«

»Das ist möglich. Aber woher wusste er, dass er Louis und mich auf dem Hinterhof finden würde? Uns ist niemand gefolgt.«

»Patrick hat, kurz nachdem du mit Louis gesprochen hast, einen Anruf erhalten«, gab Martha zu bedenken.

»Richtig.« Gelenke knackten, Leder knarzte. »Du«, flüsterte Hillmann, »die Schweine haben unser Telefon angezapft.«

»Nein!«

Souter schloss die Augen. Im Geiste sah er, wie Martha ihren Mann anstarrte, ungläubig und erschrocken zugleich.

»War jemand von der Post hier?«, fragte Hillmann.

»Nee ... doch! Ein pickeliger Techniker.«

»Da hast du's«, sagte Hillmann. Ein Flaschendeckel quietschte, dann wurde ein Glas über die Tischplatte gezogen. Mitten in das Gluckern hinein murmelte Hillmann: »Jetzt wird mir alles klar.«

»Was?«

»Tu nicht so scheinheilig! Du weißt ganz genau, wer dahintersteckt!«

Souter krümmte seine Zehen.

»Wer?«

»Dein Freund!«, brüllte Hillmann. »Er arbeitet für die Sicherheit!« Ein Glas zerplatzte an der Wand. »Ihr wollt mich wohl fertigmachen, was?«

»Das ist nicht wahr, Arthur!«

»Aber da habt ihr die Rechnung ohne den Wirt gemacht«,

fuhr Hillmann unbeirrt fort. »Ich lasse mich von dir scheiden, enterbe deine beiden Missgeburten und schicke Denise die Fotos. Dann wollen wir doch mal sehen, wer den Kürzeren zieht!«

»Arthur, das bildest ...«

»Und weißt du, was ich dann mache?«, unterbrach er sie. »Dann setzte ich mich ab. Ihr seht mich nie wieder, hörst du? Und ihr kriegt keinen Cent von mir. Nicht einen!«

Souter nahm den Kopfhörer herunter und entspannte seine Zehen. »Das war's«, sagte er zu Pickelgesicht. »Schaffen Sie die Geräte raus und nehmen Sie sich eine andere Wohnung. Ich will, dass Sie sich ab sofort um Hillmanns Post kümmern.«

Noch am selben Abend rief Souter seinen Bruder Ken in Pretoria an und teilte ihm mit, dass er Arthur Hillmann aus dem Weg geräumt hatte.

»*Is hy vrek?*«, fragte der Abgeordnete des Parlaments hoffnungsvoll. »Ist er tot?«

»Nein, er wird jedoch in Kürze das Land verlassen.«

»Gut. Aber sorg dafür, dass er Südwest nie wieder betritt, sonst kommt er eines Tages zurück und versenkt uns in einem Giftmüllfass.«

»Ja-nee«, sagte Souter. »Ich werde alles in die Wege leiten.«

»Und was die andere Sache angeht, so brauchst du dir darüber keine Sorgen mehr zu machen.«

»Ich verstehe.«

Südafrika hatte Chuck Palmers Pläne für den Bau eines Staudamms an den Epupa-Wasserfällen vorerst auf Eis gelegt.

123

Ondjandje war den Ondotofluss hinuntergezogen und ließ sich nun von der Schotterstraße nach Okongwati führen. Sie war froh, dass Ngaturipure vorausgeeilt war, denn ihr Gefährte hätte niemals seinen Fuß auf eine Piste gesetzt, die Weiße in das unwegsame Geröll geschoben hatten. Aus dem Grund hatte Ngaturipure den beschwerlichen Weg über die Berge genommen. Doch Ondjandje war zu Tode erschöpft: Ihre Fußsohlen brannten, die beiden Wunden an ihrem Kopf, von Schlagkeulen herbeigeführt, pochten, und bei jedem Atemzug schmerzten ihre von Fußtritten demolierten Rippen, zudem ritt die sengende Sonne auf ihrem verbrannten Nacken, heiß wie die glühende Spitze des Astes, den Ondjandje in der rechten Hand trug. Sie fragte sich, wann das heilige Feuer erlöschen würde – alles andere hatten die Ahnen ihr bereits genommen …

Als Ondjandje in die Siedlung taumelte, wurde sie von einer gleichgültig dreinblickenden Menschenmenge empfangen. Niemand beachtete sie, denn in Okongwati waren alle am Ende ihrer Kräfte; selbst Uasuta hockte vornübergeneigt auf der roten Kiste und beobachtete, wie das Blut von seiner Stirn auf den Boden tropfte. Er hatte Rijamekee eine Tüte Bonbons geschenkt. Zum Dank dafür hatte sie ihn angespuckt. Daraufhin hatte er versucht, sie zu vergewaltigen, doch sie hatte ihm mit beiden Füßen so kräftig in den Bauch getreten, dass ihm das gekochte Ziegenfleisch wieder hochgekommen war. In seiner Verzweiflung hatte er überlegt, ob er sie seinen Söhnen überlassen sollte. Die beiden wären wie die Hyänen über Rijamekee hergefallen. Doch hatten sie eine schöne Jungfer überhaupt verdient? Nein! Also musste er sie selber zähmen. Die Frage war: Wie? Als er vorhin in ihre Hütte gekrochen war, um ihre Fesseln zu lösen, hatte sie ihm mit ihren Fingernägeln die Stirn zerfetzt. Jetzt saß er auf der Kiste und fragte sich, was er als Nächstes tun sollte. Das Pack tuschelte schon hinter seinem Rücken, weil er sich gegen das Mädchen nicht durchsetzen konnte, und seine Gefährtin hatte ihn voller Schadenfreude ausgelacht, als er sie um Rat gefragt hatte …

Ondjandje blieb verunsichert auf der Straße stehen, die mitten durch Okongwati führte und etwas weiter vorn im Flussbett des Omuhonga verschwand. Zu ihrer Linken stand die Klinik mit dem weithin sichtbaren roten Kreuz darauf, und unweit davon lag der neu errichtete Stützpunkt. Südafrikanische Soldaten schlenderten am hohen Maschendrahtzaun entlang oder saßen rauchend vor ihren Zelten. Zum Ufer und nach Osten hin duckten sich die erbärmlichen Hütten der Himba.

Ondjandje konnte in der Menschenmenge kein bekanntes Gesicht entdecken. Sie wanderte zwischen den apathisch im Schatten hockenden Himba umher und fragte nach Ngaturipure. Die meisten zuckten die Achseln, andere blickten mit glanzlosen Augen durch sie hindurch. Ondjandje ahnte, dass sie Ngaturipure nicht in Okongwati finden würde, nicht zwischen den apathischen Himba und blassen Weißen. Doch wo waren Rijamekee und Kondjoura?

Sie wollte sich schon abwenden und zum Ufer hinuntergehen, als hinter ihr eine gutturale Stimme ertönte: »Rama-Rama-Oschukuna.« Obgleich Ondjandje den Sinn der Litanei nicht verstand, war sie sich doch sicher, dass sie das Gebrabbel schon einmal gehört hatte. Sie fuhr herum und blickte in die schillernden Augen eines Mannes, dessen Arme mit vernarbten Schnittwunden übersät waren. Er neigte sich schnüffelnd vor. Ondjandje erschauderte. Der Mann war kein Himba, sondern ein Ngambwe. In seinen zottigen Haaren steckten Muscheln. »Rama-Rama-Oschukuna«, wiederholte er. Dann bückte er sich, hob eine Handvoll Sand auf und schleuderte ihn Ondjandje ins Gesicht. Sie wich entsetzt zurück und mit ihr die Himba, die beim Anblick des murmelnden Heilers aus ihrer Lethargie gerissen worden waren.

»Rama-Rama-Oschukuna!«

Ondjandje stolperte über ein Kind, rappelte sich auf und wankte, von Tränen geblendet, zum Ufer des Omuhonga, in den Augen grobkörniger Sand und in den Ohren die unheimliche Stimme des Heilers. Erst als sie auf der Böschung saß und sich mit dem Armstumpf die Augen auswischte, wurde ihr bewusst, dass der Heiler ihr nicht gefolgt war, sondern lediglich seine Stimme wie ein Echo in ihrem Kopf widerhallte. Und in das Echo mischte sich plötzlich eine andere, besorgte Stimme, die Ondjandje ebenfalls kannte: »Bist du wohlauf?«

Sie blinzelte. Neben ihr stand ein junger, hagerer Mann, der mitleidig auf sie herabschaute. »Vejaruka?«

Der junge Mann verzog die Lippen zu einem schwachen Lächeln, während seine Augen die Wunden an ihrem Kopf abtasteten. »Komm«, sagte er, »ich bringe dich zu meinem Vater.«

* * *

Es fehlte Vejarukas Eltern nicht an Nahrung, aber sie hatten alle Hoffnung aufgegeben, je wieder an den Kunene zurückkehren zu können. Sie würden bis an das Ende ihrer Tage in Okongwati bleiben und die Hand ausstrecken. Nicht so Ondjandje. Der Anblick der Elendsgestalten bestärkte sie in ihrem Wunsch, die Siedlung so bald wie möglich zu verlassen. Doch erst einmal musste sie herausfinden, wo Ngaturipure, Kondjoura und Rijamekee waren.

Dankbar nahm Ondjandje eine Schale mit Maisbrei entgegen. Sie hatte sich unterwegs nur von Insekten und Knollen ernährt und hin und wieder Wasser aus den Quellen des sonst trockenen Ondotoflusses getrunken. Während sie aß, erzählte Vejarukas Vater, dass Ngaturipure zum Hoarusib gezogen war. Das erstaunte Ondjandje. »Von was will er dort leben?«, fragte sie, den Mund voller Maisbrei.

Vejaruka blickte über das Flussbett hinweg zum Schattenbaum hinüber, unter dem Uasuta saß und einen feuchten Lappen auf seine blutende Stirn presste.

»Dein Gefährte hat Rijamekee gegen zehn Ziegen eingetauscht«, erklärte Vejarukas Vater.

Ondjandje ließ den Teller fallen. »Wer hat sie an sein Feuer geholt?«

»Uasuta.«

Ondjandje schlug eine Hand vor den Mund. Sie konnte nicht glauben, dass ihre Tochter ausgerechnet am Feuer jenes Mannes saß, der Ngaturipure ins Unglück gestürzt hatte. Ngaturipure musste über den Verlust seiner Rinder den Verstand verloren haben. »Wo ist Kondjoura?«, fragte sie.

»Er ist nach Opuwo zurückgekehrt, um für die Weißen zu arbeiten«, antwortete Vejaruka. »Er will Geld verdienen, damit er Rijamekee aus Uasutas Klauen befreien kann.«

Ondjandje übergab Vejarukas Mutter den qualmenden Ast, den sie neben sich auf den Boden gelegt hatte. »Hüte das Ahnenfeuer«, bat sie. »Ich möchte mit deinem Sohn reden.«

* * *

In Okongwati gab es keine Hunde. Erstens fraßen sie zu viel, und zweitens schmeckten sie zu gut, als dass sie in der Siedlung eine Überlebenschance gehabt hätten. Das war für Vejaruka von Vorteil. Der Nachteil aber war, dass in Okongwati jedes verdächtige Geräusch von Menschen verursacht wurde. Man konnte also nachts nicht über eine leere Konservendose stolpern und hoffen, dass jemand einen Hund für das Geschepper verantwortlich machte. Vejaruka durfte sich daher keinen Fehler erlauben, zumal Uasuta weder die rote Kiste noch Rijamekee aus den Augen ließ.

Wann immer Vejaruka auf der Uferböschung gesessen und sehnsüchtig die Hütte betrachtet hatte, in der Rijamekee gefangengehalten wurde, hatte er überlegt, wie er Rijamekee befreien könnte. Doch wo hätte er mit ihr in der Zeit der Dürre hinfliehen sollen? Er wäre nicht weit gekommen; dafür hätten Uasutas Söhne gesorgt. Aber dann war Rijamekees Mutter aufgetaucht und hatte seine Zweifel mit einem starken Arm beiseite gefegt.

Vejaruka stieg aus dem Flussbett. Er konnte im Sternenlicht die Umrisse der Hütten erkennen und wusste, dass auch er sich gegen den Himmel abzeichnete. Ondjandje hielt sich dicht hinter ihm, für den Fall, dass jemand sie erwischen sollte. Dann würde Ondjandje sich als Rijamekees Mutter zu erkennen geben und Uasuta in ein Gespräch verwickeln, damit Vejaruka unbemerkt das Weite suchen konnte. Aber gerade das wollte er vermeiden, denn Ondjandjes Anwesenheit würde Uasuta noch nervöser und misstrauischer machen, als er es ohnehin schon war.

Vejaruka zog seine Sandalen aus, nahm sie in eine Hand, das Messer in die andere, und steuerte die mittlere Hütte an. Sie kamen nur langsam voran, weil er seine Füße im Zeitlupentempo über den Boden schob, und jedes Mal, wenn er irgendwo anstieß, bückte er sich und räumte einen Zweig oder Stein beiseite, ehe er den nächsten Schritt wagte. Sein Herz begann immer lauter zu pochen. Er rechnete jeden Augenblick damit, dass jemand aufwachte oder das Feuer, das vor Uasutas großer Hütte zu einem Gluthaufen zusammengefallen war, plötzlich aufflackerte und ihn aus der Dunkelheit riss. Er wollte, der blasse, magere Mond, der sterbend auf dem Rücken lag, wäre ein wenig voller gewesen. Er konnte kaum etwas sehen. Blind näherten sie sich Uasutas Hütte. Aus dem Inneren drangen schlürfende Atemgeräusche. Vejaruka blieb stehen. Täuschte er sich, oder schlief nur eine Person in der Hütte?

»Geh weiter«, flüsterte Ondjandje in seinem Rücken.

Die Frau erstaunte ihn. Sie war erschöpft, verletzt, hatte nur einen Arm und einen langen Leidensweg hinter sich, und dennoch schlug in ihrer Brust das Herz einer Löwin. Sie hatte ihn am Nachmittag beiseite genommen und gefragt: »Willst du meine Tochter haben?«

»Ja«, hatte er geantwortet.

»Dann hol sie an dein Feuer.«

»Aber Ngaturipure hat Rijamekee doch ...«

»Weck mich um Mitternacht«, hatte sie gesagt und war in der Hütte seiner Mutter verschwunden.

Jetzt schlichen sie durch die Finsternis. Sie waren inzwischen so nah an die mittlere Hütte herangekommen, dass sie den dunklen Eingang ausmachen konnten. Vejaruka kniete sich hin und kroch auf den Eingang zu, doch als er den Kopf in die Hütte stecken wollte, stieg ihm der Geruch von saurem Schweiß in die Nase. Er verharrte. Ondjandje, die ihm auf leisen Sohlen gefolgt war, stieß ihn mit dem Fuß an. Langsam streckte er die Hand aus, und seine Fingerspitzen versanken in einer schwabbeligen Masse. Er zog die Hand rasch zurück. Im selben Moment wälzte sich jemand herum und versperrte den Eingang mit seinem breiten Rücken: Uasuta!

Vejaruka hielt den Atem an. Er versuchte die Dunkelheit mit den Augen zu durchdringen, konnte jedoch nichts erkennen. Dann hörte er ein leises Seufzen, das im hinteren Teil der Hütte erklungen war. Er kroch um die Hütte herum und kratzte mit dem Messer an der mit Rinderdung und Morast verschalten Rückwand.

In der Hütte rührte sich nichts.

In ihrer Verzweiflung rief Ondjandje so laut nach ihrer Tochter, dass Uasuta sich schlaftrunken aufrichtete. »Hm?«, fragte er.

Sie erstarrten und hörten, wie Uasuta grunzend aus der Hütte krabbelte. Dann sahen sie ihn durch die Dunkelheit zum rechteckigen Gebäude wanken. Dort lehnte er sich an eine Ecke und pinkelte ins Gebüsch.

»Beeil dich«, flüsterte Ondjandje.

Ihre Stimme schreckte Vejaruka hoch. Er robbte zum Eingang, kroch in die Hütte und prallte mit dem Kopf gegen die rote Kiste. Das Vorhängeschloss schlug polternd an das Blech, und die Weinflaschen, die Uasuta jeden Abend aus dem Laden räumte und auf der Kiste abstellte, schlugen klirrend aneinander.

»Vorsicht«, zischte Ondjandje. »Er kommt zurück.«

Vejaruka tastete den Hüttenboden nach Rijamekee ab, durchtrennte ihre Fußfesseln und befreite sie von den Lederriemen, mit denen Uasuta ihre Handgelenke an Pflöcken angebunden hatte. Dann griff er nach einer Weinflasche. Einen Herzschlag später ging Uasuta vor dem Eingang auf die Knie. Seine Gelenke knackten. »Wer ist da?«, fragte er.

»Ich«, sagte Rijamekee.

»Oh, du bist wach«, stellte Uasuta mit einschmeichelnder Stimme fest.

»Ich muss pinkeln«, behauptete Rijamekee.

Uasuta kicherte. »Warte«, sagte er, »ich werde dich gleich wie eine Hündin ins Gebüsch führen.« Er setzte sich in Bewegung, doch ehe Vejaruka mit der Flasche ausholen konnte, zersplitterte ein armdicker Ast auf Uasutas Kopf.

* * *

Uasutas Söhne waren müde. Ihre Mutter hatte sie im Morgengrauen geweckt und zu Uasuta geschickt, der mit einem blutüberströmten Kopf und glasigen Augen in der Klinik lag. »Verfolgt Rijamekee bis an das Ende der Welt«, hatte der Elefant befohlen, doch als die Sonne aufging, blieben Uasutas Söhne im Flussbett des Omuhonga stehen und blickten sich an.

»Sind wir am Ende der Welt angekommen?«, fragte der eine.

Der andere grinste. »Ja«, sagte er.

»Dann lass uns einen Schattenbaum finden und schlafen«, schlug der eine vor, und der andere nickte.

Am nächsten Tag kehrten sie nach Okongwati zurück und behaupteten, die Spuren des Mädchens verloren zu haben. Uasuta blieb regungslos in seinem Bett liegen, denn er hatte eine schwere Gehirnerschütterung, und sein verbundener Schädel dröhnte. Selbst das Sprechen strengte ihn an: »Sucht den Hoarusib ab«, wisperte er.

Seine Söhne machten sich achselzuckend auf den Weg, und diesmal erreichten sie das Ende der Welt bereits am frühen Nachmittag ...

12. KAPITEL

124

Die Nama nennen den Hoarusib ehrfürchtig *Vater aller Flüsse*, denn in der Regenzeit führen ihm seine verzweigten Seitenarme das Wasser aus den umliegenden Bergen zu. Dann verwandelt der Hoarusib sich in einen reißenden Strom, der rauschend durch das Herz des Kaokolandes fließt und sich zweihundertundsiebzig Kilometer weiter in den Atlantischen Ozean ergießt.

Der Hoarusib bot einem Mann, der Weiße als Dämonen bezeichnete und seine Tochter gegen Ziegen eingetauscht hatte, einen idealen Unterschlupf. Etwa fünfundzwanzig Kilometer nordöstlich der verlassenen Siedlung Otjiu, die Ngaturipure einst als Versteck gedient hatte, kroch der Hoarusib durch eine Flussebene bis dicht an den sanften Abhang eines namenlosen Berges heran. Dort hatte Ngaturipure sich in einer vom Wind ausgehöhlten Dolomitgrotte eingerichtet und hoffte, nie mehr einem anderen Menschen zu begegnen. Aber sie fanden ihn doch.

Er saß im Schatten, den Rücken an die Steinwand der Grotte gelehnt, und härtete die Spitze einer zwei Meter langen Antennenakazie in der Glut. Der dünne, gerade Stamm eignete sich hervorragend zur Herstellung eines Speeres. Als er drei Tage zuvor auf den Gipfel des namenlosen Berges geklettert war, hatte er eine Herde Springböcke durch die Flussebene ziehen sehen und daraufhin die Antennenakazie gefällt. Er zog den Ast aus der Glut und begann die qualmende Spitze auf einer Steinplatte zu schärfen. Die Arbeit war anstrengend. Nach einer Weile legte er eine Verschnaufpause ein und ließ seinen Blick über die hügelige, mit Sträuchern bewachsene Flussebene schweifen. Dabei entdeckte er drei dunkle Punkte, die sich dem grünen Schilfgürtel des Hoarusib von Norden her näherten. Strauße, dachte er und verlor sogleich das Interesse an ihnen, denn Strauße waren hornlos und somit tabu für ihn. Doch dann bemerkte er, dass die Springböcke, die sich am Rande des Schilfes niedergelassen hatten, aufgestanden waren und den drei dunklen Punkten mit nervös zuckenden Wedeln entgegenblickten.

Ngaturipure beobachtete, wie die Punkte allmählich kegelförmige Konturen annahmen, und mit einemmal schwebten lautlos, von Hitzeschleiern getragen, drei Himba auf den Fluss zu!

Ngaturipure überlegte, ob er die Ziegen, die im Schilf weideten, zur Grotte treiben sollte. Er verwarf den Gedanken jedoch wieder, denn er wollte sein Versteck nicht verlassen. Vielleicht hatte er Glück, vielleicht würden die Himba vorüberziehen, ohne ihn und die Ziegen zu bemerken.

Die Gestalten verharrten plötzlich. Eine hob den Arm und deutete zu ihm herüber. Da wurde ihm schlagartig bewusst, dass er einen Fehler gemacht hatte: Er war täglich denselben Weg zum Fluss hinuntergegangen, und seine Füße und die Hufe der Ziegen hatten einen weithin sichtbaren Pfad in den Abhang getrampelt. Prompt schwenkten die Gestalten herum und kamen nun geradewegs auf ihn zu.

Ngaturipure ließ sich nach hinten an die Steinwand sinken und tastete nach seinem Speer. Er nahm sich vor, kein Wort mit den Himba zu wechseln. Sie sollten merken, dass sie nicht willkommen waren, dass niemand willkommen war. Doch im nächsten Moment stieß Ngaturipure sich von der Grottenwand ab und starrte in die Flussebene hinunter. Eine der Gestalten hielt einen länglichen Gegenstand in der linken Hand, und als sie über einen Wassergraben sprang, flatterte eine blaue Rauchfahne hinter ihr drein. Es war Ondjandje! Nun erkannte Ngaturipure auch seine Tochter, die mit wiegenden Hüften vor einem jungen Mann herging.

Ngaturipure wäre am liebsten aufgesprungen und hätte sie jubelnd begrüßt. Stattdessen senkte er beschämt den Kopf. Doch während er darauf wartete, dass Ondjandje ihn entdeckte und mit einem vorwurfsvollen Blick ansah, musste er die Lippen fest zusammenpressen, um ein glucksendes Lachen zu unterdrücken: Das Ahnenfeuer brannte, Rijamekee war frei, und er besaß zehn Ziegen!

125

Hillmann hatte mindestens zwanzig Kilo zugenommen. Im Spiegel hinter dem Tresen sah ihn ein pausbäckiges Gesicht an; er hatte eine Wampe und einen Hintern, der zu beiden Seiten über den Rand des Barhockers hinausragte. Vor ihm stand ein Glas Whisky. Er nippte daran und blickte durch die Rauchglasscheibe auf das Rollfeld hinaus. Dort draußen wartete seine Maschine, und er wollte, er wäre schon in der Luft, denn er war fertig mit Afrika. Er hatte das Land und seine Menschen satt.

Neben ihm hockte ein Afrikander in einem Safarianzug. Hillmanns Augen wanderten an ihm herunter, und prompt: Der Idiot hatte einen Kamm in seinem Kniestrumpf stecken. Wollte er vielleicht so nach Frankfurt fliegen? Himmel! Und hinter ihm an einem der Tische saßen zwei Männer, die sich auf Südwesterdeutsch unterhielten. Er hatte sich nie an das Kauderwelsch gewöhnen können. Selbst nach all den Jahren, die er in diesem Land verbracht hatte, klang die raue Sprache, die sich wie ein Flickenteppich aus vereinfachten englischen, deutschen und afrikaansen Wörtern zusammensetzte, in Hillmanns Ohren immer noch primitiv und vulgär. Ja, er gehörte hier nicht hin. Das Land war zwar eine Goldgrube gewesen, doch er hatte sie ausgebeutet und einen gelben Umschlag mit sechsunddreißig Hochglanzfotos und einen traurigen Schäferhund namens Cracker an Denise Souter verkauft. Jetzt war es an der Zeit, dass er verschwand und irgendwo ein neues Leben anfing, vorzugsweise in einem Land, aus dem man so viel Geld herausschaffen konnte, wie man wollte ...

Als sein Flug aufgerufen wurde, trank er in Ruhe seinen Whisky aus. Er wollte nicht als Erster die Passkontrolle passieren. Und so wartete er, bis eine Menschentraube den Schalter ansteuerte, dann glitt er vom Barhocker, nahm seine Reisetasche und watschelte auf den Beamten zu.

Der Beamte stempelte seinen Pass ab, wünschte ihm einen guten Flug und winkte ihn weiter. Nun hatte er nur noch eine Hürde zu überwinden: die Sicherheitskontrolle. Vor dem Durchleuchtungsapparat hatte sich zu seiner Erleichterung eine Menschenschlange gebildet. Hillmann lächelte. Es gab keinen Grund zur Sorge. Er hatte erst in letzter Minute ein Rückflugticket gekauft und niemandem gesagt, dass er nach Frankfurt düsen würde.

Er hatte nur einen Koffer und die Reisetasche mitgenommen. Er hatte seine Steuern gezahlt ...

Das Lächeln gefror auf seinen Lippen, als ihn jemand am Arm packte. Es war der Afrikander mit dem Kamm im Strumpf. »Was wollen Sie?«, fragte Hillmann in einem barschen Tonfall.

»Würden Sie bitte mitkommen?«

»Wozu? Und wohin?«

»Kommen Sie.«

Der Afrikander führte ihn zu einer Kabine, und als Hillmann durch die Tür trat, sah er zwei Beamte an der Wand lehnen. »Ziehen Sie sich aus«, sagten sie wie aus einem Mund. Dann fischten sie zwei Wattebäusche aus seinen Backentaschen, konfiszierten die Geldpakete, die er mit Leukoplast an seinem Oberkörper befestigt hatte, sie behielten selbst das Kissen, das er sich in den Hosenboden geschoben hatte, und eine Woche später wurde Arthur Hillmann wegen Devisenschmuggels des Landes verwiesen.

Als er auf dem Rollfeld stand und sich noch einmal mit einem finsteren Blick umsah, erschien im Rahmen der Ausgangstür eine zierliche Gestalt. Hillmann erkannte sie sofort, und ohnmächtige Wut stieg in ihm auf, als Kommandant Frederick Souter eine Hand hob und ihm zum Abschied zuwinkte.

126

Paulus Natangwe hoffte auf Regen und Frieden und träumte von einem blühenden Land, fetten Rindern, einer Frau und gesunden Kindern. Aber das Ovamboland dehnte sich braun und trocken bis zum Horizont hin aus, und die Sonne wanderte Tag für Tag wie ein Feuerball über den blauen, wolkenlosen Himmel, und die Soldaten gingen nicht fort, und die Ziegen waren mager, und er war allein.

Nach einem Jahr des Wartens hatte Paulus die Hoffnung aufgegeben, dass Esme eines Tages reumütig zu ihm zurückkehren würde. Zum Teufel mit ihr, sagte er sich schließlich. Es gab ja genug andere Frauen. Doch obwohl er regelmäßig mit den Wasserträgerinnen schlief, kam nicht ein Vater zu ihm und verlangte einen Brautpreis. Und jedes Mal, wenn eine der Frauen schwanger wurde, redete er sich ein, dass der Mann, der sie heiraten würde, für ein uneheliches Kind sorgen musste. Aber die Einbildung brachte ihm keine Genugtuung, weil er im Herzen wusste, dass er tatsächlich unfruchtbar war.

Paulus litt schrecklich darunter, zumal sich sein Leben kaum von dem einer Frau unterschied: Er schleppte Wassereimer, fegte den Kralboden und besserte die Hütten aus, und wenn es geregnet hätte, wäre er auf dem Mahangofeld herumgekrochen wie eine Frau, denn seine Mutter war zu alt, um irgendetwas anderes zu tun, als in der Sonne zu sitzen und sich darüber zu beklagen, dass er es nicht so weit gebracht hatte wie Usumane oder Timon.

»Was soll ich tun, Mutter?«

»Frag Usumane, ob er Arbeit für dich hat.«

»Es gibt in Ombalantu keine Arbeit, Mutter! Wie oft soll ich dir das noch sagen?«

»Dann mach deinen eigenen Laden auf.«

»Dazu brauche ich Geld, Vater. Viel Geld.«

»Wozu haben wir dich eigentlich auf die Missionsschule geschickt? Du kannst lesen, schreiben und rechnen, Paulus. Also, streng deinen Kopf an, damit wir nicht länger in Lumpen herumlaufen und uns von Ziegenmilch ernähren müssen.«

»Ja, Mutter.«

Aber Paulus fand keine Lösung. Gelegentlich half er Usumane, die Waren aus Timons Bus in den *Cuca-Shop* zu tragen. Danach setzte er sich mit einer wohlverdienten Zigarette und einem Bier in den Schatten und beobachtete, wie Timon im Bus hockte und mit den Fingerspitzen auf das Lenkrad trommelte – rastlos wie seine schwere, goldene Armbanduhr.

Paulus hatte den Taxifahrer noch nie ausstehen können, und in diesen Augenblicken hasste er ihn geradezu, denn während Timon und Usumane in Geld schwammen, waren er und seine Eltern auf die Almosen der weißen Soldaten angewiesen. Paulus wusste, dass die *Makakunya* ihnen den Proviant nicht gaben, weil er ein wichtiger Informant war, sondern weil sie von ihm erwarteten, dass er sich melden würde, sobald Guerillas auftauchten.

Die Dürre hatte den Krieg und die Angst zwar in den Westen verlagert, doch Paulus betete dennoch, dass Johannes niemals zurückkehren möge. Der Gedanke, ein zweites Mal vom Zhu/twasi verhört zu werden, erfüllte ihn mit Grauen. Der Zhu/twasi würde ihn letztendlich dazu zwingen, seinen eigenen Bruder zu verraten. Und das hätte das Ende der Familie Natangwe bedeutet.

Kurz vor Weihnachten erschien eine Frau im Kral. Wie eine Fee stand sie plötzlich vor dem Palisadenzaun und flüsterte Paulus zu, dass er sich beim Blinden in Ombalantu melden sollte. Paulus kannte die Frau. Usumane hatte sie damals, als Paulus mit Esme nach Ombalantu gekommen war, als Tammi vorgestellt, ehe er sie zwischen den Sonnenblumen flachgelegt hatte …

Paulus blickte Tammi erstaunt an. Dann fiel ihm ein, dass Dezember war. Im Dezember kehrten die Arbeiter aus den Minen ins Ovamboland zurück, und der Blinde brauchte wohl jemand, der ihm half, den Neureichen das Geld aus der Tasche zu ziehen.

»Ich habe Arbeit gefunden«, rief er zum Palaverplatz hinüber.

»So?« Seine Mutter erhob sich von ihrem mit Draht geflickten Klappstuhl. »Und wer kümmert sich um uns?«

»Ich«, sagte Tammi. »Ich werde bei euch bleiben, bis Paulus wieder zurück ist.«

»Dann hol Wasser«, keifte die Alte. »Wir haben Durst!«

Paulus lächelte. Er war glücklich.

* * *

Das gleißende Sonnenlicht, das in den Laden fiel, blendete Usumane. Er sah nur die Umrisse eines untersetzten Mannes im Türrahmen stehen. Doch als der Mann in den *Cuca-Shop* trat und sich lautlos der Ladentheke näherte, rieselte ihm ein kalter Schauer über den Rücken.

Der Fremde trug braune, lange Hosen, die er in die Schäfte seiner Stiefel gestopft hatte, ein schmutzig weißes Hemd und darüber einen schwarzen Frotteemantel. Und er roch nach Rauch, Schweiß und Staub – der Mann war ein Guerilla!

Usumane wandte sich zum Regal an der Rückwand um und begann Konservendosen zu sortieren. Aus den Augenwinkeln bemerkte er, dass die zahnlose Hexe, die neben ihm stand, den Fremden weiterhin anstarrte. Selbst sie, vor der sich alle fürchteten, schien die Todesverachtung zu spüren, die von dem Mann ausging.

Wie der Guerilla es unbehelligt bis in den *Cuca-Shop* geschafft hatte, war Usumane ein Rätsel. Er riskierte einen Blick über die Schulter und sagte: »Hallo.«

Der Fremde erwiderte seinen Gruß nicht. Er blieb stehen und

legte, zum Zeichen, dass er in friedlicher Absicht gekommen war, seine Hände auf die Ladentheke. Sie waren kurz und breit und die Nägel abgebrochen. »Lucky Strike«, sagte er mit einer heiseren Stimme.

»Wir führen keine Lucky-Strike-Zigaretten«, erwiderte die Hexe. »Wie wäre es mit einer Schachtel Lexington?«

Der Fremde zog die Luft zischend durch die Zähne ein.

»Oder Benson & Hedges?«, schlug Usumane hastig vor.

Der Mann nickte. Aber er war sichtlich verärgert. Er verzog den Mund, griff in die rechte Manteltasche, brachte eine Pistole zum Vorschein, steckte sie wieder weg, langte in die andere Tasche und holte ein Bündel Geldscheine hervor. »Wodka«, verlangte er und warf das Geld achtlos auf die Theke. »Eine Flasche.«

»Beeil dich«, raunte Usumane der Hexe zu. Er wollte den Guerilla so schnell wie möglich loswerden, denn er rechnete jeden Moment damit, dass Soldaten vor dem *Cuca-Shop* auftauchten und das Feuer eröffneten.

Während die Hexe sich auf ihre Zehenspitzen stellte, um eine Flasche Wodka aus dem Regal zu holen, und der Fremde mit den Zähnen die Zellophanpackung von der Zigarettenschachtel riss, tastete Usumane nach dem Geld. Es war ein dickes, schmieriges Bündel. Aber als Usumane den Betrag abzählen wollte, entdeckte er zu seinem Erstaunen, dass es Monopolygeld war. Er starrte es verblüfft an, und mit einem Mal wusste er, wo die Scheine herkamen: Sie stammten aus der Kiste, die Uasuta auf dem Plateau in der großen Hütte versteckt hatte!

Usumane nahm einen Schein und schob das Bündel über die Theke. Der Fremde ließ sich nichts anmerken. Zwischen seinen wulstigen Lippen steckte eine Zigarette. Mit der einen Hand stopfte er das Monopolygeld in die linke Manteltasche zurück, mit der anderen langte er nach der Wodkaflasche. Sein lebloser, gleichgültiger Blick war dabei auf Usumane gerichtet.

»Kümmere dich um den Laden«, sagte Usumane zur Hexe. Dann ging er um die Theke herum aus dem *Cuca-Shop*. Obwohl er keine Schritte vernahm, ahnte er, dass der Fremde ihm folgte. Er eilte, ohne sich umzusehen, durch das Sonnenblumenfeld. Erst als er im Haus war und die Tür verriegelt hatte, stürzte er an das Wohnzimmerfenster und spähte hinaus. Draußen ließen die Sonnenblumen die Köpfe hängen. Kein Mensch war zu sehen. Aufatmend wandte Usumane sich um. Der Guerilla saß in einem Sessel, der ausschließlich für Usumane reserviert war. Er hatte die Stiefel auf den Rauchtisch gelegt und trank mit nach hinten geneigtem Kopf aus der Wodkaflasche.

»Wer bist du?«, fragte Usumane.

Der Fremde ignorierte die Frage. Er ließ die Flasche sinken und sagte: »Wir haben seltsame Dinge aus deinem Mund gehört. Wir hörten, dass auf dem Plateau ein Elefant lebt, der Papierrinder züchtet. Aber als wir hinkamen, fanden wir nur Ziegenfutter.«

Usumane schluckte.

»Wo ist er?«

»In Okongwati. Die Siedlung liegt im Kaokoland. Wenn du willst, wird mein Bruder dich hinführen.«

Der Fremde nickte. »Wir sind fünf Mann. In zehn Tagen ist Neumond. Dann werden wir uns hier treffen.«

Usumane kniff die Gesäßbacken zusammen. »In zehn Tagen? Hier in Ombalantu?«

»Ja.«

So lange konnte der Guerilla nicht in seinem Haus bleiben. Das war unmöglich, denn in spätestens drei Tagen würde jedermann in Ombalantu wissen, dass Usumane einen Guerilla beherbergte. Er setzte seine Sonnenbrille auf, eine neue mit einem versilberten Rahmen. »Hast du keine Familie?«

»Doch«, sagte der Fremde, »aber seit mein Bruder erschossen worden ist, wird der Kral meines Vaters beschattet.«

Während der Guerilla aus der Flasche trank, um seinen Schmerz zu stillen, überlegte Usumane fieberhaft, was er tun sollte. Und plötzlich kam ihm eine rettende Idee: »Fünf Mann, um einen alten Fettsack umzubringen«, murmelte er kopfschüttelnd.

Der Fremde nahm die Füße vom Tisch und stand langsam auf.

»Ich kenne ein besseres Ziel«, fuhr Usumane hastig fort. »Einen *Ekakunya*. Mit dem wird ein Mann alleine fertig. Ich besorge dir alles, was du brauchst: falsche Papiere, Waffen, einen Wagen und einen Führer, der fließend Afrikaans spricht. Und in einer Woche bist du wieder zurück. Dann kannst du mit deinen Männern Jagd auf den Elefanten machen.«

Der Fremde, der eine Hand in die rechte Manteltasche gesteckt hatte, neigte sich neugierig vor. »Ich höre«, sagte er. Und als Usumane ihm mit einer Begeisterung, die er nicht empfand, seinen Plan auseinandersetzte, begannen die Augen des Freiheitskämpfers zu funkeln.

127

Erich beherrschte sechs Sprachen. Er konnte einen Menschen mit bloßen Händen töten, ein Schiff in die Luft sprengen, nachts mit einem Fallschirm hinter den feindlichen Linien abspringen und wochenlang allein in der Wildnis überleben. Er war eine Gefahr für die Rote Gefahr. Aber er konnte nicht verhindern, dass ihn Träume heimsuchten, schreckliche Träume, die ihn im Schlaf mit den Zähnen knirschen und wimmern ließen. Denn in den Träumen ertrank seine Mutter in einer gallertartigen Masse, und er versuchte ihr zu Hilfe zu eilen, doch der Boden klebte an seinen Füßen wie Leim, und er spürte, dass er sich selbst auflöste und zu der glibberigen Masse wurde, die seine Mutter verschlang. Und wenn er wach wurde, war niemand da, der ihn tröstete, wie ihn seine Mutter getröstet hatte, als er noch ein dicker, pickeliger Junge gewesen war.

Einmal hatte sein Bruder ihn geweckt. Noch ehe Patrick fragen konnte, was ihm fehlte, hatte er in eine Gewehrmündung geblickt. Seitdem rollte Erich seinen Schlafsack mindestens einhundert Meter vom Lagerplatz entfernt im Gebüsch aus und kämpfte gegen den Schlaf an. Aber der Bruder des Todes war stärker. Irgendwann schlief Erich ein. Dann löste die Welt sich wieder in seinem Kopf auf und verwandelte ihn in eine Qualle, die schluchzend im Schlafsack lag und sich nicht bewegen konnte, bis es hell wurde und die Berge und Bäume scharfe Konturen annahmen.

Erich war gereizt. Der Schlafmangel machte ihm zu schaffen, hinzu kam, dass er viel lieber auf eigene Faust durch Südangola gepirscht wäre, als Patrick und Kondjoura zu begleiten. Denn Patrick erinnerte ihn mit seinen blauen Augen und dunklen Haaren ständig an seinen Vater, den großen Helden, der die Familie im Stich gelassen hatte. Und dem Himba vertraute er nicht. Kondjoura hatte sie einmal hintergangen. Er würde es jederzeit wieder tun. Dass Patrick ihm eine zweite Chance gegeben hatte, war für Erich ein weiterer Beweis dafür, dass sein Bruder ein Weichei war und es immer bleiben würde.

Sie kampierten zwanzig Kilometer nördlich von Otjiu im Hoarusib. Erich saß auf der Heckklappe des Landcruisers und reinigte sein Gewehr. Der Westwind wirbelte den feinen Staub im Flussbett auf und bedeckte alles mit einer dünnen, grauen Schicht.

Unter den Augenbrauen hervor beobachtete Erich, wie Patrick sich im Schatten eines Anabaums mit dem Lagerfeuer abmühte, während Kondjoura suchend im Flussbett umherging. Der Himba trug einen neuen grünen Overall, an den Füßen Sandalen und auf dem Kopf seinen ledernen Turban. »Macht es dir Spaß?«, fragte Erich.

Patrick blickte auf, ein flackerndes Streichholz in der Hand. »Was?«

»Die Drecksarbeit für den Wilden zu erledigen.«

»Lass ihn«, sagte Patrick und zündete das welke Laub unter dem sorgsam aufgeschichteten Holzhaufen an. »Kondjoura hält nach Ngaturipures Spuren Ausschau. Er hat seine Familie lange nicht mehr gesehen.«

»Ich auch nicht«, konterte Erich. Als er das letzte Mal nach Windhoek geflogen war, hatte Arthur die Villa, sein Zuhause, bereits verkauft und Martha verlassen. Ja, er war fortgegangen, ohne Erich je das Zugeständnis gemacht zu haben, dass er keine x-beinige Qualle war ... Erich linste durch den Lauf seines Gewehres. Die Mündung war auf Kondjoura gerichtet, der im Flussbett kniete und mit den Fingerspitzen über eine Ziegenspur strich. »Hör zu«, sagte Erich, während er das Gewehr zusammensetzte. »Ab heute hockt der Verräter nicht mehr zwischen uns in der Kabine, sondern stellt sich hinten auf die Ladefläche, wo ihn jeder sehen kann. Und der Verräter sitzt ab sofort auch nicht mehr an unserem Feuer. Sein saublödes Gelaber geht mir auf die Eier, verstehst du?«

»Wie soll Kondjoura jemals den Sinn seiner Arbeit begreifen, wenn er keine Fragen stellen darf?«

»Gut, wenn dir so viel an seiner Gesellschaft liegt, dann schlage ich vor, dass du dich an *sein* Feuer setzt.«

Patrick zuckte die Achseln. »Von mir aus«, sagte er.

Erich nahm sein Gewehr, stieg in den Landcruiser und fuhr mit aufheulendem Motor davon. Um ein Haar hätte er in seiner Wut den Himba überfahren. Im Rückspiegel sah er, wie Kondjoura sich erschrocken aufrappelte, dann verschwand der Himba in einer Staubwolke, und Erich war endlich allein.

Er kurvte fluchend durch das Flussbett: Gott, er hasste es, mit Grünschnäbeln zusammenzuarbeiten, die von einer besseren Welt träumten, während die Rote Gefahr immer näher rückte ...

Erich trat auf die Bremse. Eine Rietinsel versperrte ihm den Weg. Er stieg aus und ging in das Schilf hinein. Er wollte sich gerade hinknien und sein Gesicht in einem spärlich fließenden Rinnsal waschen, da vernahm er das Gemecker einer Ziege. Das Gewehr flog wie von selbst an seine Schulter.

Als Erich eine halbe Stunde später zum Lagerplatz zurückkehrte, hockten Patrick und Kondjoura am Feuer. Sie beachteten ihn nicht. Patrick hielt zwei Konservendosen in den Händen. Ein Blick genügte, und Erich wusste, was es zum Abendbrot geben sollte: Wiener Würstchen und Mais.

Er öffnete grinsend die Tür. Seine schlechte Laune war mit einemmal wie weggeblasen. »Hey, Bruderherz«, rief er. »Ich habe dir was mitgebracht.« Er zerrte die Ziege von der Ladefläche und warf sie Kondjoura vor die Füße. »Schlachte sie und grill das Fleisch«, befahl er. »Wenn du deine Arbeit ordentlich machst, kriegst du ein Stück ab.«

Der Himba rührte sich nicht. Er starrte die schwarze Ziege an. Die Kugel aus der R5 hatte ihr den Hinterkopf weggerissen. Selbst Patrick blieb wie vom Donner gerührt am Feuer hocken.

»Was ist?«, fragte Erich. »Habt ihr keinen Appetit?«

Patrick erhob sich. »Wo hast du die Ziege her?«

»Gefunden, was sonst?«

»War kein Hirte dabei?«

»Nee, das blöde Vieh stand mutterseelenallein im Riet und hat mich angemeckert.« Erich lachte. »Da habe ich ihr eine Kugel verpasst.«

Kondjoura schüttelte betrübt den Kopf. »*Seise*«, sagte er.

»Wie bitte?«

»Ich befürchte, dass er die Ziege kennt«, vermutete Patrick.

»Ach, woher denn?«

»Sie stammt aus Okongwati«, sagte Kondjoura.

128

Timon kaute eine Kaffeebohne nach der anderen und versuchte sich einzureden, dass es eine ganz normale Fahrt sei. Er würde die beiden Passagiere mit ihrem Gepäck am Ziel absetzen und dann Kurs auf Kamanjab nehmen. Was die beiden dann anstellten, nun, das sollte ihm egal sein. Aber bei jedem Atemzug stieg ihm der Geruch von Schweiß und Rauch in die Nase. Der Geruch erinnerte ihn an die vier Männer, die er neulich nach Ruacana gefahren hatte. Zwei Tage später hatten wieder Rinder hinter dem *Cuca-Shop* geweidet, so als hätte Usumane die einarmige Himbafrau nie fortgeschickt, und schon am nächsten Tag waren die Rinder von einem Lastwagen abtransportiert worden.

Während Timon den Bus gen Süden lenkte, vermied er es, in den Rückspiegel zu schauen. Sein Blick war stur auf die Piste gerichtet, und jedes Mal, wenn eine Staubwolke einen entgegenkommenden Wagen ankündigte, hielt Timon am Straßenrand und ließ seine beiden Passagiere im angrenzenden Gebüsch verschwinden. Bisher hatten sie Glück gehabt: Nicht ein Militärfahrzeug war an ihnen vorbeigefahren, sondern lediglich Lastwagen, in denen ahnungslose Beamte gesessen hatten. Ein Beamter hatte sogar angehalten und ihn gefragt, ob er ihm irgendwie helfen könne. »Nein, danke«, hatte Timon gerufen, »meinen Pimmel kann ich selber festhalten.«

Da sich der Posten am Veterinärzaun nicht so leicht abwimmeln lassen würde, trat Timon einen Kilometer vor dem Kontrollpunkt auf die Bremse und versprach seinen Passagieren, einen Kilometer hinter dem Zaun auf sie zu warten. »Nehmt euer Gepäck besser mit«, fügte er hinzu. Die beiden hatten nämlich AKs dabei und zwei schwere Rucksäcke, in denen es verdächtig klapperte, als die Männer sie über die Schultern warfen und grußlos davonstapften.

Timon blickte ihnen nach und stellte fest, dass sie fast dieselbe Körperhaltung hatten. Wie Brüder gingen sie mit schlenkernden Armen und etwas schwerfälligen Schritten nebeneinander her durch den Busch, der eine im Frotteemantel und der andere in lächerlichen Gummistiefeln.

Timon fragte sich, weshalb Paulus sich auf das Abenteuer eingelassen hatte. Geld sprang für ihn dabei nicht raus, es sei denn, Usumane hatte ihn bestochen. Vielleicht waren sie tatsächlich Brüder? Oder ... Timon nickte, als vor seinem inneren Auge ein Bild aufstieg, das Bild eines Mannes, der unbehelligt mit seiner Braut durch den Kontrollpunkt in Oshivelo geschlüpft war: Paulus Natangwe hatte einen Freibrief!

Timon hatte keinen, dafür lag im Handschuhfach ein Zeitungsausschnitt, der ihn als Taxifahrer des Jahres auszeichnete. Das imponierte den Makakunyas ungemein. Er überlegte, ob er dem Freiheitskämpfer im schwarzen Frotteemantel stecken sollte, dass Paulus ein Informant war. Halt dich da raus, dachte er schließlich. Denn wer wusste schon, was in Usumanes Kopf vorging? Niemand! Die Guerillas nicht und die Makakunya ebenso wenig.

Timon schaltete den zweiten Gang ein und fuhr mit gedrosseltem Motor auf das Tor zu. Der schwarze Veterinärbeamte trat aus dem Schildhäuschen in die sengende Sonne. Sein Gesicht war voller Falten, die sich explosionsartig vermehrten, als er Timon erkannte. Er führte einen kleinen, unbeholfenen Freudentanz auf, dann humpelte er zur Fahrertür und begrüßte Timon mit einem zahnlosen Lachen.

»Wie geht's, Väterchen?«, erkundigte sich Timon, obwohl er die Antwort bereits kannte: Der Alte hatte sich noch nie bei ihm beklagt.

»Gut, gut, gut!«, rief er prompt.

Timon steckte die rechte Faust aus dem Seitenfenster und ließ eine Handvoll Kaffeebohnen in die schweißgetränkte Mütze des Alten rieseln.

»O danke, danke, danke!«, sagte der Alte und stülpte die Mütze mitsamt den Kaffeebohnen über seine Glatze.

»Weißt du, ob die Soldaten die Straße nach Kamanjab abgeriegelt haben?«, fragte Timon in einem beiläufig klingenden Tonfall. »Meine Scheinwerfer sind nicht in Ordnung.«

»Nein, nein, nein, keine Soldaten.«

»Wie viele Frauen hast du eigentlich in deiner Hütte versteckt?«, wich Timon vom Thema ab und deutete auf die runde Wellblechbude, die hinter dem Schildhäuschen stand.

»Atatita!« Der Alte schlug sich vergnügt auf die mageren Schenkel. Timon sah Staub von den Hosenbeinen des Beamten aufsteigen. »Ich bin viel zu alt für Frauen.«

Timon lächelte ihn an. Er mochte den Alten. »Leb wohl, Väterchen«, sagte er. »Ich muss weiter.«

»Ja, ja, ja.« Doch anstatt das Tor zu öffnen, hob der Alte eine Hand und wischte das Lachen aus seinem Gesicht. Ihm war etwas aufgefallen. »Och!«, stieß er verblüfft hervor.

Timons Nackenhaare sträubten sich. »Was ist, Väterchen?«

»Du hast keine Passagiere dabei.«

Timon entspannte sich ein wenig, aber er war keineswegs beruhigt, denn er hatte nicht daran gedacht, dass ein leeres Taxi im

Norden so suspekt wirkte wie ein Ovambo in Tarnuniform. »Meine Passagiere warten in Kamanjab auf mich«, log er. »Dort ist ein Bus zusammengebrochen.«

Der Alte gab sich mit der Antwort zufrieden. Timon fuhr dennoch mit einem ungutem Gefühl weiter, denn er war sich darüber im Klaren, dass ein *Ekakunya* die Ausrede nicht akzeptiert hätte. Ein *Ekakunya* wäre zum Sprechfunkgerät gegangen und hätte in Kamanjab nachgefragt ...

Es kam Timon wie eine Ewigkeit vor, bis Paulus und der Guerilla endlich am Straßenrand erschienen. Sie schwitzten. Paulus war erschöpft und sein Gesicht vor Anspannung verzerrt. Er hatte Angst. Timon konnte es riechen, und er spürte, wie die Angst ihre Fühler nach ihm ausstreckte.

»Soldaten?«, fragte der Guerilla.

Timon schüttelte den Kopf.

»Sieh mich an!«

Timon tat es mit Widerwillen, denn die Augen des Guerillas schimmerten wie mattes, undurchsichtiges Glas. Nach einer Weile hievte der Guerilla sich auf den Rücksitz, schob die Schiebetür mit dem linken Fuß zu und sagte: »Fahr!«

Timon gehorchte. Vierzig Minuten später trat er auf die Bremse. Vor ihnen bog eine Piste nach Osten ab. »Viel Glück«, murmelte Timon.

Weder Paulus noch der Guerilla erwiderten etwas, und sie gingen davon, ohne sich noch einmal nach ihm umzudrehen.

129

Louis Engelbrecht hatte Bestechungsgelder angenommen und Rohdiamanten gekauft, er hatte Sarah gegen ihren Willen nach Holland geschickt, Elsie um den Verstand gebracht und mit Esme geschlafen, und er hatte mehrere Gelübde gebrochen, Rhinohörner geschmuggelt und das Vertrauen anderer Menschen missbraucht. Aber er hätte es nie für möglich gehalten, dass er eines Tages einen Mord planen würde. Nun war es soweit.

Engelbrecht saß auf der Veranda, trank ein Gesöff, das er aus

Hefe, Zucker und Erbsen gebraut hatte, und überlegte, wie er Esme beseitigen könnte, ohne dass Sarah dahinterkäme. Elsie zählte nicht. Elsie wanderte wie eine Marionette zwischen den welken Rosen umher – nicht einmal sie selbst schien zu wissen, wer die Fäden in der Hand hielt ...

Anfangs hatte er gehofft, dass Esme eine Fehlgeburt haben und ihre Schandtat mit dem Kind in einem Grab verschwinden würde. Als Esmes Bauch immer draller geworden war, hatte Louis auf der Suche nach Giftschlangen lange Spaziergänge gemacht. Er hatte keine Mamba gefunden, und wenn, hätte er nicht gewusst, wie er die Schlange fangen und in Esmes Kammer aussetzen sollte, denn er hatte eine panische Angst vor Schlangen. Und jetzt war Sarah da, und er rechnete jede Stunde damit, dass Esme entweder das Geheimnis ausplauderte oder den Bastard auf die Welt brachte. Er musste sich so schnell wie möglich etwas einfallen lassen!

Louis hasste Esme nicht. Im Gegenteil, er würde nie vergessen, was sie für ihn in seiner Einsamkeit getan hatte. Sie hatte ihm Wärme gegeben und Trost gespendet, und er war erstaunt gewesen, wie rasch sich seine Vorurteile als grundlos erwiesen hatten. Ja, sie war der einzige Mensch, der ihn aufrichtig liebte, und unter anderen Umständen wäre vielleicht etwas Dauerhaftes aus ihrer Beziehung geworden. Aber in den Zeiten der Apartheid war für ihn die Vorstellung, wegen eines Mischlingskindes im Gefängnis zu landen, grauenvoller als der Gedanke, Esme umzubringen.

Nach der Gerichtsverhandlung hatten sich alle aus dem Kamanjabdistrikt von ihm abgewendet, und er war einstimmig aus dem Farmerverein ausgeschlossen worden. Makalani hätte ebenso gut ein winziger Planet sein können, Lichtjahre von der Erde entfernt, denn er konnte sich in Kamanjab nicht mehr blicken lassen, in Outjo war er verurteilt worden, niemand rief an, und wenn Louis sich morgens über das Sprechfunkgerät bei seinem Nachbarn, Stoffel Althagen, meldete und ihm sagte, dass alles in Ordnung war, dann plauderte Althagen nicht etwa mit ihm, sondern murmelte bloß: »*O'right.*«

Louis vertraute jedoch darauf, dass mit der Zeit die Erinnerung an die Gerichtsverhandlung verblassen würde. Wenn aber herauskäme, dass er mit einer Schwarzen geschlafen hatte und der Vater eines Mischlings war, er, ein Afrikander und ehemaliger Offizier der südafrikanischen Armee, dann könnte er sich die Kugel geben – es gab in einem isolierten Land nichts Schlimmeres, als ein Ausgestoßener zu sein. Ihm blieb daher keine andere Wahl: Er musste Esme beseitigen!

Das Klappern der Gazetür riss ihn aus seinen düsteren Gedanken. Er wandte den Kopf und sah Sarah mit energischen Schritten auf sich zukommen. Noch ehe sie den Mund aufmachte, wusste er, dass er zu lange gezögert hatte.

Sarah stemmte beide Hände auf die gewölbten Lehnen des Korbstuhls und blickte auf ihn herunter. Sie trug Sandalen, kurze Jeanshosen und ein weißes T-Shirt mit der Aufschrift *Windhoek Lager*. Louis hätte jetzt gern ein kaltes Bier getrunken, denn er spürte, wie seine Kehle vor Angst austrocknete.

»Hör mir gut zu«, sagte Sarah. Ihre Stimme duldete keinen Widerspruch.

Louis lehnte sich so weit es ging zurück. Er wollte nicht, dass sie seine Fahne roch. »Was ist?«, fragte er.

»Esme klagt über Rückenschmerzen.«

Louis starrte seine Tochter an. Das Licht der untergehenden Sonne fiel durch die Gaze schräg auf ihr Gesicht. Es war so braungebrannt, dass ihre Sommersprossen kaum zu erkennen waren. »Und?«

»Du rührst keinen Tropfen Alkohol mehr an, verstanden? Falls es heute Nacht losgehen sollte, musst du mit Esme nach Outjo fahren.« Sie traute ihm nicht zu, dass er allein auf Elsie und Jessica aufpassen konnte, sonst wäre sie schon längst unterwegs gewesen. »Und selbst wenn die Wehen nicht einsetzen, wirst du Esme morgen früh in die Klinik bringen«, fügte sie mit Nachdruck hinzu. »Ich bin keine Hebamme.«

Louis nickte. Er hatte einen Plan gefasst: Er würde einen Kilometer vor der Farmgrenze anhalten, Esme mit einem Wagenheber erschlagen, sie in einem Erdferkelbau verscharren, dann nach Outjo weiterfahren, eine Flasche Brandy kaufen und später Sarah gegenüber behaupten, dass er Esme in der Nähe der Klinik abgeladen hätte. Ja, mit Brandy im Blut würde er seiner Tochter in die Augen schauen können ...

Sarah stieß sich vom Sessel ab und hob das Glas und die halb volle Flasche Fusel vom Boden auf. Obwohl sie kaum einen Schritt zurückgetreten war, hörte er sie plötzlich wie aus weiter Ferne sagen:

»Mach dir keine Sorgen: Niemand wird etwas erfahren.«

»W-was ...«, Louis stemmte sich aus dem Stuhl, »was hast du gesagt?«

»Schwarze Babys haben bei der Geburt eine helle Hautfarbe«, erklärte Sarah. »Und sobald Esme aus der Klinik entlassen wird, können wir das Kind auf Makalani verstecken.«

»Allmächtiger Gott!« Engelbrecht sank auf den Stuhl zurück. »Sie hat dir alles erzählt?«

»Ja, vor einer Woche schon. Sie hatte Angst. Sie wusste nicht, was sie tun sollte.«

»Ich auch nicht«, murmelte Louis und griff neben dem Stuhl ins Leere. »Ich hoffe, du verstehst, warum wir uns darauf eingelassen haben«, fuhr er leise fort. »Ma hat die Tür ... Ich meine, du hast in Kapstadt mit Schwarzen unter einem Dach gelebt. Da ist zwischen euch sicher auch ...«

»Zwischen uns ist nichts passiert«, schnitt ihm Sarah das Wort ab. »Hättest du denn Verständnis dafür gehabt? Nein! Du hättest mich fallen lassen wie damals, als ich mit Jessy schwanger war.«

Louis kniff die Lippen zusammen. Sie verachtete ihn, und seltsam: Es war ihm egal. Ihren Respekt und ihre Liebe würde er niemals mehr zurückgewinnen. Ihr Respekt und ihre Liebe gehörten Patrick Hillmann, den er hintergangen hatte. »Danke«, sagte er. Und er meinte es aufrichtig, denn Sarah hatte Esme das Leben gerettet und ihn vor einem Mord bewahrt.

130

Als die Sonne unterging, traten sie aus dem Dornenwald und folgten einer Schotterstraße in nordöstlicher Richtung. Die Piste schlängelte sich wie ein mit Zucker bestäubtes Band durch die Dunkelheit. Sie leuchtete weiß im kalten Licht der Sterne, und der grobkörnige Sand knirschte unter ihren Schritten. Das mahlende Geräusch irritierte Johannes, denn es erinnerte ihn ständig daran, dass sie Spuren hinterließen. Aber es war zu dunkel, als dass sie weiter durch den Dornenwald hätten pirschen können.

Paulus schien sich über die Spuren keine Gedanken zu machen. Er trippelte neben Johannes her und blickte sich immer wieder um. Johannes wusste, wie seinem Bruder zumute war. Als

Timon davongefahren war, hatte ihn ebenfalls ein Gefühl der Verlassenheit und Hoffnungslosigkeit beschlichen. Es war jedoch nicht das erste Mal, dass er dieses Gefühl empfand, und so dachte er an den *Ekakunya*, den er töten würde. Der Gedanke beflügelte ihn, doch gleichzeitig erinnerte er ihn daran, dass auch Uasuta, Usumane und Timon sterben würden. Der Krieg zermürbte die Menschen, er machte sie schwach und ließ sie vergessen, dass sie für eine gerechte Sache kämpften. Ja, dachte er, der Krieg ist wie die Sonne: Sie kehrt immer wieder zurück, und irgendwann erwischt sie selbst diejenigen, die sich ein Leben lang im Schatten verkrochen haben.

Vor ein paar Tagen hatte sie Paulus erwischt, und zwar als er am wenigsten damit gerechnet hatte. Er war dem Blinden zum Haus gefolgt, händereibend und in froher Erwartung, endlich wieder Geld verdienen zu können. Und im nächsten Moment hatte der Krieg zugeschlagen. Jetzt marschierte er neben Johannes her, in den Händen ein Gewehr, auf dem Rücken eine Landmine und im Herzen Angst, weil der Fußmarsch nicht nach Angola, sondern tief in Feindesland hineinführte. Johannes hätte am liebsten seinem Bruder eine Hand auf die Schulter gelegt, so wie er es oft bei Ismael getan hatte. Doch er unterdrückte den Wunsch, denn als er das letzte Mal die Hand ausgestreckt hatte, war Ismael nicht mehr da gewesen.

Zu ihrer Linken tauchte unvermittelt ein verschlossenes Farmtor auf. Es hing schief in den Angeln. »Was steht auf dem Schild?«, fragte Johannes.

Paulus musste ganz dicht herangehen, ehe er es entziffern konnte. »Makalani«, sagte er.

Diesmal gab Johannes nicht das Zeichen, dass Paulus weitergehen sollte. Diesmal sprang er über das Tor und ließ sich von einem zweispurigen Wagenweg nach Norden führen. Sie hielten erst an, als sich vor ihnen eine Makalanipalme und ein Windrad gegen den Sternenhimmel abzeichneten.

»Sind wir am Ziel?«, flüsterte Paulus.

Johannes gab ihm keine Antwort. Er sog die Nachtluft tief durch die Nase ein. »Hunde«, sagte er. »Der *Ekakunya* hat Hunde.«

»Was sollen wir machen?«

»Warten, bis es hell wird.« Johannes ging zu einem Kameldornbaum und schüttelte den Rucksack von seinen Schultern.

Paulus folgte seinem Beispiel mit großer Vorsicht, denn er hatte Angst, dass die Landmine explodieren könnte, wenn er den Rucksack auf den Boden fallen ließ. »Versuch zu schlafen«, sagte Johannes. »Ich sehe mich solange um.«

* * *

Paulus konnte nicht schlafen. Er lag mit hinter dem Kopf verschränkten Händen unter dem Kameldornbaum und blickte zu den Sternen auf. Sie blinzelten ihm durch das verzweigte Geäst aufmunternd zu, doch er fand keinen Trost, denn es begann allmählich hell zu werden, und die Sonne würde ihnen nicht zublinzeln, sondern sie anstrahlen wie ein Scheinwerfer.

Paulus nagte an seiner Unterlippe. Er dachte an Ismael, an die hilflosen Alten und an Usumane, der ihn in den Krieg geschickt hatte. Aber die Angst ließ keinen Hass zu; sie beanspruchte ihn ganz für sich allein. Als ein Hund anschlug, richtete er sich erschrocken auf.

Die Gewehre lehnten hinter ihm am Baum, daneben lagen ihre mit Wasserflaschen und Munitionstaschen behängten Gürtel und die Rucksäcke. Johannes hatte nur die Mokorov-Pistole und eine Drahtzange mitgenommen.

Wieder bellte ein Hund. Paulus tastete nach seinem Gewehr. Er wusste, wie die AK-47 funktionierte und wie man Landminen scharf machte, aber er hatte in seinem ganzen Leben weder einen Schuss abgefeuert noch eine Mine vergraben. Und als Usumane ihn gefragt hatte, ob er Auto fahren könne, hatte er eifrig genickt, nicht ahnend, dass der Blinde kein Taxi gekauft hatte, sondern Johannes einen Fahrer für den Fluchtwagen brauchte ...

Wie aus dem Boden gewachsen tauchte plötzlich Johannes vor ihm im Dämmerlicht auf. Seine stämmige Gestalt zeichnete sich schwarz gegen den grauen Himmel ab. »Hast du ein bisschen geschlafen?«, fragte er mit einer sanft klingenden Stimme.

»Nein, ich habe nachgedacht.«

Johannes seufzte, so als hätte er die Antwort befürchtet. Er trat zur Seite, und die Makalanipalme rückte wieder in Paulus' Sichtfeld. Sie sah einsam und verloren aus.

»Wir sollten umkehren«, schlug Paulus vor.

»Ich habe die Telefonleitung gekappt«, entgegnete Johannes. »Wir würden zu Fuß nicht einmal bis zur Straße kommen.«

»*Eijee!*«

Johannes war sofort auf der Hut. »Was ist?«, flüsterte er.

»Ich muss dir was sagen.« Paulus rang die Hände. »Ich ... ich bin kein guter Autofahrer.«

»Warum sagst du mir das erst jetzt?«, schimpfte Johannes.

»Ich hatte Angst, dass du ...« Paulus winkte ab.

»Dass ich dich erschieße?«

»Ja!«, platzte es aus Paulus heraus. »Du hast dich völlig verändert. Selbst Usumane hat Angst vor dir.«

Johannes blickte ihn eine Weile schweigend an, dann schüttelte er den Kopf. Er war gekränkt. »Du brauchst keine Angst vor mir zu haben: Du bist doch mein Bruder.«

»Wir sollten trotzdem verschwinden«, beharrte Paulus. »Ich traue Usumane nicht. Vielleicht wartet im Farmhaus ein ganzes Regiment auf uns.«

»Wenn wir in einer Woche nicht zurück sind, werden meine Männer Usumane und Timon töten.« Johannes bückte sich und kramte eine Konservendose und eine Gewehrgranate aus seinem Rucksack. Er warf die Dose Paulus in den Schoß. »Iss«, befahl er und steckte die Granate auf die Mündung seiner AK-47.

Paulus umfasste die Konservendose. Sie fühlte sich eckig an – Corned Beef, die Lieblingsspeise seines Vaters. »Ich habe keinen Hunger«, murmelte er und gab Johannes die Dose zurück. Ihm war übel vor Angst. »Wie ...« Er räusperte sich. »Wie ist es eigentlich drüben in Angola?«

»Du wirst in den Kral der Alten zurückkehren«, wich Johannes seiner Frage aus.

»Das kann ich nicht!«, rief Paulus.

»Nicht so laut!«, herrschte Johannes ihn an.

»Die *Makakunya* werden mich fragen, wo ich war.«

»Du hast für Usumane gearbeitet. Er ist dein Zeuge.« Johannes schulterte seinen Rucksack und schnallte sich den Gürtel um. »Komm«, sagte er.

Paulus rappelte sich auf. Seine Finger zitterten so, dass er es kaum fertigbrachte, den Gürtel anzulegen. »Willst du den Farmer wirklich töten?«, fragte er.

»Er ist ein *Ekakunya*. Denk daran, was die Soldaten Ismael angetan haben. Vielleicht hat ihn sogar der Mann umgebracht, der dort drüben im Haus in einem warmen Bett liegt.«

»Auf dem Hof werden auch Schwarze sein. Brüder.«

»Nein, Verräter, die für den *Ekakunya* arbeiten, während wir das Leben einer Hyäne führen«, sagte Johannes und wandte sich ab.

Paulus stolperte hinter seinem Bruder her, der sich geduckt dem eingezäunten Hof näherte. Der Maschendraht war im Dämmerlicht nicht zu erkennen, nur die Stützpfeiler sah man und die Rahmen der Flügeltore, die mit einer Kette und einem Vorhängeschloss verriegelt waren. Der Wind blies ihnen schläfrig ins Gesicht und trug Johannes die Witterung der Hunde entgegen. Paulus roch nichts. Er sah bloß schmale Lichtstreifen aus den Schießscharten des Hauses fallen – der Farmer war auf einen Angriff vorbereitet!

Sie kamen an einer Müllhalde vorüber: Verkohlte Kartons, Knochen, Büchsen, verfaultes Gemüse, Papier und rußgeschwärzte Brandyflaschen lagen umher. Die Flaschen weckten in Paulus eine Erinnerung: Fast täglich war er in Windhoek zur Mülltonne gegangen und hatte sie mit leeren Brandyflaschen gefüttert. Als er eine Flasche aufheben und das Etikett lesen wollte, packte ihn Johannes am Arm und zog ihn in ein mit Sträuchern bestandenes Feld. Er hatte etwas gehört. Zwischen den grauen, glatten Stängeln und gelben Blüten des Wilden Tabaks hindurch sah nun auch Paulus eine Gestalt über den Hof huschen und im Haus verschwinden. Das Licht, das für Sekunden aus der Tür geflutet war, hatte ihm verraten, dass es sich um eine Schwangere handelte, eine schwarze Frau, deren Wuschelhaar und zurückgeworfene Kopfhaltung ihm merkwürdig bekannt vorgekommen war.

Sie hockten sich ins Feld und warteten. Die Entfernung bis zum Sicherheitszaun betrug einhundertundfünfzig Meter. Johannes brauchte nur zwei Schritte aus dem Feld hinauszutreten, um über einen zweispurigen Wagenweg hinweg ein freies Schussfeld zu haben. Aber noch bot sich ihm kein lohnendes Ziel. Die Mauern des Hauses sahen stabil aus, und Johannes wusste nicht, wie viele Weiße dahinter versammelt waren. Das hatte ihm Usumane nicht sagen können: Im Gerichtssaal war nur von einer geistesgestörten Frau die Rede gewesen …

Die Sterne verblassten allmählich. Im Osten rötete sich der Himmel. Vögel begannen zu zwitschern, und mit der heraufkriechenden Helligkeit nahm Paulus' Nervosität zu. Er schwitzte, obwohl der Boden, auf dem er saß, kühl war. Am liebsten wäre er aufgesprungen und davongerannt. Er warf seinem Bruder einen verstohlenen Blick zu. Johannes hatte die Augen geschlossen. Er verließ sich auf seine kleinen Ohren und die breite, flachgedrückte Nase. Paulus machte den Mund auf. Er wollte seinem Bruder ins Gewissen reden, wollte ihm notfalls drohen, dass er schreien würde, wenn sie nicht augenblicklich umkehrten. Da ertönte das Brummen eines Lastwagens.

Sie waren mit einem Satz auf den Beinen. Johannes sprang auf den Wagenweg, während Paulus die Stängel, die ihm die Sicht versperrten, auseinander bog: Das Eingangstor stand offen, am linken Stützpfeiler, der wie ein Galgen aus dem Boden ragte, lehnte eine Gestalt. Paulus sah hinter ihr einen Laster aus der Garage rollen und auf die Lücke zusteuern. Als der Laster hindurch war, steckte der Fahrer den Kopf aus dem Seitenfenster und rief auf Afrikaans: »Mach das Tor ordentlich zu, *hoor jy?*«

»Jaa-a«, erwiderte die Gestalt, die sich vom Stützpfosten gelöst hatte.

Paulus riss den Kopf herum. Sein Bruder kniete auf dem Wagenweg, das Gewehr mit der aufmontierten Granate im Anschlag. »Nicht!«, brüllte Paulus. Im selben Moment drückte Johannes ab: *WUUUSCH!*

Die Granate zog eine Rauchfahne hinter sich her. Aus den Augenwinkeln sah Paulus sie dicht über dem Boden hinwegzischen, und ehe er den Kopf wenden konnte, schlug sie im Laster ein. Ein blendend weißer Blitz schoss aus der Kabine, die Türen flogen auf, die Scheiben explodierten in einer Wolke aus splitterndem Glas, und Wrackteile wirbelten durch die Luft.

* * *

Sarah brachte ihrer Mutter gerade eine Tasse Tee ans Bett, als es draußen krachte. Die Explosion wurde durch die Mauern gedämpft und drang als dumpfer Knall in das Schlafzimmer. Sarah zuckte zusammen, Tee schwappte aus der Tasse und kleckerte auf den Fußboden. Ihre Mutter schien den Knall nicht gehört zu haben. Sie lag mit über dem Bauch gefalteten Händen im Bett, den Blick verträumt auf die Zimmerdecke gerichtet. »Regen«, sagte Elsie jedoch unvermittelt. »Die Rosen blühen.«

Sarah verdrehte die Augen. Tags zuvor hatte nicht eine Wolke am Himmel gestanden, und die Rosen waren verwelkt. Sie stellte die Teetasse auf dem Nachttisch ab und eilte geduckt ins Wohnzimmer. »Was hatta bums gemach?«, fragte Jessica aus der Küche. Sie saß in einem rosafarbenen Pyjama am Tisch und war dabei, ihre Lippen mit Kakaopulver zu schminken.

»Ich weiß es nicht«, sagte Sarah. »Leg dich flach auf den Boden!«

»Wa'um?«

»Tu, was ich sage!« Sarah lehnte sich an die Wand und spähte durch die Schießscharte auf den Hof hinaus. Draußen rührte sich nichts. Die beiden Dobermänner hatten sich unter dem klapprigen Dodge verkrochen, wie sie es immer taten, wenn es knallte. Sarah öffnete das schmale Fenster und schob ihr Gesicht näher an den Spalt heran. Am linken Rand der Schießscharte vorbei sah sie den Laster stehen. Eine Rauchwolke hing über dem Wagen, doch Esme stand am Tor, so als sei nichts geschehen. Sie winkte sogar mit einer Hand. »Du kannst ruhig aufstehen«, rief Sarah zur Küche hinüber. »Der verfluchte Motor des Lasters ist explodiert.«

»Wa'um?«

»Weil die Banane krumm ist«, erwiderte Sarah. Sie ging in die Küche und gab ihrer Tochter einen Klaps auf den Hinterkopf. »Lass das Geschmiere. Wenn ich angezogen bin, will ich ein sauberes Kind am Tisch sitzen haben, verstanden?«

»Ja, Mami.«

* * *

Paulus ließ sein Gewehr fallen und rannte los. Wo war Esme? Sie hatte hinter dem Laster gestanden und das Tor verriegelt, als die Granate eingeschlagen war. Rauch quoll aus dem Wagen und nahm ihm die Sicht. Er hoffte, dass ihr nichts passiert war. Johannes sprintete an ihm vorbei. »Nicht schießen«, stammelte Paulus. Und Johannes schoss.

Er schoss aus der Hüfte auf die heranstürmenden Hunde. Paulus sah, wie ihr zähnefletschender Angriff mitten auf dem Hof gebremst wurde. Der eine Dobermann überschlug sich, der andere drehte sich japsend im Kreis, ehe er von einem zweiten Feuerstoß niedergestreckt wurde.

Endlich erreichten sie den Laster, und Paulus blieb abrupt stehen. Der Aufprall der Granate hatte den Wagen zurückgestoßen und Esme zwischen Tor und Stoßstange eingeklemmt. Ihr Mund war zu einem stummen Schrei geöffnet. Sie bewegte den Kopf langsam von einer Seite zur anderen, so als wollte sie sich auf diese Art aus der Klemme herauswinden. Und er konnte ihr nicht helfen. Er kam nicht an sie heran.

Wimmernd robbte er unter den Wagen. Der Schlüssel lag in einer Blutlache am Boden. *Eijee*, so viel Blut, das an Esmes Beinen heruntergeflossen war! Er hob den Schlüssel auf und stocherte damit im Schloss herum. Plötzlich knackte es, die Kette fiel rasselnd auseinander, die Flügeltore schwangen auf, und Esme sackte in sich zusammen.

Während Johannes im Zickzackkurs auf das Haus zurannte, beugte sich Paulus über Esme. Sie hatte die Augen geschlossen. Ihr Gesicht war aschgrau und ihr Bauch aufgebläht. Er schüttelte sie und rief ihren Namen. Esme öffnete die Augen. Sie wollte etwas sagen, doch statt Worte kamen nur blutige Luftblasen aus ihrem Mund.

Paulus torkelte auf die Füße und hetzte hinter seinem Bruder her. Durch einen Tränenschleier sah er, wie mit einemmal die Eingangstür aufging und ein kleines, dunkelhaariges Mädchen aus dem Haus trat.

* * *

Auf dem Weg ins Schlafzimmer vernahm Sarah ein Rattern, gefolgt vom Japsen eines Hundes. Dann ratterte es wieder, und der Hund verstummte. Sarah blieb lauschend stehen. Trotz der Stille, die sie umgab, begann ihr Herz immer lauter an ihre Rippen zu pochen.

»Jessy!«
»Ja, Mami?«
»Was war das?«
»Weiß nich.«
»Bleib, wo du bist, hörst du?«
»Ja.«

Sarah schlüpfte aus dem Nachthemd, warf es auf ihr zerwühltes Bett und zog hastig ihre Jeans, Sandalen und ein braunes T-Shirt an. Als sie ins Wohnzimmer trat, bemerkte sie zu ihrem Entsetzen, dass die Eingangstür offen stand.

»Jessy!«

Ihre Tochter antwortete nicht. Dafür hörte sie jemand brüllen. Sie rannte zur Tür, und was sie sah, ließ das Blut in ihren

Adern gefrieren: Jessica stand zur Salzsäule erstarrt auf der Treppe und beobachtete, wie zwei Männer keuchend um eine AK-47 kämpften!

Alarm, schoss es Sarah durch den Kopf, aber Jessica hatte ihre Trillerpfeife verschlampt, und die Waffen waren im Gewehrschrank eingeschlossen, und ihr Vater war nicht da, und ihre Mutter träumte, und Esme lag blutüberströmt vor dem Tor, und die Hunde waren tot, und ihre Tochter stand draußen, und der Guerilla, der einen schwarzen Frotteemantel trug, schlug seinem in Lumpen gehüllten Gefährten die Faust ins Gesicht …

Sarah fegte Jessica mit einer ausholenden Armbewegung von der Treppe, rannte ins Haus zurück und versuchte die Stahltür mit der freien Hand zu verriegeln. Doch ehe die Tür ins Schloss fallen konnte, federte sie, vom Fußtritt des stämmigen Guerillas getroffen, zurück.

Sarah stürzte an das Sprechfunkgerät, das neben dem Telefon auf einer Kommode stand. Jessica hatte beide Arme so fest um ihren Hals geschlungen, dass sie kaum atmen konnte. Sie griff nach dem Mikrofon, presste die Sprechtaste und rief: »Makalani an Dornfontein! Wir sind …«

Weiter kam sie nicht. Der untersetzte Guerilla packte Sarah an den Haaren und schleuderte sie zur Seite. Das Mikrofon entglitt ihrer Hand. Sie taumelte nach hinten, stolperte über einen Beistelltisch und fiel rücklings auf den Fußboden.

Jessica schrie.

Einen Herzschlag später erzitterte das Wohnzimmer unter dem ohrenbetäubenden Krachen der AK-47. Die Kugeln zerfetzten das Sprechfunkgerät und rissen fingerlange Holzsplitter aus der Kommode. Sarah war, als würde ihr jemand mit den Fäusten auf die Ohren schlagen. Sie sah den Putz von der Wand spritzen und die leeren Patronenhülsen in einem eleganten Bogen durch die Luft fliegen. Und plötzlich spürte sie, wie Jessica aus ihren Armen gerissen wurde.

Innerhalb einer Sekunde war Sarah auf den Beinen und ging auf den zierlichen Guerilla los, der ihr das Kind entwendet hatte. Er zog seinen Kopf ein und drehte ihr den Rücken zu, um ihren Fäusten und Fußtritten zu entgehen. »Kleinmissus!«, kreischte er. »*Eijee!*«

Sarah erkannte ihn an seiner Stimme. Und in ihrem Kopf geriet plötzlich alles durcheinander: Sie hatte Paulus draußen mit dem stämmigen Guerilla kämpfen sehen. Paulus wollte weder Jessica noch ihr wehtun! Er war bloß nach Makalani gekommen, um Esme zu besuchen. Ohne den untersetzten Guerilla zu beachten, stürmte sie hinter Paulus her aus dem Haus.

Paulus hielt zielstrebig auf das Tor zu, doch anstatt unter dem Laster hindurchzukriechen und im Gebüsch zu verschwinden, stellte er Jessica ab und fiel neben Esme auf die Knie. »Hilf ihr«, flehte er, »*asseblief tog*, Kleinmissus.«

Im Haus fielen erneut Schüsse. Das Hämmern der AK-47 klang wie entfernter Trommelwirbel. Sarah wandte den Kopf. Die Sonne war über der verdorrten Buschlandschaft aufgegangen und hatte die Palmenwedel blutrot gefärbt. Ma, dachte Sarah. Gleichzeitig erwachte sie wie aus einem Traum: »Wo ist mein Vater?«

»Tot«, erwiderte Paulus. Er hatte das Wort wie Galle ausgespuckt, und ihr wurde klar, dass auch er ein Guerilla war. Sie hob Jessica hoch und presste sie an ihre Brust. Das Kind zitterte. Einen kurzen Moment überlegte Sarah, ob sie davonlaufen sollte, doch ihr Instinkt sagte ihr, dass sie keine Chance gegen den anderen Guerilla hatte, nicht mit Jessica auf dem Arm.

»Bitte, Kleinmissus«, wimmerte Paulus wieder. »Hilf ihr.«

Doch Esme konnte niemand mehr helfen. »Ihr habt sie umgebracht«, sagte Sarah.

Paulus starrte sie aus tränennassen Augen an. »Das ist nicht wahr«, stammelte er. »Sie ist nicht tot!«

Sarah drehte ihm den Rücken zu. Obwohl Paulus zu schluchzen begann, kroch das Grauen in Sarahs Herz zurück, denn der stämmige Guerilla war aus dem Haus getreten und kam mit einem triumphierenden Blick in den Augen auf sie zu.

131

Das Schwirren eines durch die Luft sausenden Hirtenstabs drang an Patricks Ohren. Im Halbschlaf glaubte er, ein Vogel sei am Lagerplatz vorübergeflogen, doch dann ertönte ein klatschendes Geräusch: *twack!*

Patrick fuhr erschrocken hoch und sah Ngaturipure mit einem

erhobenen Stock über dem Schlafplatz seines Sohnes stehen. Wieder sauste der Hirtenstab auf Kondjoura nieder. Diesmal klang der Schlag dumpf, denn Kondjoura hatte sich unter der Decke verkrochen.

»Du sitzt mit Dämonen am Feuer, die meine Ziege getötet haben!«, brüllte Ngaturipure und zog die Decke fort.

»Vater, ich ...«

»Du isst mit Dämonen, die mich zu einem fernen Platz entführt und mich bestraft haben«, *twack*, »die in unser Land gekommen sind, obwohl wir sie nicht gerufen haben«, *twack*, »die den Krieg in das Kaokoland gebracht haben«, *twack*, »und die unsere Kinder und unser Vieh stehlen.« *Twack!*

»Die Weißen wussten nicht, dass die Ziege dir gehört, Vater«, rief Kondjoura.

»Aber du wusstest, dass mir die Ziege gehört!«, konterte Ngaturipure und holte zu einem weiteren Hieb aus, der Kondjoura an der Schulter traf.

»Was zum Teufel geht hier vor?«

Patrick, der einen Tabaksbeutel aus dem Handschuhfach geholt hatte, um Ngaturipure zu besänftigen, blickte zum hundert Schritt entfernten Löwenbusch hinüber, aus dem Erich hervorgekrochen war und sich jetzt, mit der R5 in der Hand, aufrichtete. Sein Gesicht war vom Schlaf zerknautscht. Ngaturipures Gebrüll musste ihn geweckt haben, und er ärgerte sich, dass er ihn nicht hatte kommen hören. »Langsam«, rief Patrick seinem Bruder zu. »Der Alte ist wegen der Ziege hier.«

»Ach ja?«

Twack!

»Ich wollte mich heute auf die Suche nach deinem Kral machen und dir alles erklären!«, jammerte Kondjoura.

»Lüg mich nicht an«, brüllte Ngaturipure. »Als ich mich auf die Suche nach den Viehdieben gemacht habe, hast du noch geschlafen!«

Twack!

»Das reicht!« Erich lud das Gewehr durch und feuerte einen Schreckschuss ab, der Ngaturipure jedoch nicht im Geringsten ängstigte. Der Himba drehte sich langsam um, zeigte mit dem Hirtenstab auf Erich und sagte: »Du hast meine Ziege getötet.«

Erichs Augen wurden schmal, und seine Lippen verzogen sich zu einem schiefen Lächeln. »Was hast du gesagt?«, fragte er.

Ngaturipure gab ihm keine Antwort. Aber Patrick sah, wie der Himba seinen Hirtenstab umklammerte. Er sprintete los, doch ehe er um die Kühlerhaube herum war, hatte Ngaturipure den Stock hochgerissen und ihn durch die Luft geschleudert.

Patrick verharrte mitten im Schritt. Wie in Zeitlupe sah er den Stock auf seinen Bruder zufliegen, und er erwartete, dass gleich ein Schuss krachen und Ngaturipure leblos zu Boden stürzen würde. Doch Erich duckte sich und wehrte den heranwirbelnden Stock mit dem Gewehrkolben ab. Gleichzeitig sprang Kondjoura auf. Als Erich das Gewehr an die Schulter zog, hatte Kondjoura sich bereits über seinen Vater geworfen.

»Erich!«, brüllte Patrick. Seine eigene Stimme löste ihn aus der Erstarrung. Er rannte mit fuchtelnden Armen los und stellte sich zwischen seinen Bruder und die am Boden ringenden Himba. »Tu's nicht, Erich! Ich werde mich um alles kümmern, okay?«

Erich ließ das Gewehr sinken. Er war kreidebleich. »Wenn er nicht innerhalb von einer Minute weg ist, schlage ich ihn tot«, sagte er und ging zum Löwenbusch zurück.

»Alles klar.« Erst jetzt bemerkte Patrick, dass sein Herz wie wild klopfte. Er wandte sich um. Kondjoura lag auf seinem Vater und hielt ihn fest, indem er Ngaturipures Handgelenke mit seinem Körpergewicht in den Sand presste. »Lass ihn los«, befahl Patrick.

Ngaturipure rappelte sich auf, wehrte die Hände ab, die ihm aufhelfen wollten. Sand klebte an seinem schweißüberströmten Rücken. Er blickte Patrick keuchend an, und in seinen Augen funkelten Hass und Schmerz.

»Verzeih mir, Väterchen«, sagte Patrick und begann wie ein Wasserfall auf den Patriarchen einzureden. »Mein Herz weint, denn wir haben dir großes Unrecht angetan, und mein Herz wird erst wieder lachen, wenn es dir sechs Ziegen übergeben hat. Ich werde noch heute nach Opuwo zurückkehren, und in sieben Tagen wirst du die Ziegen unter diesem Anabaum weiden sehen.« Patrick lächelte, doch Ngaturipure verzog keine Miene. »Der andere wollte deine Ziege nicht stehlen«, fuhr Patrick beschwichtigend fort. »Er wusste wirklich nicht, dass sie dir gehört. Er sah sie verlassen im Riet stehen und dachte, dass sie keinen Hirten kennt. Wir haben ihr Fleisch auch nicht gegessen. Sieh, es hängt dort drüben im Baum. Nimm es mit und stärke dich, damit du in sieben Tagen zurückkehren und sechs gesunde Ziegen zu deinem Kral treiben kannst.«

Ngaturipure spitzte die Lippen und spuckte ihm vor die Füße. Dann drehte er sich um und humpelte davon.

* * *

Erich lag auf seinem Schlafsack, einen Arm über das Gesicht gelegt. Er wollte nichts sehen, nichts hören. Und doch vernahm er die Schritte seines Bruders, die sich zögernd dem Löwenbusch näherten und den Groll in seinem Inneren aufs Neue anstachelten, so dass er tief durchatmen musste, um ruhig auf seinem Schlafsack liegen zu bleiben.

»Das hätte ins Auge gehen können«, sagte Patrick.

Erich nahm den Arm fort und wandte den Kopf. Sein Bruder kauerte nach Eingeborenenart auf den Fersen. Selbst das irritierte Erich. »Hast du dem Alten die Ziege in den Arsch gesteckt?«

Patrick senkte den Kopf. »Er wollte das Fleisch nicht annehmen.«

»Wir hätten es gestern Abend essen sollen. Aber was machst du?« Erich schnaubte durch die Nase. »Du setzt uns wie ein Moralapostel Büchsenfleisch vor. Und jetzt hat niemand etwas davon.«

»Doch«, erwiderte Patrick. »Ich habe Kondjoura mit der Ziege zu Ngaturipures Kral geschickt.«

»O Mann!« Erich schüttelte den Kopf. »Jetzt lässt er dem Wilden auch noch das Fleisch hinterhertragen.«

»Wir haben Mist gebaut, und dafür müssen wir geradestehen!«

»Ach?« Erich richtete seinen Oberkörper auf. »Der Alte hat die Ziege vernachlässigt. Ebenso gut hätte eine Raubkatze sie töten können. Erzähl mir also nicht, dass wir die Bösen und die Wilden die Guten sind, okay?«

»Herrgott, darum geht es doch gar nicht!«, entfuhr es Patrick. »Versuch einmal, dich in Ngaturipures Lage zu versetzen: Er war ein Patriarch, Herrscher über zweitausend Rinder, und die Ahnen waren ihm gut gesinnt, bis Kondjoura eines Tages zu ihm kam und sagte, dass er eine Braut an sein Feuer holen will, und zwar eine, deren Vater Geld als Brautpreis verlangte. Er willigte ein, und von dem Moment an ging alles schief. Heute besitzt er nur noch ein paar Ziegen und ist felsenfest davon überzeugt, dass wir schuld an allem sind, wir und die Himba, die die wahrsagenden Zeichen der Ahnen und die Träume der Ngambwe missachtet haben.«

»Das ist sein Problem«, sagte Erich und ließ sich auf den Schlafsack zurücksinken.

»Du denkst doch in dieselbe Richtung«, beharrte Patrick. »Du glaubst, dass alle, die die Rote Gefahr nicht sehen, eines Tages vor dem Nichts stehen werden.«

»Tu mir einen Gefallen, ja? Vergleiche mich nie wieder mit einem Wilden.«

»Was ist mit dir los?«, fragte Patrick. »Was haben sie mit dir angestellt?«

»Ich bin müde«, murmelte Erich.

»Du bist eine gottverdammte Maschine!«

»Lieber eine Maschine als ein Speichellecker, der den Wilden in den Hintern kriecht und so tut, als hätte es die Apartheid nie gegeben.«

»Wie sollen wir je eine friedliche Lösung finden, wenn wir weiterhin auf der schwarzen Bevölkerung herumtrampeln?«

»Hör endlich auf zu träumen, Mann! Es gibt keine friedliche Lösung! In Afrika muss man dafür sorgen, dass man nicht vor, sondern hinter einem Gewehr steht!«

»Bravo!« Patrick erhob sich. »Dein Vater wäre jetzt furchtbar stolz auf dich.«

»Weißt du was?« Erich legte den Arm wieder über das Gesicht. »Ruf Webster an und sag ihm, dass er dir einen neuen Babysitter besorgen soll. Mit uns beiden wird das nichts.«

132

Henriette Althagen stand in der Küche an einem Holzkohlenherd und kochte Maisbrei für die Hausmädchen, Viehtreiber, Knechte, Katzen, Hunde und ihren Mann Stoffel, der draußen auf der Veranda seinen Kaffee schlürfte und nach jedem Lungenzug aus der Pfeife röchelnd hustete.

In der ganzen Gegend gab es keine Farmersfrau, die besseren Maisbrei kochte als Henriette Althagen: Ihr Brei war klumpenfrei, er blieb auch nicht haften, sondern tropfte zähflüssig vom Löffel und schmolz wie Sahne im Mund. Ihr Mann hatte es neulich selber gesagt, obwohl Althagen sonst eher zurückhaltend war, wenn es darum ging, seine Frau mit Komplimenten zu überhäufen. Denn Henriette war eine korpulente Frau mit einem feisten, vom Herdfeuer geröteten Gesicht, fleischigen Armen und aufgeschwemmten Beinen, die wie mit Stacheln versehene Stämme unter ihrem grauen Baumwollrock hervorragten. An den geschwollenen Füßen trug sie Pantoffeln. Sie verließ nur selten das Haus, und wenn, geriet sie schon auf dem kurzen Weg zum Hühnerstall außer Atem. Auch als sie jetzt den Brei mit einer kurbelnden Armbewegung umrührte, schnaufte sie vor Anstrengung. Und deshalb bekam sie nur einen Bruchteil von dem mit, was Sarah über das Sprechfunkgerät sagte: »Makalani an Dornfontein! Wir sind ...« Zumindest glaubte Henriette, nur einen Bruchteil mitbekommen zu haben, denn ehe sie ihr Geschnaufe abstellen konnte, war das Sprechfunkgerät bereits verstummt.

Henriette schob den Topf zur Seite, damit der Brei nicht anbrannte, und watschelte ins Wohnzimmer. Das Mikrofon verschwand fast gänzlich in ihrer Faust, als sie es aus der Halterung nahm. »Dornfontein an Makalani, bitte wiederholen«, rief sie.

Niemand kam ihrer Aufforderung nach. Die Engelbrechts waren zwar merkwürdige Leute, aber Sarah ragte in Henriettes Augen immer noch ein kleines Stück aus dem Sauhaufen heraus, und so versuchte sie es noch einmal. Wieder antwortete ihr niemand. Henriette vermutete, dass die Batterie zusammengebrochen war. Auf Makalani brach nämlich alles zusammen!

Seufzend griff Henriette zum Telefon. Sie wollte Engelbrechts nicht anrufen, nein, sie *musste* es tun. Schließlich lebten sie auf einer Farm im Norden Südwestafrikas. Und selbst wenn man sie nicht sah, so wusste man doch, dass dort draußen Guerillas waren, Terroristen.

Henriette presste den Hörer ans Ohr. Es dauerte ein, zwei Sekunden, ehe sie begriff, dass die Leitung tot war, gekappt von einem, den man nicht sehen konnte. Sie ließ den Hörer fallen und rief so laut nach ihrem Mann, dass Althagen auf der Veranda seinen Kaffee verschüttete. Und drei Minuten später fuhr Althagen, bis an die Zähne bewaffnet, in Richtung Kamanjab davon, um Konstabler Norman Fritz eine beunruhigende Mitteilung zu machen. Doch er fuhr langsam, die Augen wie Lupen auf die Piste gerichtet: Althagen hatte großen Respekt vor Landminen!

133

Souter wollte nicht, dass Sinna es aus dem Radio erfuhr oder ein Fremder käme und es ihr auf unpersönliche Art mitteilte, denn seit Denise ausgezogen war, kochte Sinna für ihn und hielt das Haus in Ordnung. Und wenn er sich an seinen freien Tagen um den Garten kümmerte, saß Sinna im Schatten des Hibiskus und wusste rührende Geschichten über Martha zu erzählen. Sinna sorgte dafür, dass Martha immer in seiner Nähe war.

Er begrüßte Sinna in der Küche, verlangte einen *Milkshake* und setzte sich im Wohnzimmer an den Esstisch. Als Sinna ihm das Glas brachte, wies er auf einen Stuhl und sagte: »Setz dich.«

Sinna starrte ihn an. Kein Weißer hatte ihr je einen Platz angeboten, nicht einmal Missus Hillmann.

»Setz dich«, wiederholte er.

Sinna begnügte sich mit der Kante eines Stuhles, auf dem sonst Denise gesessen hatte, und stützte ihre Ellbogen auf die Tischplatte. »Was ist?«, fragte sie in einem ängstlichen Tonfall. »Braucht der Mister mich nicht mehr?«

»Und ob ich dich brauche, Sinna. Ohne dich wäre ich aufgeschmissen.«

Sie lächelte, und er wusste, dass es keine Möglichkeit gab, es einer Mutter schonend beizubringen. »Die Farm ist überfallen worden«, sagte er.

Sinna riss die Augen auf. »Makalani?«

»Ja.« Souter rührte seinen *Milkshake* mit einem Strohhalm um. »Es tut mir Leid, Sinna«, murmelte er. »Sie hatte keine Chance.«

»Esme hat ein Kind erwartet.«

»Ich weiß. Sie hat es verloren.« Er erwartete, dass sie gleich zusammenbrechen würde, doch Sinna verzog lediglich das Gesicht, und er redete hastig weiter, um es so schnell wie möglich hinter sich zu bringen: »Ich werde Denise anrufen und die Missus bitten, dass sie Josef auf der Baustelle im Ovamboland Bescheid sagt. Ihr braucht euch um nichts zu kümmern, hörst du? Wir werden sie einfliegen lassen.«

Sinna nickte, und er sah, wie sich ihre Augen mit Tränen füllten.

134

Der Tod kauerte auf der Ladefläche. Er hatte seinen Bruder mitgebracht, und zwischen ihnen lag ein vor Angst zitterndes Mädchen ...

Sarah saß vorn in der Kabine und lenkte den beigen Dodge mit Vollgas nach Norden. Auch sie zitterte, jedoch weniger vor Angst als vor panischem Entsetzen. Ihre Eltern und Esme waren tot, die AK-47 des stämmigen Guerillas war auf Jessica gerichtet, und Sarah ahnte, was sie und ihre Tochter am Ziel erwartete.

Dass sie überhaupt noch am Leben waren, hatten sie nicht Paulus, sondern Johannes zu verdanken. Paulus war so von Trauer und Schmerz überwältigt gewesen, dass er nur Esme im Sinn gehabt hatte. Und als der Guerilla mit einem triumphierenden Blick auf sie zugekommen war, hatte Sarah die Augen geschlossen und Jessicas Kopf an ihre Brust gepresst, doch anstatt sie zu erschießen, hatte er Sarah am Arm gepackt und zum Dodge gezerrt. Anschließend hatte er Paulus eine schallende Ohrfeige verpasst und ihm aufgetragen, ihr zu sagen, dass sie den Wagen fahren sollte.

Sarah war keineswegs froh, am Leben zu sein. Als sie die Augen geschlossen und Jessica an die Brust gepresst hatte, war sie bereit gewesen zu sterben. Es hatte plötzlich keinen Sinn mehr gemacht, den Tod noch länger hinauszuzögern. Der Tod hätte dem Grauen ein Ende bereitet. Aber sie lebte, und wann immer sie in den Rückspiegel schaute, blickte sie in die leuchtenden Augen des Guerillas.

* * *

Zum ersten Mal, seit er Ismael im Kugelhagel zurückgelassen und um sein Leben gerannt war, spürte Johannes wieder, wie das Blut durch seine Adern pulsierte, angepeitscht von Adrenalin und einem hochfliegenden Triumphgefühl. Ja, das Feuer der AK-47 hatte ihn gereinigt, und das Schuldgefühl, das ihn bei Tag und bei Nacht gemartert hatte, war getilgt. Und vergessen waren mit einemmal die entbehrungsreichen Jahre, die er unter ständiger Lebensgefahr dem Freiheitskampf geopfert hatte.

Während er auf der Ladefläche hockte und es vermied, das ängstliche Mädchen anzublicken, dachte er daran, dass er in wenigen Stunden Ruacana erreichen würde. Die Frau fuhr sicher und schnell. Er war in seinem ganzen Leben noch nie so schnell gereist! Im Schutze der Dunkelheit wollte er dann die Grenze überqueren und in Angola untertauchen. Dort würde ihm sein *Commander* auf die Schulter klopfen, vielleicht erwartete ihn sogar eine Beförderung, die ihn dazu berechtigen würde, ein Wort für Philemon einzulegen – Philemon, der in einem Gefangenenlager saß, weil er für die Südafrikaner spioniert hatte …

Der Dodge zog eine brodelnde Staubfahne hinter sich her. Steine schlugen klickend von unten an das Bodenblech, und die Räder surrten. Johannes spähte an der Kabine vorbei auf die breite, verlassene Schotterstraße, die in atemberaubender Geschwindigkeit auf ihn zuflog. Der Fahrtwind riss an seinen Kraushaaren und trieb ihm die Tränen in die Augen. Und die Tränen erinnerten ihn wieder daran, wie Paulus sich an die tote Frau geklammert hatte.

Johannes wandte den Kopf und sah seinen Bruder mit angezogenen Beinen auf dem Reserverad sitzen. Er hatte die Arme über den Knien verschränkt und das Gesicht in der rechten Armbeuge vergraben. Ein flaues Gefühl breitete sich in Johannes' Magengrube aus. Er machte sich keine Gedanken über Uasuta, Timon und Usumane. Um die Verräter würden sich seine Männer kümmern. Aber wer würde sich um Paulus kümmern? Und was würde dann aus den Alten werden? Im Nachhinein wünschte Johannes, er hätte die Mission auf eigene Faust durchgeführt. Doch wer hätte ahnen können, dass Paulus die Leute kannte? Johannes fragte sich, ob Usumane es gewusst hatte.

Er ließ seinen Blick kurz über das Mädchen schweifen. Sie lehnte in ihrem rosafarbenen Pyjama, vor Angst wie versteinert, neben ihm an einem Benzinkanister, und ihre Mutter saß vorn in der Kabine und brachte ihn in Sicherheit. Johannes biss sich auf die Unterlippe. Als er aus dem Haus gekommen war, hätte er sie im Kampfrausch ohne mit der Wimper zu zucken erschießen können. Doch jetzt würde es schwierig werden, denn er hatte in ihre Augen geblickt, und nachts, wenn er im Bunker wach gelegen hatte, fern von seiner Familie, waren oft Wunschbilder in ihm aufgestiegen, Bilder von einer Frau und unbeschwerten Kindern …

Der Dodge verlangsamte unvermittelt die Fahrt. Sofort duckte sich Johannes und starrte durch die Rückscheibe nach vorn. Er sah Pfähle, die sich bis an die Straße herandrängten: der Veterinärzaun!

Johannes griff nach hinten und zog eine Segelplane über sich und die anderen. »Leg dich hin«, befahl er seinem Bruder, »und sag der Kleinen, dass sie keinen Ton von sich geben soll.«

Paulus starrte Johannes an, als hätte er ihn noch nie zuvor gesehen. Dann nickte er und legte einen Arm schützend um das Mädchen, das beide Hände auf die Ohren gepresst hatte und ihn ängstlich anblickte. Johannes wandte sich rasch ab. Es wurde immer schwieriger ...

* * *

Sarah schaute in den Rückspiegel. Der Guerilla war aus ihrem Blickfeld verschwunden, doch sie wusste, dass er neben ihrer Tochter auf der Ladefläche lag und den Finger am Abzug seiner AK-47 hatte. Sie schaltete in den Leerlauf und ließ den Dodge vor dem Tor ausrollen. Es war verschlossen und der Veterinärbeamte nirgends zu sehen. Sarahs Magen zog sich zusammen. Wie lange würde es dauern, bis der Guerilla die Geduld verlor? Sie überlegte, ob sie hupen sollte. Nein. Das würde dem Guerilla einen Schrecken einjagen. Sarah wünschte, Paulus säße neben ihr und würde ihr sagen, was sie tun sollte. Sie umklammerte das Lenkrad mit beiden Händen und blickte sich ratlos um. Da entdeckte sie den Beamten. Er stand in dem Schildhäuschen und schielte am Eingang vorbei nach draußen. Sarah winkte ihm zu. Aber der Beamte rührte sich nicht von der Stelle, sondern steckte bloß den Kopf wie eine Schildkröte aus dem Häuschen und brüllte: »Kehr um, Missus! Ich darf niemand durchlassen.«

»Schließ das Tor auf«, rief Sarah aus dem offenen Seitenfenster. Das T-Shirt klebte feucht an ihrem Rücken. »Ich muss dringend nach Ruacana!«

»Die Armee hat die Straße nach Ruacana abgeriegelt«, entgegnete der Beamte. »In der Nähe von Kamanjab ist eine Farm überfallen worden. Sie sind da, Missus!« In die schrille Stimme des Alten mischte sich plötzlich ein Dröhnen. Noch klang es wie ein fernes Brausen, doch es näherte sich rasch und steigerte sich zu einem Knattern. Sarah spürte, wie das Blut aus ihrem Gesicht wich: ein Hubschrauber!

»Schließ das verdammte Tor auf!«, schrie sie.

Der Alte schüttelte jedoch beharrlich den Kopf. »Ich darf nicht«, sagte er und deutete mit einem zitternden Zeigefinger auf den Puma-Helikopter, der über den mit Bäumen und Büschen bestandenen Bergen zu ihrer Rechten heranschwebte.

O Gott! Sarah lehnte sich aus dem Seitenfenster. »Paulus«, rief sie nach hinten, »sag deinem Freund, dass alles in Ordnung ist, hörst du?«

»Was?«, schrie der Alte. »Was hast du gesagt, Missus?«

Seine Stimme ging im Heulen des Hubschraubers unter. Kaum war die Maschine an ihnen vorübergeflogen, da bewegte der Wagen sich. Im nächsten Moment sah Sarah im Rückspiegel, wie hinten auf der Ladefläche eine Segelplane zur Seite flog und der stämmige Guerilla aufsprang. Die AK-47 fing an zu rattern, und der alte Beamte führte einen ruckartigen Tanz auf, ehe er vornüber aus dem Schildhäuschen kippte und mit einem erstaunten Gesichtsausdruck zu Boden fiel.

Der untersetzte Guerilla brüllte etwas.

Paulus sprang von der Ladefläche, eilte mit eingezogenem Kopf zum Schildhäuschen und begann die Taschen des Toten nach einem Schlüssel zu durchwühlen. Als er ihn gefunden hatte, packte er den Beamten an den Handgelenken und zerrte ihn in das Häuschen. Dann zwängte er sich an dem Alten vorbei ins Freie und schaufelte mit den Füßen Sand über die blutbesudelte Schleifspur.

Wieder brüllte der stämmige Guerilla etwas. Daraufhin rannte Paulus zum Tor, öffnete es und gab Sarah mit einer ruckartigen Kinnbewegung zu verstehen, dass sie durch die Lücke fahren sollte.

Sarah konnte sich kaum bewegen. Ihre Glieder waren wie gelähmt. Sie hob ihr linkes Bein mit beiden Händen an und stellte ihren Fuß auf die Kupplung. Der Fuß zuckte, und ihre Hände bebten. Der Alte war tot. Es war das erste Mal, dass sie gesehen hatte, wie jemand erschossen worden war. Und zum zweiten Mal an diesem Tag hatte sie einen Menschen sterben sehen.

Sarah ließ die Kupplung kommen. Der Dodge ruckte an und rollte im Schritttempo durch die Lücke. Paulus verriegelte das Tor, warf den Schlüssel ins Gebüsch und kam an die Beifahrertür. Auf seiner Stirn glitzerten Schweißperlen. Obwohl seine Augen weit aufgerissen waren, schien er Sarah dennoch nicht wahrzunehmen. Er starrte an ihr vorbei ins Leere und sagte: »Fahr nach Opuwo.«

»Paulus ...« Sarah würgte ein aufsteigendes Schluchzen herunter. »Lass meine Tochter vorn bei mir sitzen«, flehte sie ihn an. »Bitte, Paulus!«

Ohne ein weiteres Wort zu verlieren, wandte Paulus sich ab und stieg auf die Ladefläche, und als Sarah in den Rückspiegel blickte, war das Leuchten in den Augen des Guerillas erloschen.

135

Erich wirbelte das flache Antennenkabel wie ein Lasso durch die Luft und schleuderte es über den herabhängenden Ast einer sieben Meter hohen Akazie. Papierartige, kupferfarbene Rinde regnete auf Erich herab. Die Afrikander nennen diesen schlanken Baum Himmelsbesen. Ein treffender Name, fand Erich, als er hoch oben auf dem zerklüfteten Plateau eines namenlosen Berges stand und in die Tiefe blickte. Dort unten kroch der Hoarusib wie eine grünweiß gesprenkelte Schlange durch das weitläufige Flusstal, während die Antennenakazien ein paar einsam dahinsegelnde Kumuluswolken vom Himmel fegten. Erich beobachtete, wie die Wolken vom Westwind zerfetzt und allmählich nach Osten abgedrängt wurden, und er fragte sich, ob es in diesem Jahr regnen würde. Mit dem Regen würden die Guerillas kommen ...

Da Patrick sich geweigert hatte, Webster anzurufen, hatte Erich das Sprechfunkgerät allein den Berg hinaufgetragen. Doch der Aufstieg hatte ihn in seiner Überzeugung bekräftigt, dass er fortmusste. Er war abgestumpft und träge geworden. Er konnte zwar den Rauch des Lagerfeuers selbst in der Höhe noch wittern, aber er hatte den alten Himba nicht ins Lager kommen hören. Es wurde Zeit, dass er in ein Gebiet hinüberwechselte, in dem all seine Sinne beansprucht wurden. Und was seinen Bruder anging: Der Träumer gehörte zu der Sorte, die über Nacht vergessen hatten, dass die Schwarzen fast ein Jahrhundert lang unterdrückt worden waren. Wann würde das Weichei endlich kapieren, dass die Schwarzen ihn hassten und die Gewehre erst schweigen würden, wenn die Rote Gefahr die Südspitze Afrikas erobert hatte? Wohl erst, wenn er in die Mündung einer AK-47 blickte ...

Kopfschüttelnd schaltete Erich das Sprechfunkgerät an. Gewöhnlich dauerte es eine Ewigkeit, bis endlich eine Verbindung zustande kam. Erich hatte dann immer das Gefühl, endlose

Selbstgespräche zu führen. Doch diesmal meldete sich Webster bereits nach dem ersten Rufzeichen: »*Kontak*«, sagte er, und Erich spürte, wie sein Herz aus dem Stand in einen hämmernden Galopp sprang. »Wann und wo?«, fragte er.

Webster berichtete atemlos, was vorgefallen war: »Konstabler Norman Fritz hat mich heute Morgen angefunkt. Daraufhin bin ich mit meinen Jungs nach Makalani geflogen. Die Farm ist tatsächlich überfallen worden. Louis, seine Frau und das Dienstmädchen sind tot. Sie haben Louis mit einer Granate aus dem Laster gesprengt und Elsie im Bett erschossen. Das Mädchen ist wahrscheinlich zwischen dem Tor und der Heckklappe des Lasters eingeklemmt worden.«

Erich ging in die Hocke und richtete sein rechtes Ohr auf den Lautsprecher. »Wir haben Stunden gebraucht, bis wir uns anhand der Spuren ein Bild machen konnten«, sagte Webster. Seine Stimme hallte verloren über das Plateau, doch jedes Wort schürte Erichs Hass, und als er erfuhr, dass Sarah und Jessica verschleppt worden waren, sprang er, wie von einem elektrischen Schlag getroffen, auf. »Wie viele sind es?«, fragte er.

»Zwei.«

Erich traute seinen Ohren nicht: »Bloß zwei Terroristen?«

»Positiv«, bestätigte Webster.

Er pfiff durch die Zähne. Wenn es nur zwei Guerillas waren, dann gehörten sie definitiv der Eliteeinheit des PLAN an. »Haben Ihre Leute die Verfolgung aufgenommen?«

»Nein«, gestand Webster zu seiner Erleichterung. Aber im nächsten Moment glaubte Erich abermals, dass er sich verhört hatte. »Sie sind mit einem Wagen geflohen«, sagte Webster. »Wir haben auf dem Hinflug den beigen Dodge am Veterinärzaun stehen sehen, uns aber keine Gedanken darüber gemacht, denn zu dem Zeitpunkt wussten wir ja noch nicht, dass der Wagen Engelbrecht gehört. Auf dem Rückflug haben wir dann die Leiche des Veterinärbeamten entdeckt. Sie haben ihn vor dem Schildhäuschen erschossen.«

Erich presste die Sprechtaste. »Haben Sie die Straße nach Ruacana abgeriegelt?«

»Ja. Doch das müssen die Terroristen gewusst haben, denn sie sind nicht nach Ruacana, sondern nach Opuwo gefahren.«

»Wie bitte?«

»Ein Tankwart hat den Dodge gesehen. Er kennt jeden Wagen

in Opuwo. Deshalb ist ihm der Dodge sofort aufgefallen. Er behauptet, eine weiße Frau mit dunklen Haaren habe hinter dem Lenkrad gesessen. Die Beschreibung trifft auf Sarah zu.«

»Hat er die Terroristen gesehen?«

»Negativ. Die haben sich offenbar auf der Ladefläche versteckt.«

»Jetzt fehlt bloß noch, dass Sarah in Opuwo getankt hat.«

»Nein, sie ist in Richtung Kaoko Otavi weitergefahren.«

»Kaoko Otavi? Ja, sind die *Terries* denn völlig verrückt geworden? Kaoko Otavi liegt doch im Westen!«

»Ich nehme an, dass sie den Wagen irgendwo abstellen und warten werden, bis Gras über die Sache gewachsen ist, ehe sie einen neuen Fluchtversuch in den Norden wagen.«

»Hören Sie mir jetzt gut zu, Sa'major«, sagte Erich. »Legen Sie Ihre Hunde an die Kette. Ich will nicht, dass sie die Geiseln gefährden. Fordern Sie stattdessen einen Hubschrauber, Ausrüstung für zwei Mann und den Zhu/twasi aus Ombalantu an. Der Pilot soll in Opuwo landen und auf weitere Anordnungen warten. Haben Sie das verstanden?«

Aus dem Lautsprecher drang ein anhaltendes Rauschen. Webster hatte es die Sprache verschlagen.

»Haben Sie das verstanden?«, wiederholte Erich.

»Roger«, sagte Webster.

136

Sie kamen nur langsam voran. Nachdem sie Kaoko Otavi hinter sich gelassen hatten, war die Piste immer schmaler und holpriger geworden. Jetzt quälte der Dodge sich im ersten Gang durch eine Geröllschneise. Obwohl die Bodenverkleidung gelegentlich über Felsbuckel schrammte, Gesteinsbrocken unter den durchdrehenden Reifen emporflogen und die Stoßdämpfer ächzten, nahm Sarah den Fuß nicht vom Gaspedal, denn solange sie fuhren, waren Jessica und sie in Sicherheit. Aber irgendwann würde sie anhalten müssen; spätestens dann, wenn die Sonne hinter den Bergen untergegangen war.

Sarah fragte sich, ob der stämmige Guerilla ein Ziel hatte. Wollte er versuchen, sich durch den westlichen Teil des Kaokolandes zur Nordgrenze durchzuschlagen, oder lediglich einen möglichst großen Abstand zwischen sich und die Armee bringen? Was auch immer in seinem Kopf vorging: Sarah bezweifelte, dass er sich im Kaokoland auskannte, denn als sie unterwegs Benzin aus einem Kanister nachgefüllt und Jessica mit einem aufmunternden Blick signalisiert hatte, dass alles gut werden würde, war Paulus nach einem Streitgespräch mit dem untersetzten Guerilla zu ihr gegangen und hatte sie gefragt, ob sie schon einmal in Opuwo gewesen sei.

»Ja«, hatte sie gesagt und Jessica mit den Augen angefleht, kein Wort zu sagen.

»Sind dort Soldaten stationiert?«

»Nur ein paar.«

»Führt eine Piste an Opuwo vorbei nach Westen?«

»Ja.«

»Nimm sie«, hatte Paulus gesagt und war zu dem Guerilla zurückgekehrt, der mit schussbereiter Waffe neben der Straße im Gebüsch gehockt hatte.

Die Unkenntnis des Guerillas würde Jessica und ihr vielleicht das Leben retten, denn Sarah hatte oft die Landkarte, die ihrem Vater zur Orientierung gedient hatte, auseinander gefaltet und war Patrick in Gedanken durch das Kaokoland gefolgt. Ja, sie musste den Guerilla davon überzeugen, dass sie unentbehrlich war, und gleichzeitig versuchen, ihn aufzuhalten, damit die Armee die Verfolgung aufnehmen konnte. Mit etwas Glück hatten Althagens ihren zerstückelten Funkspruch aufgefangen ...

Sarah begann neue Hoffnung zu schöpfen. Von Paulus durfte sie allerdings keine Hilfe erwarten. Paulus sah im Rückspiegel aus, als sei er soeben aus einem Alptraum erwacht.

* * *

Und das war er auch: Das schmirgelnde Geräusch, mit dem der Dodge über eine Geröllbank hinweggekrochen war, hatte ihn aus dem Halbschlaf gerissen. Aber die Realität unterschied sich kaum von den Bildern, die sprunghaft an seinen geschlossenen Augen vorübergezogen waren. Paulus klammerte sich an der Seitenwand fest, um nicht vom Ersatzrad heruntergeschleudert zu werden, und fragte sich, wie es weitergehen sollte. Er hatte keine Ahnung, wo er sich befand. Die Kleinmissus hatte zwar gesagt, dass die Piste nach Orupembe und von dort durch das Marienflusstal zum Kunene führte. Aber Paulus rechnete damit, dass bald ein Hubschrauber über den Mopanewäldern auftauchen würde. Also mussten sie den Wagen irgendwo verstecken und sich zu Fuß durchschlagen. Paulus blickte zweifelnd an seinen Gummistiefeln herunter. Und was würde geschehen, wenn sie es tatsächlich schafften? Würde Johannes sie dann der Reihe nach erschießen oder gar seinem *Commander* übergeben? Johannes hatte zweifelsohne bemerkt, dass er Esme und die Kleinmissus kannte. Irgendwann würde Johannes ihn danach fragen, und er wusste nicht, was er seinem Bruder dann sagen sollte.

Seine Augen füllten sich wieder mit Tränen. Er würde nie darüber hinwegkommen, wie Esme etwas hatte sagen wollen und nur blutige Luftblasen aus ihrem Mund gekommen waren. Und wie plötzlich etwas, das wie ein Baby ausgesehen hatte, zwischen ihren Beinen gelegen hatte. Auch darüber würde er nicht hinwegkommen. Nie! Und Johannes hatte sie einfach an den Armen beiseite gezerrt und sie neben dem Zaun liegengelassen!

Eine kleine Hand kroch unter seinen rechten Arm und hielt sich an ihm fest. Suchte Jessica einen Halt, weil der Dodge sich schaukelnd in eine Flussebene hinunterwühlte, oder wollte sie ihn trösten, weil er wieder angefangen hatte zu heulen? Er wischte die Tränen fort, doch ihre Hand blieb auf seinem Bizeps liegen.

Das Mädchen hatte auf der Fahrt allmählich Vertrauen zu ihm gefasst. Als sie sich unter der Segelplane versteckt hatten, hatte Jessica sich mit dem Rücken an ihn geschmiegt. Und die Wärme ihres kleinen Körpers hatte ihn getröstet. Sie war Kleinbaas Patricks Kind. Daran gab es keinen Zweifel. Doch ihre schwarzen Haare, die schweißnass an ihren Wangen klebten, und die blauen Augen, die fragend auf ihn gerichtet waren, erinnerten ihn an Baas Hillmann. Er wollte, Hillmann hätte ihm einen Job verschafft. Dann säße er jetzt nicht heulend auf einem Ersatzreifen, sondern in einem gemütlichen Sessel und hätte mit Esme geplaudert. Der Gedanke beschwor das Gesicht seiner Schwiegermutter herauf. Ob sie schon wusste, dass Esme tot war? *Eijee*, er hoffte, Sinna würde nie erfahren, dass er beim Überfall dabei gewesen war und sein Bruder Esme umgebracht hatte!

Er wandte den Kopf. Johannes stand breitbeinig auf der Ladefläche und blinzelte mit zusammengekniffenen Augen in die Sonne, die eine Handbreit über den Bergen schwebte. Verzweiflung stieg beim Anblick seines Bruders in ihm hoch. Es konnte doch nicht sein, dass Johannes all seine Gefühle jenseits der Grenze begraben hatte! Aber Paulus hatte gesehen, wie Johannes Baas Engelbrecht, Esme, die Hunde, die Missus und den Veterinärbeamten getötet und Esme an den Armen durch den Sand geschleift hatte ...

Der Dodge blieb tuckernd stehen. Paulus erhob sich, und während er sich umsah, schob Jessica ihre Hand in die seine. Am liebsten hätte er sie abgeschüttelt, denn Johannes starrte ihn alarmiert an. Sie befanden sich in einem Flussbett. Sarah stieg aus der Kabine, und nachdem sie sich vergewissert hatte, dass Jessica in Ordnung war, streckte sie einen Zeigefinger aus und sagte: »Der Hoarusib zweigt etwa zwanzig Kilometer von hier entfernt nach Norden ab. Man kann seinem Lauf zu einer Piste folgen, die über Otjitanda zum Kunene führt.«

Paulus übersetzte, was Sarah gesagt hatte, und Johannes' Augen verrieten ihm, dass sein Bruder sich zumindest noch über etwas freuen konnte, obgleich der leuchtende Ausdruck Sekunden später wieder von einem kalten Funkeln überschattet wurde. »Warum erzählt sie uns das?«

»Uns geht bald das Benzin aus«, erklärte Sarah.

»Sie lügt«, vermutete Johannes.

Paulus zuckte die Achseln. »Die Kanister sind leer.«

Doch Johannes gab sich damit nicht zufrieden. »Woher kennst du sie?«, fragte er.

Paulus schüttelte die Hand des Mädchens ab. »Wir haben in Windhoek zusammen in der Gärtnerei gearbeitet«, log er.

Johannes musterte ihn argwöhnisch. »Und wer war die andere Frau, die für den *Ekakunya* gearbeitet hat?«

»Sie ist vor ein paar Jahren aus der Gärtnerei entlassen worden. Da hat ihr die Weiße eine Arbeitsstelle auf der Farm verschafft.« Es tat ihm fast körperlich weh, lügen zu müssen.

»Sie hat ein Kind erwartet«, hakte Johannes nach. »War es von dir?«

Paulus schüttelte den Kopf. Auch das schmerzte. Er begann erneut zu weinen. Daraufhin setzte Jessica sich hin und presste beide Hände auf die Ohren.

»Sag der Frau, dass sie das Auto im Flussbett verstecken soll«, befahl Johannes in einem barschen Tonfall. »Und hör endlich auf zu heulen!«

137

Kondjoura hörte Pa-Trick schon von weitem fluchen. Jedes dritte, mit zorniger Stimme hervorgestoßenes Wort lautete *Fock* oder so ähnlich. Das Wort erinnerte Kondjoura an die Zeit, als sie ein gewildertes Nashorn nach dem anderen gefunden hatten. Er blieb verunsichert hinter einem Löwenbusch stehen und überlegte, was er falsch gemacht hatte. Ihm fiel nichts ein, denn Pa-Trick hatte ihm befohlen, die Ziege zu Ngaturipures Kral zu bringen. Und das hatte er getan. Vielleicht war er zu lange fortgeblieben? Er nahm sich vor, Pa-Trick zu erzählen, dass Ondjandje und Vejaruka seine Schwester aus Uasutas Klauen befreit hatten. Das würde Pa-Trick aufheitern. Er selbst hatte seinen Augen nicht getraut, als er mit der gegrillten Ziege quer über den Schultern und von einem Fliegenschwarm umhüllt den Trampelpfad hinaufgestapft war und Ondjandje, Rijamekee und Vejaruka in der Grotte hatte sitzen sehen. Und Ngaturipure war zum Fluss hinuntergegangen, damit Kondjoura nicht den Stolz in seinen Augen und das Lächeln auf seinen Lippen bemerkte. Und als er sich verabschiedet hatte, war der Alte ihm nachgeschlichen und hatte ihn gefragt, ob Pa-Trick ihm tatsächlich sechs Ziegen schenken wollte …

Grinsend griff Kondjoura in den Löwenbusch, brach einen Zweig ab, schob ihn unter den Lederturban und kratzte sich ausgiebig. Seine Kopfhaut juckte von dem Schweiß, der sich unter dem Turban angesammelt hatte.

Als Kondjoura hinter dem Busch hervorkam und sich dem Anabaum am Ufer des Hoarusib näherte, erkannte er, dass Pa-Tricks Zorn nicht ihm, sondern dem Landcruiser galt. Pa-Trick lag unter der Hinterachse und fluchte vor sich hin, während der blonde Soldat einen Wagenheber hinter dem Rücksitz hervorholte.

»Was ist passiert?«

»Hol Steine«, befahl der blonde Soldat. Seine Stimme klang gelassen, doch Kondjoura sah ihm an, dass er nervös war: Sein linkes Augenlid zuckte.

»Rijamekee ist frei«, begann Kondjoura. »Meine Mutter ...«

»*Fock!*«, schrie Pa-Trick. »Hast du nicht gehört, was mein Bruder gesagt hat?«

Kondjoura wandte sich ab und wünschte, er wäre bei seiner Familie geblieben.

* * *

Patrick war nahe daran, den Verstand zu verlieren: Was Erich ihm über den Überfall auf Makalani erzählt hatte, war ebenso ungeheuerlich wie die Tatsache, dass sein Bruder nach der Ziegenjagd den Motor des Landcruisers zwar ausgeschaltet, den Schlüssel jedoch aus Versehen auf die Zündposition gestellt hatte. Und als sie losfahren wollten, hatte der Starter nur ein paar würgende Geräusche von sich gegeben. Daraufhin hatten sie vergebens versucht, den Landcruiser durch den knöcheltiefen Sand die Uferböschung hinunterzuschieben. Nun packte Patrick Steine unter die hochgebockte Hinterachse und fluchte wie ein Kesselflicker, weil er keine Ersatzbatterie mitgenommen hatte. Doch warum musste die Batterie ausgerechnet jetzt den Geist aufgeben, wo Sarah und Jessica in Gefahr waren? Auf der anderen Seite: Was war in seinem Leben schon glatt über die Bühne gegangen? Nichts!

Patrick kurbelte den Wagenheber herunter, bis die Hinterachse auf der Steinmauer aufsaß. Die Räder schwebten eine Handbreit über dem Boden. »Das genügt«, sagte Erich mit ruhiger Stimme. Während Kondjoura und Erich ein Abschleppseil über die Lauffläche des rechten Hinterrads wickelten, stieg Patrick in die Kabine, schaltete die Zündung an und legte den dritten Gang ein. »Okay«, rief er.

Erich und Kondjoura packten das Ende des Seiles und zogen mit vereinten Kräften daran. Das Hinterrad wirbelte wie ein Kreisel durch die Luft, und als Patrick die Kupplung kommen ließ, machte der Landcruiser einen Satz nach vorn und blieb im Sand stecken.

»*Fock!*«, brüllte Patrick. Weil er versäumt hatte, den Vierradantrieb auszuschalten, hatten die Vorderräder in den Sand gegriffen und den Landcruiser von der Steinmauer heruntergerissen. Patrick wusste, dass er sich lächerlich machte, aber es war ihm egal. Fluchend stieg er aus und begann die Vorderräder mit Fußtritten und die Kühlerhaube mit Fausthieben zu bearbeiten.

»Trink einen Schluck«, sagte Erich.

Patrick fuhr herum und starrte ihn keuchend an. Sein Bruder hielt ihm eine mit grünem Filz überzogene Wasserflasche hin. Er wirkte völlig gelassen. Hinter ihm schleppte Kondjoura Steine zum Wagen. »Was ist mit euch los?«, zischte Patrick. »Ihr tut gerade so, als hielten wir hier ein Picknick ab.«

»Dein Gebrüll bringt uns auch nicht weiter«, konterte Erich.

»Dann fordere einen Hubschrauber an!«

»Ich will verhindern, dass die *Terries* nervös werden, verstehst du? Erst wenn wir wissen, wo sie stecken, können wir handeln.«

»Bis wir die Mauer wieder aufgerichtet haben, ist Sarah schon längst tot, Mann!«

Erich schnalzte tadelnd mit der Zunge.

»Ich wollte den Teufel nicht an die Wand malen, okay? Aber die Scheißkarre …«

»Machen wir uns an die Arbeit«, unterbrach ihn Erich. »Das lenkt ab.«

Es wurde eine lange Nacht. Erst nach dem fünfzehnten Versuch sprang der Landcruiser an. Doch anstatt auf die Ladefläche zu steigen, rollte Erich seinen Schlafsack aus.

»*Fock*«, entfuhr es Patrick. »Was machst du denn da?«

»Schlaft«, befahl Erich. »Und lasst die Finger vom Lichtschalter.«

Patrick saß unter dem Anabaum, hörte Erich im Schlaf wimmern, Kondjoura leise schnarchen und den Landcruiser im Leerlauf tuckern. Er wagte nicht, die Augen zu schließen, denn sobald er die Augen schloss, sah er Sarah und Jessica blutüberströmt am Boden liegen.

* * *

»*Otjihauto*«, sagte Kondjoura.

Erich riss das Gewehr hoch und blickte sich um, doch alles, was er sah, war ein Flussbett und dahinter eine holprige Piste, die steil und mit Felsbrocken übersät aus der Ebene hinausführte. »Wo?«, fragte er auf Ovambo.

Kondjoura hämmerte mit der Faust auf das Wagendach, und als der Landcruiser in einer Staubwolke hielt, sprang er von der Ladefläche und eilte ins Flussbett hinunter. Erich und Patrick folgten ihm dichtauf. »Da«, sagte Kondjoura und deutete auf die umherliegenden Steine, die ein Wagen umgepflügt hatte, als er von der Piste in das Flussbett abgebogen war.

»Tatsächlich«, murmelte Erich.

»Sieht aus, als sei der Trottel im Flussbett zur Onganga-Quelle gefahren«, vermutete Patrick.

»Welcher Trottel?«

»*Fock*, woher soll ich das wissen?«

»Spuren«, sagte Kondjoura.

»Wo?«

Kondjoura deutete mit dem Zeigefinger zwischen zwei Steine. Dort hatte die vordere Hälfte einer Sohle einen glatten Abdruck im Sand hinterlassen.

»Wie alt ist sie?«, erkundigte sich Erich.

»Nicht älter als einen Tag.«

»Himba?«, fragte Patrick.

Kondjoura schüttelte den Kopf.

»Ich fresse einen Besen, wenn das keine Sandalenspur ist«, beharrte Patrick.

Erich wandte sich an Kondjoura. »Kannst du der Spur nachgehen?«

Kondjoura runzelte die Stirn, dann schüttelte er abermals den Kopf.

»Schade«, murmelte Erich. »Jetzt hätten wir den Zhu/twasi gut gebrauchen können.«

»Er ist ins *Otjihauto* gestiegen«, erklärte Kondjoura. »Deshalb kann ich der Spur nicht folgen.«

»Ach so …« Erich scheuerte seine stoppelbärtige Wange mit der flachen Hand. »Aber den Autospuren könntest du folgen? Das wäre möglich, oder?«

Kondjoura hatte Mühe, ihn zu verstehen. Hinzu kam, dass ihn die Frage offenbar erstaunte. »Da sind sie doch«, sagte er und deutete das Flussbett hinunter.

Erich folgte dem ausgestreckten Zeigefinger mit den Augen. Er sah bloß ein mit Steinen gepflastertes Bett. Spurenlesen war nicht gerade seine Stärke. »Ich muss mich auf die Umgebung konzentrieren«, sagte er. »Und du«, er drehte sich zu Patrick um, »bleibst mit deiner Elefantenbüchse mindestens fünfzig Schritte hinter uns zurück, verstanden?«

»Du willst der Wagenspur doch nicht etwa zu Fuß folgen, oder?«

»Ich habe keine Lust, auf eine Landmine zu fahren.«

»Vielleicht sind sie das gar nicht. Vielleicht ist einer der Minister ...«

»Webster hat alle Minister aus dem Gebiet zurückgepfiffen.«

Patrick blickte ihn erschrocken an. »Wenn sie das sind, dann haben sie vielleicht unseren Wagen gehört«, flüsterte er.

»Ein Grund mehr, ihnen zu Fuß zu folgen«, sagte Erich. Er machte eine Kopfbewegung zu Kondjoura hin. »Klär ihn auf!«

Während Patrick leise auf Kondjoura einredete und sich fassungsloses Staunen auf dem Gesicht des Himba ausbreitete, ging Erich zum Landcruiser und begann seine Ausrüstung durchzusehen. Alles war an seinem Platz. Als er den Tornister über die Schultern geworfen und den mit Wasserflaschen, Patronentaschen und einer Pistole bestückten Gürtel umgeschnallt hatte, sprang er ein paarmal auf und ab, um sich zu vergewissern, dass nichts klapperte. Dann verknotete er ein grünes Schweißband in seinem Nacken, setzte den Schlapphut auf und ließ seine verräterisch glitzernde Uhr unter einem schwarzen Lederarmband verschwinden. Inzwischen waren Kondjoura und Patrick herangekommen. Sie sahen angespannt aus und hatten tausend Fragen auf den Lippen, doch ehe sie den Mund aufmachen konnten, erteilte Erich ihnen ein striktes Sprech- und Rauchverbot; anschließend übergab er Patrick das tragbare Sprechfunkgerät und befahl Kondjoura, sämtliche Wasserflaschen aus dem Zusatztank hinter der Blechverkleidung des Landcruisers aufzufüllen.

* * *

Sie fanden den beigen Dodge in einer Biegung des Trockenflusses. Sarah hatte den Lastwagen dicht an der ausgewaschenen Uferböschung unter einem Mopanebaum abgestellt. Er war aus der Luft nicht zu sehen, doch die Guerillas hatten ihn dennoch zusätzlich mit abgeschlagenen Zweigen getarnt und ihre Spuren sorgfältig verwischt.

Patrick wollte den Wagen näher untersuchen. Im letzten Moment hielt Erich ihn davon ab, die Fahrertür zu öffnen. »BOM-Z«, flüsterte er und zog Patrick aus der Gefahrenzone.

»Was für 'n Ding?«

»Eine Minenfalle. Sobald du die Tür aufmachst, kriegst du eine Ladung Schrapnell zwischen die Zähne.«

»O *Fock!*«

»Bleib in meiner Nähe und fass nichts an, hörst du?«

»Glaubst du, dass sie noch am Leben sind?«

Erich zuckte die Achseln, und Patrick beschlich das Gefühl, dass Sarah und Jessica seinem Bruder im Grunde genommen egal waren. Ihn interessierten lediglich die Guerillas. Doch sie mussten sich beide gedulden, denn eine weitere Stunde verstrich, ehe Kondjoura auf den geriffelten Abdruck einer Gummisohle stieß. Die Stiefelspitze zeigte nach Norden.

Kondjoura führte Erich und Patrick querfeldein auf die Piste zurück und dahinter in die hügelige, mit Mopanegestrüpp bewachsene Flussebene hinaus. Sie bewegten sich in einer breitgefächerten Formation voran, und einen Kilometer weiter entdeckte Patrick die Stelle, an der die Guerillas es aufgegeben hatten, ihre Spuren zu verwischen.

Patrick winkte die anderen zu sich heran, dann ging er in die Hocke, stützte sich auf seine Elefantenbüchse und betrachtete die Spuren, die sich deutlich auf dem pulverisierten Lehmboden der Flussebene abzeichneten. Eine davon hatte Sarah hinterlassen. Er tippte auf die glatte Sandalenspur. Zögernd neigte er sich vor und berührte den Abdruck. Er fühlte sich warm an.

»Für Elitesoldaten sind sie ganz schön leichtsinnig«, sagte Erich, der lautlos hinter ihn getreten war.

»Es war dunkel, als sie hier ankamen«, widersprach Kondjoura und wies auf die Spuren, die schlangenlinienförmig von ihnen wegführten. »Sie konnten kaum sehen, wo sie hintraten.«

»Dann können sie in der vergangenen Nacht nicht weit gekommen sein«, vermutete Erich. Und so war es:

Kurz darauf entdeckten sie drei leere, achtlos fortgeworfene Konservendosen, und unter dem Mopanebaum, der ganz in der Nähe stand, war das welke Laub zertrampelt worden. »Hier haben sie übernachtet«, sagte Kondjoura.

»Das sehe ich auch«, entgegnete Erich, »aber was sagen dir die Spuren der Männer?«

»Sie tragen beide große Stiefel, doch der eine ist ein schmächtiger Mann. Sieh«, Kondjoura deutete auf einen geriffelten Sohlenabdruck, »seine Spuren pressen sich nicht so tief in den trocknen Lehm wie die des großen Mannes.«

»Vielleicht trägt der eine etwas Schweres?«

»Sie schleppen beide schwere Sachen auf dem Rücken. Deshalb stemmen sie bei jedem Schritt ihre Hacken in den Boden.«

»Und die anderen beiden?«

»Ein Kind und vermutlich eine Frau. Sie weiß nicht, wie man sich im Busch bewegt. Sie stolpert oft«, fügte Kondjoura erklärend hinzu.

»Aber die Männer kennen sich in der Wildnis aus?«

Kondjoura schüttelte den Kopf. »Nur der Große. Aber er war noch nie in dieser Gegend gewesen.«

»Woher willst du das wissen?«

»Die Frau führt die Gruppe an«, erklärte Kondjoura. »Und der Kleine stammt wahrscheinlich aus einer Siedlung, denn er folgt dem Großen wie ein Hund.«

»Wo, glaubst du, wird die Frau den Großen hinführen?«

»Zum Hoarusib«, sagte Kondjoura. »Ihre Füße zeigen in die Richtung des Wassers.«

»In die Richtung, aus der wir heute Morgen gekommen sind«, stieß Patrick hervor. »*Fock*, wenn sie unseren Wagen gehört haben, sind Sarah und die Kleine verloren.«

Erich umklammerte die beiden Handgranaten, die vorn an den Tragriemen seines Tornisters baumelten, und starrte über die wellige, von ausgespülten Gräben durchzogene Ebene. Irgendwo dort draußen in der hitzeflimmernden Weite waren sie.

Patrick bemerkte, wie in seinem Bruder eine Veränderung vorging: Erich begann schneller zu atmen, die Knöchel seiner Hände traten weiß hervor, und als er ihm das Gesicht zuwandte, schimmerte in seinen Augen ein fiebriger Glanz. »Sag Kondjoura, dass er nach Stolperdrähten Ausschau halten soll.«

»Nach was?«

»BOM-Z«, sagte Erich.

»Was? Hier auch?«

»Halt dich im Hintergrund und mach dir keine Sorgen, Bruderherz. Ich hole Sarah und die Kleine da raus, das verspreche ich dir.«

Patrick nickte, obwohl er nicht mehr daran glaubte, denn wenn sie den Landcruiser gehört hatten, dann ... Er presste den Daumen und Zeigefinger auf seine Augenlider, als könnte er so die schrecklichen Bilder, die in ihm hochgestiegen waren, zurückdrängen. Aber es gelang ihm nicht.

138

Ngaturipure hockte in der Dolomitgrotte, die er als Gemeinschaftsplatz auserwählt hatte. Rijamekee, Vejaruka und seine Gefährtin schliefen zwanzig Schritte von ihm entfernt unter einem vorspringenden Felsen, und nebenan ruhten die Ziegen in einer kleineren Grotte, die Ngaturipure zum Schutz gegen Raubtiere mit aufgeschichteten Mopanezweigen verriegelt hatte.

Ngaturipure fand keinen Schlaf. Er kauerte am Feuer, lauschte dem Flüstern des Windes, der über die Flussebene strich, und dachte daran, dass fast alles, was die Ngambwe geträumt hatten, eingetroffen war: Die Dürre hatte die Steppe verwüstet, Weiße waren in das Kaokoland geströmt, und er war zu einem Schattenjäger geworden. Es schien, als hätte er erst alles verlieren müssen, ehe sich die Dinge zum Guten gewendet hatten: Das Ahnenfeuer brannte, Rijamekee und Ondjandje waren zu ihm zurückgekehrt und hatten begonnen, am Fuße des Abhangs neue Hütten zu errichten, damit sie sich nicht länger wie Eidechsen unter Steinen verkriechen mussten, und die Dämonen hatten ihm sechs Ziegen versprochen ... Aber Ngaturipure fragte sich, ob das Gute letztlich nicht doch nur eine Tarnung des Bösen war, denn Ondjandje hatte Rijamekee entführt, Vejaruka war der Sohn des Mannes, dessen Esel Ondjandje zum weißen Heiler getragen hatte, Kondjoura arbeitete für die Dämonen, und tags zuvor waren Wolken über den Himmel gesegelt. Versprachen sie Regen? Oder war das ein Zeichen, dass die Ahnen in ihren Gräbern ertrinken würden, wenn er Vejaruka nicht verstieß, Rijamekee nach Okongwati zurückschickte und die Ziegen der Dämonen verschmähte?

Ngaturipure stützte die Ellenbogen auf die Knie und verbarg sein Gesicht in den Händen. Als die Sonne aufgegangen war, hatte er die Ahnen am heiligen Feuer um Rat gefragt. Und zum ersten Mal seit langer Zeit hatte er wieder das Gefühl gehabt, dass sein verstorbener Vater ihn erhört hatte. Die Gewissheit war immer noch da, so wie er plötzlich intuitiv wusste, dass er nicht allein war. Er zog die Hände an seinem Gesicht herunter und sah einen Mann vor der Grotte stehen. Im ersten Moment glaubte er, einer von Uasutas Söhnen sei aufgetaucht, doch der Mann, der dort im dunklen Grotteneingang stand, trug einen schwarzen Mantel, und die Mündung der AK-47, die er in den Händen hielt, war auf Ngaturipures Brust gerichtet. Er ließ die Hand, mit der er nach seinem Holzspeer hatte greifen wollen, langsam sinken und begrüßte den Fremden, indem er ihn fragte, ob es für ihn Abend geworden sei.

»Wenn einer aus deiner Familie mir Ärger macht, bringe ich dich um«, antwortete der Mann.

Obwohl der Fremde jedes Wort betonte, hatte Ngaturipure Mühe, ihn zu verstehen. Der Mann war ein Ovambo, und Ngaturipure hatte ihn noch nie zuvor gesehen. Was hatte der Fremde im Hoarusib verloren? Ngaturipures Blick wurde magisch von der AK-47 angezogen. Hatten der Blinde und Uasuta ihn geschickt, oder war er hinter Nashörnern her? Ngaturipure kehrte seine Handflächen nach außen, um dem Fremden zu zeigen, dass er unbewaffnet war, und forderte ihn auf, am Feuer Platz zu nehmen.

Der Ovambo machte einen Schritt, blieb dann verunsichert stehen und blickte zum überhängenden Felsen hinüber.

»Sie schlafen«, beruhigte ihn Ngaturipure. Der Mann hatte sie beobachtet, so viel stand fest. Doch was wollte er? Ngaturipure überlegte, ob er dem Fremden gegrilltes Ziegenfleisch anbieten sollte. Weder er noch die anderen hatten es angerührt. Es lag noch immer in einem ausgehöhlten Felsen hinter der Grotte. Ngaturipure verwarf den Gedanken jedoch wieder, denn wenn Uasuta den Mann geschickt hatte, würde er wohl kaum Ziegenfleisch essen wollen …

Der Ovambo trat in den flackernden Lichtkreis des Feuers, setzte sich flach auf den Boden und streckte ächzend die Beine aus. Seine Stiefel waren schlammverkrustet, und Ngaturipure bemerkte, dass die Füße des Mannes unkontrolliert zuckten.

»Hast du Durst?«, fragte Ngaturipure.

Der Fremde schüttelte den Kopf. Er war erschöpft und sah elend aus. »Sind dir im Hoarusib Soldaten begegnet?«, fragte er, während seine Augen ziellos durch die Grotte irrten.

»Ja«, sagte Ngaturipure.

Die Neuigkeit erschreckte den Fremden. Er verzog das Gesicht, als hätte er Schmerzen. »Wie viele waren es?«, wollte er wissen, und Ngaturipure ahnte, wen er vor sich hatte.

»Nur einer«, sagte er hastig und hob einen Zeigefinger.

»Hat er nach mir gefragt?«

»Nein, er hat meine Ziege getötet.«

Der Fremde lehnte sich an die Grottenwand und wirkte dadurch entspannter, obgleich seine Füße noch immer zuckten. Er wollte so schnell wie möglich fort. »Wo ist er?«

»Er und ein anderer Weißer sind heute Morgen mit ihrem *Otjihauto* nach Opuwo gefahren.«

»Haben sie dir das gesagt?«

»Sie werden in sieben Tagen zurückkommen, denn sie schulden mir sechs Ziegen für die eine, die sie geschlachtet haben.«

Der Fremde gönnte sich ein schwaches Lächeln, das seine Augen jedoch nicht erreichte. Sein argwöhnischer Blick blieb unverwandt auf Ngaturipures Gesicht kleben. »Was hat die Weißen zu dir geführt?«, fragte er.

Uasuta hatte Ngaturipure damals erzählt, dass Guerillas sein Ahnenfeuer gelöscht und sein Vieh fortgetrieben hatten. »Sie sind hinter Wilddieben her«, sagte er deshalb und fügte erklärend hinzu: »Denn die Dämonen lieben die Nashörner mehr als die Himba ihre Rinder.«

Der Fremde starrte ihn an. Ngaturipure hielt dem Blick stand und achtete darauf, dass seine Wimpern nicht flatterten und seine aufkeimende Furcht verrieten. »Sie sind nicht hinter Wilddieben her«, behauptete der Fremde unvermittelt.

Ngaturipure tat erstaunt. »Nicht?«

»Nein«, beharrte der Fremde. Er zögerte einen Augenblick, dann sagte er: »Sie sind hinter mir her, weil ich zwei Dämonen getötet habe.«

»Du hast sie getötet?«, stieß Ngaturipure mit aufgerissenen Augen hervor.

Der Fremde nickte. »Ich bin auf dem Weg zum Kunene, aber ich werde so lange wiederkommen, bis ich das Land von den Dämonen befreit habe.« Die Worte gaben ihm Kraft. Er stand auf und blickte mit leuchtenden Augen auf Ngaturipure herab. »Ich werde sie ins Meer treiben, jeden Einzelnen.«

Ngaturipure erwiderte den Blick mit grenzenloser Bewunderung. Wie oft hatte er die Dämonen in seinen Wunschträumen erschlagen? Er hatte jedoch nichts weiter getan, als in ohnmächtiger Wut die Fäuste zu ballen. Aber der Fremde hatte zugeschlagen. Davon war Ngaturipure überzeugt, denn die Augen des Fremden erinnerten ihn an eine todbringende Kobra.

»Was wirst du dem weißen Soldaten sagen, wenn er in sieben Tagen zurückkommt?«, fragte der Ovambo.

»Nichts«, beteuerte Ngaturipure.

»Doch«, erwiderte der Fremde. »Du wirst ihm sagen, dass ich am Kunene auf ihn warte.«

* * *

Kurz nach Sonnenuntergang waren Wolken von Moskitos aus den Sümpfen gestiegen und über die kleine Gruppe am Ufer des Hoarusib hergefallen. Jetzt strich ein böiger Wind raschelnd durch das Schilf, und das Summen der Moskitos war verstummt. Doch die winzigen Stichwunden, die sie auf Sarahs Haut hinterlassen hatten, juckten, und sie konnte sich nicht kratzen, weil der Guerilla ihr die Hände hinter dem Rücken gefesselt hatte. Auch ihre Füße waren mit Bast zusammengebunden. Sie robbte seitwärts an Jessica heran und versuchte, das Kind mit ihrem Körper vor den Staubfontänen zu schützen, die der Wind aus dem Lehmboden riss. Jessica schlief, und trotz des Juckreizes konnte Sarah ihre Augen kaum aufhalten, denn sie waren im Laufschritt nach Norden marschiert, und Sarah hatte Jessica den größten Teil des Tages auf den Schultern durch die hitzeflimmernde Flussebene getragen, weil das Kind sonst zusammengebrochen wäre und der Guerilla sie womöglich erschossen hätte. Er war nervös.

Sie hatten am Morgen das Auto gehört, und später waren sie unter dem Anabaum auf Stiefelspuren gestoßen. Bange Minuten, die sich für Sarah wie eine Ewigkeit angefühlt hatten, waren verstrichen, ehe es ihr gelungen war, den Guerilla davon zu überzeugen, dass keine *Makakunya*, sondern Beamte unter dem Baum gerastet hatten. Und die ganze Zeit über waren die AK-47 und die glanzlosen Augen des Guerillas auf sie gerichtet gewesen. Er traute ihr nicht, und sie musste die Zeit nutzen, die ihr allein mit Paulus verblieb, denn der Guerilla war zu der fernen Grotte aufgebrochen. Was, wenn die Himba dort oben Soldaten gesehen hatten oder sich dazu bereit erklärten, den Guerilla aus dem Hoarusib herauszuführen? Dann wären Jessica und Sarah überflüssig und so gut wie tot.

Sarah hob den Kopf aus dem Ufersand und blickte zu Paulus hinüber, der am Stamm einer Makalanipalme lehnte. Sein Kinn ruhte auf der Brust. Er war eingenickt.

»Paulus«, rief sie leise. Jessica bewegte sich, und Paulus riss erschrocken den Kopf hoch. »Ich will nicht, dass meiner Tochter etwas zustößt«, flüsterte sie.

»Schlaf«, antwortete er, doch das Wort hielt sie wach. Sie lauschten dem Rascheln des Schilfes, bis Paulus plötzlich fragte: »War Esme schon lange auf der Farm?«

Sarah nickte, dann fiel ihr ein, dass er es nicht sehen konnte, und sie sagte in die Dunkelheit hinein: »Seit meine Eltern vor knapp zwei Jahren aus Kapstadt zurückgekommen sind. Davor hat Esme in einem Altersheim gearbeitet.«

»Sie hätte dort bleiben sollen.«

»Du hättest auch in Windhoek bleiben sollen.«

»Baas Hillmann hat mir keine Arbeit gegeben, und ich wollte nicht noch einmal für einen *Ekakunya* den Rasen mähen, während meine Brüder für den Freiheitskampf sterben.«

Sarah wusste nicht, was sie darauf antworten sollte. Sie schwiegen eine Weile, dann fragte Paulus: »Kennst du ihn?«

»Wen?«

»Ihren Freund. Sie war schwanger.«

»Ach so ...« Sarah überlegte, ob sie ihm die Wahrheit sagen sollte. »Nein«, behauptete sie. »Esme muss ihn in Windhoek kennengelernt haben, als sie ihre Mutter besucht hat. Aber sie hat nie aufgehört, dich zu lieben.«

»Das ist nicht wahr.«

»Doch!«

»Warum ist sie dann nicht zurückgekommen? Sie wusste, wo sie mich finden würde.«

»Deine Eltern haben sie fortgeschickt.«

Paulus bewegte sich. Seine Jacke schabte über den rissigen Stamm der Palme. »Hat sie dir das gesagt?«

»Ja.« Sarah vernahm einen gequälten Laut, der tief aus Paulus' Brust kam. »Es tut mir Leid«, sagte sie.

»Wo ist Kleinbaas Patrick?«, fragte Paulus mit heiserer Stimme.

»Er ist ein Naturschutzbeamter.« Nach kurzem Zögern fügte sie hinzu, dass er im Kaokoland arbeitete.

»War er es, der heute Morgen weggefahren ist?«

»Ich weiß es nicht. Vielleicht.«

»Es muss hart für dich gewesen sein, ihn zu hören und doch zu wissen, dass er dir nicht helfen kann.«

»Nein, zum ersten Mal in meinem Leben bin ich froh, dass er mir nicht zu Hilfe geeilt ist, denn dein Freund hätte ihn umgebracht.«

»Er ist nicht mein Freund.«

»Wie bist du an ihn gekommen?«, fragte Sarah und deutete mit dem Kinn zum Feuer hin, das wie ein ferner Stern im Eingang der Grotte schimmerte.

»Johannes ist mein Bruder.«

»O Gott!«, stieß Sarah so laut hervor, dass Jessica sich im Halbschlaf die Ohren zuhielt, wie sie es den Tag über immer wieder getan hatte, sobald die Stimme des Guerillas erklungen war.

»Lass uns frei, Paulus«, flehte Sarah ihn an.

»Wenn ich euch freilasse, wird mein Bruder mich umbringen.«

»Komm mit. Ich werde mich für dich einsetzen. Dir wird nichts geschehen. Das verspreche ich dir.«

»Ich kann nicht in das Ovamboland zurückkehren, Kleinmissus. Wenn die Soldaten mich nicht töten, werden es die Freiheitskämpfer tun.«

»Du darfst nicht zulassen, dass dein Bruder Jessica erschießt, Paulus. Sie ist unschuldig.«

»Esme war auch unschuldig.«

»Was haben Jessica und ich dir angetan, Paulus? Was hat Patrick dir angetan?«

»Eure Väter haben mein Leben zerstört.«

»Mein Vater ist tot! Genügt dir das nicht?«

»Schlaf«, zischte Paulus. Aber das Wort hielt sie wach.

139

Das grüne Band des Hoarusib tanzte vor Patricks Augen, sein Herz raste, seine Lunge keuchte, und seine Stiefel hämmerten auf den Lehmboden der Flussebene.

Patrick hatte geglaubt, dass er in guter Kondition sei. Nun musste er sich eingestehen, dass er keinen Tag länger mit Erich und Kondjoura würde Schritt halten können: Die beiden Männer liefen in einem ausdauernden Trott vor ihm her. Jede halbe Stunde legten sie eine kurze Verschnaufpause ein, um sich zu vergewissern, dass die Spuren noch immer zum Hoarusib hinunterführten.

Und kaum hatte Patrick sie eingeholt, da trabten sie auch schon wieder los.

Patrick verfluchte seinen Bruder, Kondjoura, die Hitze, das Gewicht der Elefantenbüchse, das Sprechfunkgerät, die Guerillas und jede Zigarette, die er in seinem Leben geraucht hatte. Er achtete nicht mehr auf Stolperdrähte, er nutzte keine Deckung mehr aus, er hielt sich nur noch mit den Augen an den beiden Gestalten fest, die leichtfüßig hundert, manchmal auch zweihundert Schritte vor ihm herliefen. Und alles, was ihn auf den Beinen hielt, war seine Sorge um Sarah und das kleine Mädchen.

* * *

Als Erich am späten Nachmittag einen geriffelten Sohlenabdruck auf der Wagenspur entdeckte, die der Landcruiser im Morgengrauen hinterlassen hatte, blieb er stehen und wischte sich mit einem Hemdsärmel den Schweiß aus seinem Gesicht. Scheiße, dachte er. Denn die Stiefelspur führte geradewegs von ihm weg zu dem Anabaum hin, unter dem sie tags zuvor gerastet hatten.

Er wandte sich zu seinem Bruder um, der humpelnd herankam, und legte mahnend einen Zeigefinger auf die Lippen. Patrick schien am Ende seiner Kräfte zu sein: Er keuchte, seine Augen waren glasig, und weißer, verkrusteter Schaum nistete in seinen Mundwinkeln. »Was ist?«, japste er.

»Die *Terries* haben unseren Lagerplatz gefunden«, wisperte Erich.

Patrick starrte ihn entsetzt an.

»Wir müssen einen Bogen schlagen. Ich nehme an, dass sie den Platz vermint haben.«

»Aber was ist, wenn Sarah ...«

»Wir können im Moment nichts für sie tun«, schnitt ihm Erich das Wort ab, und ehe sein Bruder ein weiteres Argument hervorbringen konnte, reichte er ihm eine Wasserflasche und ging zu Kondjoura hinüber, der zwanzig Schritte neben der Wagenspur am Boden hockte und die anderen Abdrücke untersuchte.

Der Overall klebte schweißgetränkt an Kondjouras Rücken, aber der Wilde hat sich gut gehalten, fand Erich; jedenfalls besser als das Weichei, das mit würgenden Schlucken die Wasserflasche leerte. Und was seine Fähigkeit als Spurenleser anging, so konnte der Himba es ohne weiteres mit dem Zhu/twasi aufnehmen. Das kommt wohl daher, dass er sein Leben lang hinter irgendwelchen Viechern hergelatscht ist, vermutete Erich. Er legte Kondjoura eine Hand auf die Schulter. Der Himba zuckte unter der Berührung zusammen. Erich nahm die Hand rasch wieder fort. »Was sagen dir die Spuren?«, fragte er im Flüsterton.

»Sie sind müde.«

Erich nickte. »Und?«

»Mein Vater hat euch gesehen«, fuhr Kondjoura leise fort. »Wenn sie ihn danach fragen, wird er ihnen sagen, dass ihr nach Opuwo gefahren seid. Sie werden sich bald im Flussbett verkriechen und schlafen.«

»Vielleicht wollen sie nicht, dass dein Vater sie sieht.«

»Die Frau, die sie anführt, ist eine Weiße«, entgegnete Kondjoura. »Ihr vertrauen sie noch weniger als einem Himba.«

Der Wilde hatte Recht. Erich blickte sich um. Die Sonne war hinter den Bergen verschwunden. In einer Stunde würde es dunkel sein.

»Es ist sehr gefährlich, sich nachts im Schilf an bewaffnete Männer heranzuschleichen«, murmelte Kondjoura, als hätte er Erichs Gedanken erraten. »Soll ich zu meinem Vater gehen und ihn fragen, ob sie da waren?«

Erich zögerte einen Moment, dann schüttelte er den Kopf: Der Himba war ein Schwarzer, und er traute Schwarzen nicht.

»Was jetzt?«, fragte Patrick.

»Genug für heute«, erwiderte Erich.

140

Die bewundernden Blicke des Himba hatten sein Selbstvertrauen gestärkt, und er glaubte wieder daran, dass sie es schaffen würden: Die Dämonen waren auf dem Weg nach Opuwo! Dämonen ... Johannes lächelte. Die Bezeichnung gefiel ihm, denn Dämonen waren leichter zu töten als eine weiße Frau und ein Kind, das einen aus unschuldigen Augen anblickte.

Die Frau ging vor ihm her durch das Flussbett. Sie hinterließen deutliche Fußspuren, doch das war ihm egal. Die Ziegen des Himba würden sie zertrampeln. Johannes grinste, als er an den Himba dachte: Wenn jemand die Dämonen aus tiefstem Herzen hasste, dann war das der Himba. Schade, dass er ein Nomade war, sonst hätte er einen vorbildlichen Guerilla abgegeben ...

Die Frau trug das Kind wieder auf ihren Schultern. Johannes erinnerte sich daran, wie steif seine Glieder gewesen waren, als er in der Grotte erwacht war. Aber der Frau, die das Kind tags zuvor quer über die Ebene getragen hatte, merkte man ihren Muskelkater nicht an. Sie war eine ängstliche Mutter, die befürchtete, dass er das Kind erschießen würde, wenn es ihn aufhalten sollte. Johannes kannte sich mit Angst aus: Sie hatte ihn oftmals unmenschliche Strapazen überwinden lassen.

Johannes hatte insgeheim gehofft, dass sie während seiner Abwesenheit fliehen und Paulus gleich mitnehmen würde, doch als er zurückgekommen war, hatte sie noch immer mit gefesselten Hand- und Fußgelenken am Ufer gelegen. Dabei brauchte er sie nicht mehr, weder die Frau noch seinen trauernden Bruder, der mit verquollenen Augen und einem finsteren Gesicht hinter ihm her durch das Schilf stiefelte. Er musste sie irgendwie loswerden, alle drei, denn die Route zum Kunene, die ihm der Himba beschrieben hatte, war in seinem Gedächtnis eingebrannt, und sein Rucksack war erheblich leichter geworden. Bald würden ihnen die Konserven ausgehen, und irgendwann würde ihn die Frau doch aufhalten. Sie konnte das Kind unmöglich bis zum Kunene tragen. Nicht einmal er hätte es gekonnt. Bald, dachte er, wird sie keine Schmerzen und keine Angst mehr haben ...

Er überlegte, ob er Paulus einfach seinem Schicksal überlassen sollte. Sein *Commander* war Rekruten gegenüber sehr misstrauisch, vor allem, wenn sie jahrelang in Windhoek gearbeitet und später in der Nähe eines Dorfes gelebt hatten, in dem *Makakunya* stationiert waren. Er würde Paulus verhören, immer und immer wieder, bis Paulus keinerlei Geheimnisse mehr vor ihm hätte. Und Johannes war davon überzeugt, dass sein Bruder mehr Geheimnisse hatte, als für die gesamte Familie Natangwe gesund war. Aber Paulus hatte Papiere. Er könnte sich zu Fuß nach Kamanjab durchschlagen, dort eine Mitfahrgelegenheit finden und in Windhoek untertauchen.

Johannes fasste einen Entschluss: Er wollte sich von seinem Bruder trennen, sobald Paulus eingeschlafen war. Doch ehe er das tun konnte, musste er erst die Frau und das Kind beseitigen. Er durfte sie nicht gehen lassen. Die Frau kannte Paulus; sie würde ihn verraten. Und was würden der Himba und vor allem der Soldat von ihm denken, wenn sie erführen, dass Johannes Natangwe, der am Kunene auf den *Ekakunya* warten und alle Dämonen ins Meer treiben wollte, sich bei Nacht und Nebel aus dem Staub gemacht hatte?

Als sie sich weit genug von der Grotte entfernt hatten, dass kein Schuss zu hören wäre, entsicherte Johannes seine AK-47. Das leise Klicken des Hebels ließ die Frau zusammenzucken, und das Mädchen drehte sich auf den Schultern ihrer Mutter erschrocken nach ihm um.

»Was ist?«, fragte Paulus.

»Sie hat uns in ein Tal geführt, in dem es von *Makakunya* wimmelt«, erwiderte er mit ruhiger Stimme.

»Du kannst sie doch nicht einfach erschießen!«, jammerte Paulus. »Sie hat ein Kind!«

Johannes gab ihm keine Antwort. Er richtete den Gewehrlauf zwischen die Schulterblätter der Frau. Das Mädchen blickte ihn immer noch an. Dämonen, sagte er im Stillen vor sich hin, Dämonen. Doch ihr Blick zwang ihn schließlich, den Kopf zu heben, und dann verrieten ihm ihre Augen, dass sie Angst hatte, Todesangst. Aber die Augen des Kindes waren nicht auf ihn gerichtet, sondern blickten über ihn hinweg. Im selben Moment vernahm Johannes ein Klicken. Das Geräusch war identisch mit dem, das der Sicherungshebel seiner eigenen AK-47 verursacht hatte. Ein eisiges Kribbeln kroch ihm das Rückgrat hoch. »Paulus«, sagte er, »nimm dein Gewehr ...«

Ein Knall schnitt ihm das Wort ab, gleichzeitig verspürte er einen harten Schlag zwischen den Schultern und sah durch einen roten Sprühnebel, wie die Frau sich an den linken Arm fasste und mit dem Kind zu Boden stürzte.

141

Zum Abendbrot gab es für jeden eine Handvoll Haferflocken und Kekse, die wie Hundekuchen aussahen. Nachdem sie das karge Mahl mit Wasser hinuntergespült hatten, verkrochen sie sich unter drei verschiedenen Löwenbüschen, kuschelten sich in das welke Laub und versuchten, den Kopf auf die Arme gestützt, zu schlafen.

Patrick griff immer wieder an seine Brusttasche und tastete nach der von Schweiß aufgeweichten Zigarettenschachtel. Er sehnte sich nach einer Zigarette, gleichzeitig hatte er Angst, dass die Guerillas den Rauch riechen oder die Glut sehen könnten; außerdem vernahm er kein Gewimmer, und von Kondjoura war auch nichts zu hören. Und so hielt er sich eine Zigarette unter die Nase, atmete tief den würzigen Tabakgeruch ein und glitt irgendwann in einen unruhigen Schlaf, aus dem er vor Tagesanbruch jäh erwachte. Er blieb reglos liegen, denn ihm war gewesen, als hätte ihn jemand an der Schulter berührt.

»Patrick.«

Er hob langsam den Kopf. Sein Bruder kauerte vor dem Löwengebüsch. »Es geht los«, wisperte er.

Patrick konnte sich kaum rühren. Alles tat ihm weh, und seine Augen waren verquollen. Blinzelnd und mit zusammengebissenen Zähnen humpelte er hinter Erich und Kondjoura her durch die Dunkelheit. Die beiden Männer waren im schwachen Sternenlicht nur als schwarze Silhouetten zu erkennen. Ganz in der Nähe keckerte ein Lärmgecko, ansonsten war es so still, dass Patrick das Knirschen seiner eigenen Schritte in den Ohren schmerzte. Plötzlich fiel ihm ein, dass er die Zigarette unter dem Löwenbusch liegengelassen hatte, und er ärgerte sich, dass der Tag mit einer Unachtsamkeit begonnen hatte. Am liebsten wäre er umgekehrt und hätte die Zigarette aufgehoben, doch sein Bruder näherte sich zielstrebig dem Flussbett des Hoarusib, und Patrick atmete auf, als sie unbehelligt im Schilf untergetaucht waren.

Während sie warteten, dass die Sterne verblassten, füllten sie ihre Wasserflaschen auf, und Patrick wusch sein Gesicht in dem knöcheltiefen Bach, der wie schwarze Tinte murmelnd an ihnen vorüberfloss. Das Wasser war warm und fühlte sich so angenehm auf seiner Haut an wie die Hand, die sich tröstend auf seine Schulter legte. Dann neigte Erich sich zu ihm hinüber. »Heute erwischen wir sie«, flüsterte er ihm ins Ohr. »Ich spüre es.«

Patrick nickte. Er hatte das gleiche Gefühl. Allerdings erfüllte es ihn nicht mit Jagdfieber, sondern mit nagender Furcht, die ihm die Eingeweide zusammenschnürte. Er war sich fast sicher, dass Sarah und Jessica nicht mehr am Leben waren. Erst als sie sich im

Schutze des Schilfes vorangetastet hatten und drei Paar Spuren entdeckten, die vor dem verlassenen Lagerplatz die Uferböschung hinunter und in das Flussbett führten, schöpfte Patrick neue Hoffnung. Er konnte im Dämmerlicht die Steinmauer sehen, die sie unter dem verkrüppelten Anabaum errichtet hatten, um den Geländewagen wieder flottzumachen, und es kam ihm vor, als wäre inzwischen ein Jahr vergangen.

Kondjoura machte sich nicht die Mühe, die Spuren näher zu untersuchen. Wortlos führte er Patrick und Erich aus dem Riet heraus und folgte dem Flussbett dicht an der grünen, raschelnden Schilfwand entlang nach Norden. Im Osten rötete sich der wolkenlose Himmel, und die Luft, die den Abhang herabströmte, roch nach Staub. Patrick rechnete damit, dass die Sonne in einer Stunde über den Bergkamm steigen und die Flussebene in einen Glutofen verwandeln würde. Die Hitze würde erst am Nachmittag nachlassen, wenn der Westwind aufkäme und die kühle, lindernde Luft vom Atlantik herüberwehte. Patrick fragte sich, ob Sarah und Jessica dann in Sicherheit wären. Er wusste es nicht und verfluchte sich wieder einmal dafür, dass er zu eingeschüchtert gewesen war, um seinem Vater und Engelbrecht die Stirn zu bieten. An so vielen Dingen hatte er seiner Feigheit wegen nicht teilhaben können, so vieles war in die Brüche gegangen, aber es gab immer noch eine Menge Dinge, die er gern nachgeholt hätte, wenn Sarah und Jessica nicht …

Erich duckte sich. Sie waren auf die Makalanipalme gestoßen, unter der Sarah, Jessica und Paulus übernachtet hatten. Doch das konnte nicht einmal Kondjoura feststellen, denn der Lehmboden rund um die Palme herum war mit Ziegenspuren übersät.

»Das habe ich mir doch gleich gedacht«, wisperte Erich, und in seine Augen trat jener stumpfe Blick, der ihnen sagte, dass Erich Hillmann bereit war, über Leichen zu gehen. »Wo ist der Kral deines Vaters?«

Kondjoura machte mit dem Kinn eine Bewegung zur Grotte hin, die sich in der Ferne wie ein schwarzes, gähnendes Maul von der Flanke des Berges abhob.

»Bring mich zu ihm.«

Kondjoura schüttelte betrübt den Kopf. »Er wird mit den Ziegen unterwegs sein.«

Erich stürmte durch das Schilf auf die gegenüberliegende Uferseite. Auch dort war der Boden von Ziegenhufen zertrampelt worden. Ohne auf Patrick und Kondjoura zu warten, fiel Erich in einen ausdauernden Trott.

* * *

Als die Sonne aufging, trieb Ngaturipure seine Ziegen in das Flussbett hinunter, denn die Zeichen der Ahnen waren nie deutlicher gewesen: Sie hatten den Fremden zu ihm geführt, damit er sie im Kampf gegen die Dämonen unterstützte!

Es dauerte nicht lange, bis Ngaturipure die Spuren fand, die zielstrebig nach Norden führten. Eine der Spuren wirkte zierlich im Vergleich zu den klobigen Abdrücken, die der Fremde und sein Bruder hinterlassen hatten. Ngaturipure beugte sich über die Sandalenspur und pfiff leise durch die Zähne. Dass der Fremde zwei Dämonen getötet hatte, nun, daran hatte Ngaturipure nicht gezweifelt, aber als der Fremde ihm erzählt hatte, dass er und sein Bruder eine weiße Frau entführt hätten und sie in Angola gegen Waffen eintauschen wollten, da war Ngaturipure sich nicht sicher gewesen, ob der Ovambo die Wahrheit gesagt hatte. Doch dort, vor seinen Augen, hatte sich der Beweis tief in den weichen Lehmboden eingeprägt. Ngaturipures Bewunderung für den Fremden schlug in Hochachtung um.

Er trieb die Ziegen zur Makalanipalme, dann kehrte er um und lenkte sie mit Pfiffen und Schnalzlauten an der Schilfwand entlang nach Norden. Er nahm sich Zeit, denn er wollte seine Arbeit gründlich machen, damit die Dämonen, wenn sie in sieben Tagen zurückkehrten, nicht das geringste Anzeichen einer fremden Spur entdecken würden.

* * *

Erichs Gummisohlen verursachten kein Geräusch, als er wie ein Schatten hinter Ngaturipure auftauchte und ihm den Gewehrkolben zwischen die Schulterblätter rammte. Der Himba, der gemächlich seinen Ziegen gefolgt war, stürzte, vom Kolbenhieb völlig überrascht, auf die Knie. Erich verpasste ihm einen Fußtritt. Ngaturipure wälzte sich auf den Rücken und wollte, was immer ihn angefallen hatte, mit dem Hirtenstab abwehren, doch als er Erich erkannte, breitete sich fassungsloses Staunen auf seinem Gesicht aus. Erich nutzte den Überraschungsmoment aus, indem er Ngaturipure mit einem Stiefel am Boden festnagelte und ihm den Lauf der R5 an die Stirn hielt. Die Ziegen stürmten fluchtartig durch das Schilf.

»Wann waren sie hier?«, fragte Erich auf Ovambo.

Ngaturipure verstand ihn nicht, vielleicht war er auch zu perplex, um antworten zu können, und Patrick war so außer Atem, dass er nur keuchende Atemstöße hervorbrachte. Erich schob seinen Bruder beiseite und lockte Kondjoura, der stehengeblieben war, mit einem Zeigefinger. Zögernd setzte Kondjoura sich in Bewegung.

»Frag ihn, wann die Terroristen hier waren«, befahl Erich.

»Vater«, begann Kondjoura, »ich wollte ...«

Erich ließ seine Faust durch die Luft sausen. Sie verfehlte Kondjoura um Haaresbreite. »Wir haben keine Zeit zu verlieren«, sagte Erich in einem ruhigen Tonfall, der nicht zu dem fiebrigen Glanz seiner Augen passte. »Ich will wissen, wann die Terroristen hier waren.«

Kondjoura senkte den Kopf. »Wenn mein Vater dir das sagt, werden die Männer ihn töten.«

»Falsch«, dementierte Erich. »Wenn er mir das nicht sagt, werde ich ihn töten.«

»Frag ihn«, drängte Patrick.

Kondjoura öffnete widerstrebend den Mund. Da schüttelte Ngaturipure den Kopf. Erich nahm seinen Fuß von seiner Brust und trat ihm in die Rippen, einmal, zweimal; beim dritten Mal ertönte ein Knacken. Ngaturipure stöhnte auf.

»*Fock*«, entfuhr es Patrick, »du hast ihm die Knochen gebrochen.«

Erich ignorierte das Weichei. Er lud sein Gewehr durch, und als er die Mündung zwischen Ngaturipures Zähne schob, weiteten sich die Augen des Himba vor Entsetzen.

»Warte«, rief Kondjoura. »Sie waren heute Morgen hier!« Er war ein Stück vorgegangen und wies nun mit einer bebenden Hand auf die Spuren, die deutlich am Ufer eines Tümpels zu sehen waren.

»Schwein gehabt«, murmelte Erich. Er bückte sich und zog Ngaturipure an einem Arm hoch. Der Himba hielt sich mit der anderen Hand die Rippen. Er stand schmerzgekrümmt am Ufer und starrte Erich hasserfüllt an. »Sie warten am Kunene auf dich«, stieß er hervor.

»Wie bitte?« Erich legte den Kopf schief. »Was hast du gesagt?«
»Sie wollen die Frau gegen Waffen eintauschen, und dann werden sie zurückkommen und dich holen. Das soll ich dir sagen, Ekakunya.«
Der kurze Lauf der R5 riss Ngaturipure von den Beinen. Er landete auf dem Rücken, und Patrick hörte, wie dem Himba der Atem aus der Lunge gepresst wurde. »Lass ihn«, flehte er. »Du bringst ihn noch um.«
»Steh auf!«
»Was hast du mit ihm vor?«
»Er soll vorangehen.«
»Das können wir nicht machen, Erich!«
»Wieso nicht? Die Terroristen sind doch seine Freunde. Und auf Freunde schießt man nicht.«

* * *

Beim Anblick des frisch aufgeworfenen Erdhügels verlor Patrick jegliche Hoffnung. Er verlor sie von einer Sekunde zur anderen, denn die Stelle, an der die Guerillas die steile Uferböschung zum Einsturz gebracht hatten, lag in der prallen Sonne, und unter der lieblos festgestampften Erde verbarg sich ein zwei Meter langes und ein Meter breites Grab.

Patrick ging in die Hocke, lehnte sich mit dem Rücken an die Uferböschung und begann am ganzen Körper zu zittern. Erich hatte Recht: Die *Terries* waren gefühllose, blutrünstige Monster. Man musste sie töten, töten, töten! Er konnte sich nicht erklären, warum er bis zuletzt gehofft hatte, dass sie Sarah und Jessica verschonen würden. Denn sie hatten Elsie kaltblütig im Bett erschossen und Esme wie ein verendetes Tier neben dem Zaun liegengelassen, und der einzige Grund, weshalb sie Sarah und Jessica verscharrt hatten, war der, dass sie die Aasgeier für ein paar Tage fernhalten wollten.

Patrick schloss die Augen. Er war nicht imstande, mit anzusehen, wie Erich das Grab auf Minenfallen untersuchte. Allein bei dem Gedanken, dass um Jessicas Handgelenk ein Draht gewickelt sein könnte, wurde ihm übel vor Grauen. Gleichzeitig schoss mörderischer Hass in ihm hoch. Er wollte aufspringen, hinter den Ungeheuern herrennen und sie mit seiner Elefantenbüchse niederstrecken wie tollwütige Schakale.

Ngaturipure stöhnte plötzlich auf, dann sagte Erich: »Das gibt's doch nicht.«

Patrick kniff die Augen fest zusammen. Sie haben die Leichen verstümmelt, dachte er, die Schweine haben Sarah ...

»Es ist der Große!«, rief Kondjoura.

Patrick riss die Augen auf und sah zwischen den gespreizten Beinen seines Bruders hindurch das Gesicht eines Mannes aus den Erdkrumen ragen, dessen Züge nicht entspannt, sondern zu einer Grimasse verzerrt waren. Patrick stieß sich von der Böschung ab und machte einen tolpatschigen Schritt auf seinen Bruder zu, ehe er stehenblieb und fassungslos den Kopf schüttelte. »W-was ist passiert?«

Erich blicke über die Schulter. »Also, das verstehe ich nicht«, sagte er. »Die *Terries* legen sich gegenseitig um.«

»Und Sarah? Was ist mit Sarah und Jessica?«

»Sie scheinen in Ordnung zu sein.«

Aber dem war nicht so: Kondjoura fand Blutspuren, die in das Schilf hineinführten. »Die Frau und das Kind sind gerannt«, murmelte er. Ihre Spuren führten in einem Bogen wieder aus dem Schilf heraus und vermengten sich fünfzig Schritte weiter mit den Spuren des schmächtigen Guerillas. »Hier haben sie gekämpft«, sagte Kondjoura und wies auf eine Stelle, an der das Ufer zu beiden Seiten eines Rinnsals aufgewühlt war. »Sie wollten fliehen, doch der Kleine hat sie eingeholt.«

»Ich verstehe das immer noch nicht«, murmelte Erich.

»Sarah lebt«, sagte Patrick. Alles andere war ihm egal.

»Ist die Frau schwer verwundet?«, fragte Erich.

Kondjoura zuckte die Achseln. »Sie kann gehen«, erwiderte er, und Patrick spürte, wie erneut Zweifel in ihm aufstiegen: Hatte der Guerilla Medikamente dabei? Was, wenn die Wunde sich entzündete?

Erich stieß Ngaturipure mit der Stiefelspitze an. Der Himba war am Grab zurückgeblieben und hatte Erde auf das Gesicht des toten Guerillas gehäuft. »Vorwärts«, sagte Erich. »Wir haben schon genug Zeit vergeudet.«

142

Etwas hatte sich plötzlich in seinem Kopf entladen, wie ein Blitz, der ihn für einen Moment geblendet hatte, ehe er wieder klar sehen konnte, und obwohl er sich nicht daran erinnerte, auf den Abzug gedrückt zu haben, wusste er, dass etwas Unwiderrufliches geschehen war, etwas Grauenvolles, das ihn begleitete, immer begleiten würde, egal wie schnell und weit er floh. Doch Esme war nicht die Ursache seiner panischen Flucht. Die Ursache rannte strauchelnd vor ihm her, mit einem blutigen Arm und einem Kind, das sich die Ohren zuhielt ... Er wälzt sich mit ihr im Schlamm. Sie ist stark, doch sie kann ihren linken Arm nicht gebrauchen. Es gelingt ihm, sie an den Haaren zu packen und durch das Schilf zu zerren. Sie schreit und weint zugleich ... Er bringt mit dem Gewehrkolben die Uferböschung zum Einsturz und sieht, wie die herabpolternden Erdklumpen seinen Bruder zudecken. Johannes, der auf dem Rücken liegt und mit glasigen Augen und verzerrtem Gesicht in die Sonne blickt ... Sie tritt schluchzend das Erdreich fest. Ihm ist, als würde sie auf dem Grab tanzen, und er muss an sich halten, dass er sie nicht erschießt. Den Kopf seines Bruders schaufelt er mit den Händen zu und glättet behutsam die Erde über dem verzerrten Gesicht ... Sie reißt einen Streifen aus ihrem schlammbesudelten T-Shirt und verknotet ihn mit Hilfe einer Hand und ihren Zähnen über der Schusswunde an ihrem linken Oberarm. Im Nu färbt sich der schmale Streifen rot von ihrem Blut. Und das kleine Mädchen sieht ihn an, wie es Johannes angesehen hat: mit großen, angstvollen Augen ... Er schleudert den Rucksack mit den zerschossenen Konservendosen ins Schilf. Er weiß, dass er nie wieder etwas essen wird ... Sie redet auf ihn ein, will ihn zur Umkehr bewegen. Sie begreift nicht, dass für ihn kein Weg aus der Finsternis herausführt ... Er rollte sich schlaftrunken auf die Seite, und – *eijee* – er wünschte, die Kugel, die Johannes durchbohrt und ihr den Oberarm aufgerissen hatte, wäre ihr ins Herz gedrungen ...

* * *

Sarah versuchte zu schlafen, doch die Schmerzen hielten sie wach; die Schmerzen und die furchteinflößende Gewissheit, dass

Paulus kein Ziel vor Augen hatte. Er war unberechenbar – sie hatte das Gefühl, dass er vor seinem eigenen Schatten floh –, und er hasste sie, weil sie lebte und Esme und Johannes tot waren.

Sarah fragte sich, wo die Hubschrauber blieben. Suchte die Armee im Norden nach ihnen? Oder hatten Althagens noch gar nicht mitgekriegt, was auf Makalani vorgefallen war? Während Sarah mit gefesselten Händen und Füßen am Rande einer Schilfinsel auf dem salzverkrusteten Lehmboden lag und die Nachmittagssonne schräg auf sie herabfiel, musste sie unwillkürlich an Esme und die Hunde denken, die auf dem Hof zusammengebrochen waren: Hitze, Schmeißfliegen, Ameisen und ... Geier, durchfuhr es sie. Althagens mussten doch die Geier bemerkt haben!

Obwohl Sarah sich dagegen wehrte, drängte sich ihr wieder die Frage auf, was mit ihrem Vater geschehen war. Sie hatte ihn nirgendwo liegen sehen. Hatte die Granate ihn ... Sarah presste die Lippen zusammen und sah vor ihrem geistigen Auge, wie Elsie lächelnd im kühlen Schatten des Schlafzimmers ruhte, glücklich darüber, dass es draußen gedonnert hatte und der Regen bald kommen würde.

Paulus murmelte etwas Unverständliches. Sarah wandte den Kopf nach hinten und sah ihn mit geschlossenen Augen an einem Erdbuckel lehnen. Paulus schlief! Das Gewehr lag auf seinem Schoß. Er hielt die Waffe mit einer Hand fest, die andere hatte er unter seinen Nacken geschoben.

Sarah stieß Jessica, die vor ihr auf der Seite lag, mit dem Kopf an. Jessica rührte sich nicht. Daraufhin rückte Sarah näher an ihre Tochter heran und flüsterte ihr ins Ohr: »Jessy, wach auf.«

Jessica stöhnte, und Paulus bewegte sich. Der Schatten einer Palme fiel jetzt quer über sein schweißnasses Gesicht.

Sarah wartete mit pochendem Herzen ab, bis Paulus ruhig und gleichmäßig atmete, dann stieß sie abermals ihre Tochter mit dem Kopf an. Diesmal begannen Jessicas Augenlider zu flattern. »Jessy«, zischte Sarah. Ihre Tochter öffnete die Augen und blickte sich verwirrt um. »Bleib still liegen«, wisperte Sarah. »Und hör mir gut zu.«

Jessica nickte. Ihre Augen waren unverwandt auf Sarahs spröde Lippen gerichtet.

»Steig über mich hinweg«, flüsterte Sarah, »leg dich hinter meinen Rücken und binde meine Hände los. Aber nimm dir Zeit und sei vor allem leise, damit Paulus nicht aufwacht, okay?«

Jessica schüttelte den Kopf. Ihr kleines Gesicht war schmutzig und von der Sonne verbrannt.

»Du brauchst keine Angst zu haben«, flüsterte Sarah. »Wenn Paulus aufwacht, tust du einfach so, als würdest du schlafen.« Sarah brachte ein mattes Lächeln zustande. »Geh jetzt, mein Schatz.«

Widerwillig kroch das Kind über sie hinweg, und Sarah musste die Zähne zusammenbeißen. Die Wunde an ihrem Oberarm brannte wie Feuer. Kurz darauf spürte Sarah ein Zupfen an ihren Handgelenken. Sie behielt Paulus im Auge, vermied es aber, ihm direkt ins Gesicht zu sehen, aus Angst, dass ihr bezwingender Blick ihn wecken könnte.

Als ihre Handgelenke sich voneinander lösten, zog sie die Beine an und nestelte an dem Bastknoten zwischen ihren Fußgelenken herum. Sie konnte ihren linken Arm kaum bewegen. Die Finger ihrer rechten Hand rupften und zerrten an dem Knoten, während sie den Kopf wendete und mit eindringlicher Stimme flüsterte: »Steh auf, Jessy, und geh langsam durch das Schilf. Sobald du auf der anderen Seite bist, rennst du in diese Richtung.« Sie hielt kurz inne und streckte einen Zeigefinger nach Norden aus. »Wenn du nicht mehr weiterkannst, versteckst du dich im Schilf und wartest auf mich. Rühr dich nicht von der Stelle, bis du mich kommen siehst, verstanden?«

Jessica schmiegte sich an ihren Rücken. Sie wollte nicht gehen. Sie spürte, dass ihre Mutter Angst hatte.

»Tu, was ich dir gesagt habe«, zischte Sarah.

Der Druck in ihrem Rücken ließ nach. Sie stemmte sich mit der rechten Hand hoch. Auf dem Lehmboden sitzend, neigte sie sich vor und streifte die Fußfesseln ab. Ehe sie aufstand, vergewisserte sie sich, dass Jessica im Schilf verschwunden war: Die grüne Insel hatte das Mädchen verschluckt.

Sarah erhob sich zu hastig. Ihr wurde schwarz vor den Augen, und die Wunde pochte. Sie stützte sich mit einer Hand auf das Knie. Eine Weile stand sie schwankend da. Ihr Herzschlag dröhnte in ihren Ohren. Am liebsten wäre sie ihrer Tochter in das Schilf gefolgt. In einer Stunde würde die Sonne untergehen und das Schilf so undurchdringlich sein wie die Nacht. Paulus hätte keine Chance, sie zu finden. Doch in zwölf Stunden würde ein neuer Tag anbrechen, ihr letzter, denn sie wären auf der schmalen, kilometerlangen Schilfinsel gefangen wie Schiffbrüchige ...

Nur fünf Meter trennten sie von Paulus. Doch um ihn zu erreichen, musste sie acht behutsame Schritte machen, und nach jedem Schritt rechnete sie damit, dass Paulus die Augen aufschlug. Als sie neben ihm verharrte, war ihr, als sei sie einen Kilometer weit gerannt: Ihr Herz wummerte, ihre Kehle war staubtrocken, und sie zitterte am ganzen Körper.

Paulus hatte sich nicht bewegt. Er lag da wie eine umgestürzte Vogelscheuche. Sie überlegte, ob sie ihm das Gewehr aus den Händen reißen und ihn damit zur Umkehr zwingen sollte. Sie entschied sich dagegen, denn ihr linker Arm baumelte steif an ihrer Seite herab, und Paulus hatte nichts zu verlieren. Sie würde ihn töten müssen.

Vorsichtig streckte sie ihre rechte Hand nach dem Gewehr aus. Sie umfasste den Schaft und zog behutsam daran. Paulus' Hand verkrampfte sich. Sie neigte sich vor und ließ eine Haarsträhne über sein Gesicht schleifen. Paulus rümpfte die Nase. Einen bangen Moment befürchtete sie, er würde aufwachen, denn seine Augäpfel huschten unter den geschlossenen Lidern hin und her. Dann hob er eine Hand und wischte die Strähne aus seinem Gesicht. Sarah umklammerte das Gewehr und hievte es aus seinem Schoß. Es fühlte sich tonnenschwer an. Sie wich rasch einen Schritt zurück. Paulus' Hand fiel herab und landete auf seinem Bauch. Sarah erstarrte, doch Paulus rollte sich auf die andere Seite. Jetzt, da er ihr den Rücken zukehrte, drehte sie sich um und rannte los.

Das Schilf hatte sich gerade raschelnd hinter ihr geschlossen, als unter ihrem linken Fuß ein von der Sonne ausgeblichener Rietstock zerplatzte. Der Knall hallte wie ein Schuss durch die Stille.

* * *

Paulus fuhr aus dem Schlaf und griff ins Leere. Fahrig tastete er den Boden ab, aber auch dort war kein Gewehr, und als er den Kopf hob, bemerkte er, dass Sarah und Jessica verschwunden waren. Er sprang auf. In dem Moment vernahm er das Trampeln von Schritten, die sich von ihm entfernten, und er sah ihre Spuren im Schilf verschwinden.

Paulus war zu benommen und zu aufgebracht, um an Gefahr zu denken. Er schnappte seinen Rucksack und stürzte hinter dem

Geräusch her. Doch seine Gummistiefel verursachten solch einen Lärm, dass er immer wieder stehenbleiben und lauschen musste, ehe er wusste, in welche Richtung Sarah floh.

Plötzlich wich das Riet zurück, die Stauden lichteten sich, und dann stand er ohne Deckung im Flussbett. Er blickte nach rechts – nichts. Als er den Kopf zur anderen Seite drehte, sah er Sarah an der Uferböschung lehnen. Sie war keine zwanzig Schritte von ihm entfernt. Das Gewehr ruhte auf ihrem rechten Knie, und sie fummelte an dem Sicherungshebel herum.

Paulus wollte sich auf sie stürzen. Da hob sie das Gesicht, und ihre Augen veranlassten ihn, sich mit einem Hechtsprung in das Schilf zu retten. Ein ohrenbetäubender Knall ertönte; Staub wirbelte hinter den schwankenden Stauden auf. Er rollte sich um die eigene Achse, weg, bloß weg von ihr, dann rappelte er sich auf und bahnte sich mit rudernden Armen einen Weg durch das Schilf. Er stolperte über Wurzeln, walzte Rietstauden nieder und plantschte durch Tümpel. Doch er hielt erst an, als er eine Lichtung erreichte. Er lauschte und vernahm nichts als das Pochen seines Herzens. »Kleinmissus!«, rief er. Sie gab ihm keine Antwort, und während er auf der Lichtung stand und in das Grün hineinlauschte, wurde ihm mit einemmal bewusst, dass er unbewaffnet und allein war.

* * *

Sie hatte zwei Fehler gemacht: Sie hätte Jessica nicht allein in das Riet schicken und den Rucksack mitnehmen sollen. Sie wusste nicht, was Paulus in dem Rucksack mit sich herumschleppte: Konservenbüchsen oder Handgranaten? Und der Schuss hatte das Kind verängstigt, zumal sie beharrlich geschwiegen hatte, als Paulus nach ihr gerufen hatte. Wahrscheinlich saß das Kind jetzt, im Glauben, dass seine Mutter tot war, irgendwo im Schilf und hielt sich die Ohren zu …

Sarah wagte nicht, ihr Versteck zu verlassen. Sie stand am Rande der Insel, und obwohl sie nichts als das eintönige Rauschen des Windes im Schilf hörte, ahnte sie, dass Paulus ganz in der Nähe war. Beim kleinsten Geräusch würde er eine Handgranate in ihre oder Jessicas Richtung werfen. Doch als die Sonne unterging und es immer dunkler wurde, hielt es Sarah nicht mehr länger in ihrem Versteck aus. Sie begann das Riet zu durchkämmen.

Es war ein hoffnungsloses Unterfangen, denn das Gewehr behinderte sie, sie konnte kaum zwei Meter weit sehen, und die Schmerzen wühlten heftiger denn je in ihrem linken Arm. Schließlich verharrte Sarah, holte tief Luft und rief: »Jessy!«

Noch während ihre Stimme über die Insel hallte, wechselte Sarah rasch ihren Standort.

Nichts geschah.

»Jessy, antworte!«

Das Brausen des Windes klang in ihren Ohren wie ein Orkan, und eine düstere Ahnung stieg plötzlich in ihr auf: Paulus hatte Jessica in seiner Gewalt!

»Jessy! Paulus!«, rief sie aus Leibeskräften, und diesmal blieb sie stehen, denn wie sollte jemand sie finden oder umbringen, wenn sie ständig in Bewegung war? Doch wann immer sie abwechselnd nach Jessica und Paulus rief, antwortete ihr nur der Wind.

Sarah trat aus dem Schilf, durchquerte das Flussbett und ging ein Stück in die Ebene hinaus, wo sie für jedermann sichtbar war. Sie selbst sah jedoch nichts als eine schweigende Insel, die sich im Dämmerlicht allmählich schwarz färbte, und sie dachte an all die Lockenköpfe mit ihren runden Brillen und erschrockenen Augen, die im Ausland, umgeben von dicken Mauern, gegen die Apartheid kämpften, während hier ein Mann durch das Schilf irrte und irgendwo ein kleines Mädchen kauerte, die Augen zusammengekniffen und die Hände auf die Ohren gepresst, weil es mehr gesehen und gehört hatte, als die Männer und Frauen mit ihren runden Brillen je sehen und hören würden ...

143

»Sie sind gerannt«, sagte Kondjoura und wies auf die Spuren, die in das Riet hineinführten. Die Spuren waren gegen die aufgehende Sonne kaum zu erkennen.

»Was meinst du«, fragte der weiße Soldat. Er schirmte seine Augen mit einer Hand ab und starrte in das wogende Schilf. »Wartet der *Terrie* dort drinnen auf uns?«

Kondjoura zuckte die Achseln. Woher sollte er das wissen? Er war es leid, dass man ihm ständig Fragen stellte, die er nicht beantworten konnte. Er war ein Hirte. Er wusste nicht, was in dem Kopf des Guerillas vorging. Der Tod des anderen Guerillas hatte Ngaturipure offensichtlich erschüttert. Kondjoura hätte von seinem Vater gern mehr über den Mann erfahren, doch der weiße Soldat hatte ihnen verboten, miteinander zu sprechen, und Ngaturipure hatte Kondjoura mehrmals mit einem Blick zu verstehen gegeben, dass er seinen Sohn zutiefst verachtete. Er wollte, er hätte die Wagenspuren im Flussbett nicht entdeckt ...

»Wir schlagen einen Bogen und sehen nach, ob sie die Insel verlassen haben«, sagte der blonde Soldat. Er gab Ngaturipure ein Zeichen, dass er vorangehen sollte.

Ngaturipure spuckte aus. Der blonde Soldat tat so, als hätte er es nicht bemerkt. Er hob das Gewehr vor die Brust, dann gingen sie am Rande der Schilfinsel entlang durch das Flussbett. Und als Kondjoura auf die einzelne Spur stieß, die in westlicher Richtung aus dem Lehmbett herausführte, sagte Pa-Trick: »*O Fock.*«

* * *

Patrick umklammerte die Elefantenbüchse so fest, dass seine Knöchel weiß unter der sonnengebräunten Haut hervortraten. Sie sind tot, dachte er und wollte es nicht glauben, doch der Guerilla musste Sarah und Jessica im Schilf abgeschlachtet und sich anschließend aus dem Staub gemacht haben, denn nur seine Spuren führten auf die Flussebene hinaus.

»Ich sag dir was ...« Erich nahm ihn behutsam am Arm. »Es würde Stunden dauern, ehe wir sie finden, und bis dahin wäre der Hund über alle Berge. Das dürfen wir nicht zulassen, verstehst du?«

Patrick nickte. In seiner Kehle steckte ein Kloß.

»Du und Kondjoura, ihr bleibt hier, während ich den *Terrie* zur Strecke bringe«, fuhr Erich mit sanfter Stimme fort, »dann fordern wir einen Hubschrauber an und suchen die Insel aus der Luft ab. Er hat zehn zu eins Minenfallen aufgestellt.« Erich rüttelte ihn am Arm. »Hör zu: Ich lasse dir etwas Proviant da und nehme das Sprechfunkgerät mit, okay?«

»Okay«, würgte Patrick hervor. Das Schilf verschwamm vor seinen Augen. Wie aus weiter Ferne hörte er Erich sagen: »Du kommst mit, Alter, und das verspreche ich dir: Wenn du deine

Sache gut machst, bekommst du drei Rinder von mir. Sag ihm das, Kondjoura, einen Bullen und zwei Kühe.«

Patrick setzte sich. Obwohl ihm die Sonne ins Gesicht schien, fröstelte ihn. Er steckte eine Zigarette zwischen seine Lippen. Nach dem vierten Versuch gab er es auf, die Zigarette anzuzünden. Er ließ sie im Mundwinkel stecken und verschränkte die Arme vor der Brust.

»Pa-Trick.«

Er gab keine Antwort.

»Soll ich sie suchen?«

Der Gedanke, dass sie im Schilf lagen, von Fliegen umschwärmt, war für ihn unerträglich. Dennoch schüttelte er den Kopf. »Es ist zu gefährlich.«

»Der Blick meines Vaters hat mich getötet«, erwiderte Kondjoura.

Patrick nahm die Zigarette aus dem Mund. Vielleicht lebten sie ja noch. Vielleicht waren sie nur verwundet. Vielleicht hatte der Guerilla sie bloß gefesselt. Vielleicht ... »Lass uns gehen«, sagte Patrick.

Die Spuren lenkten sie kreuz und quer über die Schilfinsel. Oft standen die Stauden so dicht beieinander, dass Kondjoura nicht bestimmen konnte, wer die Halme niedergetrampelt hatte. »Es hat keinen Zweck«, sagte Patrick schließlich. Doch auf dem Rückweg, als sie sich mit Händen und Füßen einen Weg durch das grüne Dickicht bahnten, blieb Kondjoura plötzlich wie angewurzelt stehen. Patrick reckte den Hals. Zwischen den Halmen entdeckte er einen rosafarbenen Klecks. Er walzte durch das Schilf, ohne auf Stolperdrähte zu achten: Es war Jessica. Sie kauerte in ihrem Pyjama am Boden, die Fäuste auf die Ohren gepresst, und wiegte sich hin und her.

»Jessy.«

Das Kind reagierte nicht.

Patrick ging vor Jessica auf die Knie. Ihr kleines, von Moskitos zerstochenes Gesicht war ausdruckslos, und sie sah ihn aus leeren Augen an, aber wie durch zwei winzige Fenster erhaschte Patrick dahinter einen Blick auf das, was sie durchgemacht hatte. Er streckte die Arme aus. »Komm, Jessy«, sagte er und hob sie hoch. Das Kind fühlte sich steif wie ein Brett an. Er strich mit einer Hand über ihr schwarzes, strähniges Haar, sein Haar, und fragte: »Wo ist deine Mama?«

Jessica legte wortlos ihre Arme um seinen Hals, und durch das Hemd hindurch spürte er ihre wogende Brust und das kleine hämmernde Herz, und – *Gott!* – er betete, dass Erich den *Terrie* fand, der ihre Mutter getötet hatte.

»Pa-Trick!«

Er wischte die Tränen aus seinen Augen. Kondjoura war nirgends zu sehen. Das Schilf umgab ihn wie eine grüne, undurchdringliche Wand. »Was ist?«

»Spur«, sagte Kondjoura.

144

Als Paulus den Himba und den *Ekakunya* im Gänsemarsch über die Flussebene herankommen sah, verspürte er den unwiderstehlichen Drang zu fliehen. Doch seine Füße in den zerschlissenen Gummistiefeln fühlten sich glitschig von dem Blut aufgescheuerter Blasen an, und er wusste nicht, wohin er sich wenden sollte. Ihm war, als würden alle Wege unter dem Mopanebaum inmitten der Ebene enden. Dort war er in der vergangenen Nacht zusammengebrochen. Hier würde er sterben, und er wollte, es wäre schon vorbei.

Während er beobachtete, wie die Männer seinen Spuren folgten, stellte er sich vor, dass seine Spuren eine Kette bildeten. In Gedanken griff er nach der Kette und zog die Männer zu sich heran. Aber sie kamen nur langsam näher, und um ihnen die Suche zu erleichtern, stand er schließlich auf, stellte sich hinter seinen Rucksack und schwenkte die Arme durch die Luft.

* * *

Erich warf sich flach auf den Boden und rollte um seine eigene Achse, bis er hinter einer Bodenwelle Deckung fand. Der einzige Grund, weshalb er im Fallen nicht auf die winkende Gestalt geschossen hatte, war der, dass *Terries* gewöhnlich nicht winkten, sondern einen aus dem Hinterhalt über den Haufen knallten.

»Runter!«, rief er Ngaturipure zu, doch der Himba blieb

hochmütig stehen und blickte mit einem verächtlichen Blick auf ihn herab. »Der Mann ist angekommen«, sagte er.

Angekommen? Was bedeutete das? Erich spähte über den Kamm der Bodenwelle. Der Trottel winkte noch immer, und irgendwie kam er sich blöd vor, wie er auf dem Boden lag, während der Himba sich mit wippendem Lendenschurz und lässig schlenkernden Armen der Gestalt näherte.

Erich rappelte sich auf und eilte hinter Ngaturipure her. Dabei achtete er darauf, dass der Himba ein Schutzschild zwischen ihm und dem winkenden Terroristen bildete. Es war zweifelsohne der *Terrie*, denn die Spuren führten direkt auf ihn zu. Sie waren jetzt so nah an den zerlumpten Kerl herangekommen, dass Erich ihn wittern konnte. Der *Terrie* roch nach Tod. Und plötzlich glaubte Erich zu wissen, was Ngaturipure gemeint hatte: Der BOM-Z-Vertreter war am Ende!

»Kleinbaas!«

Erich erstarrte. Die Stimme, die Gummistiefel, die zierliche Gestalt, all das war ihm zwar vertraut, doch er konnte nicht glauben, dass dieser in Lumpen gehüllte und bis auf die Knochen abgemagerte *Terrie* derselbe Mann war, der jeden Samstag Hillmanns Mercedes poliert hatte. Er kniff die Augen zusammen: »Paulus?«

»Ja, mein Kleinbaas.«

Erich war so verblüfft, dass er alle Vorsicht außer Acht ließ und an Ngaturipure vorbei auf Paulus zuging. »Was, zum Teufel, machst du hier?«

»*Eijee*, Kleinbaas ...«

»Warum?«, fragte Erich. »Du warst doch auf unserer Seite, Paulus.«

»Der Blinde hat uns geschickt.«

»Usumane?«

»Ja, Kleinbaas.«

Erich verstand: Während der Gerichtsverhandlung war bekannt geworden, dass Engelbrecht ein Kolonel der südafrikanischen Armee gewesen war, und Usumane hatte sich den Namen der Farm und die Lage eingeprägt. Erich fühlte hilflosen Zorn in sich aufsteigen: »Warum hast du Sarah und Jessica umgebracht?«

»O nein«, sagte Paulus. »Die Kleinmissus hätte mich fast umgebracht.« Er berichtete mit einem freudlosen Lächeln, was vorgefallen war.

»Und warum hast du den anderen erschossen?«

»*Eijee*, Kleinbaas.« Paulus lächelte und weinte jetzt zugleich. »Ich habe meinen Bruder erschossen, weil er mich sonst umgebracht hätte.«

Erich wischte sich über das schweißnasse Gesicht. »Scheiße«, murmelte er. Es war immer dasselbe: Die Großen schlugen den Takt, und die Kleinen tanzten ...

»Was geschieht jetzt mit mir?«, wollte Paulus wissen.

»Wir bringen dich nach Ombalantu.«

Paulus schloss die Augen. In Ombalantu war der Zhu/twasi stationiert. »Sag meinen Eltern, dass es mir Leid tut«, bat er.

Erich nickte, dann nahm er Ngaturipure das Sprechfunkgerät ab und schleuderte die Antenne in die Krone des Mopanebaums hinauf.

* * *

Ngaturipure stand neben Paulus im Schatten. Er hatte nicht verstanden, was die beiden Männer auf Afrikaans gesagt hatten, doch ihm war aufgefallen, dass sie wie zwei alte Bekannte in einem freundlichen Tonfall miteinander gesprochen hatten. Und als der blonde Soldat sich den Schweiß aus dem Gesicht gewischt hatte, war für einen kurzen Moment zu sehen gewesen, dass er den Guerilla bedauerte.

Was hatte das zu bedeuten? Waren sie letztendlich alle gleich? Sollte er sich zu jedermann, egal von welchem Volk er abstammte, ans Feuer setzen und mit ihm reden wie mit einem guten Freund? Hatten die Ahnen die Dürre nur deshalb geschickt, damit die Menschen in ihrer Armut endlich zueinander fanden? Der Mann, der sich dagegen gesträubt hatte, lag im Flussbett vergraben, und sein Gefährte weinte wie ein Kind. Sollte er die sechs Ziegen und drei Rinder, die ihm die Weißen versprochen hatten, annehmen, so wie Kondjoura Pa-Tricks Freundschaft angenommen hatte?

»Zulu an Tango«, rief der blonde Soldat.

Ngaturipure runzelte die Augenbrauen. Was tat der Weiße da? Er vernahm ein Knistern und Rauschen, dann sagte jemand: »Tango, bitte fahren Sie fort.« Er zuckte zusammen, denn die Stimme war aus dem Kasten gekomen. Jemand wohnte darin, und Ngaturipure wurde klar, dass er einen Zwerg über die Ebene getragen hatte.

Während der weiße Soldat etwas von Usumane, Helikopter und Hoarusib sagte, bemerkte Ngaturipure aus den Augenwinkeln, wie Paulus plötzlich einen Schritt nach vorn machte und sich bäuchlings auf seinen Rucksack warf.

145

Im ersten Moment dachte er, sie sei tot. Sie lag am Fuße des Abhangs unter einem Mopanestrauch, den Kopf in die rechte Armbeuge gebettet, den linken Arm ausgestreckt. Schmeißfliegen krochen über die blutverkrustete Wunde an ihrem Oberarm. Als Patrick in die Hocke ging, flogen sie in einer schillernden Wolke auf, und er bemerkte, wie ein Zittern durch Sarahs Körper ging.

Sie lebt, dachte er und fing selbst an zu zittern. Er presste Jessica mit der einen Hand an seine Brust, dann streckte er die andere nach Sarahs Kopf aus. Ihre Stirn war schweißnass und fühlte sich heiß an. Sie hatte Fieber. Er schob ihr dunkles Haar beiseite und betrachtete ihr Gesicht. Es war sonnenverbrannt, doch unter dem Schorf, der sich von ihrer Nase schälte, schimmerte ihre Haut wie Wachs. Er rüttelte sie sanft an der Schulter. »Sarah!«

»Paulus«, wisperte sie, und Jessica nahm die Arme von seinem Hals und presste die Hände auf die Ohren.

Patrick setzte das Kind im Schatten ab. Es blickte seine Mutter nicht an, sondern blieb wie versteinert am Boden sitzen. Sarah hatte sie fortgeschickt und mit Paulus allein im Schilf zurückgelassen ...

Als Patrick die Wasserflasche von seinem Gürtel haken wollte, ertönte unvermittelt ein dumpfer Knall. Er fuhr herum und sah in der Ferne, jenseits des grünen Flussbettes, eine Staubfontäne aufsteigen.

»Was war das?«, fragte Kondjoura erschrocken.

»Erich ...« Patrick sprang auf. »Gib der Frau zu trinken«, sagte er, »und zünde ein Rauchfeuer an. Ich werde nachsehen, was passiert ist.«

146

Obwohl ihm elend zumute war, erfreute er sich einen kurzen Moment an dem Anblick der neuen Klinke, die er vor ein paar Tagen an der Eingangstür angebracht hatte. Sie war aus Messing, und der breite, geschwungene Griff gab der Wohnung, die an der Grundstücksmauer lehnte, ein elegantes Aussehen. Souter klopfte an die Eingangstür.

»Frederick?«
»Ja, ich bin's.«
»Komm rein.«

Die Klinke fühlte sich geschmeidig in seiner Faust an, die Tür glitt lautlos auf, und auch im Inneren der Wohnung deutete nichts mehr darauf hin, dass hier einst Pickelgesicht gehaust hatte: Die Wände waren gestrichen worden, vor den Fenstern hingen helle Gardinen, auf dem Boden lagen erdfarbene Fliesen, und Martha sah wundervoll in ihrem roten Bademantel aus. Sie stand vor einem gelben Ledersofa, ein Handtuch um den Kopf gewickelt, an den Füßen goldene Slipper, und lächelte ihn entschuldigend an. »Verzeih bitte meinen Aufzug, Frederick«, sagte sie. »Wenn ich geahnt hätte, dass du so früh vorbeikommen würdest, hätte ich mich beeilt. Aber es war ein harter Tag. Ich habe heute mindestens fünfzehn Verlobungsringe verkauft.«

»Soll ich später wiederkommen?«
»Nein, nein, du sagtest am Telefon, dass es dringend sei.«
Souter nickte.
»Möchtest du etwas trinken, Frederick?«

Ihm gefiel die Art, wie sie seinen Vornamen aussprach. Sie tat es auf eine Weise, die ihm das Gefühl gab, dass sie ihn respektierte. Er schüttelte den Kopf. »Setz dich, Martha.«

Sie blieb stehen. »Hat er sich eine neue Schikane ausgedacht?«

»Nein.« Er wollte, Hillmann hätte es getan, denn was er ihr sagen musste, war weitaus schlimmer. »Ich habe dir doch erzählt, dass Makalani überfallen und Sarah entführt worden ist.«

»Ja.«
»Nun ... Erich hat die Verfolgung aufgenommen.«
»Und?«
»Er ist tot, Martha.« Sie plumpste auf das Sofa, und ohne etwas

zu beschönigen, berichtete er, was sich auf der Flussebene im fernen Kaokoland zugetragen hatte. Aber er erwähnte nicht, dass es Paulus gewesen war, der sich auf die Landmine geworfen hatte.

Martha zerrte das Handtuch von ihrem Kopf und barg ihr Gesicht in dem flauschigen Stoff. Souter sah, wie ihre Schultern zu zucken begannen. Er setzte sich neben sie auf das Sofa, nahm sie in seine Arme und hoffte, dass irgendwann ein glücklicherer Tag anbrechen würde, ein Tag, an dem er Martha für immer in seinen Armen halten konnte.

147

Kondjoura blickte dem davonschwebenden Hubschrauber nach. Mit dem immer kleiner werdenden Punkt am Himmel entfernte sich die Welt der Weißen. Der Wind streichelte seinen nackten Oberkörper, die Sonne ritt auf seinen Schultern, und der Sand zwischen seinen Zehen fühlte sich warm an. Pa-Trick hatte ihm versprochen, dass er, sobald die Frau und das Kind gesund waren, mit sechs Ziegen und drei Rindern in das Kaokoland zurückkehren würde. Inzwischen wollte Kondjoura seinen Vater beerdigen, die Familie um sich versammeln und im Hoarusib einen Kral errichten.

Der Hubschrauber verschmolz mit einer Wolke, die sich über dem Gipfel des namenlosen Berges gebildet hatte; das ferne Tuckern der Maschine verebbte, und plötzlich war Kondjoura allein. Doch der Platz der Stille umgab ihn wie ein schützender Kokon.

Die Erstgeborenen
Der alte Ecksteen, Betreiber eines kleinen Kramladens in einem trostlosen Ort in Namibia, hat seinen alten Traum, in der Kalahari Diamanten zu finden, nie aufgegeben. Er verkauft alles, was er hat, und baut mitten in der Wüste eine Farm – mit Frau und Sohn und dem Wanderer Hott'nott, der ihm den Weg zum Reichtum, zu den »steinernen Tränen« eines uralten Volkes zeigen soll. Als eine Sippe der Gwi, der »Erstgeborenen«, wie sich die Buschmänner und Buschfrauen nennen, auf der Suche nach Nahrung an der Farm vorbeizieht, kommt es zu einer unheilvollen Begegnung, die nicht nur für die Naturmenschen tödlich endet.

»Man merkt es, der Autor kennt das Land und die Kultur in- und auswendig. Der frühere Berufsjäger hatte intensiven Kontakt mit den Buschmännern und zeigt in diesem Roman, wie das Aufeinandertreffen von Völkern für so manche Lebensform das Ende bedeuten kann.« *Urs H. Aerni, Bote vom Untersee*

»Ein auch durch die bildhafte Sprache der Buschmänner unterhaltsamer Roman, der es versteht, seine Botschaft ohne erhobenen Zeigefinger zu vermitteln.« *Abendzeitung München*